Perry Rhodan

Das rote Universum

Perry Rhodan

Das rote Universum

Verlagsunion Erich Pabel-
Arthur Moewig KG, Rastatt

8. Auflage

Redaktion: William Voltz
Lektorat: G. M. Schelwokat
Satz: Utesch, Hamburg
Druck und Bindung: Mohndruck
Graphische Betriebe GmbH, Gütersloh
Printed in Germany 1991
ISBN 3-8118-2014-1

Einleitung

Obwohl jedes PERRY-RHODAN-BUCH aus mehreren Einzelromanen besteht, sollte seine Handlung möglichst komplex und abgeschlossen sein. Dies zu realisieren, ist eines der Probleme, die sich bei jeder Bearbeitung stellen, um so mehr, je weiter sich die Handlung in den Originalromanen verzweigt. Das vorliegende Buch ist ein typisches Beispiel dafür, daß zu diesem Zweck oft auch die numerische Reihenfolge des ehemaligen Erscheinens der Originalromane ignoriert werden muß, um einen chronologischen Handlungsablauf zu erzielen. Es erschien mir richtig, jene Bände in dieses Buch aufzunehmen, die mit der Auseinandersetzung der Menschheit mit den Druuf zu tun haben. In der Reihenfolge ihres ehemaligen Erscheinens sind dies: *Hetzjagd durch die Dimensionen* von *Kurt Mahr; Im Halbraum lauert der Tod*, von *Kurt Mahr; Die letzten Tage von Atlantis* von *K. H. Scheer; Das rote Universum* von *K. H. Scheer; Unter den Sternen von Druufon,* von *Clark Darlton* und *In den Fesseln der Ewigkeit* von *Clark Darlton.*

Bände, die Einzelabenteuer enthielten oder mit der Thematik dieses Buches nichts zu tun hatten, werden zum Teil in einem späteren Buch erscheinen. Trotz all dieser Überlegungen habe ich mich bei der Bearbeitung der in den frühen sechziger Jahren erstmals erschienenen Romane von dem Grundsatz leiten lassen, daß ungeachtet aller notwendigen Kürzungen und Korrekturen möglichst viel von der Aussage und der Atmosphäre der Originalromane für die Buchfassung erhalten bleiben soll. Für Entscheidungshilfen und Mitarbeit bei diesen Bemühungen bedanke ich mich bei *Christa Schurm, Franz Dolenc* und *G. M. Schelwokat.*

Heusenstamm, September 1980 William Voltz

Vorwort

Die Geschichte des Solaren Imperiums in Stichworten:

1971 – Die STARDUST erreicht den Mond, und Perry Rhodan entdeckt den gestrandeten Forschungskreuzer der Arkoniden.

1972 – Aufbau der Dritten Macht und einer geeinten Menschheit.

1975 – Die Menschheit greift erstmals in das galaktische Geschehen ein.

1976 – Perry Rhodan löst das galaktische Rätsel und entdeckt den Planeten Wanderer, wo seine Freunde und er von dem Geisteswesen ES die relative Unsterblichkeit erhalten.

1982 – Die Galaktischen Händler versuchen, die Erde zu einer Kolonie ihres Handelsimperiums zu machen.

1984 – Perry Rhodans erster Kontakt mit Arkon im Kugelsternhaufen M-13 und dem dort herrschenden Robotregenten. Der diktatorische Robotregent versucht, die Position Terras herauszufinden, um die Menschheit zu unterwerfen.

2040 – Das Solare Imperium der Menschheit ist entstanden. Atlan, der Einsame der Zeit, taucht aus seiner Unterwasserkuppel am Grund des Atlantiks auf, in der er 10 000 Jahre lang geschlafen hat, und wird zum Freund Perry Rhodans.
Der Robotregent von Arkon schließt ein Zweckbündnis mit Perry Rhodan. Unheimliche Angreifer entvölkern Planeten der Milchstraße. Durch Überlappungsfronten dringen sie aus ihrer Zeitebene in unser Universum vor. Die Menschen nennen sie Druuf. Mit Hilfe des Linsenfeldgenerators gelangen Terraner zum erstenmal in das rote Universum . . .

1.

„Kreuzer SOLAR SYSTEM, Kommandant Bull, meldet Rückkehr auf Sektor vier, Bahn einundzwanzig“, sagte eine dröhnende Stimme. „Vorsichtsmaßnahmen wie üblich. Die Sektoren eins bis sieben sind sofort zu räumen. Ende.“

Am Rand des riesigen Landefelds stand eine Reihe von Gebäuden, wie sie in der Umgebung eines jeden Raumhafens zu finden waren: Unterkünfte für die Mannschaften der Instandsetzungstruppe, Materiallager, ein kleines Hospital und ein langgestrecktes, flaches Bürogebäude für den Offizier vom Dienst und seinen Stab. Das alles sah sehr sachlich und schmucklos aus unter dem grau verhangenen, heißen Himmel; denn Raumfeld Nord auf dem großen Nordkontinent der Venus war allein der terranischen Flotte vorbehalten, und die Planer hatten sich über bombastische Empfangsgebäude, Zollstationen und Passagierdienste nicht den Kopf zu zerbrechen brauchen.

In den Bergen nördlich des Landefelds war der ehemals arkonidische Stützpunkt versteckt, den Perry Rhodan vor siebzig Jahren entdeckt hatte und dessen einstiger Herr, Atlan, der Unsterbliche, Rhodans Freund zu werden begann. Zum Stützpunkt gehörte die gewaltige positronische Rechenmaschine, Herz oder besser Gehirn aller politischen und physikalischen Kalkulationen im Solaren Imperium. Und vor allen Dingen: in weitem Umkreis das einzige Gerät seiner Art, das in der Lage war, die Bahn einer künstlichen Welt, die sich Hunderte von Lichtjahren weit um eine große Menge von Gravitationszentren schlang, aus einem kleinen, vorgegebenen Bahnstück und wenigen zusätzlichen Informationen innerhalb kurzer Zeit zu errechnen.

Die Bahn des Planeten Wanderer.

In einem kleinen, erstaunlich behaglich eingerichteten Raum des flachen Bürogebäudes saßen sich Perry Rhodan und Atlan, der Arkonide, gegenüber, jeder mit seinen eigenen Gedanken beschäftigt und wenig empfänglich für den in seiner Einsamkeit großartigen Anblick, den das weite Raumfeld mit den schnurgeraden schwarzen Strichen des venusianischen Dschungels an den Rändern bot.

Rhodan dachte vor allem an Thora, seine Frau, und ihren gemeinsamen Sohn, Thomas Cardif. Er wünschte, er hätte vieles ungeschehen machen können, was er in Zusammenhang mit seiner Familie entschieden hatte. Es war . . .

Seine Gedanken wurden jäh unterbrochen.

Hoch über dem Feld tauchte ein leuchtender Punkt auf, wuchs rasch und sank herab. Ein harter Windstoß fauchte über den weiten Platz, und das dröhnende Orgeln eines hastig durch die dichte Atmosphäre stoßenden Raumschiffs kam hinter ihm drein.

„Er hat es eilig", meinte Atlan.

Rhodan stand auf und trat zum Fenster, als könne er von dort aus den leuchtenden Ball des landenden Schiffes besser sehen.

„Das will ich ihm auch geraten haben", antwortete er geistesabwesend.

„Wenn du ihm erlaubt hättest, Administrator", sagte Atlan spöttisch, „am Ziel einen Hyperfunkspruch aufzugeben, dann hättest du dir zwei lange Wartetage ersparen können."

Rhodan wandte sich um und lehnte sich mit dem Rücken gegen das Fenster.

„Damit dein oberster Gebieter meinen Funkspruch auffängt und mit Hilfe seiner genialen Fähigkeit, positronische Ströme zu addieren, zu subtrahieren, zu potenzieren und wer weiß noch alles, die galaktische Position der Erde auf dem schnellsten Weg ausfindig macht, wie?"

Der Arkonide machte eine wegwerfende Handbewegung.

„Die Chance war klein. Einen Richtspruch fängt man nicht so ohne weiteres auf."

„Die Chance war klein, aber doch vorhanden. Ich möchte ihm aber *gar keine* Chance geben."

Atlan stand ebenfalls auf. „Also gut: Du hast recht, Barbar. Mir tut nur deine Nervosität leid. Man sieht, wie aufgeregt du bist."

Rhodan tippte mit dem Daumen gegen die Fensterscheibe.

„Da draußen kommt die Beruhigung", sagte er lächelnd.

Etwa fünfhundert Meter über dem Niveau des Landefelds erreichten die von der SOLAR SYSTEM ausgehende Leuchterscheinung und der Donner, mit dem die nachdrängenden Luftmassen den leergefegten Landekorridor wieder füllten, ihren Höhepunkt. Das Glühen der ionisierten Partikel erlosch, als das große Schiff die übliche Sinkgeschwindigkeit erreichte und sanft auf das graue Feld herabschwebte.

Eine Kolonne offener Pritschenfahrzeuge kam hinter der Reihe der Magazinbauten hervorgeschossen, schien noch unter dem landenden Schiff hindurchgleiten zu wollen und hielt schließlich dort, wo die breite Laufbrücke, deren Vorderteil eben aus einer Schleusenluke zum Vorschein kam, wahrscheinlich den Boden berühren würde.

Schon wenige Sekunden, nachdem die Landung endgültig vollzogen war und der Kreuzer sicher auf den hydraulischen Landesäulen ruhte, erschienen oben in der Luke die Gestalten zweier Männer, glitten über die Brücke herab und sprangen auf einen der wartenden Wagen. Das Fahrzeug setzte sich noch im selben Augenblick in Bewegung und kam auf das Bürogebäude zu.

„Sie entwickeln eine unglaubliche Aktivität", sagte Atlan, und am Klang seiner Stimme war zu erkennen, daß er wirklich staunte.

Der Wagen hielt draußen vor dem Haupteingang. Zwei Männer sprangen ab, beide mittelgroß und beide rothaarig. Der eine, kräftig gebaut, mit den Rangabzeichen eines Kommandanten, der andere, ein Alltagstyp, in der Kombination eines Captains.

Schritte polterten durch den Gang. Die Tür zu dem kleinen, behaglichen Raum wurde aufgerissen. Reginald Bull blieb auf der Schwelle stehen, und anstelle eines Grußes sagte er: „Nichts! Absolut nichts!"

Die Stille, die darauf folgte, war nahezu vollkommen.

Atlan, der Arkonide, stand immer noch in der Nähe des Fensters. Er wirkte unbeteiligt und wenig interessiert. Wenn er überhaupt Aufmerksamkeit hervorbrachte, dann hielt er sie auf Rhodan gerichtet, um dessen Reaktion zu beobachten.

Da war aber nicht mehr zu sehen als ein kurzes Verkrampfen der Kinnmuskeln, das die Wangenknochen für den Bruchteil einer Sekunde scharf hervortreten ließ. Danach sah Rhodan wieder so aus, als habe er eine nichtssagende, uninteressante Meldung bekommen.

„Komm herein", sagte er. „Sie auch, Captain. Und dann möchte ich einen ausführlichen Bericht hören."

Reginald Bull ließ sich in einen der Sessel fallen.

Captain Gorlat blieb stehen. Atlan brachte aus einem kleinen Schrank eine dickbauchige Flasche und ein paar Gläser zum Vorschein. Davon füllte er zwei und reichte sie Bull und dem Captain.

Bull leerte sein Glas in einem Zug. Dann erklärte er: „Da ist nicht viel zu berichten. Als wir an den Punkt kamen, den die Positronik ausgerechnet hatte, war nichts zu finden. Absolut nichts in einem Umkreis von mehr als sechs Lichtjahren. Natürlich suchten wir nach Spuren. Ein Planet verliert Wasserstoff, wenn er durch den Raum zieht. Wir fanden aber nicht ein einziges Wasserstoff-Molekül mehr, als dort sowieso hätte sein müssen. Wir saßen einen geschlagenen Tag an den Ortergeräten, aber außer einem einzigen Boliden kam uns nichts auf den Schirm. Wanderer ist verschwunden."

Rhodan sah Gorlat an. Der Captain verstand die Aufforderung.

„Das Triebwerk ist in Ordnung. Die Möglichkeit eines Fehlsprungs ist ausgeschlossen. Wir haben zwei Probetransitionen durchgeführt und sind stets auf die Lichtsekunde genau am vorausberechneten Ort angekommen. Der Raum an der von der Positronik angegebenen Stelle war störungsfrei. Keine Magnetstürme, keine Eigenzeit-Kollision, nichts. Man kann tatsächlich keinen anderen Schluß ziehen als den, den Kommandant Bull schon gezogen hat."

„Wanderer ist verschwunden", meldete sich Reginald Bull von neuem, nachdem er ein zweites Glas geleert hatte. „Der Alte hat uns einen Streich gespielt. Vielleicht will er, daß wir dasselbe Rätselspiel wie vor sechsundsechzig Jahren noch einmal durchmachen."

Rhodan schüttelte den Kopf. Er tat ein paar Schritte, verschränkte die Hände auf dem Rücken und blieb vor Atlan stehen. Atlan hielt die Flasche noch in der Hand.

Rhodan sah ihn an und lächelte. „Gib mir auch ein Glas. Ich kann's brauchen."

Wanderer war verschwunden. Die Welt, deren Existenz Rhodan nach den Wortes ihres Erbauers und Besitzers das ewige Leben garantierte, war verschollen.

Im Jahre 1976 hatte Rhodan ihr und ihrem Beherrscher, dem akkumulierten Bewußtsein eines längst vergangenen Volkes, den ersten und entscheidenden Besuch abgestattet. Er selbst und Reginald Bull, sein Kampfgefährte von den ersten Tagen jenes geschichtsträchtigen Fluges zum Mond an, waren würdig befunden worden, eine Zelldusche zu erhalten, die zweiundsechzig Jahre Leben ohne Altern bedeutete. Nach zweiundsechzig Jahren, hatte ES, das seltsame Wesen, das Wanderer beherrschte, angeordnet, hätten sie wieder auf Wanderer zu erscheinen, um sich ein zweites Mal behandeln und sich weitere zweiundsechzig Jahre schenken zu lassen. Nicht später und nicht früher als nach zweiundsechzig Jahren, mit einer Toleranz von nur drei Monaten. Infolge einer Retardierung des Zeitablaufs, der sie während des ersten Aufenthaltes auf Wanderer unterworfen gewesen waren, hatten sie die Erde erst im Jahre 1980 wieder erreicht.

Jetzt, im Jahr 2042, war die Frist um. Genauer gesagt: Der 1. Februar 2042 war der früheste, der 1. Mai 2042 der späteste Termin, zu dem sie auf Wanderer erscheinen mußten.

Überschreitung des spätesten Termins bedeutete sofortiges Nachlassen der Körperfunktionen. Ohne weitere Zellduschen würde der Körper in wenigen Tagen nachholen, woran er zweiundsechzig Jahre lang gehindert worden war. Eine Woche nach dem 1. Mai würden Perry Rhodan und Reginald Bull mehr als hundertjährige Greise sein, die mit einem Bein schon im Grab standen. Und Wanderer war verschwunden.

„Ich bin überzeugt davon, daß der Alte uns an der Nase herumführen will“, behauptete Reginald Bull störrisch.

Er hatte zehn Stunden lang ohne Unterbrechung geschlafen, und die Ruhe hatte ihm seinen Kampfeseifer und seinen gewaltigen Optimismus wieder zurückgegeben.

Das, was er „den Alten“ nannte, war das Wesen auf Wanderer, ein Gigant an Geisteskraft, das Bewußtsein eines ganzen Volkes und an keinen Körper mehr gebunden.

Rhodan war anderer Ansicht.

„ES hat uns die Zellaktivierung zugesagt“, meinte er kopfschüttelnd. „Welchen Grund sollte ES haben, zu lügen?“

„Das mag der Himmel wissen“, polterte Bull. „Auf jeden Fall traue ich dem alten Burschen nicht. Hab' ihm nie getraut.“

Sie saßen in einem subplanetarischen Raum des alten arkonidischen Stützpunkts. Ein paar Gänge weit entfernt lag die Kontrollzentrale der großen Positronik.

„Nein“, erklärte Rhodan mit Bestimmtheit. „Das Verschwinden von Wanderer muß einen anderen Grund haben – oder sagen wir besser: eine andere Ursache.“

Atlan, der bisher schweigend der Unterhaltung gefolgt war, streifte Rhodan mit einem Seitenblick.

„Das klingt, als hättest du einen Verdacht", meinte er.

Rhodan zuckte mit den Schultern. „Warum sollen wir uns über Vermutungen unterhalten, wenn die Maschine in ein paar Minuten zu Ende gerechnet hat?"

Lächelnd antwortete Atlan: „Es hätte mich nur interessiert, Barbar, ob du dasselbe denkst wie ich."

Sie schwiegen über das, was sie dachten, aber die Positronik spie ihre Gedanken, auf Metallfolien gestanzt, unverblümt aus, wie es ihrem maschinellen Charakter entsprach.

Wanderer war einer Überschneidung zweier Zeitebenen zum Opfer gefallen. Als Wahrscheinlichkeit für die Richtigkeit dieser Aussage gab die Maschine mehr als einundachtzig Prozent an.

„War das dein Verdacht?" fragte Atlan.

„Natürlich", antwortete Rhodan. „Die Druuf haben Wanderer verschluckt, wie sie die Bewohner von Mirsal und andere verschluckt haben. Nur eines ist merkwürdig dabei."

„Und . . .?"

„Sollte das Wesen auf Wanderer wirklich keine Möglichkeit haben, sich gegen die Druuf zu wehren? Mußte es sich ohne Gegenwehr entführen lassen?"

Atlan wurde nachdenklich. Erst nach einer ganzen Weile antwortete er: „Ich weiß, daß in euren Köpfen der Herr von Wanderer als ein fast allmächtiges Wesen herumspukt. Als vernünftiger Mensch, der du meistens zu sein pflegst, solltest du dir darüber klarwerden, daß diese Allmacht natürlich eine Fiktion ist. Jede Macht hat ihre Grenzen, und es ist keineswegs schwierig, sich vorzustellen, daß die Druuf dem Alten, wie ihn Bull nennt, überlegen sind."

Rhodan schüttelte energisch den Kopf. „Was mich betrifft – ich kann mir das nur sehr schwer vorstellen. Du hast nicht erlebt, mein Freund, was wir auf Wanderer erlebt haben. Nein, ich bin sicher, daß es da noch ein zweites Rätsel gibt, das auf Lösung wartet."

„Dann gib dir Mühe, Barbar", der Arkonide lachte leise. „Du hast nicht mehr viel Zeit zum Rätseln. Heute ist der sechste Januar, nach eurer Rechnung."

Der nächste Schritt war deutlich vorgezeichnet.

Die Positronik ermittelte das Bahnstück, das Wanderer vom ersten Auftauchen der Druuf bis zum 5. Januar 2042 – an dem er nachweislich schon verschwunden war – zurückgelegt hatte.

Rhodan ließ in aller Eile ein Beiboot vom Typ Kaulquappe mit Krümmungsfeldgeneratoren ausrüsten, jenen Geräten, die als einzige einen Übergang in die fremde Zeitebene der Druuf ermöglichten, indem sie sozusagen eine Tür zwischen zwei Eigenzeiten öffneten, und brach mit der DRUSUS, die die so ausgerüstete Kaulquappe an Bord hatte, dorthin auf, wo Wanderer im zweiten Drittel des Jahres 2040 seine Bahn gezogen hatte.

Die DRUSUS war schon von einer früheren Operation her mit Krümmungsfeldgeneratoren ausgerüstet. Wenn die irdische Flotte überhaupt ein Schiff besaß, das den von den Druuf drohenden Gefahren gewachsen war, dann nur die DRUSUS.

Die irdische Krümmungsfeldtechnik, vor mehr als einem Jahr gewissermaßen durch Zufall entdeckt, war im Lauf der Ereignisse auf der Kristallwelt so weit entwickelt worden, daß ein Übergang in die fremde Zeitebene überall dort erfolgen konnte, wo eine Überschneidung zweier Eigenzeiten in der Vergangenheit einmal stattgefunden hatte oder im Augenblick gerade stattfand. Die DRUSUS hatte also keine andere Aufgabe als die, die Wanderer-Bahn mit eingeschaltetem Linsenfeld entlangzufliegen. Wenn es wirklich, wie die Positronik behauptete, eine Überschneidung gegeben hatte, der Wanderer zum Opfer gefallen war, dann würde das Schiff, sobald es den Überschneidungspunkt erreichte, durch sein eigenes Feld in die fremde Zeitebene eindringen.

Das war nach kurzer Suche geschehen.

Die DRUSUS tauchte in einen Raum ein, der mit früher schon beobachtetem, tiefrotem Leuchten erfüllt war und anscheinend keinen anderen Zweck erfüllte, als einer giftgrün leuchtenden Sonne zum Aufenthaltsort zu dienen.

Die eigenartigen Farberscheinungen vermochten niemanden mehr zu erschüttern, da man sie früher schon erlebt hatte. Die Meßgeräte der DRUSUS ermittelten den Abstand zwischen dem Schiff und der grünen Sonne zu vierundfünfzig astronomischen Einheiten – eine Maßangabe, der Rhodan mit wohlbegründetem Mißtrauen begegnete, denn die Erfahrung, daß die konventionellen Maße des Einstein-Kontinuums auf der fremden Zeitebene nur beschränkt oder gar nicht gültig waren, war schon mehrere Male gemacht worden.

Die DRUSUS, die Rhodan auf keinen Fall der Gefahr der Eigenzeit-Angleichung aussetzen wollte, kehrte nach kurzem Aufenthalt im roten Universum durch das Krümmungsfeld zurück.

Man wußte jetzt, an welcher Stelle Wanderer verschwunden war. Man wußte auch, daß man auf der eigenen Zeitebene über den Verbleib des künstlichen Planeten nichts erfahren konnte.

Die mit Krümmungsfeldgeneratoren ausgerüstete Kaulquappe, die K-238, wurde startbereit gemacht. Rhodan hatte darauf verzichtet, eine Besatzung der üblichen Stärke zu der risikoreichen Operation mitzunehmen. Die Funktionen einer Kaulquappe, einschließlich der Geschützbedienung, konnten im Ernstfall von fünf Mann wahrgenommen werden, und diesen Ernstfall hielt Perry Rhodan jetzt für gegeben.

Außer Atlan, dem Arkoniden, und Reginald Bull hatte er sich Captain Gorlat und Leutnant Tompetch als Begleiter ausgewählt.

Das waren – mit ihm zusammen – die fünf Mann, die im kleinen Kommandoraum der K-238 am Abend des 17. Januar 2042 seufzend, fluchend oder mit angehaltenem Atem auf den Bildschirm starrten.

Alle fünf wußten, welche Risiken mit einem Eindringen in das Druuf-Universum verbunden waren. Grundsätzlich würden sie zweiundsiebzigtausendmal schneller sein als alles, was sich auf der anderen Seite bewegte, aber die Gefahr einer Zeitanpassung war nie auszuschließen, das wußten sie von den Ereignissen auf der Kristallwelt, die die Betroffenen nur aufgrund eines glücklichen Zufalls keine etlichen Jahrtausende gekostet hatte.

Schon damals hatte der Arkonide Crest nachzuweisen versucht, daß die erfolgte Zeitangleichung kein natürlicher, sondern ein von den Druuf herbeigeführter Vorgang war. Crests Hypothese war inzwischen von der Venus-Positronik bestätigt worden, ohne daß der große Rechner eine Antwort auf die Frage gefunden hätte, *wie* die Druuf die Zeitanpassung herbeiführten.

Trotz dieser Gefahren blieb Rhodan keine andere Wahl, als das Risiko einzugehen, denn wenn sie Wanderer nicht fanden, waren Reginald Bull und er zu einem grauenhaften Ende verurteilt.

2.

Der Start erfolgte automatisch, als der Uhrzeiger die 20.45-Marke erreichte. Das Kabel, das die Verbindung mit dem Schiffsinneren bisher aufrechterhalten hatte, glitt aus der Buchse, auf dem Panorama-Bildschirm der K-238 erschien das hellerleuchtete, nichtssagende Bild des großen Beiboot-Hangars, an dessen jenseitigem Ende das innere Schleusenschott aufzugleiten begann.

Ein paar Sekunden später setzte sich die K-238 ebenfalls in Bewegung. Auf einem künstlichen Gravitationsfeld schwebte sie in den Schleusenraum hinein und verhielt, während sich das innere Schott schloß und das äußere sich im Anschluß daran zu öffnen begann.

Der milchige Ring des Linsenfelds wurde wieder sichtbar. Sein Zentrum fiel mit dem Mittelpunkt des Bugbildschirms zusammen.

Rhodan sah, wie das Schott auf der Seite anschlug und das grüne Startsignal aufleuchtete.

Mit einem plötzlichen Ruck glitt die Schleusenöffnung zur Seite. Der Ring des Linsenfelds schien sich mit einem mächtigen Satz auf das Beiboot zu stürzen – und im nächsten Augenblick war alles verschwunden: der Ring, der Lichtteppich der unzähligen Sterne und die DRUSUS, an deren Bord jetzt Baldur Sikermann das Kommando hatte.

Statt dessen umhüllte tiefes Rot das kleine Boot, und aus den Abgründen eines schreckenerregenden, fremdartigen Raumes leuchtete der grelle Feuerball einer grünen Sonne. Der Sprung war geglückt.

Sie wußten, daß sie von nun an mit einer anderen Zeit zu rechnen hatten. Vielleicht war auch „rechnen“ nicht das richtige Wort, denn die Erscheinungen auf der purpurroten Welt waren so mannigfaltig, eigenartig und manches Mal einander scheinbar widersprechend, daß es bisher noch nicht einmal den Mathematikern gelungen war, sich ein eindeutiges Bild zu verschaffen, nach dem man sich hätte zurechtfinden können.

Rhodans Interesse galt zuerst der Frage, ob die grüne Sonne ein Himmelskörper in dem Sinn war, den der eilfertig gegebene Name ihr unterschob, und ob, wenn diese erste Frage bejaht war, sie Planeten besaß.

Die Aufgaben an Bord der K-238 waren sorgfältig verteilt: Rhodan war Kommandant und Pilot zugleich; Atlan, der Arkonide, saß an der Positronik und berechnete den Schiffskurs oder wertete Orterergebnisse aus; Reginald Bull bediente die Ortergeräte; Captain Gorlat hatte den Geschützstand inne, und Leutnant Tompetch fungierte als Ersatzmann.

Eine halbe Stunde nach dem Übergang in die fremde Zeitebene hatten die Meßgeräte das Spektrum der grünen Sonne registriert und warfen ein Diagramm aus, das die differentielle Strahlungsdichte als Funktion der ausgestrahlten Wellenlänge angab. Atlan, dem das Diagramm als erstem vorgelegt wurde, stieß ein spöttisches Gelächter aus und meinte, das sei ein Spektrum, das zu nichts anderem tauge, als einen Spektroskopiker zum Wahnsinn zu treiben. Rhodan bestätigte kurz darauf, daß so etwas wie das Spektrum eines glühenden, rostigen Eisendrahts aussehen könne, aber nicht das einer Sonne.

Anstelle der glatten Kurve, die das Diagramm hätte zeigen sollen, erschien eine nahe der Abszissenachse verlaufende, ziemlich waagerechte Linie, die in unregelmäßigen Abständen spitze und hohe Zacken aufwies. Einer der Zacken wurde bei einer Wellenlänge von 5600 Angström registriert und war offenbar für die grüne Farbe des eigenartigen Leuchtkörpers verantwortlich.

Bevor der Schluß, daß es sich nicht um eine Sonne, sondern um eine andere, bislang noch unbekannte Leuchterscheinung handelte, formuliert und ausgesprochen wurde, erzielten die Meßgeräte ein neues Resultat: Von dem grünen Körper ging ein Gravitationsfeld aus. Die Entfernung zwischen der K-238 und der grünen Sonne betrug etwas mehr als achtzehn astronomische Einheiten. Der gemessene Gravitationswert, über diese Entfernung umgerechnet, ergab für den Leuchtkörper eine Masse von 9 mal 10 hoch 30 Kilogramm, das war rund das 4,5fache des irdischen Muttergestirns.

Kein anderer Körper als eine Sonne konnte eine solche Masse haben. Der Nachweis der Masse fiel schwerer ins Gewicht als das sonderbare Spektrum.

Den Ausschlag aber gab schließlich die Entdeckung, die Reginald Bull mit extraempfindlichen Geräten eine Viertelstunde später machte. Die Geräte registrierten eine Störung des Gravitationsfelds, die nur auf ein zweites, schwereres Gravitationsfeld zurückgeführt werden konnte. Ein paar Augenblicke später war nachgewiesen, daß sich das zweite Feld gegenüber dem ersten bewegte. Aus dem ursprünglichen Wert der Störung und ihrer zeitlichen Änderung wurde ermittelt, daß der Körper, von dem das zweite Feld ausging, eine Masse von rund 5 mal 10 hoch 24 Kilogramm haben mußte, und das wiederum war das 0,83fache der Erdmasse.

Niemand zweifelte mehr daran, daß Bulls Geräte einen Planeten entdeckt hatten und daß die grüne Leuchterscheinung sein Muttergestirn war, also eine Sonne.

Rhodan war sofort entschlossen, den vorerst noch unsichtbaren Planeten anzufliegen und eine Landung zu versuchen.

Auf den Bildschirmen tauchte die unbekannte Welt erst auf, als die K-238 sich ihr bis auf achthunderttausend Kilometer genähert hatte.

Rhodan drosselte die Geschwindigkeit des Bootes bis auf einen Wert, den er unter normalen Umständen als lächerlich empfunden hätte. In einer Lage wie dieser war es jedoch ohne Zweifel angebracht, so vorsichtig wie möglich zu sein.

Er beobachtete das Bild des fremden Planeten und hörte mit halbem Ohr die Meßergebnisse, die Reginald Bull in den kleinen Raum rief. Er sah weite Wolkenflächen, die sich nur schwach und türkisfarben gegen die Oberfläche abhoben, und Linien auf der Oberfläche selbst, die eine Gliederung anzudeuten schienen.

Bull rief: „Durchmesser rund elftausend Kilometer! Oberflächengravitation 1,12-normal. Absorptionsbanden von Stickstoff, Sauerstoff und Argon. Zusammensetzung sechzig, fünfunddreißig, vier, Rest unbekannt.“

Also eine sehr sauerstoffreiche, sicherlich gut atembare Atmosphäre, dachte Rhodan. Wenigstens etwas, womit sich auf Anhieb etwas anfangen ließ.

Rhodan leitete das Landemanöver ein, und bald darauf setzte das Kugelschiff auf.

Die Oberfläche des fremden Planeten bedeckten – wenigstens an der

Stelle, an der die K-238 gelandet war – freundliche, parkähnliche Wälder, weite Wiesenflächen und kleine Flüsse, die alle in eine Richtung strebten und sich anscheinend irgendwo jenseits des Horizonts vereinigen wollten.

Das alles sah aus, als hätte die K-238 ein neues Paradies entdeckt. Es kam jedoch noch etwas hinzu, was – wenigstens in den ersten Minuten – diesen Eindruck empfindlich störte. Die Atmosphäre enthielt eine winzige Beimengung von Schwefelwasserstoff; er gehörte zu dem einen Prozent, das Bull während der Annäherung nicht hatte identifizieren können, und erzeugte einen bestialischen Gestank wie nach faulen Eiern.

Eine sorgfältige Analyse ergab, daß die Beimengung des an sich giftigen Gases zwar äußerst geruchsaktiv, jedoch ungefährlich war, so daß die Anwendung von Filtern nicht notwendig wurde.

Im übrigen ist der Schwefelwasserstoff-Gestank ein erträglicher Gestank. Nach einer gewissen Zeit der Gewöhnung nimmt ihn die menschliche Nase nicht mehr wahr.

Nicht anders erging es Rhodan und seinen Begleitern. Als sie eine Stunde lang gesucht hatten, empfanden sie den Gestank nicht mehr und kamen zu der Überzeugung zurück, eine paradiesische Welt entdeckt zu haben.

Über Reginald Bulls spontanen Vorschlag, den Planeten Stinker zu nennen, wurde kein Wort mehr verloren.

Rhodan kehrte zum Schiff zurück, nachdem er festgestellt hatte, daß es in dessen nächster Umgebung nichts Beachtenswertes gab. Inzwischen hatte die Positronik die während des Ausflugs gemachten Aufnahmen ausgewertet und festgestellt, daß nirgendwo auf der Oberfläche des Planeten Spuren intelligenten Lebens zu sehen waren. Daraufhin erklärte Rhodan: „Unter diesen Umständen hat es keinen Zweck, daß wir uns länger hier aufhalten. Von einem unbelebten Planeten können wir nicht erfahren, wohin Wanderer verschwunden ist."

Dagegen gab es kein Argument. Die K-238 wurde startbereit gemacht, und währenddessen versuchte die Positronik aus der mittlerweile bekannten Bahnkurve des Planeten zu errechnen, ob es irgendwo eine weitere Gravitationsstörung oder mit anderen Worten noch eine zweite Welt der grünen Sonne gab.

Dieser Versuch brachte ein interessantes Resultat. Die Bahn der grünen Welt war nicht stabil. Ihre Umlaufgeschwindigkeit war gegenüber dem Durchmesser zu groß. Das bedeutete, daß der grüne Planet sich von seinem Zentralgestirn irgendwann in der Zukunft lösen und in den purpurroten Raum hinaustreiben würde.

Auf den ersten Blick betrachtet, war das nichts Außergewöhnliches. Im Universum gab es zu jedem beliebigen Zeitpunkt mehr instabile als stabile Planetenbahnen – dem Grundsatz der Physik entsprechend, daß ein ungeordneter Zustand weitaus wahrscheinlicher ist als ein geordneter.

Eines jedoch war äußerst merkwürdig.

„Ich glaube, wir sind uns alle über eines im klaren", sagte Rhodan. „Die Instabilität der Bahn kann erst vor kurzem aufgetreten sein. Bestünde sie schon von jeher, dann hätte sich auf dieser Welt keine Vegetation entwickelt. Zur Entstehung von Leben, und sei es selbst dem primitivsten, bedarf es geordneter Zustände, und nach meiner Schätzung gibt es Leben auf diesem Planeten erst seit einigen hundert Millionen Jahren."

Er sah sich auffordernd um, aber anscheinend konnte außer Atlan niemand etwas mit seiner Feststellung anfangen.

„Du glaubst also an eine plötzliche Einwirkung, wie?" fragte er lächelnd. „Einen Gravitationsausbruch irgendwo im freien Raum, der den Planeten beschleunigt, oder . . .?"

Rhodan winkte ab.

„Weitaus weniger dramatisch, Admiral", er lachte. „Ich glaube an Wanderer, um es deutlich zu sagen. Wanderer ist irgendwo in der Nähe auf diese Zeitebene übergewechselt. Wenn er dicht genug vorbeigezogen ist, dann kann er diese Störung hervorgerufen haben."

Atlan nickte, als hätte er keine andere Antwort erwartet. „Du bist ein Mann, der schnell Schlüsse zieht, Barbar. Und jetzt?"

Anstelle einer Antwort schaltete Rhodan alle Triebwerksaggregate auf Null-Leistung. Die Kontrollampen erloschen.

„Das", sagte Rhodan. „Wir bleiben. Wenn wir ermitteln können, *wann* die Störung stattgefunden hat, können wir den Kurs errechnen, den Wanderer gezogen ist."

„Oh!" machte Atlan und zog die Brauen in die Höhe. „Das gibt sechsundzwanzig Gleichungen mit siebenundzwanzig Unbekannten. Ein Dreikörper-Problem, über das sich die genialsten Mathematiker die Haare raufen würden."

Rhodan machte lächelnd eine Handbewegung zur Schalttafel der Positronik hin. „Soll *sie* sich ruhig die Haare raufen!"

Nun, da sie sich entschlossen hatten zu bleiben, gaben sie der Welt einen Namen. Sie nannten sie Solitude, weil sie sich keinen einsameren Platz vorstellen konnten als diesen, auf dem es schöne Pflanzen in Hülle und Fülle, aber kein einziges Tier gab – wenn man von den kleinen spinnen- und käferartigen Wesen absah, die Rhodan bisher entdeckt hatte.

Eigentlich hatte nun niemand etwas Rechtes zu tun – mit Ausnahme der Positronik, die alle möglichen Informationen über integrale Strahlungsleistung der grünen Sonne, Oberflächentemperatur von Solitude, Masse von Solitude, Bahngeschwindigkeit und andere Dinge miteinander kombinierte, um herauszufinden, welches die ursprüngliche Solitude-Bahn gewesen war. Gelang ihr das, dann war es nicht mehr schwierig, den Zeitpunkt ausfindig zu machen, an dem die Bahnstörung zu wirken begonnen hatte, und von da aus war nur noch ein zwar komplizierter, aber einziger Schritt bis zur Bestimmung des Kurses, den Wanderer gezogen war, vorausgesetzt, daß sich Rhodans und Atlans Hypothese als Tatsache herausstellte.

Rhodan hatte nichts dagegen einzuwenden gehabt, daß Bull, Gorlat und Tompetch ihrem Schlafbedürfnis nachgaben und sich in ihre Kabinen zurückzogen. Atlan war wach geblieben, aber nach einer Weile auch gegangen, um sich, wie er sagte, verschiedene Dinge durch den Kopf gehen zu lassen.

Rhodan beobachtete, während die Positronik hinter ihm emsig arbeitete, das grüne Land draußen, jenseits der Wände des Schiffs. Er studierte die eigenartigen Baumformen und hatte den Eindruck, sie sähen Eichen, Tannen und Riesenschachtelhalmen in gleicher Weise ähnlich, als hätten sie von jeder dieser drei Arten ein besonderes Kennzeichen mitbekommen.

Eine Wunderwelt für galaktische Biologen, dachte er. Pflanzen aus einer Welt, in der die Zeit stillsteht.

Die Pflanzen bewegten sich nicht. Es schien keinen Wind zu geben. Wenn man die eigenartigen Halme anfaßte oder die Blätter der Bäume, hatte man das Gefühl, auf hartes Metall zu greifen. Rhodan kannte diese Erscheinung von jener Welt her, die Marcel Rous Kristallplanet genannt hatte. Sie war weiter nichts als ein Ergebnis des verlangsamten Zeitablaufs.

Er versank ins Grübeln über das unfaßbare Problem der verschiedenen Eigenzeiten, bis er schließlich den dunklen Fleck bemerkte, der jetzt zwischen zwei kräftigen Baumstämmen in etwa vierhundert Metern Entfernung auftauchte und von dem er wußte, daß er zuvor noch nicht dort gewesen war.

Das fesselte seine Aufmerksamkeit. Auf einer Welt, in der die Zeit zweiundsiebzigtausendmal langsamer verläuft als woanders, kann nichts innerhalb weniger Minuten auftauchen – auch kein dunkler Fleck zwischen zwei Baumstämmen.

Wenn nur das Grün nicht wäre, dachte Rhodan. Grün scheint meinen Augen nicht zu bekommen.

Er blendete ein kleines Quadrat des Bildschirms aus und veränderte die Linsenstellung des Aufnahmesystems so, daß das Teilbild vergrößert wurde. Je höher der Vergrößerungsmaßstab, desto deutlicher glaubte Rhodan zu erkennen, daß dort zwischen den Bäumen ein Mensch stand. Er bewegte sich nicht und schien zum Schiff herüberzuschauen. Sein Gesicht war nicht zu erkennen und auch nicht, welche Art von Kleidung er trug.

Einer von den vieren ist hinausgegangen, ohne mir etwas zu sagen, überlegte Rhodan, aber da er seiner Sache nicht ganz sicher war, rief er der Reihe nach die Kabinen an. Reginald Bull, der es sich erlauben konnte, war sehr ungnädig über die Störung. Captain Gorlat meldete sich ordnungsgemäß zur Stelle, und Mike Tompetch war so verschlafen, daß er gar nicht begriff, was man von ihm wollte.

In Atlans Kabine jedoch meldete sich niemand.

„Warte nur, Admiral!“ Rhodan lachte vor sich hin. „Das Schiff ohne Erlaubnis des Kommandanten zu verlassen!“

Er stand auf und ging zum Feuerleitstand hinüber. Es würde dem Arkoniden nichts schaden, wenn durch einen gut gezielten Desintegratorschuß in seiner Nähe ein Baum gefällt wurde und er einen Schrecken bekam.

Aber Rhodan hatte den Platz, auf dem sonst Captain Gorlat saß, noch nicht erreicht, als das Eingangsschott leise rumpelnd zur Seite glitt. Atlan, der Arkonide, erschien in der Öffnung.

Er sah ein wenig verstört aus, obwohl er lächelte. Rhodan warf einen raschen Blick auf den Bildschirm und sah, daß die dunkle Gestalt immer noch zwischen den Bäumen stand.

Also war es doch . . .! „Ich fürchte, ich brauche einen kräftigen Schluck, Perry“, sagte Atlan. Er schien verwirrt.

„Weswegen?“ fragte Rhodan.

Atlan schüttelte den Kopf. „Frag lieber nicht. Du würdest mich sonst vielleicht . . .“

„Sag's schon!“

Atlans rötliche Augen sahen ihn groß und hilflos an.

„Ich habe einen kleinen Mann gesehen in meiner Kabine“, gestand er leise und zaghaft.

Zu seinem Erstaunen reagierte Rhodan darauf völlig gelassen. Er wandte sich um und zeigte auf den Bildschirm.

„War es vielleicht dieser dort?“ fragte er und stieß gleich darauf ein überraschtes Brummen aus.

Die Gestalt zwischen den beiden Baumstämmen war verschwunden.

Atlan betrachtete den Bildschirm und klagte: „Ein kleiner Mann“, dabei zeigte er mit den Händen eine Spanne von etwa fünfundzwanzig Zentimetern, „und dabei völlig humanoid, mit einer terranischen Raumschiffskombination als Anzug – und dazu noch durch das verschlossene Schott.“

„Wie sah er aus?“ wollte Rhodan wissen. „Ich meine sein Gesicht?“

Atlan zuckte mit den Schultern. „Weiß ich nicht. Er – ich konnte es nicht richtig sehen. War aber ziemlich merkwürdig. Wie – ja, jetzt weiß ich es: wie der halb vollendete Kopf einer Plastik. Noch nicht ganz fertig, sozusagen.“

„Aha. Wie kam er herein?“

„Weiß ich auch nicht. Ich stand mit dem Rücken zum Schott und sah auf den Bildschirm. Als ich mich umdrehte, war er da. Ganz ohne Geräusch. Stand neben dem Tisch.“

„Und was tat er?“

„Nichts – außer sich umsehen. Er bewegte sich ziemlich schnell, erstaunlich schnell für ein Wesen dieser Welt.“

„Dann ging er wieder?“

„Von Gehen ist gar keine Rede“, protestierte der Arkonide. „Ich hatte mich gerade von meiner Überraschung erholt und wollte ihn etwas fragen, da war er weg. Von einem Augenblick zum anderen, wie ein Teleporter.“

„Hm“, machte Rhodan. „Vielleicht ist er einer. Das würde auch erklären, wie er durch das geschlossene Schott gekommen ist. Was tatest du dann? Kamst du hierher?“ Atlan nickte.

„Weißt du", sagte er dann, „daß er ein Teleporter ist, kann schon sein. Aber hast du je einen gesehen mit einem halbfertigen Gesicht und nur anderthalb Handspannen groß?"

Rhodan lachte halblaut. „Nein, natürlich nicht. Aber Solitude ist eine seltsame Welt. Wir brauchen deshalb nicht gleich den Kopf zu verlieren. Vielleicht gibt es . . ."

„Recht hast du, Barbar", dröhnte Atlan und schien sein Gleichgewicht wiedergefunden zu haben. „Vielleicht gibt es eine ganz natürliche Erklärung."

„Richtig", stimmte Atlan zu und drückte auf den Alarmknopf.

Als die Sirenen aufheulten, schrak der Arkonide zusammen. Der Zwischenfall schien ihm sehr auf die Nerven gegangen zu sein, auch wenn er jetzt nach außen hin den Eindruck machte, als sei er völlig ruhig.

Der Alarm wurde mit der an Bord üblichen Geschwindigkeit beachtet. Die Sirenen verstummten gerade, als Reginald Bull in den Kommandoraum gestürmt kam.

Dicht hinter ihm erschien Captain Gorlat. Als letzter kam Leutnant Tompetch.

„Hat jemand in der vergangenen Stunde etwas Ungewöhnliches bemerkt?" fragte Rhodan.

Reginald Bull schüttelte mürrisch den Kopf.

„Captain?"

„Nein, nichts. Habe geschlafen."

„Leutnant?"

„Nein. Habe auch geschlafen."

Rhodan schilderte in knappen Worten, was er und Atlan beobachtet hatten.

„Wir wissen nicht", schloß er, „ob wir Halluzinationen zum Opfer gefallen sind. Hier auf Solitude kann manches passieren, was nicht in unsere Vorstellung paßt. Aber natürlich müssen wir uns überzeugen. Captain Gorlat, untersuchen Sie die Kabine, in der der kleine Mann gesehen worden ist. Bully, du übernimmst das Kommando an Bord, während Atlan und ich die Stelle in Augenschein nehmen, an der ich den Fremden beobachtet habe. Leutnant Tompetch, Sie halten Funkverbindung mit uns!"

Der Himmel überzog sich unendlich langsam mit einem eigenartigen Braun.

Mischfarben, registrierte Rhodan. Das Tagesgrün und das Purpurrot des Raumes mischten sich zu Braun. Wenn die Sonne untergegangen ist, werden wir nur noch Rot sehen.

Es stellte sich heraus, daß er sich bei der Beobachtung der eigenartigen dunklen Gestalt in der Entfernung ganz erheblich verschätzt hatte. Aus den vierhundert Metern wurden doppelt soviel, bis er mit dem Arkoniden die beiden Baumstämme erreichte, zwischen denen der Fremde gestanden hatte.

„Wir haben die Stelle erreicht, Leutnant", sprach Rhodan in das kleine Funkgerät. „Können Sie uns sehen?"

„Jawohl", antwortete Tompetch. „Vorerst noch sehr gut. Aber es wird allmählich dunkler."

„Gut. Wie groß sehen Sie uns?"

„Wie einen Daumen so groß, würde ich sagen."

„Danke, das genügt. Bleiben Sie am Gerät!"

Er sah Atlan an. „Schade, Admiral. Ich dachte, aus deinem Zwerg wäre ein Riese geworden. Aber fast so groß wie einen Daumen habe ich ihn auch gesehen."

Sie suchten nach Spuren. Da es zu dunkel geworden war, als daß man mit bloßem Auge etwas hätte erkennen können, zog Rhodan eine kleine, aber leistungsfähige Lampe hervor und leuchtete den Boden ab.

„Das Gras ist hart", murmelte der Arkonide. „Spuren, wie wir sie gewöhnt sind, kann er nicht hinterlassen haben. Das Gras drückt sich nicht nieder."

Rhodan wollte etwas erwidern, aber in diesem Augenblick fühlte er, daß hinter ihm etwas war – spürte fast körperlich, daß er aus der braunen Finsternis heraus beobachtet wurde.

Seine Reaktion war rein mechanisch. Sie geschah instinktiv und weitaus schneller, als der Schreck das Gehirn erreichte und den Verstand lähmte. Der breite Lichtkegel der Lampe erfaßte eine Gestalt, die nur ein paar Meter weit entfernt über dem Boden zu schweben und sich im Wind sanft zu wiegen schien – in einem Wind, den es auf Solitude gar nicht gab.

Rhodan registrierte mit Erstaunen, daß der Lichtstrahl der Lampe die Gestalt durchdrang, wenigstens zu einem Teil, und auf einem Baumstamm, der hinter ihr lag, einen hellen Kreis zeichnete.

Was war das?

Atlans Hand griff zum Gürtel hinunter und hatte die Waffe schon herausgerissen, bevor Rhodan eine abwehrende Geste machte und dem Arkoniden zurief: „Nichts überstürzen! Wir wissen nicht, was er will!"

Gleichzeitig versuchte er zu erkennen, wer „er" war, der sich immer noch in einem imaginären Wind wiegte und dem das grelle Licht der Lampe so wenig ausmachte, als nehme er es gar nicht wahr.

Er trug den grauen Overall, der an Bord irdischer Raumschiffe zur Arbeitskleidung gehörte, aber der Overall, sonst aus grobem, festem Stoff gefertigt, war durchsichtig. Er trug die hochschäftigen Stiefel mit Magnetverschluß, wie auch Rhodan sie trug, aber sie verletzten das Gras nicht, auf dem er stand, während es unter Rhodans Tritten knisternd brach und splitterte. Er schien dichten Haarwuchs zu haben, aber das Gesicht darunter war nicht zu erkennen.

„Na schön, mein Freund", sagte Atlan spöttisch. „Irgend etwas müssen wir unternehmen. Anstarren bringt uns nicht weiter. He, wer bist du?"

Der laute Ruf weckte ein groteskes Echo an den diamantharten, glatten Stämmen der Bäume. Die Gestalt jedoch reagierte nicht.

Rhodan tat einen Schritt auf sie zu, da kam sie in Bewegung und entfernte sich um die Länge eines Schrittes rückwärts. Sie ging nicht, sondern glitt über das Gras dahin. Rhodan machte einen zweiten Schritt und erzielte den gleichen Erfolg.

„Wenn ich einen Bogen schlage", meinte Atlan, „könnten wir ihn vielleicht fangen."

„Fangen? Womit? Er würde uns wie kalter Dampf zwischen den Händen hindurchgleiten."

Seine Stimme klang gereizt und nervös. Bevor er noch den Satz zu Ende sprechen konnte, setzte sich die Gestalt ein drittes Mal in Bewegung – diesmal, ohne daß ihr jemand näher gekommen war.

Rhodan ließ den Lichtstrahl dem Fremden folgen. Er glitt an einem Baumstamm vorbei und entfernte sich aufs offene Grasland hinaus. Das seltsam ungehobelte Gesicht hielt er rückwärts gewandt, als wollte er wissen, ob ihm jemand folgte.

„Hinter ihm her!" entschloß sich Rhodan. „Wäre interessant zu erfahren, wohin er geht."

Er benachrichtigte Tompetch über den Vorfall und wies ihn an, von nun an den Ultrarotsucher zu benutzen.

„Versuchen Sie, uns nicht aus den Augen zu verlieren“, schloß er. „Es könnte sein, daß wir Hilfe brauchen.“

Dann folgte er mit Atlan zusammen der Gestalt. Dem Fremden schien es nichts auszumachen, daß jemand hinter ihm herkam. Er änderte sein Tempo nicht und glitt weiter über das Gras dahin.

Es war keineswegs leicht, ihm zu folgen. Das Gras, obwohl spröde, machte nichtsdestoweniger den Eindruck, als recke eine unübersehbare Armee von Zwergen den Eindringlingen ihre stählernen Speerspitzen entgegen, und ein einziges Blatt, durch eine schlecht verschweißte Stelle des Schuhs eindringend, würde ohne Zweifel bösartige Verletzungen hervorrufen.

Nach Rhodans Schätzung hatten sie sich inzwischen etwa drei Kilometer von der K-238 entfernt, als im weiten Lichtkegel ein Höhenrücken auftauchte, der sich gleichförmig und ungegliedert quer über das Blickfeld zog. Der Fremde schwebte die Anhöhe hinauf und verschwand jenseits des Kammes. Atlan und Rhodan folgten ihm, und als sie den Kamm erreichten, sahen sie den Fremden am Fuße des jenseitigen Hanges stillstehen. Zu seinen Füßen war ein dunkler Fleck, als sei dort das Gras niedergebrannt worden.

Er schien nur darauf zu warten, daß Rhodans Lampe über dem Hügelrücken erschien und ihn, den Fremden, beleuchtete. Dann sank er langsam, als wollte er sein Vorgehen deutlich demonstrieren, in den dunklen Fleck hinein. Nach ein paar Sekunden war er verschwunden.

„Jetzt nimm deine Waffe, Admiral“, sagte Rhodan, ohne den Arkoniden anzusehen.

Sie schritten den Hang hinab, und als sie zur Hälfte unten waren, konnte man im hellen Lichtkegel sehen, daß der dunkle Fleck nichts weiter als ein Loch war, das anscheinend senkrecht in den Boden führte. Es war nahezu kreisrund und hatte einen Durchmesser von anderthalb Metern. An seinem Rand blieben sie stehen, und Rhodan leuchtete hinein. Sie konnten erkennen, daß der Schacht nur anderthalb Meter weit senkrecht lief und dann zur Seite hin abbog. Wohin er führte, war nicht zu erkennen.

„Also steigen wir hinunter“, schlug Atlan vor.

Rhodan schüttelte den Kopf.

„Zu gefährlich“, meinte er. „Wir brauchen mindestens einen Mann, der hier oben Wache hält.“ Er rief Tompetch an. „Kommen Sie her. Sie können unsere Spur im Gras erkennen. Außerdem lasse ich die Lampe nach oben leuchten."

Tompetch bestätigte den Befehl und sagte, er wäre in spätestens einer halben Stunde dort.

„Was sollen wir uns darunter vorstellen?" fragte Atlan nach langem Schweigen. „Wie kommt ein immaterielles Gebilde zustande, das die Gestalt eines Menschen hat und den Overall der terranischen Raumflotte trägt?"

Rhodan antwortete: „Um ehrlich zu sein: Ich kann mir überhaupt nichts darunter vorstellen. Ich hoffe aber, daß wir da unten", dabei deutete er in den finsteren Schacht hinein, „eine Erklärung finden werden."

Und nach einer Weile fügte er hinzu: „Dabei ist zu bedenken, daß wir es nicht immer mit einem Gebilde schlechthin zu tun haben. Es ist nicht etwa eine Bildprojektion mit besonderen Raffinessen. Das Ding besitzt Intelligenz. Es scheint ein echter Geist zu sein."

„Ein Gespenst, wie?" spottete Atlan.

„Vielleicht. Wobei allerdings festzulegen wäre, was ein Gespenst überhaupt ist."

Das Gespräch drohte aus Mangel an Information ins Metaphysische hinüberzugleiten, als oben auf dem Hügelkamm mit mächtigem, dröhnendem Schritt Leutnant Tompetch erschien. Er kam den Hang herunter, blieb vor der Lampe stehen und lächelte erwartungsvoll.

„Tompetch, wir klettern jetzt da hinunter. Halten Sie Ihre Waffe schußbereit und das Ohr am Empfänger. Ich weiß nicht, was uns da unten erwartet", befahl Rhodan.

Tompetch kauerte sich an den Rand des Loches, während Rhodan hineinstieg, sich an den Armen hinunterließ und den Halt aufgab, als er Boden unter den Füßen spürte. Der Schacht verlief jedoch auch weiter unten noch zu schräg, um ihm Halt zu bieten. Auf einer staubigen, aber erstaunlich glatten Rutschbahn schoß er mit zunehmender Geschwindigkeit ins Innere des Planeten hinein.

Er kam erst zur Ruhe, als der Schacht sich in die Horizontale wandte. Eilig kroch Rhodan ein Stück weiter, und da kam hinter ihm auch schon der Arkonide schimpfend den seltsamen Schlot herabgefahren.

Blitzschnell richtete sich Atlan auf, soweit es die geringe Höhe des Stollens erlaubte, und sah den Weg zurück, den er gekommen war.

„Möchte wissen, wie wir da wieder hinaufkommen sollen", murmelte er.

Rhodan kroch weiter.

„Fürs erste bin ich froh", meinte er, „daß wir hier unten sind. Über das, was nachher kommt, will ich mir später den Kopf zerbrechen."

Die Lampe hatte den Fall gut überstanden. Ihr kräftiger Strahl beleuchtete die glatten Wände des Stollens, und weiter vorn drang er durch eine kreisrunde, schwarze Öffnung in einen Raum, der anscheinend zu groß war, als daß die Lampe ihn hätte erhellen können.

Der Stollen selbst war niedrig, aber so, daß man sich noch bequem bewegen konnte. Während sie beide nach vorn krochen, um den finsteren Raum in Augenschein zu nehmen, ließ Atlan eine Hand über die Stollenwand gleiten und stellte fest, daß der glatte Überzug aus einer harten, fugen- und rillenlosen Plastikmasse bestand, die in Spritztechnik aufgebracht worden zu sein schien.

Als sie das vordere Stollenende erreichten, erfaßte der Strahl der Lampe einen weiten Raum, der mit fremdartigen Apparaturen vollgestopft war. Eine Reihe von kastenähnlichen Geräten war mit anderen durch Röhren und Leitungen verbunden. In der Mitte des Raumes standen sargähnliche Behälter, die eine besonders große Zahl von Leitungen und Röhren aufwiesen.

Die Särge, in denen die meisten Leitungen endeten, begannen Rhodan zu interessieren. Er sprang aus dem Stollen auf den einen Meter tiefer gelegenen Boden, zwängte sich zwischen einer Reihe von Geräten hindurch und blieb vor dem ersten Sarg stehen, um ihn zu untersuchen. Er schien aus Metall zu bestehen.

Rhodan betastete mit der Hand den Kastendeckel und spürte, daß er langsam pulsierte. Eine der Leitungen, die im Sarg endeten, schien ihm eine Schwingung mitzuteilen, deren Periode etwa zwei Sekunden betrug. Das bedeutete, auf die andere Eigenzeit umgerechnet, eine Frequenz von sechsunddreißigtausend Hertz, also eine Schwingung im Ultraschallbereich.

Rhodan versuchte, den Deckel zu heben, aber das gelang ihm nicht.

Er schwenkte die Lampe einmal im Kreis und sah, daß der große Raum keinen zweiten Eingang oder eine Tür besaß. Das Stollenloch, in dem

Atlan mit schußbereiter Waffe hockte, um Rhodans Inspektion zu decken, war die einzige Öffnung.

Irgendwo in der Nähe mußte also der Geist, das Gespenst sein – es sei denn, es hätte sich durch die Wände davongemacht.

Aber *wo* war es und vor allen Dingen: *Was* bedeutete das alles?

Als Rhodan sich diese beiden Fragen stellte, spürte er zum erstenmal, daß sein Kopf zu schmerzen begann. Es war ein dumpfer, unangenehmer Schmerz wie nach einer durchzechten Nacht mit billigem Wein, und Rhodan wunderte sich darüber, denn die Luft hier unten war ebenso kühl und frisch wie oben im Freien.

An der Luft konnte es also nicht liegen.

Rhodan wich bis zur Rückwand des Raumes zurück und wartete, ob sich der Schmerz änderte. Nach einer Weile schien er schwächer geworden zu sein und wurde noch um einen Grad reduziert, als Rhodan sich bis in die Ecke zwischen Längs- und Rückwand zurückzog.

Es fiel ihm auf, daß an dieser Stelle die Entfernung zwischen ihm und den sechs sargähnlichen Kisten, die fast in der Mitte des Raumes standen, die größtmögliche war, aber dieser Entfernung maß er erst Bedeutung zu, als er langsam an der Längswand entlanggewandert war und festgestellt hatte, daß der Schmerz dort am intensivsten war, wo er den sechs Käfigen genau gegenüberstand.

Die geheimnisvolle Kraft, die ihm Schmerzen verursachte, ging also von den Särgen aus. Daß er nichts gespürt hatte, als er zum erstenmal vor ihnen stand, lag wohl an der fremden Eigenzeit. Auch ein Schmerz brauchte länger, um sich bemerkbar zu machen, als unter normalen Umständen.

„Irgend etwas steckt dort drinnen“, sagte er nachdenklich zu Atlan, „und ich möchte gern wissen, was es ist.“

Dann griff er nach dem kleinen Sender. „Tompetch, sind Sie da?“

„Ja.“

„Rufen Sie das Schiff an und sagen Sie, Gorlat soll herkommen. Mit einem Shift, damit es schneller geht, und einem Psychographen. Verstanden?“

„Verstanden“, antworete Tompetch.

Während die Minuten verstrichen, überlegte Rhodan, ob er einen der sechs Särge mit Gewalt öffnen sollte, um zu sehen, was darin war. Er verwarf die Idee jedoch rasch. Wenn von den Särgen eine Kraft ausging, die ihm Kopfschmerz bereitete – nur ihm, nicht etwa dem Arkoniden –, dann war der Gedanke, daß die Särge etwas Lebendes zum Inhalt hatten, nicht einmal so absurd. Und ein gewaltsames Öffnen eines Sarges würde seinem Inhalt vielleicht nicht wiedergutzumachenden Schaden zufügen.

Rhodan nahm sich vor, von nun an die Bezeichnung „Kasten“ anstatt Sarg zu gebrauchen.

Nach einer Viertelstunde meldete sich Captain Gorlat vom oberen Schachteingang her. Rhodan befahl ihm, den Psychographen herunterzubringen, und gab Tompetch den Befehl, ein Seil, von denen mehrere zur Standardausrüstung des Shifts gehörten, so zu befestigen, daß Gorlat daran herunterklettern konnte und das empfindliche Gerät nicht dem Risiko eines Sturzrutsches auszusetzen brauchte.

Bald darauf wurde Captain Gorlat hinten im Stollen sichtbar.

Rhodan nahm ihm das Gerät aus den Händen, stellte es auf den Boden und schaltete es ein. Wenn es irgendwo in der Nähe artikulierte gedankliche Ausstrahlung gab, dann würde das Gerät sie registrieren. Allerdings war die fremde Eigenzeit zu berücksichtigen. Zur Ausbildung eines kurzen Gedankens benötigte das menschliche Gehirn eine Zeitspanne in der Größenordnung von einer Hundertstelsekunde. Wenn das Fremde dort in den Kästen mit der gleichen Schnelligkeit dachte, dann entsprach dies in der Eigenzeit des Psychographen einer Spanne von 720 Sekunden oder zwölf Minuten.

Und damit war nur der kürzeste aller möglichen Gedanken erfaßt. Um eine ganze telepathische Sendung aufzunehmen – wenn es überhaupt eine gab –, hätte man Tage, Wochen oder gar Monate warten müssen.

Rhodan erinnerte sich plötzlich daran, wie schnell sich das „Gespenst“ bewegt hatte. Es schien der fremden Eigenzeit nicht zu unterliegen. War es da vernünftig anzunehmen, daß die Ausbildung von Gedanken mit der üblichen Langsamkeit vor sich ging?

Es gab ein gewichtiges Argument für diese Annahme: Der Schmerz, den Rhodan verspürte, hatte nicht unmittelbar in dem Augenblick eingesetzt, als er den Raum betrat oder zum erstenmal vor den sechs Kästen stand. Er war erst weitaus später aufgetaucht – etwa eine Viertelstunde, nachdem Rhodan heruntergesprungen war. Das bedeutete ohne Zweifel, daß die fremde Intelligenz zum Erkennen und zum Formulieren ihrer Gedanken die der fremden Eigenzeit entsprechende Zeitspanne brauchte.

Rhodan sah auf die Uhr: Zehn Minuten waren vergangen, seitdem er den Psychographen eingeschaltet hatte. Atlan kauerte immer noch in der Stollenmündung, und Captain Gorlat stand halb gebückt, wie es die Höhe des Stollens erforderte, hinter ihm und sah in den Raum herein.

Fünf weitere Minuten vergingen, und die Stille wurde durch nichts weiter unterbrochen als ab und zu durch das Scharren eines Fußes, einen heftigen Atemzug oder ein Räuspern.

Bis der Arkonide plötzlich aufsprang, mit zusammengekniffenen Augen in den Hintergrund des Raumes starrte und verstört vor sich hin murmelte: „Da stimmt doch etwas nicht!"

Rhodan spürte einen Schwall heißer Luft, der von den sechs Kästen herzukommen schien, und hörte fast im selben Augenblick ein Knistern. Er sah, wie sich die Deckel der Kästen zu wellen begannen, als habe jemand ein kräftiges Feuer unter ihnen entfacht, und die Schnelligkeit, mit der das alles trotz der fremden Eigenzeit vor sich ging, ließ keinen Zweifel darüber, daß Gefahr im Verzug war.

„Raus hier!" schrie er Gorlat und dem Arkoniden zu.

Beide reagierten auf der Stelle. Als Rhodan den Psychographen abgeschaltet und aufgenommen hatte und sich daranmachte, in den Stollen hineinzuklettern, waren sie schon weit hinten, wo der Gang sich nach oben zu neigen begann. Ein paar Schritte weiter entdeckte er das untere Ende des Seils, das sich hin und her bewegte, zum Zeichen dafür, daß entweder Gorlat oder Atlan schon dabei war, in die Höhe zu klettern.

Als der Schacht so steil geworden war, daß er zu Fuß nicht mehr weiterkommen konnte, hakte Rhodan den Psychographen am Gürtel fest, ergriff das Seil und zog sich Hand über Hand daran hinauf.

Gorlat war schon oben und hatte den Shift anlaufen lassen. Tompetch saß mit unglücklichem, verständnislosem Gesicht auf dem Rücksitz. Atlan schwang sich in diesem Augenblick neben ihm hinauf.

„Fort!" keuchte Rhodan, faßte den Bordrand und ließ sich vom Schwung des davongleitenden Fahrzeugs hinaufziehen.

Gorlat wußte ohne weiteren Befehl, was er zu tun hatte. Der Shift schoß schräg den Hügelhang hinauf und legte damit vertikale und horizontale Entfernung in gleicher Weise zwischen sich und die seltsame Höhe.

Gorlat ließ das Fahrzeug über den Damm hinüberkippen und sah sich dabei fragend nach Rhodan um.

„Warten!“ befahl Rhodan.

Er sprang aus dem Shift, nachdem er den Psychographen vom Gürtel abgenommen und in den Gerätekasten geschoben hatte, und kroch zum Hügelkamm hinauf, den das Fahrzeug um etwa zwanzig Meter hinter sich gelassen hatte.

Er war noch nicht ganz oben, als der Boden unter ihm zu zittern begann – auf die gleiche grotesk-langsame Weise, mit der auf Solitude und überhaupt in diesem Universum alle Vorgänge abliefen. Es war mehr ein Rütteln und Stoßen.

Ein paar Sekunden später erhob sich drüben im Tal eine Säule fahlen, grünlichen Lichts. Rhodan, der mittlerweile den Kamm erreicht hatte, sah sie träge aus dem Boden hervorkommen und langsam in die Höhe steigen.

Dort, wo die Feuersäule aus dem Boden hervorbrach, stoben Erdbrokken davon – auch diese so gemächlich, daß man sie mit der Hand bequem hätte auffangen können. Das Ganze ging ziemlich still vor sich. Das einzige, was man hören konnte, waren ein tiefes Rumpeln, das aus dem Innern von Solitude kam, und ein dumpfer Brummton, den die langsam aufsteigende Feuersäule von sich gab.

Es gab keinen Zweifel daran, daß die Höhle mitsamt ihren geheimnisvollen Bewohnern – immer vorausgesetzt, daß es überhaupt welche gab – in einer Explosion beachtlichen Ausmaßes vernichtet wurde.

Rhodan blieb länger als eine halbe Stunde hinter dem Hügelkamm liegen. Selbst dann war die Explosion noch nicht beendet. Die Feuersäule allerdings hatte den Gipfelpunkt überschritten und sank ebenso langsam wieder nach unten, wie sie hinaufgestiegen war. Rhodan konnte erkennen, daß dort, wo zuvor das anderthalb Meter durchmessende Loch des Schachteingangs gewesen war, jetzt ein trichterförmiger Krater von wenigstens fünfzehn Meter Durchmesser gähnte.

Er richtete sich auf und kehrte zum Shift zurück. Fragende Augen sahen ihn an.

„Alles kaputt“, sagte er lakonisch. „Sie haben die Feuersäule ja gesehen.“

„Ja“, platzte Tompetch heraus, der seine Erregung nicht mehr zügeln konnte, „und es war die komischste Explosion, die ich je gesehen und gehört habe.“

Gorlat setzte das Fahrzeug wieder in Bewegung. Er hielt auf das Schiff zu, ohne einen Befehl bekommen zu haben, und Rhodan war damit einverstanden.

„Was kann das gewesen sein?“ fragte Tompetch. „Wer hat die Explosion ausgelöst?“

Rhodan zuckte mit den Schultern.

„Ich weiß es nicht“, antwortete er.

„Aber es muß doch unten einen Hinweis gegeben haben“, sprudelte Tompetch weiter. „Ich meine – oh, da fällt mir ein, kurz bevor Sie aus dem Loch gekrochen kamen, meldete sich der . . .“

„Halt den Mund, Mike!“ fuhr ihn Gorlat an. „Du treibst einen zum Wahnsinn mit deinem Geschwätz!“

Tompetch schwieg beleidigt. Aber inzwischen war Rhodan aufmerksam geworden. „Was meldete sich, Leutnant?“

„Der Mikrokom, der in den Shift eingebaut ist“, antwortete Tompetch. „Ich wollte gerade aufnehmen, weil ich dachte, daß es Bull sein könnte, der vom Schiff aus ruft, aber da kam der Captain schon aus dem Loch hervor und fing so schnell zu hantieren an, daß ich gar nicht mehr wußte, was los war.“

Rhodan beugte sich nach vorn, um den Mikrokom in Betrieb zu setzen. Er strahlte das übliche „Anruf-bitte-kommen“ ab und erhielt sofort Antwort. Bulls aufgeregte Stimme fragte: „Was ist los? Warum hört man nichts von euch?“

„War nicht nötig“, antwortete Rhodan. „Hast du uns vorhin angerufen?“

„Nein“, antwortete Bull ohne Zögern. „Ich habe vor meinen Geräten gesessen und aufgepaßt. Warum?“

„Ich erkläre dir's später. Wir sind gleich zurück.“

Er schaltete ab und wandte sich zu Tompetch um. „Sie sagten: Der Mikrokom meldete sich, Leutnant. Wie sah das aus?“

Die Frage verwirrte Tompetch. „Na, wie üblich. Die Meldelampe leuchtete auf.“

„Lange?“

„Ja, natürlich, das heißt, so genau kann ich's eigentlich nicht sagen. Wie gesagt: Captain Gorlat kam wie ein Wilder aus dem Loch hervorgestürmt, und von da an ging alles drunter und drüber.“

„Versuchen Sie, sich zu erinnern“, drängte Rhodan. „Als Gorlat in den Wagen stieg, brannte da die Lampe noch?“

„Nein“, antwortete Gorlat. „Ich war zwar ziemlich aufgeregt, aber ich bin sicher, daß ich die Meldelampe bemerkt hätte, wenn sie noch gebrannt . . .“

Er wurde unterbrochen. Tompetch schlug sich klatschend gegen die Stirn und stöhnte: „Ja, natürlich! Oh, ich Dummkopf! Ich überlegte mir noch: Na, wenn Gorlat kommt, dann kann er ja den Ruf selbst aufnehmen. Ich wollte es ihm sagen, als er einstieg, aber erstens hatte er etwas anderes zu tun, und zweitens sah ich, daß die Lampe nicht mehr brannte. Daran erinnere ich mich jetzt ganz genau.“

Rhodan nickte.

„Welch ein Glück“, meinte er spöttisch.

„Hat das eine besondere Bedeutung?“ setzte Tompetch sofort nach. „Steht es in Beziehung zur Explosion, die . . .“

„Bitte“, wandte sich Gorlat an Rhodan. „Wenn er Ihnen auf die Nerven geht, wenden Sie sich an mich. Ich glaube, ich bin der einzige, der ihn zur Ruhe bringen kann.“

Rhodan lachte. „Lassen Sie ihn, Captain. Er hat uns auf eine wichtige Spur gebracht. Und was Ihre Frage betrifft, Tompetch, so heißt die Antwort: Ich weiß es *noch* nicht.“

Ein paar Augenblicke später tauchte die sechzig Meter hohe Kugel der K-238 aus der Finsternis auf. Reginald Bull war angewiesen worden, die Lastschleuse aufzufahren. Gorlat hob den Shift in die Höhe und ließ ihn durch das weite Schott in den Schiffskörper hineingleiten.

Rhodan nahm den Psychographen an sich und bat seine Begleiter, sich so schnell wie möglich im Kommandoraum einzufinden.

Rhodans wichtigstes Beweisstück waren zwei Arbeitsdiagramme – das eine aus dem Psychographen, das andere aus dem Registrierwerk des in den Shift eingebauten Mikrokoms.

Der Psychograph hatte insgesamt fünfzehn Minuten und ein paar Sekunden gearbeitet und währenddessen ein Diagramm aufgenommen, das, wenn man die Abszisse im Maßstab 1 : 72 000 verkürzte, ein einwandfreier Beweis dafür war, daß in jenem Höhlenraum „etwas“ gedacht hatte.

Der Psychograph war im Grunde genommen ein primitives Gerät. Er registrierte die schwachen elektromagnetischen Felder, die jede Gedankentätigkeit begleiten und deren Intensität und Frequenz ein gewisses Maß für die Intelligenz des Denkenden sind. So sind zum Beispiel die Felder, die die Denktätigkeit eines Tieres begleiten, ungleich schwächer und niederfrequenter als die eines Menschen. Der Psychograph war keineswegs dazu geeignet, Gedanken zu entschlüsseln, er stellte nur die Denktätigkeit fest. Diese Fähigkeit hatte ihm bei einigen Spaßvögeln den Namen „Intelligenzradar" eingetragen.

Als zweites wies Rhodan das Arbeitsdiagramm des Mikrokoms vor. Der Mikrokom hatte ein Signal registriert, das fünfeinhalb Sekunden angedauert hatte und sich in zwei Hyperwellengruppen gliederte, die sich auf dem Diagramm jeweils als scharfe Zacken abzeichneten. In der fremden Eigenzeit hatte das ganze Signal also rund sechsundsiebzig Mikrosekunden gedauert. Die beiden Zacken wiesen auch in der größtmöglichen Entzerrung keine weitere Gliederung auf. Sie bedeuteten nichts weiter als zwei kurz aufeinanderfolgende Stromstöße, die dem unbekannten Empfänger zugeführt worden waren. Es handelte sich also nicht um eine Sendung in dem Sinne, daß ein Sender einem Empfänger irgend etwas hatte mitteilen wollen. Es war nichts weiter als ein Signal, und Rhodan war fest davon überzeugt, daß es das Zündsignal gewesen war, das die unterirdische Explosion ausgelöst hatte.

Er faßte zusammen: „Erstens: In der Höhle lebte ein denkendes, intelligentes Wesen. Man muß annehmen, daß es versucht hat, sich mir auf telepathischem Wege mitzuteilen. Ich empfing jedoch anstatt einer telepathischen Botschaft nur einen dumpfen Kopfschmerz. Zweitens: In der Höhle war ein Sprengkörper verborgen. Als sich das fremde Wesen gerade mit mir in Verbindung gesetzt hatte – oder noch dabei war, das zu versuchen –, wurde der Sprengkörper *von außen her* gezündet. Am einleuchtendsten ist daher die Annahme, daß ein Unbekannter von der Kontaktaufnahme erfuhr und daß sie ihm unangenehm war. Er reagierte kurz entschlossen und sprengte die fremde Intelligenz mitsamt ihrer Höhle in die Luft. Wahrscheinlich hatte er die Absicht, uns ebenfalls zu vernichten, aber da unsere Zeit wesentlich schneller verläuft als die seine, konnten wir uns noch rechtzeitig aus dem Staub machen."

„Und was ist mit dem Gespenst?" fragte Atlan.

„Das wissen wir nicht", gab Rhodan zu. „Es scheint zu der fremden Intelligenz zu gehören, die durch die Explosion vernichtet wurde. Offenbar wollte es uns zu ihr führen."

„Noch etwas anderes", fuhr Atlan fort. „Du hattest Kopfschmerzen, nicht wahr? Wann haben die aufgehört?"

Rhodan schien die Frage erwartet zu haben.

„In dem Augenblick", antwortete er ohne Zögern, „in dem ich das Seil ergriff und nach oben kletterte. Nach meiner Ansicht haben die telepathischen Kräfte der fremden Intelligenz nur eine begrenzte Reichweite."

Der Arkonide seufzte. „Bleibt also noch herauszufinden, wer oder was das ‚Gespenst' ist, in welchem Zusammenhang es mit den Ereignissen steht und wohin es verschwunden ist. Denn in der Höhle konnten wir es ja nicht finden."

Rhodan nickte.

„Und noch etwas", fügte er hinzu. „Warum hat die Höhle einen Zugang?"

Atlan sah ihn verblüfft an. „Warum? Ach so: Gespenster brauchen keinen gebahnten Weg, wie? Sie bewegen sich durch feste Wände ebenso ungehindert wie durch die Luft. Ist es das, was du meinst?"

„So ungefähr", gab Rhodan zu. „Unten in der Höhle gab es kein einziges bewegliches Gerät. Alles war fest an- oder eingebaut. Das Gespenst aber tauchte durch verschlossene Schotte auf. Wozu ist – oder vielmehr war – der Stollen gut? Natürlich könnte man an vielerlei denken. An Frischluftzufuhr zum Beispiel, aber dazu braucht man keinen anderthalb Meter weiten Schacht graben. Oder an das Einbringen der Geräte, die sicher nicht seit aller Ewigkeit dort unten standen, aber zum Einbringen von Geräten würde man einen geraden Stollen bauen und keinen gekrümmten. Das alles befriedigt also nicht sehr. Ich bin sicher, daß es einen triftigen Grund dafür gibt, warum die Höhle einen solchen Zugang besitzt. Eine Vermutung könnte ich schließlich noch aussprechen", fügte Rhodan nach einer Weile lächelnd hinzu. „Natürlich entbehrt sie bis jetzt jedes Beweises, aber den werden wir vielleicht noch finden. Nach meiner Meinung handelt es sich bei dem Höhlenwesen um eine eingeborene Intelligenz, die von einem anderen Unbekannten unterworfen wurde. Welche Aufgabe sie im Dienst des Unterdrückers zu erfüllen hatte, wissen wir nicht. Auf jeden Fall versuchte sie, sich mit uns in Verbindung zu setzen, vielleicht sogar mit dem Wunsch, daß wir sie befreien. Der Unbekannte hat jedoch davon erfahren und ebenso rasch wie brutal die Konsequenzen gezogen."

Atlan hatte ihm aufmerksam zugehört. Nach einer Weile wandte er ein: „Das ist nur Hypothese, nicht wahr? Wenn wir uns streng danach richten und in Zukunft jedes ‚Gespenst' als den Geist einer unterdrückten Solitude-Intelligenz betrachten, können wir ganz schön hereinfallen, das ist dir klar?"

Rhodan lachte. „Keine Sorge, Admiral. Ich weiß genau, wieviel Hypothesen wert sind. Ich dachte mir nur: Es muß einen Grund dafür geben, warum der Unbekannte eine Kontaktaufnahme verhindern wollte. Der einfachste Grund, der sich denken läßt, ist der: Die Solitude-Intelligenz wußte etwas, was wir nicht erfahren sollten. Wir sollten uns also darum bemühen, ein zweites ‚Gespenst' zu entdecken und diesmal dafür Sorge zu tragen, daß der Unbekannte unsere Unterhaltung nicht mehr unterbrechen kann."

Dagegen hatte auch Atlan nichts einzuwenden.

3.

Die Positronik hatte die ganze Zeit über ohne Unterbrechung gearbeitet.

Eine Zwischenfrage ergab, daß bis zum ersten Teilergebnis noch fünf oder sechs Stunden vergehen würden.

Rhodan schickte also die anderen wieder zur Ruhe und war nicht erstaunt, als Atlan das Angebot ablehnte und erklärte, er wolle lieber im Kommandostand bleiben, als in seiner Kabine noch einmal von einem kleinen Mann überrascht zu werden.

Rhodan wußte, daß der Grund ein anderer war. Atlan hatte eine Idee, und damit hielt er nicht lange hinter dem Berg.

„Hast du schon darüber nachgedacht, Administrator", fragte er gut gelaunt, „daß der unbekannte Unterdrücker der armen Solitude-Intelligenzen mit dem Ergebnis, das er jetzt erzielt hat, nicht zufrieden sein könnte? Vielleicht verläßt er sich nicht darauf, daß die Explosion uns zu Staub zerblasen hat, sondern kommt nachsehen? Vielleicht ist er auch schon in der Nähe und macht eben seine Raketenköpfe scharf?"

Rhodan lächelte. „Klug gedacht, Admiral. Wenn du mir's nicht gesagt hättest: Ich hätte es glatt vergessen!"

Atlan blinzelte.

„Verschluck dich an deiner Lüge, Barbar", brummte er in gut gespieltem Ärger. „Warum treffen wir also keine Vorbereitungen?"

„Weil wir eine Menge Zeit haben", antwortete Rhodan.

„Woher willst du das wissen? Wenn er hier in der Nähe ist, dann kann er in jeder Sekunde zuschlagen."

Rhodan nickte. „Nehmen wir an, er ist hier in der Nähe. Wie weit entfernt? Tausend Kilometer? Gut. Was kann er tun? Er kann mit Raketen oder anderen Waffen nach uns schießen. Nehmen wir das Schlimmste an: Er hat einen Desintegrator, dessen Dekristallisationsfeld sich mit Lichtgeschwindigkeit ausbreitet. Wie groß ist die Lichtgeschwindigkeit?"

Atlan verstand die Frage erst nach einer Weile, und danach ärgerte er sich wirklich.

„Warum bin ich Dummkopf nicht früher darauf gekommen?" rief er und hieb sich die Faust gegen die Stirn. „Die Zeit läuft in diesem Universum zweiundsiebzigtausendmal langsamer ab, als wir es gewöhnt sind. Die Verzerrung erfaßt natürlich auch die Lichtgeschwindigkeit. Sie beträgt also hier – nicht viel mehr als vier Kilometer pro Sekunde, wie?"

„Vier Komma eins sieben, um es genau zu sagen", antwortete Rhodan. „Wenn also aus tausend Kilometern – zum Beispiel von einem Raumschiff aus – ein Schuß auf uns abgefeuert wird, dessen Energieinhalt sich mit Lichtgeschwindigkeit bewegt, dann vergehen zwischen Abschuß und Treffer rund vier Minuten. Das ist mehr als genug für unsere Geräte, den Angriff zu orten, und für die K-238, sich aus dem Staub zu machen. Ganz abgesehen davon, daß ein fremdes Raumschiff, das sich bis auf tausend Kilometer nähert, auch ohne daß es schießt, geortet wird. Immer vorausgesetzt natürlich, daß es uns nicht so ergeht wie bei unserem letzten Besuch in diesem Universum, wo unsere Eigenzeit an die hier herrschenden Bedingungen angepaßt wurde. Aber eine Angleichung, sollte sie eingeleitet werden, bliebe uns sicher nicht verborgen. Wir sind also in jedem Fall vorbereitet."

Atlan stöhnte. „Wo war mein Verstand? Es ist nicht besonders schön, von einem Barbaren übertrumpft zu werden."

„Es gibt schlimmere Dinge", Rhodan lachte. „Aber Spaß beiseite: Es sieht so aus, als könnten wir auf Solitude zwei Fliegen mit einer Klappe schlagen. Erstens herausfinden, wo Wanderer geblieben ist, und zweitens die Druuf zum erstenmal zu Gesicht zu bekommen. Ich glaube, ich kann nicht daran zweifeln, daß die Druuf diejenigen sind, die der armen Solitude-Intelligenz heute nacht auf so rücksichtlose Weise vom Leben zum Tode verholfen haben."

„Nein, man kann nicht", pflichtete der Arkonide bei. „Es sei denn, man möchte annehmen, daß die Solitude-Intelligenzen selbst mit den Druuf identisch sind. Diese Annahme läßt sich aber nach allem, was wir wissen, kaum halten."

„Denn", ergänzte Rhodan, „dann müßte man weiterhin annehmen, daß es wiederum jemanden gibt, der noch mächtiger ist als die Druuf, und bei diesem Gedanken bricht mir, ehrlich gesagt, der Angstschweiß aus."

Atlan nickte zustimmend.

In diesem Augenblick schlug der automatische Orter Alarm. Rhodan machte eine rasche Ablesung und gab dann Alarm für das ganze Schiff.

„Acht unbekannte Einheiten sind im Anflug auf Solitude", erklärte er dem Arkoniden. „Abstand zehntausend Kilometer."

Vorläufig gab es für die Besatzung der K-238 nicht viel zu tun. Sie warteten. Der Orter registrierte die Flugbahnen der unbekannten Objekte und kam zu dem Schluß, daß sie entweder bemannt oder mit raffinierten Selbststeuer-Mechanismen ausgerüstet waren, denn sie vollführten Manöver am laufenden Band. Da kein Grund vorlag, an das Vorhandensein von Selbststeuer-Mechanismen zu glauben, wurde die erste Vermutung als die wahrscheinlichere angenommen.

Eine Stunde nach dem ersten Alarm waren die fremden Schiffe noch nicht wesentlich näher gekommen. Das lag daran, daß sie sich mit einer Geschwindigkeit von kaum dreihundert Metern pro Sekunde bewegten. Das entsprach, in ihre Eigenzeit umgerechnet, einer Geschwindigkeit von fast 22 000 Kilometern pro Sekunde, und das war wiederum für die Bewegung in der unmittelbaren Nähe eines Planeten eine ungewöhnlich hohe Geschwindigkeit. Die Vermutung, daß es die Fremden ziemlich eilig hatten, drängte sich geradezu auf.

Als zwei Stunden vergangen waren, ohne daß man die Absicht der Fremden erkennen konnte, begann sich im Kommandoraum der K-238 Nervosität auszubreiten.

Nach dreieinhalb Stunden begannen vier der acht Schiffe in mehr als sechstausend Kilometern Entfernung ein Bremsmanöver und kamen eine Zeit später zum Stillstand. Die übrigen vier dagegen behielten das ursprüngliche Tempo bei und verschwanden nach weiteren zwei Stunden im Schatten von Solitude. Offenbar hatten sie die Absicht, auf der Tagseite zu landen.

Da erst begann Rhodan zu handeln. Als feststand, daß die ersten vier Schiffe ihre Position beibehielten, und zu vermuten war, daß sie nichts anderes im Sinn hatten, als hoch über den höchsten Schichten der Atmosphäre eine Art Sicherungsposition für den Rückzug der anderen vier innezuhalten, startete die K-238. Während sie schräg in die Höhe schoß, unterbrach die Positronik auf Atlans Befehl hin ihre Rechenarbeit und ermittelte aus dem vom Orter registrierten Kurs der vier landenden Freundschiffe deren voraussichtlichen Landeplatz. Da ihr alle nötigen Daten zur Verfügung standen, hatte sie diese Aufgabe mit einem Minimum an Ungenauigkeit schon gelöst, als das Schiff die Solitude-Atmosphäre verließ und auf Horizontalkurs ging. Atlan hatte nichts mehr dagegen einzuwenden, daß sie nun zu ihrer eigentlichen Aufgabe, nämlich der Berechnung des Zeitpunkts, zu dem Wanderer an Solitude vorbeigezogen war, zurückkehrte.

Rhodan brachte das Schiff auf eine Geschwindigkeit von fünfzehn Kilometern pro Sekunde und war, um der Oberflächenkrümmung des Planeten folgen zu können, gezwungen, eine Radialbeschleunigung einzuschalten, die das Abtreiben in den freien Raum hinaus verhinderte.“

Erst als er den Kurs stabilisiert hatte, hielt er es für angebracht, Aufschluß über seine Absichten zu geben.

„Wir wollen uns die vier fremden Schiffe ansehen“, erklärte er. „Wir gehen dabei kein Risiko ein, denn in ihrer langsamen Eigenzeit sind sie uns gegenüber recht hilflos. Diese Sache hat mit unserer eigentlichen Suche nach Wanderer nichts zu tun. Aber ich denke, wir sollten uns die Gelegenheit nicht entgehen lassen, die Fremden, bei denen es sich wahrscheinlich um Druuf handelt, aus der Nähe zu betrachten.“

Nach kurzer Zeit überflog die K-238 die Tag-Nacht-Grenze und bewegte sich nun wieder im Licht der grünen Sonne, die auf dem purpurroten Hintergrund des fremden Raums leuchtete. Die Steuerautomatik leitete das Bremsmanöver selbsttätig ein, als der zuvor errechnete Punkt erreicht war. Mit hoher Bremsbeschleunigung tauchte das Schiff wieder in die Atmosphäre ein.

Auf den Bildschirmen zeigte sich eine endlose weite, hauptsächlich buschbewachsene Ebene, durch die eine Reihe breiter, scheinbar erstarrter Flüsse ihre Bahn zogen. Rhodan musterte das Terrain mit Mißfallen und erklärte Atlan: „Das ist ungefähr wie auf dem Präsentierteller. Mir gefällt das nicht. Wenn du ein schönes Versteck entdeckst, dann sag's mir, Admiral."

Aber weder der „Admiral" noch der weitaus zuverlässigere Konturensucher, der in der Art eines Mikrowellenlotes arbeitete, vermochten eine Unebenheit des Boden zu entdecken, die sich um mehr als fünfzehn Meter vom Niveau der Ebene unterschied. Die K-238 aber wies die stattliche Höhe von sechzig Metern auf. Selbst im günstigsten Falle würden davon also noch fünfundvierzig über das Versteck hinausragen.

Das alles wurde jedoch plötzlich uninteressant, als Reginald Bull meldete, daß seine Ortergeräte weder die vier Schiffe, die in dieser Gegend angeblich zur Landung ansetzten, noch die vier, die oben geblieben waren, erfassen könnten. Der Raum und die Umgebung waren leer, die fremden Schiffe wie weggeblasen.

Rhodan unterzog den Ortermechanismus einer kurzen Inspektion und fand heraus, daß er nach wie vor einwandfrei arbeitete. Was er nicht fand, war eine Erklärung dafür, warum die acht Fahrzeuge plötzlich verschwunden waren. Als er das sagte, begann Atlan zu schmunzeln und meinte: „Ich steige in meiner Selbstachtung, Barbar. Wieviel, haben wir errechnet, beträgt die Lichtgeschwindigkeit in diesem Universum?"

„4,17 Kilometer pro Sekunde", antwortete Rhodan verblüfft. „Warum – oh, ja! Diesmal war es bei mir dunkel. Ganz richtig: Solche Effekte, die uns schon von der Kristallwelt her bekannt sind, müssen wir mit in Rechnung ziehen."

Bull und Tompetch sahen ihn verwundert an. Selbst auf Gorlats lächelndem Gesicht zeigte sich ein wenig Unverständnis.

„Die Lichtgeschwindigkeit", erklärte Rhodan, „unterliegt natürlich derselben Zeitverzerrung wie alle anderen Werte. Auf Solitude und überhaupt in diesem Raum beträgt sie, wie gesagt, 4,17 km/sec. Die K-238 hat sich während des Fluges hierher mit wesentlich höherer Geschwindigkeit bewegt. Es ist also das seltsame Phänomen eingetreten, daß ein Körper, ohne ein übergeordnetes Transportmedium wie zum Beispiel den Hyperraum zu benutzen, eine höhere als die von der Natur zugelassene Grenzgeschwindigkeit erreicht hat. Was folgt daraus?"

Bull fuhr sich mit der Hand über die Haarstoppeln und antwortete: „Die Überschreitung der Lichtgeschwindigkeit – um ein Gedankenexperiment durchzuführen – würde ohne die Benutzung eines übergeordneten Transportmediums zu einem Verlust der Kausalität führen." Seinem Tonfall war anzumerken, daß er das irgendwo auswendig gelernt hatte, was er auch sogleich zugab: „Das stammt aus einem Lehrbuch, um es ehrlich zu sagen. Ich wäre froh, wenn mir jemand klarmachen könnte, was es bedeutet."

Er sah Rhodan blinzelnd an, und Rhodan fragte sich, was er wohl im Sinne hatte. Reginald Bull, der mit Perry Rhodan zusammen den gesamten Komplex arkonidischen Wissens im Lauf weniger Tage intensiver Hypnoschulung in sich aufgenommen hatte, war nicht der Mann, der auf die Grenzfragen der Naturwissenschaft keine Antwort geben konnte. Er wollte irgend jemandem Gelegenheit geben, sich hervorzutun. Aber wem?

„Ich kann es sagen", meldete sich Tompetch aus dem Hintergrund. „Der Verlust der Kausalität äußert sich so: Wenn ich einen Schalter umlege und den Strom bewegen kann, mit größerer als Lichtgeschwindigkeit durch die Leitung zu fließen, dann brennt die Lampe, noch bevor ich den Schalter umlege."

Bull begann zu grinsen, aber so, daß Tompetch es nicht sah.

„Gut, Leutnant", Rhodan lächelte. „Wir haben es hier also nicht direkt mit einer Zeitumkehr zu tun, sondern mit einem Phänomen, das die gleichen Erscheinungen mit sich bringt. Der Verlust der Kausalität läßt sich anschaulich nicht erfassen – wenigstens nicht der Gesamtkomplex. Man kann jedoch Beispiele erfinden, wie das, das uns Leutnant Tompetch nannte, oder das, in dem acht Raumschiffe, die gerade eben noch da waren, plötzlich verschwunden sind, um beim Thema zu bleiben."

„Wobei", fügte der Arkonide hinzu, „das letzte Beispiel den Vorzug hat, daß es nicht erfunden ist, wie wir sehen."

Bull räusperte sich. „Um die Unterhaltung zu beenden: Wir können auch nicht sagen, wieweit wir die Kausalität aus dem Feld geschlagen haben. Wir haben keine Ahnung, ob die acht fremden Schiffe schon lange vor uns hier waren und inzwischen wieder verschwunden sind, ob sie später kommen, vielleicht in ein paar Stunden oder erst in ein paar tausend Jahren. Das alles wissen wir nicht, aber ich nehme an, wir landen trotzdem und sehen uns um."

„Kein Einwand, Kommandant." Rhodan lachte. „Wir landen."

Die K-238 lag in einer Bodenfalte. Es war nicht die tiefste, die es in der Umgebung gab, aber es war die, in die das Schiff sich am leichtesten hatte hineinmanövrieren lassen. Und schließlich war es gleichgültig, ob sich der Schiffskörper fünfzig oder fünfundvierzig Meter über die Ebene erhob.

Diesmal verließen Reginald Bull und Rhodan die K-238 mit einem Shift, um auf Erkundung auszuziehen, während Atlan mit Gorlat und Tompetch an Bord zurückblieb.

Da sie im Terminatorgebiet gelandet waren, würde es für ihre Suche nicht mehr lange hell bleiben. Nach Anbruch der Dunkelheit würden sie Ultrarotgeräte benutzen müssen.

Die weite Ebene war zunächst von einschläfernder Eintönigkeit. Der Busch, der sie fast lückenlos bedeckte, erhob sich nicht mehr als zwei Meter über den Boden, und Bäume waren so selten, daß ein einsamer Wanderer sie ohne besondere Aufmerksamkeit als Markierungspunkte benutzen konnte.

Die Flüsse, von denen der Shift zwei überquerte, waren zwar ungewöhnlich breit, boten aber keine Abwechslung.

Nach anderthalb Stunden kehrte Rhodan um und lenkte den Shift zur K-238 zurück. Dabei flog er jedoch einen anderen Kurs, um keine Zeit zu vergeuden, und dabei entdeckten sie das Loch.

Es war eine kleine, unscheinbare Öffnung im buschbewachsenen Boden, gerade groß genug, um durch das grüne Gewirr der Zweige und Blätter noch gesehen zu werden.

Rhodan drückte das Fahrzeug tiefer und hielt es über den Buschkronen in der Schwebe, weil er keinen geeigneten Platz zum Landen fand. Bull sprang hinunter, fluchte heftig über die Dornen, die ihm das Gesicht zerkratzten, und untersuchte das Loch sorgfältig. Er stellte fest, daß die Innenwände des Loches mit der gleichen harten Plastikmasse verkleidet waren wie dort, wo sie das erste Solitude-Wesen gefunden hatten.

„In Ordnung!" rief Rhodan seinem Kameraden zu. „Komm zurück, sonst werden die Druuf am Ende mißtrauisch."

Bull gab sich Mühe, am dicksten Ast eines Busches hinaufzuklettern, so daß er wenigstens die Unterkante des Shifts mit den Händen fassen konnte, um sich hinaufzuschwingen. Als ihm das gelungen war, sah er Rhodan vorwurfsvoll an und meinte: „Ich hoffe, du bestehst nicht auf dem Rangunterschied und gehst beim nächstenmal selbst."

Nur achtzig Meter vom Loch entfernt fand Rhodan einen geeigneten Landeplatz, eine der seltenen Lücken im Busch, in die das Fahrzeug, wenn es ein paar überhängende Zweige beiseite schob, gerade hineinpaßte. Nach der Landung benachrichtigte er Atlan sofort von der Entdeckung und bat ihn, die Geräte bereitzustellen, auf deren Benutzung man sich zuvor geeinigt hatte, und sich mit Gorlat und Tompetch zum Abholen zur Verfügung zu halten.

Reginald Bull lud die Waffen aus dem Shift, und als das geschehen war, flog Rhodan zum Schiff zurück, um die drei Männer und die bereitgestellten Geräte aufzunehmen. Captain Gorlat hatte umfangreiche Sicherheitsvorkehrungen für die Zeit ihrer Abwesenheit getroffen. Als der Shift aus der Lastschleuse ablegte, schalteten sich die Schirmfelder, die das Schiff vollständig gegen die Umgebung abschlossen, automatisch ein. Um sie wieder auszuschalten, bedurfte es eines Kodegebers, der nur in zwei Exemplaren vorhanden war. Einen trug Rhodan selbst in der Tasche, der andere wurde unweit der K-238 an einer sicheren Stelle deponiert.

Leutnant Tompetch hatte übrigens bis zum letzten Augenblick vor den Ortergeräten gesessen und berichtete, daß die acht fremden Schiffe noch nicht wieder aufgetaucht waren.

Reginald Bull saß immer noch neben dem Haufen abgeladener Waffen, als der Shift in der kleinen Buschlücke landete. Er sah aus, als hätte die kurze Zeit des Alleinseins schon ausgereicht, ihn in Melancholie über die Eintönigkeit der Landschaft versinken zu lassen.

Die mitgebrachten Geräte wurden vorerst auf der Ladefläche des Shifts belassen. Rhodan nahm sich Zeit, seinen Plan nochmals in allen Einzelheiten auseinanderzusetzen.

„Unser wichtigstes Ziel ist", erklärte er, „eine Einmischung der Druuf, solange wir mit der Solitude-Intelligenz in Verbindung stehen, zu unterbinden. Das heißt: Wir müssen dem Gegner die Möglichkeit nehmen, den in dieser Höhle wahrscheinlich ebenso wie in der anderen untergebrachten Sprengkörper mit Hyperfunksignalen zur Detonation zu bringen. Dieses Ziel erreichen wir wahrscheinlich mit der Hilfe eines Störsenders. Der Störsender arbeitet in unserer Eigenzeit, er ist dem fremden Sender an Schnelligkeit also weit überlegen. Er ist so geschaltet, daß er ein Interferenzsignal abstrahlen wird, sobald das Zündsignal einläuft. Zünd- und Interferenzsignal vernichten sich gegenseitig.

Um kein Risiko einzugehen, bauen wir außerdem um den Höhleneingang herum noch ein Sperrfeld auf. Es soll alle anderen denkbaren Einwirkungen von außen abhalten.

Drittens wird einer von uns ständig an dem kleinen Ortergerät sitzen, das wir mitgebracht haben. Wenn die acht fremden Schiffe noch einmal auftauchen, müssen wir das sofort wissen. Und viertens schließlich haben wir hier alle Mechanismen, die wir brauchen, um mit der Solitude-Intelligenz in Verbindung treten zu können, einen Psychographen, einen Telepathieverstärker, ein Speichergerät und einen Zeitraffer, der die aufgefangene und gespeicherte Telepathiesendung auf eine erträgliche Zeitspanne rafft. Zuallererst sollte man vielleicht noch sagen, daß wir hier eine Aufgabe vor uns haben, deren Lösung unter Umständen ein paar Wochen unserer Zeit in Anspruch nehmen wird. Wenn sich die Kontaktaufnahme mit der Solitude-Intelligenz als vielversprechend erweist – was wir innerhalb zweier Tage feststellen können –, dann können wir es vielleicht so einrichten, daß wir das Speichergerät unten in der Höhle stehenlassen und uns im übrigen um andere Dinge kümmern. Es steht nämlich nicht zu erwarten, daß die Druuf, nachdem sie nun einmal von unserer Anwesenheit Wind bekommen haben, uns für alle Zeit in Ruhe lassen werden."

Er sah sie der Reihe nach an und stellte fest, daß niemand mehr etwas sagen wollte.

„Es ist am besten, wir fangen gleich an", meinte er deshalb. „Wir haben nur noch ein paar Minuten Licht."

Sie stellten den Störsender und den Sperrfeldgenerator in der Nähe des Höhleneingangs auf, den Sender etwa zehn Meter vom Generator entfernt, so daß die beiden Geräte sich nicht etwa durch Streueffekte gegenseitig beeinflussen konnten.

Inzwischen hatte Leutnant Tompetch den Posten am Ortergerät übernommen, während Reginald Bull als Verbindungsmann ebenfalls außerhalb des Sperrschirms blieb. Innerhalb des Schirmes postierte sich Captain Gorlat am Rand des Loches, während Rhodan und dem Arkoniden die Aufgabe vorbehalten blieb, sich mit der Solitude-Intelligenz in Verbindung zu setzen.

Voller Spannung und ohne auf den Arkoniden zu warten, drang er unten im Stollen bis zu dessen Mündung vor und fand dahinter einen Raum, der dem, den sie in der Nähe des ersten Lagerplatzes entdeckt hatten, bis aufs Haar glich. Während Atlan hinter ihm hergekrochen kam, sprang Rhodan bereits aus dem Stollen hinunter, blieb vor den Kästen stehen und empfand nach ein paar Minuten den gleichen Kopfschmerz, der ihn beim erstenmal auf den Gedanken gebracht hatte, der Raum müsse ein denkendes Wesen beherbergen.

Er stellte das Speichergerät und den Zeitraffer auf dem vordersten Kasten auf und schaltete sie so, daß der Speicher die vom Telepathieverstärker gelieferten Impulse aufsammelte und den fertigen Gedanken über den Zeitraffer wiedergab. Dabei vertauschte er Ein- und Ausgang des Zeitraffers miteinander, so daß das Gerät anstatt als Raffer nun als Zeitlupe wirkte, die die Geschwindigkeit des Gedankenablaufs an die fremde Eigenzeit der Solitude-Intelligenz anpaßte.

Erst als er sich davon überzeugt hatte, daß die Geräte einwandfrei funktionierten, stülpte er sich den Metallbügel des Telepathieverstärkers über den Kopf und bemühte sich, den Gedanken zu formulieren: „Wir sind Freunde! Wir bringen Hilfe!"

Er fand es schließlich leichter, die Worte gleichzeitig auszusprechen, und Atlan, der inzwischen ebenfalls aus dem Stollen heruntergekommen war und sich an einer der Seitenwände zu schaffen machte, drehte sich erstaunt um.

Rhodan zog den Bügel wieder ab.

„Bis es das verstanden hat", sagte er, „ist wenigstens eine Stunde vergangen."

„Dann hast du Zeit, mein Freund, dir das hier anzusehen", antwortete Atlan und winkte mit der Hand. „Komm her, ich glaube, ich habe etwas Interessantes gefunden."

Rhodan wand sich unter herabhängenden Drähten und zwischen dicht beieinanderstehenden Geräten hindurch und sah, als er neben dem Arkoniden stand, einen kleinen Kasten, etwa von der Größe einer Hausapotheke, an der Wand hängen und einen einzelnen Draht in der Seitenwand des Kastens enden. Er verfolgte den Lauf des Drahtes und entdeckte, daß er aus einem Gerät hervorkam, das lediglich aus zwei Spulen bestand, von denen die eine sehr dicht, die andere ziemlich locker mit Draht bewickelt war.

„Nein!" sagte er ungläubig, aber mit Nachdruck. „So einfach kann es doch nicht sein!"

„Ich wette trotzdem, daß in diesem Kasten", dabei tippte Atlan gegen die ‚Hausapotheke', „die Bombe steckt."

Rhodan nahm das Zwei-Spulen-Gerät ein zweites Mal in Augenschein. Bei näherer Betrachtung konnte man nicht daran zweifeln, daß es eine Art Funkeninduktor war – ein Mechanismus also, der niedergespannten Wechselstrom in hochgespannten transformierte, wobei die Funkenstrecke in die Sekundärleitung eingebaut war. Die Primärspule wiederum bezog den Strom aus einem kleinen Generator, und der Generator wurde durch das zweizackige Hyperfunksignal in Bewegung gesetzt.

Die Funkenstrecke lag inmitten des Sprengstoffs, und dieser war in dem kleinen Kasten an der Wand untergebracht. Es genügte also, eine der beiden Leitungen an einer Stelle zu unterbrechen, um die Bombe unwirksam zu machen. Rhodan griff nach dem dünnen Draht, der vom Generator zur Primärspule des Funkeninduktors führte, und riß ihn ab.

„So", sagte er gutgelaunt. „*Das* hätten wir auch geschafft."

Im selben Augenblick erlosch abrupt der dumpfe Kopfschmerz, den er bisher ohne Unterbrechung empfunden, aber fast schon nicht mehr wahrgenommen hatte. Verwirrt glaubte er eine Zeitlang, das Abreißen des Drahtes hätte irgendeine Lebensfunktion der Solitude-Intelligenz gestört. Aber dann kam ihm zu Bewußtsein, daß das Solitude-Wesen ganz selbstverständlich aufhört, Gedanken abzustrahlen, sobald es die vom Zeitraffer ausgehenden Impulse empfing und sie zu verstehen versuchte. Das zeitliche Zusammentreffen war ganz zufällig.

Er atmete auf und sagte zu Atlan, indem er auf die sechs Kästen deutete: „Er fängt an zu verstehen."

Der Arkonide zog verwundert die Brauen in die Höhe. „Woher weißt du das? Kein Kopfschmerz mehr?"

„Genau."

Atlan sah auf seine Uhr.

„Eine Stunde noch", murmelte er. „Vielleicht können wir versuchen, in der Zwischenzeit ein bißchen mehr von den Dingen zu verstehen, die es hier unten gibt."

Er wandte sich um, sah von einem Gerät zum anderen und entschied sich schließlich für eines, das vergleichsweise unkompliziert wirkte. Er ging hin und betrachtete es aus der Nähe. Rhodan hörte, wie er vor sich hin brummte, konnte aber kein Wort verstehen. Er hielt Atlans Ansicht, man solle die Zeit nicht ungenutzt verstreichen lassen, für vernünftig und fing an, sich nach einem anderen Gerät umzuschauen, das er mit einiger Aussicht auf Erfolg untersuchen könnte.

Er hatte sich jedoch kaum für eines von den vielen entschieden, als etwas geschah, das alle seine Pläne fürs erste über den Haufen warf.

Alles ging so schnell, daß hinterher weder Rhodan noch der Arkonide zu sagen vermochten, woran sie die plötzliche Veränderung zuerst bemerkt hatten. Im Bruchteil einer Sekunde stieg die Temperatur innerhalb des Höhlenraums auf einen Wert, der den beiden Männern den Atem zu nehmen drohte. Gleichzeitig erfüllte dumpfes Brausen den Raum, und Rhodan, immer noch der Seitenwand zugewandt, sah, wie der zur Primärsäule des Induktors führende Draht, den er vor wenigen Augenblicken abgerissen hatte, zu Boden fiel.

Das gab den Ausschlag – wenigstens für ihn. Er wußte, woran er war. In der fremden, langsamen Eigenzeit hätte der Draht noch ein paar Stunden gebraucht, um auf den Boden zu fallen. Was auch immer geschehen war: Es hatte eine Veränderung der Eigenzeit bewirkt.

Anders erging es Atlan. Er erinnerte sich, daß er ein solch plötzliches Ansteigen der Temperatur schon einmal erlebt hatte: als in jener anderen Höhle die Explosion begann. Behende kroch er, auch jetzt noch bedacht, nichts zu beschädigen, zwischen den Geräten und unter den Leitungen hindurch und schwang sich in den Stollen hinauf.

„Rhodan!“ schrie er. „Beweg dich doch, Mann! Die Bombe geht in die Luft!“

Erst dann nahm er das dumpfe Brausen wahr, das den Raum erfüllte, und bemerkte, daß es keineswegs in das Bild der Erinnerung paßte. Die Seelenruhe, mit der Rhodan stehengeblieben war, tat das übrige. Er sprang aus dem Stollenmund herab, legte die Hand an einen hohen, schmalen Metallkasten, der in der Nähe der Stirnwand stand, und fühlte, wie er vibrierte. Er legte ein Ohr dicht ans Metall und hörte tiefes Summen.

Das Geräusch kam von den Geräten.

Er sah, daß Rhodan das kleine Funkgerät hervorgezogen hatte und hastig hineinsprach. Einen Teil der Antwort, die anscheinend Captain Gorlat gab, konnte er verstehen.

„Plötzlich sehr heiß – kräftiger Sturm.“

Rhodan nickte und erklärte: „Wir kommen hinauf!“

Atlan kehrte zum Stollenmund zurück und schwang sich ein zweites Mal hinauf. Rhodan folgte ihm.

„Was ist los?“ wollte der Arkonide wissen. „Was bedeutet das?“

Rhodans Stimme klang erstaunlich ruhig, als er antwortete: „Entweder hat jemand uns in die fremde Eigenzeit oder ganz Solitude in unsere Eigenzeit geworfen, meine ich. Aber sicher weiß ich's natürlich nicht. Oben werden wir mehr sehen."

Atlan fiel es wie Schuppen von den Augen. Natürlich – das war es. Ihre Eigenzeit unterschied sich nicht mehr von der der Geräte und der Solitude-Intelligenz hier unten in der Höhle – und nicht mehr von der Eigenzeit der Büsche und Gräser oben auf der Ebene. Sie konnten das Summen der Apparate wieder hören und den Wind wieder spüren, Dinge, die bisher zu langsam abgelaufen waren, als daß sie sie hätten wahrnehmen können.

Und die plötzliche Hitze? Atlan wischte sich den Schweiß von der Stirn, als er daran dachte, und betrachtete mit ungläubiger Verwunderung seine nasse Hand. Woher kam die Hitze?

Was ist Temperatur? dachte er. Ein Maß für die mittlere Geschwindigkeit der Moleküle. Natürlich bewegen sie sich jetzt schneller als zuvor, natürlich muß die Temperatur in dem Augenblick sprunghaft steigen, in dem die beiden Eigenzeiten einander angeglichen werden.

In diesem Augenblick schlug ihm das Seil gegen das Gesicht. Ohne seinen Gedankengang zu unterbrechen, griff er danach und zog sich hinauf. Oben am Rand des Loches stand Captain Gorlat, schon längst wieder gefaßt und freundlich lächelnd.

Atlan tat einen Schritt vom Rand des Loches weg und wunderte sich darüber, wie weich das Gras plötzlich war. Wie dumm, sich darüber zu wundern, dachte er im nächsten Augenblick. Natürlich unterliegt auch das Gras der Eigenzeit-Umwandlung.

Hinter ihm kam Rhodan aus dem Loch gekrochen.

„Schalten Sie das Sperrfeld ab!" rief er Gorlat zu, noch bevor er ganz oben war.

Gorlat gehorchte. Das leise Flimmern, das bisher wie eine duftige Glocke über dem Höhleneingang gelegen hatte, erlosch. Über das Rauschen des Windes hinweg hörte man das Krachen von Büschen und eine unverkennbare, fluchende Stimme: „Wie, zum Donnerwetter, soll man diese Hitze aushalten können!"

„Komm her!" rief Rhodan. „Das Sperrfeld ist ausgeschaltet!"

Reginald Bull kam zwischen zwei knisternden dornigen Büschen hervorgestampft.

„Bevor du mir etwas erklärst“, stieß er hervor. „Tompetch hat die acht Schiffe wieder auf dem Schirm.“

Rhodan nickte gleichmütig, als hätte er nichts anderes erwartet.

„Ganz klar“, sagte er. „Und jetzt bewegen sie sich schneller, wie?“

„Sehr viel schneller“, antwortete Bull.

„Hör zu, Bully“, begann Rhodan von neuem. „Ich möchte, daß du mit Atlan in das Loch hinuntersteigst. Du weißt, was passiert ist. Wir brauchen keinen Zeitraffer mehr, um uns mit der Solitude-Intelligenz zu verständigen. Die Eigenzeiten sind angeglichen. Einer von euch beiden soll ihr klarmachen, daß wir ihre Freunde sind und ihr helfen wollen – und natürlich herausfinden, ob sie etwas über den Wanderer-Durchgang oder die Druuf weiß. Das alles muß *schnell* gehen. Wir haben den Druuf gegenüber jetzt keinen Zeitvorteil mehr.“

Reginald Bull nickte.

„Und was hast du vor?“ fragte er.

„Ich muß mich um das Schiff kümmern“, antwortete Rhodan, fast schon auf dem Weg. „Wir wissen nicht, was dort passiert ist. Gorlat, kommen Sie mit! Atlan, sag ihm, daß er sich um die Bombe keine Sorgen mehr zu machen braucht.“

Dann verschwand er zwischen den Büschen und kurz nach ihm auch Captain Gorlat.

Mike Tompetch saß vor seinem kleinen Ortergerät. Er sah, wie vier von den acht fremden Schiffen hinter dem Funk-Horizont verschwanden und die vier übrigen sich herabzusenken begannen – nach seiner Meinung genau auf den Punkt zu, an dem er sich jetzt befand.

Da krachte es vor ihm im Gebüsch, und Rhodan tauchte auf. Dicht hinter ihm kam Gorlat. Tompetch wischte sich mit einer raschen Handbewegung den Schweiß von der Stirn und sprang auf.

Rhodan gab ihm eine kurze Erklärung über das, was geschehen war, und sagte ihm, daß es nach seiner Ansicht auf eine Angleichung der beiden Eigenzeiten zurückzuführen sei.

Tompetch erklärte, ihm ginge es – bis auf die Hitze – ausgezeichnet, und man sollte sich um ihn keine Sorgen machen. Er würde Bescheid geben, sobald sich die vier fremden Schiffe bis auf weniger als fünfzig Kilometer genähert hatten.

Rhodan und Gorlat stiegen in den Shift. Rhodan übernahm das Steuer, hob das Fahrzeug senkrecht aus dem Busch heraus und lenkte es durch die Nacht in Richtung auf die K-238.

„Ich möchte etwas fragen", meldete sich Gorlat plötzlich.

„Nur zu", ermunterte ihn Rhodan. „Was wollen Sie wissen?"

„Die Temperatur ist sprunghaft gestiegen", erklärte Gorlat, „als die Angleichung stattfand. Das ist logisch, denn natürlich bewegen sich die Moleküle in unserer Zeit schneller als in der anderen. Wenn aber der übliche Verzerrungsfaktor, nämlich zweiundsiebzigtausend, auch hier zuträfe, dann müßten wir jetzt schon alle gebraten sein, nicht wahr?"

Rhodan lächelte.

„Fein, daß Sie etwas fragen, worauf ich auch keine Antwort weiß", sagte er. „Sie haben völlig recht: Die Temperatur ist zwar gestiegen, aber nicht so, wie man hätte erwarten müssen." Er zuckte mit den Schultern. „Man muß annehmen, daß sich der Verzerrungsfaktor nicht auf alle Phänomene in gleicher Weise auswirkt. Ich weiß nicht, ob Ihnen mit dieser Antwort gedient ist, aber eine bessere weiß ich auf keinen Fall, wenigstens vorläufig nicht."

Gorlat gab sich zufrieden und starrte durch das Kabinenfenster weiter in die Nacht hinaus, um die K-238 zu entdecken. Es fiel ihm auf, daß die Finsternis jetzt nicht mehr braun, sondern schwarz oder dunkelblau zu sein schien. Aber da es schwer war, der Dunkelheit überhaupt eine Farbe beizumessen, hielt er seine Beobachtung für unzuverlässig und sagte nichts darüber.

Außerdem fand er es weitaus aufregender, daß die K-238 nirgendwo zu sehen war. Gewiß, es war finster, aber einen Koloß wie das Schiff mußte man auch in der fast völligen Finsternis erkennen können.

Wortlos schlug Rhodan das Steuer ein und ließ den Shift eine enge Schleife fliegen. Der Konturtaster zeigte eine zehn Meter tiefe, breite Bodenrinne – die Rinne, in der die K-238 gelandet war. Gorlat erinnerte sich daran, daß sie dort gestanden hatte, wo die Rinne eine Art Bucht ein paar hundert Meter weit in die Ebene hinausschickte, und die Bucht war auf dem Tasterschirm deutlich zu sehen.

Aber das Schiff nicht.

Rhodan hielt den Shift an und ließ ihn langsam in die Rinne hinuntersinken. Gorlat leuchtete mit der Lampe zum Fenster hinaus und sah, daß der Boden unverletzt war. Die hydraulischen Landefüße, auf denen das Gewicht des Schiffes ruhte, hatten im Boden keine Abdrücke hinterlassen.

Die K-238 war verschwunden.

„Rufen Sie Tompetch an!“ sagte Rhodan plötzlich. „Er soll sagen, was aus den vier fremden Schiffen geworden ist.“

Gorlat gehorchte.

Tompetchs kräftige Stimme meldete sich.

„Sie sind bis auf achtzig Kilometer heruntergekommen“, antwortete er auf Gorlats Frage. „Dort hielten sie an, und nach einer Weile fingen sie wieder an zu steigen. Sie stehen jetzt zweihundert Kilometer ab und bewegen sich so schnell, daß man meinen sollte, sie wollten nicht mehr nach Solitude zurückkehren.“

„Haben Sie kein fünftes Schiff gesehen?“ fragte Rhodan, wobei er sich zur Seite über das Mikrophon beugte, das Gorlat in der Hand hielt.

„Nein“, antwortete Tompetch mit Verwunderung in der Stimme. „Die vier anderen stehen immer noch hinter dem Horizont.“

„Dann nehmen Sie Ihr Gerät“, trug ihm Rhodan auf, „und versuchen Sie, den Höhleneingang zu finden. Wenn Sie ihn gefunden haben, brennen Sie ein paar Büsche weg, mit dem Desintegrator, damit wir dort landen können. Wir brauchen keinen vorgeschobenen Posten mehr. Verstanden?“

„Ja“, antwortete Tompetch.

Rhodan zog das Steuer herum, ließ den Shift in die Höhe schießen und trieb ihn hoch über die Büsche hinweg auf den Höhleneingang zu. Nach einer Weile sahen sie unter sich Tompetch als einen dunklen Schatten, wie er durch das Gestrüpp stampfte und alles abriß oder beiseite schob, was sich ihm in den Weg stellte. Der Wind strich sanfter als zuvor über die Ebene und bewegte die dornigen Büsche.

Tompetch erreichte den Höhleneingang zur selben Zeit wie der Shift. Wie ihm aufgetragen worden war, zog er den Desintegrator hervor und hatte in wenigen Augenblicken eine Fläche von etwa dreißig Quadratmetern völlig von allem Bewuchs gesäubert. Rhodan dirigierte den Flugpanzer langsam hinunter und setzte ihn neben dem Höhlenloch sanft auf.

Tompetch stand neben dem Shift. „Die K-238 ist verschwunden“, sagte Rhodan. „Wir werden uns einen neuen Schlachtplan ausdenken müssen. Rufen Sie Bull und den Arkoniden herauf!“

„Nun ist also doch eingetreten, was wir fürchten mußten", schloß Rhodan wenig später seinen knappen Bericht. „Wir haben unsere Eigenzeit verloren, und es spielte sich alles wesentlich schneller ab als damals auf der Kristallwelt. Wir müssen uns damit abfinden, daß wir nun nach der Solitude-Zeit leben. Das bedeutet, daß wir so schnell wie möglich in unser Universum zurückkehren müssen, wenn wir nicht einer schlimmen Dilatation unterworfen werden wollen. Außerdem ist unser Schiff verschwunden. Unsere vordringlichste Aufgabe ist also, einen Weg zu finden, auf dem wir Solitude verlassen und zur DRUSUS zurückkehren können. Wanderer zu finden oder etwas Neues über die Druuf zu erfahren, kommt erst an zweiter Stelle, wenn wir auch damit rechnen müssen, daß sich die Druuf von selbst um uns kümmern werden. Ein paar von ihnen scheinen sich noch auf Solitude aufzuhalten, denn die K-238 ist sicherlich nicht von allein davongeflogen, und draußen im Raum hat Tompetch sie nicht orten können."

Sie sahen alle zu Boden, stellte er fest, als er geendet hatte. Die Sache gefiel ihnen nicht. Kein Wunder.

Um auf ein anderes Thema zu kommen, fragte er Reginald Bull: „Wie sieht es unten aus? Hat das Solitude-Wesen schon reagiert?"

Bull nickte.

„Ja. Es hat deinen ersten Gedanken empfangen und glaubt, daß wir Freunde sind. Soviel habe ich verstanden. Aber danach kam ein Wust fremdartiger Gedanken, die ich nicht verstehen konnte. Ich glaube, es ist am besten, du gehst hinunter."

Atlan warf ein: „Nein, ich habe auch keine Ahnung."

Rhodan stand auf. „Gut, ich gehe nochmals hinunter und versuch's. Wir brauchen mindestens drei Wochen hier oben. Ich weiß, daß Sie alle seit langer Zeit nicht mehr geschlafen haben, aber halten Sie die Augen trotzdem offen. Besser gar nicht schlafen als für immer schlafen."

Dann stieg Rhodan in das Loch hinein. Atlan folgte ihm.

Aus dem Stollen sprang Rhodan ohne Zögern in den Kellerraum hinunter. Das erste, was ihm auffiel, war die Tatsache, daß jemand den kleinen Wechselstromgenerator inzwischen in Betrieb gesetzt hatte. Er rotierte mit wenigstens dreißig Umdrehungen pro Sekunde, und wenn man dicht davor stand, konnte man ihn pfeifen hören.

Wenn ich den Draht nicht durchgeschnitten hätte, dachte Rhodan, wären wir jetzt schon lange in die Luft geflogen.

Hinter sich hörte er den Arkoniden aus dem Stollen springen.
„Habt ihr den angeschaltet?" fragte Rhodan.
Atlan wußte nicht, was er meinte. Er deutete auf den Generator. „Den? Nein. Ach, sieh mal an, unsere Freunde, die Druuf, haben etwas dagegen, daß wir unserem Sechs-Kasten-Genossen einen Besuch abstatten."
Rhodan nickte.
„Um diese Zeit", meinte er, „werden sie längst herausgefunden haben, daß mit ihrer Bombe etwas nicht stimmt. Kann sein, daß sie bald nachsehen kommen."
„Das wäre mir recht", brummte Atlan grimmig. „Ich würde ihnen gern klarmachen, was ich von Schiffsdieben halte."
Rhodan setzte sich vor den sechs Kästen auf den Boden, schaltete den Telepathieverstärker an, nahm den Metallbügel und schob ihn über die Haare. Dann schloß er, um sich zu konzentrieren, die Augen und sagte: „Ich bin dein Freund. Sprich zu mir!"
Zuerst war da nichts als rabenschwarze Finsternis.
Dann tauchte in der Finsternis plötzlich ein heller Fleck auf, der sich hin und her zu wälzen schien, wie man an einem schwachen Muster erkennen konnte. Der Fleck hatte die Form einer Walze, die ein paarmal so hoch erhitzt worden war, daß sie zu schmelzen begann, später aber wieder erstarrte.
Dann kam ein anderes Bild hinzu: das Bild eines Mannes. Zunächst undeutlich, doch dann rasch an Schärfe gewinnend, als werde der Gedanke prägnanter formuliert. Rhodan war nicht überrascht, als er schließlich sich selbst erkannte. Er versuchte zu erkennen, was er tat. Das gelang ihm nicht. Er hatte jedoch den Eindruck, als sei die in den Gedanken der Solitude-Intelligenz dargestellte Bewegung zwischen ihm und ihr eine durchaus freundliche.
Damit hatte er den Sinn des ersten Bildes verstanden. Es hieß: Ich bin ebenfalls dein Freund.
Er freute sich über den raschen Erfolg, und das Solitude-Wesen schien diese Freude zu bemerken, denn ein rascher, greller Lichtschein huschte über das Bild, das Rhodan sah.
Dann verschwand es, und an seiner Stelle tauchte ein anderes auf: weites Wiesenland mit einer Unmenge von Seekühen, die sich behaglich im Gras wälzten.

Vereinfachte Darstellung, registrierte Rhodan rasch. Natürlich haben sie anderes zu tun, als sich im Gras zu wälzen. Das Bild soll darstellen, daß sie glücklich sind – oder gewesen sind.

Das Bild veränderte sich plötzlich. Zunächst wurde ein Ausschnitt vergrößert, dann tauchte neben dem Bildausschnitt ein spindelförmiges Etwas auf, das Rhodan zunächst nicht erkennen konnte. Als sich an dem Etwas ein Loch bildete und eine Reihe von glitzernden Punkten über eine Rampe herausspaziert kam, glaubte er, es sollte ein Raumschiff sein. Was ihn irritiert hatte, war die falsche Perspektive. Im Bild war die Seekuh ebenso groß wie das Raumschiff.

Der Anblick erregte ihn. Wenn ihn nicht alles täuschte, bekam er jetzt gleich ein paar Druuf zu sehen, falls die Solitude-Intelligenz nicht darauf beharrte, sich selbst so groß wie ein Raumschiff und die Druuf so groß wie Stecknadelköpfe darzustellen.

Das Bild änderte sich abermals. Einer der glitzernden Punkte wurde von der geistigen Kamera erfaßt und vergrößert. Rhodan hielt den Atem an, aber dann sah er schließlich doch nichts anderes als einen jener seltsam geformten Druuf-Robots, wie sie ihnen schon ein paarmal begegnet waren. Dieser hier hatte eine Form wie ein Diamant, den ein betrunkener Diamantenschleifer bearbeitet hatte. Lauter kleine Flächen, keine so wie die andere, in beliebigen Winkeln aneinandergesetzt.

Ein neues Bild: Die Heerscharen der Robots stürzten sich auf die ahnungslosen Seekühe. Die Seekühe dachten nicht daran, sich zu wehren, auch als sie längst eingesehen haben mußten, daß es ihnen an den Kragen ging. Rhodan glaubte zu erkennen, daß die Robots jedesmal, wenn sie eine Seekuh gefangen hatten, ihr ein Ding, das wie ein Fieberthermometer aussah, in eine Körperöffnung steckten, die vielleicht der Mund oder die Nase war. Daraufhin verhielt sich die mißhandelte Seekuh in jedem Fall völlig reglos. Wahrscheinlich, dachte Rhodan, hat sie das Bewußtsein verloren.

Von dem, was dann geschah, schien die Solitude-Intelligenz nichts mehr im Gedächtnis zu haben. Das wurde angedeutet durch eine mehrere Sekunden dauernde gedankenlose Finsternis. Erst als Rhodan schon glaubte, die Unterhaltung sei zu Ende, erschien wieder ein neues Bild: das Bild des Raumes, in dem er sich befand.

Nicht ganz dasselbe: Über den sechs Kästen, die in der Mitte standen, schwebte eine Seekuh, als ob sie überhaupt nicht zum Bild gehörte und nur darübergeblendet sei. Plötzlich begann ihr Körper in Stücke zu zerbrechen. Ein Stück fiel auf den ersten, das zweite auf den zweiten Kasten und so weiter, bis der Gesamtkörper, in sechs Stücke zerbrochen, auf die sechs Kästen verteilt war.

Das Bild bereitete Rhodan Schwierigkeiten. Sollte es bedeuten, daß die Druuf oder vielmehr die Robots jede Solitude-Intelligenz in sechs Stücke zerhackt und in sechs getrennten Kästen untergebracht hatten? Wenn ja – warum?

Der Verstärker schien die Frage getreulich weiterzuleiten, denn wie zur Antwort tauchte jetzt rasch hintereinander mehrmals die gleiche Gruppe von zwei Bildern auf: Das erste zeigte eine „ganze" Seekuh, die sich wie eine Schlange bewegte, auf dem zweiten war eine zerstückelte Seekuh zu sehen, deren Einzelteile völlig unbeweglich im Bild hingen.

Rhodan hatte verstanden: Die Zerstückelung unterband die Körperfunktionen der Seekuh. Nur die geistigen blieben – wahrscheinlich – ungestört.

Als er das gedacht hatte, endete die Bilderfolge. Die Solitude-Intelligenz hatte wahrgenommen, daß er verstanden hatte, was sie ihm sagen wollte. Darüber freute sich Rhodan so, daß er zu Atlans großer Verwunderung laut sagte: „In Ordnung! Mach so weiter, alter Junge!"

Die „Sitzung", wie Reginald Bull es später nannte, dauerte mehr als drei Stunden. Rhodan war ziemlich erschöpft, als er durch den Stollen hinaus und am Seil empor nach oben geklettert war, um den Männern zu berichten, was er erfahren hatte.

„Die Solitude-Intelligenzen sind eingeschlechtliche, nichthumanoide Wesen, die in einer Zahl von etwa einer Million auf diesem Planeten leben. Über den Stand ihrer Zivilisation, über ihre technische Begabung und sonstige Dinge weiß ich nichts. Auf jeden Fall führten sie ein recht glückliches Leben, bis vor etwa drei Jahren ein paar Druuf-Schiffe auf Solitude auftauchten. Ganze Armeen von Robots fingen die Solitude-Wesen ein – was ihnen rasch und ziemlich vollständig gelang, da die Solitude-Intelligenzen in großen Herden zu leben pflegten – und brachten sie in den Höhlenräumen unter, die allerdings, wie vermutet wird, von den Robots erst geschaffen werden mußten, denn früher waren sie nicht da. Man zerteilte jedes Solitude-Wesen in sechs Stücke – was vielleicht darauf hinweist, daß die Mathematik der Druuf auf dem Sechser- oder einem verwandten System beruht – und brachte sie, jedes in einer Höhle, in sechs Kästen unter. Die Unterteilung hatte den Zweck, die Gefangenen unbeweglich und ihnen die Flucht aus den Höhlengefängnissen unmöglich zu machen. Die geistigen Fähigkeiten der Gefangenen erloschen durch die Teilung allerdings nicht. Und das war es letzten Endes, worauf es die Druuf abgesehen hatten. Die Solitude-Intelligenzen besitzen nämlich eine eigenartige Fähigkeit: Die Fähigkeit der Trennung von Geist und Körper. Während der Gefangene körperlich hilflos in seiner Höhle lag, konnte er immer noch seinen Geist hinausschicken und auf diese Weise wahrnehmen, was draußen in der näheren und weiteren Umgebung seines Gefängnisses geschah. Und auf diese Fähigkeit hatten es die Druuf abgesehen. Sie benutzten die Solitude-Intelligenzen als billige Ortergeräte. Die Druuf scheinen zu wissen, daß Solitude am Rand ihrer Zeitebene liegt, und legen Wert darauf zu erfahren, wer von der anderen Seite hereinkommt. Ein Solitude-Wesen würde jeden Unbekannten sofort erkennen, und der erkennende Verstand würde im Körper eine Reaktion der Überraschung auslösen, die mit verhältnismäßig primitiven Mitteln registriert, auf einen Hyperfunksender übertragen und auf diese Weise den Druuf gemeldet werden kann. Die Druuf hatten also fortan nichts mehr anderes zu tun, als auf ihre Registriergeräte zu achten. Bemerkten sie eine starke Reaktion, dann wußten sie, daß auf Solitude nicht mehr alles in Ordnung war. Was wir zunächst sahen, jener kleine Mann, war also eine Nachricht für die Druuf. Das ist das grobe Bild. Wir müssen annehmen, daß die Druuf in der Lage sind, verschiedene Reaktionen ihrer Gefangenen voneinander zu unterscheiden. Sie können sicherlich erkennen, ob eine Solitude-Intelligenz nur vor einem Wirbelsturm erschrocken ist oder ein fremdes Wesen – zum Beispiel uns – entdeckt hat. Aber das ist die Sache der Druuf, unser Freund dort unten weiß nichts davon. Was gibt es noch? Richtig: Der Solitude-Körper muß natürlich am Leben erhalten werden. Da er keinerlei mechanische Tätigkeit mehr ausübt, ist sein Verbrauch an Nahrungsmitteln und Atemluft äußerst gering. Die Geräte unten in der Höhle dienen dazu, die Gefangenen nicht sterben zu lassen. Synthetischer Nahrungsbrei und Frischluft werden den sechs Kästen durch eine Reihe von Leitungen zugeführt. Und noch etwas: Trotz aller Kunstgriffe wird der Körper des Gefangenen nach einer gewissen Zeit absterben. Das wußten auch die

Druuf. Sie wußten auch, daß es nur eine Möglichkeit gibt, dieses Absterben zu verhindern: den Gefangenen in regelmäßigen Abständen – soviel ich verstanden habe: alle drei Jahre unserer Rechnung – einmal für ein paar Stunden oder Tage aus seinem Gefängnis zu befreien, die sechs Teilstücke sich vereinigen und die Solitude-Intelligenz draußen herumspazieren zu lassen. Natürlich unter Aufsicht, denn die Gefangenen sind von ihrer jetzigen Art zu leben keineswegs erbaut. Das ist die Erklärung für den eigenartigen Höhlenzugang. Die Solitude-Wesen brauchen ihn – alle drei Jahre einmal – zum Verlassen und Betreten der Höhle."

Er schwieg, und ebenso schwiegen seine Zuhörer.

„Übrigens", sagte Rhodan plötzlich, als erinnere er sich erst jetzt daran, daß er etwas vergessen hatte, „haben Atlan und ich natürlich die sechs Kästen geöffnet. Wir hatten keinen Grund, unseren Freund länger in der Gefangenschaft zu lassen. Er braucht eine Weile, um seine Einzelteile wieder zusammenzufügen, und dann wird er hier erscheinen. Ich habe schon gesagt, daß er nichthumanoid ist. Tompetch, das richtete sich an Sie als den Unerfahrensten: Erschrecken Sie nicht über den Anblick und denken Sie nichts, was unseren Freund beleidigen könnte. Mit seiner Fähigkeit, Verstand und Körper voneinander zu trennen, ist die Gabe der Telepathie in gewissem Grad verbunden."

Tompetch nickte.

Das erste, was sie wahrnahmen, war ein zischendes Geräusch, das aus dem Schacht heraufdrang. Rhodan erklärte es ihnen: „Eine sehr sinnreiche Vorrichtung. Er saugt am Kopfende Luft an und stößt sie, auch gegen hohen Gegendruck, auf der anderen Seite aus. Dadurch erhöht sich allmählich der Druck unten in der Höhle. Da unser Freund den Schacht luftdicht ausfüllt, schiebt ihn der hohe Innendruck stückweise nach außen. Angeblich geht das erstaunlich schnell."

Alle blickten gebannt zum Schachtloch. An dessen Rand erschien ein kreisrundes Stück graues Zeug, von dem niemand hätte sagen können, woraus es bestand. Das Graue ragte eine Weile bewegungslos nur ein paar Zentimeter aus dem Loch hervor. Dann ein neues, zischendes Geräusch, und ruckartig schoß der fremde Körper wie eine Säule um einen vollen Meter aus dem Loch heraus.

Das Zischen und Rutschen wiederholte sich mehrere Male. Dann kippte die Säule, mittlerweile drei Meter hoch geworden, plötzlich zur Seite und fiel plumpsend auf den von Tompetchs Desintegrator leergefegten Boden, während sich der hohe Druck im Innern der Höhle fauchend und staubspeiend innerhalb kürzester Zeit ausglich.

Tompetch traten die Augen fast aus den Höhlen, als er das walzenförmige graue Ding auf dem Boden liegen sah – und beobachtete, wie es sich zu bewegen begann, halb rollend, halb gleitend, und erst wieder zur Ruhe kam, als es mit einem Ende Rhodan schon fast berührte.

Er staunte, daß Rhodan es fertigbrachte, das graue Ding zu tätscheln, wie man einen Hund tätschelt, und hörte ihn wie von weit her sagen: „Natürlich fängt unsere Zusammenarbeit jetzt erst an. Wir wollen uns bemühen, unserem Freund klarzumachen, daß wir ihm sehr dankbar wären, wenn er ein wenig nach den Druuf Ausschau halten wollte. Wie wir wissen, ist sein Geist oder sein Verstand – wie wir das auch immer nennen wollen – keiner Eigenzeit unterworfen und kann sich fast beliebig schnell bewegen.

Wenn es uns gelingt, ihn dazu zu bewegen, dann haben wir einen Bundesgenossen gefunden, wie wir ihn uns besser nicht wünschen können.“

In Tompetchs Augen war das alles sehr sonderbar. Er beobachtete, wie Rhodan, den Drahtbügel des Telepathieverstärkers über den Kopf gezogen, sich stundenlang mit der grauen Walze unterhielt, ohne jemals eine hörbare Antwort zu bekommen. Dennoch konnte er an Rhodans Gesicht ablesen, daß er Fortschritte machte, und hörte, wie dieser ab und zu sagte: „Nur weiter so, Freund! Wir kommen immer besser zurecht.“

Tompetch sah auch, wie die Sonne aufging und plötzlich gar nicht mehr grün aussah, sondern weiß, wie er es von zu Hause gewöhnt war, und der Himmel war nicht mehr türkisfarbig, sondern strahlend blau.

Das alles erlebte Tompetch so, als sei er gar nicht selbst dabei.

In den letzten Stunden der Nacht und den ersten des Tages hatte er nicht mehr sonderlich aufmerksam auf sein Ortergerät geachtet. Gelegentliche Blicke auf den stets leeren Orterschirm schienen ihm zu beweisen, daß von nirgendwoher Gefahr drohte und auch in naher Zukunft nicht zu erwarten war.

Als er jetzt plötzlich den bisher leeren, dunkelgrünen Grund mit einer Unzahl winziger Punkte in der Nähe der Basislinie übersät fand, kam er sich daher vor wie einer, der auf Wache geschlafen hat, und brauchte stotternd vor Schreck eine ganze Weile, bis er seine Meldung hervorgebracht hatte.

Insgesamt waren es vierzig Punkte, und die Art, wie sie auf dem Schirm gruppiert waren, bewies, daß sie das kleine Lager am Höhleneingang schon vollständig umzingelt hatten.

Nach Rhodans Meinung bestand kein Zweifel daran, daß es sich um metallische Gebilde, also Robots, handelte, die ausgeschickt worden waren, um die fünf Männer zu ergreifen oder zu töten.

Kein Wunder: Die Druuf mußten ebensosehr daran interessiert sein, ihren härtesten Gegner kennenzulernen, wie dieser Gegner sich dafür interessierte, einen Druuf zu Gesicht zu bekommen.

Rhodans Befürchtungen waren, was die bevorstehende Auseinandersetzung anging, nicht groß. In einer Reihe von Kämpfen, zum Teil im Zusammenhang mit Marcel Rous' Einsatz auf dem Kristallplaneten ausgefochten, hatte sich erwiesen, daß die Waffen der Druuf-Robots den terranischen unterlegen waren.

Was Rhodan in Wirklichkeit Sorge machte, war etwas ganz anderes. Etwas, worüber er bisher noch mit niemandem gesprochen hatte: das spurlose Verschwinden der K-238 und die Folgerungen, die er daraus zu ziehen hatte. Denn ein Metallkoloß wie die K-238 hätte, selbst wenn er sich mit Höchstgeschwindigkeit von seinem Startplatz entfernte, auf Tompetchs Orterschirm einen deutlich sichtbaren Reflex hinterlassen müssen. Das war aber nicht der Fall gewesen.

Mit der Solitude-Intelligenz hatte Rhodan inzwischen vereinbart, daß sie sich nun, nachdem sich über die Absichten des Gegners niemand mehr den Kopf zu zerbrechen brauchte, da er sie selber offen kundtat, nach dem Druuf-Schiff umsehen sollte, das ganz ohne Zweifel die Robots hierhergebracht hatte. Es mußte in der Nähe liegen – nicht weiter als hundert Kilometer entfernt, nahm Rhodan an.

Obwohl die Kompanie der feindlichen Robots immer näher rückte, nahm Rhodan sich Zeit zu beobachten, wie der mächtige Körper des Solitude-Wesens plötzlich schlaff und leblos wurde, als sich der Verstand – oder der Geist – von ihm trennte. Er war jetzt nicht mehr wahrnehmbar wie damals, vom Kommandostand der K-238 aus, als er infolge der Veränderung des Brechungsindexes, der er die umgebende Luft unterwarf, relativ deutlich hatte gesehen werden können. Er unterlag keiner Eigenzeit, bewegte sich etwa so schnell, wie Rhodan und seine Begleiter sich vor der Eigenzeit-Angleichung bewegt hatten, und damit viel zu schnell, als daß ihn ein der Solitude-Eigenzeit unterworfenes Auge hätte erfassen können.

Rhodan stand auf und gab Leutnant Tompetch einen Wink.

„Nehmen Sie einen schweren Desintegrator", befahl Rhodan. „Wir wollen uns die feindliche Linie von oben ansehen."

Tompetch suchte eine schwere D-Automatik aus den am Rand der Büsche abgelegten Waffen heraus und schwang sich in den Shift. Rhodan hatte, mit einer gleichen Waffe ausgerüstet, den Platz am Steuer schon übernommen. Die anderen schienen zu wissen, was sie zu tun hatten: Reginald Bull wies dem Arkoniden und Captain Gorlat Plätze zwischen den Büschen an und verbot ihnen, ihre Köpfe auch nur einen Zoll weit hervorzustrecken.

Den reglosen Körper der Solitude-Intelligenz hatten sie ebenfalls in die Deckung des Gebüsches geschleift.

Draußen war das Thermometer auf fünfundvierzig Grad gestiegen. Dagegen waren die achtunddreißig, die die Klimaanlage des Shifts konstant hielt, ein wahres Labsal.

Rhodan hatte von den zwei Möglichkeiten, die ihm zur Verfügung standen – entweder ganz geringe Flughöhe oder sehr große –, die zweite gewählt. Dem Shift mit seinem starken Antigravtriebwerk bereitete es keine Schwierigkeiten, wie ein Flugzeug in einer Höhe von zweitausend Metern über die Ebene dahinzugleiten.

Aus dieser Höhe waren die mächtigen Druuf-Robots, die das Lager schon bis auf sechshundert Meter eingekreist hatten, wieder zu kleinen, glitzernden Punkten geworden. Sie schienen den Shift nicht wahrzunehmen oder kümmerten sich nicht um ihn. Beides, fand Tompetch, war gleich erstaunlich. Ihre Waffen, terranischen Thermostrahlern ähnlich, reichten ganz ohne Zweifel bis hier herauf, und sicherlich wußten sie, daß die terranischen Waffen mindestens ebenso sicher bis zu ihnen reichten.

„Was halten Sie davon, Tompetch?" fragte Rhodan plötzlich, als hätte er erraten, worüber sich sein Begleiter den Kopf zerbrach.

„Eigenartig", antwortete Tompetch. „Sie sind Robots, und da Robots nichts zu übersehen pflegen, müssen sie uns längst ausgemacht haben. Wenn sie nicht auf uns schießen, dann . . ."

Unten blitzte es auf. Ein weißglühendes Energiebündel schoß in zwanzig Meter Entfernung am Shift vorbei, brachte die erhitzte Luft zum Rauschen und das Fahrzeug zum Schlingern.

Rhodan machte ein Ausweichmanöver und entging dem nachfolgenden Schuß um mindestens zweihundert Meter.

„Dann . . .?“ fragte er, als sei nichts geschehen.

„Dann“, fuhr Tompetch fort, „sollte man annehmen, daß sie gar nichts Ernsthaftes gegen uns im Schilde führen, wollte ich sagen. Vielleicht machen sie nur ein Ablenkmanöver. Aber das ist jetzt ja wohl hinfällig. Sie schießen ja.“

Ein dritter Schuß blitzte auf. Er fuhr dicht an der Glassitkanzel vorbei und veranlaßte das Thermometer zu einem jähen Sprung auf über vierzig Grad. Mit leişem Donnern drängte die erhitzte Luft in die Schußbahn zurück.

Rhodan wich aus.

„Das wird mir jetzt zu riskant“, sagte er. „Geben Sie ihnen, was ihnen gebührt.“

Tompetch stieß die schwere Automatik in die Schußöffnung, die unterhalb des Kabinenfensters in die Wand eingelassen war. Während Rhodan Ausweichmanöver flog und eine Reihe von Strahlschüssen wirkungslos an dem Fahrzeug vorbeizischte, richtete Tompetch die Zielautomatik auf eine dicht beieinanderstehende Gruppe von Robots und drückte jedesmal dann auf den Auslöser, wenn ein rotes Blinklicht ihm anzeigte, daß wieder ein Ziel erfaßt war.

Achtmal blinkte das Licht, acht glitzernde Punkte verschwanden unten zwischen den Büschen, und acht kleine Wölkchen von Metallstaub stiegen auf.

„Jetzt sind es nur noch zweiunddreißig“, sagte Tompetch lakonisch.

Die Robots schienen die Gefahr zu erkennen, in der sie sich befanden, und gingen zwischen den Büschen in Deckung. Aber sie hatten nicht mit der Vollkommenheit der irdischen Technik gerechnet. Der Orterschirm zeigte die glitzernden Pünktchen nach wie vor, das Gebüsch störte ihn nicht. Tompetch verband die Zielautomatik mit dem Ortermechanismus und ließ den roten Kreis, der sich daraufhin über den Orterschirm bewegte, auf einer Gruppe von fünf Punkten haltmachen.

Eine Weile später meldete er: „Noch siebenundzwanzig.“

Von unten kamen fast keine Schüsse mehr. Die Robots schienen zu tun zu haben, sich in Deckung zu halten und den haargenauen Schüssen aus Tompetchs Desintegrator zu entgehen. Nichtsdestoweniger hatte Tompetch eine Viertelstunde später mehr als die Hälfte aller Gegner in metallische Gase verwandelt, und der Rest ergriff Hals über Kopf die Flucht – auch Roboter besitzen einen Selbsterhaltungstrieb, wenn auch nur einen künstlichen, den ihr Konstrukteur ihnen eingebaut hat, um die Kosten von Neukonstruktionen nach Möglichkeiten zu sparen –, als Reginald Bull mit seiner Gruppe, durch Rhodans Zielangaben gelenkt, vom Boden aus in den Kampf eingriff.

Merkwürdigerweise flohen sie nach allen Richtungen, obwohl Robots im allgemeinen einen vorzüglichen Koordinierungssinn besitzen und genauer als alle organischen Wesen wissen, wohin sie sich zu wenden haben. Rhodan schloß daraus, daß dem Gegner nichts daran gelegen war, den Standort seines Raumschiffs bekanntwerden zu lassen. Offenbar befürchtete er auch nicht, daß es dem Shift möglich sein würde, das feindliche Schiff zu entdecken. Das lag entweder daran, daß das Druuf-Schiff vorzüglich versteckt war, oder daran, daß die Robots wußten, wie unmöglich es dem Gegner war, auch nur einen Mann so weit und so lange von der Hauptgruppe abzuziehen, wie es für die Suche nach dem Schiff notwendig sein würde.

Über solcherart Gedanken grübelnd, lancierte Rhodan nach gewonnener Schlacht den Shift wieder in die Buschlücke hinein, die Tompetch für ihn gebrannt hatte. Er wurde von Reginald Bull empfangen, der die Arme emporwarf und schrie: „Wir haben sie zum Teufel gejagt!"

Rhodan stieg aus und wollte etwas antworten. Aber in diesem Augenblick kam ihm ein Gedanke – so plötzlich und so klar, als hätte er schon lange im Hintergrund des Bewußtseins darauf gewartet, daß er sich bemerkbar machen könne.

Die Bombe!

Warum hatte er nicht früher daran gedacht? Warum war ihm der Gedanke nicht schon früher gekommen, daß die Druuf-Robots die veränderte Lage ausnutzen würden?

Nur einen Augenblick lang starrte er die dunkle Schachtmündung an, dann fuhr er herum und schrie mitten in Bulls strahlendes Gesicht hinein: „Die Walze auf den Wagen, los, schnell!"

Bull wußte nicht, worum es ging, aber er war daran gewöhnt, schnell zu reagieren. Gorlat und Tompetch sprangen herbei, um ihm zu helfen.

Atlan, der Arkonide, bewegte sich ein wenig langsamer, aber Rhodans hastiger Wink belehrte auch ihn, daß Eile vonnöten war.

Auch zu fünft war für sie der walzenförmige Körper der Solitude-Intelligenz noch ein Ding, das sie kaum von der Stelle bewegen konnten. Sie rollten es zum Shift, aber es auf die Ladefläche zu heben, gelang ihnen erst, als Rhodan ein weitgefächertes Antigravfeld einschaltete.

„Festbinden!" befahl Rhodan, als die Walze an Ort und Stelle lag.

Tompetch holte das Seil, das immer noch in den Höhlenschacht herunterhing, und schlang es mehrmals so um Ladepritsche und Walze herum, daß man annehmen durfte, der immer noch reglose Körper der Solitude-Intelligenz würde auch bei heftigen Bewegungen des Fahrzeugs nicht herunterfallen.

„Steigen Sie ein, Tompetch!" rief Rhodan. „Bringen Sie den Shift etwa fünfhundert Meter weit in Richtung auf die Stelle, an der die K-238 lag, und finden Sie dort irgendwo einen Landeplatz!"

Tompetch gehorchte. Fachkundig hob er den Shift vom Boden ab und flog ihn dicht über die Büsche hinweg in die angegebene Richtung.

„Wir anderen gehen zu Fuß!" befahl Rhodan.

Sie luden sich die Geräte auf und machten sich auf den Weg. Bis zu der Stelle, an der der Shift früher gestanden hatte, kamen sie bequem, aber jenseits dieses Punktes begann der unberührte Busch, in dessen dorniger Mauer es kaum eine Lücke zu geben schien.

Rhodan, den schweren Sperrfeldgenerator auf der Schulter, brannte mit dem Desintegrator einen Weg, der gerade breit genug war, daß sie nicht an den Dornen hängenblieben.

Ächzend zogen sie weiter. Die Temperatur war auf neunundvierzig Grad gestiegen.

Als sie sich zweihundert Meter von der Höhle entfernt hatten, blieb Rhodan stehen, setzte den Generator vorsichtig ab und warf sich flach auf den Boden in den Schatten der Büsche. Er keuchte, und der Mund war ihm eingetrocknet. Er wollte etwas sagen, aber er konnte nicht einmal die Zunge bewegen.

Er brauchte auch nichts mehr zu sagen. Er lag kaum auf dem Boden, da hob ihn ein mächtiger Ruck halbwegs wieder in die Höhe, und Sekunden später rollte der Donner einer kräftigen Explosion durch die heiße Luft. Dort, woher sie gekommen waren, stand für Augenblicke eine hohe, braune Erdsäule und brach prasselnd wieder zusammen.

Die Bombe war explodiert.

Reginald Bull sah Rhodan verwundert und ein wenig mißtrauisch an.

„Der große Medizinmann, wie?“ fragte er nach einer Weile. „Hat alles im voraus gewußt! Woher?“

Rhodan hatte eine Konzentrattablette in den Mund geschoben und mit Mühe hinuntergeschluckt. Das brennende Durstgefühl begann zu verebben, die Zunge löste sich wieder vom Gaumen.

„Die K-238“, antwortete er. „Sie ist spurlos verschwunden. Wohin?“

Bull zuckte mit den Schultern. „Weiß ich nicht.“

„Tompetch hat sie selbst auf dem Orterschirm nicht mehr sehen können. Sie war einfach weg. Was bedeutet das?“

Bulls Augen wurden groß, als er zu verstehen begann. „Die Druuf haben uns in ihre Eigenzeit versetzt und – sich selbst in unsere. Meinst du das?“

„So ähnlich. Die K-238 blieb dort, wo sie war, also in unserer Eigenzeit. Wir dagegen wurden in die fremde versetzt, wo alles viel langsamer abläuft. Gleichzeitig sind ein paar Druuf – oder Druuf-Robots – in unsere Zeit herübergewechselt. Sie bewegen sich zweiundsiebzigtausendmal schneller als wir und sind für uns unsichtbar. Als sie merkten, daß wir in die Höhle eingedrungen waren, versuchten sie, die Bombe auf die übliche Weise zu zünden. Das gelang ihnen nicht, weil ich die Leitung abgerissen hatte. Daraufhin machten sie sich auf den Weg, um die Bombe selbst in die Luft zu jagen. Ihnen machte es nichts aus, verstehst du? Ebensowenig wie uns in jener ersten Höhle, aus der wir noch bequem entkommen konnten.“

Bull schüttelte verwundert den Kopf. „Aber warum? Schön: Sie sind in die Höhle hinuntergestiegen, haben den Draht wieder zusammengeflickt und dem Generator einen Schubs gegeben. Als der Funke übersprang, begann die Explosion in unserer jetzigen Eigenzeit abzulaufen, also so langsam, daß die Druuf oder ihre Robots noch bequem aus der Höhle hinausklettern und sich in Sicherheit bringen konnten. Aber *warum* haben sie die Bombe gezündet? Nach ihrer Zeitrechnung waren wir doch schon lange nicht mehr da, als sie die Höhle erreichten. Sie konnten uns also nichts antun.“

Rhodan nickte, aber bevor er etwas antworten konnte, fuhr Atlan dazwischen: „Weil sie nicht wollten, daß wir erfahren, auf welchen Punkt des Universums der kleine Hyperfunksender gerichtet ist, den sie in die

Höhle eingebaut haben, um über die Reaktionen der Solitude-Intelligenz auf dem laufenden zu sein."

Bull griff sich an den Kopf.

„Ich Narr!" stöhnte er. „Natürlich. Das war es auch bei der ersten Höhle, wie?"

„Ich glaube es jetzt", gab Rhodan zu. „Es gibt gar keine Geheimnisse, die die Solitude-Intelligenzen uns über die Druuf verraten können, wie wir zuerst annahmen, weil die Walzen selbst nichts wissen. Aber der Sender könnte uns darüber Aufschluß geben, wo die Druuf-Welt zu finden ist."

Niemand fragte danach, warum nicht daran gedacht worden war, den Sender zu finden, ihn auseinanderzunehmen und nachzusehen, auf welche Richtung er eingestellt war. War der Mechanismus eines elektromagnetischen Richtstrahlsenders schon ein kompliziertes Ding, so war es der eines Hyperfunksenders noch in wesentlich höherem Maß. Sie hatten keine Zeit gehabt, sich darum zu kümmern – auch dann nicht, als ihnen zum erstenmal der Verdacht kam, daß es in Wirklichkeit der Sender war, den die Druuf durch die Bombe vor Entdeckung schützen wollten.

Bull sah sich um.

„Wir können sie nicht sehen", murmelte er mißtrauisch. „Sie können hier oder dort oder dort stehen", dabei deutete er in drei verschiedene Richtungen, „und wir sehen sie nicht. Warum schießen sie nicht, zum Donnerwetter?"

Rhodan lächelte. „Wahrscheinlich haben sie es längst aufgegeben, nach uns zu schießen. Nachdem sie sich lange genug darüber gewundert haben, warum wir nicht tot umfallen. Vielleicht haben sie auch schon zuvor gewußt, daß sie uns nichts anhaben können, solange sie sich in der fremden Eigenzeit aufhalten."

Bull sah auf. „Gewußt? Was gewußt? Warum können sie uns nichts anhaben?"

„Weil sie Strahlwaffen benutzen, deren Energieausbreitung mit höherer als in diesem Universum zugelassenen Geschwindigkeit erfolgt. Verlust der Kausalität, das ist alles. Sie drücken auf den Knopf, und alles mögliche kann passieren, nur der normale, kausal bedingte Ablauf ist unwahrscheinlich. Ihr überlichtschneller Strahl kann uns im Augenblick nichts anhaben."

Reginald Bull fing an zu lachen. Erst zögernd, als sei er sich noch nicht ganz klar darüber, was es eigentlich zu lachen gäbe, aber dann laut und dröhnend. Gorlat stimmte ein. Atlan verzog das Gesicht, und zum Schluß lachten sie alle. Über die erstaunten Gesichter der Druuf, die sie sich ausmalten – wenn die Druuf überhaupt Gesichter hatten –, und über die aberwitzige Vorstellung, daß rings um sie herum schnelle, unsichtbare Wesen liefen, die fortwährend auf die Auslöseknöpfe ihrer Waffen drückten und doch niemandem Schaden zuzufügen vermochten.

Das Lachen erleichterte sie und machte ihnen die Umwelt, der sie ausgeliefert waren, erträglicher.

Rhodan nahm den Faden schließlich wieder auf, als sie sich beruhigt hatten, und setzte sein Resümee fort. „Die Druuf arbeiten also in zwei Gruppen auf Solitude. Die eine Gruppe ist in unsere ursprüngliche Eigenzeit herübergewechselt, hat die K-238 gestohlen und die Bombe in der Höhle explodieren lassen. Die zweite Gruppe ist wahrscheinlich mit einem der fremden Schiffe irgendwo in der Nähe gelandet und unterstützt die erste, indem sie zum Beispiel durch einen Angriff mit vierzig Robots unsere Aufmerksamkeit von der Höhle ablenkt und uns auf diese Weise daran hindert, den Hyperfunksender eingehend zu untersuchen. Was ich gerne wüßte, ist: Warum sind die Druuf überhaupt nach Solitude gekommen?"

„Die ersten Schiffe", fuhr er fort, „tauchten höchstens zehn Stunden nach unserer Landung auf. Zehn Stunden, das war für die Druuf in ihrer Eigenzeit eine halbe Sekunde. So schnell kann niemand reagieren. Sie müssen schon auf dem Weg hierher gewesen sein, als wir landeten und als sie über den Sender der ersten Höhle erfuhren, daß wir da waren. Natürlich kümmerten sie sich von da an um uns. Sie können es nicht dulden, daß der Gegner auf einer ihrer Vorpostwelten landet. Sie schickten uns in eine fremde Zeitebene und kamen selbst – wenigstens zum Teil – in unsere eigene herüber. Sie stahlen unser Schiff und isolierten uns damit. Jetzt halten sie uns wohl für ziemlich ungefährlich, sie müssen nur noch darauf achten, daß wir das Geheimnis des Hypersenders nicht entdecken. Und wenn sie einmal auf die Idee kommen, daß wir mit dem Geheimnis gar nichts anfangen können, weil wir keine Möglichkeit mehr haben, irgendwelche Informationen nach außen zu geben, dann werden sie uns wohl völlig in Ruhe lassen. Nein, das ist es nicht. Die acht Schiffe sind ursprünglich aus einem ganz anderen Grund hierhergekommen. Und den Grund würde ich gern wissen."

Reginald Bull wälzte sich auf die andere Seite.

„Natürlich würdest du ihn gern wissen“, ächzte er. „Aber niemand kann ihn dir verraten. Oh, diese verdammte Hitze! Kann Tompetch uns denn nicht von hier . . .“

Als habe Tompetch auf das Stichwort gewartet, meldete sich der kleine Empfänger, den Rhodan in der Tasche trug. Er nahm ihn heraus und schaltete ihn ein. Jeder konnte Tompetchs Stimme hören, wie er aufgeregt sagte: „Die Walze regt sich wieder. Wahrscheinlich ist der Geist zurückgekehrt.“

„Gut. Dann laden Sie das Ding ab und kommen Sie uns holen. Wir geben Ihnen Zeichen.“

4.

Die Walze – oder vielmehr der Teil der Walze, der sich vom Körper zu lösen vermochte – hatte eine Entdeckung gemacht: Ein spindelförmiges Druuf-Schiff stand achtzig Kilometer von hier entfernt am Rand der Ebene, wo die Berge begannen. Etwa zweihundert Robots waren damit beschäftigt, in der Umgebung des Schiffes eine flache, quadratische Grube auszuheben und den Boden zu armieren. Alles deutete darauf hin, daß sie über der Grube ein Gebäude errichten wollten, und nach der Art der Armierung war zu vermuten, daß das Gebäude ziemlich groß und schwer werden sollte.

Das war ein neues Rätsel für Rhodan und seine Begleiter, aber zu ihrer Befriedigung eines, das sie selbst nichts anzugehen schien. Mochten die Druuf-Robots Häuser oder ganze Städte bauen, mit der Besatzung der K-238 hatte das Ganze gewiß nichts zu tun.

Lediglich Rhodan hatte eine Vermutung. Er sprach mit Atlan darüber.

„An eines haben wir die ganze Zeit nicht gedacht, Admiral“, fing er an. „Daran, daß Solitude infolge der Begegnung mit Wanderer sich aus seiner Bahn entfernt und seine Sonne verläßt. Was die Druuf-Robots dort tun, das sieht ganz danach aus, als wollten sie ein Gerät aufstellen, das den Planeten wieder auf eine stabile Bahn bringt.“

Der Arkonide sah in die Richtung, in der die Berge lagen, als könnte er von hier aus bis zur Baustelle sehen.

„Wenn sie das können", murmelte er nachdenklich, „dann müssen sie recht gute Techniker sein. Es gehört viel dazu, einen ganzen Planeten zu bewegen."

„Ja, aber es ist nicht unmöglich. Übrigens: Das meine ich nicht. Wenn sie wirklich dabei sind, Solitude auf eine stabile Bahn zu zwingen, dann müssen ein paar unter ihnen sein, die alles wissen, was wir wissen wollen: über Wanderer."

Atlans Brauen glitten in die Höhe.

„Der Barbar denkt rasch", antwortete er spöttisch, aber trotzdem ernst. „Ja, du kannst recht haben. Wenn sie Solitude bewegen wollen, dann müssen sie wissen, wann und weshalb der Planet aus seiner Bahn gerissen worden ist. Was sagt die Walze dazu? Weiß sie etwas über Wanderer?"

Rhodan nickte. „Wanderer war unserer Zeitrechnung nach drei Nächte lang sichtbar, als er Solitude passierte – in einem Abstand von etwa zweihunderttausend Kilometern. Wir kennen den Zeitpunkt der ersten Einflußnahme also recht genau, aber die Entfernung ist nur geschätzt. Wenn man bedenkt, daß wir nicht mehr viel Zeit haben, um langwierige Rechnungen durchzuführen, dann sollte man meinen, wir wären am besten dran, wenn wir einen Druuf-Robot fangen und mitnehmen. Mittlerweile hat auch die Positronik der K-238 ihre Rechnung längst beendet, dann haben wir drei Angaben, die wir miteinander vergleichen können."

In Atlans rötlichen Augen stand pures Erstaunen. „Die K-238! Glaubst du, wir werden sie jemals wieder in die Hand bekommen?"

Rhodan lächelte.

„Wir *müssen*", antwortete er. „Wie kämen wir sonst jemals wieder zurück?"

Tompetch drückte den Flugpanzer nach unten, bis die Bodenplatte über die obersten Zweigspitzen des Busches schrammte.

Gorlat spähte durch die Nacht. Er hatte die Vorstellung, Robots unterbrächen ihre Arbeit auch in der Dunkelheit nicht, und da sie nicht alle mit Ultrarotaugen ausgerüstet waren – das wäre zu teuer gewesen –, war die Baustelle wahrscheinlich beleuchtet. Man mußte sie also weithin sehen können, vorausgesetzt, er vermutete richtig.

Der Auftrag, den man ihm gegeben hatte – fangen Sie einen Druuf-Robot lebendig und bringen Sie ihn unbeschädigt hierher! –, erfüllte ihn nicht gerade mit Begeisterung.

Wie fängt man einen Robot lebendig? Einen Robot völlig fremder Bauart, von dem man nicht weiß, wo bei ihm der Notschalter sitzt?

In diesem Augenblick sagte Tompetch: „Dort vorn ist Licht, Captain."

Gorlat schirmte die Augen mit der Hand gegen die Innenbeleuchtung des Wagens ab und starrte durch die Frontscheibe. Tompetch hatte recht: Am Horizont zeigte sich eine verwaschene Lichtglocke. Die Baustelle.

Er versuchte, die Entfernung zu schätzen. Zehn Kilometer, fünfzehn?

Tompetch drosselte das Tempo. Das Gelände begann uneben zu werden. Die Nähe der Berge machte sich bemerkbar. Tompetch fand eine Bodenrinne, die genau auf die Baustelle zulief, und drückte den Wagen dort hinunter.

„Fein", lobte Gorlat. „Wenn der Shift sich hält, können wir dicht heranfahren."

Jetzt, außerhalb der feindlichen Ortung – wenn es überhaupt eine gab –, ließ Tompetch den Shift wieder höhere Geschwindigkeit entwikkeln. Die Lichtglocke, von der aus der Tiefe der Bodenrinne heraus nur noch ein schmales Stück zu sehen war, wurde schnell heller.

Dann kam eine Stelle, an der der Boden der Rinne anzusteigen und die Rinne sich dem benachbarten ebenen Gelände wieder anzugleichen begann. Ohne weitere Anweisung hielt Tompetch das Fahrzeug an und setzte es sanft ab.

„Ich glaube, Captain", sagte er, „von hier aus müssen wir zu Fuß gehen."

Sie stiegen aus, nahmen die Waffen zur Hand und stiegen bis zum Rand der Rinne hinauf. Sie hatten nicht erwartet, daß sie die Baustelle so nahe vor sich haben würden. Tompetch stieß einen halblauten Ruf der Überraschung aus, als er wenige hundert Meter vor sich einen Mast in die Höhe ragen sah, von dessen Spitze ein kräftiger, grellweißer Lichtkegel auf eine flache Grube und eine ganze Armee glitzernder, schimmernder Robots fiel.

„Es kann nichts schaden, wenn Sie sich auch hinlegen", sagte Gorlat von unten herauf. „Mit Ihrer Figur müssen Sie deutlich zu sehen sein."

Tompetch warf sich nieder. Atemlos vor Staunen, beobachtete er die Grube, die die seltsam geformten Robots inzwischen schon vollständig armiert hatten. Eine Gruppe von etwa hundert war dabei, mit Hilfe eines mächtigen Kranes Fertigbauteile an Ort und Stelle zur Basis eines Gerüsts zusammenzufügen. Die Basis war quadratisch wie die Grube und hatte eine Seitenlänge von etwa fünfzig Metern.

Gorlat hatte indessen seine Aufmerksamkeit über die Grube hinaus auf den mattschimmernden Leib eines gewaltigen Schiffes gerichtet, das dort drüben wie eine schlanke Riesenzigarre – spitz an beiden Enden – in die Höhe ragte. Er hatte Mühe, den Gedanken zu unterdrücken, was für ein Aufsehen es wohl erregen würde, wenn sie anstatt mit einem gefangenen Robot mit dem ganzen Schiff zum verabredeten Platz zurückkehrten.

Du bist Captain, mein Freund, redete er sich ein, kein Räuberhauptmann.

„Tja", brummte Tompetch plötzlich neben ihm. „Soweit ich sehe, hat sich da am Rand der Grube, auf unserer Seite, eine Gruppe von Robots niedergelassen. Wenn wir überhaupt Erfolg haben, dann nur dort."

Gorlats Blick folgte seinem ausgestreckten Arm. Nicht weit vom Fuß des Lichtmastes entfernt, am Rand der Finsternis, kauerten sechs Robots über etwas, das sie am Boden ausgebreitet hatten und das wie Papier aussah. Vielleicht ein Bauplan, dachte Gorlat. Tompetch hatte recht: Die sechs waren die einzigen, an die man unbemerkt herankommen konnte. Und noch einen anderen Vorzug hatten sie gegenüber der großen Menge derer, die unten in der Grube arbeiteten: Einer von ihnen war besonders groß gebaut. Wahrscheinlich ein Spezialrobot. Wenn überhaupt einer darüber Bescheid wußte, warum, wie und wo Solitude aus seiner Bahn geraten war, dann er.

„*Den* müssen wir haben", brummte Gorlat. „Vorwärts!"

Tompetch lag hinter einem Busch und sah auf die Uhr.

Noch fünfzig Sekunden bis zum verabredeten Zeitpunkt.

Er zielte ein zehntes Mal über den Lauf seiner Thermo-Automatik hinweg und fand, daß immer noch alles in Ordnung war. Sein erster Schuß würde die gegenüberliegende Grubenwand treffen, die Armierung verbrennen und die Robots dazu veranlassen, in der Richtung, aus der der Schuß gekommen war, nach dem Attentäter zu suchen.

Das war alles, was er zu tun hatte. Was er *hier* zu tun hatte, verbesserte er sich. Nach dem Schuß mußte er, wenn er sah, daß sein Vorhaben geglückt war, zum Shift rennen, ihn in Gang setzen und Captain Gorlat zu Hilfe kommen, der bis dahin den großen Robot in seiner Gewalt haben wollte.

Noch fünfzehn Sekunden.

Tompetch zielte ein elftes Mal, und diesmal setzte er nicht mehr ab. Er zählte langsam von einundzwanzig bis fünfunddreißig, weil er nicht mehr auf die Uhr sehen konnte, dann drückte er ab.

Eine zischende, pfeifende Energieentladung fuhr gegen die Grubenwand, brachte die Armierung zum Schmelzen und ließ sie in Sekundenschnelle verdampfen. Im Nu entstand ein tiefes Loch, in das die Erde hineinbrach, vom sengenden Strahl der Waffe erfaßt wurde und ebenfalls schmolz.

Die Robots unten in der Grube waren nur sekundenlang verwirrt. Dann setzte ein Teil von ihnen die Arbeit fort, während diejenigen – etwa achtzig –, die Tompetch am nächsten waren, sich in Bewegung setzten und über den Grubenrand herausgeklettert kamen. Sie bewegten sich, wie Tompetch und Gorlat zuvor festgestellt hatten, auf einem Räder- und Kettensystem, wie es für Arbeitsrobots das günstigste war.

Tompetch war der Meinung, daß jetzt der Augenblick gekommen sei, in dem er sich aus dem Staub machen konnte. Er nahm die Waffe auf und lief davon, so schnell er konnte. Mit einem raschen Blick über die Schulter hinweg stellte er voller Befriedigung fest, daß die Robots sich – wenigstens vorerst – noch wesentlich langsamer bewegten als er. Er sah die Blitze greller Strahlschüsse durch die Dunkelheit zucken und konnte daran erkennen, daß die Druuf-Robots noch nicht die geringste Ahnung hatten, wo er sich befand.

Als er eine Weile gelaufen war, keuchend unter der Last der Thermo-Automatik und in Schweiß gebadet von der Hitze, die selbst in der Nacht kaum nachgelassen hatte, tauchte die finstere Bodenrinne vor ihm auf. Er rutschte mehr, als daß er lief, hinunter und schwang sich mit letzter Kraft in den Fahrersitz des Shifts. Als die ersten Robots oben am Rand der Rinne auftauchten, war er schon längst davongeglitten und bewegte sich hart über den Busch hinweg auf den Platz zu, den er mit Gorlat als Treffpunkt vereinbart hatte.

Gorlat brummte vor Freude, als er sah, wie sich vier von der Gruppe der sechs Robots entfernten und nur der große mit einem einzigen Begleiter zurückblieb. Die vier waren wahrscheinlich Robot-Vorarbeiter, die jetzt ihren Untergebenen auseinanderzusetzen hatten, was als nächstes getan werden mußte.

Das Ding, über das sich die beiden Robots beugten, schien in der Tat ein Bauplan zu sein. Gorlat, jetzt nur noch zehn Meter vom Lampenmast entfernt, konnte ein paar Linien erkennen und sah, wie eines der Greifwerkzeuge des großen Robots an den Linien entlangfuhr, wahrscheinlich, um dem anderen etwas zu erklären.

Gorlat sah auf die Uhr.

Noch fünf Sekunden.

Tompetchs Schuß kam planmäßig und hatte den gewünschten Erfolg. Ein paar Augenblicke später war der Teil der Grube, der Gorlat am nächsten lag, völlig leer. Die Robots waren heraufgeklettert und versuchten nun, in der Dunkelheit hinter dem Lichtmast den Unverfrorenen zu finden, der es gewagt hatte, sie beim Bauen zu stören.

Der große Robot, der mit einem anderen, kleineren vor dem Bauplan kauerte, zeigte keinerlei Anzeichen von Erregung. Gorlat glaubte erkennen zu können, daß er einmal aufsah, als der Schuß fiel – „aufsah" ist gut, überlegte er, ich weiß nicht einmal, wo er seine Augen hat –, aber dann wandte er sich dem Plan wieder zu, und einer seiner Arme fuhr über die Linien, die auf dem Papier, oder was auch immer es war, eingezeichnet waren.

Gorlat hätte sich, das gab er zu, in großer Verlegenheit befunden, wenn der große Robot mit den anderen zusammen davongestürmt wäre.

Er schob sich weiter nach vorn, kroch unter dem Busch hervor und verwandelte den kleineren der beiden Robots mit einem wohlgezielten Schuß aus dem schweren Desintegrator in eine Wolke von Metalldampf.

Diesmal schien der große Robot verwirrt. Er richtete sich auf und wandte Gorlat eine andere Seite seines glitzernden, facettierten Körpers zu.

Gorlat zielte auf den schmalen Teil des Räder- und Kettentriebwerks, das unten aus dem eigentlichen Robotkörper herausragte. Er löste den Schuß aus, als sich der Robot auf ihn zu in Bewegung setzte. Eine der beiden Ketten wurde vollständig vernichtet, und der Robot begann sich im Kreise zu drehen. Gorlat sah, wie er eines seiner Greifwerkzeuge hob –

vielleicht war es gar kein Greifwerkzeug, sondern ein Waffenarm –, und schoß es entzwei.

Daraufhin blieb der Robot stehen. Gorlat ging auf ihn zu, die Waffe schußbereit im Arm und alle Sinne angespannt, um sich keine Bewegung des facettierten Ungetüms entgehen zu lassen. Zum erstenmal bemerkte er, daß der Robot ihn um zwei Köpfe überragte. Er würde noch schwerer auf die Ladepritsche zu bringen sein als vor ein paar Stunden der walzenförmige Körper der Solitude-Intelligenz.

Gorlat stellte fest, daß sich die Robots drüben in der Grube um nichts anderes als ihre Arbeit kümmerten. Wenn sie von dem neuerlichen Zwischenfall überhaupt etwas bemerkt hatten, dann waren sie wohl der Ansicht, daß diejenigen, die Tompetch verfolgten, sich darum zu kümmern hätten.

Zwei Meter vor dem großen Robot blieb Gorlat stehen. Er sah ein paar Greifarme bewegungslos von dem seltsam geformten Körper herabhängen und schoß sie ab. Soweit er sehen konnte, hatte der Robot jetzt keine Möglichkeit mehr, nach ihm zu fassen.

Er ging um ihn herum und versuchte, ihn auf die Büsche zuzuschieben. Das gelang ihm nur zum Teil. Infolge der fehlenden rechten Kette hatte der Robot Rechtsdrall. Gorlat drückte ihn ein wenig zurecht, was ihm zu seinem Erstaunen ohne große Mühe gelang, und schob ihn weiter. Nach zwei Minuten hatte er sein früheres Versteck wieder erreicht.

Er schaute zurück und erkannte zu seinem Entsetzen, daß die Robots unten in der Grube mittlerweile aufmerksam geworden waren. Sie hatten die Arbeit unterbrochen und die schmale Körperfront, die die kleinsten Facetten aufwies, der Stelle zugewandt, an der Gorlat mit ihrem großen Genossen zwischen den Bäumen verschwunden war. Kurz darauf setzten sich etwa fünfzig von ihnen in Bewegung und kamen auf den diesseitigen Rand der Grube zu.

Gorlat überließ den großen bewegungslosen Robot sich selbst, warf sich zu Boden und brachte die Waffe in Anschlag. Solange sie keine klügere Formation einnehmen, dachte er, kann ich sie abwehren, bis Tompetch kommt.

Er hatte jedoch den ersten Schuß noch nicht abgegeben, als er das leise Surren des Shift-Motors hinter sich hörte. Tompetch sprang herbei.

„Los!“ zischte er. „Es wird nicht mehr lange dauern, dann haben sie meine Spur gefunden. Wo ist das Ding?“

Gorlat war aufgesprungen. „Dort! Haben Sie ein Antigravfeld aufgebaut? Er ist zu schwer, als daß wir ihn so einfach hinaufheben könnten."

„Habe ich", Tompetch winkte ab. „Helfen Sie mir bitte, ihn bis an den Shift heranzuschieben."

Sie strengten sich an, und hinter ihnen tauchten die ersten Robots erst auf, als sie den schweren Körper der großen Maschine auf die Ladepritsche hinaufgehoben und festgeschnallt hatten. Gorlat kroch von der Pritsche aus direkt in die Kanzel hinein, während Tompetch sich außen herumschwang und aufatmend auf den Pilotensitz fallen ließ.

Im nächsten Augenblick stieg der Shift steil in die Höhe. Ein einziger Strahlschuß zischte hinter ihm drein und verfehlte ihn um mindestens zehn Meter. Ein paar Sekunden später befand sich das Fahrzeug schon weit außer Sicht- und Schußweite der Druuf-Robots.

„Gut gemacht!" lobte Gorlat. „Wirklich, Sie waren fabelhaft!"

Tompetch sah ihn an, erst erstaunt, dann lachte er.

„Komisch", sagte er, „ich wollte gerade dasselbe sagen."

Rhodan beobachtete den Himmel. An einer Stelle gab es einen Fleck, der ein wenig heller war als alles andere ringsherum: der erste Widerschein der aufsteigenden Sonne.

„Ich glaube nicht", erklärte Rhodan, „daß sie nach Ihren Spuren zu suchen brauchen, Leutnant. Sie werden sich denken, daß nur wir es sein können, die ihren Baumeister entführt haben, und auf dem geradesten Weg hierherkommen. Mich wundert eigentlich, daß sie nicht schon da sind."

Tompetch schenkte dem bewegungslosen Robot, der neben ihm auf dem Boden lag, einen mißtrauischen Blick.

„Wahrscheinlich suchen sie noch dort drüben", antwortete er. „Sie wissen noch nicht, daß wir das Lager hierher verlegt haben."

Während Gorlats und Tompetchs Unternehmung waren Rhodan, Bull und der Arkonide weitermarschiert – auf die Bodenrinne zu, in der einst die K-238 gestanden hatte. Rhodan war mit dem Erfolg, den die beiden Offiziere erreicht hatten, überaus zufrieden und teilte Gorlats Ansicht, daß, wenn überhaupt einer von den Druuf-Robots das wisse, was sie erfahren wollten, es der größte von ihnen sein müsse.

Was er allerdings in der Nähe des alten Landeplatzes der K-238 suchte, das hatte er bislang noch niemandem verraten.

Eine Stunde später ging die Sonne auf. Die Temperatur stieg ziemlich rasch von achtunddreißig auf fünfundvierzig Grad. Die Männer suchten Schutz vor der Sonnenglut unter den dornigen Zweigen der Büsche.

Die graue Solitude-Intelligenz lag reglos im Staub. Ihr „Geist" war unterwegs und hielt nach den Druuf-Robots Ausschau. Eine halbe Stunde nach Sonnenaufgang kehrte er zurück – was daran zu erkennen war, daß sich die graue Walze plötzlich wieder zu bewegen begann – und berichtete, daß eine Gruppe von hundert Robots aus der Richtung der Höhle herankomme und daß er im übrigen noch fünf andere Robots bemerkt habe, die sich „viel schneller" bewegten als die übrigen.

Es waren diese fünf, die Rhodan letzten Endes Sorge bereiteten. Für das, was er vorhatte, konnte er keine „schnellen" Feinde brauchen.

Den Kodegeber, der in der Nähe des Landeplatzes vergraben worden war, hatte er längst wieder hervorgeholt. Es war ein kleines, streichholzschachtelgroßes Gerät mit einem einzigen Knopf. Ein Fingerdruck auf den Knopf löste das Kodesignal aus, das die K-238 dazu bewegte, ihre Sperrfelder zu löschen und den Zugang zu den Schleusen freizugeben.

Das wirklich Seltsame aber war, daß das Gerät nun einer anderen Zeitebene angehörte. Rhodan konnte es spüren, wenn er mit dem Daumen kräftig gegen die Rückwand drückte. Die Metallplastik, unter normalen Umständen härter als Stahl, gab dem Druck elastisch nach wie ein Stück straff gespannten Gummis.

Trotzdem – ein Druck auf den Knopf würde das Signal auslösen, nach wie vor. Das Signal würde so kurz sein, daß es auf dieser Welt niemand wahrnehmen konnte, anderthalb Zehnmilliardstelsekunden lang, um es genau zu sagen. Aber es würde auf den Empfänger in der K-238 einwirken, denn das Schiff befand sich auf derselben Zeitebene wie der Kodegeber.

Da waren nur noch die „schnellen" Robots.

Angenommen, dachte Rhodan, die K-238 kommt wirklich zurück. Dann brauche ich etwa zehn Sekunden, vom Kodesignal an gerechnet, um die Schleuse zu betreten und das Schott wieder zu schließen. Zehn Sekunden, das sind zweihundert Stunden oder mehr als acht Tage für die schnellen Robots.

Nein – er hatte keine andere Wahl. Er *mußte* zu einem Trick greifen.

Die Walze versicherte, eine einfache Teilung würde ihre geistigen Fähigkeiten nicht beeinträchtigen. Ja, natürlich könnte sie zwei „Geister" produzieren und ihnen mit Hilfe ihrer Fähigkeit, das Aussehen des Geistes an einer anderen Person zu „spiegeln", den beiden Geistern das Aussehen von Rhodan und Captain Gorlat geben. Dabei sei weiter keine Schwierigkeit.

Rhodan war damit zufrieden. Er hob mit Hilfe seines schweren Desintegrators vier Gruben aus, bedeckte sie mit Zweigen bis auf einen schmalen Einstieg und schüttete über die dichtliegenden Zweige wiederum Erde.

Dann weihte er Bull, Atlan und Tompetch in seinen Plan ein. Gorlat und die Solitude-Intelligenz als Hauptbeteiligte waren schon informiert. Der Plan fand volle Zustimmung, nur:

„Wenn ich bloß wüßte", sagte Bull, „woher du die Sicherheit nimmst, daß die K-238 zurückkommt."

Rhodan zuckte mit den Schultern.

„Berechnung, mein Lieber", antwortete er.

Wenige Minuten später sahen die hundert langsamen Robots, die von der Höhle her inzwischen bis auf dreihundert Meter herangekommen waren, drei Personen auf einem Gleitfahrzeug den bisherigen Lagerplatz in der Nähe der Bodenrinne verlassen.

Die fünf schnellen Robots dagegen erkannten fünf Personen auf dem Fahrzeug, das sich so langsam bewegte, daß es praktisch in der Luft stillstand. Denn für die schnellen Robots waren auch die beiden nichtmateriellen Figuren, die der Verstand der Solitude-Intelligenz auf den Shift projizierte, deutlich sichtbar.

Für die schnellen Robots war klar, daß der Gegner den bisherigen Lagerplatz vollzählig geräumt hatte und sich vor der herannahenden Streitmacht der langsamen Robots in Sicherheit begab. Mit einem Befehlsimpuls von zehn Sekunden Dauer – der von den langsamen Robots als ein solcher von hundertvierzig Mikrosekunden Dauer aufgefangen wurde und zum Auslösen der gewünschten Reaktion durchaus ausreichte – lenkten sie ihre langsamen Genossen auf das neue Ziel. Sie erfuhren niemals, daß die langsamen Robots nur drei Gestalten auf dem Shift gesehen hatten. Und selbst wenn sie es erfahren hätten – sie hätten sich vielleicht nicht einmal Gedanken darüber gemacht, da sie ihren eigenen Wahrnehmungen sicher mehr vertrauten.

Rhodan und Gorlat hielten sich in ihren Erdlöchern verborgen, bis die Luft vollkommen rein war – das war etwa drei Stunden nach Sonnenaufgang, ein Zeitpunkt, zu dem nach Rhodans Meinung die Irreführung längst entweder vollkommen gelungen oder vollkommen fehlgeschlagen sein mußte.

Rhodan war der erste, der das Zweigdach zurückschob und prustend aus dem Erdloch herausgekrochen kam. Er wischte sich den Schweiß von der Stirn und wartete, bis Captain Gorlat, der das Geräusch gehört hatte, sich ebenfalls zeigte.

„Puh, heiß da unten, wie?“ stöhnte Rhodan.

„Nicht zu wenig“, bestätigte Gorlat. „Wo sind sie?“

„Weg, hoffe ich. Trotzdem wird es gut sein, wenn wir nicht gerade auf offenem Gelände Purzelbäume schlagen oder laute Lieder singen. In der Zeit, in der wir einen Satz von zehn Wörtern aussprechen, verbringen die schnellen Robots ein ganzes Jahr ihres sonnigen Lebens. Sie können blitzschnell wieder hier sein und uns entdecken.“

Gorlat nickte. Er lächelte trotz der Hitze.

„Scheint tatsächlich alles gutgegangen zu sein“, meinte er und sah sich um. „Alles ruhig.Wenn nur Ihre Hoffnung . . .“

„Beten, Captain“, unterbrach ihn Rhodan. „Sie müssen beten, damit sich meine Hoffnung erfüllt.“

„Na schön“, brummte Gorlat. „Ich gebe mir Mühe.“

Es klappte. Deswegen, weil es ein vorausberechnetes Ereignis war, das, wie sich später herausstellte, als die Theorie der verschiedenen Eigenzeiten bekannt war, gar nicht anders verlaufen konnte, als Perry Rhodan es sich vorgestellt hatte.

Plötzlich – von einem Atemzug zum anderen – war die K-238 wieder da. Sie stand dort, wo Rhodan sie vor ein paar Tagen gelandet hatte, als hätte sie sich nie von ihrem Platz gerührt. Man hatte kein Landemanöver gesehen, keinen Punkt am Himmel, bevor sie herunterkam – nichts.

Sie war einfach da.

Mit einer Geschwindigkeit, wie sie nur in den Augenblicken der höchsten Gefahr erreicht wird, schwang Rhodan sich aus seinem Erdloch und rannte den Hang der Bodenrinne hinunter. Gorlat sah den Bruchteil einer Sekunde später, wie das Flimmern der Schutzschirme erlosch.

Rhodan dagegen hatte den Eindruck, er bewege sich langsamer als eine Schnecke. Er hatte den Platz für die Erdlöcher so gewählt, daß er nur ein paar Schritte bis zur Fußschleuse des Schiffes zu laufen hatte. Aber während er nun darauf zustürzte, kam es ihm vor, als befände sich sein Verstand schon wieder auf der gewohnten Zeitebene und der Körper noch auf der langsamen alten.

Im Laufen drückte er den Knopf des Kodegebers. In der Wandung des Schiffes gähnte plötzlich ein Loch, das zuvor nicht dagewesen war, und das Flimmern der Schutzschirme war erloschen.

Rhodan schwang sich in das Loch hinauf, rollte über den Boden der Schleuse und drückte dabei den Knopf ein zweites Mal. Draußen schlossen die Sperrfelder die K-238 wieder hermetisch gegen die Umgebung ab.

Aber Rhodans Aufgabe war noch nicht beendet. Er riß die Waffe aus dem Gürtel und schoß in die dicke Wandung des Schleusen-Innenschotts ein faustgroßes Loch.

Erst dann war er sicher, daß ihm das Schiff nicht mehr davonfliegen würde. Wer auch immer im Kommandostand saß – mit einem Loch im Schleusenschott würde er das Triebwerk nicht mehr in Gang bringen, es sei denn, er reparierte den Schaden zuvor.

Müde raffte sich Rhodan vom Boden auf, öffnete das Innenschott, nachdem er das äußere geschlossen hatte, und marschierte durch den anschließenden Gang auf den Kommandostand zu. Das Laufband getraute er sich nicht zu benutzen. Es bewegte sich mit einer Geschwindigkeit von dreihundertsechzig Kilometern pro Sekunde. Ein Wunder, daß es nicht auseinanderfliegt, dachte Rhodan.

Trotz seiner Müdigkeit erreichte er den Kommandoraum rasch, und ebenso rasch nahm er die Handgriffe vor, die nach seiner Meinung notwendig waren, um den Erfolg vollständig zu machen. Er schaltete die Krümmungsfeldgeneratoren ein und wunderte sich nicht darüber, daß er nichts von ihnen zu hören bekam, denn die Schallschwingungen einer fremden Eigenzeit, das wußte er, lagen für seine Ohren weit jenseits aller Frequenzen.

Er sah jedoch den milchigen Ring, der sich draußen, jenseits der Sperrfelder, ausbildete. Langsam drehte er an einem Knopf der Schalttafel, der sich genauso gummiweich anfühlte wie zuvor der kleine Kasten des Kodegebers.

So erreichte er schließlich, daß die Generatoren das ringförmige Linsenfeld in den Kommandoraum hineinprojizierten.

Er stellte sich vor den milchigen Ring, zögerte eine Weile und – trat hindurch.

Im selben Augenblick hörte er das helle Summen der Krümmungsfeldgeneratoren wieder. Es schien ihm schöner als das Singen von Engelschören.

Er sah sich um und stellte fest, daß sich seine Umgebung nicht verändert hatte. Er war immer noch im Kommandoraum der K-238. Nur auf den Bildschirmen . . .

Das Land draußen war ruhig und grün. Die Büsche bewegten sich nicht mehr im Wind, und es gab keine Staubfahnen mehr, die hastig über die Ebene zogen. Nur noch ein paar durchsichtige Gebilde, die über dem Busch stillzustehen schienen.

Das Experiment war gelungen. Er war in die alte Eigenzeit zurückgekehrt.

Auf dem Bildschirm sah er, wie draußen Captain Gorlat den Kopf reglos aus seinem Erdloch hervorstreckte. Er drehte aufs neue am Knopf der Schalttafel und ließ die Krümmungsfeldgeneratoren das Ringfeld außerhalb des Schiffes auf eine Stelle projizieren, die Gorlat von seinem Loch aus mit einem winzigen Schritt erreichen konnte.

Dann lehnte er sich in den Sessel zurück und wartete. Mindestens eine halbe Stunde würde vergehen, bevor Gorlat das Ringfeld überhaupt wahrnahm. Dann mußte er noch aus seinem Loch herauskriechen und durch den Ring schreiten. Dazu brauchte er vielleicht drei Sekunden in seiner Zeit, das waren für Rhodan nicht weniger als sechzig Stunden.

Er konnte sich Reginald Bulls Gesicht vorstellen, wenn er fragen würde: „Du hast also gewußt, daß die K-238 zurückkommen würde. Du hast sogar ungefähr gewußt, wann. Soll das ein Staatsgeheimnis bleiben, woher du's gewußt hast, oder willst du mir's vielleicht sagen?"

Und er, Rhodan, würde ihm dann die Sache mit den zwei Räumen und den zwei Eigenzeiten auseinanderzusetzen versuchen. Er erwartete, daß er dabei Schwierigkeiten haben würde. Denn Bull, so intelligent und mit

Wissen vollgepfropft er auch war, hatte eine angeborene Abneigung gegen alle unanschaulichen Dinge – besonders dann, wenn die Unanschaulichkeit aus Mangel an brauchbaren Theorien noch nicht einmal mathematisch zu erfassen war.

„Unser Einsatz auf Solitude“, würde er ihm erklären, „war ein Hinundherpendeln zwischen zwei Räumen mit verschiedenen Eigenzeiten. In den ersten Stunden nach unserer Landung waren wir mitsamt der K-238 ein Fremdkörper in diesem Raum. Wir nahmen an seinen Ereignissen teil, aber wir gehörten ihm nicht an. Wir waren eine Enklave unseres eigenen Universums in diesem fremden Raum. Dann taten wir den entscheidenden Schritt: Wir flogen mit der K-238 von unserem ersten Landeplatz zu diesem zweiten hier – und bewegten uns dabei mit einer Geschwindigkeit, die größer war als die Lichtgeschwindigkeit in diesem Universum.

Für einen Beobachter, der diesem, dem Solitude-Raum mit seiner langsamen Eigenzeit angehörte, kann das nur so ausgesehen haben: Er sah uns vom ersten Landeplatz starten, aber er konnte uns hier nicht landen sehen. Denn die Landung am zweiten Platz war eine kausale Folge des Starts vom ersten Platz, und gerade die Kausalität ist durch die überlichtschnelle Bewegung verlorengegangen. Für uns war das anders: Wir bewegten uns mit der lächerlichen Geschwindigkeit von fünfzehntausend Metern pro Sekunde. In unserem Raum ist das nur ein Zwanzigstel der Lichtgeschwindigkeit. Wir starteten, und kurze Zeit später landeten wir auch. Kausaler Zusammenhang. Die Verwirrung entstand erst, als die Druuf aus ihren vier Schiffen ein Krümmungsfeld auf die Oberfläche von Solitude projizierten und *gleichzeitig* sowohl uns auf die fremde Zeitebene warfen als auch ein paar von ihren Robots in unsere, die schnellere Eigenzeit herüberschleuderten. Denn damit waren wir zu Beobachtern geworden, für die die K-238 durch ihren überlichtschnellen Flug den Rahmen der Kausalität gesprengt hatte und für die sie zwar vom ersten Platz gestartet, aber am zweiten noch nicht gelandet war. Sie war also gar nicht da, als wir nach ihr suchten, konnte gar nicht da sein. Anders für die schnellen Druuf-Robots: Sie hatten nun unseren Platz eingenommen, sahen die K-238 dort stehen und stahlen sie.“

An dieser Stelle würde Bull wahrscheinlich einwenden: „Wie war das doch mit der Lampe, die schon brannte, als der Mann am Schalter drehte? Bedeutet nicht der Verlust der Kausalität: Die Wirkung tritt *vor* der

Ursache ein? Sollte das für einen Solitude-Beobachter nicht heißen, daß die K-238 am zweiten Platz schon auftauchte, bevor sie vom ersten startete?"

Und er, auf diese Frage gefaßt, würde ihm antworten: „Vertauschung von Ursache und Wirkung ist nur *eine* mögliche Ausdrucksform eines akausalen Vorgangs unter vielen anderen. Dazu ein Beispiel: Eine Gewehrkugel, die auf den Mittelpunkt einer Zielscheibe zufliegt, die Zielscheibe ohne Einwirkung irgendwelcher Kräfte aber nicht erreicht, sondern kurz vor der Zielscheibe verschwindet und hinter ihr wieder auftaucht, um weiterzufliegen, handelt zweimal wider die Kausalität: Erstens entfällt die Wirkung, nämlich das Durchschlagen der Zielscheibe, die nach der Ursache, nämlich dem zielgerechten Abschuß, zu folgen hat. Zweitens tritt eine Wirkung auf, nämlich das Verschwinden und Wiederauftauchen der Kugel, ohne daß eine Ursache dazu vorhanden ist."

Darauf würde Reginald Bull vor sich hin brummen, das sei ein närrischer Vergleich, aber immerhin . . . Und er selbst würde fortfahren: „Um einen ähnlichen Vorfall handelt es sich bei der K-238. Die Wirkung, die nach der Ursache, dem Start, zu erwarten war, nämlich die Landung, trat nicht ein. Offenbar müssen wir in der Theorie der verschiedenen Zeitebenen aber die Folgerung aufstellen, daß, über längere Zeiträume betrachtet, die Summe aller Ursachen der Summe aller Wirkungen immer gleich sein muß, obwohl die Kausalität ausgeschaltet ist. Zu der ersten Ursache, der die Wirkung fehlte, mußte also eine Wirkung kommen, die keine Ursache hatte: die tatsächliche Landung der K-238, wie sie von Gorlat und mir beobachtet wurde, zu einem Zeitpunkt, zu dem niemand das Schiff erwartete. Zu dieser Wirkung gibt es keine Ursache. Die K-238 war für einen Beobachter des Solitude-Raumes eine Zeitlang einfach verschwunden. Na schön, jetzt ist sie also wieder da – als Endeffekt eines akausalen Vorgangs oder besser zweier Vorgänge. Der Zeitpunkt, zu dem auf eine wirkungslose Ursache eine ursachenlose Wirkung folgen muß, läßt sich errechnen. Es stellt sich dabei heraus, daß der Betrag, um den die höchstzulässige, also die Lichtgeschwindigkeit während der Bewegung überschritten wurde, ein Maß für die Akausalität des Begleitvorgangs ist. Aus dem Wert der Geschwindigkeit, mit der die K-238 sich während der Überführung vom ersten zum zweiten Landeplatz bewegte, konnte ich errechnen, wann sie für einen Beobachter im

Solitude-Raum hier auftauchen würde. Natürlich war es nur ein Versuch, aber wie du siehst, ist er geglückt."

Was würde Bull dann tun? Er würde sich geräuschvoll am Kopf kratzen, dem Geist der Wissenschaft ein Schnippchen schlagen und die Frage stellen, die er eigentlich nicht stellen durfte: „Was, zum Donnerwetter, ist aber mit der K-238 passiert, die die Druuf-Robots gestohlen haben?"

Auf diese anschauliche Frage nach anschaulichen Dingen hieß die Antwort: „Das kommt darauf an, von welchem Standpunkt aus man die Sache betrachtet. Für einen Beobachter im Solitude-Raum können die Druuf-Robots die K-238 gar nicht gestohlen haben, weil sie ja eben erst hier aufgetaucht ist. Für einen Beobachter in unserem Raum muß aber gefolgert werden, daß die ‚schnellen' Druuf-Robots in dem Augenblick, in dem die K-238 auch im Solitude-Raum sichtbar wird, automatisch und ohne fremdes Dazutun in ihre, die langsame Eigenzeit zurückkehren und das Schiff damit für sie verschwindet."

Das war eine Modellvorstellung. Wenn es einen überhaupt nach der Verbildlichung eines unanschaulichen Vorgangs gelüstete, dann mußte er mit einem Modellbild vorliebnehmen, und das stimmte mit der Wirklichkeit meist nur in wenigen Punkten überein, in anderen lieferte es eine falsche Vorstellung.

Bull wußte das und würde nicht weiter fragen. Er würde vielleicht noch eine Bemerkung machen, etwa die: „Du scheinst ganz schön tief in die Sache eingedrungen zu sein. Aus deinem ‚muß gefolgert werden' und ‚müssen wir die Folgerung aufstellen' sollte man annehmen, du hättest die ganze Zwei-Zeiten-Theorie schon parat. Stimmt das?"

Er würde erwidern: „Nein. Aber ich habe ein paar Ideen, die den Mathematikern die Suche etwas leichter machen können."

Das würde Bull für bewußte Untertreibung halten, sich aber damit zufriedengeben.

Fünf Stunden später konnte man zum erstenmal sehen, daß Captain Gorlat sich zu bewegen angefangen hatte. Sein Kopf sah jetzt ein Stück weiter aus dem Loch hervor.

In der Zwischenzeit hatte Rhodan weder einen „schnellen" noch einen „langsamen" Druuf-Robot in der Nähe des Schiffes bemerken können.

Nach seiner Theorie durfte es „schnelle“ Robots seit dem Wiederauftauchen der K-238 nicht mehr geben. Daß Rhodan keinen zu sehen bekam, war zwar kein Beweis für die Richtigkeit der Theorie, aber es stützte sie.

Nach acht Stunden kam Rhodan auf die Idee, wie er Gorlats Rückkehr in die irdische Eigenzeit beschleunigen könnte. Er wartete, bis Gorlat völlig aus dem Loch herausgesprungen war und sozusagen reglos in der Luft schwebte, dann nahm er eine lange Plastikstange, an deren einem Ende sich ein Haken befand, ging hinaus und zog Gorlat, indem er ihn mit dem Haken am Kragen seiner Montur packte, durch den Kreis des Krümmungsfelds. Dabei achtete er darauf, daß Gorlat nirgendwo mit dem Rand des Loches oder dem Erdboden in Berührung kam, denn bei der ungeheuren Geschwindigkeit, mit der die Bewegung in der langsameren Eigenzeit verlief, hätte jede Berührung ernsthafte Verletzungen bedeutet.

Gorlat fiel auf den Boden, sobald er den Kreis passiert hatte, und sah sich verwundert um. Er raffte sich auf und sagte: „Danke. Bin ich froh, daß es hier nicht mehr so verdammt heiß ist.“

Der Rest war einfach. Die K-238 folgte, nachdem das Loch im Schleusen-Innenschott repariert worden war, dem Shift, auf dem Bull, Atlan, Tompetch und die beiden „Geister“ saßen, und holte sie – die Geister ausgenommen – durch das Krümmungsfeld in die richtige Eigenzeit zurück. Die beiden Geister kehrten zu den Körperhälften der walzenförmigen Solitude-Intelligenz zurück, und auch die K-238 landete wieder in der Rinne unweit der vier Erdlöcher. Das Solitude-Wesen erlangte innerhalb einiger Stunden seine ursprüngliche Körperform zurück und wurde nun mit Hilfe des Krümmungsfelds ebenfalls der irdischen Eigenzeit angepaßt.

Rhodan dachte darüber nach, ob es Zweck hätte, nach einer dritten Solitude-Höhle zu suchen, den Hypersender dort herauszunehmen und die Einstellung herauszufinden. Aber jetzt, da die Grundlagen der Zwei-Zeiten-Theorie bekannt waren und die Mathematiker wahrscheinlich eine Menge damit würden anfangen können – jetzt, da es keinen Grund mehr gab, warum nicht irdische Schiffe ganz nach Belieben zwischen den beiden Eigenzeiten hin und her wechseln sollten, erschien ihm das nicht mehr so wichtig. Wichtig war in erster Linie Wanderer.

Im übrigen hatte Reginald Bull genau die Fragen gestellt, die er, Perry Rhodan, erwartet hatte. Und genau an der erwarteten Stelle war er auch zufrieden gewesen und hatte aufgehört zu fragen. Nur noch eine weitere Bemerkung hatte er gemacht: „Ich glaube, es wird Zeit, daß ich mich ins Privatleben zurückziehe. Vor fünfundsiebzig Jahren war ich noch froh, daß ich siebzehn mal achtzehn im Kopf ausrechnen konnte, heute muß ich mich mit Zwei-Zeiten-Theorien herumschlagen. Das ist zu viel für mich."

Die Solitude-Intelligenz wollte nicht länger auf ihrer Heimatwelt bleiben. Sie fürchtete die Nachstellungen der Robots. Sie war mit Rhodans Vorschlag, sie mit zur DRUSUS und später zur Erde zu nehmen, gern einverstanden.

Die K-238 startete schließlich zum Rückflug, ohne sich noch einmal um die Druuf-Robots zu kümmern, die sich auf der Suche nach dem verschwundenen Gegner schon weit über das Land verteilt hatten.

Im Shift-Hangar der K-238 lag, durch seine langsame Eigenzeit zu völliger Bewegungslosigkeit verurteilt, der gefangene Robot, dem erst an Bord der DRUSUS der Übergang auf die irdische Zeitebene ermöglicht werden sollte, damit die Elektroniker ihn auseinandernehmen und sein Gedächtnis erforschen könnten.

Um Solitude selbst, glaubte Rhodan, brauchte er sich keine Sorgen zu machen. Die Druuf hielten den Planeten für einen so wichtigen Vorposten, daß sie von selbst alle Anstrengungen unternehmen würden, um ihn wieder auf eine stabile Bahn zurückzubringen.

Wenige Stunden nach dem Start erreichte die K-238 die Stelle des purpurroten Universums, an der das von der DRUSUS projizierte Krümmungsfeld eine opalisierende, elliptische Fläche bildete. Das Schiff schoß hindurch und befand sich ohne Übergang in einem Universum, dessen Hintergrund erfreulich schwarz war und dessen Sterne in erlösendem Weiß strahlten, wenn auch ein paar darunter waren, die andere Farbtöne aufwiesen.

Die Rückkehr war geglückt. Jetzt war nur noch die Frage, wie lange das Unternehmen in irdischer Zeitrechnung gedauert hatte.

Der Tag der Rückkehr war der 21. April 2042. Damit mußte Rhodan zufrieden sein – und war es auch –, denn wäre der Zeit-Verzerrungsfaktor der gleiche gewesen, der in jenem anderen Universum alle Vorgänge zweiundsiebzigtausendmal langsamer ablaufen ließ als in diesem, die K-238 wäre erst nach ein paar tausend Jahren wieder zurückgekehrt.

Aber die Zeit drängte trotzdem. Die Frist, die ihm für den Besuch auf Wanderer noch blieb, endete am 1. Mai. Rhodan beauftragte ein zehnköpfiges Team von Spezialisten mit der Untersuchung des Druuf-Robots und erklärte ihnen, daß er es am liebsten hätte, wenn ihm das Ergebnis noch am selben Tage gemeldet würde.

Das war unmöglich, und er wußte es selbst, aber das Arbeitsteam tat sein möglichstes und schloß die Untersuchung am frühen Morgen des 23. April ab.

Das Ergebnis war aufschlußreicher, als Rhodan erwartet hatte, und beseitigte alle Schwierigkeiten, die der Auffindung von Wanderer bisher noch im Wege gestanden hatten. Der Druuf-Robot hatte nicht nur über die Ursache der Gravitationsstörung Informationen besessen, die Solitude aus der Bahn geworfen hatte, sondern er kannte auch den Kurs, den Wanderer nach dem Vorbeigang an Solitude genommen hatte. Vor allen Dingen wußte er eines, was Rhodan sehr in Erstaunen versetzte und ihm zu beweisen schien, daß das Kollektivwesen auf Wanderer der Zeitebenen-Überschneidung keineswegs so hilflos gegenübergestanden hatte, wie zuerst angenommen worden war.

Wanderer hatte das Druuf-Universum inzwischen an einer anderen Stelle wieder verlassen. Die Druuf hatten nichts dagegen unternehmen können. Sie hatten zwar versucht, die künstliche Welt in ihrem Universum zu behalten, aber die Macht des Wanderer-Wesens war offenbar größer gewesen als die ihre. Nach kurzem Flug durch den purpurroten Raum war Wanderer wieder in sein eigenes Universum zurückgekehrt. Die Strecke, die er zurückgelegt hatte, war bekannt. Aus der Strecke vermochte Rhodan den Punkt zu berechnen, an dem Wanderer jetzt zu finden war. Der Punkt lag auf seiner ursprünglichen Bahn, jedoch an einer Stelle, die er unter normalen Umständen erst in achtzehntausend Jahren erreicht haben würde.

Die Untersuchung des Robots hatte auch eine Reihe anderer wichtiger Erkenntnisse gebracht. Die Druuf-Technologie hatte in ihrem Produkt deutliche Spuren hinterlassen, und es stand zu hoffen, daß in Kürze bekannt sein würde, auf welchem Stand der technischen Entwicklung sich der Gegner befand.

Bevor er sich um diese Dinge kümmerte, ließ Rhodan jedoch die

DRUSUS von Sikermann zum Start bereitmachen. Der Punkt der Bahn, an dem sich Wanderer jetzt befand, war 9,5 Lichtjahre vom augenblicklichen Standort der DRUSUS entfernt – eine Strecke, die sie ohne die geringste Schwierigkeit in einer einzigen Transition überwinden konnten.

Der Start wurde für den 23. April 2042, 20.00 Uhr Bordzeit, festgesetzt. In acht Tagen würde für Perry Rhodan die Unsterblichkeit enden – aber er war nun sicher, daß er die Frist einhalten konnte.

5.

Der Kommandostand der DRUSUS war voll besetzt. Fieberhafte Tätigkeit herrschte an allen den Plätzen, von deren Geräten man erwarten durfte, daß sie vielleicht in der Lage waren, das Geheimnis des verschwundenen Planeten zu entschleiern. Materietaster, Mikrowellen- und Hyperfunk-Orter ließen ihre Kräfte und Strahlen spielen, aber von nirgendwoher kam ein Echo. Wanderer blieb verschwunden. Mittlerweile hatte die Abteilung Astrogation ermittelt, daß die Transition gelungen war und das Schiff sich mit einem vernachlässigbar kleinen Fehler am vorausberechneten Ort befand. Es schien nur noch eine einzige Erklärung zu geben: Die Daten, die man dem erbeuteten Druuf-Robot entnommen hatte, waren falsch. Entweder, weil die Druuf selbst nicht wußten, wohin Wanderer geraten war, oder, weil der Robot die Fähigkeit besaß, eingeprägte Daten zu fälschen, wenn er merkte, daß ein Fremder sie haben wollte.

Der erste schwache Hinweis auf das Schicksal der künstlichen Welt kam von einer Seite, von der ihn niemand erwartet hatte. Während Perry Rhodan noch damit beschäftigt war, den Wirkungsradius des Materietasters, der in Wirklichkeit nicht mehr war als ein Indikator für Gravitationsfelder, auf fünfzig Lichtminuten zu erweitern, leuchtete auf dem Interkom-Bildschirm am oberen Rand des Pilotenpults das rote Rufzeichen auf. Mit einer Handbewegung schaltete Rhodan die Verbindung ein. Geistesabwesend sah er auf das Gesicht, das sich auf der Bildscheibe zeigte.

„Station Strukturtaster, Sergeant Sullivan", sagte der Mann. „Die Geräte registrieren einen Effekt, den wir noch nie beobachtet haben. Ich hielt es für wichtig genug, um Sie direkt anzurufen."

Rhodan nickte. Noch schien es ihm unwahrscheinlich, daß ausgerechnet die Strukturtaster etwas entdeckt haben könnten, was mit dem Verschwinden von Wanderer zusammenhing, aber in seiner Lage konnte er es sich nicht leisten, auch nur den kleinsten Hinweis außer acht zu lassen.

„Beschreiben Sie die Anzeige, Sergeant", befahl er, „und schalten Sie mir das Oszillogramm auf den Interkom. Oder gibt es kein Oszillogramm?"

Sergeant Sullivan machte ein mißmutiges Gesicht.

„Doch", gab er zögernd zu, „aber es sieht so aus, als sei der Oszillograph entzwei."

Rhodan lächelte. „Trotzdem. Schalten Sie um!"

Sullivans Gesicht verschwand. Ein paar Sekunden vergingen, während der Sergeant den Anschluß an den Oszillographen herstellte.

Dann leuchtete der Bildschirm wieder auf. Das Koordinatennetz des Oszillographenschirms wurde sichtbar, und durch das Netz hindurch schlang sich ein Wirrwarr unregelmäßiger Linien, in stetigem Auf und Ab begriffen. Sergeant Sullivans Stimme begann zu erklären: „Eine normale Ortung besteht aus einem einzigen Wellenpaket, das je nach Entfernung und Größe des georteten Objekts, weiterhin je nach der Restgeschwindigkeit, mit der das Objekt in das vierdimensionale Kontinuum zurücktaucht, länger oder kürzer ist. Das Paket zeigt die Struktur einer gedämpften Schwingung: große Amplituden zu Beginn, dann exponentielles Abklingen. Das ist hier nicht der Fall, wie Sie sehen können. Hier haben wir es mit einem ungedämpften Vorgang zu tun. Die Amplituden der verschiedenen Schwingungen sind durchweg um den Faktor hundert kleiner als die der schwächsten Schockwelle, die wir je registriert haben. Die Ortung wurde zum erstenmal vor fünfzehn Minuten gemacht und hält seitdem unverändert an. Die Höchstdauer einer normalen Ortung, wenn ich mich so ausdrücken darf, beträgt ein paar Millisekunden."

Rhodan hatte aufmerksam zugehört und dabei das unregelmäßige Wellenmuster studiert. Sergeant Sullivans Erklärung war vollständig, es gab nichts, was Rhodan an Hand des Bildes noch hätte hinzufügen können.

„Haben Sie eine Idee, Sergeant?“ fragte er. „Irgendeine Vorstellung, wie der Effekt zustande kommen könnte?“

Sullivan zögerte mit der Antwort.

„N-nein“, erklärte er schließlich. „Keine Idee. Nur . . .“

Rhodan wartete geduldig, bis Sullivan seine Bedenken überwunden hatte.

„. . . es sieht so aus“, fuhr er schließlich fort, „als wäre da etwas in der Nähe, das gern in den Hyperraum möchte, sich aber nicht vollends dazu entschließen kann. Vielleicht reichen seine Energien nicht aus, vielleicht möchte es der Pilot vorerst auch nur vorsichtig probieren. Mehr kann ich nicht sagen.“

„Ja, auf diese Idee könnte man kommen“, gab Rhodan bereitwillig zu. „Leiten Sie die Oszillogramm-Photographien an die Mathematiker weiter, Sergeant, und bitten Sie um Auswertung.“

Dann unterbrach er die Verbindung. Das eigenartige Geflimmer auf dem Bildschirm erlosch, aber in Rhodans Gedächtnis blieb es zurück und erzeugte Gedanken, die zuerst absurd schienen. Erst bei näherer Betrachtung zeigte sich, daß sie nichts Unmögliches enthielten. Besonders wenn man bedachte, daß es sich hier um ein Phänomen handelte, das noch nirgendwo beobachtet worden war: um den Durchgang eines Planeten durch eine fremde Zeitebene.

Rhodan hatte eine Reihe von Ideen, und als er auf den automatischen Kalender sah, wußte er, daß ihm keine Zeit mehr blieb, an ihnen herumzufeilen und die wahrscheinlichste von ihnen auszusuchen.

Er mußte sie der Reihe nach ausprobieren.

„Ich fürchte“, erklärte Rhodan, „die Probleme, die mit dem Verschwinden von Wanderer zusammenhängen, sind wenig anschaulich und für diejenigen von Ihnen, die noch keine Gelegenheit hatten, sich mit der Theorie der verschiedenen Eigenzeiten zu befassen, unverständlich. Trotzdem dürfen wir etwa mit Erklärungen keine Zeit verlieren. Wanderer hat eine fremde Zeitebene passiert. Die Druuf haben ihn eingefangen, aber ES, dem unbegreiflichen Herrn der Kunstwelt, ist es gelungen, den Druuf ein Schnippchen zu schlagen. An einer anderen Stelle verließ ES mitsamt seinem Planeten die Druuf-Ebene wieder. Offenbar ist ES dieser Trick nicht ganz geglückt. Irgend etwas Eigenartiges ist mit Wanderer geschehen, als er die fremde Zeitebene verließ. Er existiert nicht in unserem Raum. Vielleicht hat er einen dünnen Zipfel der fremden Eigenzeit mit sich gezogen, vielleicht hat er um sich herum eine Zone räumlicher Instabilität geschaffen. Wir wissen es nicht. Wir müssen probieren. Sie sehen hier eines jener Linsensysteme aufgebaut, mit deren Hilfe es uns bisher ein paarmal gelungen ist, in die fremde Zeitebene einzudringen." Er wies auf ein kleines, kastenförmiges Gerät, das vor ihm auf dem Tisch stand, und auf zwei milchig schimmernde Lichtkreise, die reglos in der Luft schwebten, den unteren Rand nur wenige Zentimeter über dem Boden. „Leutnant Rous", fuhr er dann fort, „hat sich bereit erklärt, den Schritt zu wagen. Wir hoffen, daß es ihm gelingen wird, Wanderer auf diesem Weg zu erreichen."

Marcel Rous trat nach vorn. Er trug eine Raumkombination und hatte den Helm bereits geschlossen. Er wußte nicht, wo er herauskommen würde. Man sah ihm an, daß er sich unbehaglich fühlte. Das Linsensystem, auch Spiegel- oder Krümmungsfeld genannt, schuf eine Brücke zwischen zwei Zeitebenen an solchen Stellen, an denen eine Überschneidung zweier Eigenzeiten gerade stattfand oder irgendwann zuvor stattgefunden hatte. Wenn Wanderer wirklich einen Zipfel der fremden Eigenzeit mit sich gezogen hatte und sich in der Nähe befand, dann würde Rous verschwinden, sobald er den ersten Lichtkreis durchschritt, und auf Wanderer wieder auftauchen. Wenn nicht – nun, niemand hatte bisher erlebt, wie sich das Spiegelfeld auswirkte, wenn dahinter keine fremde Zeitebene wartete.

Rous griff ein letztes Mal nach der Waffe, die er an der Seite trug. Dann lächelte er knapp und trat durch den Lichtkreis. Einen Augenblick lang hatte Rhodan den Eindruck, er würde verschwinden, aber dann sah er zunächst ein Bein, dann das andere und schließlich den ganzen Leutnant wieder zum Vorschein kommen.

Der Versuch war mißglückt. Rhodans erste Idee hatte sich als falsch erwiesen.

Rous war verblüfft. Man sah es durch die Helmscheibe an seinem Gesicht.

Jemand fing an zu lachen. Ein anderer stimmte ein, und schließlich löste sich die fast unerträgliche Spannung, die alle bisher im Bann gehalten hatte, in dröhnendem Gelächter. Selbst Rous stimmte ein, man konnte es über die Außenlautsprecher des Helmes hören.

Rhodan war der einzige, den die allgemeine Heiterkeit nicht mitriß. Er sah auf den Kalender. Es war der 24. April, kurz nach zwei Uhr morgens. Es blieben ihm noch knapp einhundertundneunzig Stunden, um herauszufinden, was mit Wanderer geschehen war, und das Physiotron zu betreten, jenes Gerät, das die Zelldusche bewirkte. Für Rhodan gab es keinen Grund zum Lachen. Er erinnerte sich an die zweite Idee, die er gehabt hatte. Wanderer bewegte sich nicht mehr in der fremden Zeitebene. Er unterlag derselben Eigenzeit wie die DRUSUS, die Erde und die Milliarden von Sternen, die sich auf den Bildschirmen zeigten. Wenn er mit Hilfe des Spiegelfelds nicht erreicht werden konnte, dann war vielleicht jemand anders in der Lage, ihn mit Hilfe seiner angeborenen Kräfte zu finden und zu betreten.

Die Mutanten mußten ans Werk.

Ras Tschubai wußte, was man von ihm verlangte. Er war bisher noch vor keinem Einsatz zurückgeschreckt, aber diesmal hatte er Angst.

Sogar der abenteuerlustige Gucky schien ihn nicht zu beneiden und sich, wie es sonst seine Art war, über seine Benachteiligung zu beklagen.

Perry Rhodan hatte Ras freigestellt, ob er den Sprung wagen wollte oder nicht. Er hatte ihm die Lage offen geschildert und offen zugegeben, daß die paramechanische Theorie, soweit es eine solche gab, nicht in der Lage war, Voraussagen über Erfolg oder Nichterfolg des beabsichtigten Sprunges zu machen. Niemand wußte, was geschehen würde, wenn Ras Tschubai, der hochgewachsene Afrikaner, seine Geisteskräfte mobilisierte und mit einem Teleportationssprung Wanderer zu erreichen versuchte.

Trotzdem hatte sich Ras Tschubai entschlossen, den Sprung zu wagen. Er hatte einen Raumanzug angelegt und war im Kommandostand erschienen. Die Offiziere ringsum schienen ihm mit freundlichen, gespannten Gesichtern Mut einflößen zu wollen, aber Ras Tschubai wußte, daß sie ihm nicht helfen konnten, wenn er in Gefahr geriet. Das, was seine paramechanische Begabung beherrschte, spielte sich in einem höheren, fünfdimensionalen Raum ab. Wenn ihm dort etwas zustieß, war er verloren – ein entmaterialisiertes Gebilde, das bis an das Ende aller Zeit durch ein graues Universum trieb, in dem es nichts gab außer ihm selbst.

Ras Tschubai schloß die Augen und begann sich zu konzentrieren. Er wußte, wo er Wanderer zu suchen hatte. Die Männer an den Strukturtastern hatten längst ermittelt, von welcher Seite des Raumes die eigenartigen Zeichen räumlicher Instabilität ausgingen.

Er zwang seine Gedanken dorthin, wohin er springen wollte. Es war keine Zeit mehr, Angst zu haben und einen Teil der Aufmerksamkeit an Gefühle zu verschwenden.

Das Dunkel vor seinen Augen begann sich zu lichten. Er sah bunte Ringe in der Finsternis tanzen und in der Ferne einen hellen, verwaschenen Fleck auftauchen. Der Fleck erregte seine Aufmerksamkeit, denn wenn es überhaupt ein Ziel gab, dann mußte der Fleck es sein. Ras Tschubai begann vor Ungeduld zu zittern. Er spürte, wie ihm Schweiß über die Stirn rann, und merkte, wie die Feuchtigkeit der einzelnen Tropfen von der Klimaanlage des Anzugs aufgesogen wurde und nur eine salzige Kruste zurückblieb, die er fühlen konnte, wenn er die Stirn runzelte. Während er das empfand, entschwand der blasse Fleck in den Hintergrund und wurde fast unsichtbar.

Es hat keinen Zweck, dachte Ras Tschubai verzweifelt, ich kriege ihn nicht. Er konzentrierte seine Aufmerksamkeit eine Zeitlang auf die bunten Ringe, die vor dem Fleck herumtanzten und nichts weiter waren als eine optische Täuschung, durch das Zusammenkneifen der Augen hervorgerufen. Er verfolgte ihr Gaukeln über den ganzen dunklen Gesichtskreis und versuchte sie zu zählen. Das beschäftigte ihn so, daß er seine Umgebung und seine Angst vergaß. Als er sich dem Fleck wieder zuwandte, sah er, daß er heller und größer geworden war als jemals zuvor. Ras Tschubai starrte ihn an, und als er feststellte, daß er keine Anstalten machte weiterzuwachsen, gab er dem Gehirn den Auslöseimpuls.

Jetzt.

Der Fleck kam wirbelnd auf ihn zu. Ras Tschubai fühlte sich schwerelos durch den leeren Raum getragen. An den Rändern des Fleckes wich die Finsternis zurück, und nach einer unmeßbar kleinen Zeitspanne war vor Ras Tschubais Augen nur noch der helle, brennende Fleck. Ras Tschubai wollte sich entspannen, wollte die Füße auf den Boden bringen und die Augen öffnen, wie er es sonst tat, wenn ihm ein Sprung geglückt war. Er wußte, daß er jetzt *da* war, wo immer auch *da* sein mochte, und empfand einen Augenblick lang dumpfe Verwunderung, weil alles so anders war als sonst.

Er versuchte, sich zu strecken, aber da war kein Boden, den er mit den Füßen hätte erreichen können. Da war auch nichts, woran er sich hätte festhalten können, um sich eine andere Lage zu geben. Nur der Fleck war dicht vor ihm und brannte mit einer Helligkeit wie eine Sonne, auf deren Oberfläche Ras Tschubai zustürzte. Er riß die Hände nach oben, um das Gesicht zu schützen, aber das nützte ihm nichts, denn alles, was er sah, sah er mit der eigenartigen Fähigkeit seines Gehirns durch verschlossene Augen. Er wollte schreien, ohne zu bedenken, daß niemand sein Geschrei würde hören können – aber in diesem Augenblick endete die Qual mit einer donnernden Explosion, die Ras Tschubai mit voller Wucht traf und davonschleuderte. Er sah noch, wie der Fleck kleiner wurde und im Hintergrund der Finsternis verschwand. Er hörte noch metallisches Klappern, als er mit dem Fuß gegen irgend etwas stieß.

Dann verlor er das Bewußtsein.

Als er zu sich kam, versuchte er sich aufzurichten und stellte fest, daß es nicht ging. Er befand sich in einem Behältnis, das eigens für ihn geschaffen zu sein schien. Es war genauso lang wie er selbst und hatte den gleichen Umfang wie sein Körper.

Minuten vergingen, bevor er die Erinnerung soweit zurückgewonnen hatte, daß er wußte, was geschehen war. Er hatte versucht, Wanderer auf dem Weg der Teleportation zu erreichen. Er war gesprungen und hatte eine Zeitlang das Gefühl eines völlig normalen Sprunges gehabt. Dann war irgend etwas explodiert und hatte ihn in diese sargähnliche Kammer geschleudert. Was war das für eine Kammer? Wo stand sie? Auf Wanderer – oder wo sonst?

Er versuchte, sich auf die Seite zu drehen, aber nicht einmal das gelang ihm. Er hatte plötzlich das Gefühl, die Wände der Kammer zögen sich zusammen, um ihn zu zerdrücken. Schweiß trat ihm auf die Stirn, und er begann zu schreien. Das erleichterte ihn.

Das Schreien hatte ihn auf eine Idee gebracht. Gleichgültig, wo auch immer er gelandet war, der Helm seines Schutzanzugs barg einen leistungsfähigen Sender, und wenn er, Ras Tschubai, nur laut genug sprach, würde er wohl einen Empfänger an Bord der DRUSUS zum Ansprechen bringen können. Er wußte, daß der Sender eingeschaltet gewesen war, als er sich auf den Sprung konzentrierte. Er erinnerte sich, daß er das hohe, feine Singen des kleinen Aggregats gehört hatte. Er zwang sich zur Ruhe und horchte. Im ersten Augenblick war er ganz sicher, das Singen auch jetzt noch zu hören. Es war ein Geräusch, das man als ganz selbstverständlich empfand, sobald man den Helm eines Raumanzugs schloß. Aber dann wurde er unsicher. Er hielt den Atem an, um durch das Geräusch des Atems nicht gestört zu werden, aber dabei begann das Blut in den Ohren zu rauschen. Er entspannte sich, soweit es in der Enge ging, und horchte weiter. Und nach zwei Minuten wußte er, daß sein Sender nicht mehr funktionierte. Das Singen war erloschen, irgend etwas mußte mit dem kleinen Gerät geschehen sein, als er in diesem Behältnis landete.

Auf jeden Fall hatte er keine Verbindung mit der Außenwelt mehr. Er konnte nicht einmal den Arm heben, um den Sendenotschalter am Helm zu betätigen.

Im Kommandostand der DRUSUS ging die gespannte Erwartung allmählich in peinigende Nervosität über. Ras Tschubai hatte den Auftrag gehabt, sofort zurückzukehren, sobald ihm der Sprung gelungen war. Nun waren dreißig Minuten vergangen, seitdem man ihn im Kommandostand zuletzt gesehen hatte, und er gab weder ein Zeichen, noch kehrte er zurück.

Niemand sprach. Jeder war mit seinen eigenen Gedanken beschäftigt. Was war dem Afrikaner zugestoßen? Hatte er sein Ziel erreicht? Warum kehrte er nicht zurück? War er an einem Ort gelandet, von dem es keine Rückkehr mehr gab? Hatte er eine Einweg-Teleportation durchgeführt, einen Sprung in eine Zone der Instabilität, die er nicht mehr verlassen konnte?

An Bord der DRUSUS gab es niemanden, der genau hätte sagen können, was Ras Tschubai zugestoßen war.

Es war sechs Uhr früh am 24. April 2042. Noch einhundertsechsundachtzig Stunden bis zum Ende der Unsterblichkeit.

Nach langen, aufreibenden Sekunden der Panik war Ras Tschubais kühle Überlegung zurückgekehrt. Er begann sich für seine Umgebung zu interessieren und nach einem Weg zu suchen, wie er den engen Sarg wieder verlassen konnte. Zum erstenmal stellte er fest, daß es dort, wo er mit dem Kopf lag, eine Öffnung in der kleinen Kammer geben mußte, durch die schwacher Lichtschein hereinfiel. Bisher hatte er sich noch nicht gefragt, warum er überhaupt etwas sehen konnte. Die schwache Beleuchtung reichte aus, um ihn erkennen zu lassen, daß die Wände des Behälters aus Metallplastik bestanden, und zwar aus jener blauen Form von Metallplastik, deren Molekülverbände so viele Metalleinschlüsse hatten, daß das Material zu einem vorzüglichen Leiter wurde. Ras Tschubai versuchte, sich an alle Geräte zu erinnern, bei denen aus diesem oder jenem Grund blaue Metallplastik verwendet worden war. Während er sich noch um die Erinnerung bemühte, fiel ihm ein, daß Ferroplastit, wie man das blaue Material nannte, ein irdisches Erzeugnis war, an Hand arkonidischer Erfahrungen hergestellt. Er fragte sich, wie wahrscheinlich es war, daß auf Wanderer irdisches Ferroplastit verwendet wurde, und kam von da aus ziemlich schnell zu dem Schluß, daß er sich keineswegs auf Wanderer befand, sondern nach der Explosion des gelben Flecks, der das Ziel seiner Teleportation gewesen war, wieder an Bord der DRUSUS zurückgeschleudert worden sein mußte.

Das beruhigte ihn im ersten Augenblick. Erleichtert begann er, seine Erinnerungen zu sortieren, um herauszufinden, wo an Bord der DRUSUS es ein Gerät gab, das in seinem Innern eine solche Kammer enthielt wie die, in der er gefangen war. Nun, da seine Augen sich vollends an die Dunkelheit gewöhnt hatten, sah er die Riefen, die in gleichmäßigen Abständen an der Decke entlangliefen, und wenn er den Kopf drehte, soweit es ging, konnte er sie an den Wänden herunter verfolgen. Das Riefenmuster rief eine dumpfe Erinnerung in ihm wach – eine Erinnerung an etwas, das man ihm einmal vor langer Zeit gezeigt hatte, weil jeder Mutant auch die technischen Einrichtungen des Raumschiffs kennen sollte, in dem er lebte. Die Riefen, entsann er sich, erfüllten einen ganz bestimmten Zweck: Sie unterteilten das Behältnis in kleine Kammern, in sogenannte Hohlraum-Resonatoren, die dazu dienten, Schockwellen eines zusammenbrechenden Hyperfeldes aufzunehmen und sie in fortwährender Reflexion an den Trennstellen der einzelnen Resonatoren totlaufen zu lassen.

Wie ein harter Schlag kam Ras Tschubai schließlich die Erkenntnis: Er befand sich im Innern eines Strukturkompensators, jenes Geräts, das die Aufgabe hatte, bei Transitionen auftretende Energieschocks zu absorbieren und eine Ortung des transitierenden Schiffes unmöglich zu machen. Er lag in einer der Resonatorkammern, in denen sich Tausende von Kilowattstunden totliefen, wenn die DRUSUS zur Transition ansetzte oder in den Normalraum zurückkehrte.

Es brauchte nur jemand auf die Idee zu kommen, die DRUSUS einen Hypersprung ausführen zu lassen, dann war Ras Tschubais Leben nicht mehr wert als das eines Mannes, den hundertmal hintereinander der Blitz traf.

Er krümmte sich und stöhnte vor Schmerz. Er verlor fast den Verstand vor Angst. Er wußte, daß er nichts zu seiner Rettung unternehmen konnte. Selbst im Zustand der Ruhe umhüllte den Kompensator ein fünfdimensionales Restfeld, und fünfdimensionale Felder waren auch für Ras Tschubais paramechanische Gabe undurchdringliche Barrieren.

Perry Rhodan verfolgte eine Idee. Er kannte eines der wenigen über jeden Zweifel erhabenen Theoreme der Paramechanik: Teleportationssprünge und telekinetische Bewegungen können kein Ziel erreichen, das in einem höherdimensionalen Raum liegt als dem, von dem aus Teleportation und Telekinese angewandt werden. Anders gesagt: Ein Teleporter konnte aus dem Normalraum nicht an ein Ziel springen, das in einem fünfdimensionalen Raum lag. Ras Tschubai selbst hatte diese Erfahrung gemacht, als er vor Jahrzehnten auf Ferrol versuchte, in die Zeitgruft einzudringen. Er war zurückgeschleudert worden.

Barg das Theorem von der Unerreichbarkeit höherdimensionaler Räume die Lösung des Rätsels, das mit Ras Tschubais Verschwinden verknüpft war? Hatte sich Wanderer in den Hyperraum zurückgezogen, so daß der Afrikaner ihn nicht erreichen konnte?

Die Frage war sofort zu verneinen. Hätte Wanderer sich im Hyperraum befunden, wäre Ras Tschubai sofort zum Ausgangspunkt seines Sprunges zurückgekehrt. Außerdem wären von Wanderer keinerlei Zeichen der Art zu empfangen, wie die Strukturtaster sie fortwährend registrierten. So einfach war die Lösung also nicht.

Andererseits: Befände sich Wanderer im Normalraum, hätte Ras Tschubai ihn ohne Schwierigkeit erreicht und wäre längst wieder zurückgekehrt. Ganz zu schweigen davon, daß die Tastergeräte den künstlichen Planeten längst erfaßt haben müßten.

Was also? Perry Rhodan erinnerte sich an Sergeant Sullivans Schilderung: „. . . als wäre da etwas, das gerne in den Hyperraum möchte, sich aber nicht vollends dazu entschließen kann . . .“ Konnte man damit etwas anfangen? Gab es *zwischen* dem Normal- und dem Hyperraum ein Kontinuum, das für die seltsame Reaktion der Strukturtaster und Ras Tschubais Verschwinden verantwortlich war?

Der Gedanke erschien phantastisch. Sich ein Gebilde vorzustellen, das sich nach viereinhalb oder vier komma drei Dimensionen richtete, war unmöglich, und es schien lächerlich, zu glauben, daß die Folge der Dimensionen etwas anderes zuließ als ganze Zahlen, mit denen die Dimensionalität eines jeden Raumes beziffert werden konnte. Aber phantastisch und lächerlich oder nicht, entschied Rhodan, es waren Spezialisten an Bord, die sich über diese Frage unter Zuhilfenahme der Schiffspositronik den Kopf zerbrechen konnten. Er gab entsprechende Anweisungen, sah, wie der Mathematiker, mit dem er sprach, das Gesicht verzerrte, als bereite ihm die Vorstellung eines Viereinhalb-Raumes körperliche Schmerzen, und schärfte dem Mann ein, daß er trotzdem seine ganze Rechenkunst darauf verwenden solle, über das Problem eine vernünftige Aussage zu machen.

Danach fühlte er sich erleichtert. Die Idee erschien ihm nun, da er sie weitergegeben hatte, nicht mehr so abwegig wie zuvor. Er überlegte sich, was noch getan werden konnte, um das Rätsel Wanderer zu lösen. Wenn Wanderer in einer Zwischendimension existierte, was würde dann geschehen, wenn die DRUSUS mitten durch ihn hindurch eine Transition ausführte? Die Frage war nicht eindeutig zu beantworten. Klar war lediglich, daß das Schiff den Standort ungefährdet passieren würde, wenn Wanderer sich eindeutig entweder im Normal- oder im Hyperraum aufhielt. Das, was zwischen beiden ungefährlichen Polen lag, sollte selbst wiederum ungefährlich sein, vermutete Rhodan. Um kein Risiko einzugehen, befahl er jedoch, den Schutzschirmen des Schiffes soviel Energie wie möglich zuzuführen. Außerdem wurde der Leitstand darauf aufmerksam gemacht, daß die Gefahr einer Ortung infolge Strukturerschütterung während der Transition in diesem Sektor des Raumes ebenso groß war wie anderswo.

Die Strukturkompensatoren wurden bereitgemacht, den Energieschock beim Passieren des Hyperraums aufzufangen und zu absorbieren. Die DRUSUS war für die Transition bereit.

Ras Tschubai arbeitete in einer Art Trance. Die Angst hatte nicht nachgelassen, aber sie verwirrte den Verstand nicht mehr. Sie gab ihm Kraft, Dinge zu tun, die er unter normalen Umständen niemals zuwege gebracht hätte. In jeder Sekunde erwartete er den tödlichen Energiefluß, der, wie er wußte, durch denselben Hohlleiter hereindringen würde, durch den auch das blasse Licht in die enge Resonatorkammer fiel.

Es gab nur eine winzige Hoffnung für Ras Tschubai, sich bemerkbar zu machen und sein Leben zu retten. Dazu mußte es ihm gelingen, den rechten oder linken Arm so weit zu bewegen, bis er mit der Hand den Notleistungsschalter des Senders dicht über dem Ohr auf der linken Hälfte des Helmes erreichen konnte.

Als Ras Tschubai nach seinem mißglückten Sprung zu sich gekommen war, hatte er in der Kammer gelegen wie ein Toter im Sarg: auf dem Rücken, die Arme gerade an die Seiten gepreßt. Ohne sich anzustrengen, konnte er die Arme nur so weit heben, bis die Hände in zehn Zentimeter Höhe an die Decke der Kammer stießen. Es war jedoch unmöglich, sie in die Nähe des Helms zu bringen. Er hatte versucht, sich umzudrehen, aber das gelang ihm nicht, weil die Breite seines Körpers die Höhe der Kammer um das Doppelte übertraf. Er hatte die rechte Hand vorsichtig über den Leib geschoben und war damit bis zur Gürtelschnalle vorgedrungen. Weiter ging es nicht, weil der Ellbogen rechts an der Wand klemmte.

Trotzdem schien das der einzige Griff zu sein, den er überhaupt tun konnte. Er stieß die Luft aus, wartete, bis die Klimaanlage sie absorbiert und der Anzug sich der nun flacheren Form des Körpers angepaßt hatte. Er ließ die Hand den oberen Rand des harten Plastikgürtels fassen. Schweiß rann ihm in die Augen, bevor er absorbiert werden konnte, als stechender Schmerz durch das Ellbogengelenk fuhr. Trotzdem ließ er die Hand, wo sie war, als er wieder Luft holte. Der Schmerz im Ellbogen verstärkte sich, und die Lungen hatten nicht genug Platz, um so zu atmen, wie sie es verlangten.

Ras Tschubai kam ein Gedanke. Würde es ihn hindern, die Hand zu bewegen, wenn er sich das Gelenk oder den Oberarmknochen brach? Er hielt die Luft an, solange er konnte, und ließ die Lungen den Sauerstoff auslaugen. Dann atmete er aus und wartete ungeduldig, bis der Raumanzug darauf reagiert hatte und über dem Leib zusammengesunken war. Dann schob er die Hand weiter. Er war jetzt völlig in Schweiß gebadet, und das helle Summen der Klimaanlage, die mit so abnormen Flüssigkeitsmengen nicht sofort fertig wurde, regte ihn auf wie das Geräusch eines Wespenschwarms. Es war nicht jedermanns Sache, sich bei klarem Bewußtsein aus eigener Kraft den Arm zu brechen, aber Ras Tschubai wußte, daß er keine andere Wahl hatte.

Der Schmerz im Gelenk machte ihn fast bewußtlos, aber ohnmächtig wurde er erst, als das Gelenk mit leisem Knirschen nachgab und eine Welle unerträglichen Schmerzes ihm den Arm hinaufraste.

Das Wissen um die Gefahr, in der er sich befand, rief das Bewußtsein rasch wieder herbei. Er öffnete die Augen und fand sich in einer Welt, deren Konturen wie durch dichten roten Nebel hindurch in fortwährender Bewegung waren. Es wurde ihm übel, aber er sah, daß er die rechte Hand noch bewegen konnte, wenngleich er im ganzen Arm nichts anderes als das Gefühl eines wühlenden Schmerzes hatte und die Finger nicht mehr fühlten, was sie griffen.

Zentimeterweise ließ er die Hand am Leib hinaufkriechen. Jetzt erfaßte sie den Magnetverschluß der linken Brusttasche, jetzt erreichte sie die linke Schulter und schob sich bis zum Hals. Es war erstaunlich, in welch abnormen Richtungen sich eine Hand bewegen konnte, wenn der Arm gebrochen war.

Ras empfand Triumph, als er an dem kratzenden Geräusch hörte, daß die Finger den Helm erreicht hatten. Das half ihm, die Übelkeit zu überwinden. Er schob die Hand weiter und ließ sich nun ein wenig mehr Zeit, da das Schwierigste schon überwunden war und er nicht mehr Gefahr laufen wollte, durch eine zu rasche, unvorsichtige Bewegung von neuem ohnmächtig zu werden.

Da hörte er über sich ein Geräusch. Es begann mit einem tiefen Summen, wurde heller und ging schließlich in einen hellen Pfeifton über. Ras Tschubai wurde schwarz vor den Augen.

Jemand hatte den Kompensator eingeschaltet.

Der Afrikaner war immer noch nicht wieder aufgetaucht. Es war halb neun Uhr morgens am 24. April 2042. Atlan hatte sich dem mathematischen Team angeschlossen und half mit bei der Suche nach der Lösung des Rätsels.

Die DRUSUS war sprungbereit. Die Daten für einen Kurzsprung über nur wenige Lichtminuten hinweg lagen im Kommandostand vor und waren in die automatische Steuerung programmiert worden. Die Schutzschirme waren so verstärkt, daß nach menschlichem Ermessen kein Schaden entstehen konnte, selbst wenn Wanderer, in einem Raum zwischen den Räumen schwebend, sich als ein Hindernis erweisen sollte. Die Strukturkompensatoren waren angelaufen und bereit, den entstehenden Doppelschock aufzusaugen und die Ausbreitung der Schockwellen zu verhindern.

Rhodan machte sich bereit, den Startbefehl zu geben.

Die Transitionswarnung war gegeben. Auf ihren Arbeitsplätzen, vor ihren Maschinen, in ihren Geschützständen saßen die Männer und warteten auf den kurzen Schock der Entmaterialisierung.

Um den Sprung auszulösen, war nichts weiter nötig, als daß Perry Rhodan auf die rotleuchtende Auslösetaste drückte, die den komplizierten Mechanismus des elektronischen Regelsystems in Gang setzte und Tausende von schnellen Impulsen an die verschiedenen Steuergeräte sandte.

Rhodan hatte die Hand schon auf der Taste liegen, als aus dem Lautsprecher über ihm eine schrille, sich überschlagende Stimme schrie: „Nicht starten! Nicht starten! Die Kompensatoren ausschalten! Ich liege in einem davon! Helft mir!"

Rhodan zog die Hand zurück, als hätte er ein Stück glühendes Eisen berührt. Ungläubig sah er zu dem Lautsprecher hinauf. Der, der da um Hilfe schrie, hatte seinen Namen nicht genannt, und seine Stimme war so verzerrt, daß man sie nicht erkennen konnte. Aber es gab nur einen, von dem man bislang nicht gewußt hatte, wo er steckte: Ras Tschubai.

Ras Tschubai lag in einem Strukturkompensator gefangen. Rhodan widerrief die Startanweisung und schaltete von seinem Pilotenpult aus die Kompensatoren ab.

Man hatte den Kompensator auseinandergenommen und den Afrikaner bewußtlos und mit eigenartig verrenktem, offenbar gebrochenem Arm in der Resonatorkammer gefunden. Es war offensichtlich, warum er sich aus seinem eigenartigen Gefängnis nicht mit Hilfe seiner paramechanischen Gabe hatte befreien können: Die Restfelder mit ihrer fünfdimensionalen Struktur hatten ihn daran gehindert.

Nach Ansicht der Ärzte hatte Ras Tschubai außerdem einen Nervenschock erlitten. Das war nicht erstaunlich nach allem, was er durchgemacht hatte, aber es war bedauerlich, daß man ihn aus diesem Grund nicht befragen konnte. Dr. Sköldson, Chef der Abteilung Medizin, weigerte sich, eine Befragung vor Ablauf von vier Tagen zuzulassen.

„Der Mann braucht Ruhe und nochmals Ruhe", behauptete Sköldson.

Perry Rhodan hatte sich damit abgefunden. Gucky bot zwar an, ebenfalls einen Versuch zu riskieren, doch das lehnte Rhodan ab. Das mathematische Team wurde über den neuen Vorfall informiert, und obwohl Rhodan zunächst angenommen hatte, Ras Tschubais merkwürdiges Abenteuer hätte mit den Berechnungen gewiß nichts zu tun, zeigte ihm Atlans zunächst verblüfftes, dann freudig aufleuchtendes Gesicht, daß der Mutant einen wichtigen Hinweis geliefert hatte.

„Das ist phantastisch im wahrsten Sinne des Wortes, Administrator!" rief er mit glänzenden Augen. „Ein Mann im Strukturkompensator hilft der Mathematik auf die Beine!"

Perry Rhodan sah ihm ernst ins Gesicht.

„Ich wollte, du würdest mir endlich sagen, Admiral, auf welchen Beinen sie jetzt steht", beklagte er sich. „Habt ihr wenigstens *etwas* herausgefunden?"

Der Arkonide lächelte. „Gewiß, mein Freund. Aber ich möchte dir keine unnützen Hoffnungen machen. Ich werde um halb zwölf bei dir sein und dir die ersten Ergebnisse unterbreiten. Du wirst überrascht sein. Wir sind auf ein sehr merkwürdiges Phänomen gestoßen."

Die Erweiterung des physikalischen Gesichtsfelds von der Dreidimensionalität zum vierdimensionalen Raum-Zeit-Kontinuum hatte eine Revolution der Naturwissenschaften ausgelöst. Die nächste Erweiterung, der Blick in den fünfdimensionalen Hyperraum, war der Menschheit infolge eines glücklichen Zufalls, der Begegnung mit den Arkoniden, sozusagen geschenkt worden. Die Entdeckung des Niemandslands zwischen den Dimensionen jedoch, die durch das Verschwinden von Wanderer ausgelöst wurde, war eine Sensation allein deswegen, weil niemand je damit gerechnet hatte, daß ein Halbraum, wie Atlan das Phänomen nannte, zwischen den Dimensionen existieren konnte.

„Du bist Wissenschaftler genug, Administrator", eröffnete Atlan seine

Erklärung freundlich, „um zu verstehen, daß ich keine anschaulichen Erklärungen liefern kann. Das Einstein-Kontinuum ist ein unanschauliches Gebilde, der Hyperraum ist es noch in weitaus stärkerem Maß. Wie könnte dann die Kreuzung zwischen beiden, der Halbraum, etwas anderes sein? Machen wir uns ein Modell. Stellen wir uns den Hyperraum als ein Gebilde vor, das um ein fünfdimensionales Achsenkreuz aufgespannt ist. Versetzen wir dieses Gebilde in Drehung und messen der einen Hälfte der fünfdimensionalen Kugel, die als Rotationsfigur dabei entsteht, eine höchst merkwürdige Eigenschaft bei: Sie verzerrt die Achsen, die sich jeweils in ihr befinden. Sie verkürzt sie, und zwar ist das Maß der Verkürzung eine stetige Funktion der Rotationsgeschwindigkeit. Beim Eintritt in die verzerrende Kugelhälfte hat die Achse noch ihre ursprüngliche Länge, dann beginnt sie sich zu verkürzen. In dem Augenblick, in dem sie die Hälfte des Weges durch die verzerrende Kugelhälfte zurückgelegt hat, ist die Achse völlig verschwunden. Danach beginnt sie wieder zu wachsen, und in der Sekunde, in der sie aus der verzerrenden Halbkugel austritt, hat sie ihre ursprüngliche Größe wiedererlangt. Da es sich um eine Halbkugel handelt und das Koordinatengerüst des Hyperraums aus fünf Achsen besteht, sind an der Verzerrung in jedem Augenblick zwei oder drei Achsen beteiligt, niemals mehr und niemals weniger. Das Wichtige ist nun, den Drehsinn des Koordinatengerüsts festzulegen. Das ist eine Aufgabe, von der wir noch nicht wissen, wie wir mit ihr fertig werden sollen. Bisher steht lediglich eines fest: Da Wanderer in keinem Augenblick sichtbar ist, andererseits aber, nach den Signalen zu urteilen, die die Strukturtaster fortwährend empfangen, niemals völlig dem Hyperraum angehört, muß die fünfte, also die j-Achse, sich in einem Zustand dauernder Verzerrung befinden, ohne jemals ihre volle Länge zu erreichen und ohne jemals ganz zu verschwinden. Denn erreichte sie jemals ihre volle Länge, befände sich Wanderer vollständig im Hyperraum, und die Taster würden keine Signale mehr empfangen. Verschwände sie jemals ganz, dann würde Wanderer im selben Augenblick auf den Bildschirmen auftauchen, denn Verschwinden der j-Achse bedeutet Rückkehr ins Einstein-Universum. Das also ist die Situation, in der Wanderer sich befindet. Natürlich ist der Zustand metastabil. Ein winziger Anlaß reicht aus, um den Halbraumeffekt verschwinden zu lassen. Ob Wanderer dann im Hyperraum versinkt oder in den Einstein-Raum zurückkehrt, können wir noch nicht sagen."

Perry Rhodan und eine Anzahl Wissenschaftler hatten der Erklärung aufmerksam zugehört. Rhodan sah auf und erkannte an den Gesichtern der Männer, wieviel Unbehagen ihnen die Schilderung bereitete. Er versuchte, das Gefühl zu identifizieren, das er selbst empfand, und konnte es nicht anders beschreiben als die Reaktion eines Mannes, der eine wahre Erleuchtung erwartet und nichts Halbes und nichts Ganzes zu hören bekommen hatte.

Atlan schien Rhodans Gedanken zu erkennen. Er war sehr ernst, als er sagte: „Es tut mir leid, daß ich dich enttäuscht habe. Aber was soll man von Mathematikern erwarten? Sie bringen eine Formelsammlung und kein Rezept. Was mit der Formelsammlung begonnen werden kann, das herauszufinden ist nicht mehr unsere Arbeit. Darüber müßt ihr Techniker euch die Köpfe zerbrechen. Alles, was wir tun können, ist, euch noch weitere, ausführlichere Informationen zu liefern. Alles andere ist eure Aufgabe." Atlan reichte Rhodan die Hand. „Ich möchte", sagte er ruhig, „daß du dir über eines im klaren bist: Ich arbeite, so schnell ich kann. Ich bin bereit, mir Injektionen geben zu lassen, damit ich ein paar Tage lang ohne Schlaf auskomme. Ich möchte dir helfen, unter allen Umständen. Denn ich bin dein Freund."

Perry Rhodan ergriff die Hand wortlos und schüttelte sie. Atlan wandte sich ab und ging hinaus. Rhodan sah ihm nach. Er wußte, welche Sorge den Arkoniden quälte. Atlan besaß einen Zellaktivator, den ihm ES, der Herr von Wanderer, vor zehn Jahrtausenden geschenkt hatte und der den Arkoniden unabhängig von regelmäßigen Besuchen im Wanderer-Physiotron machte. Atlan war nicht darauf angewiesen, bis zum 1. Mai eine Zelldusche zu erhalten. Er hatte erkannt, wie natürlich es wäre, wenn man einen ganz bestimmten Verdacht gegen ihn hegte: daß er die Lösung des Rätsels absichtlich hinauszögerte, um sich nach Ablauf der Frist, wenn Rhodan innerhalb weniger Stunden zum lebensmüden, hinfälligen Greis geworden war, an Perry Rhodans Stelle zu setzen.

Atlans ernste Versicherung war für Perry Rhodan der Anlaß, sich zum erstenmal ausführlich mit dem Gedanken zu beschäftigen, der schon seit Wochen in seinem Kopf herumging und den er bisher immer wieder beiseite geschoben hatte, weil es genug anderes zu denken gab – oder weil er sich vor ihm fürchtete?

Handelte er richtig, indem er wochen-, sogar monatelang hinter dem Phantom der Unsterblichkeit herjagte, das, wenn er es jemals erreichte, nur ihm selbst und einigen wenigen seiner Freunde und Mitarbeiter zugute kommen würde? Tat er recht, wenn er um dieser Suche nach Wanderer willen Schiffe und Menschen in Gefahr brachte? War es nicht vernünftiger, sich an die Einteilung zu halten, wie sie die Geschichte der terranischen Menschheit von allem Anfang an beherrschte: an die Reihenfolge der Generationen, an die Ablösung des Alten durch einen Jungen? Konnte er nicht einen Nachfolger für sich finden, zurücktreten und sein Leben wie ein normaler Mensch zu Ende leben? Er war jetzt einhundertundsechs Jahre alt. Mehr als die Hälfte dieser Zeit hatte er an der Spitze der irdischen Menschheit gestanden, das Solare Imperium geschaffen und die Erde zu einem unübersehbaren Faktor in der galaktischen Politik gemacht. War das nicht ein Werk, mit dem er zufrieden sein konnte?

Er empfand plötzlich, daß er sich bisher zu wenig Zeit genommen hatte, über sich selbst nachzudenken. Wie sehr war er selbst mit dem Aufstieg des Solaren Imperiums verknüpft? Wie sehr bedeutete er selbst die Erde, in welchem Maß identifizierte man ihn selbst von außen her mit den Milliarden von Terranern, die sich seiner Führung anvertraut hatten? Welche Wirkung würde es geben, wenn er nun zurücktrat, seinen Platz einem anderen überließ und in wenigen Tagen starb?

Er erinnerte sich an ES, das unbegreifliche Wesen auf Wanderer. ES hatte ihm die Unsterblichkeit sozusagen mit einer lässigen Handbewegung wie ein kleines, nicht besonders wertvolles Geschenk zugestanden. ES hatte davon gesprochen, daß es den Terranern eine ebensolche Chance zugestehen wolle wie zwanzigtausend Jahre zuvor den Arkoniden – die Chance, die Galaxis zu einen, in das Universum vorzudringen und ein dauerhaftes Reich zu schaffen.

Was würde geschehen, wenn er, Perry Rhodan, zurücktrat? Die Kontinuität der Entwicklung wäre gestört. Ein Bruch würde eintreten und das Solare Imperium zerteilen und damit zur wehrlosen Beute für jeden machen, der es haben wollte – und das waren nicht wenige.

Er dachte auch an die Besatzung der DRUSUS. Hatte es jemals auch nur einen winzigen Hinweis darauf gegeben, daß man seine Suche nach Wanderer mißbilligte? Hatten sich Leutnant Tompetch oder Captain Gorlat über den lebensgefährlichen Einsatz auf Solitude beschwert?

Nein.

Jedermann war davon überzeugt, daß er das Richtige tat. Alle wußten, daß ihn die Erde jetzt notwendiger brauchte als je zuvor, und alle waren bereit, alles zu geben, um ihm das Erreichen von Wanderer zu ermöglichen. Nicht, weil sie ihn für sympathisch hielten, sondern weil sie sich der Erde gegenüber verantwortlich fühlten.

Nachdem er in dieser Weise einen Entschluß gefaßt hatte, begann er darüber nachzudenken, wie er mehr über das Geheimnis von Wanderer erfahren konnte, noch bevor die Mathematiker mit ihren umständlichen Berechnungen fertig waren.

Der automatische Kalender zeigte auf einundzwanzig Uhr vierzehn am 24. April 2042. Die verfügbare Zeit war auf einhundertundeinundsiebzig Stunden zusammengeschmolzen.

Perry Rhodan erinnerte sich, daß er, als er über seine Rücktrittspläne nachdachte, eine kurze, schnell vorüberhuschende Idee gehabt hatte. Er gab sich Mühe, die Idee ins Gedächtnis zurückzurufen, und schließlich fiel sie ihm wieder ein: die Solitude-Intelligenz. Das Wesen von Solitude, der Welt der fremden Zeitebene, das die parapsychische Fähigkeit der Trennung von Geist und Körper besaß. Die Intelligenz, von der Reginald Bull behauptete, sie sehe einer irdischen Seekuh ähnlich.

Er wunderte sich, warum er nicht schon früher auf diesen Gedanken gekommen war. Das fremde Wesen, dem Reginald Bull den Namen „Nathan" gegeben hatte, befand sich an Bord der DRUSUS. Es hatte vorgezogen, seine Heimatwelt zu verlassen und erst wieder dorthin zurückzukehren, wenn dem Spuk der Druuf ein Ende bereitet war.

Nathan, wenn überhaupt jemand, mochte in der Lage sein, Wanderer von hier aus zu erreichen. Nicht körperlich, sondern mit Hilfe seines beweglichen Geistes, der sich vom Körper zu trennen und ein höchst eigenständiges Leben zu führen vermochte.

Perry Rhodan bewaffnete sich mit einem Telepathieverstärker und machte sich auf den Weg zu der Kabinenflucht, die man Nathan überlassen hatte.

Nathan wälzte sich planschend in einem flachen Becken, das in der größten seiner Kabinen angelegt worden war, als Rhodan eintrat.

Nathan unterbrach seine Beschäftigung sofort. Er, oder vielmehr sein Körper, war wirklich nur eine graue Walze von beachtlichen Ausmaßen. Man konnte keine Gliederung erkennen, es gab keine Arme, keine Beine, keine Augen, keinen Mund und nichts, was man an einem intelligenten, lebenden Wesen zu sehen erwartete. Nathan glitt aus dem Becken heraus auf den mit einer Schicht Erde bedeckten und grasbewachsenen Boden. Dicht vor Rhodan blieb er liegen.

Rhodan hockte sich ins Gras, stellte den Verstärker vor sich hin und streifte die Metallbügel über den Kopf. Dann sagte er: „Guten Tag, mein Freund! Ich bin gekommen, um dich um Hilfe zu bitten."

Nathan verstand schnell. Rhodan sah hinter geschlossenen Augen ein Bild auftauchen, das besagte: „Sprich, mein Freund, ich bin gerne bereit, dir zu helfen."

Da begann er, Nathan seinen Plan auseinanderzusetzen.

Nathan hatte noch nicht viele Stunden an Bord des Schiffes zugebracht und sich nur in seinen Kabinen aufgehalten. Er empfand Zuneigung zu dem fremden Wesen, das ihn Freund nannte und ihn aus den Händen der Druuf befreit hatte.

Vor dem Fahrzeug jedoch empfand Nathan geheime Angst. Bisweilen wurde sie so stark, daß körperliche Schmerzen daraus entstanden. Nathans Volk kannte keinerlei Technologie. Wenn sie sich bewegen wollten, benutzten sie die Kräfte des eigenen Körpers oder sandten ihren Geist aus, falls persönliche Anwesenheit nicht erforderlich war. Sie waren ein anspruchsloses Volk, das die wichtigste Aufgabe des Lebens darin sah, nachzudenken und mit den Kräften der Gedanken zu spielen. Nathan hatte noch niemals zuvor ein so gigantisches Ding gesehen, wie dieses Raumschiff es war.

Sein Freund, der Fremde, hatte ihn gebeten, zu dem Raum des großen Schiffes zu kommen, den er den Kommandostand nannte. Eine Menge anderer Fremder wollten dabeisein und zusehen, wie sein Geist den Körper verließ und davonschwebte. Sein Freund hatte ihm erklärt, daß er versuchen solle, eine Welt zu erreichen, die irgendwo vor dem Schiff unsichtbar im Raum schwebte. Unter normalen Umständen hätte Nathan diese Bitte selbstverständlich abgelehnt. Die unsichtbare Welt interessierte ihn nicht. Warum hätte er versuchen sollen, sie zu erreichen und zu betrachten? Aber der Fremde war sein Freund, und die Bitte eines Freundes wies man nicht zurück.

Die großen Platten, mit denen die Fremden ihre Räume verschlossen, wichen zurück, als Nathan vor dem Kommandostand anlangte. Er sah seinen Freund am anderen Ende des großen Raumes stehen und ihm zuwinken. Er sah noch eine Menge anderer Fremder, die rings um seinen Freund standen.

Nathan bewegte sich bis in die Mitte des Raumes und blieb dort liegen. Er hatte mit seinem Freund alles Nötige besprochen. Es gab nichts mehr zu sagen. Nathan entspannte den mächtigen Körper und begann, den Geist aus der materiellen Umhüllung zu lösen.

Er selbst spürte dabei nichts. Schließlich war das, womit er dachte, empfand und sich ausdrückte, ebenfalls sein Geist. Der Körper war an nichts anderem als rein mechanischen und chemischen Dingen beteiligt. Diesen Körper ließ er nun zurück und erhob sich über ihn. Er wußte – schließlich hatte er den gleichen Vorgang bei seinen Artgenossen schon oft beobachtet –, daß er nun als nebelförmiges, konturloses Gebilde schwach zu erkennen war. Er konzentrierte sich auf seinen Freund und nahm mit der ihm eigenen Nachahmungsgabe dessen Gestalt an. Zuerst war sie klein, kaum einen Fuß hoch, und infolge der komprimierten Wirkung sehr deutlich zu sehen. Dann wuchs er und wurde dabei durchsichtiger. Er sah sich um und entdeckte die Verblüffung auf den Gesichtern der anderen Fremden, als er einen Kopf formte, der dem seines Freundes glich, wenn er sich auch nicht die Zeit ließ, jeden einzelnen Zug des Gesichtes nachzuahmen.

Dann machte er sich auf den Weg zu jener unsichtbaren Welt, die irgendwo dort draußen in der Schwärze des Weltraums schwebte.

„Eine der eigenartigsten Lebensformen, die man je gesehen hat“, sagte jemand, als Nathan gegangen war und nur noch sein mächtiger Leib reglos mitten im Kommandostand lag.

„Nicht ganz so eigenartig, wie man zunächst vermuten sollte“, wandte Rhodan sofort ein. „Merkwürdig ist ohne Zweifel die Fähigkeit, Geist und Körper zu trennen. Aber das, was uns so frappierend an die Gespensterfurcht unserer Kindheit erinnert, findet wahrscheinlich eine ganz natürliche Erklärung.“

Sie sahen ihn gespannt an.

„Natürlich ist der Geist ein immaterielles Gebilde“, fuhr Rhodan bereitwillig fort. „Was Sie als Nebel beobachtet haben, ist keineswegs ein

Gas, falls Sie das geglaubt haben sollten. Der Geist selbst ist nichts weiter als ein Feld, über dessen Natur wir zunächst noch nichts wissen, allerdings ein Feld mit angeborener Intelligenz. Was wir sehen, ist lediglich die Wirkung, die dieses Feld auf seine Umgebung hervorruft. Es scheint da Kräfte zu geben, die den Brechungsindex zum Beispiel der Luft verändern. Dadurch wird das Gebilde sichtbar. Frappierend ist jedoch die Fähigkeit des Feldes, sich an Gegenständen seiner Umgebung zu spiegeln, ja, sich sogar mit ihnen zu identifizieren. Sie haben beobachtet, wie Nathan meine Gestalt annahm und das Gesicht dem meinen nachzubilden suchte. Ich bin überzeugt, er würde es darin zu einer Meisterschaft bringen, wenn er sich jemals genug Zeit dazu nähme. Fragen Sie nicht, wie der Arkonide und ich erschrocken waren, als zum erstenmal ein Solitude-Geist vor unseren Augen auftauchte."

Sie schwiegen. Die Erklärung war einleuchtend, aber das Phänomen blieb unfaßlich. Sie starrten dorthin, wo sie Nathans Geist jetzt vermuteten – in die Schwärze des Alls hinaus, wo es nichts gab, dessen Brechungsindex Nathan hätte verändern können, um sichtbar zu werden.

Nathan befand sich zum erstenmal im freien Raum, aber er empfand nichts Besonderes dabei. Zuerst hatte er eine gewisse Neugier gespürt, aber nun, da er wußte, daß nichts Außergewöhnliches daran war, verlor er sofort das Interesse. Er bewegte sich in die Richtung, die man ihm gewiesen hatte, und wartete darauf, daß vor ihm etwas auftauchte, was er untersuchen konnte.

Er wußte nicht, mit welcher Geschwindigkeit er sich bewegte. Er beeilte sich jedoch, und als er eine Weile unterwegs war, spürte er, wie eine Art Sog ihn erfaßte und nach vorn riß. Das verwunderte ihn, denn in seiner Geist-Existenz hatte er noch niemals zuvor mechanische Einflüsse zu spüren bekommen. Schließlich bestand er aus nichts Materiellem, das man hätte ansaugen oder fortblasen können. Seine Neugierde erwachte wieder, und gleichzeitig empfand er ein wenig Angst vor dem, was dort vor ihm war und ihn anzog, ohne sichtbar zu werden.

Er wünschte sich plötzlich an Bord des Schiffes zurück, das hinter ihm verschwunden war und nicht mehr anders aussah als all die vielen Sterne, die ringsum mit ruhigem Schein vor dem schwarzen Hintergrund standen.

Aber selbst wenn er gewollt hätte, er hätte nicht mehr zurückkehren können. Der Sog war stärker als seine Kraft. Er gab den Widerstand auf und ließ sich treiben.

Etwas später sah er vor sich etwas auftauchen, das zunächst wie ein heller Fleck aussah und keine Konturen zu haben schien. Nathan stellte fest, daß er genau auf diesen Fleck zu gezogen wurde. Er sah, wie der Fleck schnell größer wurde. Schließlich bekam er Konturen und sah aus wie eine gewaltige Halbkugel. Nathan näherte sich ihr mit beängstigender Geschwindigkeit. Ein paar Augenblicke später war die Halbkugel so groß geworden, daß er sie nicht mehr ganz überblicken konnte. Dafür sah er nun unter sich weite Ebenen, die offenbar mit Gras bewachsen waren, riesige Wälder, Flüsse, Seen und Meere. Er sah eine Ansammlung von regelmäßig geformten Gebilden, die künstlich zu sein schienen und wahrscheinlich das darstellten, was sein Freund eine Stadt nannte. Er sah auch Wolken unter sich langsam dahintreiben, aber all das erblickte er wie durch einen Schleier hindurch. Der Ausblick war nicht frei. Etwas lag zwischen ihm und dem Land dort unten.

Er sah es im letzten Augenblick, aber da war es schon zu spät, um darauf zu reagieren. Eine durchsichtige Wand kam plötzlich auf ihn zu – die Wand, die er von weitem für einen Schleier gehalten hatte. Er fühlte einen kräftigen Stoß, als er sie berührte, und spürte, wie er in etwas Zähes, Weiches hineinsank. Das alles verwirrte ihn unsäglich. Ein paar Sekunden lang hatte er das Gefühl, er würde festgehalten. Aber dann war alles wieder frei um ihn herum, und der Sog hatte aufgehört. Nathan blickte in die Höhe und sah dicht über sich die schimmernde Hülle, die er eben durchdrungen hatte. Er wußte nicht, woraus sie bestand, aber nun, da sie ihm nichts angetan hatte, interessierte er sich auch nicht mehr für sie. Er machte sich auf den Weg nach unten.

Als er die Hälfte des Weges zurückgelegt hatte, empfand er plötzlich von fernher das Gefühl der Heiterkeit. Er wunderte sich darüber, bis ihm klar wurde, daß nicht er derjenige war, der sich über etwas freute, sondern ein anderer, der seine Heiterkeit auf telepathischem Weg übertrug. Nathan hörte die schrillen Schreie, wie er und seine Artgenossen sie auszustoßen pflegten, wenn sie sich über etwas unbändig freuten. Verwirrt versuchte er, sich darüber klarzuwerden, wie einer seiner Artgenossen auf diese seltsame Welt gelangt sein könnte, bis die klare Überlegung zurückkehrte und er einsah, daß es sich immer als schrilles Geschrei anhören mußte, wenn jemand seine Heiterkeit auf telepathischem Wege übertrug – ganz gleich, wie das Geräusch in Wirklichkeit klang. Es gab keinen Artgenossen auf diesem Planeten. Jemand war da, der sich über irgend etwas freute und ihm, Nathan, davon Mitteilung machte.

Nathan wartete gespannt auf das, was noch kommen sollte, während er gemächlich weiter auf den Boden zutrieb. Plötzlich hörte er eine dröhnende Stimme.

„Armer Freund", rief sie ihm zu, „worauf hast du dich eingelassen? Weißt du nicht, daß du nicht mehr zurückkehren kannst? Du hast deinen Körper zurückgelassen und wirst ihn nie mehr wiedersehen!"

Nathan erschrak. Weniger über die Aussicht, von nun an für immer in der Geist-Existenz zu verbleiben – was er übrigens noch gar nicht glaubte –, als darüber, daß der Fremde ihn kannte.

„Woher weißt du das?" fragte er schüchtern zurück.

„Hast du das Saugfeld nicht bemerkt, das dich hierhergezogen hat, armer Freund?"

Mit dem Begriff „Saugfeld" wußte Nathan wenig anzufangen. Er verstand aber, was gemeint war.

„Ja, natürlich", dachte er. „Was ist damit?"

„Hättest du dich dagegen wehren können?"

„Nein, es war zu stark."

„Siehst du! Wie willst du dann jemals wieder hinauskommen? Du müßtest das Feld überwinden, um zu deinem Schiff zurückzukehren. Das kannst du nicht."

„Mag sein", dachte Nathan. „Das ist im Augenblick nicht so wichtig. Mein Freund wird mich schon holen, wenn es an der Zeit ist. Wer bist du?"

„Ich bin der Herr dieser Welt. Ich habe keinen Namen."

„Kannst du das Saugfeld nicht abschalten?"

„Nein, das kann ich nicht. Ich kann viel, aber das Saugfeld liegt außerhalb meiner Macht. Du mußt hierbleiben, armer Freund."

Als Nathan, oder vielmehr sein Geist, um dreizehn Uhr am 25. April noch nicht zurückgekehrt war, packte Perry Rhodan der Zorn. Gewitzt durch die Erfahrung, die er mit Ras Tschubai gemacht hatte, ließ er die Strukturkompensatoren untersuchen, ob sich in ihren Resonatorkammern ein nebliges Gebilde verfangen hatte. Aber die Kompensatoren waren leer. Nathan schien ein anderes Schicksal erlitten zu haben als der Afrikaner.

Die Frist war nun auf einhundertundfünfzig Stunden zusammengeschrumpft, und wenn man bedachte, wie wenige Erfolge in den vergangenen fünfunddreißig Stunden erzielt worden waren, seitdem die DRUSUS unter Sikermanns Kommando ihre letzte Transition beendet hatte, dann gab es so gut wie keinen Grund, optimistisch zu sein. Das Team der Mathematiker hatte fast ohne Unterbrechung gearbeitet, aber alles, was bisher vorlag, waren Teilergebnisse, und selbst diese waren noch so spärlich, daß sich daraus kein erkennbares Bild des Ganzen zusammenfügen ließ.

Gegen neunzehn Uhr, nachdem weitere sechs Stunden ereignislos verstrichen waren, bat Atlan um eine erneute Unterredung mit Perry Rhodan. Als er den Kommandostand betrat, trug er eine dicke Mappe unter dem Arm, deren Inhalt sich als eine Ansammlung von Diagrammen und Formelblättern entpuppte.

„Sind wir soweit?“ war Rhodans erste Frage, nachdem er den Arkoniden begrüßt hatte.

Atlan lächelte ein wenig gezwungen.

„Es könnte sein“, antwortete er vorsichtig. „Zumindest können wir eine Reihe nützlicher Schlüsse ziehen.“

Er setzte sich und legte die Mappe vor sich hin. Rhodan musterte ihn aufmerksam. In Gedanken rechnete er zurück und fand heraus, daß der Arkonide seit mehr als achtundvierzig Stunden nicht mehr geschlafen hatte.

„Fang an!“ sagte Rhodan gröber, als er es beabsichtigt hatte.

Atlan zog ein Blatt aus der Mappe und legte es auf den Tisch. Die im Kommandostand anwesenden Offiziere hatten sich inzwischen um Rhodan und den Arkoniden gruppiert, um kein Wort der Erklärung zu überhören. Atlan deutete auf das Blatt, das mit konfokalen Ellipsen bedeckt war, wobei an jeder Ellipsenbahn eine Reihe von Zahlen und Formeln stand.

„Das“, begann der Arkonide, „ist die Struktur des Raumteils, in den Wanderer eingebettet ist, mit anderen Worten: der Teil des Raumes, der der Verzerrung der Koordinatenachsen unterworfen ist, also der Halbraum, wie wir ihn genannt haben. Der Schwerpunkt des Planeten fällt mit einem der beiden Brennpunkte der Ellipsenschar zusammen. Wanderer selbst mit seinem Gesamtumfang liegt etwa so." Er zeichnete mit der freien Hand ein Gebilde auf das Blatt, das ein Kreis sein sollte und alle Ellipsenbahnen bis auf die äußerste schnitt. „Dieses ganze Gebilde befindet sich in Rotation. Das Bild hier", dabei tippte er auf das Blatt, „muß als Momentaufnahme betrachtet werden. Es gibt an, vielmehr die Ellipsen geben an, in welchem Maße die Achsenverkürzung an bestimmten Stellen des Raumes wirksam wird. Die Zahlen an den Ellipsenbahnen geben den Verkürzungsfaktor an. Er ist innen am größten und nimmt nach außen ab. Während der Rotation verändern sich jedoch die Werte, und dabei kommt es nach unserer Ansicht zu einer höchst bemerkenswerten Erscheinung: Wie man sieht, ist der Bereich der Metastabilität nicht wesentlich größer als Wanderer selbst. Bei jeder vierten Umdrehung geschieht es einmal, daß ein Teil der Planetenoberfläche den Bereich der Metastabilität vollkommen verläßt. Er taucht also im Normalraum auf, bleibt jedoch für uns unsichtbar, weil dieses Ereignis jeweils auf der uns abgewandten Seite von Wanderer stattfindet. Der Rest des Planeten, noch im Halbraum verharrend, wirkt als eine Art Schirmfeld, das verhindert, daß von dem aufgetauchten Teil registrierbare Strahlung zu uns gelangt. Die Zeitdauer des Auftauchens ist noch unbekannt. Sie wird jedoch nicht geringer als zehn Sekunden sein. Ebenfalls unbekannt ist vorläufig noch, wie groß der Teil der Planetenoberfläche ist, der den Bereich der Metastabilität verläßt. Ich denke jedoch", dabei lächelte er, „daß er für die Landung einer Space-Jet groß genug sein wird."

„Wann", wollte Rhodan wissen, „wird dieser Effekt zum nächstenmal stattfinden?"

„Unglücklicherweise", antwortete Atlan, „ist er erst vor ein paar Minuten zum letztenmal aufgetaucht." Er sah auf die Uhr. „Vor fünfundzwanzig Minuten, um es genau zu sagen. Wenigstens haben wir es so ausgerechnet. Die Rotationsdauer beträgt drei Komma sechs Stunden. Da der Effekt sich nur bei jeder vierten Umdrehung zeigt, werden wir rund vierzehn Stunden warten müssen, bevor wir ihn zum nächstenmal erleben."

„Das ist nichts im Vergleich zu dem, was wir bis jetzt umsonst gewartet haben", erklärte er gutgelaunt. „Wenn es uns gelingt, eine Space-Jet auf Wanderer zu landen, haben wir so gut wie gewonnen."

Atlan sah ihn spöttisch an.

„Setz dich wieder hin, Administrator", bat er. „Ich weiß noch mehr."
Rhodan wurde aufmerksam. „Noch mehr?"
„Ja. Es betrifft Nathan."
Rhodan setzte sich.
„Nehmen wir Nathans Geist", begann Atlan von neuem, „als das, was er unseres Wissens ist, als ein Gemisch von vier- und fünfdimensionalen Feldern. Zwischen einem solchen Gebilde und dem Halbraum wirken Kräfte, wie unsere Rechnung ergeben hat. Für Nathan ist der Halbraum ein Pol, der ihn anzieht. Um es genau zu sagen: Der Halbraum wirkt als Potentialmulde, in die Nathan von seiner Stelle höheren Potentials aus hinuntergekugelt ist. Er kommt also bequem nach Wanderer *hin,* aber *zurück* kann er nicht mehr. Er sitzt dort gefangen. Das ist der Grund, warum er noch nicht wieder hier ist."
Perry Rhodan sah nachdenklich auf die graue Walze, die in der Mitte des großen Raumes auf dem Boden lag.
„Das bedeutet also", murmelte er, „daß wir ihm seinen Körper hinuntertragen müssen."
„Ganz genau", stimmte Atlan zu. „Und dann gibt es noch etwas."
Rhodan sah erstaunt auf.
„Keine Angst, Barbar", schmunzelte Atlan. „Das ist das letzte. Mehr haben wir nicht herausgefunden. Erinnere dich an Ras Tschubai. Eine gewaltige Kraft warf ihn zurück und schleuderte ihn in den Strukturkompensator. Ist das ein Zufall? Hätte er ebensogut in einem Vorratsschrank auftauchen können? Nein, das konnte er nicht. Die Kraft, die ihn zurückschleuderte, konnte ihn nur auf einem bestimmten Weg befördern, und dieser Weg endete im Kompensator. Warum? Weil der Kompensator im Zustand der Ruhe ein fünfdimensionales Restfeld trägt, das für die vom Halbraum aus wirkende Kraft das einzige Tor ist, durch das sie in unseren Normalraum hineinwirken kann. Bildlich gesprochen: Der Halbraum umgibt sich selbst mit einer Wand. Das einzige Loch in dieser Wand, durch das Ras Tschubai wieder hinausbefördert werden konnte, war das Restfeld des Kompensators."
Er hatte geglaubt, er werde Rhodan die Konsequenz dieser Erkenntnis erklären müssen. Aber er hatte den letzten Satz noch kaum zu Ende gesprochen, da sprang Rhodan zum zweitenmal auf, und dieses Mal tat er es nicht aus Erleichterung, sondern weil ihm ein Gedanke gekommen war – gerade der, zu dem Atlan ihn hatte behutsam hinführen wollen.

„Ein Loch in der Wand!" stieß Rhodan hervor. „Ein solches Loch haben wir uns schaffen wollen, als wir Rous durch das Spiegelfeld schickten. Das ist uns mißglückt. Weil das Spiegelfeld anderer Struktur ist als der Halbraum, ja?"

„Ganz richtig."

„Wir waren also auf einer falschen Spur. Jetzt wissen wir, daß das Restfeld des Kompensators ein solches Loch in der Wand bereitstellt. Wir könnten nicht den Kompensator selbst dazu benutzen, uns nach Wanderer transportieren zu lassen, denn der Kompensator verfügt über keinerlei Kräfte, mit denen er uns bewegen könnte. Aber wir besitzen ein anderes Gerät, das mit den gleichen Effekten arbeitet wie der Kompensator, und *damit* könnten wir es schaffen. Ist das deine Ansicht, Admiral?"

Atlan nickte mit leuchtenden Augen, die nun keine Spur von Müdigkeit mehr zeigten.

„Der Fiktivtransmitter also", murmelte Perry Rhodan, plötzlich nachdenklich geworden. „Ich wundere mich, warum wir nicht schon lange darauf gekommen sind."

Ein Gefühl unbändiger Freude stieg in ihm auf.

Jetzt wußten sie, wie sie Wanderer erreichen konnten.

6.

Perry Rhodan schien es eine Art Ironie des Schicksals zu sein, daß nichts außer dem Gerät, das ES auf Wanderer vor Jahrzehntausenden selbst geschaffen hatte, in der Lage sein sollte, ihnen nun in dieser gefährlichen Situation Zutritt zu Wanderer zu verschaffen. Die Wirkungsweise des Fiktivtransmitters konnte am besten mit dem Bild beschrieben werden, das Atlan schon gebraucht hatte: Das Transportfeld des Transmitters bohrte ein Loch durch die Wand, die den fünfdimensionalen gegen den vierdimensionalen Raum abgrenzte. Im Normalfall hatte man sich das Gebiet des fünfdimensionalen Kontinuums, das es mit Hilfe des Fiktivtransmitters zu durchqueren galt, als Kugel vorzustellen. Der Transmitter bahnte einen Weg hindurch. Er machte ein Loch hüben und eines drüben. Das drüben führte in den Normalraum zurück. Hier war die Situation anders. Der Weg endete im Halbraum. Da der Halbraum nichts weiter war als ein verkümmerter Fünferraum, brauchte man in diesem Fall nur *ein* Loch.

Das bedeutete: Man mußte am Transmitter eine Umschaltung vornehmen. Atlan, der die Materie von der mathematischen Seite her beherrschte, erklärte: „Wir müssen von den vielen Tausenden von Einstellmöglichkeiten die eine herausfinden, die richtig ist. Das ist eine schwierige Aufgabe. Die Mathematik hilft uns dabei nicht mehr viel, es sei denn, wir warten, bis die Berechnungen vollständig sind. Dazu haben wir keine Zeit, also müssen wir probieren."

Der Fiktivtransmitter, der Perry Rhodan schon wertvolle Dienste geleistet hatte, war fest im Schiff eingebaut. Der Beginn des Transportstrahlers, also die Stelle, an der das zu transportierende Objekt liegen mußte, um von der fünfdimensionalen Kraftwirkung erfaßt zu werden, ließ sich beliebig einstellen. Rhodan richtete ihn der Einfachheit halber in den Kommandostand, so daß alle notwendigen Versuche von dort aus durchgeführt werden konnten. Rhodan begann die Versuchsreihe mit einer Anzahl kleiner Metallklötze, die er dorthin legte, wo der Transmitter zu wirken begann. Inzwischen war an dem Gerät eine Schaltung vorgenommen worden, die verhinderte, daß der Transmitter in der üblichen Weise arbeitete: die Metallklötze also an der Stelle, an der Wanderer sich befand, im Normalraum zum Vorschein kommen ließ. Bildlich gesprochen: Das zweite Loch, das wieder aus dem fünfdimensionalen Kontinuum hinausführte, war verstopft. Wenn eines der Versuchsobjekte verschwand, dann konnte das nur bedeuten, daß es nach Wanderer transportiert worden war.

Die Versuchsserie begann indes wenig vielversprechend. Als Rhodan von seinem Platz aus den Transmitter zum erstenmal einschaltete, begann das Metallklötzchen sich zu verformen. Eine unsichtbare Kraft walzte es platt und preßte es auf den Boden des Kommandostandes. Als aus dem ursprünglichen Würfel mit zwei Zentimeter Kantenlänge eine Art Pfannkuchen von fast einem Quadratmeter Oberfläche geworden war, schaltete Rhodan den Transmitter ab.

Der zweite Versuch mißlang ebenso wie der erste, und auch die daran anschließenden Experimente brachten trotz jeweils veränderter Schaltung nicht den gewünschten Erfolg.

Atlan hatte sich inzwischen auf Rhodans drängende Bitten hin zum Schlafen niedergelegt. Er hatte jedoch darauf bestanden, daß man ihn weckte, sobald der erste Erfolg erzielt wurde.

Mitternacht ging vorüber, der 26. April brach an. Die Zeit, die Rhodan noch blieb, betrug nur noch wenig mehr als einhundertundvierzig Stunden.

Da – gegen drei Uhr morgens – gelang der erste Versuch. Anstatt sich zu verformen, wie es seine Vorgänger getan hatten, verschwand das kleine Metallstück spurlos vom Boden des Kommandostands.

Der erste Versuch, Wanderer mit den zur Verfügung stehenden Mitteln zu erreichen, war geglückt.

Atlan wurde geweckt. Er hatte nur fünf Stunden geschlafen, aber das reichte ihm aus, um völlig frisch und voller Tatendrang zu sein. Er ließ sich das Verschwinden eines weiteren Metallklötzchens vorführen und machte darauf den Vorschlag: „Wir wissen noch nicht, welche Rolle die Größe des Objekts beim Transport spielt. Es könnte sein, daß es einem Menschen oder gar einem Flugkörper, zum Beispiel einer Space-Jet, trotz der unveränderten Einstellung ebenso ergeht wie den ersten beiden Dutzend Metallklötzen, die plattgedrückt wurden. Man sollte versuchen, einen Roboter nach Wanderer zu befördern."

Perry Rhodan war damit einverstanden. Einer der Roboter, die sich an Bord befanden, wurde zum Kommandostand befohlen. Ein Monstrum von mehreren Tonnen Gewicht, nach arkonidischem Muster auf der Erde hergestellt. Widerspruchslos trat die mächtige Maschine an die Stelle, die Rhodan ihr bezeichnete. Rhodan weihte den Robot in die Aufgabe ein, die er zu erfüllen hatte. Völlig unbewegt antwortete der Robot: „Ich stehe zur Verfügung."

Rückwärts, den Robot nicht aus den Augen lassend, schritt Rhodan zu seinem Schaltpult. Der Robot sah mit glühenden Augen starr vor sich hin.

Perry Rhodan zählte langsam ab. „. . . vier – drei – zwei – eins – jetzt!"

Mit leisem Knacken glitt der Knopf in die Schaltplatte. Nur Rhodan hörte das Geräusch. Für die anderen verdeckte es der brüllende Donner, das schrille Kreischen von Metall, das von dem Roboter ausging. Mit großen Augen, in denen das Entsetzen stand, sahen die Männer, wie sich die gewaltige Maschine veränderte. Der Robot tat einen kurzen, taumelnden Schritt nach vorn. Währenddessen, in Bruchteilen von Sekunden, erfaßte etwas seine metallenen Schultern und zog sie auseinander. Auf der Brust entstanden Risse, das Material ächzte und schrie, als es zu unnatürlichen Formen verzogen wurde. Der Robot begann sich zu wehren, aber zu wenige seiner Funktionen waren noch intakt, als daß er Erfolg haben konnte. Er stürzte zu Boden, und im selben Augenblick war die unheimliche Kraft über ihm, die die Metallklötze zu Boden gedrückt hatte. Sie zertrat ihn und zerdrückte ihn so lange, bis von der großen Maschine nichts mehr übrig war als ein häßlicher Haufen Metall, der sich nicht mehr zu rühren vermochte. Der Lärm ebbte ab. Im Raum blieb nur noch der Gestank von schmorenden Drähten und glühenden Halbleitern.

Das alles war in zwei oder drei Sekunden vor sich gegangen. Als Rhodan den Transmitter abschaltete, war das Schicksal des Roboters CQ-1238 schon besiegelt.

Rhodan sah zu Atlan hinüber. Atlan bemerkte den Blick und hob die Brauen.

„Ich dachte es mir“, sagte er einfach. „Die Grundeinstellung ist richtig, aber der Transport muß neu eingestellt werden. Offensichtlich brauchen wir für jeden Massenbetrag einen besonderen Transportwert. Wir werden also den richtigen Wert errechnen. Dazu brauchen wir eine Versuchsreihe mit Objekten verschiedener Größe. Sie wird sich schneller abwickeln lassen als die bisherige, weil die Grundeinstellung beibehalten werden kann.“

Rhodan seufzte und sah auf den automatischen Kalender.

In der Tiefe des riesigen Hangarraums war Reginald Bull damit beschäftigt, einen Fernaufklärer vom Typ Space-Jet startbereit zu machen. Bull war einer der ersten gewesen, die von den Rechenergebnissen des Mathematiker-Teams erfahren hatten. Ihm war der Auftrag zuteil geworden, auf jener Stelle der Oberfläche von Wanderer zu landen, die alle 14,4 Stunden einmal im Normalraum auftauchte und von der niemand wußte, wie lange sie im Normalraum verharrte und wie groß sie war.

Reginald Bull wußte, was für ein Auftrag das war. Er hatte ihn angenommen, weil er auf das Auffinden von Wanderer und das Erreichen des Physiotrons ebenso angewiesen war wie Perry Rhodan. Bull war der zweite Mann, dem damals vor zweiundsechzig Jahren eine Zelldusche zuteil geworden war. Gelang es ihm nicht, die lebenspendende Behandlung innerhalb der gesetzten Frist erneuern zu lassen, würde er im Lauf weniger Stunden zum mehr als hundertjährigen Greis altern und spätestens nach zwei Tagen sterben. Das allein war Grund genug für Reginald Bull, jeden Auftrag anzunehmen, der auf die eine oder andere Weise die Chance in sich barg, Wanderer zu erreichen. Er hatte jedoch das Angebot ausgeschlagen, die Space-Jet voll zu bemannen. Die meisten Funktionen des kleinen Raumboots ließen sich automatisch steuern. Reginald Bull traute sich zu, seine Aufgabe mit nur einem einzigen Begleiter zu meistern, wenn sie überhaupt zu meistern war. Er hatte Leutnant Tompetch gefragt, ob er ihn begleiten wolle, und Tompetch hatte mit fröhlichem Grinsen zugesagt, als hätte er keine Ahnung davon, daß er sich damit zu einem Himmelfahrtsunternehmen verpflichtete.

Bull hatte um Mitternacht begonnen, die Space-Jet startbereit zu machen. Unter normalen Umständen waren keine Vorbereitungen erforderlich. Der Pilot des Raumboots bat um Starterlaubnis, glitt bis zur Hangarschleuse, wartete, bis die Schotts sich öffneten, und flog hinaus. Aber hier lag der Fall anders. Zusätzliche Geräte waren erforderlich, die die Position der Space-Jet relativ zur DRUSUS bis auf den halben Kilometer genau ermitteln konnten, eine zeitsparende elektronische Schaltung war einzubauen, die die Schaltzeiten der einzelnen Regelelemente von einigen Mikrosekunden bis auf wenige Nanosekunden drückte, denn von der Dauer der Schaltzeiten hing unter Umständen das Leben der beiden Männer ab. Schließlich mußte eine Schablone angefertigt werden, die das enthielt, was der Roboter Homunk auf Wanderer vor zweiundsechzig Jahren Perry Rhodans „Individualschwingungen“ genannt hatte. Sie war in der Lage, diese Schwingungen einem Telepathieverstärker mitzuteilen, so daß der über Wanderer liegende Schutzschirm sich öffnete, wenn die Space-Jet zur Landung ansetzte. Reginald Bull hatte zunächst geglaubt, er werde diese Vorbereitungen in drei, höchstens vier Stunden treffen können, aber mittlerweile war es halb sieben Uhr vormittags, und Mike Tompetch hatte noch nicht einmal die Schablone anfertigen können, die von allen Dingen das wichtigste war.

Die Mathematiker hatten errechnet, daß die Sichtbarkeitsphase des Oberflächenteils von Wanderer um 08:57:34 beginnen werde. Wie lange sie andauerte, wußte man nicht genau. Man hoffte, daß die Zeitdauer groß genug sein würde, um der Space-Jet eine Landung zu ermöglichen.

Kurz nach sieben brachte Tompetch die Schablone. Sie wurde in den Telepathieverstärker eingepaßt. Das nahm eine halbe Stunde in Anspruch. Bull ließ sich keine Zeit mehr dazu, einen Test durchzuführen. Die Schablone *mußte* in Ordnung sein, sonst würde die Space-Jet mitsamt den beiden Insassen beim Aufprall auf Wanderers Schutzschirm verglühen.

Um sieben Uhr fünfundvierzig stand die Space-Jet startbereit. Bull meldete dies dem Kommandostand und erhielt zusammen mit der Starterlaubnis Rhodans letzte Ermahnung.

„Paß auf, Bully! Du weißt, daß es auf Zentimeterarbeit ankommt. Wenn ihr nicht genau an der richtigen Stelle steht, werdet ihr das Oberflächenstück nicht einmal sehen, geschweige denn darauf landen können. Und selbst wenn ihr richtig steht – du weißt, daß du nur ein paar Sekunden Zeit hast, um den Schutzschirm zu durchdringen und zu landen. Gelingt die Landung, dann mach dich auf den Weg zum Physiotron. Du hast alle Karten bei dir. Warte nicht auf mich. Wir versuchen weiter, den Fiktivtransmitter bereit zu machen. Gelingt uns das nicht im Lauf der nächsten fünfzehn Stunden, kommen wir auf demselben Wege nach. Auf jeden Fall melden wir uns, sobald wir Wanderer erreicht haben. Alles klar?“

„Vollständig“, antwortete Reginald Bull.

„Dann mach deine Sache gut, alter Junge.“

„Danke, Perry, und – sieh zu, daß du nachkommst.“

„In Ordnung.“

Die Verbindung wurde unterbrochen. Um sieben Uhr fünfzig begann die Space-Jet J-203 auf das innere Schott der Hangarschleuse zuzugleiten. Die Schleusenpassage wurde innerhalb weniger Augenblicke bewältigt. Um sieben Uhr vierundfünfzig löste sich das kleine diskusförmige Raumboot vom gewaltigen Leib der DRUSUS und glitt mit mäßiger Fahrt in den Raum hinaus.

Das Wagnis hatte begonnen. Niemand wußte, wie es enden würde. Die Frist betrug noch einhundertundsechsunddreißig Stunden.

Die Space-Jet J-203 schwebte unbeweglich im Raum, wobei die Unbeweglichkeit relativ zur DRUSUS und zu Wanderer zu verstehen war.

Reginald Bull hatte das kleine Fahrzeug nach den Angaben der Mathematiker ausgerichtet. Aus Mangel an anderen Bezugssystemen waren die Positionsdaten in SHICS (Ship's Intrinsic Coordinate System) gegeben, einem Koordinatensystem also, dessen Ursprung das Zentrum der DRUSUS war. Durch drei Achsen des Schiffes waren die Ebenen definiert, in denen Horizontal- und Vertikalwinkel gerechnet wurden. Als dritte Koordinate diente die Entfernung vom Schiffsmittelpunkt.

Bull hatte die errechnete Position nach einigem Manövrieren um acht Uhr zwölf eingenommen. Seitdem saß er in seinen Sessel zurückgelehnt, starrte auf den Bildschirm, ab und zu auch auf die Tastergeräte und wechselte manchmal ein Wort mit Leutnant Tompetch.

„Wie spät ist es jetzt?" fragte er schließlich.

„Acht Uhr vierunddreißig."

Bull rechnete. Noch dreiundzwanzig Minuten und ein paar Sekunden.

„Hier", sagte Atlan. „Das ist der Transportwert als Funktion der Transportmasse. Eine stetige, schwach veränderliche Funktion. Es wird uns schwerfallen, jetzt noch einen Fehler zu machen."

Rhodan sah auf das Diagramm und stimmte dem Arkoniden zu. Der Transportwert für eine Masse von hundert Tonnen war nur um das Dreieinhalbfache größer als der für eine Masse von hundert Gramm. Für den Fiktivtransmitter bedeutete das, daß nur fünf verschiedene Einstellungen benötigt wurden, um den ganzen Bereich von hundert Gramm bis hinauf zu hundert Tonnen zu überbrücken. Höherschalten um nur eine einzige Stufe hätte ausgereicht, um dem Robot CQ-1238 das Leben zu erhalten. Perry Rhodan unternahm einen Versuch mit einem zweiten Roboter. Er gelang einwandfrei: Der Roboter verschwand aus dem Kommandoraum, und es gab keinen Zweifel daran, daß er noch im selben Augenblick auf Wanderer aufgetaucht war.

Das war kurz nach halb neun Uhr. Um acht Uhr fünfundvierzig versuchte Rhodan noch einmal, Reginald Bull und Leutnant Tompetch über Funk zu erreichen. Das mißlang ihm jedoch, da sich die Space-Jet J-203 um diese Zeit längst im Schatten des Halbraums befand, der keine Verbindung zuließ.

Perry Rhodan ließ eine zweite Space-Jet startbereit machen und den Beginn des Transmitter-Transportstrahls auf das Außenschott der großen Hangarschleuse richten. Auf diese Weise wurde schwierigeres Manövrieren vermieden: Sobald die Space-Jet das Schiff verließ, geriet sie in den Wirkungsbereich des Fiktivtransmitters und wurde nach Wanderer befördert. Rhodan selbst nahm die Einstellung des richtigen Transportwerts vor. Er spürte Beklommenheit, als er das tat. Er vermißte die übliche Reihe von Testversuchen, die das Unternehmen sicherten. Aber schließlich sagte er sich, daß er erstens keine Zeit verlieren dürfe und daß zweitens der eingestellte Transportwert das Ergebnis einer exakten Rechnung war und somit kein Grund zur Besorgnis vorhanden sei.

Es war acht Uhr zweiundfünfzig, als er sich das sagte.

Kurz nach acht Uhr siebenundfünfzig meldete sich der Materietaster. Das Warngerät begann zu summen, und auf dem Registrierschirm, fast im Zentrum, leuchtete ein winziger Punkt, der sich, als Bull ihn ansah, zu vergrößern begann.

Reginald Bulls Hand glitt zur Seite und setzte den Telepathieverstärker in Betrieb, der mit Hilfe der eingebrachten Schablone Perry Rhodans Individualschwingungen abstrahlte. Noch bevor er auf dem Rundsichtbildschirm das Ziel erkennen konnte, setzte er die Space-Jet langsam in Bewegung, so daß der Lichtfleck auf dem Tasterschirm noch weiter zum Mittelpunkt hinrückte.

Tompetch schrie plötzlich: „Dort! Sehen Sie doch!“

Reginald Bull hob den Kopf und sah auf dem Rundsichtschirm eine Stelle verwaschener Helligkeit auftauchen. Sie lag, wie der Lichtfleck auf dem Tasterschirm, fast genau im Mittelpunkt der vorderen Schirmhälfte und vergrößerte sich zusehends, als käme sie mit unerhörter Geschwindigkeit auf die Space-Jet zu. Bully unterdrückte die Angst, die der ungewohnte Anblick in ihm weckte, und schaltete das Triebwerk auf höhere Beschleunigung. Wie von einer unsichtbaren Riesenfaust getroffen, schoß die Space-Jet vorwärts, auf das verschwommene Ziel zu. Während Bull seine Aufmerksamkeit allein auf die Geräte gerichtet hielt, beobachtete Leutnant Tompetch den Panoramaschirm. Er sah, wie der helle Fleck rasch Konturen gewann und so groß wurde, daß man Einzelheiten darauf erkennen konnte. Tompetch sah eine weite, grünblaue Fläche, die er für ein Meer hielt, ein vielfach gegliedertes Ufer, das anscheinend dichten Dschungel trug, den Lauf eines breiten Stromes – und dahinter die abgrundtiefe Schwärze des freien Raumes. Das Bild war kreisrund und ohne Übergang abgeschnitten. Eine Insel im All, scheinbar aller Naturgesetze spottend. Tompetch sah, wie das Meer und die Dschungelebene wuchsen, wie sie schließlich ein Höchstmaß an Ausdehnung erreichten und wieder zu schrumpfen begannen. Eine Doppelschleife des mächtigen Stromes, die als letztes zum Vorschein gekommen war, verschwand als erstes wieder, als sich der undurchdringliche Vorhang des Halbraums wieder über dem Bild zu schließen begann.

„Das Maximum ist überschritten!" schrie Tompetch voller Angst. „Wir werden es nicht mehr schaffen!"

Reginald Bull rührte sich nicht. Von der Seite her konnte Tompetch das sonst so lustige Gesicht sehen, das nun ernst und bitter war. Das war ein anderer Reginald Bull, als ihn Tompetch in Erinnerung hatte, und vor Überraschung über diese Erkenntnis schwieg er.

Das sichtbare Stück der Wanderer-Oberfläche schrumpfte weiter. Mit fliegenden Gedanken errechnete Tompetch, daß die Periode der Ausdehnung etwa siebzig Sekunden gedauert hatte, also von 08:57:34 bis 08:58:44. Jetzt blieb nur noch knapp fünfzig Sekunden Zeit.

Die Space-Jet bäumte sich auf, als sie eine unsichtbare Schranke überwand.

„Das war das Schirmfeld", knurrte Bull. „Jetzt haben wir's so gut wie geschafft."

Das kleine, kreisrunde Stück der Oberfläche lag jetzt dicht unter ihnen. Mit ungläubigen Augen sah Tompetch, wie sich der Kreis immer mehr zusammenzog, wie immer mehr Einzelheiten, die er gerade eben noch hatte sehen können, im nächsten Augenblick verschwunden waren. Unter ihnen lag Dschungel.

Reginald Bull machte eine kompromißlose Landung. Mit feuernden Bremsdüsen, die einen Teil der hindernden Bäume aus dem Weg räumten, drückte er das Raumboot in den Dschungel hinunter, genau ins Zentrum des Flecks, der jetzt noch sichtbar war und kaum mehr zwei Kilometer Durchmesser hatte.

Der Aufschlag kam für Tompetch ohne Warnung. Er spürte einen harten Schlag, der ihn nach vorn riß. Eine Welle von Blut schoß ihm in den Kopf. Er schloß die Augen und überließ sich willenlos dem Gefühl, in einem verrückt gewordenen Karussell zu sitzen. Er hatte Angst, ihm würde übel werden, aber bevor es soweit war, hörte das Karussell auf, sich zu drehen, und als Tompetch die Augen wieder öffnete, sah er rings um sich auf dem Bildschirm die grüne Wand des Dschungels und dahinter, hoch über den Baumkronen, ein unheimliches, schwarzes, drohendes Etwas, das von allen Seiten auf ihn zukam.

Vor ihm schnallte sich Reginald Bull los und stand ächzend auf. Die Space-Jet hing schräg in dem dichten Unterholz des Waldes.

„Wir sind da", sagte Bull ein wenig unsicher, „daran besteht kein Zweifel. Aber wie soll es jetzt weitergehen?"

Über die Bäume hinweg rückte die schwarze Wand näher heran. Tompetch empfand Grauen vor ihr. Ohne daß er es wußte, arbeiteten seine Finger an den Verschlüssen der Haltegurte, öffneten sie und schoben die Gurte beiseite. Tompetch stand auf und hatte das Bedürfnis wegzulaufen. Aber Bull, der seine Gedanken zu lesen schien, legte ihm die Hand auf die Schulter und sagte: „Nur mit der Ruhe, Tompetch. So schlimm kann es nicht werden."

Tompetch zitterte. Mit weit aufgerissenen Augen sah er, wie die Wand einen Baum nach dem anderen verschlang und auf das Boot zukam.

„Sehen Sie doch!" schrie er außer sich vor Angst. „Sie wird uns ver . . ."

Dann war es finster. Die schwarze Wand hatte sie verschluckt. Von den Bäumen draußen war nichts mehr zu sehen. Ungläubig starrte Tompetch auf die kleinen Kontrollampen auf dem Pilotenpult, die immer noch leuchteten, als sei nichts geschehen. Er sah an sich hinunter, schaute Reginald Bull an, der lächelnd neben ihm stand, und schämte sich plötzlich. Er schlug die Hände vors Gesicht und schloß die Augen. Nach einer Weile hörte Bull ihn dumpf sagen: „Entschuldigen Sie. Ich habe mich benommen wie ein kleines Kind."

Bull schlug ihm ein zweites Mal auf die Schulter.

„Nehmen Sie's nicht so tragisch", sagte er. „Mir ist die Sache genauso in die Glieder gefahren wie Ihnen. Ich hatte ebensolche Angst wie Sie. Und nun schalten Sie alle Aggregate aus. Wir brauchen Dunkelheit, wenn wir etwas sehen wollen."

Tompetch sah ihn erstaunt an. Dann ging er, stieg den schrägen Boden bis zum Pilotenpult hinauf und legte den großen Hauptschalter um. Das Summen, das den Kommandoraum bisher erfüllt hatte, erlosch, und die Kontrollichter hörten auf zu leuchten. Die Finsternis wurde vollkommen.

Tompetch blieb, wo er war. Er tastete sich zurecht und setzte sich in den Pilotensessel. Dann starrte er in die Dunkelheit. Nach einer Weile sah er den Umriß der Sessellehne vor sich, dann wurde die mattglänzende Scheibe des Bildschirms sichtbar, und schließlich sah er drüben, vier Meter weiter, Reginald Bulls Gestalt verschwommen aus dem Dunkel auftauchen. Er rieb sich die Augen, um die Halluzination zu verscheuchen, wenn es eine war. In diesem Raum *konnte* es kein Licht geben. Es war ein Halbraum, wie er gelernt hatte, fern jeder menschlichen Vorstellungskraft und leer von allen Erscheinungen, die ein Mensch wahrnehmen konnte, wie Licht, Schall und Wärme.

Aber das Bild blieb. Da war die Sessellehne, dort der Bildschirm, und drüben stand reglos Reginald Bull.

„Sehen Sie etwas?" fragte Bull plötzlich.

„Ja", antwortete Tompetch zögernd. „Ich glaube, ich kann Sie erkennen."

„Das ist gut", sagte Bull triumphierend. „Mir geht es genauso, aber ich dachte, es wäre eine Täuschung. Es gibt also Spuren von Licht in diesem Halbraum."

Er kletterte ein Stück nach oben, um den Panoramaschirm besser sehen zu können. Tompetch gab sich Mühe, auf dem Schirm etwas zu erkennen, und sah nach einer Weile die Umrisse der Bäume, die die schwarze Wand vor ein paar Minuten verschlungen hatte. Er versuchte, die Farbe des Himmels zu definieren, der sich über den Baumkronen zeigte, und entschied, daß es ein dunkles Rot war.

„Sehen Sie den Himmel auch rot, so wie ich?" fragte Bull in diesem Augenblick.

Tompetch bejahte.

„Wir müssen alle Eindrücke miteinander vergleichen", erklärte Bull, als er Tompetchs Verwunderung spürte. „Hier ist man nicht sicher, ob zwei Männer in dem gleichen Ding auch wirklich das gleiche sehen. Ich möchte kein Risiko eingehen. Sie haben auf den Bildschirm gesehen. Könnten Sie anhand der Karten ausmachen, wo wir gelandet sind?"

Tompetch erinnerte sich an die Doppelschleife des großen Stromes, die er gesehen hatte, und daran, daß die Space-Jet höchstens fünf Kilometer über die Ufer des Stromes hinweggezogen war, bevor sie landete.

„Ich glaube", antwortete er, „das kann ich."

„Dann schalten Sie die Beleuchtung an. Wir wollen uns orientieren."

Tompetch betätigte den Hauptschalter ein zweites Mal. Als die Aggregate wieder summten, schaltete er das Licht an. Reginald Bull glitt über den geneigten Fußboden zu einem Wandschrank hinunter, dem er eine Mappe mit Karten entnahm.

„Sie wissen", erklärte er, während er zu Tompetch hinaufstieg, „daß Wanderer eine Welt ist, wie die Menschen sie sich im Altertum vorgestellt haben. Eine flache Scheibe, von deren Rändern man hinunterfallen könnte, wenn da nicht der Schutzschirm wäre. Wir haben die Planetenoberfläche kartographiert. Alle Maßstäbe sind echt. Allerdings hatten wir damals nur wenig Zeit. Es mag sein, daß manche Einzelheiten nicht verzeichnet sind."

Tompetch nickte und nahm die Mappe entgegen. Ungeduldig und neugierig holte er die Karte heraus und breitete sie auf dem Tisch aus.

„Der Schutzschirm", fuhr Bull fort, „hat eine recht nützliche Nebenwirkung, wie wir festgestellt haben. Er erzeugt ein Magnetfeld, mit dessen Hilfe die Himmelsrichtungen festgelegt werden können. Die Karte ist in der üblichen Weise gezeichnet: Norden oben, Süden unten."

Währenddessen hatte Tompetch begonnen, den Finger über die Karte gleiten zu lassen. Er fand mehrere Flüsse eingezeichnet, aber keiner wies die charakteristische Doppelschleife auf, die er beobachtet hatte. Er suchte an den Küsten der Meere entlang und fand schließlich eine Mündung, die ihrer Breite nach mehr eine Bucht zu sein schien. Vom Hintergrund der Bucht drang ein schmaler blauer Streifen ins Hinterland vor und erreichte erst fünfzig Kilometer landeinwärts die Breite, die Tompetch vermuten ließ, daß es sich um den Strom handelte, den er gesehen hatte.

Tompetch verfolgte mit den Fingern den Lauf des Flusses bis etwa neunzig Kilometer landeinwärts und fand den Doppelbogen, den er vor der Landung beobachtet hatte. Tompetch zog vom Doppelbogen aus einen geraden Strich in nordwestlicher Richtung, der den Fluß schräg kreuzte und wenige Kilometer nordwärts des Ufers mitten in einer Fläche endete, deren Bewuchs durch die Farbe der Karte als „tropischer Regenwald" gekennzeichnet war.

„Hier", sagte Tompetch. „Hier müssen wir heruntergekommen sein."

Reginald Bull kratzte sich am Kopf. Dann fuhr er mit zwei Fingern gleichzeitig von der Stelle, die Tompetch angezeigt hatte, quer über die Karte, kreuzte dabei zwei Meere und einen Inselkontinent und hielt schließlich an der Südküste einer großen, weit im Norden gelegenen Landmasse an.

„Schlechter hätten wir es uns gar nicht aussuchen können", brummte er mißmutig. „Die ganze Scheibe hat achttausend Kilometer Durchmesser. Von hier bis zu der Stadt, in der das Physiotron steht, sind es fast sechstausend."

Er warf einen mißtrauischen Blick auf den Bildschirm, aber jetzt, da die Lampen brannten, war auf ihm nichts zu erkennen. Seufzend schaltete er das Licht aus.

„Wir machen uns auf den Weg, sobald wir wenigstens ein bißchen sehen können", sagte er aus der Dunkelheit heraus zu Tompetch. „Wenn der Lichtorter funktioniert, werden wir gut zurechtkommen. Wenn nicht . . ."

Er ließ offen, was dann geschehen würde. Tompetch hörte ihn zum Sitz des Piloten gehen und sich in den Sessel fallen lassen.

„Setzen Sie sich hier neben mich", wurde ihm nach einer Weile aufgetragen. „Nehmen Sie die Karten, und bedienen Sie den Lichtorter. Ein paar Kontrollbirnen brennen, das wird ausreichen, daß Sie die nötigen Vergleiche anstellen können."

Tompetch gehorchte. Er stolperte über etwas, das im Weg lag, als er mit der Karte zu seinem Platz ging. Als er sich setzte, bemerkte er, daß die Augen schon begannen, sich an die Dunkelheit zu gewöhnen. Auf dem Bildschirm tauchten die ersten Umrisse der Bäume auf.

Reginald Bull ließ eine Viertelstunde verstreichen. Als er glaubte, daß er deutlicher als jetzt die Umwelt nicht zu sehen bekommen würde, schaltete er das Triebwerk ein. Er wartete, bis es das gewohnte singende Geräusch erzeugte, das ihm sagte, daß alles in Ordnung war, dann zog er den Fahrthebel langsam herunter.

Dabei achtete er auf den Bildschirm. Er erwartete, die Umrisse der Bäume nach unten und das Boot wieder in Normallage gleiten zu sehen, aber vorläufig geschah nichts dergleichen. Er hatte den großen Hauptschalter, der die Funktion des Triebwerks nach den zuvor einprogrammierten Werten regelte, schon zur Hälfte heruntergezogen, und unter normalen Umständen hätte das bedeutet, daß die Space-Jet wie aus einer Kanone geschossen in die Höhe stieg. Statt dessen lag sie zwischen den Bäumen und rührte sich nicht.

Reginald Bull zog den Hebel ein weiteres Stück herunter, starrte wieder zum Bildschirm und fühlte, wie ihm der Schweiß ausbrach, als die Bäume reglos verharrten. Was würde geschehen, wenn das Triebwerk völlig versagte? Sie lagen mitten in einem mächtigen Wald gefangen, der von unbekannten Tieren wimmelte. Der Fluß, die nächste offene Stelle, war wenigstens fünf Kilometer weit entfernt. Und selbst wenn er nur hundert Meter weit gewesen wäre, Bull hätte es nicht gewagt, das Boot zu verlassen.

Mit einem wütenden Ruck riß er den Hebel vollends herunter. Er rechnete nicht mit einem Erfolg, aber plötzlich begannen draußen die Bäume langsam zu weichen. Mit ungläubigen, weit aufgerissenen Augen sah Bull, wie andere, kleine Äste von oben her zum Vorschein kamen, ebenfalls verschwanden und wie schließlich auf der dunklen Mattglasscheibe nichts anderes mehr zu sehen war als das finstere Rot des Wanderer-Himmels.

Eine Menge Gedanken schossen ihm durch den Kopf. Er hörte am hellen Singen des Triebwerks, daß es mit dem Schub arbeitete, der der Fahrthebelstellung entsprach. Bull hatte einen mittleren Beschleunigungsbereich vorgeschrieben. Unter normalen Umständen hätte die Space-Jet mit einer Beschleunigung von 100-normal in die Höhe schießen sollen. Daß sie es nicht tat, lag nicht am Triebwerk. Der Antigravgenerator, der das schockabsorbierende Feld herstellte, orientierte sich jedoch nach dem Triebwerk. Da es ordnungsgemäß arbeitete, hätte jetzt im Innern des Bootes ein Gegenfeld von ebenfalls 100-normal herrschen müssen. Da aber die Space-Jet in Wirklichkeit mit kaum einem Meter pro Sekundenquadrat beschleunigte, wären durch dieses Gegenfeld die beiden Insassen in ein paar Augenblicken zerdrückt worden.

Es gab also kein Gegenfeld.

Bull wurde blaß bei dem Gedanken, was geschehen wäre, wenn nicht zwei rätselhafte Effekte – die Kraft, die das Boot daran hinderte, mit 100-normaler Beschleunigung aufzusteigen, und das Verschwinden des Gegenfelds – gleichzeitig, und zwar so aufgetreten wären, daß sie einander aufhoben.

Er warf Tompetch einen raschen Seitenblick zu. Tompetch schien sich um nichts Sorgen zu machen. Er hatte die Bedrohlichkeit der Lage nicht erkannt, und Bull hütete sich, ihn darüber aufzuklären.

Mit schwitzenden Händen dirigierte er die Space-Jet in nördlicher Richtung auf die Südküste des großen Äquatorialozeans zu.

Mike Tompetch machte sich am Lichtorter zu schaffen. Er überprüfte die Kontrollampen und war zufrieden, als er sah, daß sie alle leuchteten und das Gerät betriebsbereit war. Er machte einen ersten Versuch. Auf einen Knopfdruck hin verließ ein breit gefächertes, energiereiches Lichtbündel die Space-Jet, traf drei Kilometer tiefer auf die Oberfläche des Planeten, wurde reflektiert und zeichnete im Reflex auf einem Fernbildschirm das Bild der Landschaft, über die das Raumboot dahinzog. Tompetch starrte gebannt auf den Schirm und sah als erstes die Konturen des Flusses auftauchen, der in geradem Lauf dem Ozean zuströmte. Er sah die Küste sichtbar werden und südlich davon die unregelmäßige Fläche des Dschungels.

Der Lichtorter arbeitete. Tompetch meldete es Bull mit triumphierender Stimme, schaltete den Orter auf automatische Tastung und begann, das Bild auf dem Schirm mit der Karte zu vergleichen.

So verging eine Stunde – eine Stunde, in der sich Reginald Bull ständig den Schweiß aus dem Gesicht wischte und Mike Tompetch nichts anderes zu sehen bekam als die immer gleiche Oberfläche des großen Ozeans. Er hatte anhand der Karte ermittelt, daß rund zweihundert Kilometer vor der Südküste eine schmale, langgestreckte Insel lag, die die Space-Jet überqueren mußte, wenn sie den Kurs beibehielt. Bei der geringen Geschwindigkeit, mit der sie sich bewegte, war mit dem Auftauchen der Insel jedoch nicht vor einer Stunde zu rechnen.

Tompetch lehnte sich zurück und versank in Gedanken.

Zufällig fiel sein Blick auf den Bildschirm des Lichttasters. Tompetch zuckte zusammen und beugte sich mit einem halblauten Ruf der Überraschung blitzschnell nach vorne.

„Die Insel!“ keuchte er.

„Welche Insel?“ fragte Bull grob.

„Zweihundert Kilometer vor der Südküste liegt eine langgestreckte, schmale Insel. Da wir uns mit knapp einhundert Kilometer pro Stunde bewegen, hätten wir sie frühestens nach zwei Stunden erreichen können. Aber hier – hier liegt sie mitten unter uns.“

Reginald Bull sah mit einem argwöhnischen Blick auf den Bildschirm. „Sind Sie sicher, daß Sie die Karte richtig abgelesen haben?“

„Völlig“, antwortete Tompetch.

„Dann funktioniert der Lichtorter nicht. Er erfaßt etwas, was noch hundert Kilometer vor uns liegt.“

Tompetch hatte zu rechnen begonnen. Bull sah ihn die Maße der Insel auf der Karte mit denen auf dem Bildschirm vergleichen. Dabei schien er eine weitere Überraschung zu finden. Mit offenem Mund sah er Bull an und stotterte: „Die Insel – sie sollte fünfzig Kilometer breit sein und dreihundert Kilometer lang. Die Länge – ist richtig, aber die Breite – beträgt nach dem Bildschirm nur fünfundzwanzig Kilometer."

Bull sprang auf. Er verglich die Maße der Insel nach der Karte mit Tompetchs Angaben und fand wie Tompetch fünfzig Kilometer für die Breite. Dann wandte er sich dem Bildschirm zu und stellte auf den ersten Blick fest, daß dort die Insel nur fünfundzwanzig Kilometer breit war.

Er fing an, beide Beobachtungen zusammenzurechnen. Die Insel lag nur einhundert Kilometer südlich der Küste, obwohl die Entfernung, als die Karte aufgenommen wurde, noch zweihundert Kilometer betragen hatte. Die Insel war nun fünfundzwanzig Kilometer breit, obwohl sie fünfzig hätte breit sein sollen. Es schien nur eine Erklärung zu geben: Wanderer war im Maßstab eins zu zwei geschrumpft.

7.

Um neun Uhr fünfzehn, am 26. April 2042, waren alle Vorbereitungen für den Fiktivsprung der Space-Jet getroffen. An Bord des Fahrzeugs, das langsam auf die Hangarschleuse zuglitt, befanden sich Perry Rhodan, Atlan, Dr. Ali el Jagat, Chefmathematiker der DRUSUS, John Marshall und André Noir, zwei Mutanten aus der Besatzung des Schiffes, und der reglose Körper Nathans, des Solitude-Wesens.

Die Frist betrug noch knapp einhundertundfünfunddreißig Stunden, als das innere Schleusenschott aufglitt und der Space-Jet den gewaltigen Schleusenraum öffnete.

Perry Rhodan hatte, wie er es gewohnt war, die Steuerung des Raumboots übernommen. Mit mühsam unterdrückter Ungeduld wartete er, bis die Schleuse leergepumpt war und das äußere Schott sich so weit geöffnet hatte, daß die Space-Jet passieren konnte. Langsam ließ er das Fahrzeug über die Rampe in den Raum hinausgleiten und hielt die Luft an vor dem Schock, der kommen mußte, sobald das Transportfeld des Fiktivtransmitters die Space-Jet erfaßte.

Das Transportfeld begann außerhalb der Schutzschirmhüllen der DRUSUS, also etwa einhundertundfünfzig Meter vor der Außenwand des Schiffes. Man konnte den Beginn des Feldes nicht sehen. Auf den Bildschirmen war nur die Schwärze des Alls und ein gelegentliches Flackern, das von kosmischen Staubteilchen herrührte, die in den Schirmfeldern des Schiffes verstrahlten. Perry Rhodan fühlte plötzlich, wie unwirklich das Unternehmen war, in das sie sich eingelassen hatten. Es ging um die Unsterblichkeit, die war unfaßbar und unvorstellbar. Die Handlung spielte – oder sollte spielen – in einem Raum, der zwischen den Dimensionen lag, und der war nicht nur unvorstellbar, er war absurd. Draußen, vor den Schirmfeldern der DRUSUS, wartete ein Transportfeld, das die Space-Jet mitsamt ihrer Besatzung ohne jeglichen Zeitverlust an ein mehrere Millionen Kilometer entferntes Ziel bringen würde und damit allen Grundsätzen widersprach, die die terranische Physik noch vor hundert Jahren gehabt hatte.

Perry Rhodan spürte Grauen in sich aufsteigen – die atavistische Furcht vor dem Unbekannten, Unbegreiflichen.

Er reagierte darauf, wie er zu reagieren gewohnt war: Er wurde zornig. Er ließ die Space-Jet mit einem wilden Satz nach vorn schießen und in das Gebiet hineinrasen, in dem das Transportfeld des Fiktivtransmitters wartete. Er spannte die Muskeln, um den erwarteten Schock abzufangen, aber dann stellte er mit Entsetzen fest, daß der Schock noch ärger war, als er geglaubt hatte.

Er traf ihn mit der Wucht eines Dampfhammers. Eine Hülle aus Stahl, die genau nach den Maßen seines Körpers geformt war, schien sich in einer Tausendstelsekunde um ihn herum zu schließen und ihn zu zerdrücken. Er schrie auf und konnte seine eigene Stimme nicht hören. Er wunderte sich über die Finsternis um ihn herum und darüber, daß er seine Gefährten weder sah noch hörte. Er versuchte, sich gegen den gewaltigen Druck zu stemmen, der auf ihm lastete, aber je mehr er sich anstrengte, desto ärger wurden die Schmerzen. Er hielt still, hörte auf zu schreien und gab sich Mühe, das Unbegreifliche zu ertragen. Aber der Schmerz wurde so mächtig, daß ihm das Bewußtsein für ein paar Augenblicke schwand.

Als er wieder zu sich kam, war er in Schweiß gebadet. Bunte Ringe tanzten ihm vor den Augen, und die Lungen arbeiteten, als hätte er einen

Lauf über zehntausend Meter hinter sich. Aber er sah trotz der Schmerzen, die ihn immer noch peinigten, daß sich die Space-Jet wenige Kilometer über einer eigenartigen Landschaft befand, an deren Anblick er sich noch gut erinnern konnte.

Mit ungläubiger Verwunderung stellte er fest, daß der Transport durch den Transmitter gelungen war. Blinzelnd schaute er in die helle Sonne, die weit voraus von einem blauen Himmel strahlte und eine verschwenderische Lichtflut über einen weiten Park ergoß.

Sie waren auf Wanderer.

Nathan unterhielt sich so lange mit dem Fremden, bis dieser die Lust am Gespräch verlor und schwieg. Mittlerweile hatte Nathan jedoch eine Menge Informationen gesammelt. Er wußte, wo die Stadt lag, die seines Freundes Ziel war. Und weil er nicht wußte, was er Besseres hätte tun sollen, machte er sich auf den Weg dorthin.

Er befand sich in einer eigenartigen Gemütsverfassung. Der Verlust seines Körpers bedrückte ihn nicht sonderlich. Erstens war er sicher, daß sein Freund ihm zur Wiedervereinigung verhelfen würde, und zweitens wäre es für ihn kein besonders schwerwiegender Verlust gewesen, wenn er sein Leben in der Geist-Existenz hätte weiterführen und vollenden müssen. Er würde Schmerzen empfinden, wenn es seinem Freund – falls dieser ihn nicht fand – einmal einfiel, seinen toten Körper so weit zu entfernen, daß die mentalen Reflexe ihn nicht mehr erreichen und daher im Geist gespeichert werden mußten. Aber die Schmerzen würden erträglich sein.

Das war es also nicht. Nein, was Nathan empfand, war das gleiche Gefühl, das er schon gehabt hatte, als er durch den schwarzen Raum auf diese seltsame Welt zutrieb: das Gefühl der Einsamkeit. Er hatte es früher nie gekannt. Denn auf Solitude lebten die Bewohner in großen Herden, und jeder, der sich von der Herde eine Zeitlang entfernte, konnte das ohne Gefahr tun, denn ein paar Kilometer weiter fand er wiederum eine Herde, die gerne bereit war, ihn aufzunehmen. Auf Solitude gab es keine Einsamkeit. Vielmehr: Es hatte keine gegeben, bis die Druuf kamen, die Solitude-Wesen einfingen und einsperrten. Nathan erinnerte sich jedoch, daß er sich selbst damals nicht einsam gefühlt hatte. In seiner Geist-Existenz hatte er sich mit den Geist-Existenzen anderer

Eingesperrter treffen und unterhalten können. Zudem war der Zorn auf die Druuf mächtiger gewesen als jedes andere Gefühl.

Aber hier war nichts. Hier war er allein auf einer künstlichen Welt, deren Herrscher in einer fernen Stadt saß und es mittlerweile überdrüssig geworden war, sich mit ihm zu unterhalten. Es gab niemanden, dem er sich mitteilen konnte. Was er sah, hörte und fühlte, mußte er für sich behalten. Dabei war es seine Art, sich mit anderen zu unterhalten, Erinnerungen auszutauschen, Erlebnisse zu berichten, gemeinsame Gedanken zu denken und dabei vergnügt und fröhlich zu sein.

Hier gab es nicht einmal etwas zu erleben. Diese Welt schien leer zu sein. Nathan war auf einer großen Grasebene gelandet, die sich bis fern in den graublauen Dunst erstreckte und auf der es nichts anderes gab als eben Gras und zwischen den Halmen ein paar Käfer.

Nathan hatte diesen Gedanken kaum zu Ende gedacht, als er vor sich plötzlich Bewegung wahrnahm. Zunächst erkannte er nur ein paar dunkle, schnell bewegliche Punkte, die dicht über dem Gras dahinglitten. Die Punkte wurden größer, und Nathan stellte fest, daß sie in Wirklichkeit vierbeinige Wesen waren, die mit hoher Geschwindigkeit dahergerannt kamen. Als sie noch hundert Meter entfernt waren, sah Nathan, wie merkwürdig sie gegliedert waren. Sie hatten einen Kopf, vier Beine und einen Schwanz, aber aus ihrem Rücken wuchs noch ein zweiter, kleinerer Körper, der wiederum einen Kopf und zwei Beine hatte. Blitzschnell spiegelte sich Nathan an den vordersten der eigenartigen Geschöpfe und rannte ihnen auf die gleiche Weise entgegen, wie sie auf ihn zukamen. Das vorderste Wesen wurde seiner gewahr und hielt plötzlich an. Dabei stieg es vorn in die Höhe und hangelte mit den beiden Vorderbeinen in der Luft. Nathan erkannte, daß sich der Teilkörper, der aus dem Rücken wuchs, heftig und schnell bewegte, daß er plötzlich ein Gerät in den Händen hielt, das aus einem gebogenen und einem geraden Stück bestand, die sich an beiden Enden trafen, und daß er einen langen Stab, der an einem Ende merkwürdig verziert war, auf dieses Gerät legte. Nathan sah voller Verwunderung, wie sich das bisher gerade Stück des Gerätes ebenfalls bog. Dann schoß der lange Stab plötzlich nach vorne und drang surrend mitten durch Nathans Geist-Existenz hindurch. Das fremde Wesen war erstarrt, und mit ihm die, die dahinter kamen. Nathan jedoch galoppierte weiter. Als er noch ein paar Meter von dem vordersten der Geschöpfe entfernt war, wandte es sich um und lief davon. Nathan hörte einen heiseren Schrei. Er sah, wie sich der Kopf, der zu dem aus dem Rücken ragenden Teilkörper gehörte, mehrere Male nach ihm umsah. Er empfand den kleinen Zwischenfall als willkommenen Spaß und rannte hinter den fremden Wesen her.

Da geschah etwas Eigenartiges. Der Teilkörper, der aus dem Rücken wuchs, löste sich plötzlich von dem letzten der rennenden Wesen und fiel herunter ins Gras. Der Rest des Geschöpfes lief weiter. Das, was heruntergefallen war, richtete sich aus dem Gras wieder auf und humpelte brüllend davon.

Nathan erkannte seinen Irrtum. Jedes dieser Wesen bestand in Wirklichkeit aus zwei Geschöpfen: einem vierbeinigen, nämlich dem, das dort nun hinter der Gruppe der anderen herjagte, und einem, das auf seinem Rücken gesessen hatte und heruntergefallen war. Das heruntergefallene Wesen war ähnlich gebaut wie Nathans Freund und die anderen Fremden. Nur trug es andere Kleidung und auf dem Kopf bunten Schmuck.

Nathan nahm eine neue Form an und identifizierte sich mit dem zweibeinigen Wesen, das immer noch vor ihm durch das Gras humpelte. Er glitt hinter ihm her, überholte es und stellte sich ihm in den Weg. Er sah, wie es die Augen weit aufriß und den Mund öffnete. Er hörte es schreien und machte eine Geste, von der er glaubte, daß sie beruhigend wirke. Das fremde Wesen jedoch griff nach einem anderen Ding, das aus einem Stück Holz und einem Stück Metall bestand und bisher mit dem metallenen Teil aus dem Kleidungsstück herausgeragt hatte, das der Fremde um den Leib trug. Er hob das Ding in die Höhe, drang auf Nathan ein und schlug zu. Nathan hörte das metallen-hölzerne Ding surren und sah, wie es bis auf den Boden hinunter durch ihn hindurchfuhr. Der Fremde stieß einen schrillen Schrei aus, dann taumelte er rückwärts und fiel zu Boden. Er bewegte sich nicht mehr.

Nathan war erstaunt und erschreckt zugleich. Er hatte dem Fremden nichts zuleide tun wollen. Er hatte erfahren wollen, ob er mit ihm Gedanken austauschen konnte, aber offenbar war etwas an seiner Geist-Existenz, das den Fremden in Angst versetzte. Er war nicht tot, wie Nathan an der hastigen Bewegung des Oberkörpers erkannte, sondern nur benommen. Er würde in kurzer Zeit wieder aufstehen und weiter hinter dem vierbeinigen Wesen herrennen, von dem er heruntergefallen war.

Nathan zerfloß zu einem formlosen Nebel, um den Fremden nicht noch einmal zu erschrecken, falls er jetzt, in diesem Augenblick, aufwachen sollte. Dann schwebte er davon.

Plötzlich hörte er wieder die schrillen, lauten Schreie der Heiterkeit, die der unsichtbare Herr des Planeten ausstieß. Er hörte ihn rufen: „Armer Freund! Hast du ihm Angst eingejagt und bist selbst dabei erschrocken? Du brauchst dich nicht zu fürchten. Er ist nicht wirklich. Er ist nur ein Schatten."

Nathan verstand nichts. Der Fremde schien seine Verwirrung zu bemerken.

„Du hast einen Freund, sagtest du das nicht?" fragte er. „Er wartet draußen in einem riesigen Raumschiff darauf, daß etwas passiert, damit er diese Welt erreichen kann, nicht wahr? Aus seiner Heimat stammt das Wesen, das du gesehen hast. Man nannte es dort Indianer."

Nathan blickte zu dem fremden Wesen zurück, das weit hinter ihm im Gras lag, bewußtlos vor Schreck.

„Er wirkt echt, nicht wahr?" amüsierte sich der Fremde. „Obwohl er nur ein Schatten ist."

Nathan grübelte über den Begriff „Schatten" nach. Er konnte nicht Geist-Existenz bedeuten, denn das fremde Geschöpf war wirklich und greifbar. Er, der Herr dieser Welt, schien eine andere Art der Geist-Materie-Transformation zu kennen.

Nathan wartete, daß sich der Fremde noch einmal melde. Aber der tat es nicht. Die kurze Unterhaltung schien ihm zu genügen. Nathan schaute in die Höhe und sah ein fremdes Tier mit weitausgebreiteten Schwingen durch die Luft gleiten. Er sah ihm eine Weile nach und setzte sich dann wieder in Bewegung.

Die Entfernung von der Insel im Ozean bis zur Nordküste sollte nach den Maßen der Karte achtzehnhundert Kilometer betragen. Der Wert, den Mike Tompetch dagegen vom Bildschirm des Lichtorters ablas, schwankte zwischen siebenhundert und achthundertfünfzig Kilometern. Die Unsicherheit rührte daher, daß die Geschwindigkeit, mit der sich die Space-Jet bewegte, nicht genauer als auf etwa zwanzig Prozent bekannt war. Reginald Bull hatte sich dafür eine Faustformel errechnet, da er sah, daß er sich auf Vergleiche mit der Karte nicht mehr verlassen konnte.

Die Schrumpfung war also stärker geworden. Hatte sie am Anfang, als sie die schmale Ozeaninsel überflogen 1:2 betragen, so betrug sie jetzt etwa 1:2,3. Bull fragte sich, ob die Schwankung von der Ungenauigkeit der Messung herrührte oder ob wirklich die Schrumpfung eine Erscheinung war, die sich im Augenblick gerade in Gang befand.

Die Space-Jet war nun, seitdem sie sich mit aller Macht aus dem Dschungel befreit hatte, rund zehn Stunden unterwegs.

Reginald Bull nahm sich Zeit, sich über die Veränderung der Oberfläche von Wanderer Gedanken zu machen. Er erinnerte sich an das, was er vor dem Abflug von der DRUSUS gehört hatte und versuchte, es mit dem in Einklang zu bringen, was er mit eigenen Augen auf dem Tasterschirm sah. Jemand hatte eine Theorie des Halbraums zur Welt gebracht, wonach Wanderer sich in einem rotierenden Gebiet räumlicher Unstabilität befand. Die Rotation betraf die Achsen des Hyperraums und veränderte sie, wobei die Veränderung eine stetige Funktion der Rotationsgeschwindigkeit war. Was bedeutet: Veränderung einer Achse? Reginald Bull rief sich ins Gedächtnis zurück, daß stets nur von einer Verkürzung die Rede gewesen war. Für einen Beobachter, der an der Rotation des Systems nicht teilnahm, bedeutete Verkürzung einer räumlichen Achse nichts anderes als Schrumpfung der Maßstäbe. Eine Strecke, die für den an der Rotation beteiligten Beobachter einen Kilometer lang war, würde dem anderen nur noch fünfhundert oder hundert Meter lang erscheinen, je nach dem Grad der Verkürzung. Damit wäre der Effekt erklärt gewesen, über den Bull und Tompetch sich seit Stunden wunderten.

Reginald Bull erkannte jedoch rasch, daß diese Erklärung alles andere als beruhigend war. Denn ebenso wie eine oder mehrere der räumlichen Achsen konnte auch die Zeitachse der Veränderung unterworfen sein, und das wiederum würde bedeuten, daß über den Ablauf der Zeit auf Wanderer im Vergleich zum Ablauf der Zeit im Innern der Space-Jet nichts Sicheres gesagt werden konnte.

Die Space-Jet hatte mittlerweile den Äquatorialozean hinter sich gelassen und schickte sich nun an, einen in Nord-Süd-Richtung etwa zweieinhalbtausend Kilometer breiten Kontinent zu überqueren, der den Ozean vom Nordmeer trennte. Wenigstens auf der Karte betrug die Breite zweieinhalbtausend Kilometer. Auf dem Tasterschirm maß Tompetch, als er die erste Fernortung zuwege gebracht hatte, nur eintausend. Der Verkürzungsfaktor war also abermals größer geworden. Er betrug nun 2,5.

Bull erkannte mit Erleichterung, daß wenigstens der Effekt ihm in die Hände spielte. Wenn man nicht wußte, wieviel Zeit man noch hatte, dann war es günstig, nur zwei- oder dreitausend Kilometer zurücklegen zu müssen, anstatt sechstausend.

Das hatte er gerade gedacht, als das Triebwerk aussetzte.

Es geschah plötzlich und völlig unerwartet. Von einem Atemzug zum anderen erlosch das hohe Singen, das seit mehr als zehn Stunden den kleinen Kommandoraum erfüllt hatte. Mit einemmal war es totenstill im Innern der Space-Jet.

Dann stieß Tompetch einen entsetzten Schrei aus. Er starrte auf den Bildschirm und sah, wie sich die Umrisse des Kontinents mit wachsender Geschwindigkeit ausbreiteten und auf ihn zukamen. Der Antigrav hielt im Innern des Bootes normale Schwerkraft aufrecht. Weder Bull noch Tompetch spürten das widerwärtige Gefühl des freien Falls. Dennoch bestand kein Zweifel daran, daß das Boot abstürzte und in ein paar Augenblicken auf dem Boden zerschellen würde.

Reginald Bull begann zu handeln. Er verstärkte mit einem einzigen Knopfdruck die Schirmfelder, die die Gazelle umgaben, und hörte mit grimmiger Befriedigung das hohle Brausen, das im selben Augenblick den Bootskörper durchdrang, als die ihn umgebende Luft beiseite gedrängt wurde. Reginald Bull schlug mit der geballten Faust auf einen anderen Schalter und fügte den Schirmfeldern ein künstliches Gravitationsfeld hinzu, das der Schwerkraft von Wanderer entgegenwirkte und den Fall bremste. Tompetch sah auf seinem Tasterschirm, wie das Bild langsam zur Ruhe kam, als das Gravitationsfeld zu wirken begann. Das Brausen verstummte, die Gazelle sank, als hinge sie an einem mächtigen Fallschirm.

Mike Tompetch maß mit Hilfe des Lichtorters eine Höhe von nur noch zwölfhundert Metern und eine Sinkgeschwindigkeit von sechs Metern pro Sekunde. Letztere ermittelte er, indem er die durchfallende Strecke über fünfzig Sekunden stoppte. Als er damit fertig war, betrug die Höhe nur noch neunhundert Meter.

„Glauben Sie ja nicht“, warnte Reginald Bull plötzlich, „daß wir sanft aufkommen werden. Sechs Meter pro Sekunde ist eine ganze Menge. Ziehen Sie den Kopf ein und halten Sie sich fest.“

Die dunkelrote Welt, auf die sie zustürzten, war unheimlich. Bull versuchte, auf dem Bildschirm irgend etwas zu erkennen, wonach er sich orientieren konnte. Er sah einen finsteren Strich, der nahezu horizontal über den Bildschirm lief, und nahm an, daß es die Trennlinie zwischen Himmel und Erde war. Darüber war der Schirm rot, darunter war er schwarz. Mehr gab es nicht zu sehen.

Sie waren noch zwei- oder dreitausend Kilometer von ihrem Ziel entfernt, und ohne die Space-Jet, wußte Bull, würden sie es niemals erreichen.

Perry Rhodan sah sich um. Atlan lächelte matt, Marshall und Noir kauerten mit angstgeweiteten Augen in ihren Sesseln. Ali el Jagat schien bewußtlos gewesen zu sein und eben erst wieder zu sich gekommen. Nathans regloser Körper war der einzige, dem das halsbrecherische Manöver anscheinend überhaupt nichts ausgemacht hatte.

„Ich weiß nicht, was es war", sagte Rhodan und bemühte sich, seine Stimme beruhigend klingen zu lassen, „aber auf jeden Fall haben wir es gut überstanden. Wir sind da."

Atlan löste bedächtig die Magnetgurte, ließ sie in die Ösen zurückschnellen und antwortete: „Das Überwechseln von einem Raum zum anderen. Offenbar ist der Transportstrahl des Fiktivtransmitters ein ziemlich holpriger Weg, um in diesen Halbraum zu gelangen. Meine Güte, ich dachte schon, eine Bombe sei im Begriff loszugehen."

Perry Rhodan hörte nur mit halbem Ohr zu. Wanderer lag unter ihnen, und er sah so aus, wie er ihn in Erinnerung hatte. Der Aufenthalt im Halbraum schien ihm wenigstens äußerlich nichts anhaben zu können. ES mußte inzwischen gemerkt haben, daß es Gäste bekommen hatte. Rhodan wartete darauf, daß ES sich meldete.

Aber als das tosende Gelächter dann endlich aufbrandete, hatte Rhodan keine Gelegenheit mehr, darauf zu achten. Kurz bevor in seinem Gehirn das erste Echo erschien, hatte er etwas anderes wahrgenommen: Das Triebwerk der Space-Jet fiel aus.

Rhodan handelte, ohne zu denken. Es gab nur zwei Handgriffe, die getan werden konnten: ein Knopfdruck, um die Schirmfelder zu verstärken, und einen Hieb auf den Schalter, der das Boot in ein künstliches Gravitationsfeld hüllte. Erst als er das getan hatte, kümmerte er sich um die Triebwerkskontrollen. Er drückte den Check-Schalter, der die Anzeigelampen aller Geräte zum Aufleuchten brachte, soweit sie nicht beschädigt oder zerstört waren. Rhodan sah auf den ersten Blick, daß nur eine einzige Lampe dunkel blieb. Das bedeutete: Alle Aggregate waren intakt bis auf ein einziges.

Das einzige war die Energieversorgung für das Triebwerk. Jemand oder etwas hatte, während die Space-Jet um den Übergang vom Einstein- in den Halbraum rang, alle Energie des Bootes aufgesogen, soweit sie für das Triebwerk bestimmt war.

Das beruhigste Rhodan. Es gab noch eine Reihe anderer Generatoren an Bord, und wenn man ihm Zeit dazu ließ, getraute er sich, das Antigravgerät und die Schirmfeldgeneratoren so zu koppeln, daß sie ihre Energien anstatt in das Gravitationsfeld oder die Schirmhülle in das Triebwerk fließen ließen. Mit den Mitteln, die ihm zur Verfügung standen, würde er diese Aufgabe in drei oder vier Tagen bewältigen können. Soviel Zeit blieb ihm noch.

Er sah auf die Kalenderuhr, um sich zu überzeugen, daß er recht hatte. Als er die Leuchtziffern las, wollte er aufspringen und die Uhr zurückdrehen, weil er in der ersten Sekunde fest davon überzeugt war, daß jemand den Kalender falsch eingestellt hatte. Dann erinnerte er sich jedoch, daß er die Einstellung überprüft hatte, bevor die Space-Jet die DRUSUS verließ. In der Zwischenzeit hatte niemand mehr Gelegenheit gehabt, an der Uhr zu drehen. Was er sah, war richtig, wenn er sich auch nicht erklären konnte, wie es dazu gekommen war.

Der Kalender zeigte 15 Uhr 32. Das Datum war der 30. April 2042.

Der Aufprall war nicht halb so schlimm, wie Reginald Bull ihn sich vorgestellt hatte. Es gab einen kräftigen Schlag, Bull fühlte sich wie von einem Dampfhammer in das Polster seines Sessels geschlagen, aber der Schmerz dauerte nur eine halbe Sekunde. Dann war alles vorbei. Reginald Bull erhob sich ächzend und schaute auf den Bildschirm. Das erste, was er sah, war, daß es draußen heller geworden war.

Mike Tompetch war inzwischen ebenfalls aufgestanden. Er schien verwirrt, aber die Erkenntnis, daß nun endlich etwas geschehen war, was er verstand, hatte ihm offenbar seine frühere Sicherheit zum größten Teil wiedergegeben.

Er sagte: „Wir könnten einen Aggregat-Check machen. Wenn wir wissen, was ausgefallen ist, bringen wir es vielleicht . . ."

„Sie sind ein schlauer Junge, Tompetch", unterbrach ihn Bull. „Ich habe während des Sturzes schon gecheckt. Sie werden es nicht glauben, aber jemand hat alle unsere Triebwerksenergie aus dem Generator gesogen wie ein Durstiger das Wasser aus einem Schwamm. Um bei dem Bild zu bleiben: Der Schwamm ist jetzt so trocken, daß man nicht einmal mit einer hydraulischen Presse noch einen Tropfen herausbrächte."

„Aber Antigrav und Schirmfeld . . ."

„. . . sind noch in Ordnung, völlig richtig. Anscheinend handelt es sich dabei um Energieformen, die dem Sauger nicht bekommen. Ich weiß, was Sie meinen. Wir können umkoppeln und mit der Antigrav- oder der Schirmfeldenergie fliegen. Das ist genau das, was wir tun werden. Aber zuvor möchte ich mich noch ein wenig umsehen."

Tompetch deutete über die Schulter hinweg mit dem Daumen auf den Bildschirm.

„Dort – draußen?"

Bull nickte. „Natürlich. Wir müssen verschiedenes herausfinden. Zum Beispiel: Wie funktioniert die Sprechfunkverbindung, wenn sich der Sender außerhalb, der Empfänger innerhalb des Bootes aufhält? Schließlich wird das Physiotron nicht zu mir hereinkommen. Früher oder später muß ich also sowieso hinaus."

Er überprüfte den Schutzanzug, den er trug. Besondere Aufmerksamkeit schenkte er dem Druckhelm, der ihm bisher in der Art einer Kapuze schlaff auf dem Rücken gehangen hatte. Tompetch verfolgte seine Vorbereitungen mit Verwunderung.

„Ich dachte immer", sagte er unsicher, „Wanderer sei in bezug auf Gravitation, atmosphärische Zusammensetzung und Luftdruck eine gut verträgliche Welt. Befürchten Sie etwas Besonderes?"

„Allerdings", antwortete Bull. „Sie sehen, daß sich die Oberfläche im Zustand der Schrumpfung befindet. Rechnen Sie sich selber aus, was mit dem Luftdruck passiert, wenn alle Luftmoleküle, die bisher in einem Kubikzentimeter steckten, auf einen Quader zusammengedrängt werden, der nur noch einen halben Kubikzentimeter groß ist."

„Meine Güte, daran hab' ich gar nicht gedacht", gab er zu. „Dann müßte doch auch die Schwerkraft wachsen, nicht wahr?"

„Müßte", brummte Bull, „wenn sie nicht künstlich wäre. Der Herr von

Wanderer macht sich seine Schwerkraft selbst. Das bißchen, das von der Masse des Planeten herrührt, kann vernachlässigt werden. Es kann sein, daß sich ein Effekt bemerkbar macht, aber der wird gering sein."

Mit einem entschlossenen Ruck streifte er sich den Helm über und wartete, bis er sich selbsttätig mit dem Halsansatz des Anzugs zusammengefügt hatte.

„Ich gehe jetzt", drang seine Stimme dumpf durch den Außenlautsprecher. „Setzen Sie sich an den Empfänger, und passen Sie auf, wie gut Sie mich verstehen können, klar?"

Tompetch nickte. Er stand immer noch starr und nachdenklich, als Bull längst im Gang zur Schleuse verschwunden war.

Reginald Bull hatte schon auf dem Bildschirm im Innern des Bootes gesehen, daß sie in einer Gegend gelandet waren, die ES, das herrschende Wesen auf Wanderer, der Landschaft eines völlig fremden Planeten nachgestaltet hatte. Reginald Bull hatte niemals zuvor so eigenartige Gewächse gesehen wie die, die rings um das Boot herum aus dem fußhohen, fleischigen Gras ragten. Aber obwohl er sie nicht kannte, beobachtete er doch an ihnen den seltsamen Effekt der Verkürzung, der anscheinend den ganzen Planeten befallen hatte und seine Geschöpfe zu grotesken Gebilden verzerrte.

Bull trat auf ein Gewächs zu, das Ähnlichkeit mit einem irdischen Maulbeerbaum hatte. Der Hauptstamm mochte im Normalzustand kreisrund sein und einen Durchmesser von dreißig Zentimetern haben. Jetzt war er elliptisch. Die große Achse der Ellipse war nach wie vor dreißig Zentimeter lang, aber die kleine maß nur noch zwölf oder elf. Die Äste des Baumes ragten nach rechts und links weit in die Luft hinaus, aber von vorn nach hinten waren sie zu kümmerlichen Gebilden zusammengeschrumpft, die nicht einmal die Hälfte der normalen Spannweite erreichten.

Die gleiche Erscheinung beobachtete Bull auch an anderen Dingen. Unweit der Space-Jet fand er einen Stein auf dem Boden liegen, der flach wie ein Pfannkuchen war. Bull hob ihn auf und drehte ihn um einen Winkel von neunzig Grad. Dabei geschah folgendes: Die Fläche des Pfannkuchens begann zu schrumpfen, während die Ränder dicker wurden. Als die Drehung vollendet war, waren die ehemaligen Ränder zu Front- und Rückflächen geworden, während die ehemaligen Front- und Rückflächen nun die Ränder bildeten.

Die Schrumpfung hatte also eine Vorzugsrichtung. Die Vorzugsrichtung fiel, wie Bull rasch feststellte, mit der Nord-Süd-Achse des Planeten zusammen. Das mochte Zufall sein. Im selben Augenblick, als Bull dies dachte, hatte er den Eindruck, als könne er die Beobachtung für seine eigenen Zwecke verwerten. Es war der Ansatz zu einer guten Idee. Bull, der sich immer noch spielerisch mit dem Stein beschäftigte, verlor sie im Unterbewußtsein. Als er sich fünf Minuten später zu erinnern versuchte, was für eine Idee es gewesen sei, wußte er nichts mehr davon.

Er machte ein paar Sprechversuche mit Leutnant Tompetch. Gleich beim erstenmal merkte er, daß längst nicht alles so war wie sonst. Obwohl er höchstens fünfzig Meter vom Boot entfernt war, konnte er Tompetch nur mit Mühe verstehen, und Tompetch bestätigte ihm ebenfalls, daß die Verbindung „miserabel“ war. Reginald Bull trat etwas an die Space-Jet heran, und sofort wurde die Verbindung besser. Er entfernte sich wieder ein paar Meter, dabei wurde sie schlechter und erlosch schließlich ganz, als er bis auf hundert Meter weggegangen war. Er fing an zu rechnen, weil ihn die Sache interessierte. Tompetch lieferte ihm ein paar Angaben über die aufgefangene Senderleistung, die von einem Wattmeter am Empfänger registriert wurde. Anhand dieser Angaben fand Bull eine merkwürdige Gesetzmäßigkeit. Bezeichnete man die Entfernung des Senders vom Empfänger mit r, dann variierte unter normalen Umständen bei elektromagnetischen Sendern die vom Empfänger aufgesammelte Senderleistung mit $1/r^2$. War der Sender vom Empfänger zwanzig Meter entfernt, dann wurde nur ein Viertel der Sendeleistung empfangen, die der Empfänger erhielt, wenn der Sender nur halb so weit, also zehn Meter entfernt war.

Hier verhielt es sich anders. Ein funktionaler Zusammenhang zwischen empfangener Leistung und Sendeabstand war vorhanden, aber er ging mit $1/r^6$. Wurde die Entfernung verdoppelt, verringerte sich die empfangene Leistung auf ein Vierundsechzigstel. Das war verblüffend. Man konnte es nur so erklären, daß in der Luft etwas war, was die abgestrahlte Sendeenergie in sich aufsog. Reginald Bull gab sich Mühe, eine vernünftige Hypothese zu entwickeln, die diese Vorgänge beschrieb. Das mißlang ihm jedoch völlig, da er über zu wenig Informationen verfügte. Mißgelaunt machte er sich auf den Rückweg zum Boot und kam dabei an dem Maulbeerbaum vorbei, dessen Stamm inzwischen bis auf acht Zentimeter zusammengepreßt worden war.

Er hob den Arm und sah auf das Barometer, das neben anderen Instrumenten in den Plastikstoff des Schutzanzugs eingearbeitet war. Der Luftdruck betrug im Augenblick 2,8 Atmosphären.

Es geschah zum erstenmal, daß sich Perry Rhodan über das brüllende Gelächter ärgerte. Während die Space-Jet mit der Geschwindigkeit eines überlasteten Fallschirms auf die Parklandschaft zusank, dröhnte ihm das Lachen des Wanderer-Wesens in den Ohren und reizte ihn bis zur Weißglut. Er preßte die Hände gegen die Ohren. Da die Laute auf telepathischem Weg übertragen wurden, erzielte er damit keinen Erfolg. Er fuhr herum, als ob es eine bestimmte Richtung gäbe, aus der das Gelächter kam, und schrie in höchstem Zorn: „Hör auf, alter Narr! Es gibt nichts zu lachen!"

Das Lachen verstummte im selben Augenblick. Perry Rhodan wußte nicht, ob man auf diese Weise mit ES sprechen konnte, aber das war ihm gleichgültig. Er brauchte das Gelächter nicht mehr zu hören. Das allein war wichtig.

Er sah seine Freunde zu ihm herüberstarren. Im nächsten Augenblick hörte er die ferne und doch so laute Stimme: „Nervös, mein Freund?" Sie klang neugierig und freundlich. „Ich an deiner Stelle wäre es auch. Du bist noch viertausend Kilometer von der Halle entfernt und hast nur noch dreißig Stunden Zeit. Wie wirst du es schaffen?"

Rhodan zuckte mit den Schultern.

„Ich weiß es nicht", antwortete er laut, da er wußte, daß sich die Gedanken am besten formulierten, wenn man sie aussprach. „Ich habe keine Ahnung. Aber verlaß dich drauf, alter Freund: Ich werde rechtzeitig dort sein."

Ein zweites Mal donnerte das Gelächter auf.

„Ich amüsiere mich königlich", fuhr ES fort. „Eine Situation wie diese habe ich selbst noch nie erlebt. Ich habe ein paar seltsamen Wesen ein Schnippchen geschlagen, die mich auf einer fremden Zeitebene einfangen wollten, aber das hat mich eine ganze Menge Eiris gekostet."

„Eine ganze Menge *was?*" fragte Rhodan.

„Eiris", antwortete ES bereitwillig. „So nannten wir die raum-zeitliche Stabilisierungsenergie – damals, als wir noch mit unseren Mündern sprachen."

„Aha“, machte Rhodan, ohne zu verstehen.

„Natürlich könnte ich die Energie wieder beschaffen“, fuhr ES fort. „Aber da du und deine Freunde hier sind, habe ich es gar nicht nötig. Ihr veranlaßt alles Notwendige, um mich und meine Welt wieder auf die normale Bahn zu bringen.“

Rhodan verstand kein Wort, und das gab er auch offen zu.

„Du brauchst es nicht zu verstehen, mein Freund“, antwortete ES amüsiert. „Es geschieht alles von selbst. Es reicht aus, daß ihr da seid.“

In diesem Augenblick setzte die Space-Jet auf. Es gab einen kräftigen Ruck, jemand schrie vor Schmerz auf, irgendwo brach klirrend ein Stück Plastik – dann war wieder Ruhe. Rhodan hatte sich nicht aus dem Gleichgewicht bringen lassen.

„Es ist noch ein zweites Fahrzeug nach hier vorgestoßen!“ rief er ES an. „Was weißt du darüber?“

„So gut wie nichts“, antwortete ES. „Das zweite Fahrzeug befindet sich nicht auf meiner Bezugsebene. Es ist im Normalraum verblieben, ebenso wie seine Insassen.“

„Das heißt: Sie sind nicht hier auf dieserWelt?“

„Doch, das sind sie.“ ES fing wieder an zu lachen. „Wenn ich mir vorstelle, wieviel Spaß mir entgeht, weil ich nicht beobachten kann, wie sie sich in diesem fremden Raum zurechtfinden – ich könnte mich ärgern!“

„Gerechter Himmel!“ stöhnte Rhodan. „Ich wollte, ich könnte dich verstehen.“

„Versuch nicht, es zu verstehen, mein Freund“, mahnte ES. „Denk daran, daß du nur noch dreißig Stunden Zeit hast. Unternimm etwas, wenn du nicht sterben willst.“

Damit brach die Verbindung ab. Rhodan konnte ES nicht mehr erreichen. Dabei hatte er noch nach Nathan fragen wollen. Nathan mußte auch irgendwo auf Wanderer sein.

Er gab seinem Sessel einen Ruck und ließ ihn sich so drehen, daß er seine Gefährten sehen konnte.

„Ich weiß, es hat nicht besonders viel Zweck“, sagte er mit einem gezwungenen Lächeln. „Aber wenn wir uns alle Mühe geben, werden wir es vielleicht doch noch schaffen, die beiden Generatoren umzukuppeln.“

Er sah John Marshall an. Marshall war Telepath. Er konnte Rhodans Gedanken erkennen – auch den, daß alles nutzlos war und daß sie das

Ziel, *sein* Ziel, niemals erreichen würden, wenn ihnen nicht von außen her jemand zu Hilfe kam. Marshall erwiderte den Blick und kniff ein Auge zu. Er sah nicht gerade heiter dabei aus. Er verstand, daß es keinen Zweck hatte, alle Hoffnungen von vornherein zu zerstören, indem er publik machte, was Rhodan dachte.

Dafür sagte jedoch Atlan: „Ich glaube, mein Freund, es hat wenig Sinn, wenn wir uns um die Generatoren bemühen. Wir sind zu spät dran, wir haben keine Zeit mehr, einen Umbau vorzunehmen. Der Sprung von der DRUSUS hierher hat uns Zeit und Triebwerksenergie gekostet. Wir sollten uns vielleicht darüber Gedanken machen, wie dieser Verlust zustande gekommen ist. Wenn wir das wissen, dann kennen wir vielleicht auch einen Weg, um den Schaden schneller zu beheben, als es durch Umkuppeln möglich ist."

Er sah Rhodan aufmerksam an und gab zu verstehen, daß er auf eine Antwort wartete. Er war ernster, als ihn jemand im Lauf der vergangenen zehn Tage gesehen hatte.

„Wir können uns nicht auf ein *Vielleicht* verlassen", erwiderte Rhodan. „Wir müssen etwas tun – selbst wenn es noch so sinnlos aussieht. Vielleicht können wir eine Notschaltung anbringen, die . . ."

„*Vielleicht*", unterbrach ihn Atlan spöttisch. „Du wiederholst dich, Administrator."

Perry Rhodan machte eine ärgerliche Handbewegung. „Ach, zum Teufel! Ich möchte meinen Händen etwas zu tun geben, das ist alles. Herumsitzen und nachdenken ist nicht mein Fall. Aber wenn du glaubst, auf diese Weise eine Lösung zu finden, Admiral – niemand will dich daran hindern."

In diesem Augenblick fuhr Ali el Jagat aus seinem Sessel in die Höhe. Rhodan sah sich überrascht nach ihm um und stellte fest, daß er mit aschfahlem Gesicht auf den Bildschirm starrte. Er folgte Jagats Blick und sah auf dem Bildschirm zwischen den Bäumen eine merkwürdige Gestalt zum Vorschein kommen. Sie trug einen mittelalterlichen Panzer und am linken Unterarm einen Turnierschild. Die rechte Hand hielt einen langen Speer. Die Gestalt saß auf einem Pferd, das an Kopf und Brust ebenfalls gepanzert war.

Vor dem Schleusenschott der Space-Jet hielt die Gestalt das Pferd an, senkte die Lanze und trieb sie mit aller Wucht gegen die Schottwandung. Es gab einen dumpfen Schlag, den man bis zum Kommandoraum hörte.

Gleichzeitig übertrugen die Außenmikrophone eine zornige Stimme: „Wer wagt es, ungefragt in das Land des Grafen Llandrindod einzufallen? Heraus mit ihm! Er soll mir seine Frechheit büßen!“

Und im selben Augenblick erscholl Gelächter, als ES sich über den Zwischenfall zu amüsieren begann.

Reginald Bull erinnerte sich an die Idee, die er gehabt hatte. Das ging so plötzlich, daß er das Werkstück, das er gerade in der Hand hatte, weil er mit Tompetch zusammen den Antigravgenerator ausbauen wollte, fallen ließ. Tompetch richtete sich aus gebückter Stellung auf und sah Bull verwundert an.

Bull schlug sich mit der flachen Hand gegen die Stirn.

„Ich Narr!“ stöhnte er. „Wie konnte ich das vergessen!“

Dann sah er Mike Tompetch an.

„Lassen Sie das sein!“ befahl er ihm. „Hören Sie auf, und kommen Sie mit. Ich weiß etwas Besseres.“

Tompetch gehorchte verblüfft. Reginald Bull kletterte durch den schmalen Aggregatgang nach vorne zum Kommandoraum. Er öffnete das Schott und deutete, noch bevor Tompetch sehen konnte, was er meinte, auf den Bildschirm.

„Da!“ rief er. „Sehen Sie sich das an, und sagen Sie mir, was Sie davon halten. Ich weiß, es klingt ziemlich verrückt, aber wollen wir wetten, daß wir auf diese Weise bequem dorthin kommen, wo wir hin wollen?“

Mike Tompetch schaute auf den Bildschirm und versuchte zu erraten, was Bull gemeint haben könnte.

Sie waren eine halbe Stunde lang im Aggregatraum gewesen, und in dieser Zeit hatte sich die Landschaft draußen ins Groteske verändert. Das Maß der Schrumpfung hatte zugenommen. Die Büsche und Bäume waren flach, als hätte ein Kind sie aus einem Bilderbuch ausgeschnitten und dort draußen aufgestellt. Sie standen dicht hintereinander. Das Bild sah aus wie eine Photographie, die mit einem Super-Teleobjektiv aufgenommen worden war.

Am oberen Rand des Bildes sah Mike Tompetch dicht unter dem rotglühenden Himmel einen schmalen Streifen, der ebenfalls rot war und sich nur durch ein pulsierendes Flimmern vom Himmel unterschied. Tompetch wußte nicht, was er damit anfangen sollte.

„Na, was sagen Sie?“ fragte Bull triumphierend.

„Die Schrumpfung nimmt zu“, antwortete Tompetch, weil er nicht wußte, was er sonst hätte sagen sollen.

„So, nimmt sie wirklich zu?“ spottete Bull bissig. „Geben Sie acht, daß Ihr Gehirn nicht schrumpft, Leutnant. Was ist das, was Sie oben am Rand des Bildes sehen?“

Tompetch schluckte. „Das überlege ich schon die ganze Zeit.“

„Geben Sie's auf!“ riet ihm Bull. „Es ist das Nordmeer.“

„Das Nordmeer?“

Reginald Bull nickte. „Natürlich, das Nordmeer. Wir liegen dicht hinter der Südküste dieses Kontinents. Wie breit, sagt die Karte, ist er?“

Mike Tompetch erinnerte sich rasch. „Zweieinhalbtausend Kilometer.“

„Richtig. Und wie weit, würden Sie sagen, ist die Nordküste jetzt noch von uns entfernt? Nach dem Bildschirm zu urteilen, meine ich?“

„Zwei bis drei Kilometer würde ich sagen, mehr nicht.“

„Jawohl, das ist richtig. Zwei bis drei Kilometer. Was ist also über den Verkürzungsfaktor zu sagen?“

„Liegt zwischen achthundertunddreißig und zwölfhundertundfünfzig“, antwortete Tompetch, nachdem er schnell im Kopf gerechnet hatte.

Auch damit war Reginald Bull einverstanden.

„Achten Sie jetzt“, befahl er, „auf den flimmernden Streifen, während ich Ihnen etwas erzähle! Ich bin überzeugt, Sie werden sehen, wie er näher kommt.“

Tompetch sah gehorsam auf den Bildschirm, während Reginald Bull begann: „Dieses System befindet sich in Rotation, wie Sie wissen. Eine Halbkugel des fünfdimensionalen Rotationsgebildes besitzt die seltsame Eigenschaft, Koordinatenachsen zu verkürzen. Eine Rotation spielt sich in einem fünfdimensionalen Kontinuum ab, also sind nicht bei jeder Rotation alle Achsen an der Verkürzung beteiligt, oder, wenn sie es sind, wechselt das Verkürzungsmaß von Drehung zu Drehung. Offensichtlich haben wir einen besonders günstigen Augenblick erreicht. Das Verkürzungsmaß beträgt jetzt schon etwa tausend. Was in Wirklichkeit tausend Kilometer sind, ist für uns nur ein einziger. Können Sie sich vorstellen, was geschieht, wenn dieses Maß sich weiter vergrößert? Wenn es, sagen wir einmal, den Wert zweieinhalb Millionen erreicht?“

Tompetch fuhr zusammen.

„Daß – daß . . .“, stammelte er.

Weiter kam er nicht. Reginald Bull nahm ihm den Rest des Satzes ab: „Daß dieser Kontinent für uns nur noch einen Meter breit sein wird, und daß die Entfernung von hier bis zur Südküste des Nordkontinents nur noch knapp zwei Meter betragen wird. Wir brauchen nur noch drei Schritte zu machen – einen davon über einen Wassergraben von sechzig Zentimeter Breite, der in Wirklichkeit ein Meer von fünfzehnhundert Kilometer Breite ist.“

Mike Tompetch sah zum Fürchten aus. Man merkte ihm an, daß er die Rechnung zwar wiederholen, sich das Bild aber nicht vorstellen konnte. Bull klopfte ihm auf die Schulter und meinte väterlich: „Machen Sie den Mund wieder zu, Leutnant. Ganz so einfach ist es natürlich nicht. Der Luftdruck wird inzwischen auf ein paar tausend Atmosphären angewachsen sein, und die Luft wird sich anfühlen wie ein zäher Brei. Wir müssen unsere Vorbereitungen treffen. Wir brauchen einen kleinen Feldgenerator, der uns gegen den mächtigen Druck schützt. Die Raumanzüge allein halten ihn nicht aus. Los! Worauf warten Sie? Fangen Sie an!“

8.

„Llandrindod!“ fuhr Atlan lachend auf. „Der alte Haudegen! Ich will ihm gleich . . .“

Er stürmte davon. Perry Rhodan, der wußte, mit welch seltsamen Figuren aus der Vergangenheit der Erde und anderer Welten ES seinen Stern bevölkert hatte, folgte ihm gemächlich und ein wenig amüsiert. Das Erscheinen eines mittelalterlichen Ritters vor einem notgelandeten Raum-Fernaufklärer, dessen Besatzung sich gerade die Köpfe darüber zerbrach, wie man einen Antigravgenerator am besten so kuppelt, daß er das Triebwerk mit Energie versorgte – war das nicht eine Situation, die zum Schmunzeln reizte, auch wenn die Gefahr, die von draußen drohte, noch so groß war?

Allmählich entspannten sich auch die Gesichter der anderen; sie begannen zu lachen.

Atlan hatte die Schleuse längst geöffnet, als Rhodan sie betrat. Auf Wanderer konnte die Verriegelung gelöst werden, die unter anderen Umständen verbot, daß Innen- und Außenschott gleichzeitig offenstanden. Die Wanderer-Atmosphäre entsprach der irdischen.

Der Earl of Llandrindod hatte sich mit seinem Pferd ein paar Schritte zurückgezogen, als das Schott sich öffnete.

Atlan blieb unter dem Schott stehen. Mit dröhnender Stimme, wobei er sich des gleichen altmodischen Englisch bediente wie Llandrindod, rief er: „Wer erdreistet sich da, an mein fliegendes Haus zu klopfen? Was für ein Lump ist das?“

Rhodan war sicher, daß der Earl of Llandrindod noch niemals in seinem Leben ein solches Schimpfwort zu hören bekommen hatte. Er sah, wie der Gewappnete zusammenzuckte, den Schild hob und die Lanze senkte.

„Schurke“, donnerte es hinter dem Visier hervor. „Ich will dich lehren, mich einen Lumpen zu nennen! Wehr dich, du Taugenichts!“

Er hatte den Schild oben und die Lanze gesenkt. Er wollte seinem Pferd die Sporen geben und auf Atlan losreiten, aber in diesem Augenblick warf der Arkonide die Arme in die Luft und begann lauthals zu lachen. Llandrindod schien unsicher zu werden. Der Schild sank wieder ein Stück herab.

„Guye of Llandrindod!“ brüllte Atlan lachend. „Was für ein Narr du bist! Oder haben die Jahre deine Augen so mitgenommen, daß du deinen besten Freund nicht mehr erkennst?“

Das Visier schob sich in die Höhe. Mißtrauische, zusammengekniffene Augen kamen zum Vorschein. Sie musterten den Arkoniden, der für ihre Begriffe völlig närrisch gekleidet sein mußte, und ein erster Funke des Erkennens leuchtete auf.

„Gott soll mich schützen!“ rief Llandrindod. „Wenn du Peyrefitte of Sherwood bist, mein Freund, dann hast du dich aber angezogen wie ein Zigeuner, die unser guter König vergiften oder aus dem Land jagen möchte. Sherwood – bist du das wirklich?“

Atlan trat aus der Schleuse.

„Ich bin's!“ versicherte er. „Steig von deinem Gaul herunter und begrüß' mich, wie man einen Freund begrüßt.“

Llandrindod ließ Schild und Lanze fallen, rutschte vom Pferd und kam mit steifen, langsamen Schritten auf den Arkoniden zu. Je näher er kam, desto sicherer wurde er, daß er wirklich seinen Freund vor sich hatte. Die Schritte wurden größer, und schließlich stolperte er, aber glücklicherweise fiel er dabei dem Arkoniden geradewegs in die Arme.

„Gütiger Himmel, Sherwood!“ staunte er. „Ich dachte nicht, daß ich dich altes Schlachtroß noch einmal sehen würde. Wo hast du dich herumgetrieben?“

„Überall“, Atlan lachte. „Ich war hier und dort, bei den Türken, bei den Franzosen, bei den Russen . . .“

„So weit“, staunte Llandrindod. „Und das hast du von dort mitgebracht?“

Dabei deutete er auf die Space-Jet.

„Ja“, bestätigte Atlan. „Es kann sich durch die Luft bewegen.“

„Durch die Luft?“ ächzte Llandrindod.

„Ja. Eine Kraft wohnt ihm inne, die es ihm ermöglicht, wie ein Vogel durch die Luft zu schweben. Aber die Kraft ist jetzt verschwunden. Deshalb kann es sich nicht mehr vom Boden erheben.“

Llandrindod begann zu lachen. Er lachte herzhaft, wie über einen guten Scherz. Dann schien ihm plötzlich ein Gedanke zu kommen. Er hörte auf zu lachen und sah Atlan verblüfft an. „Eine geheimnisvolle Kraft, wie?“

„Genau, mein Freund.“

Llandrindod kratzte sich am Kopf.

„Deine Kraft habe ich gesehen, Sherwood“, behauptete er.

Atlan war verwundert. „Die Kraft? Gesehen? Man kann sie nicht sehen.“

„Das dachte ich auch. Sie war auch nicht sehr deutlich, aber der Teufel soll mich holen, ich habe sie gesehen. Sie schwebte über das Wiesenland. Erst sah sie aus wie ein dünner Nebel. Man erkannte sie nur, wenn man lange hinsah. Dann schien sie mich zu entdecken. Sie begann sich zu ballen, und im Nu sah sie aus wie ich mit meinem Pferd. Sie galoppierte gegen mich an. Ich war nicht faul, hob den Schild, legte die Lanze ein und sprang ebenfalls los. Sie traf mich nicht, dafür ich sie um so besser. Aber das half nichts. Die Lanze fuhr durch sie hindurch und kam hinten wieder heraus, als wäre sie durch Luft gestoßen. Als ich das Pferd wieder anhielt und mich umsah, war von dem Fremden nichts mehr zu sehen. Es war, als hätte ihn der Teufel geholt. Na, kann das deine Kraft gewesen sein?“

Atlan überlegte. Es mochte sein, daß Llandrindod einem anderen von den Geschöpfen begegnet war, die ES nach Wanderer geholt hatte und von denen Llandrindod selbst eines war. Noch wahrscheinlicher aber war, daß Nathan Llandrindods Weg gekreuzt hatte.

„Wir müssen sie wieder einfangen, Guye!“ stieß er heftig hervor. „Wo hast du sie gesehen?“

Llandrindod deutete nach rückwärts. „Dort hinten. Nicht weiter als eine gute Stunde von hier. Auf dem halben Weg nach Llandrindod Castle.“

Er musterte Atlan aufmerksam und ein wenig mißtrauisch. Man konnte ihm am Gesicht ablesen, wie wenig ihm die Sache mit der geheimnisvollen Kraft gefiel.

„Sag, Sherwood“, begann er zögernd, „hast du dich da in eine Sache eingelassen, die vielleicht des Teufels ist?“

Atlan schüttelte den Kopf. „Ich erkläre es dir ein andermal, Llandrindod. Nur eines will ich dir sagen: Dort hinten bei den Russen, den Türken, den Persern und anderen Völkern im Morgenland gibt es mehr Dinge, als wir uns träumen lassen. Sie sind nicht des Teufels, und wir können sie sehr gut gebrauchen. Willst du mir einen Gefallen tun?“

Llandrindod schien beruhigt. Er nickte. „Gewiß.“

„Reite zurück, wo du die Kraft gesehen hast. Wir kommen auf dem schnellsten Wege nach, um sie wieder einzufangen. Wirst du auf uns warten?“

Llandrindod nickte ein zweites Mal. Dann drehte er sich um, ging zu seinem Pferd zurück und stieg auf.

„Ich warte!“ rief er dem Arkoniden zu. „Und wenn wir sie wieder eingefangen haben, dann wirst du mir dein fliegendes Haus vorführen, alter Freund! Danach wollen wir ein Fest feiern – nicht in deinem Haus, das ist mir zu unheimlich, sondern auf Llandrindod Castle!“

Mit diesen Worten wandte er das Pferd und trottete davon. Atlan trat nachdenklich in die Schleuse zurück. Er sah Rhodan unter dem Innenschott stehen und schrak auf.

„Es war Llandrindod“, sagte er. „Ein alter Haudegen, halb Engländer, halb Walliser. Hat König Edward dem Ersten geholfen, Wales zu erobern. Ich habe ihn im Jahr dreizehnhundertundfünf zum letztenmal gesehen.“

Er blickte an Rhodan vorbei, und Rhodan erkannte, wie mächtig in Atlan das Verlangen wurde, die ganze Geschichte der Unterwerfung von Wales und seiner Rolle als Earl of Sherwood zu erzählen. Es trieb ihn dazu zu enthüllen, was sein photographisches Gedächtnis aufgezeichnet hatte, und ein weiteres Kapitel irdischer Geschichte vor den Ohren seiner Zuhörer abrollen zu lassen. Es war eine merkwürdige Kraft, die ihn jedesmal zum Erzählen veranlassen wollte, wenn ein Stichwort aus der Geschichte fiel. Bisher hatte er nicht widerstehen können, und es hatte auch keinen Grund gegeben, warum er hätte widerstehen sollen. Jetzt jedoch war die Lage anders: Sie durften keine Zeit mehr verlieren, und wenn die Abenteuer des Grafen von Sherwood noch so interessant waren.

Perry Rhodan nahm den Arkoniden beim Arm und führte ihn durch den Haupteingang zum Kommandoraum zurück.

„Wußte er irgend etwas Wichtiges?“ fragte er, um Atlan abzulenken.

Der Arkonide löste sich aus seiner Starre.

„Ja“, antwortete er. „Er hat etwas gesehen, was sehr gut Nathans Geist-Existenz gewesen sein könnte. Hier in der Nähe, vielleicht fünf oder sechs Kilometer entfernt. Ich habe ihn vorausgeschickt, damit er die Augen offenhält, und gesagt, daß wir nachkommen.“

„Im Augenblick, glaube ich, müssen wir uns mehr um das Triebwerk als um Nathan kümmern.“

Sie betraten den Kommandostand im selben Augenblick, in dem John Marshall auf dem Bildschirm eine eigenartige Entdeckung machte. Er sah von Süden etwas herankommen, was zunächst so ausgesehen hatte, als ob es ein Mensch sei. Zumindest hatte es die gleiche Größe wie ein Mensch. Dann jedoch erkannte Marshall, daß es sich um ein längliches Gebilde handelte, das in fortwährender, rascher Ausdehnung begriffen war. Es kam von Süden, ohne daß Marshall seinen Anfang hätte erkennen können, und war, als Marshall es zum erstenmal sah, schon mehrere Kilometer lang. Dabei wuchs es ununterbrochen mit einer Geschwindigkeit von etwa fünf Metern pro Sekunde.

Marshall konnte es nicht herausfinden, was es in Wirklichkeit war. Es sah aus wie eine lange Stange, die jemand von Süden her nach Norden schob. Dabei war der Querschnitt nicht etwa regelmäßig. Lediglich eine gewisse Symmetrie schien vorhanden zu sein.

Marshall studierte den Querschnitt eine Zeitlang, was ihm leichtfiel, da er die Stange ja fast geradewegs von vorne sah, und kam zu dem überraschenden Schluß, daß er wie ein Mensch geformt war. Es gab einen Kopf, zwei Arme, die leicht vom Körper abstanden, so daß man unter ihnen hindurchsehen konnte, und zwei Beine, die leicht gespreizt waren.

Marshall glaubte zunächst, daß sich lediglich auf der Stirnseite der Stange ein Mensch befinde – was er da wollte, war unerfindlich, aber schließlich war man auf Wanderer nicht auf einer „normalen“ Welt. Aber dann empfing er plötzlich Gedanken. Sie gingen von der „Stange“ aus, waren merkwürdig träge und dennoch gut verständlich. Vor allen Dingen waren sie so charakteristisch, daß John Marshall sofort wußte, von wem sie kamen.

Als Perry Rhodan und der Arkonide den Kommandostand betraten, wandte sich Marshall zu ihnen um.

„Ich habe eine Meldung zu machen“, sagte er mit belegter Stimme zu Rhodan und deutete dabei auf den Bildschirm. „Bull nähert sich uns in einer äußerst ungewöhnlichen Form.“

Reginald Bull mußte recht bald feststellen, daß die Kontraktion eines ganzen Planeten für den, der sie als Unbeteiligter miterlebt, keineswegs ungefährlich ist. Er hatte zuvor nicht daran gedacht, aber er merkte es, als der erste Berg auf ihn zukam.

Bull stand vor dem Raumboot, um zu sehen, wie sich die Dinge entwickelten. In den letzten Minuten hatte das Maß der Verkürzung rapide zugenommen. Man hatte sehen können, wie die Oberfläche des Planeten schrumpfte – allerdings immer noch nur in einer Richtung: Breite und Höhe der Dinge blieben unbeeinflußt, nur ihre Länge verringerte sich bis auf grotesk niedrige Werte. Der Luftdruck stieg nicht, wie Bull zunächst vermutet hatte, im gleichen Maß wie der Verzerrungsfaktor. Als die Verzerrung etwa eins zu zehntausend betrug, war der Luftdruck erst auf den zwanzigsten Wert angestiegen. Die kleinen Feldgeneratoren, die Mike Tompetch bereitgestellt hatte, wurden vorerst noch nicht gebraucht.

Bei einer Verzerrung von eins zu zehntausend war die Südküste des Nordmeers nur noch zweihundertundfünfzig Meter entfernt. Die Küste des Äquatorialozeans vollends, die nach den Angaben der Karte rund zwanzig Kilometer südlich der Space-Jet lag, war bis auf zwei Meter herangerückt. Reginald Bull erkannte mit Unbehagen, daß er für jeden Bewohner von Wanderer jetzt schon ein unförmiges Ungeheuer mit fünf Kilometern Länge darstellte, zwar vom richtigen Querschnitt, aber – eine „Stange Mensch“, wie er es bei sich nannte. Allein die Schuhe des

Schutzanzugs, in seinen Augen vierzig Zentimeter lang, maßen in den Dimensionen dieser schrumpfenden Welt vier Kilometer in der Länge. Dabei blieb ihre Höhe jedoch ebenso unverändert wie die Breite.

Als das Verzerrungsmaß auf eins zu hunderttausend angestiegen war, lag das Nordmeer nur noch fünfundzwanzig Meter entfernt, und über die Küste des Äquatorialozeans ragten Reginald Bulls Stiefelspitzen längst hinaus.

Bull wandte sich um. Sein Interesse lag im Norden, nicht im Süden. Er spürte, wie ihn die verdichtete Luft an der Bewegung hemmte. Der Luftdruck betrug jetzt fünfzig Atmosphären. Die Luft gebärdete sich, als sei sie flüssig. Bull mußte alle Kraft in seine Bewegung legen, um die Wendung zu vollziehen. Er selbst empfand nicht, wie sich seine Körpermaße dabei veränderten. Die Schuhe, die eben noch über die Küste des Ozeans hinausgeragt hatten, verkürzten sich auf das normale Maß, als Bull die Hälfte der Drehung hinter sich hatte, und begannen wieder zu wachsen, als er die zweite Hälfte in Angriff nahm. In der gleichen Weise wuchsen und schrumpften Bulls Schultern, und wenn er sich gar auf den Boden gelegt hätte, wäre er, von Norden nach Süden liegend, einhundertundachtzig Kilometer lang gewesen.

Dann stand er, den Blick nach Norden gerichtet, und sah das Nordmeer zu einer kleinen Pfütze schrumpfen. Er sah die Küste des Nordkontinents aus der roten Dämmerung auftauchen und die Gebäude der großen Stadt, die auf den Felsen über der Küste stand, sich über den Horizont schieben. Er sah das rotglühende Wasser des Flusses, wie es über den Rand der Steilküste herabschoß und in das Meer stürzte. Das alles sah er, obwohl es nach der Karte viertausend Kilometer weit entfernt war.

Er stellte fest, daß die Bauten der Stadt durchsichtig zu werden begannen, je länger er sie ansah, und fürchtete, daß sie völlig verschwinden würden, wenn das Verzerrungsmaß noch weiter zunahm.

Als der Luftdruck auf hundert Atmosphären angestiegen war und die Entfernung bis zur Stadt noch ein paar Meter betrug, schlug ein Warngerät innerhalb seines Schutzanzugs Alarm. Er rief Tompetch zu, er solle die Schirmfeldgeneratoren herausbringen, und gerade in dem Augenblick, als Tompetch antwortete, erkannte er, daß der Berg an der Südküste des Nordmeers, den er schon seit einiger Zeit beobachtete, nicht an ihm „vorbeischrumpfen“, sondern ihn mit seiner östlichen Flanke noch treffen würde. Der Berg war zwar kein Monstrum, aber seine sanft nach Osten auslaufende Flanke war weit genug, um Bull alle Hoffnung zu nehmen, daß er ihr etwa noch davonlaufen könne. Er blieb stehen, fasziniert von dem Anblick des Berges, der auf ihn zukam, und wartete, was geschehen würde. Durch die Masse des Berges hindurch konnte er das rötliche Licht sehen, das der Himmel abstrahlte. In seiner natürlichen Form mochte der Berg ein paar Kilometer dick gewesen sein, jetzt, bei einem Verzerrungsmaß von eins zu einer Million, waren es nur noch ebenso viele Millimeter. Bull erschrak bei dem Gedanken, daß die Schrumpfung, in der Wanderer begriffen war, nicht unbedingt einen Einfluß auf die molekularen Kräfte der Materie haben müsse, und daß die Flanke des Berges jetzt, da sie nur ein paar Millimeter dick war, durchaus noch genauso schwer zu durchdringen war wie zuvor.

Aber er hatte keine Zeit mehr zum Ausweichen. Er sah sich um und entdeckte Leutnant Tompetch, wie er aus der Schleuse stieg. Er hatte einen der kleinen Generatoren an seinem Gürtel befestigt und bewegte sich unter dem Schutz des Schirmfelds leicht und ohne Schwierigkeiten. Bull dagegen hatte das Gefühl, er müsse den Kopf durch einen Pudding hindurchdrehen, so träge war die Luft inzwischen geworden. Er schrie Tompetch zu: „Achten Sie auf den Berg! Er kommt auf uns zu!"

Er sah noch, wie Tompetch das unerwartete Hindernis ins Auge faßte, dann schwenkte er wieder herum, um seinem Schicksal wie ein aufrechter Mann ins Auge zu sehen.

Der Berg war bis auf ein paar Zentimeter herangekommen – eine flache Struktur aus Felsgestein, eine hauchdünne Wand. In Wirklichkeit war es nicht der Berg, der auf Reginald Bull zukam, sondern Bull wuchs auf den Berg zu.

Bull beugte sich nach vorne, um den Anprall mit der Schulter abzufangen.

Er spürte einen stechenden Schmerz in der rechten Schulter. Einen Augenblick lang glaubte er, der Zusammenstoß würde ihm die Knochen zermalmen, aber dann entdeckte er triumphierend einen Riß, der quer durch die ganze Steilwand lief. Er beugte sich noch einmal zurück und verfluchte die breiige Luft, die ihn daran hinderte, sich schnell zu bewegen. Dann warf er sich erneut nach vorne. Diesmal war der Schmerz des Aufpralls geringer. Bull hörte ein Geräusch, das sich wie das Winseln eines Hundes anhörte. Im selben Augenblick verbreiterte sich der Riß, die Wand riß auseinander und begann einzustürzen. Die Bruchstücke waren zu flach, als daß Bull sie noch hätte erkennen können. Alles, was von der Bergflanke übrigblieb, war flimmernder Staub, der rasch zu Boden rieselte.

Und im Berg gähnte ein Loch, das wenigstens dreimal so breit war wie Bull selbst. Bull starrte an der dünnen Wand hinauf, die trotz ihrer Dünne mehr als zweihundert Meter in die Höhe ragte, und war mit seinem Werk zufrieden. Die Wand war nun in zwei Teile gespalten, und unter normalen Umständen wäre Reginald Bull von den herabfallenden Gesteinstrümmern erschlagen worden. Gesteinstrümmer aber, die nur Tausendstelmillimeter dick waren anstelle der ursprünglichen Meter, vermochten ihm nichts anzuhaben.

Er sah sich ein zweites Mal nach Tompetch um. Tompetch war stehengeblieben. Er brauchte kein Risiko auf sich zu nehmen. Das Schirmfeld besorgte für ihn, was Bull mit der Schulter hatte tun müssen. Im Augenblick des Aufpralls warf sich Tompetch nach vorn – und im selben Augenblick gähnte eine zweite Lücke in der Felswand.

Minuten später erreichte der Berg das Raumboot. Bull hatte keine Bedenken mehr. Die Space-Jet war millionenmal stabiler als er selbst. Der Berg brach zusammen, als er sie berührte.

Bull versuchte sich vorzustellen, was in diesen Augenblicken auf Wanderer vorging – also dort, wo die schemenhaften Bewohner dieser Welt an der Schrumpfung teilnahmen und sie deswegen nicht bemerkten. Sie sahen drei unförmige Gebilde: kilometerlange Stangen, die in Wirklichkeit zwei Menschen waren, und ein mehrere hundert Kilometer langes Gebilde, das ein Fernaufklärer vom Typ Space-Jet sein sollte. Diese Gebilde waren in fortwährendem, raschem Wachstum begriffen. Sie rannten um, was sich ihnen in den Weg stellte: Bäume, Sträucher, Häuser und zum Schluß sogar noch Berge. Chaos mußte in diesem Augenblick auf Wanderer herrschen. Jede Bewegung der drei Ungetüme rief einen Sturm von ungeheurem Ausmaß hervor. Bäume, die sie noch nicht umgestoßen hatten, wurden davon entwurzelt und trieben über das Land. Menschen, wenn es hier welche gab, wurden davongeschleudert. Das Meer begann zu kochen.

Und sie selbst, die drei Ungeheuer, merkten nichts von alledem. Denn ein normaler Baum zum Beispiel mit einer Spannweite von zehn Metern war in ihren Augen ein Gebilde von einem Hundertstelmillimeter Tiefe. Mochte er breit und hoch sein wie er wollte – für sie war er nicht mehr als ein schattenhaftes Gebilde, dessen Berührung sie nicht mehr wahrnahmen, wenn sie hindurchstießen.

Ein paar Augenblicke stand Reginald Bull reglos. Der Gedanke, welches Unheil er anrichtete, kam ihm zum erstenmal. Es erleichterte ihn nur wenig, daß die Geschöpfe auf Wanderer zumeist Schattenwesen waren, die ES nach Belieben neu erschaffen konnte.

Mike Tompetchs ruhige Stimme riß ihn aus dem Brüten. „Ihr Generator. Der Luftdruck ist auf einhundertundzwanzig Atmosphären angestiegen."

Bull versuchte, sich umzudrehen, aber das gelang ihm kaum. Tompetch bemerkte seine Schwierigkeiten und kam näher. Bull erkannte mit Schrecken, daß er ein paar Minuten später vielleicht nicht einmal mehr die Hand hätte ausstrecken können, um den Generator in Empfang zu nehmen. Die Luft war zu einem zähflüssigen Medium geworden.

Mühselig befestigte er den Generator am Gürtel seines Schutzanzugs und schaltete ihn ein. Im selben Augenblick schien eine Bergeslast, die ihm bisher unbemerkt auf den Schultern geruht hatte, herunterzufallen. Er bewegte probeweise den rechten Arm und stellte fest, daß er damit nun keine Schwierigkeiten mehr hatte.

Hinter dem Berg war inzwischen das Nordmeer zum Vorschein gekommen. Reginald Bulls Schuhspitze ragte ein Stück weit über die Küste hinaus. Jenseits des kleinen Baches, der jetzt das Meer war, ragte die Steilküste des Nordkontinents in die Höhe. Die Stadt war nur noch ein Schemen. Bull war überzeugt, daß er sie überhaupt nicht mehr würde wahrnehmen können, wenn die Schrumpfung so weit fortgeschritten war, daß er mit einem einzigen Schritt über das Nordmeer hinwegsetzen konnte.

Er hatte gerade angefangen, darüber nachzudenken, wie er das Übersetzen bewerkstelligen konnte, ohne die Stadt zu beschädigen. Da hörte er, wie jemand nach ihm rief. Erstaunt fuhr er herum und sah nach Tompetch. Tompetch jedoch stand ruhig und sah auf das schmale Meer hinaus. Außerdem, erinnerte sich Bull, war es nicht Tompetchs Stimme gewesen.

„Zum Donnerwetter . . .", brummte er mißmutig.

Im selben Augenblick hörte er es ein zweites Mal: „Melden Sie sich, Bull! Ich habe Verbindung mit Ihnen. Hier spricht John Marshall! Melden Sie sich!"

Bull fing plötzlich an zu lachen. Er wandte den Kopf, als könnte er Marshall irgendwo sehen, und antwortete: „Es war aber auch Zeit, daß ihr endlich auftaucht!“

Zu dem Monstrum, das da von Süden heranwuchs, gesellten sich im Lauf der Minuten noch zwei andere. Eines von den beiden anderen sah ebenso aus wie das Ding, das Reginald Bulls Gedanken ausstrahlte, und als es nahe genug gekommen war, erkannte Marshall, daß es Mike Tompetch war. Das dritte Ding dachte überhaupt nicht. Obwohl die ursprüngliche Form nicht mehr zu erkennen war, zweifelte Marshall nicht daran, daß es die Space-Jet war, mit der Bull und Tompetch nach Wanderer gekommen waren.

Was ihn selbst, John Marshall, so sehr erschüttert hatte, nahmen die anderen mit erstaunlicher Gelassenheit auf. Atlan räusperte sich nur und meinte: „Nun ja, mit etwas Ähnlichem haben wir rechnen müssen, nicht wahr? Dieser Planet dreht sich durch ein Gebiet der Instabilität, in dem die Koordinatenachsen seines Raumes wechselweise der Verkürzung unterliegen. Jemand, der im gleichen Gebiet lebt, merkt von diesem Vorgang natürlich nichts. Offenbar sind wir durch den Transmittertransport Teil dieses Halbraums geworden. Für uns sieht Wanderer aus wie sonst. Davon, daß er mit dem übrigen Universum nicht mehr in Verbindung steht, merken wir nichts. Für Bull und Tompetch ist das anders. Sie sind auf einem Stück Wanderer gelandet, das zum Zeitpunkt der Landung in den Normalraum herausragte. Sie bleiben Teil des Normalraums und erleben die seltsamen Vorgänge auf Wanderer in voller Größe und grotesk. Und wir wiederum erkennen an ihnen, was sich auf Wanderer abspielt.“

Er sah Perry Rhodan an. „Es wäre gut, wenn wir Bull ein paar Anweisungen übermitteln könnten. Er ist klug genug, um auf die Idee zu kommen, daß er in ein paar Minuten oder einer halben Stunde nur noch einen Schritt zu machen braucht, um zur Stadt zu gelangen – wenn er nicht überhaupt schon da ist. Es müßte, meine ich . . .“

Perry Rhodan unterbrach ihn mit einem plötzlichen Ausbruch von Aktivität mitten im Satz.

„Wie ist die Verbindung, Marshall?“ fragte er. „Können Sie seine Gedanken deutlich erkennen?“

„Recht gut. Aber er denkt etwas langsamer."

„Gut. Versuchen Sie, ihn zu erreichen."

John Marshall schaltete sein Minikom ein und versuchte, Bulls veränderte Frequenz zu finden. Er sah nicht mehr, wie die entsetzlichen Gebilde draußen weiterwuchsen – wie Reginald Bull links, Tompetch und die Space-Jet rechts an ihrem Fahrzeug vorbei sich ausdehnten und weiter nach Süden vorstießen. Er rief: „Melden Sie sich, Bull!"

Er spürte Bulls Verwunderung, und dann, nachdem er zum zweitenmal gerufen hatte, hörte er die Antwort: „Es war aber auch Zeit, daß ihr endlich auftaucht!"

Im selben Augenblick schrie jemand hinter ihm: „Sagen Sie ihm, er soll vorsichtiger sein mit seinen Bewegungen! Jedesmal, wenn er den Kopf dreht, fegt ein Orkan über das Land!"

Marshall öffnete verwundert die Augen und sah auf den Bildschirm. Das Bild der Parklandschaft hatte sich verändert. Dichte Staubwolken trieben mit unheimlicher Geschwindigkeit dahin. Äste, Zweige und ganze Bäume tauchten wirbelnd hier und dort auf und verschwanden wieder im Staub. Es war unvorstellbar, daß Reginald Bull dieses Unwetter nur mit einer einzigen Kopfbewegung zustande gebracht haben sollte.

Marshall übermittelte die Anweisung wortgetreu. Bull versprach, er wolle sich von nun an nicht mehr rühren. Dann wandte sich Marshall an Rhodan, um weitere Befehle zu erhalten.

„Es muß in der Stadt", verstand Reginald Bull, „eine Station geben, von der aus der Planet drahtlos mit Energie versorgt wird. Das ist völlig sicher. Versuchen Sie, die Station zu finden und sie in Betrieb zu setzen – oder, wenn sie schon in Betrieb ist, die Energieabgabe so zu richten, daß ihr Maximum in der Nähe unserer Landestelle liegt. Unser Triebwerk ist von einer unerklärlichen Kraft angezapft worden, wir haben keine Triebwerksenergie mehr. Wenn wir aber wiederum die Station anzapfen können, dann ist uns geholfen. Verstanden?"

„Ja", antwortete Bull. „Sie sprechen zwar ziemlich schnell, aber mir ist alles klar. Sie haben die Schwierigkeiten nicht übersehen, die ich habe? Wie soll ich eine Station finden können, wenn das ganze Gebäude nur ein Tausendstelmillimeter tief ist, und wie soll ich einen Knopf bedienen können, wenn von meinen Wurstfingern jeder fünfzig Kilometer mißt?"

„Augenblick", antwortete Marshall, „ich gebe das weiter."

Nach ein paar Sekunden meldete er sich wieder.

„Die Schrumpfung hat ihr Maximum bald überschritten", erklärte er. „Dann wird sie gegenläufig. Sie werden wieder Ihre normale Größe erreichen – oder vielmehr: Wanderer wird für Sie wieder die Ausdehnung erreichen, wie sie auf den Karten vermerkt ist. *Dann* ist es an der Zeit zu handeln. Handeln Sie schnell, und bedenken Sie, daß Ihre Zeit im Augenblick etwa dreimal langsamer abläuft als die Zeit dieser Welt. Der Faktor ist nicht konstant, er kann sich ändern – nach *beiden* Richtungen."

„In Ordnung", antwortete Bull und bemühte sich, weisungsgemäß schneller zu denken. „Sagen Sie mir noch eines: Wieviel Zeit haben wir noch?"

„In unserer Rechnung einundzwanzig Stunden", antwortete Marshall. „Es ist jetzt drei Uhr. Das Datum: Erster Mai."

Es war soweit. Das Nordmeer war nur noch eine kleine Pfütze – nicht mehr als einen halben Meter breit. Bull brauchte nur noch einen kleinen Schritt zu tun, dann stand er auf dem Nordkontinent.

Aber er zögerte, diesen Schritt zu tun. Er wußte, welchen Aufruhr es in der Atmosphäre geben würde, wenn er seinen tausend Kilometer langen Körper bewegte.

Langsam hob er den rechten Fuß. Er hatte sich den Ort gemerkt, an dem die Stadt stand. Er konnte sie nicht mehr sehen, weil ihre Gebäude zu wesenlosen Gebilden von nicht mehr wahrnehmbarer Tiefe zusammengeschmolzen waren. Aber er fühlte sich sicher, daß er sie nicht beschädigen würde. Wenigstens nicht direkt. Was der Sturm ihr antat, den er nun entfachte, konnte er nicht sagen.

Mike Tompetch bewegte sich zur selben Zeit. Ebenso langsam wie Bull hob er den Fuß, verlagerte das Körpergewicht ganz auf das linke Bein und beugte sich allmählich vornüber. Dann, als der Körperschwerpunkt etwa mitten über dem Meer lag, begann er, den rechten Fuß abzusetzen. Dann kam der gefährliche Augenblick: Er konnte sich auf dem linken Bein nicht mehr halten und mußte den Fuß rascher, als er es wollte, zur Erde setzen. Schuldbewußt warf er einen Seitenblick auf Reginald Bull, aber dem war es nicht besser ergangen. Das Unwetter, das jetzt über Wanderer hinwegtobte, mußte ungeheuer sein.

Vorsichtig zogen sie das linke Bein nach. Das bot, da sie jetzt fest auf dem rechten Fuß standen, keine Schwierigkeiten mehr. Der Sturm, der durch diese Bewegung entstand, war für Wanderer wohl nur ein säuselndes Lüftchen im Vergleich zu dem Weltuntergangsgetöse, das das schnelle Absetzen des rechten Fußes hervorgerufen hatte.

Langsam wandte sich Bull zur Seite, und während er sich drehte, wuchsen seine Schultern in die Breite und räumten ein paar Berge zur Seite. Mike Tompetch drehte sich ebenfalls.

Aus den Augenwinkeln sah Reginald Bull die Space-Jet jenseits des schmalen Meeres stehen. Sie war nur so weit entfernt, daß er ihre Wandung mit dem ausgestreckten Arm hätte erreichen können. Wenn aber die Schrumpfung zurückging, dann würde sie bald viertausend Kilometer von ihnen entfernt sein.

„Wir sind etwa fünf Kilometer westlich der Stadt", sagte er zu Tompetch. „Wir werden also ein Stück marschieren müssen. Sie wissen ja: Die Verkürzung wirkt von Nord nach Süd. Von West nach Ost bleiben die Maße unverändert. Bewegen Sie sich vorsichtig! Wir haben zwar keine Zeit zu verlieren, aber wir wollen Wanderer auch nicht zur Wüste machen. Wenn wir uns zwei Stunden Zeit nehmen, um die Stadt zu erreichen, haben wir einen vernünftigen Kompromiß geschlossen. Los jetzt!"

Sie setzten sich in Bewegung. Sie vermieden es, die Füße weit vom Boden zu heben und glitten mehr über das Gras hinweg. Der Boden stieg allmählich an. Etwa drei Kilometer vor ihnen war das Niveau der Steilküste erreicht, auf der die Stadt lag.

Ein einziges Mal sah Bull nach Norden. Da sah er, daß seine linke Schulter an einer Stelle eingedrückt zu sein schien. Der Anblick war verwunderlich. Es sah aus, als fehle ihm die Stelle, an der das Oberarmgelenk saß. Er spürte jedoch keine Schmerzen, und da er nach wie vor im Besitz seines linken Armes war, war es sicherlich Unsinn anzunehmen, daß das Bild reell war.

Er dachte darüber nach und fand die Erklärung ziemlich rasch: Er stieß mit der linken Schulter gegen den Schutzschirm, der die Bodenplatte des Planeten umhüllte. Der Schirm war die Grenze zwischen Halb- und Normalraum. Alle Effekte der Verzerrung endeten dort im Norden, wo der Schirm aus dem Boden wuchs.

Perry Rhodan hatte niemals zuvor ein groteskeres Bild gesehen. Die beiden Stangen, die in Wirklichkeit Reginald Bull und Mike Tompetch waren, gerieten auf absonderliche Weise in Bewegung. Die rechte Flanke spaltete sich ab. Ein Riß erschien, und was rechts des Risses war, glitt langsam in die Höhe. Trotzdem aber geriet die Atmosphäre in Aufruhr. Innerhalb weniger Augenblicke entwickelte sich ein Sturm, der noch gewaltiger und vernichtender war als der, den Rhodan und seine Gefährten eine Stunde zuvor erlebt hatten. Der abgespaltene Teil der Stangen glitt dann in nördlicher Richtung und gab dem Sturm eine neue Richtung. Im Staub wurde unsichtbar, was die beiden Riesengebilde dann noch unternahmen. Aber als sie zur Ruhe kamen und der Sturm sich zu legen begann, war ihr südliches Ende an der wartenden Space-Jet vorbei weiter nach Norden gerückt.

Perry Rhodan hatte angeordnet, daß der Vorgang gefilmt wurde. Ultrarot-Zusatzgeräte sorgten dafür, daß auch die Bewegungen festgehalten wurden, die der Sturm- und Staubwirbel vor den Augen der Zuschauer verborgen hatte.

Gleich darauf begann der Sturm von neuem. Die Stangen drehten sich. Einen Augenblick kamen sie außer Sicht, dann erschienen an ihrer Stelle völlig neue Gebilde. Sie waren schmaler als die Stangen und schienen zunächst aus einem in ein Meter achtzig Höhe frei in der Luft schwebenden Stück Materie zu bestehen. Bis man erkannte, daß dieses freischwebende Stück lediglich der am weitesten nach Süden vorstoßende Übergang einer Art Wand war, die sich, je mehr sie sich dem Boden näherte, desto tiefer nach Norden zu einbuchtete.

In Wirklichkeit war es eine Seitenansicht von Reginald Bull und Mike Tompetch. Das überhängende Stück war die Schulter des Raumanzugs. Die Köpfe der beiden befanden sich außer Sicht.

Das bedeutete: Bull und Tompetch hatten sich westwärts gewandt. Augenblicke später setzten sie sich westwärts in Bewegung, und der Sturm, in der Zwischenzeit wieder abgeflaut, erhob sich zum drittenmal. Es war äußerst verwirrend zu sehen, wie sich die scheinbar in der Luft hängenden Schulterstücke ruckweise nach Westen bewegten – mit einer Geschwindigkeit, die im Vergleich zur Größe der beiden Gestalten lächerlich wirkte.

Perry Rhodan sah auf die Uhr.

Sie hatten noch neunzehn Stunden Zeit.

Während des Marsches auf die Stadt zu überschritt die Schrumpfung ihren Höhepunkt und wurde rückläufig. Reginald Bull nahm mit Verwunderung wahr, daß die rückläufige Bewegung schneller vonstatten ging, als es vor der Klimax der Fall gewesen war. Er erklärte sich das Phänomen damit, daß es mit einer Rotation im Normalraum nur den Namen gemeinsam hatte. Wenn an der Drehung auch die Zeitachse beteiligt war, dann mochte trotzdem außenstehenden Beobachtern die eine Hälfte eines Vorgangs wesentlich kürzer erscheinen als die andere.

Wie dem auch immer war: Als anderthalb Stunden seit ihrem Überwechseln auf den Nordkontinent vergangen waren, begann die Stadt vor ihren Augen sichtbar zu werden. Die bisher zu unvorstellbarer Dünne zusammengeschrumpften Konturen der Gebäude dehnten sich aus, lenkten das Licht wieder ab und erzeugten so eine Wirkung in den Augen der beiden Wanderer. Nach einer weiteren halben Stunde, als sie am Rand der Stadt standen, war das Nordmeer schon wieder so breit geworden, daß sie ihre Space-Jet nicht mehr sehen konnten, und wenige Augenblicke später entschwand auch die Südküste des Nordmeers aus ihrem Gesichtskreis.

Immerhin waren sie auch jetzt noch zu breitschultrig, um sich in die Stadt hineinwagen zu können. Die Straßen faßten sie nicht. Sie mußten warten.

Um dieselbe Zeit erreichte Nathan nach langer Wanderung die Stadt. Er sah sich um und fand sie beeindruckend und bedrückend zugleich. Die Sehnsucht nach seinem Freund und den anderen Fremden, das Gefühl der endlosen Verlassenheit hatte sich fast bis zur Panik gesteigert. Nathan war davon überzeugt, daß es in seiner Geist-Existenz einen Kurzschluß verursachen würde, wenn nicht bald Hilfe kam.

Er ließ sich auf dem größten Platz der Stadt nieder und wartete. Die Stadt war still und leer. Es gab nichts, womit er sich hätte unterhalten können.

Reginald Bull wußte nicht, welche Tageszeit es war, als die Schrumpfung endlich erlaubte, die Stadt zu betreten. Er wußte nur, daß sie es jetzt eilig hatten. Sie mußten schnellstens die Station finden.

Bull versuchte, Marshall noch einmal zu erreichen. Er rief in kurzen Abständen seinen Namen und hoffte darauf, daß mit dem Rufen genügend gedankliche Konzentration verbunden war, um Marshall aufmerksam zu machen. Er wollte erfahren, in welchem Teil der Stadt er nach einer Kraftstation suchen sollte. Aber er hatte keinen Erfolg mehr. Marshall befand sich nun im Halbraum, er selbst und Tompetch waren im Normalraum zurückgeblieben. Das unterband jede Verbindung, es sei denn, die räumliche Entfernung war gering genug, so daß die Schranke durchbrochen werden konnte – wie es zuvor der Fall gewesen war.

Schließlich wies Tompetch jedoch auf ein Gebäude hin, das turmhoch in den rötlichen Himmel ragte und auf seinem kuppelförmigen Dach mit eigenartigen Gebilden bestückt war, die nach Tompetchs Meinung Richtstrahlantennen darstellten. Bull gab ihm recht. Sie lenkten ihre Schritte in die Richtung, in der das Gebäude stand.

Der Eingang des Turmes lag nach Westen. Bulls Schultern waren immer noch zu breit, als daß er ihn hätte in normaler Haltung benutzen können. Er drehte sich zur Seite und schob sich mit der rechten Schulter voran hindurch.

Die Vielfalt der Aggregate, Gleitbänder und Antigravschächte, die er gleich im untersten Stockwerk des Turmes zu sehen bekam, verwirrte ihn eine Weile. Er brauchte eine Viertelstunde, um an den Formen der Geräte und der Art ihrer Anschlüsse zu erkennen, welchem Zweck sie dienten.

Er unterschied die Reihe der mächtigen Generatoren von den Umwandlern; die Zuleitungen des Regelsystems von den mächtigen Hohlleitern, die die erzeugte Leistung senkrecht zur Spitze des Turmes hinaufführten, und er fand schließlich eine Art Schaltpult, das in der Lage zu sein schien, die Tätigkeit des mächtigen Maschinenkomplexes zu regeln.

Auf der geneigten Platte des Pultes gab es außer einer verwirrenden Fülle von Schaltern, Knöpfen und unbeleuchteten Kontrollampen einen einzigen, unübersehbaren Hebel. Er war nur mit zwei Zeichen beschriftet, die Bull nicht lesen konnte. Aber aus oft gemachter Erfahrung wußte er, daß zwei Zeichen, die an einem Hebel stehen – das eine oben, das andere unten –, gewöhnlich EIN und AUS bedeuten. Er kippte den Hebel also nach vorn und sah mit Befriedigung, wie eine Reihe von Lampen zu leuchten begann. Gleichzeitig erschien auf einem Bildschirm, der in den horizontal liegenden Teil der Platte eingebettet war, ein Gebilde, das wie eine plastische Landkarte aussah. Bull erkannte in wenigen Augenblicken, daß es tatsächlich eine war. Er begann an anderen Knöpfen zu drehen und entdeckte schließlich einen, der mit dem Bildschirm gekoppelt war. Wenn er ihn bewegte, glitt die Landkarte über den Schirm, und es bedurfte nur weniger Übung, bis Reginald Bull den Landeplatz von Rhodans Space-Jet exakt in den Mittelpunkt des Schirms gebracht hatte.

„Wir können anfangen!“ sagte er trocken zu Mike Tompetch.Dann klappte er seinen Raumhelm nach hinten, um nicht mehr gestört zu sein. Der Luftdruck war kaum mehr höher als normal.

ES ließ sein Gelächter von neuem hören.

„Du hast es noch einmal geschafft, mein Freund!“ verstand Rhodan. „Es war interessant für mich zu sehen, wie du es anstellen würdest. Ich gestehe dir zu, daß das Glück auf deiner Seite steht.“

Perry Rhodan verstand sofort. Wenn ES behauptete, er hätte es geschafft, dann konnte das nur bedeuten, daß es Reginald Bull gelungen war, eine Kraftstation zu finden und sie in Betrieb zu setzen.

Die Chance war klein, dachte er, aber wir haben es geschafft.

Er kam in Bewegung, während ES von neuem zu lachen anfing und zu verstehen gab, wie wunderbar es sich amüsierte. Er nahm seinen Platz am Pilotenpult wieder ein, legte den Hauptschalter um und sah, daß alle Lampen brannten – auch die der Energieversorgung des Triebwerkes.

Rhodan zögerte nicht. Er gab dem Triebwerk den Startbefehl und sah voller Befriedigung, wie die Space-Jet in die Höhe glitt. Die Landschaft auf den Bildschirmen sank nach unten. Von den drei Monstergestalten, Bull, Tompetch und ihrer Space-Jet, war schon lange nichts mehr zu sehen.

ES lachte immer noch, als die Space-Jet längst Fahrt aufgenommen hatte und mit einer Geschwindigkeit von Mach 6 nach Norden glitt. Die Schutzschirme begannen wirksam zu werden. Die Moleküle der Luft wurden zum Glühen angeregt. Eine Aureole rotfarbenen Lichtes umgab das Fahrzeug.

„Und du wirst deine große Überraschung noch erleben . . .“, ließ ES sich vernehmen. Da riß die Verbindung ab.

Rhodan schenkte der Andeutung keine besondere Aufmerksamkeit. Für ihn war wichtig, die Stadt an der Küste des Nordkontinents zu erreichen, nichts weiter.

Es war vierzehn Uhr fünfundvierzig. Es blieben nur noch zehn Stunden, um die Unsterblichkeit zu retten.

Der Himmel war abermals heller geworden, als Reginald Bull und Mike Tompetch den Turm verließen, um sich zu dem Platz zu begeben, an dessen Rand die große Halle lag.

„Merkwürdig ist das", sagte er nachdenklich zu Tompetch. „Erinnern Sie sich, daß wir das gleiche schon einmal erlebt haben? Damals, als wir unsere Bruchlandung machten?"

Tompetch nickte. Ja, er erinnerte sich. Zuvor war es so finster geworden, daß sie kaum die Hand hatten vor Augen sehen können. Nach der Notlandung hatten sie plötzlich ein weites Blickfeld gehabt, und jetzt war es so hell wie an einem trüben Wintertag auf der Erde.

Sie schritten durch die stillen Straßen der gigantischen Stadt. Sie war tot und ausgestorben – bis auf die Gestalt, die sich plötzlich aus dem Schatten eines Hauses löste, als sie gerade in die Straße einbogen, die zum Platz führte.

Reginald Bull erkannte ihn wieder – den Mann mit dem breitrandigen, schmutzigen Stetson, mit der zerrissenen Weste, dem schräg hängenden Patronengurt, den fettigen Hosen und den baumelnden Chapareijos. Der Mann trat ihnen in den Weg, beide Daumen im Gürtel verhakt.

„Hallo, ihr beiden Figuren!" rief er. „Wohin so eilig? Kennt ihr diese Stadt? Hab' sie schon ein paarmal gesehen. Ist immer noch genauso komisch wie beim erstenmal. Wußte nicht, daß zwischen Dodge und Wichita ein so merkwürdiges Nest liegt. 'ne Ahnung, wie weit es von hier bis nach Wichita ist? Will nämlich hin."

Bull verzog das Gesicht und antwortete: „Achtunddreißig Meilen, Fremder. Hast du keinen Gaul?"

Die Gestalt schüttelte ärgerlich den Kopf. „Nein. Von den Roten abgeschossen. Suche einen neuen, aber wer soll in diesem erbärmlichen Nest einen Gaul finden? Achtunddreißig Meilen – heiliger Rauch! Kostet mich mindestens zwei Tage. Aber Wichita", dazu machte er große Augen, „ist den Weg wert. Schon was von Wichita-Red gehört?"

„Natürlich“, antwortete Bull wahrheitsgemäß, denn Wichita-Reds Heldentaten waren in den Wildwestgeschichten seiner Jugendzeit verewigt. „Er räumt die Stadt aus, wie?“

„Genau, Figur. Das tut er. Und ich helf’ ihm dabei.“

Damit verschwand er, als sei er nie dagewesen. Reginald Bull warf einen Seitenblick auf Tompetchs vor Erstaunen starres Gesicht. Dann ging er weiter. Tompetch folgte ihm.

Ein paar Minuten später erreichten sie den großen Platz. Das Tor, das in die große Halle hineinführte, stand weit offen. Kein Energievorhang war zu sehen.

Der Platz war leer. In seiner Mitte hockte Bull sich auf den Boden. Er drehte sich zur Seite, um das Tor nicht sehen zu müssen. Die Versuchung war groß. Er wußte nicht, welche Zeit es war. Er wußte nicht, wann die Frist ablief. Er wußte nur, daß er das Physiotron nur betreten wollte, wenn auch Rhodans Zelldusche gesichert war.

Mike Tompetch hatte geringere Sorgen. Er schritt den Platz ab und betrachtete die Gebäude sorgfältig. Er war zum erstenmal auf Wanderer, und diese Welt war voller Rätsel. Er blieb an seinem Platz, bis er das pfeifende Rauschen hörte, mit dem sich die Space-Jet der Stadt näherte, nachdem sie von Süden her das Meer überquert hatte. Er stand auf und hob zum Gruß die Hand, als sich das Fahrzeug auf den Platz herabsenkte.

Um sechzehn Uhr am 1. Mai 2042 betrat Perry Rhodan das Physiotron. Homunk, der Robot, war aus den Tiefen der Halle aufgetaucht, als er durch das Tor schritt, und hatte ihn zu dem Gerät geleitet. Homunk vermochte keine Auskunft darüber zu geben, ob der eigenartige Zustand, in dem Wanderer sich befand, die Wirksamkeit der Zelldusche beeinflußte. Wenn Homunk das nicht wußte, dann war anzunehmen, daß auch ES vor einem Rätsel stand.

Um siebzehn Uhr vierundzwanzig war Perry Rhodans Behandlung vollendet. Homunk machte sich eine Weile an den Geräten zu schaffen, die das Physiotron mit Leistung versorgten. Dann war Reginald Bull an der Reihe. Reginald Bull hatte sich in der Zwischenzeit seine eigenen Gedanken darüber gemacht, welchen Einfluß Wanderers Aufenthalt im Halbraum auf die Wirksamkeit der Zelldusche haben könnte. Er war zu keinem Ergebnis gekommen. Wenigstens konnte man das, was er schließlich für wahrscheinlich hielt, kein Ergebnis nennen: daß in einer Lage wie dieser die Zelldusche keine Garantie für die Hemmung des Zellverfalls bot. Bei Rhodan war die Situation anders: Durch seinen Transmittersprung gehörte er selbst dem Raum an, in dem sich Wanderer jetzt befand. Für ihn hatte Wanderer keine Veränderung erlitten. Der Himmel war blau, und die künstliche Sonne schien wie vor Jahren. Er selbst aber, Reginald Bull, war im Normalraum geblieben. Für ihn war Wanderer eine monströse, unheimliche Welt. Sie befand sich in einem anderen Raum. Bedeutete das, daß die Zelldusche wirkungslos an ihm vorbeigehen würde?

Er fühlte sich befriedigt, als er feststellte, daß die Reaktion seines Körpers auf die Behandlung die gleiche war wie vor zweiundsechzig Jahren. Er spürte den grellen Schmerz der Entmaterialisierung und hatte, als er das Physiotron wieder verließ, den Eindruck, es seien seit Beginn der Behandlung erst wenige Sekunden vergangen. Die Uhr zeigte jedoch neunzehn Uhr dreißig, als er das Gerät verließ.

Perry Rhodan kam ihm entgegen und drückte ihm stumm die Hand. In seinen Augen leuchtete die Freude. „Wir haben es geschafft, Bully – für noch einmal zweiundsechzig Jahre."

Bull zog die Brauen in die Höhe.

„Haben wir?" fragte er mißtrauisch. „Bist du völlig sicher, daß es so wirkt, wie es wirken soll?"

Rhodan sah sich nach dem Roboter um. Aber Homunk war inzwischen im Hintergrund der Halle verschwunden.

„Nein, ich bin nicht völlig sicher", antwortete Rhodan der Wahrheit gemäß. „Aber wir können Vorsorge treffen."

Bull sah überrascht auf. „Vorsorge?"

„Ja. Die Frist ist in viereinhalb Stunden abgelaufen. Nach allem, was Homunk uns erklärt hat, muß der Zellverfall sich sofort nach Mitternacht bemerkbar machen. Wir bleiben hier. Wir schlagen unser Lager neben dem Physiotron auf. Sobald wir die ersten Anzeichen des Zerfalls spüren . . ."

„Aha." Bull nickte. „Verstehe." Plötzlich wurde er fröhlich und hieb Rhodan kräftig auf die Schulter. „Das ist eine großartige Idee, alter Junge."

Nathan hatte es vorgezogen, durch die Stadt zu wandern, als er ein paar Stunden auf dem Platz gestanden hatte, ohne daß sich etwas ereignete. Er glitt durch die Straßen und bestaunte die gewaltigen Gebäude. Er spürte, daß seines Freundes großes Raumschiff ihm ein vertrautes Gebilde sein würde, wenn er jemals dorthin zurückkehrte. So fremdartig und unheimlich es ihm vorgekommen war, diese Stadt war noch viel unheimlicher.

In seiner Verwirrung bemerkte Nathan nicht, wie das Raumboot auf dem großen Platz landete. Er streifte weiter durch die Stadt und kehrte erst zum Platz zurück, als die große künstliche Sonne schon im Erlöschen begriffen war.

Perry Rhodan und Reginald Bull standen vor der Space-Jet und starrten in den Himmel hinauf.

„Ich sehe nur Rot", behauptete Bull. „Keine Sonne und nichts sonst."

Rhodan lachte leise.

„Na schön", meinte er, „die Sonne kann ich auch nicht sehen, sie ist schon hinter den Häusern. Aber der Himmel ist blau, wie gewöhnlich."

Er streckte die Hand aus und berührte Bull an der Schulter. Er hatte Bull schon ein paarmal berührt, aber er wollte sicher sein, daß seine Finger wirklich den Plastikstoff des Raumanzugs fühlten und nichts anderes.

„Seltsam", sagte er nachdenklich. „Wir befinden uns in zwei verschiedenen Räumen. Du bist im Einstein-Universum zurückgeblieben, ich befinde mich im selben Halbraum, in dem auch Wanderer schwebt. *Du* siehst den Himmel rot und halbdunkel, *ich* sehe ihn hell und blau. Und dennoch können wir uns miteinander unterhalten, uns sehen und greifen."

Reginald Bull schwieg.

„Es sieht so aus", fuhr Rhodan nach einer Weile fort, „als sei organisches Leben in der Lage, gewisse Schranken der Natur zu überwinden. Ein Geheimnis, hinter das wir . . ."

Er schwieg, als er die schattenhafte Gestalt aus einer der Straßen auf den Platz gleiten sah. Er richtete sich auf und sah mit erstaunten Augen, wie der durchsichtige Nebel sich zu einer menschlichen Figur formte und auf ihn zuschwebte.

„Nathan!“ rief Rhodan. „Weiß der Himmel – Nathan ist wieder hier!“

Im selben Augenblick brüllte das Gelächter von ES über den Platz. Es kam so plötzlich, daß Rhodan erschrak und zusammenzuckte.

„Paß auf!“ dröhnte die mächtige Stimme. „*Jetzt* geschieht es!“

Rhodan sah, wie Nathans Geist-Existenz durch die offenstehende Schleuse in der Space-Jet verschwand. Reginald Bull tat einen überraschten Schritt nach vorne und fragte verwundert: „Was meint ES? Was soll . . .“

Er kam nicht dazu, seinen Satz zu Ende zu sprechen. Der Weltuntergang begann plötzlich und unerwartet.

Bull fühlte sich zur Seite geschleudert, als hätte ihn der Fußtritt eines Riesen getroffen. Ein paar Sekunden lang spürte er den gleichen grellen Schmerz der Entmaterialisierung, wie er ihn im Pysiotron gefühlt hatte. Er wußte nicht, was um ihn herum vorging. Es war finster, und er konnte seine Augen nicht gebrauchen. Er hatte Todesangst. Er wartete darauf, daß irgend etwas geschehen und ihn in Stücke reißen würde.

Aber statt dessen ebbte der Schmerz plötzlich ab. Es wurde hell um ihn herum. Er lag auf dem Boden des großes Platzes und starrte in einen Himmel hinauf, der so blau war wie der Himmel von Arizona im Sommer. Und mitten im Himmel stand Wanderers künstliche Sonne.

„Ich wußte es ein paar Sekunden, bevor es geschah“, sagte Atlan lächelnd. „Ich hatte jedoch keine Zeit mehr, dir Bescheid zu geben, Administrator.“

Perry Rhodan nickte. Er fühlte sich mitgenommen von dem fürchterlichen Schmerz, der ihn ein paar Sekunden lang in den Klauen gehabt hatte – dieselbe Art von Schmerz wie damals, als die Space-Jet in das Transportfeld des Transmitters eindrang.

Atlan spürte die unausgesprochene Aufforderung.

„Ich sagte zu allem Anfang schon, daß der Halbraum, in dem sich dieser Planet befindet, ein äußerst instabiles Gebilde ist. Es genügt eine kleinere Erschütterung, um ihn zu verändern, die Instabilität auszugleichen und Wanderer zu einem stabilen Bestandteil entweder des vier- oder des fünfdimensionalen Kontinuums zu machen. Nun, das ist geschehen. Wanderer ist in den Normalraum zurückgekehrt. Wir haben seit ein paar Minuten wieder Funkverbindung mit der DRUSUS. Sie steht nicht weiter als zehn Lichtminuten von Wanderer entfernt und wird in kurzer Zeit hier landen. Sikermann hat bereits den entsprechenden Befehl erhalten. Die Rückkehr in den Normalraum hat uns anderthalb Tage gekostet, also längst nicht soviel wie der Herflug. Wir haben jetzt den dritten Mai, neun Uhr morgens."

Er sah sich um und erwiderte die Ungeduld auf den Gesichtern mit spöttischem Lächeln. „Wir verstehen die Dinge leichter, wenn wir bedenken, daß der Unterschied zwischen zwei verschieden dimensionierten Räumen lediglich ein Unterschied des Energiegehalts ist. Ein kleines Experiment könnten wir selbst durchführen: Wir schaffen einen kleinen, abgeschlossenen Raum, eine vierdimensionale Kontinuumsblase, und pumpen sie voll Energie. Wenn wir das lange genug getan haben, verschwindet die Blase. Sie ist zum Hyperraum geworden. Der Vorgang ist nicht ganz eindeutig. Schaffen wir von Anfang an eine Hyperraumblase und pumpen diese voll Energie, dann wissen wir nicht, in welcher Richtung sie sich entwickelt. Sie kann sich ebensogut in ein sechsdimensionales Kontinuum verwandeln, wie sie zum Status des Normalraums zurückkehren kann. Die Entscheidung, ob so oder so, wird statisch gefällt. Vorhersagen können für einen einzelnen Fall nicht gemacht werden. Die Energie, die Wanderers Halbraum brauchte, um umzuschlagen, war in Anbetracht seiner Instabilität recht gering. Er bezog sie aus den Triebwerken der beiden Space-Jets. Das Triebwerk von Bulls Beiboot wurde leergesaugt, während es über den Äquatorialozean nach Norden flog. Unser Triebwerk verlor seine Energie, während wir durch das Transportfeld des Fiktivtransmitters in diesen Raum herüberwechselten. Noch etwas: Bull konnte die Anzeichen dafür erkennen, daß dieser Halbraum an Energiegehalt zunahm, er wußte sie nur nicht zu deuten. Er sah den Himmel plötzlich heller werden, als unsere Space-Jet Wanderer erreichte, ein deutliches Zeichen, daß der Halbraum energetisch in Bewegung gekommen war. Weiter: Die aus den Triebwerken gesaugte Energie reichte nicht aus, um den Umschlag zu vollziehen. Es fehlte noch ein geringer Betrag. Ein Teil dieses Betrags wurde von der Kraftstation zur Verfügung gestellt, mit deren Hilfe Bull unsere Space-Jet wieder flugfähig machte. Die insgesamt von der Station abgestrahlte Energie hätte ausgereicht, um Wanderer in tausend Fetzen zu zerreißen. Aber der Halbraum saugte den größten Teil davon auf. Der Rest reichte gerade noch aus, um unser Triebwerk wieder in Gang zu setzen. Zum Schluß:

Der Energiebedarf zum Umschlag war also fast aufgefüllt. Es fehlte noch ein bißchen, ein paar Wattsekunden, die den Topf zum Überlaufen brachten. Und wer lieferte sie? Nathan! Als er in seinen Körper zurückkehrte, müde vom vielen Umherziehen, ließ er auf dieser Welt die Stabilisierungsenergie zurück, die er brauchte, um seine Geist-Existenz aufrechtzuerhalten. Das waren die paar Wattsekunden, die Wanderer brauchte. Das instabile Gebilde wurde zum stabilen, vom Halbraum kehrte er in das Einstein-Universum zurück. Das ist die ganze Geschichte, wenigstens qualitativ. Wir werden sie nachrechnen können, wenn wir die Theorie des Halbraums gut genug kennen."

Er wandte sich zur Seite und lächelte Ali el Jagat zu. Jagat antwortete mit einem kurzen Augenzwinkern.

Perry Rhodan stand auf. Er tat einen Schritt und stolperte über Nathans seekuhförmigen Körper. Nathan machte keinen Hehl aus seiner Freude, seine Freunde wiedergefunden zu haben. Er wälzte sich auf dem Boden und stieß helle Laute des Entzückens aus, die allerdings niemand hören konnte, weil sie im Schwingungsbereich des Ultraschalls lagen.

Rhodan sah auf den Bildschirm. Zwanzig Meter vor der Space-Jet gähnte die hohe Öffnung des Tores, das in die große Halle hineinführte.

„Eine seltsame Welt ist das", murmelte er.

9.

Zwischenbericht Atlan

Ich lehnte mit dem Rücken gegen die fugenlose Mauer und sah zur DRUSUS hinüber, die vor kurzer Zeit gelandet war.

Ein tiefes Donnern riß mich aus meinen Grübeleien. Irgendwo im riesenhaften Rumpf des Schiffes hatte sich eine Waffenkuppel geöffnet.

Ich sah den gleißenden Energiestrahl gen Himmel rasen. Weit über mir traf die Glut gegen den Energieschirm des Kunstplaneten. Ehe die Druckwelle bei mir ankam, lag ich bereits deckungsuchend auf dem Boden und tastete nach meinem Mikro-Bildsprechgerät.

Ich drückte den Schalter nach unten und wartete auf das Grünzeichen. Als es aufleuchtete, erschien Rhodans Gesicht auf dem nur briefmarkengroßen Bildschirm, ein Zeichen dafür, daß er vor den Aufnahmen saß.

„He, Barbar, was ist los?" sprach ich in das Mikrophon.

Ich bemerkte, daß er flüchtig die Lippen verzog. Etwas schrill klang seine Antwort aus dem winzigen Lautsprecher: „Überhaupt nichts, Arkonide. Es war die einzige Möglichkeit, dich darauf aufmerksam zu machen, daß es hier auch noch andere Leute gibt."

Ich war für einen Augenblick verblüfft. Also hatte dieser grauäugige Terraner ganz einfach ein schweres Energiegeschütz der DRUSUS losdonnern lassen, nur um mich darauf aufmerksam zu machen, daß ich mein MBG-Gerät abgeschaltet hatte.

„Das ist eine grobe Methode, um gute Freunde zu rufen", sagte ich vorwurfsvoll.

Sein Lachen ließ den Mikrolautsprecher vibrieren.

„Ansichtssache", entgegnete er gelassen. „Darf man fragen, wo du dich momentan aufhältst? Ich rufe seit fünfzehn Minuten."

„Nahe der DRUSUS, hinter dem Hauptsteuerraum des Kraftwerkturms."

„Ich schicke dir einen Gleiter aus der DRUSUS. Wenn du damit augenblicklich zur Physiotronhalle kommen könntest, wäre ich Eurer Erhabenheit sehr verbunden."

„Zur Dusche? Warum?" fragte ich atemlos.

„Ich schicke den Gleiter", lenkte er ab. „Bis gleich. Ende."

Der Bildschirm meines Armbandgeräts wurde dunkel. Rhodan war verschwunden.

Nervosität begann mich zu quälen. Ich dachte an den Halbraum mit seinen verblüffenden Effekten und an Perry Rhodan, der während einer instabilen Achsenverschiebung in den Zellduschkonverter gegangen war. Wir hatten keine Zeit mehr gehabt, länger zu warten. Fraglos wäre Rhodan jetzt schon ein hinfälliger Greis gewesen, wenn wir die Zellaufladung nicht riskiert hätten.

Gespannt wartete ich auf die Landung des scheibenförmigen Antigravgleiters, dessen Pilot mir sicherlich nähere Auskünfte erteilen konnte. In der mächtigen Stahlhülle des Schiffes rührte sich aber nichts. Bei der geringen Distanz hätte ich den hellen Lichtfleck nahe der Schleusen sehen müssen.

Ich richtete mich langsam auf und wartete noch einige Sekunden voller Ungeduld, bis ich plötzlich aus den Augenwinkeln eine irrlichternde Leuchterscheinung gewahrte. Knapp zehn Meter von mir entfernt war dicht über dem Boden ein kleiner Körper entstanden.

„Hallo, Angeber!" begrüßte ich den Kleinen. „Bist du etwa der von Perry Rhodan versprochene ‚Gleiter'?"

Die lange Mauseschnauze öffnete sich. Ich blickte fasziniert auf Guckys einzigen Nagezahn, den er bei jeder Gelegenheit zu zeigen pflegte.

Das schrille Gelächter des Nichtirdischen peinigte mein Gehör. Als es plötzlich verstummte, wurde ich aufmerksam. Seitdem ich Gucky auf der Venus ein Stück faulendes Holz an den Kopf geworfen hatte, wußte ich, daß er normalerweise länger und ausgiebiger zu lachen pflegte. Die Wesen seiner Art besaßen einen nahezu unersättlichen Hang zum Spiel. Das Lachen und Herumalbern gehörten dazu.

„*Ich* bin der Gleiter", behauptete der Mausbiber mit großartig wirkender Handbewegung. „Gib mir deine Hand, Spion."

Ich runzelte die Brauen und blickte auf den behäbig näher watschelnden Kleinen hinunter. Für ihn war ich immer noch ein Arkonidenspion.

Als er dicht unter mir stand, bückte ich mich und nahm ihn wortlos auf den Arm. Er war leicht, fast zu leicht für seine Größe. Wahrscheinlich besaßen die Intelligenzen des Planeten Tramp einen sehr feinen Knochenbau. Um so kräftiger war ihr Gehirn entwickelt.

Guckys große Augen blickten auf mein Gesicht. Wir musterten uns einige Sekunden lang. Dabei fühlte ich, daß der Kleine vor innerer Unruhe bebte. Er versuchte nicht erst, mittels seiner telepathischen Gaben in meinen Bewußtseinsinhalt vorzudringen. Ich war seit vielen Jahren daran gewohnt, die Impulse meines Hirns unter Kontrolle zu halten.

„Was ist los?" fragte ich. „Du erscheinst mir etwas eigenartig. Seit wann begnügst du dich damit, mich lediglich Spion zu nennen? Meistens kommen doch noch einige bösartige Kommentare hinzu. Also . . .?"

Ich sah, daß sich seine zierlichen Hände verkrampften. Plötzlich umfaßten sie meinen Arm.

„Weißt du, wie die Zelldusche funktioniert? Ich meine – kannst du die Effekte berechnen oder die Maschine umbauen?"

Guckys Stimme klang schriller als sonst. Er hatte sehr hastig und überraschend ernsthaft gesprochen.

„Die technische Konzeption ist einigermaßen klar“, entgegnete ich vorsichtig. „Das Wissen über die Funktion eines Auflösungsfelds bedeutet aber noch lange nicht, daß man auch die nachfolgenden biochemischen Prozesse begreift. Ich ...“

„Halte mich fest, wir springen zusammen“, unterbrach er mich. „Du mußt zur Duschhalle. Oh, ich kann mich kaum konzentrieren.“

Ich bemerkte, daß er sich außerordentlich bemühen mußte. Ich fragte nochmals nach dem Grund seiner Unruhe.

„Bully, es ist Bully“, sagte der Kleine bebend. „Mit ihm geht etwas vor. Nein, nicht so intensiv denken. Du strahlst Störimpulse aus. Es ist für einen Teleporter sehr schwierig, dich zu versetzen.“

Mir war, als bräche plötzlich das Ende dieser verrückten Welt an. Rhodan ließ ein schweres Schiffsgeschütz ins Blaue feuern, und der fraglos fähigste „Mann“ des Mutantenkorps zitterte vor Furcht um Reginald Bull.

Ich bezwang meine Nervosität und bemühte mich, meine Hirnstrahlungen abzuschirmen. Augenblicke später fühlte ich ein kurzes, schmerzhaftes Ziehen. Gucky war mit mir „gesprungen“, wie er den komplizierten Vorgang über den Aufbau eines individuellen Manipulationsfelds auf fünfdimensionaler Ebene nannte.

Als ich wieder stofflich wurde, erkannte ich die Umrisse des säulenförmigen Physiotrons.

Ein hochgewachsener, hagerer Mann kam langsam auf mich zu. Rhodans Augen strahlten eine erschreckende Kühle aus. So hatte ich ihn gesehen, als wir auf einer Wüstenwelt um unser Leben kämpften.

Er blieb dicht vor mir stehen. Dann trafen sich unsere Blicke.

„Wie gut kannst du rechnen, Admiral?“ fragte er. „Meine Kunst ist am Ende.“

Er trat einen Schritt zur Seite und gab damit den Blick auf den Zellaktivierungskonverter frei.

Dicht vor dem farbig markierten Ring der Sicherheitszone stand ein junger Offizier mit rostroten Borstenhaaren und weichen, faltenlosen Wangen. Ich mußte genauer hinsehen, bis ich davon überzeugt war, Reginald Bull vor mir zu haben.

Es würgte in meiner Kehle. Schwankend schritt ich auf die Gefahrenzone zu. Der Mann mit den wasserblauen Augen rührte sich nicht.

Ich suchte nach den scharfen Falten, die sich während der letzten Jahre auf Bulls Stirn eingegraben hatten. Die ersten waren nach der Mondlandung entstanden, die er im Jahr 1971 zusammen mit dem Expeditionschef Perry Rhodan ausgeführt hatte. Bull würde am 14. Mai 2042 sein hundertviertes Lebensjahr vollenden. Zur Zeit schrieben wir den 5. Mai des gleichen Jahres. Es fehlten also nur noch wenige Tage bis zu seinem Geburtstag.

Vor 62 Jahren hatte er gleichzeitig mit Rhodan die erste Dusche auf Wanderer erhalten. Vor fünf Tagen war er zum zweiten Male in das Physiotron gestiegen, um die unerläßliche Zellaktivierung über sich ergehen zu lassen.

Ich riskierte noch einen Schritt, ehe ich stehenblieb. Dieser junge Mann mit den faltenlosen, nur wenig ausgeprägten Zügen – war das Reginald Bull, Rhodans Stellvertreter?

„Reginald, sind Sie es wirklich?" fragte ich stockend.

Er bewegte kaum die vollen, weichen Lippen. Sein untersetzter, breitschultriger Körper zeigte nahe der Hüften weniger Speck, als ich es gewohnt war.

„So habe ich ungefähr ausgesehen, als ich Mitte der sechziger Jahre von einem gewissen General Pounder auf die neue Raumakademie geschickt wurde", entgegnete er tonlos. „Damals war ich siebenundzwanzig Jahre alt."

Ich fühlte Entsetzen in mir aufsteigen. Gleichzeitig meldete sich mein vor vielen tausend Jahren auf Arkon aktiviertes Extragehirn. Der Logiksender machte es kurz: *„Vorsicht, Panne bei der zweiten Dusche. Regenerierung, Rückwärtsentwicklung. Er wird jünger."*

Die Erkenntnis war wie ein Schlag ins Gesicht. Ich rang um meine Selbstbeherrschung. Mein Lächeln mußte etwas kläglich wirken. Bully, wie wir ihn allgemein nannten, reagierte nicht darauf. Ich ahnte, daß dieser tatkräftige Mann innerlich mit dem Leben abgeschlossen hatte.

Ich sah mich aufmerksam um. Außer Rhodan waren nur die leitenden Wissenschaftler und Offiziere der DRUSUS erschienen. Dr. Arnulf Sköldson, Chefmediziner des Schiffes, stand dicht neben Dr. Ali el Jagat, dem Leiter der mathematischen Abteilung.

Jagats schmales Gesicht blieb unbewegt, als er mir einen Diagrammstreifen aus Kunststoff überreichte.

Er begann übergangslos mit seiner Erklärung. Ich ahnte, daß wir keine Zeit zu verlieren hatten. Es wäre sinnlos gewesen, des langen und breiten über Bulls Schicksal diskutieren zu wollen. Es entsprach auch Jagats Art, die Tatsachen beim Namen zu nennen.

„Die erste Auswertung, Admiral. Bully befindet sich zur Zeit in einem Stadium, das dem seines zweiunddreißigsten Lebensjahrs entspricht. Die Spitzzacken zeigen den Beginn des rückläufigen Prozesses an. Die Flachkurven beinhalten die abgelaufene Standardzeit nach der zweiten Aktivierung. Das Diagramm sagte aus, daß der Vorgang bei kontinuierlicher Weiterentwicklung nach dreimal vierundzwanzig Stunden ein akutes Stadium erreicht. Bieten wir der Sache keinen Einhalt, wird er in etwa drei Wochen ein plärrendes Baby sein."

Die Vorstellung, Bull als strampelndes Kleinkind zu erleben, wäre andernorts und bei weniger tragischer Situation äußerst spaßig gewesen. Hier jedoch gab es niemanden, der auch nur eine Miene verzogen hätte.

Das Diagramm war das Ergebnis eines kleinen Rechenexempels. Man benötigte keine höhere Mathematik, um ungefähr zu ermitteln, wann die Sache kritisch wurde.

Ich blickte den Mediziner forschend an. Sköldson bewegte nur hilflos die Hände. Sein strohblondes Haar hing unordentlich in die gerunzelte Stirn hinab.

„Sie haben keine Lösung, Doktor?" fragte ich.

„Keine. Wir wissen nur, daß Bullys derzeitiger Zustand darauf zurückzuführen ist, daß er während der Zellbehandlung Bestandteil des Einstein-Universums war, während sich Wanderer – und damit das Physiotron – im Halbraum befanden. Hinzu kommt noch, daß es – wie wir erst vor wenigen Stunden rechnerisch ermitteln konnten – während Bulls Behandlung in der Zelldusche zu einer geringfügigen Phasenverschiebung kam. Beides zusammen ist für Reginalds Zustand verantwortlich. Was in diesem Gerät geschehen ist, entzieht sich meinem Begriffsvermögen. Die rein physikalischen Vorgänge verstehe ich ohnehin nicht. Was die biochemischen Veränderungen betrifft, sehen Sie mich ebenfalls ratlos. Für mich ist es unvorstellbar, einen ausgewachsenen Menschen jünger werden zu sehen. Das geht gegen alle Naturgesetze."

„Wie alles auf diesem künstlichen Planeten", warf Bull tonlos ein. „Reden wir nicht mehr lange. Ehe ich zum Säugling werde, sterbe ich lieber."

Sein pausbäckiges Gesicht war verkniffen. Ohne jede Hoffnung sah er uns der Reihe nach an. Schließlich richtete sich seine Aufmerksamkeit auf eine hochgewachsene, schlanke Gestalt im Hintergrund der Eingangshalle. Ich spähte hinüber.

Wir hatten den biopositronischen Roboter „Homunk“ genannt. Er war das Erzeugnis einer einzigartigen Wissenschaft.

Homunks biosynthetische Gesichtsfolie zeigte ein verbindliches Lächeln. Unter dem lebenden Kunstgewebe seiner äußeren Körperverkleidung bewegte sich ein Mechanismus, der nichts seinesgleichen in der bekannten Galaxis hatte.

Das vollpositronische Mikrogehirn war derart leistungsfähig, wie ich es bei unseren besten Maschinen noch nicht erlebt hatte. In diesem komplizierten Rechengerät waren solche Schaltelemente in einem Raum von knapp einem Kubikzentimeter montiert, zu deren funktionstüchtiger Unterbringung wir wenigstens einen Kubikmeter benötigt hätten. Das mechanische Gehirn arbeitete mit einer Impulsgebung von etwa achtzig Millionen Reflexsteuerungen pro Sekunde. Wie groß die Speicherkapazität war, wußten wir nicht. Auf alle Fälle war Homunk das, was man als perfekt bezeichnen konnte.

Er war von seinem Erbauer äußerlich einem Humanoiden nachgebildet worden. Sein Sprechmechanismus war eine biologische Schablonenarbeit mit einem positronischen Vibrationsgeber, der die elektromagnetischen Lenkimpulse mit Hilfe der halborganischen Stimmbänder in verständliche und einwandfrei modulierte Worte umwandelte. Homunk war ein Wunderwerk, aber nun schien es kläglich zu versagen.

Rhodan winkte den Robot herbei. Er näherte sich mit ausholenden, elastischen Schritten. Sein stereotypes Lächeln reizte mich zu einer unfreundlichen Bemerkung. „Mir scheint, dein großer Meister ist ebenfalls am Ende seiner Kunst angelangt. Wo ist jenes Geschöpf, dessen brüllendes Gelächter sonst alle Augenblicke zu hören war?“

Homunk blieb stehen. Seine nachgebildeten Augen richteten sich auf mich. „ES hat seit der Rückkehr aus dem Zwischenraum nichts mehr von sich hören lassen. Ich bin beunruhigt.“

Ein kosmonautischer Offizier der DRUSUS lachte humorlos auf. Dann wurde es wieder still in der großen Halle.

Ich dagegen wußte in diesem Augenblick, daß die zweite Katastrophe eingetreten war. ES war verschwunden. Das Lebewesen, in dem sich der Geist von Millionen entstofflichter Intelligenzen vereinigt hatte, um eine ungeheure, konzentrierte psychische Kraft zu bilden, schien das Chaos der Rückkehr aus dem Halbraum nicht gut überstanden zu haben. Praktisch waren wir augenblicklich die Beherrscher des Kunstplaneten Wanderer.

Perry Rhodan sah mich nur an. Er schien seine entscheidenden Fragen bereits vor meiner Ankunft gestellt zu haben. Jetzt überließ er mir die Initiative.

Ich begann innerlich zu verzweifeln. Männer meiner Art transpirieren nicht. Dafür fühlte ich meine Augen feucht werden. Mein Logiksektor schwieg beharrlich. Anscheinend sah auch das Extrahirn keinen gangbaren Weg.

Als ich beharrlich schwieg, warf Rhodan endlich ein: „Homunk hat vorgeschlagen, daß wir versuchen sollen, Wanderer noch einmal in das Druuf-Universum zu versetzen, dort eine halbraumähnliche Zone zu schaffen und Bully nochmals in das Physiotron schicken. Der Roboter ist überzeugt davon, daß Bullys derzeitige Verfassung nur rückgängig gemacht werden kann, wenn er unter den gleichen Bedingungen das Physiotron betritt wie vor kurzer Zeit, als er Bestandteil des Normaluniversums war.

Wir wissen inzwischen, daß das Druuf-Universum dem Halbraum ähnlicher ist als unser Universum. Nur dort können wir also hoffen, die richtigen Bedingungen zu schaffen. Von einer neuerlichen Behandlung im Normaluniversum rät Homunk dringend ab, denn sie könnte unseren Freund das Leben kosten."

„Unmöglich", wehrte ich schroff ab. „Wie willst du die riesige Masse des Himmelskörpers durch das Spiegelfeld bringen?"

„Wir könnten mit den mächtigen Maschinen dieser Welt eine entsprechend große Linsenöffnung erzeugen."

Ich winkte ab und dachte nach. Wir wußten, daß die instabile Existenz des Planeten im Halbraum eine Frage des Energiegehalts war. Fraglos war die Zwischenebene mit der Druufzone wesentlich näher verwandt als mit unserem vierdimensionalen Einstein-Universum.

Ich erfuhr erst später, daß ich länger als eine Stunde wie erstarrt vor dem perfekten Roboter gestanden hatte. Die Männer der DRUSUS schwiegen auch noch, als ich infolge einer schmerzhaft harten Impulsgebung meines Logiksektors aus den Grübeleien erwachte.

Ich hatte eine vorläufige Lösung gefunden, aber ob sie auch in der Praxis bestand, war eine andere Frage.

„Du hast ein Ergebnis?“ stellte Rhodan fest. „Was können wir tun?“

Ich beachtete ihn nicht, sondern betrachtete das relativ kleine Physiotron. Es war ein säulenförmiges Gerät mit einer dicken kreisrunden Plattform. Weiter hinten erkannte ich einige Hochleistungsreaktoren, wie sie auf Wanderer überall zu finden waren. Die Energieversorgung der Zelldusche geschah drahtlos.

„Bist du in der Lage, das Physiotron folgerichtig zu bedienen?“ erkundigte ich mich bei Homunk. Er bestätigte.

„Welche Kraftstationen sind zum einwandfreien Betrieb erforderlich? Welche Spezialschaltungen müssen mitgenommen werden?“

„Mitgenommen?“ wiederholte Rhodan gedehnt. „Arkonide, ich glaube, du bist auf den gleichen Gedanken gekommen wie ich. Mach nur so weiter, ich höre.“

Homunk erklärte die technische Funktion. Sie war relativ einfach zu verstehen, bis er zu den Impulsumformern kam, die im Sockel des Gerätes eingebaut waren. Von da an begann mein Begriffsvermögen zu streiken. So konnte ich mir beispielsweise nicht exakt vorstellen, wie der von dem Robot erwähnte Stabilisierungseffekt entstand.

Auch ein lebender Organismus besteht aus Atomen, aus denen sich Moleküle zusammensetzen. Das Prinzip des Physiotrons beruhte auf einem katalysatorischen Kreislauf, durch den die Atomballungen für etwa zweiundsechzig Jahre unverändert stabil gehalten wurden.

Also war es prinzipiell klar, was mit der Maschine erreicht wurde. Man hatte den Prozeß der Zellalterung nicht am Zellkern direkt angegriffen, sondern am Ursprünglichsten überhaupt: dem Atom.

Nachdem Homunk meine zahlreichen Fragen beantwortet hatte, sah ich etwas klarer. Ich blickte auf die Uhr. Anschließend trat ich näher zu Reginald Bull.

„Bully, bisher habe ich eine nur vage Idee. Wir werden die Zelldusche mitsamt der Kraftstation mittels Antigravstrahlen aus dem Fundament reißen. Dabei ist es wichtig, die mechanischen Einrichtungen nicht zu beschädigen. Das funktionsfähige Gesamtaggregat wird auf einer großen Lastenplattform montiert, die wir mit einem verstärkten Vibrationstriebwerk ausrüsten. Die DRUSUS baut ein fünfhundert Meter durchmessendes Linsenfeld auf, durch das wir den Normalraum verlassen. Wir dringen in die Druufebene ein, wo wir versuchen werden, sowohl den instabilen Halbraumzustand als auch jene Phasenverschiebung, die während des

Aufenthalts in der Zelldusche auftrat, durch eine energetische Ballung innerhalb eines zu errichtenden Schutzschirms nachzuahmen. Wir wissen, daß der Halbraum eine instabile Zustandsform der fünften Dimension ist, etwa vergleichbar mit dem unbrauchbaren Isotop eines Elements. Eine Annäherung dürfte möglich sein, jedoch benötige ich zur Berechnung dieser Effekte sämtliche Elektronengehirne der DRUSUS. Sind Sie damit einverstanden?"

Bully rührte sich nicht, als er fragte: „Die Sache dauert schätzungsweise vier bis fünf Tage. Woher nehmen Sie im Druufraum die Energie für die Kontinuumsauffüllung?"

Er hatte vollkommen begriffen, worauf es ankam. Rhodan hatte auch schon eine Lösung gefunden.

„Mit einer zweiten Antigravplattform werden wir einen Großreaktor des Planeten mitnehmen. Homunk, kannst du das besorgen?" fragte er.

Der Roboter rechnete schnell. Nach einer halben Sekunde kam die Antwort: „In zwölf Stunden und vierzehn Minuten steht ein Kompritormlader transportfertig bereit."

„Himmel, was ist ein Kompritormlader?" fragte Sikermann ärgerlich.

Der Robot lächelte nur. Zu einer anderen Mimik schien er nicht fähig zu sein. „Ein Spezialkonventer zur Überdosierung eines in sich gekrümmten und geschlossenen Außenringfelds, von dem vierdimensionale Einflüsse reflektiert werden."

Damit wußten wir es sehr genau.

„Wir können es in fünf Tagen schaffen", sagte Rhodan nach einer kurzen Kopfrechnung. „Major Forster, Sie kümmern sich um die Triebwerksverstärkung der Antigravplattform. Sikermann und Sie, Aurin, berechnen die Zugstrahlstärke für die Saugprojektoren. Homunk wird Ihnen sagen, wie die Geräte am besten aus den Fundamenten zu lösen sind. Atlan, wir sehen zu, daß wir einwandfreie Schaltungswerte erhalten. Fangen wir an."

Der schlanke Mann drehte sich einfach um. Für Perry war die Sache einstweilen erledigt.

„Und ich?" rief Bull ihm nach.

Rhodan schaute sich zu ihm um. „Ich habe bereits mit Dr. Sköldson gesprochen. Du bleibst bis zur Fertigstellung der Ausrüstung in der medizinischen Abteilung. Ein biochemischer Tiefschlaf setzt die normalen Körperfunktionen um fast achtzig Prozent herab. Es mag sein, daß der

Verjüngungsprozeß darauf reagiert. Sköldson wird das machen. Nun, worauf warten wir noch?“

Ja, worauf warteten wir eigentlich noch? Es gab nicht mehr viel zu bereden. Gucky heftete sich an meine Fersen.

„Soll ich dich zur DRUSUS bringen?“ fragte der Kleine kläglich. Seine großen Augen schienen in einem Meer von Tränen zu schwimmen. Fast war mir, als kämpfte er mit aufsteigender Übelkeit.

Ich bückte mich und nahm ihn auf die Arme. So schritten wir ohne zu sprechen auf die großen, gewölbten Tore der Physiotronhalle zu.

Hinter uns entwickelte sich ein hektisches Treiben. Sikermanns laute Stimme war unüberhörbar. Homunk, der perfekte Roboter, stand reglos und aufreizend liebenswürdig lächelnd zwischen den hastenden Besatzungsmitgliedern des irdischen Schiffes.

10.

Die physikalischen Gesetzmäßigkeiten des Druuf-Universums waren uns jetzt besser bekannt als Monate zuvor.

Nunmehr wußten wir, daß das Eindringen in den übergeordneten Raum nur eine Frage des Energieaufwands war. Es war eine Parallelebene zu der unseren, nur mit dem Unterschied, daß beide Universen verschiedene Eigenzeiten besaßen.

Während der letzten Expedition waren fremdartige Lebewesen aktiv geworden, die wir „Druuf“ genannt hatten. Noch aber wußten wir nicht, mit wem wir es in Wirklichkeit zu tun hatten. Die Beherrscher der zweiten Ebene waren unsichtbar geblieben. Ihre Roboter und Hilfsvölker hatten keine Auskünfte erteilen können.

Ich war davon überzeugt, daß die Ereignisse vor zehntausend Jahren in einem unmittelbaren Zusammenhang mit den jetzigen Geschehnissen standen. Die differierenden Eigenzeiten ließen solche Rückschlüsse zu.

Augenblicklich war aber für uns nur das neu errechnete Bezugspunkt-Gesetz wichtig. Daraus ließ sich ableiten, daß man bei einem Sprung durch das aufzubauende Koordinierungsfeld mit 99,99prozentiger Wahrscheinlichkeit auf einem Planeten der Druufebene herauskommen mußte. Der materiell stabile Masseninhalt der fremden Zone begann für uns eine entscheidende Rolle zu spielen.

Die große Antigravplattform mit dem sogenannten Kompritormlader war bereits hinter der kreisrunden Leuchterscheinung verschwunden. Wir hatten drei Kraftstationen der riesigen DRUSUS auf die Linsenfeldgeneratoren geschaltet. Die dabei aufgewendeten Energien hätten ausgereicht, um das gesamte Solsystem auf zehn Jahre hinaus mit Arbeitsstrom zu versorgen.

Dicht über dem Boden des Kunstplaneten Wanderer war jenes fünfhundert Meter durchmessende Gebilde entstanden, das wir so einfach „Linsenfeld" nannten. Der Ausdruck „Randzonale Überlappungsaufladung und Feldformgleichschaltung" wäre schon genauer gewesen, obwohl auch er das Wesentliche nicht genau getroffen hätte.

Ich stand dicht an der niedrigen Brüstung unserer größten Transportplatte, die aus einem vierzig Meter durchmessenden Leichtstahlblech mit zentrisch eingebauter Antigravanlage bestand. Die beiden neu montierten Vibrations-Stahltriebwerke waren schubleistungsmäßig zu schwach, um eine angemessene Fahrtstufe zu erlauben. Es spielte aber auch keine Rolle, ob wir das Koordinierungsfeld nun im Fußgängertempo oder mit Schallgeschwindigkeit durchflogen.

Auf der Plattform sah es aus, als hätten Riesenkinder dort gespielt. Überall lagen und standen Maschinen umher, deren massive Stein- und Plastiksockel man mit roher Gewalt aus dem Fundament gerissen hatte.

Es war schon ein kleines Problem gewesen, die völlig überladene Schwebefläche zu stabilisieren. Masse blieb Masse, auch wenn sie infolge des eingeschalteten Antigravgeräts schwerelos war. Ich hatte im letzten Augenblick noch eine Kreisanlage herbeischaffen lassen, um wenigstens die Gewißheit zu haben, daß das seltsame Gefährt nicht einfach umschlug.

Im Mittelpunkt der Scheibe hatten wir das Physiotron abgesetzt. Dicht nebenan waren die beiden zur Energieversorgung notwendigen Hochleistungsreaktoren aufgestellt worden.

Die umfangreichen und auch komplizierten Sender zur drahtlosen Starkstromübertragung hatten wir nicht auch noch mitnehmen können. Die Zellduschhalle sah ohnehin aus, als wären darin Bomben explodiert. Rodes Aurin, der Waffenoffizier der DRUSUS, war mit starken

Traktorstrahlern ans Werk gegangen, nachdem ihm Homunk aufgezeichnet hatte, wo die entfesselten Kräfte anzusetzen waren.

Wenn ich an die provisorisch installierte Leiter für die erforderliche Spannung von drei Millionen Volt dachte, begannen meine Hände zu zittern. Irgendwie mußte die Arbeitsenergie in die Feldprojektoren der Zelldusche gelangen. Da wir die drahtlose Übertragung nun einmal nicht verwenden konnten, hatten wir auf Röhrenfeld-Isolatoren der DRUSUS zurückgreifen müssen.

Ich hatte in meiner Eigenschaft als Hochenergie-Ingenieur die Aufgabe erhalten, die in aller Eile zusammengeschusterte Versorgungsanlage betriebsklar zu montieren.

Homunk hatte davon gesprochen, das Physiotron allein benötige bei Vollast etwa sechshundert Megawatt, ein unvorstellbar hoher Verbrauch für ein so relativ kleines Gerät.

Ob die hohe Spannung in den unverständlichen Geräten des Sockels transformiert wurde, wußte ich nicht. Homunk hatte mit Begriffen um sich geworfen, daß meine Berechnungen über die erforderlichen Absicherungen illusiorisch wurden.

So war es nicht verwunderlich, daß es auf der Antigravplattform wüst aussah. Reginald Bull hatte sich nur umgeblickt und anschließend mit den Schultern gezuckt. Ich hatte nicht mehr als ein kümmerliches Lächeln auf meine Lippen zwingen können. Ganz bestimmt hätte ich aber nicht in seiner Haut stecken mögen. Unter solchen Umständen in eine Maschine zu steigen, in der schließlich all diese Kräfte freigemacht wurden, war mehr als ein tollkühnes Wagnis.

Rhodan hatte die Kreiselstabilisatoren anlaufen lassen. Nach zwei Minuten erreichten die aus bestem Arkonstahl hergestellten Schwungmassen zweihunderttausend Umdrehungen. Ich wartete fieberhaft auf das Auseinanderfliegen, aber es geschah nichts.

„Hm“, räusperte sich Crest, der schweigsam neben mir stand. Ich schaute ihn kurz an. Der alte Mann sah abgespannt aus. Wir hatten fünf Tage benötigt, um die erforderlichen Daten zu errechnen.

Rhodan wand sich vorsichtig zwischen den überall aufgestellten Maschinen hindurch. Als er vor uns stand, wischte er sich mit dem Handrücken über die schweißbedeckte Stirn.

„Bully ist trotz des Tiefschlafs erneut jünger geworden“, sagte er leise. „Nicht so schnell wie vorher, aber immerhin jünger. Es wird Zeit.“ Seine

Zähne gruben sich in die Unterlippe ein. „Atlan, bist du sicher, daß der Laden hält?“

Er deutete auf die chaotische Geräteansammlung.

„Wenn ich an die Stromleiter denke . . .“, antwortete ich, um dann mitten im Satz abzubrechen.

Langsam ging er hinüber zu Captain Rodes Aurin, der mit einem kleinen Spezialkommando eventuelle Angriffe auffangen sollte. Vier Beiboote der DRUSUS standen überdies eingreifbereit. Ich hatte Wert darauf gelegt, die Masse der Sechzig-Meter-Schiffe so lange wie möglich aus der Druufebene zurückzuhalten. Auch die energetische Strahlung der Triebwerke und Waffenmeiler war unerwünscht. Es hatte sich erwiesen, daß die ohnehin labile Eigenzeit durch Fremdeinflüsse schnell verändert werden konnte. Es genügte schon, wenn wir die Reaktoren mitschleppen mußten.

Rhodan winkte mir zu. Ich nickte einfach. Es wäre sinnlos gewesen, jetzt noch weitere Bedenken anzumelden.

Ich lauschte auf das Rauschen der beiden Vibrationstriebwerke. Alles, was sich auf der Schwebeplattform befand, war schwerelos. Dennoch mußten die schwachen Aggregate auf voller Schubleistung gehalten werden, damit wir überhaupt vorankamen.

Für meine Begriffe dauerte es Ewigkeiten, bis wir die lächerliche Geschwindigkeit von 40 Kilometern pro Stunde erreichten. Der damit stärker werdende Luftwiderstand verhinderte zudem eine weitere Erhöhung der Fahrt.

Nervenzermürbend langsam krochen wir auf die flimmernde Feldlinse zu. Ehe wir sie erreichten, sah ich mich nochmals aufmerksam um. Die Mutanten des Spezialkorps waren fast alle mitgekommen. Gucky befand sich bereits „drüben“. Er war dem Robot Homunk als Wächter zugeteilt worden. Wir waren uns mittlerweile darüber klargeworden, daß diese perfekte Maschine weniger an Bullys Leben dachte als an das Fiktivwesen, seinen Herrn. Vielleicht glaubte Homunk, „drüben“ eine Möglichkeit zu finden, ES zu entdecken.

Die flimmernde Öffnung im Raum zwischen den Universen war schon nicht mehr in voller Größe übersehbar. Als wir nur noch zehn Meter entfernt waren, gab Rhodan den Befehl durch, die Druckhelme der Raumanzüge zu schließen.

Unter Umständen kamen wir auf einer luftleeren Welt heraus oder gar auf einer mit giftiger Atmosphäre. Wenn Überlappungseffekte entstanden und sauerstoffatmende Lebewesen einfach verschwanden, konnte man sicher sein, auf der anderen Seite ein atembares Gemisch vorzufinden.

Anders war es, wenn man auf gut Glück ins Reich der Druuf vordrang. Das Massengesetz war zwar gültig, aber es wirkte sich auch auf unbewohnbare Himmelskörper aus.

Der Übergang geschah völlig lautlos. Der vordere Rand der Plattform verschwand einfach, als sei er niemals dagewesen.

Als sich die Energieaufladung meinem Körper näherte, tastete ich unwillkürlich nach meiner Waffe. Dabei bemerkte ich, daß Rhodan ebenfalls an den Kolben des Thermostrahlers griff. Ich lächelte unbewußt. Wie ähnlich waren wir uns doch.

Der Durchgang erfolgte schmerzfrei. Das vorübergehende Flimmern vor meinen Augen hörte auf. Als ich wieder klar sehen konnte, war die vordere Hälfte der Ladefläche wieder sichtbar. Was hinter uns kam, konnten wir noch nicht erkennen. Es befand sich noch in unserem normalen Universum. Ich gestand mir selbst ein, daß dies die eigenartigste Transition war, die ich jemals erlebt hatte.

Eine fremde Welt lag vor uns. Mir war, als hätte uns eine unbekannte Macht übergangslos auf einem wüsten Eiland abgesetzt. Es war ein Chlorplanet, dessen giftige Gase von einem heftigen Sturm aufgewirbelt wurden und die sperrigen Aufbauten des Antigravladers angriffen.

Die Plattform begann beängstigend zu schwanken. Knapp dreißig Meter vor uns wurde der Gleiter sichtbar, mit dem Homunk und einige Raumfahrer das Linsenfeld durchdrungen hatten.

Ich sah, daß Rhodan zu den Schaltungen der Kreiselanlage sprang. Die Tourenzahl ließ sich noch um bestenfalls fünfzigtausend erhöhen, doch damit war die maximale Zerreißfestigkeit des verwendeten Materials erreicht.

Die offen liegenden Schwungmassen schufen seltsam anmutende Wirbel im grünlich schimmernden Dunst. Als ich auf meine Hände blickte, waren sie verfärbt und angeschwollen. Die kleine Sonne dieses Planeten war ein grüner Glutball von nur geringer Leuchtkraft.

„Wunderbare Voraussetzungen für eine Gesundungskur“, hörte ich jemand über Helmfunk sagen. Es war Reginald Bull gewesen, der mit gespreizten Beinen um seine Balance kämpfte.

Plötzlich schrie jedermann durcheinander. Mit derart turbulenten Luftbewegungen hatte niemand gerechnet.

Ich kämpfte mich zum Chefingenieur des Schiffes durch. Gunter Forster war bemüht, die Triebwerke auf noch höhere Leistung zu bringen.

Ich sah seine geweiteten Augen hinter dem breiten Panzerglas des Raumhelms, als ich nach dem Stufenschalter der beiden Axialturbinen griff. Forster hatte es nicht riskiert, die vorhandene Luft als zusätzliches Strahl- und Stützmedium zu verwenden. Wahrscheinlich hatte er an die ätzende Wirkung der Chlorgase und nebenbei auch an den Rückflug gedacht.

Mir war es in diesen Augenblicken völlig gleichgültig, ob das für eine Chlorerhitzung nicht vorgesehene Material es aushielt oder nicht. Ehe Forster noch etwas sagen konnte, begannen bereits die Ansaugturbinen zu heulen. Ich schaltete den separaten Kleinstreaktor der beiden Triebwerke in voller Leistung auf die Lichtbogenerhitzer und zog den Regelschalter der Komprimierungskammern nach unten.

Sekunden später fauchten hocherhitzte und mit zirka viertausend Meter pro Sekunde expandierende Chlorglaspartikel aus den Zusatzdüsen der Vibratoraggregate.

Einige Männer gingen fluchtartig in Deckung, doch der sofort entstehende Schub mit seinem damit verbundenen Vortrieb stabilisierte die schwankende Antigravplattform sehr schnell aus.

Rhodan winkte zu mir herüber. Auf Grund der lauten Störgeräusche im Helmlautsprecher und des Geheuls der beiden Strahltriebwerke waren seine Worte nicht zu verstehen. Eine grüne Hölle schien gefräßig ihren Schlund zu öffnen.

Es dauerte nur wenige Augenblicke, bis unsere vorher zu geringe Fahrt besorgniserregend hoch wurde. Homunks Plattform wurde klarer erkennbar. Als wir nur noch knapp fünfzig Meter entfernt waren, schaltete ich die Zusatztriebwerke ab.

Dennoch reichte unser Geschwindigkeitsüberschuß aus, um uns über die bereits gelandete Transportfläche hinwegzutreiben.

Rhodan machte kurzen Prozeß. Die plötzlich wiederkehrende Schwerkraft zwang mich zu einer Kniebeuge. Er ließ den Schweber so rasch fallen, daß ich uns bereits zerschmettert am Boden einer fremden, lebensfeindlichen Welt liegen sah. Erst dicht über dem Grund fing er den

Sturz auf, doch war die Landung alles andere als vorbildlich. Ich hörte das Kreischen brechenden und zerreißenden Materials. Die stabilen Hydraulik-Landebeine waren teilweise abgeknickt oder zerbrochen.

Nachdem wir endlich standen, liefen die Kreisel aus. Nur das Heulen des Sturmes peinigte noch meinen Gehörsinn. Unser Lastenfahrzeug lag etwas schief, aber die darauf installierten Maschinen schienen nicht beschädigt worden zu sein.

„Tut mir leid, wir mußten wegen der erforderlichen Energieversorgung dicht neben Homunk auf den Boden kommen", hörte ich Rhodans Stimme schwach und von Störgeräuschen überlagert aus dem Lautsprecher klingen. „Ist jemand verletzt worden?"

Ein Mann der Besatzung schien sich ein Bein gebrochen zu haben. Er lag direkt neben mir, und ich konnte sein schmerzverzogenes Gesicht sehen. Er war jedoch der erste, der laut und klar antwortete: „Sergeant Tomenski spricht. Alles in Ordnung, keiner ist angekratzt."

Er winkte mir beschwörend zu. Da lächelte ich ihn an und half ihm, das verletzte Bein bequemer zu lagern.

Das einzige Wesen, das trotz der Chloratmosphäre keinen Raumanzug trug, war der Robot Homunk. Ich räusperte mich unangenehm berührt, als ich sein stereotyp lächelndes Biogesicht sah. In dieser Umgebung, die jeden von uns in die Hülle eines Schutzanzugs zwang, wirkte die menschenähnliche Maschine plötzlich wie ein Monstrum.

Rhodan sprang von unserer Plattform herab. Die Schwerkraft betrug knapp 0,95 Gravos, wonach wir uns gut bewegen konnten. Ich starrte wie benommen auf seine deutlich erkennbaren Fußabdrücke. Sie hatten sich tief in die moosartigen Pflanzen eingegraben. Erst wunderte ich mich darüber, daß in dieser Giftküche überhaupt Leben entstanden war, doch dann erkannte ich erschreckt den wahren Grund für meine so jählings erwachte Aufmerksamkeit.

Wieso konnten sich Rhodans Stiefelsohlen so tief eingegraben haben? Außerdem: Wieso zogen die vom Sturm bewegten Dunstschwaden so rasch an uns vorbei? Bisher hatten wir doch erfahren, daß auf den Welten der Druufebene alle Vorgänge ums 72 000fache langsamer abliefen. Danach hätte die Luft praktisch stillstehen und die Vegetation stahlhart sein müssen.

Die Erkenntnis überfiel mich schockartig. Rhodan schien auch etwas bemerkt zu haben. Er stand wie erstarrt da.

Ein gewisser Galgenhumor ließ mich sagen: „Da staunt der Fachmann, Barbar, oder? Dieser Planet unterliegt einer Eigenzeit, die fast identisch ist mit der unseren. Alle Vorgänge laufen in annähernd richtiger Geschwindigkeit ab. Wie stimmt das mit deinen Theorien überein?"

Seine Antwort bestand aus einem nicht druckreifen Ausdruck, wie er von Menschen in kritischen Situationen oftmals gebraucht wurde.

Jemand lachte schrill auf. Es war Bully. Als ich mich nach ihm umdrehte, öffnete er bereits die transparente Schutzschleuse des Physiotrons.

Crest, der alte Mann aus meinem Volk, tippte mich bestürzt mit dem Finger an. Ich winkte aufgeregt ab, da mir völlig klar war, was er sagen wollte.

Die Situation war plötzlich noch viel kritischer geworden. Wenn jetzt ein Angriff erfolgte, konnten wir uns nicht in den Schutz einer schnelleren Eigenzeit begeben. Wenn der unbekannte Feind nur halb so flink war wie wir, wurde es gefährlich.

Rhodan verlor kein weiteres Wort. Mittlerweile hatte man ohnehin bemerkt, welches Phänomen wir angetroffen hatten. Crest hatte sich bereits zum mitgeführten Elektronenrechner zurückgezogen. Ich verließ mich auf den Wissenschaftler, der wohl zu den letzten großen Männern meines Volkes gehörte.

Ich unterband die aufkommenden Erinnerungen. Die Blütezeit der Arkoniden war vorbei. Ich war ein rätselhaftes Überbleibsel aus der alten Zeit.

Captain Rodes Aurin verschwendete keine einzige Sekunde. Seine lauten Befehle klangen in allen Helmlautsprechern auf. Dreißig schwerbewaffnete Männer seines Spezialkommandos sprangen von der Plattform nach unten, um schemenhaft im grünen Dunst zu verschwinden.

Drei andere Männer rannten zum deutlich erkennbaren Linsenfeld zurück. Leuchtend hell, nur an den Rändern durch Lichtbrechungseffekte verzerrt, hing es in der ätzenden Chlorluft. Die drei Raumfahrer hatten den Befehl erhalten, im Falle einer Gefahr sofort mit leichten Einmann-Fluggeräten durch das Zonenfeld zu springen, um die startklaren Kaulquappenkommandanten zu alarmieren.

Wir selbst waren gezwungen, wegen der störenden Einflüsse der Linse wenigstens dreihundert Meter entfernt zu operieren.

Die nächsten dreißig Minuten wurden für die unerläßlichen Vorbereitungen benötigt. Ich kümmerte mich um die Energieversorgung des Physiotrons, und Rhodan schaute dem perfekten Roboter zu. Beide Plattformen lagen so dicht nebeneinander, daß sie sich mit den Rändern berührten.

Ich sah beunruhigt zu den beiden kanonenartigen Energieprojektoren hinüber, mit deren Hilfe unser Transportgleiter in ein Kontinuum-Abschirmungsfeld eingehüllt werden sollte. Die Werte standen fest, nur galt es aufzupassen, daß der nachzuahmende Halbraumzustand von der annähernden Totalität nicht zur hundertprozentigen Wirklichkeit wurde.

Bully stand bereits in dem Zellduschkäfig. Er gab sich ruhig und gefaßt, doch wer ihn genauer kannte, bemerkte die in ihm herrschende Nervosität.

Nach etwa vierzig Minuten hatte ich meine Schaltungsprüfungen beendet. An die miserablen Stromleiter durfte ich auch jetzt noch nicht denken. Unter Umständen kam es innerhalb der Chloratmosphäre zu chemischen Prozessen, die meine energetischen Leiter-Isolatoren unwirksam machten. Ich sicherte auf Biegen oder Brechen mit zusätzlich fünfhundert Ampere ab. Wenn die Automaten bei Spitzenstoß-Belastungen durchschlugen, war Bully rettungslos verloren. Während seiner völligen Entmaterialisierung konnte kein noch so kurzfristiger Stromausfall riskiert werden.

„Fertig", gab ich möglichst gelassen über Helmfunk durch. „Wie weit seid ihr mit eurem Kompritormlader?"

„In der Hoffnung, daß er funktioniert – ebenfalls fertig", antwortete Perry Rhodan. „Bully, können wir anfangen?"

„Man sollte dem Schöpfer nicht ins Handwerk pfuschen", entgegnete Reginald Bull leise und ungewohnt ernst. „Ich bin auf alles gefaßt. Vielen Dank für eure Bemühungen."

Homunk gab mir ein Zeichen. Die beiden Reaktoren zeigten Grünwert, dann fuhr ich sie voll aus. Der Anlaufstoß war hart. Wie gebannt sah ich zu den blauweißen Energiebahnen hinüber, die sich innerhalb der abschirmenden und einengenden Isolationskraftfelder gebildet hatten. Es war ebenfalls eine drahtlose Stromübertragung, nur nicht in einer so vollendeten Form, wie sie von dem verschwundenen Kollektivlebewesen beherrscht wurde.

Meine I-Schirme hielten, obwohl die beiden Thermalkonverter mit einer Anfangsspannung von drei Millionen Volt liefen. Was im Sockel des

Physiotrons geschah, lag weit jenseits meiner Vorstellungskraft. Ich hatte an den Eingangspolen lediglich einige Drähtchen bemerkt, so daß ich es bei allem Wohlwollen nicht riskiert hätte, sie mit mehr als tausend Volt bei höchstens achtzig Ampere zu belasten.

Was sie nun aufnahmen und offenbar anstandslos weiterleiteten, waren beim Verhältnis zur Größe der Apparatur wahre Urkräfte.

Bully, den wir soeben noch klar gesehen hatten, wurde plötzlich zum wesenlosen Gebilde. Eine Millisekunde später gewahrten wir nur noch eine rötlich leuchtende, pulsierende Energiespirale, die im Zentrum der von Physiotron aufgebauten Kraftfeldlinien hing.

Ich sprang als letzter von der Plattform hinab. Einige weitere Sprünge brachten mich an Rhodans Seite. Als ich ankam, schaltete der Robot.

Ein heftiges Dröhnen ließ mich zusammenfahren. Als ich zur Zelldusche hinüberblickte, war sie kaum noch erkennbar. Ein blasses Glockenfeld hatte den Antigravgleiter völlig eingehüllt.

Wir brauchten fünf Minuten, um die richtige Justierung zu finden. Als wir den Maximalwert für die 4-D-Abschirmung erreicht hatten, mußte innerhalb des Reflektorfelds ein fast naturgetreuer, instabiler Halbraumzustand herrschen.

Rhodan sah auf die Uhr. Er schien sehr ruhig zu sein. „Wenn alles klappt, muß eine Phasenverschiebung zu beobachten sein. Wahrscheinlich wird sich wieder alles in die Länge ziehen."

Von da an sprachen wir nicht mehr. Die Männer des Spezialkommandos lauerten auf plötzlich hereinbrechende Gefahren, und wir waren bemüht, unsere Nervosität zu unterdrücken.

Bully mußte etwa neunzig Minuten in der Dusche bleiben. Es war seine einzige Chance.

Als sich drüben die Konturen verzerrten, was wir nur auf den Spezialmonitoren sehen konnten, hörte ich Rhodans Atemzüge lauter und hastiger aus dem Lautsprecher dringen. Homunk überwachte die Schaltanlagen des Physiotrons.

Nach dreißig Minuten hatten wir den Eindruck, als bestünde die massive Zelldusche nur noch aus einem pfahldünnen Gewebe. Von der anderen Seite aus betrachtet, schien sich das Gerät ganz erheblich verbreitert zu haben. Das war fraglos der Halbraumzustand, den einige von uns ein paar Tage zuvor am eigenen Leib erfahren hatten.

Crest kam aufgeregt zu uns herüber. Sein schmales Gesicht wirkte abgespannt. Wir vernahmen seine Stimme in unseren Druckhelmen, auf deren Klarsichtscheiben sich laufend kristallisierende Dämpfe niederschlugen. Ich betastete besorgt die aus Metall gefertigten Stücke meines Raumanzugs. Es war kein Vergnügen, sich in einer Chloratmosphäre aufzuhalten.

Crest las das Diagramm des transportablen Rechners ab. Danach betrug die Eigenzeitverschiebung nur 1 zu 4,26374. Das war ein Wert, der mich noch besorgter machte. Wir bewegten uns nur vierfach schneller als der eventuell auftauchende Gegner.

Nachdem die Daten feststanden, ahnten wir auch, welcher Sturm hier in Wirklichkeit herrschte. Die gemessene Windgeschwindigkeit von knapp einundsiebzig Kilometern pro Stunde mußte nach einer Eigenzeit-Angleichung zirka zweihundertfünfundachtzig km/h betragen. Erfahrungsgemäß neigte unser Organismus zum Ausgleich. Weshalb das so war, konnte noch nicht genau gesagt werden. Noch verblüffender war aber die unumstößliche Tatsache, daß auf einem Planeten der Druufebene nur ein Verhältnis von eins zu vier zu finden war. Das mochte wieder schwerwiegende mathematische Probleme mit sich bringen, die wir aber zur Zeit nicht in Angriff nehmen konnten.

Nachdem auch Rhodan das von Crest angefertigte Diagramm studiert hatte, kam plötzlich der Alarm. Es geschah genau sechsundfünfzig Minuten, nachdem Bully das Physiotron betreten hatte.

Rhodans Haltung versteifte sich. Wir sahen uns einen Augenblick starr in die Augen, bis er sagte: „Was hältst du davon, Admiral? Bist du jemals in die gleiche Lage gekommen?“

Mein Extrahirn, praktisch identisch mit meinem fotografischen Gedächtnisteil, meldete sich mit schmerzhafter Stärke. In mir kam wieder der krankhafte, anormale Drang zum Erzählen auf.

Ich unterdrückte die Regung mit aller Willenskraft. Hastig teilte ich mit, was ich zehntausend Jahre zuvor in einer ganz ähnlichen Situation unternommen hatte.

Rodes Aurin meldete sich. Sein Gesicht erschien auf den winzigen Bildschirmen der Armbandgeräte, deren Lautsprecherausgänge wir mit den Helmen verbunden hatten.

„Strukturtaster-Ortung“, gab der Erste Waffenoffizier der DRUSUS durch. „Fünf Schockwellen auf einmal, jedoch keine veränderlichen Amplituden wie bei einem normalen Eintauchmanöver in den Einstein-raum, sondern ziemlich konstant bleibende Restenergie-Einheiten. Sieht so aus, als würde da ununterbrochen jemand aus dem Hyperraum kommen, aber nicht sprunghaft, sondern ganz gemächlich und gleichmäßig. Das ist keine gewöhnliche Strukturerschütterung."

Perry Rhodan sah mich hilflos an. Ich dagegen erinnerte mich nur allzu deutlich an einen Vorgang, mit dem damals unser Ende begonnen hatte.

„Sofort angreifen", sagte ich hastig. „Nur nicht warten. Die Tastermeldungen sind richtig, auch wenn sie seltsam erscheinen. Jene Lebewesen, die ihr Druuf genannt habt, beherrschen die überschnelle Raumfahrt in anderer Form. Sie transitieren nicht wie wir durch die fünfte Dimension, sondern sie *fliegen* hindurch. Verstehst du, wie ich das meine?"

„Nicht ganz. Inwiefern fliegen?"

„Weil sie nicht im Sinne des Wortes springen", regte ich mich auf. „Für mich war es damals auch rätselhaft, bis es ganz plötzlich knallte. Sie überwinden den Überraum in einem gestreckten, millionenfach überlichtschnellen Flug, der infolge der veränderten physikalischen Gesetze im Pararaum und in der dortigen Bezugspunkt-Ebene völlig alltäglich erscheint. Bei diesem Überlichtsystem bleibt der Zielstern immer sichtbar. Man wird dabei auch nicht entmaterialisiert, wie bei der von uns angewendeten Transition. Die Druuf kennen zum Beispiel eine bestimmte Entfernung. Danach wird der fünfdimensionale Geschwindigkeitsüberschuß berechnet und die so ermittelte Fahrtstufe gewählt. Es ist ein einfaches Fliegen, aber millionenfach schneller, als es die Gesetze des Einsteinraums zulassen. In der fünfdimensionalen Ebene liegt die erreichbare Endfahrt millionenfach höher als in unserem Universum. Nein, frag mich nicht, wie die Druuf überhaupt den Hyperraum verlassen. Ich nehme an, daß es mit einem ganz kurzen Sprungschock geschieht, der aber nicht vergleichbar ist mit unseren Transitionen. Sie gehen lediglich hinein, orientieren sich und brausen los. Die steilen Zacken unserer Strukturtaster zeigen eine solche Schockwelle an. Die stabile Wellenlinie ist identisch mit dem Anflugwert. Es wird noch einmal ein kaum bemerkbarer Stoß kommen, aber dann sind sie schon da."

„Aurin, stimmt das? Haben Sie einen steilen Anfangsausschlag?" erkundigte sich Rhodan über Funk.

„Genau das", antwortete der Captain erregt. „Mir geht ein Licht auf."

Rhodan sah mich nochmals an. Ich war zutiefst aufgewühlt. Die Erinnerungen überfielen mich mehr und mehr.

Rhodan zögerte nicht mehr lange.

Ehe ich mich noch recht gefangen hatte, schossen bereits bläulich glänzende Ungetüme aus dem Linsenfeld hervor. Ich hatte mit vier startklaren Beibooten gerechnet, aber nun kamen plötzlich alle vierzig Einheiten an, die die DRUSUS an Bord hatte.

Ich bemerkte, daß Rhodan grinste. Anscheinend hatte er auch nicht gewußt, daß sein tüchtiger Vertreter, Oberstleutnant Sikermann, vorsorglich alle Kaulquappen ausgeschleust hatte.

Hinter den Sechzig-Meter-Booten kam ein Rudel lichtschneller Drei-Mann-Zerstörer durch die Feldöffnung gejagt.

Die soeben angekommenen Besatzungen besaßen noch den Vorteil der vollen Eigenzeit. Damit waren sie für wenigstens eine Stunde vierfach schneller als ein Druufschiff.

Ich ging in Deckung, als die anscheinend wahnsinnig gewordenen Piloten mit ungeheuren Beschleunigungswerten auf Zielkurs gingen. Glühendheiße Schockwellen schlugen zu uns herab, und die giftigen Gase des Planeten wurden diesmal von einem wirklichen Orkan erfaßt.

Es dröhnte und donnerte, als solle diese Welt untergehen. Immer neue Zerstörer huschten durch die Feldlinse. Es war unser Pech, daß wir genau unter der Anflugschneise lagen. Die Piloten rissen ausgerechnet in jenem Augenblick ihre Maschinen mit den spitzen Schnauzen nach oben, wenn sie unseren Standort erreicht hatten.

Es waren wenigstens zwei Einsatzgeschwader, die Rhodan auf den Weg geschickt hatte. Als die wilde Jagd vorbei war, fragte Aurin besorgt an: „Langt das auch?“

Ich holte tief Luft. Rhodans Lachen ging mir auf die Nerven. Er schien die rätselhaften Druuf durchaus nicht für unbesiegbar zu halten. Augenblicke später wendete er sich an mich.

„Arkonide, wir haben deinen Rat befolgt. Bully benötigt noch neunundzwanzig Minuten. Bis dahin muß die Front gehalten werden. Wie beurteilst du unsere Chancen?“

Ich schwieg so lange, bis das von „drüben“ angekommene Hyperfunkgerät neben uns aufgestellt war. Der Bildschirm war in vier Sektoren unterteilt. Gleich darauf schienen die Gesichter der kommandierenden Einsatzoffiziere. Natürlich waren die Leutnants Stepan Potkin, David Stern und Marcel Rous auch dabei. Sie führten anscheinend die Zerstörerverbände.

„Wir haben sie“, gab Potkin in aller Gemütsruhe durch. „Die Strukturtaster laufen. Wenn sie zu uns wollen, müssen sie ja einmal aus dem Hyperraum kommen. Wenn sie die Nasen sehen lassen, sollten wir etwas tun.“

„Das möchte ich Ihnen geraten haben“, sagte Rhodan unwirsch. „Wir sind von den Fremden geortet worden. Anscheinend haben sie eine Methode entwickelt, mit deren Hilfe ein Linsenfeld augenblicklich ausgemacht werden kann. Wahrscheinlich verursachen wir damit eine ganz gehörige Schockwelle auf fünfdimensionaler Basis. Stoßen Sie in den Raum vor und gehen Sie auf Fächerposition. Die ankommenden Einheiten müssen unter allen Umständen aufgehalten werden. Ich brauche noch genau fünfundzwanzig Minuten Zeit.“

Ich hatte meine Fassung wiedergefunden. Das war eine Situation, die ich genau kannte. Ruhig warf ich ein: „Hör zu, Barbar. Sage den Raumfahrern, sie sollten notfalls dicht aufschließen, damit sie die freien Korpuskelwellen der Triebwerke als Waffenstrahlen verwenden können. Wenn die Schutzschirme der Druuf noch nicht verändert worden sind, werden sie auf harte Impulsströme äußerst labil reagieren.“

Rhodan fragte nicht lange. Ich dagegen hatte wieder einmal Gelegenheit, meine vor zehntausend Jahren gewonnenen Erfahrungen zur Verfügung zu stellen.

Drei Minuten später standen die terranischen Einheiten schon im Gefecht. Im Hyperfunkgerät dröhnte und krachte es, als wären da zwei mächtige Flotten aneinandergeraten. Die Aufnahmemikrophone der Beiboote und Zerstörer übertrugen naturgetreu die entstehenden Geräusche, die in den mitschwingenden Raumschiffszellen fast unerträglich sein mußten.

Ich kannte das Hallen und Läuten, das bei geschlossenen Breitseiten und langen Dauerschüssen aufkam. Besonders die Kugelzellen der Kaulquappen waren unangenehm starke Resonanzkörper.

Wir blickten nach oben, doch war mit den bloßen Augen nichts zu erkennen. Das Gefecht spielte sich tief im Raum ab. Hier und da kamen Meldungen der einzelnen Kommandanten durch. Demnach waren bisher nur sechs gegnerische Einheiten ausgemacht worden. Vier der langen, dünnen Schiffe konnten bereits abgeschossen werden. Die Besatzungen bestanden aus Robotern. Die beiden Telepathen an Bord der Beiboote K-18 und K-6 hatten keine Geistesimpulse aufnehmen können.

„Um so besser", meinte Rhodan mit einem Blick auf die Uhr. „Noch vier Minuten, dann haben wir es geschafft."

Wir warteten ungeduldig. Dabei fragte ich mich immer wieder, was der Mann im Physiotron in diesen Augenblicken empfinden mochte.

Als die Zeit um war und Homunk die Zelldusche abstellte, schauten wir atemlos zur benachbarten Antigravplattform hinüber. Das Abschirmungsfeld verschwand. Die Konturen wurden klarer.

Gucky, der dicht vor mir stand und meine linke Hand umklammert hielt, warf plötzlich quiekend die zierlichen Arme nach oben.

„Er lebt", hörte ich den Mausbiber schreien, „er lebt! Ich empfange seine Gedanken. Er meint, er wäre nur eine Sekunde in dem Gerät gewesen."

Ich wich vor der flimmernden Leuchterscheinnung zurück. Gucky war auf einmal verschwunden, doch schon tauchte er mitten im stillgelegten Physiotron auf, wo er dem breitschultrigen Mann an den Hals sprang.

Rhodan blickte mich nur an. Wir verstanden uns sehr genau, auch ohne Worte. Einen Erfolg hatten wir auf alle Fälle erzielt, denn Reginald Bull schien unversehrt zu sein. Wie sich jedoch die Zelldusche auf den seltsamen Verjüngungsprozeß ausgewirkt hatte, war noch ungewiß.

Gucky gab über Funk durch, daß Bully wieder vollkommen in Ordnung war. In diesem Augenblick tauchte weit über uns ein Ungetüm in die dichte Chloratmosphäre des Planeten ein. Im selben Augenblick kam die Meldung des Verbandsführers durch.

Ich sah van Aafens glattes, gepflegtes Gesicht auf dem Bildschirm. Der Major war kühl wie immer. Er war ein vorzüglicher Kosmonaut, und Nerven schien er überhaupt keine zu besitzen.

„Ein schweres Schiff des Feindes ist durchgebrochen. Ich komme mit acht Kaulquappen hinterher. Sie sollten in Deckung gehen!" rief er.

Wir gingen in Deckung.

Etwa einen Kilometer entfernt zuckte ein gleißend helles Etwas durch die grünliche Chlorluft. Ein fürchterliches Donnern erreichte uns zusammen mit einer starken Druckwelle, die mich einige Meter weit über den glatten Bodenbelag der Plattform wirbelte.

Ein infernalisches Dröhnen wurde hörbar. Gleich darauf entstand ein neuer Orkan, der mich diesmal heftig nach oben riß. Wir waren vom Vakuumsog eines anscheinend schnellfliegenden Raumschiffs noch am Rande erfaßt worden.

Es ging schneller, als es das Gehirn erfassen konnte. Einige nur schemenhaft erkennbare Körper zogen in großer Höhe vorbei. Helle Leuchterscheinungen verdrängten das Halbdunkel, dann blähte sich weit entfernt eine Atomsonne auf.

Ich schloß geblendet die Augen und wartete auf das Kommende. Jemand umklammerte haltsuchend meine Fußgelenke. So lagen wir flach auf der Plattform, als die glühendheiße Druckfront der Explosion ankam. Ein Weltuntergang konnte nicht schlimmer sein. Wie ich das Inferno überstanden hatte, hätte ich Minuten später nicht mehr sagen können.

Ich richtete mich benommen auf und half Rhodan auf die Beine. Unsere Antigravgleiter waren beinahe umgestürzt. Der Atomsturm hatte sie von unten erfaßt und mehr als fünfzig Meter weit über das flache Gelände gewirbelt.

„Das waren wenigstens hundert Megatonnen", ächzte Rhodan. Er schien sich das linke Armgelenk empfindlich angeschlagen zu haben. „Ob die Dinger noch fliegen?"

„Um Gottes willen", sagte ein Mann der Besatzung, „die Geräte müssen zurück, besonders aber das Physiotron."

Wir sahen uns nach Bully um. Er winkte von dem anderen Gleiter herüber. Also schien dort auch alles in Ordnung zu sein.

Ich kümmerte mich bereits um die Triebwerke, als endlich die Meldung kam. Erst hörte ich Rhodan schimpfen, dann vernahm ich van Aafens Worte. „Tut mir sehr leid, das war anscheinend etwas nahe. Das Robotschiff explodierte dummerweise. Dürfte ich um weitere Anweisungen bitten?"

„Der Teufel soll Sie stückweise holen", entgegnete Rhodan. „Den Druuf hätten Sie ja auch zwei Minuten später unter Feuer nehmen können. Da wäre er nämlich um einige tausend Kilometer weiter entfernt gewesen. Warten Sie ab, bis wir die beiden Lastenträger in Sicherheit haben. Anschließend folgen Sie mit dem gesamten Verband. Stellen Sie die Zerstörer als Rückendeckung ab. Die kleinen Maschinen kommen notfalls schneller durch die Linse als Sie mit Ihren großen Kaulquappen. Alles klar?"

„Vollkommen. Darf ich mir erlauben, zu fragen, wie es Bull geht?"

„Sie dürfen", antwortete Rhodan erheitert. „Er freut sich kolossal über die von Ihnen erzeugte Druckwelle. Sonst geht es ihm gut. Geben Sie das den einzelnen Besatzungen bekannt."

„Ich bitte um die Übermittlung meines Glückwunsches", meinte van Aafen in seiner steifen Art.

Rhodan lachte nur. Zehn Minuten später hob unsere Lastenplattform vom Boden ab. Ich ließ sie mit voller Fahrt durch das Linsenfeld fliegen und schaltete die Zusatztriebwerke erst dann ab, als dicht vor uns die gewaltige Rundung der DRUSUS aus dem Boden wuchs.

Kurz darauf kam Rhodan mit dem anderen Gleiter an. Sein Funkspruch hatte das Einsatzgeschwader noch erreicht. Die ersten Kaulquappen kehrten in das Normaluniversum zurück, als ich bereits aufatmend den Druckhelm auf die Schultern klappte. Es war nicht schön gewesen auf diesem Chlorplaneten.

11.

Teldje van Aafen hatte sich bei mir in sehr höflicher Form erkundigt, wie die alten Kreuzerkommandanten der Arkonidenflotte ihre Erfahrungsstudien abgefaßt hätten.

Erst war ich etwas verblüfft gewesen, doch dann hatte ich die entsprechenden Auskünfte gegeben. Auch Perry Rhodan schien nicht auf den Papierkrieg verzichten zu können, obwohl er erfahrungsgemäß alles tat, um dieses Problem so weit wie möglich abzuschwächen. Der Zweite Offizier der DRUSUS schien jedenfalls etwas unglücklich zu sein, seine Gefechtserfahrungen in allen Einzelheiten niederlegen zu müssen.

Wir hatten keine Verluste erlitten, was mir bewies, wie präzise die terranischen Piloten angegriffen hatten. Natürlich war der Vorteil einer besseren Eigenzeit auf ihrer Seite gewesen.

Augenblicklich war ich dabei, die von Crest ermittelten Daten auszuwerten. Rhodan hatte den Heimflug der DRUSUS verzögert, da wir uns verpflichtet fühlten, die in der Zellduschhalle angerichteten Schäden wieder in Ordnung zu bringen.

Seit unserer Rückkehr aus der Druufebene waren nun runde vierundzwanzig Stunden vergangen. Eine Roboterarmee war dabei, Physiotron und Stromreaktoren wieder an den alten Standorten zu montieren und an die Kraftversorgung anzuschließen. Ein Probelauf sollte noch vor dem Start des Schiffes stattfinden.

Ich ahnte, daß Rhodan von Zweifeln gequält wurde. Er wußte ebensogut wie ich, daß das mit den Druuf aufgetauchte Problem endgültig gelöst werden mußte.

Einige Hyperfunksprüche des terranischen Sicherheitsdiensts waren besorgniserregend. Demnach waren auf einigen fernen Welten wieder jene fürchterlichen Dinge geschehen, die wir nicht verhindern konnten. Ganze galaktische Völker waren über Nacht verschwunden. Große Planeten waren praktisch entvölkert worden. Geschehnisse, die wir zwar längst kannten, dessen Sinn wir aber noch nicht begriffen hatten. Welchen Zweck mochte es haben, viele Millionen, sogar Milliarden denkender Wesen zu entführen?

Ich grübelte seit Wochen darüber nach. Eine Lösung zeichnete sich ab, jedoch wußte ich noch nicht, ob meine Vermutungen stimmten. Die so plötzlich rückläufige Eigenzeit auf einem Druufplaneten schien darauf hinzudeuten, daß sich „drüben" ein entscheidendes Stadium anbahnte. Jemand schien bemüht zu sein, die verschiedenartigen Gesetzmäßigkeiten einander anzugleichen. Wurde etwa dafür organisch lebende Materie benötigt? War das der Grund für die Entführung zahlloser Intelligenzen?

Rhodan hatte laut und falsch gepfiffen, als ich ihm wenige Stunden zuvor meine Überlegungen unterbreitete. Jetzt war ich aber wieder allein im großen Rechenzentrum des Superschlachtschiffs.

Reginald Bull schien wieder gesund zu sein. Wenn man sein Gesicht sehr genau betrachtete, ließ sich eine geringfügige Verjüngung feststellen. Immerhin hatte der seltsame Prozeß aufgehört. In seinem mehr oder weniger diffizilen Zellgewebe war etwas vorgegangen, was wir nicht begreifen konnten. Sicherlich aber handelte es sich jetzt um eine Stabilität, wie sie bei Perry Rhodan ebenfalls eingetreten war.

Gegen zwölf Uhr begab ich mich in die große Offiziersmesse der DRUSUS. Der perfekte Roboter Homunk hatte uns mit frischem Gemüse versorgen lassen. Es schien alles in bester Ordnung. Dennoch geschah etwas, was mich mit Besorgnis erfüllte. Mir wäre es lieb gewesen, wenn wir Wanderer noch in derselben Stunde verlassen hätten.

Ich setzte mich auf meinen Stammplatz und wartete die Ankunft der Schiffsoffiziere ab. Sie kamen nacheinander, Rhodan und Bully erschienen zuletzt.

Der große hagere Mann nickte mir wortlos zu. Sein Essen schlang er gedankenlos hinunter. Als die Nachspeise von der automatischen Förderanlage aus dem Zentralschacht auf den Tisch geschoben und sternförmig an die einzelnen Plätze weitergeleitet wurde, sagte er plötzlich laut: „Gucky behauptet, vor etwa zwei Stunden sehr schwache telepathische Impulse aufgenommen zu haben, die nur von dem Kollektivwesen ausgestrahlt worden sein könnten. John Marshall hat die Meldung bestätigt."

Ich ließ langsam mein Besteck sinken. In der Messe war es plötzlich sehr still geworden. Ich sah zu dem Mausbiber hinüber, der auf seinem hochbeinigen Spezialstuhl dicht neben Rhodan am Tisch saß.

„Stimmt", bestätigte er mit seiner zwitschernden Stimme. „ES hat sich gemeldet."

„Und wie lautet die Nachricht?" erkundigte ich mich gedehnt.

Gucky war ungewohnt ernst. „Ihr habt ES nicht hören können. Die telepathische Mitteilung war selbst für mich kaum verständlich. Er sagte, er wolle sich für einige Tage seiner Zeit zurückziehen."

„*Seiner* Zeit, guter Gott", seufzte Bully. „Habt ihr eine Ahnung, wie lange das dauern kann? ES lebt länger als die Sonne, wie uns gesagt wurde. Wenn ES von einigen Tagen spricht und vorsorglich hinzufügt, es handle sich um *seine* Zeit, so können wir beruhigt losfliegen, um in frühestens fünfzig Jahren wiederzukommen. Dann sind für seine Begriffe vielleicht drei Minuten vergangen. Ich beginne langsam zu verstehen, was der Begriff ‚relativ' eigentlich bedeutet."

Ich fühlte mich deprimiert. Meine Neugierde würde auch diesmal unbefriedigt bleiben. Dabei hätte ich zu gern genau gewußt, warum mir vor 10 000 Jahren der Zellaktivator übergeben worden war.

Guckys große Augen zwangen mich in ihren Bann. Ich lächelte abwesend und gab ihm leise zu verstehen: „Nicht, Kleiner, versuche es nicht. Ich bin nicht suggestiv zu beeinflussen. Hat ES dir noch etwas gesagt oder aufgetragen?"

„Nur deshalb schaute ich dich an. ES sagte, die Rückkehr des Planeten aus der Zwischenzone hätte ihm Schwierigkeiten bereitet. ES hätte einen Teil seiner psychischen Masse verloren. Unser Experiment mit Bully hätte einen Teil der Kunstwelt in die gleiche Dimension versetzt. So wäre ihm die Rückkehr gelungen, aber es könnte sich vorerst nicht mehr melden. Verstehst du das?"

Ja, ich verstand ungefähr. Mit dem Begriff „psychische Masse“ war das Geistesvolumen des Kollektivwesens gemeint. Wahrscheinlich hatte der schockartige Ausbruch eine Schwächung der hohen Willens- und Geisteskräfte verursacht, die letztlich für die ungeheure Macht des Rätselhaften verantwortlich waren.

Ich nickte einfach. Was hätte ich dazu noch sagen sollen? „War das alles?“

Der Mausbiber sah unsicher zu John Marshall hinüber.

„Wir wissen sehr gut, daß Ihnen an einer Aufklärung gelegen ist“, meinte der schlanke, blondhaarige Mann. „Soviel ich verstehen konnte, waren in der kurzen und von großer Erschöpfung zeigenden Nachricht keine besonderen Informationen für Sie enthalten, es sei denn, ein für mich rätselhafter Satz wäre für Sie bestimmt gewesen.“

„Welcher Satz?“ fragte ich erregt.

Der Telepath verständigte sich wortlos mit dem Mausbiber. Anschließend hörte ich den genauen Wortlaut. Er war typisch für ein Lebewesen, von dem wir lediglich wußten, daß es aus der Ballung zahlloser Intelligenzen bestand. Marshall erklärte bedächtig: „Das Geschenk des Robots war nicht ganz selbstlos, da auch meine Existenz vom Widerstand eines Mannes abhing, der die Waffe erfunden hatte.“

Als Marshall schwieg, glaubte ich in den festen Bodenbelag der Messe versinken zu müssen.

ES hatte gewußt, daß ich auf eine Information wartete. Trotz seiner anscheinend großen Erschöpfung hatte ES nicht vergessen, einen Hinweis an die Telepathen aus Rhodans Korps zu geben. Perry schaute mich prüfend an. „Kannst du damit etwas anfangen?“

Stromstöße schienen mein Gehirn zu martern. Ich fühlte, daß ich gegen die zwingenden Impulse meines Extrahirns nicht mehr länger aufbegehren konnte. Die Erinnerungen wurden übermächtig. Es war, als befände ich mich plötzlich nicht mehr an Bord des terranischen Schiffes, sondern auf einem Erdteil, den es längst nicht mehr gab.

Übelkeit würgte in meiner Kehle, und mein Blick umflorte sich. Marshall hatte das Stichwort gegeben, das mein fotografisches Gedächtnis aktiviert hatte.

Ich griff haltsuchend umher, bis ich eine Hand auf meinem Arm fühlte.

„Geht es wieder los?“ fragte jemand besorgt. „Atlan, was ist? Wenn du berichten *mußt,* dann tue es. Was ist mit der Nachricht gemeint?“

„Mein Zellaktivator", stöhnte ich, von pulsierenden Kopfschmerzen geplagt. „ES hat mir die relative Unsterblichkeit scheinbar auch deshalb verliehen, um sich selbst zu schützen. Ich sehe nun klar. Ich habe die Erde verteidigt, verteidigt mit allem, was mir noch geblieben war. Für mich stand es damit schon fest, daß Terra zu einem Brennpunkt geworden war. Es war gleichsam identisch mit einer kosmischen Konstellation, die eine vorübergehende stabile Überlappung der beiden Zeitebenen brachte. Für ES muß der Zustand enorm wichtig gewesen sein."

Rhodans Griff wurde fester. Mein Arm begann zu schmerzen.

„Berichte", vernahm ich seine Stimme so schwach, als wäre er meilenweit entfernt. „Dich wird es erlösen, und wir werden lernen können. Berichte, ich schalte um auf alle Abteilungen des Schiffes."

Als ich den bewußten Widerstand gegen die drängenden Impulse meines Extrahirns aufgab, vergingen die quälenden Kopfschmerzen sofort. Ich war wie befreit von einem bedrückenden Bann, und mir war, als weite sich meine Schädeldecke aus.

Rhodans markantes Gesicht verschwamm. Es bildeten sich rötliche Ringe, aus denen sich langsam der weißhaarige Kopf des alten Tarts herausschälte. Er lächelte mir beruhigend zu, und da verging auch das letzte Schmerzempfinden.

Mein bewußter Verstand war ausgeschaltet worden. Nun dachte und handelte ich nur noch unter dem Zwang meines Erinnerungssektors, in dem all das aufgezeichnet und festgehalten war, was ich jemals erlebt hatte.

Ich berichtete in englischer Sprache, weshalb ich wieder darauf verzichtete, technische Daten, Offiziersränge sowie kosmonautische Entfernungs- und Zeitangaben in arkonidische Begriffe zu fassen. Sie wären für viele Männer der Besatzung unverständlich gewesen, da nur einige Terraner Arkonidisch beherrschten.

Es blieb sich auch gleich, ob ich einen Schiffskommandanten nur Vere'athor oder einfach „Kapitän" nannte.

Rhodans letzte Worte, die ich noch einigermaßen klar verstehen konnte, lauteten: „Du solltest daran denken, uns zu sagen, wieso du über die Hyperraumfahrt-Technik der Druuf so gut informiert bist. Woher weißt du, daß sie nicht einfach transitieren, sondern im Sinne des Wortes fliegen? Atlan, hörst du noch? Marshall, rufen Sie Dr. Sköldson. Er ist ja leichenblaß. Beeilen Sie sich. Atlan, was ist?"

Ich bemühte mich um ein beruhigendes Lächeln. Meine Blässe war ganz natürlich, da der Blutdurchfluß meiner Gesichtshaut bei der erwachenden Aktivität des Logiksektors stark gestört wurde.

Ich begann zu berichten. Die Gegenwart wurde nichtig. Für mein Extrahirn galt nur die Vergangenheit. Jemand kam auf mich zu. Es war Inkar, Kommandant des Imperium-Schlachtkreuzers PAITO . . .

12.

„. . . und so haben Seine Erhabenheit, Imperator Gonozal VII. von Arkon, beschlossen, das System von Larsafs Stern als vorgeschobenen Flottenstützpunkt des Großen Imperiums zu erklären. Admiral Atlan, Chef des Nebelsektor-Kreuzerverbands, Kristallprinz aus Seiner Erhabenheit Geschlecht der Gonozal, wird hiermit gehalten und angewiesen, Larsafs Stern mit allen Mitteln zu verteidigen und dafür Sorge zu tragen, daß dem nichtarkonidischen Gegner ein Eindringen in das System verwehrt wird. Ferner erhält Admiral Atlan von Seiner Erhabenheit persönlich den Befehl, den Ausbau der jungen Kolonie zu fördern und zu unterstützen, sofern die dort jetzt lebenden Intelligenzen willig und die Kriegsereignisse nicht als vorrangig zu bewerten sind. Gezeichnet Umtar, Chef Kolonisationsplanung des Großen Rates von Arkon."

Der blutjunge Kreuzerkommandant, eigentlich viel zu jung für eine solche militärische Rangstellung, ließ die Kunststoffolie sinken. Er hatte die von ihm überbrachte Nachricht des Rates laut und deutlich vorgelesen.

Draußen, auf dem neuen Raumflughafen von Atlantis, wurde der schnelle Kurierkreuzer MATONI bereits wieder startklar gemacht. Kapitän Ursaf hatte den Befehl erhalten, sofort nach Überbringung der Botschaft den Heimflug anzutreten.

Ich stand steif aufgerichtet hinter meinem Arbeitstisch. Meine Kehle war wie ausgetrocknet. Die sprachlich verschnörkelten Befehle wiesen darauf hin, daß sie in den Schablonenbüros des Kristallplaneten ausgefertigt worden waren. Für mich waren sie ein Schlag ins Gesicht.

Raumkapitän Tarts, mein altgewordener Lehrmeister und Kommandant des Geschwaderflaggschiffs TOSOMA, verriet seine Meinung durch ein maliziöses Lächeln.

„... sofern die dort lebenden Intelligenzen willig und die Kriegsereignisse nicht als vorrangig zu bewerten sind", wiederholte er spöttisch. „Sonst hat man uns nichts zu sagen? Wo bleibt der längst angeforderte Nachschub an kampfkräftigen Schiffen und Material? Was ist aus den Konverterkanonen geworden, deren Konstruktion Admiral Atlan erst durch die Beschaffung der Pläne ermöglicht hat? Man scheint auf Arkon zu übersehen, daß das berühmte Einsatzgeschwader unter Atlan nur noch aus zwei Schiffen besteht und daß an ein Eindringen der nichtarkonidischen Methans in das Larsafsystem überhaupt nicht zu denken ist. Wir sind vierunddreißigtausend Lichtjahre von den Brennpunkten der Abwehrschlachten entfernt. Die Methans haben andere Dinge zu tun, als sich um dieses völlig unbekannte Sternchen zu kümmern, dessen Planeten weder eine militärische noch wirtschaftliche Bedeutung haben. Die Transportkosten liegen höher als der Wert der zu befördernden Waren. Strategisch betrachtet, ist die Errichtung eines Flottenstützpunkts sinnlos. Hier gibt es nichts zu erobern oder zu verteidigen. Ganz davon abgesehen fehlen uns die Mittel, den dritten Planeten und Atlantis als Reparaturhafen auszurüsten. Wir besitzen kaum genug Material, um die wenigen noch verbliebenen Kolonisten mit den notwendigsten Maschinen zur Landbestellung versorgen zu können. Wie vereinbaren sich diese Tatsachen mit dem schwülstigen Schreiben einiger Ratsmitglieder, die von den hiesigen Verhältnissen keine Ahnung haben? Es scheint schlecht bestellt zu sein um das Große Imperium."

Ich unternahm nichts, um Tarts' berechtigten Grimm zu dämpfen. Es war in der Tat so, daß man uns auf Arkon abgeschrieben hatte. Wenn ich diesen jungen Kapitän Ursaf näher betrachtete, dann wurde mir klar, wie sehr sich die Verhältnisse im Sternenreich geändert hatten.

Er gehörte bereits zur Kriegsgeneration. Er verkörperte den Typ des eilig ausgebildeten Kommandanten, von dem man hoffte, er würde die ersten Gefechte heil überstehen, um daraus die noch völlig fehlenden Erfahrungen sammeln zu können. Das Imperium konnte es sich nicht mehr leisten, Mannschaften und Schiffsführer gewissenhaft auszubilden. Dazu benötigte man viel Zeit, und Zeit hatte man nicht mehr.

Die ungeheuren Einbußen an Raumschiffen aller Typen konnte man durch die vollrobotisierte Mammutproduktion der Vereinten Sonnensysteme schnell ersetzen. Die denkenden Wesen, die diese Flottenneubauten ins Gefecht führen sollten, mußten aber erst einmal geboren und nach der körperlichen und psychischen Reife unterrichtet werden.

Unsere Verluste mußten furchtbar sein. Der Krieg gegen die nichtarkonidischen Methanatmer hatte das Große Imperium bereits entscheidend geschwächt.

Noch fünf Jahre zuvor hatte ich mit meinem Kreuzerverband aktiv an der Abwehr teilgenommen. Schließlich hatte ich den Befehl erhalten, in einem winzigen, vierunddreißigtausend Lichtjahre entfernten Sonnensystem Ordnung zu schaffen. Ein gewissenloser Verwaltungsbeamter war von mir abgesetzt und zur Aburteilung nach Arkon geschickt worden.

Wenig später war ich erneut ins System von Larsafs Stern beordert worden, da die Kolonisten auf Planet Nummer II einen Hilferuf ausgesandt hatten.

Als ich ankam und meine kampferprobten Besatzungen gegen einen unsichtbaren, unwirklichen Gegner antreten mußten, hatte man im Flottenhauptquartier schon fast vergessen, daß ich überhaupt noch existierte.

Früher wäre das nicht geschehen, aber nunmehr hatte man sich um wichtigere Dinge zu kümmern. Ich hatte den zweiten Planeten räumen lassen, als dort unsere Kolonisten einfach verschwanden. Wir hatten den Abwehrkampf aufgenommen und bisher verloren.

Unheimliche Lebewesen, die aber nichts mit den Methans zu tun hatten, nutzten ein gewaltiges Naturereignis für ihre Zwecke aus. Wir hatten im Lauf der Monate ermittelt, daß in diesem Raumsektor ein unglaublicher Vorgang ablief. Zwei verschiedenartige Universen, das unsere und ein fremdes, begannen sich an den Randzonen zu überlappen. Der Unterschied bestand in der Differenz der Zeitebenen, ein derart relativistischer Vorgang, daß wir ihn rechnerisch kaum erfassen konnten.

Ich hatte unsere Siedler nach Hause geschickt. Mein Kreuzerverband war vernichtet worden, und nun warteten wir auf die Entscheidung.

Ich ging langsam zu den großen, einfachen Fenstern meines Arbeitszimmers hinüber und sah auf die Hauptstadt von Atlantis hinunter. Mein Lehrmeister Tarts hatte den von uns besiedelten Kontinent nach mir benannt.

Ich versuchte, den bitteren Geschmack auf meiner Zunge zu beseitigen. Es wollte mir nicht gelingen. Die anwesenden Offiziere meines Geschwaders schwiegen. Sie ahnten, wie es in mir aussah.

Der Kurier fühlte sich verpflichtet zu sagen: „Erhabener, das Imperium kämpft um seine Existenz. Du wirst dir nicht vorstellen können, was auf allen Planeten des Reiches geschieht. Die Flotte wird zerschlagen. Wir werden bereits gezwungen, Kolonialvölker an Bord der Schiffe zu nehmen, was den ohnehin mangelhaften Ausbildungsstand noch verschlimmert. Mir wurde aufgetragen, dir mündlich zu berichten, daß die Abstellung der von dir angeforderten Kreuzer, Schlachtkreuzer und Schlachtschiffe unmöglich ist. Jede Einheit wird im Nebelsektor dringend benötigt. Unter Umständen könnten dir zehn Leichte Kreuzer bewilligt werden, jedoch müßtest du selbst die Besatzungen besorgen. Die geschulten Leute des Überführungskommandos müßten sofort nach Arkon zurückgeschickt werden."

Ich drehte mich langsam um. Tarts' faltiges Gesicht war wie erstarrt. Inkar, der noch junge, hitzköpfe Kommandant des Schlachtkreuzers PAITO, hatte eine scharfe Antwort auf der Zunge. Ich winkte ab.

„Soll ich die Steinzeitbarbaren dieser Welt vor die Geschützkontrollen setzen?" erkundigte ich mich müde und innerlich ausgelaugt. „Ich verfüge noch über das Geschwaderflaggschiff TOSOMA und den Schlachtkreuzer PAITO. Beide Einheiten sind nur noch bedingt gefechtsklar, da wir infolge der Ereignisse gezwungen waren, einige Triebwerke auszubauen. Wir haben sie in Waffen verwandelt, da *unser* Gegner mit normalen Kanonen nicht angreifbar ist. Man sollte auf Arkon einsehen, daß es sich hier um ein Ineinandergreifen von zwei verschiedenartigen Zeitebenen handelt. *Drüben* gibt es auch Intelligenzen. Die von den Methans drohende Gefahr ist wirklichkeitsnahe und mit dem Verstand begreifbar. Was aber in Larsafs Sektor geschieht, kann über kurz oder lang die gesamte Milchstraße erfassen. Die Naturgewalten sind auf der Seite der Unbekannten. In etwa vier Wochen hiesiger Zeit wird Planet Nummer drei in Opposition zu Nummer zwei stehen. Dann befinden wir uns im Gebiet der sogenannten Überlappungszone. Ich habe Atlantis in eine Festung verwandeln lassen. Wir haben alle Aussicht auf Erfolg, wenn wir Unterstützung erhalten."

Der Kreuzerkapitän senkte den Kopf. Natürlich konnte er dazu keine Stellung nehmen. Es war sinnlos, ihm meine Argumente zu unterbreiten. Er konnte bestimmt nichts an den Tatsachen ändern.

Ich faßte einen Entschluß. „Du wirst sofort starten, Ursaf. Mein Bericht an den Imperator ist fertig. Du erhältst hiermit den Befehl, die Nachricht ausschließlich Seiner Erhabenheit persönlich auszuhändigen. Ich bin nicht daran interessiert, die lebenswichtige Nachricht im Aktenschrank eines untergeordneten Beamten verschwinden zu sehen. Falls ich in vierzehn Tagen Standardzeit keine Antwort von meinem ehrwürdigen Oheim persönlich erhalten habe, gebe ich die Kolonie Atlantis auf und kehre mit meinen beiden Schiffen ins Arkonsystem zurück."

Mein Rang war zu hoch und die Disziplin in der Flotte zu groß, als daß Ursaf es gewagt hätte, mich auf die Befehlsverweigerung hinzuweisen. Ich ahnte aber seine Gedanken.

Tarts' rötliche Augen leuchteten düster. Er hatte vollkommen verstanden. Natürlich würde ich Atlantis niemals aufgeben, aber hier schien nur noch eine massive Drohung zu helfen. Ursaf neigte den Kopf und legte die rechte Hand auf die Brust.

Von meinem Arbeitszimmer aus konnte ich das weite Meer überblikken. Captain Feltif, unser tüchtiger Ingenieur für koloniale Aufbauplanung, hatte meinen Administrationssitz an den Flanken des Küstengebirges erbauen lassen. Weit unter mir liefen recht beachtliche Segelschiffe in den großen, von uns angelegten Hafen ein. Die Eingeborenen des dritten Planeten waren dabei, eine eigene Zivilisation zu entwickeln.

Ich winkte den Kurier herbei und deutete mit der Hand auf die ferne Szene.

„Es sollte dem Imperator berichtet werden, wie schade es wäre, auf die Früchte unserer Arbeit zu verzichten. Larsa, den zweiten Planeten, haben wir fluchtartig räumen müssen. Einschließlich meiner Schiffsbesatzungen befinden sich etwa vierzehntausend Arkoniden auf diesem Kontinent. Ich habe alles getan, um der zu erwartenden Katastrophe begegnen zu können. Schickt mir die angeforderten Raumschiffe und Waffen. In vier Wochen ist der Fall erledigt. Anschließend werde ich dem Imperium mit einem kampfstarken Verband zur Verfügung stehen."

Ursaf sagte wieder nichts. Trotz seiner Jugend schien er genau zu wissen, was auf dem fernen Kristallplaneten gespielt wurde.

„Ich bin sogar bereit, dir deinen werftneuen Kreuzer *nicht abzunehmen*", fügte ich ironisch hinzu. Der Kurier lächelte unsicher, und der alte Tarts schnaubte überrascht durch die Nase.

„*Die* Idee!" sagte er begeistert. „Fragt sich nur, wie er zurückkommen soll."

„Eben", fiel Inkar unwirsch ein. „Es ist eine Schande. Wir liegen hier mit ausgeleierten Triebwerken, unzureichenden Werftanlagen und einem Haufen Schrott aus den Magazinen einer geräumten Kolonialwelt. Als man dort die Versorgungslager auffüllte, hatte man wohl nicht daran gedacht, auch die Einheiten der Flotte zu berücksichtigen. Wir sind gezwungen, notwendige Reparaturen unter schwierigsten Verhältnissen auszuführen. Erkläre das Seiner Erhabenheit."

Ursaf breitete ergeben die Hände aus. Es war zwecklos, ihn länger mit Anträgen und Vorwürfen zu überhäufen.

Tarts überreichte ihm die schmale Rolle mit der Botschaft für meinen ehrwürdigen Oheim. Dabei ahnte ich, daß Ursaf wohl der letzte Soldat war, den Arkon uns schickte.

Eine knappe Stunde später stand ich zusammen mit meinen Offizieren am Rand des großen Raumhafens und beobachtete den Start der nagelneuen MATONI. Sie gehörte zur Hundert-Meter-Klasse und besaß eine Bewaffnung, die früher einem Schlachtkreuzer alle Ehre gemacht hätte.

Dröhnend verschwand das Kugelschiff im blauen, wolkenlosen Himmel des dritten Planeten. Auf Atlantis würden wieder die Eingeborenen in die Knie sinken und singend die Hände nach oben strecken. Für sie waren wir Götter, aber es war sehr fraglich, ob diese „Götter" auch fähig sein würden, Atlantis zu verteidigen.

Ich sah mich im Kreis meiner Offiziere um. Als die Ankunft des Kuriers bekanntgeworden war, hatte ich sie aus allen Teilen der Kolonie rufen lassen.

Ich war über ihre grenzenlose Enttäuschung zu gut informiert, um sie nach ihrer Meinung fragen zu müssen. Es waren die alten, vertrauten Gesichter, obwohl schon viele meiner Gefährten fehlten.

Welchen Sinn mochte es haben, dieses kleine, nach dem Entdecker Larsaf benannte Sonnensystem gegen einen unheimlichen Gegner zu verteidigen? Wir wußten nicht, mit wem wir es zu tun hatten.

Dann waren da noch andere Dinge, die uns mehr als verblüfft hatten. Kurz nach dem harten Gefecht auf dem zweiten Planeten war mir von einem Roboter ein eigroßes Gerät überreicht worden, das ich laut Anweisung immer auf der Brust an meinem Herzen zu tragen hatte.

Woher das Robotraumschiff gekommen war, hatte ich bis heute noch nicht erfahren. Angeblich sollte ich durch die rätselhaften Reizimpulse des sogenannten „Zellaktivators" relativ unsterblich werden. Ich glaubte nicht recht an die Mitteilungen einer komplizierten Maschine, deren Erbauer sich lediglich in der Form eines lauten Gelächters bemerkbar gemacht hatte. Dennoch trug ich den metallischen Hohlbehälter auf der Brust. Ob er meinen natürlichen Altersprozeß tatsächlich hemmte oder ganz aufhielt, hatte ich infolge der bisher vergangenen kurzen Zeitspanne noch nicht feststellen können. Jedenfalls fühlte ich mich so jung, elastisch und frisch wie zuvor.

Mein rein persönliches Problem erschien mir auch nicht mehr so wichtig. Hier ging es um die Existenz von vierzehntausend Arkoniden, einigen Millionen Eingeborenen und um eine junge, aber wundervolle Kolonie.

Atlantis war ein Inselkontinent von etwa zweitausend Kilometern Länge. Das tropische Klima und die reine Luft in den höheren Lagen behagte uns sehr. Wir hatten hier im Zeitraum von vier Jahren eine Musterkolonie geschaffen und auch den braunhäutigen Völkern auf den großen Kontinenten westlich und östlich von Atlantis einige Fertigkeiten vermittelt.

Inkar hatte ich als Chef des Westlands eingesetzt. Wie er mir erheitert berichtet hatte, war er von den dortigen Eingeborenen zu einer Art Gottkönig erhoben worden. Man nannte ihn einfach den „Inka". Und das Sonnensymbol meiner ehrwürdigen Familie war als göttliches Zeichen erwählt worden.

Mehr als fünfhundert meiner Soldaten und Siedler hatten während des vergangenen Jahres um Heiratsgenehmigungen nachgesucht. Ich hatte sie alle bewilligt, da ich nicht einsah, daß meine Leute auf diesem verlorenen Posten noch einsamer sein sollten, als es die Situation ohnehin erforderte.

Die Ehen schienen recht glücklich zu sein, obwohl mir Tarts immer wieder zu verstehen gab, daß ich eigentlich einen Gesetzesbruch begangen hätte. Intelligenzwesen der Stufe B sollten sich nicht mit Arkoniden vermischen. Ich hatte mich auf die Notstandsgesetze berufen und die Eingeborenenfrauen eindringlich auf die Scheidungsklausel aufmerksam machen lassen. Laut Beschluß des Kolonisationsamts wurden Ehen zwischen Arkoniden und Eingeborenenfrauen rechtlich unwirksam, sobald die Gatten gezwungen waren, den betreffenden Planeten zu verlassen.

Ich hoffte darauf, den unheimlichen Gegner aus den Tiefen einer anderen Zeitebene abwehren und damit meinen Kolonisten die neue Heimat erhalten zu können. In diesem Fall war eine Verschmelzung mit den arkonidenähnlichen Eingeborenen erlaubt und auch angebracht. Ich sah nicht ein, warum ich nicht großzügig sein sollte.

Wenn man einem Flottenadmiral schon eine ganze planetarische Verwaltung aufbürdete, so sollte man ihm auch die größtmögliche Entscheidungsfreiheit zubilligen.

Ein lautes Heulen brachte mich in die Wirklichkeit zurück. Ein Sechzigmeter-Beiboot des Schlachtschiffs TOSOMA setzte zur Landung an.

„Der ist wohl verrückt geworden!" rief Tarts fassungslos.

Im nächsten Augenblick lag ich zusammen mit meinen Stabsoffizieren deckungsuchend auf dem Boden.

Ich wartete, bis die heiße Druckwelle über uns hinweggefaucht war.

Als ich den Kopf erhob, sah ich, daß das Schiff unsicher und torkelnd nach unten fiel, um schließlich dicht neben der gewaltigen Wandung der TOSOMA auf den Boden zu schlagen. Es war die TO-4, deren Kommandant von mir den Befehl erhalten hatte, einen Erkundungsflug nahe der zweiten Planetenbahn durchzuführen.

Drei der starken Landebeine waren beim Aufprall abgeknickt worden, ein Zeichen dafür, daß die Antigravitationsanlage des Beiboots nicht mehr in Ordnung war. Es war auf dem eigenen Partikelstrahl nach alter Art gelandet worden, sofern man diesen Beinaheabsturz überhaupt noch als Landung bezeichnen konnte. Die TO-4 lag knapp einen Kilometer entfernt.

Wie benommen sah ich zu dem Ort des Unheils hinüber. Das Triebwerkssingen eines bodengebundenen Prallschirmgleiters machte mich wieder munter.

Tarts und Inkar saßen schon in dem offenen Fahrzeug. Ich erhob mich wortlos und sprang über die Türverkleidung hinweg. Unser Fahrer handelte sofort. Noch ehe wir ein Wort sprechen konnten, rasten wir bereits über das flache Hafengelände hinweg.

Tarts' Gesicht war verkniffen. Als wir schließlich das riesige, an den Rändern blasig aufgewellte Schußloch im stabilen Rumpf des Schiffes gewahrten, wußten wir, weshalb die Besatzung eine so verrückte Landung vorgenommen hatte.

Aus der unteren Materialschleuse der achthundert Meter durchmessenden TOSOMA quollen bereits die stählernen Leiber der Bergungsroboter hervor. Im Innern des Beiboots schien es zu brennen. Die schwarzen, fettigen Qualmwolken deuteten darauf hin.

Als wir hielten, sagte Inkar ausdruckslos: „Ein Thermaltreffer, gar keine Frage. Wer, beim Großen Imperium, hat das Schiff so zugerichtet?"

Ich rannte schon zur schrägliegenden Zelle hinüber. Flinke Roboter drangen durch die geöffneten Schleusen ein. Trotzdem dauerte es noch einige Minuten, bis sie mit den ersten Überlebenden erschienen. Die TO-4 hatte eine Besatzung von fünfzehn Mann.

Wir warteten schweigend, bis die Maschinen ihre Arbeit getan hatten. Die Feuerlöschanlagen der TOSOMA wurden ebenfalls angesetzt. Der Brand im zweiten Kraftwerksraum des Schiffes wurde erstickt.

Von der Besatzung waren nur elf Männer geborgen worden. Drei davon waren tot und die anderen fast alle verwundet.

Ich wartete, bis mir der Chefarzt der TOSOMA ein Zeichen gab. Leutnant Kehene, Kommandant des Beiboots, hatte schwere Verbrennungen erlitten, aber nun fühlte er keine Schmerzen mehr. Ein Plasmabad würde seine Verbrennungen bald heilen. Ich konnte es riskieren, ihn kurz zu befragen.

Ich kniete neben der Bahre nieder und ließ meinen hinderlichen Schulterumhang zu Boden gleiten. Ich hatte schon oft vor derart zugerichteten Männern gestanden. Im Zeitalter der Energiewaffen gehörten Verbrennungen aller Art zu den weitaus überwiegenden Verwundungen.

„TO-4 vom Patrouillenflug zurück, Erhabener", sagte Kehene schwer atmend. „Über dem zweiten Planeten lag wieder eine energetische Relativfront. Ich hielt mich im vorgeschriebenen Sicherheitsabstand und beobachtete nur. Die andere Zeitebene hatte diesmal eine Geschwindigkeit von fast fünzig Kilometer pro Sekunde, also wesentlich schneller, als wir es gewohnt waren. Ich maß die einzelnen Zonen an, und da kam plötzlich das Loch im freien Raum."

Ein Arzt verabreichte Kehene eine zweite schmerzstillende Injektion. Der Kunststoff der Uniform war mit der verbrannten Haut verklebt.

Ich war überrascht. Ein Loch im freien Raum?

„Es war so, Erhabener", bekräftigte der junge Kommandant. „Es sah aus wie ein riesiger Trichter, dessen Öffnung sich mehr und mehr erweiterte. Es geschah mit etwa zehn Prozent der einfachen Lichtgeschwindigkeit. Wo die Ausdehnung geschah, verschwanden die Sterne. Sie wurden von einem tiefroten, hier und da schwärzlichen Leuchten überdeckt. Unsere Schockwellen-Meßgeräte registrierten kurze Strukturerschütterungen, und dann waren sie plötzlich da."

„Wer?" fragte Tarts laut. Sein Atem ging heftig.

„Vier unbekannte Raumschiffe von langer, walzenförmiger Bauart. Die Energieortung zeichnete Impulstriebwerke auf. Wir bekamen klare Hyperechos, was mir bewies, daß es sich diesmal nicht um schattenhafte Gebilde handelte. Die vier Einheiten kamen aus jener Trichteröffnung hervor, die wir beobachtet hatten. Ich zog mich sofort mit Vollschub zurück, aber sie hatten den höheren Fahrtüberschuß. Sie waren halb lichtschnell, ich stand praktisch fahrtlos auf Beobachtungsposition. Sie eröffneten das Feuer mit Thermokanonen, die ähnlich wie unsere Impulsstrahler wirkten. Ich flog die Ausweichmanöver nach den Trefferwahrscheinlichkeits-Berechnungen der Energieortungs-Positronik. Dreimal konnte ich dem Salvenfeuer ausweichen, doch dann haben sie mich im Winkelverfahren mitten in der Manöverkurve erwischt. Die TO-4 erhielt einen schweren Treffer in der Ringwulstzone. Antigrav und Funkanlage fielen aus, desgleichen Triebwerk drei und eins. Ich wäre aber nicht mehr entkommen, wenn sich die drei restlichen Einheiten nicht plötzlich in die Trichteröffnung zurückgezogen hätten. Als ich abflog, verging die Erscheinung schon wieder. Heimflug und Landung waren hart, Erhabener. Die Hälfte meiner Besatzung ist gefallen."

Kehene schloß die Augen. Kurz darauf wurde er in die Bordklinik der TOSOMA gebracht. Wir sahen den medizinischen Robots nach, bis sie mit dem Verwundeten in der Bodenschleuse des Schlachtschiffs verschwunden waren.

Der technische Stab des Flaggschiffs befand sich bereits in dem Wrack, das das für uns so kostbare Beiboot jetzt darstellte. Die TOSOMA hatte nur vier davon an Bord gehabt. Die TO-4 war das letzte, noch intakte Schiff gewesen.

Ich erinnerte mich an den genialen Physiker und Mathematiker Grun, den ich vor Jahresfrist mit den unerhört wichtigen Unterlagen über eine neuartige Waffe nach Hause geschickt hatte. Er war bereits damals der

Meinung gewesen, über kurz oder lang müsse eine zeitweilige Stabilisierung und konstant bleibende Überlappung der randzonalen Zeitzonenfelder erfolgen.

Ich brauchte nicht mehr auf die Techniker zu warten, da ich mir sehr gut vorstellen konnte, was sie in den Meßgeräten des Kleinraumschiffs finden würden. Es war das eingetreten, was Grun erwartet hatte. Eben aus diesem Grund hatte ich Verstärkung angefordert.

Wenn es dem Gegner von nun an möglich war, ohne besondere technische Hilfsmittel in unser Universum einzudringen, konnte es recht gut zu einem ganz normalen Gefecht kommen. Meine TOSOMA gehörte zu den älteren Einheiten ihrer Klasse. Sie hatte während der Ereignisse im Nebelsektor schon mehr Treffer erhalten, als ein Raumschiff eigentlich vertragen konnte.

Nun hatte ich mit den kläglichen Überresten eines ehemals stolzen Geschwaders einen Gegner gefunden, dessen Raumfahrttechnik einige Phänomene aufwies. Ich war Hochenergie-Ingenieur. Demnach konnte ich mir vorstellen, was die von Leutnant Kehene beobachteten Erscheinungen zu bedeuten hatten. Wenn fremde Raumschiffe ohne gewaltige Strukturerschütterungen aus dem überdimensionalen Hyperraum kamen, dann beherrschten ihre Erbauer eine wesentlich einfachere Überlichtflugtechnik als wir. Es kam aber noch auf die Auswertung der TO-4-Daten an.

Tarts baute sich vor mir auf. In seinem faltig gewordenen Gesicht zuckte kein Muskel. „Besondere Anweisungen, Erhabener?“

„Für dich bin ich nach wie vor Atlan, Freund“, sagte ich abwesend. Anschließend musterte ich meine Stabsoffiziere. Sie waren alle da, und alle hatten sie das gewisse Funkeln in den Augen.

Weiter links stand die mächtige PAITO auf ihren turmstarken Landebeinen. Es war wie ein Wunder, daß mir ausgerechnet die beiden stärksten Einheiten meines Einsatzverbandes geblieben waren. Von Arkon war keine Hilfe zu erwarten. Also galt es, rechtzeitig etwas zu unternehmen. Meine kampferfahrenen Offiziere warteten auf Befehle.

Mein Blick fiel auf Kosol, den neuen Chef der mathematischen Abteilung. Neben ihm gewahrte ich Captain Feltif, den Kolonisationsplaner. Er hatte die acht Abwehrstellungen auf Atlantis geschaffen. Die aus den abgewrackten Kreuzern TITSINA und VOLOP stammenden Triebwerke waren als Impulswaffen-Strahler stationär eingebaut worden.

Auf den großen Kontinenten östlich und westlich von Atlantis waren von erfahrenen Spezialisten steinerne Burgen, pyramidenförmige Silos und sonstige Notquartiere erstellt worden. Wir hatten vor, die intelligenten Eingeborenen der äquatorialen Zone bei einem Angriff zu evakuieren.

Luftfahrzeuge standen bereit, um die Besatzungen der Geschützstellungen notfalls aus dem erwarteten Überlappungsgebiet bringen zu können. Für die arkonidischen Siedler auf Atlantis war eine unterseeische Kuppel errichtet worden. Notfalls konnten wir darin zehntausend Personen kurzfristig unterbringen. Auf dem zweiten Planeten von Larsafs Stern hatte es sich gezeigt, daß Fische und andere Wasserbewohner *nicht* von der Relativfront erfaßt worden waren, sofern sie sich in größeren Tiefen aufgehalten hatten. Für uns war es eine wertvolle Entdeckung gewesen.

Alle Vorbereitungen waren jedoch für den Fall eines normalen Durchgangs der Wellenfront getroffen worden. Wenn es dem unbekannten Gegner nunmehr gelingen sollte, einfach in unseren Raum einzudringen, sah die Situation wesentlich schlechter aus. Dann ging es hart auf hart.

Ich schaute nochmals an der blasig aufgewellten und teilweise angeschmolzenen Bordwand des Beiboots hinauf. Dann wandte ich mich an die Wartenden.

„Alarmbereitschaft für TOSOMA und PAITO, Kommandanten an Bord. Wir fliegen bewaffnete Aufklärung nahe der Larsa-Bahn. Feltif, deine Bodenkommandos in die Feuerstellungen schicken, Impulskanonen auf Leerlaufwerte schalten. Die Eingeborenen sind zu evakuieren. Die Familien müssen leider getrennt werden, sofern die arkonidischen Ehegatten zu den Schiffs- oder Geschützbesatzungen gehören."

Ich musterte Inkar aus den Augenwinkeln. Er sollte glücklich verheiratet sein. Der junge Kommandant sah starr geradeaus. Ich wußte, daß meine Befehle hart waren.

„Die Arkonkolonisten sind anzuweisen, alle Vorbereitungen für eine Flucht in abgelegene Landgebiete zu treffen. Das Hauptquartier wird ab sofort in die unterseeische Druckkuppel verlegt, die vom Ingenieurteam klarzumachen ist."

Ich sah auf die Uhr. Es war kurz nach der Mittagsstunde. Über dem weiten Raumhafen stand die gelbweiße Sonne des Systems im Zenit. Es war eine schöne, arkonähnliche Welt mit allen Aussichten auf eine prächtige Entwicklung. Ich war in diesen Augenblicken entschlossen, den dritten Planeten mit allen Mitteln zu verteidigen.

„Start in einer Stunde", ordnete ich an. „Die Meßergebnisse von der TO-4 sind mir sofort vorzulegen."

Ich hob grüßend die Hand. Die Offiziere neigten schweigend die Köpfe. Es war alles gesagt worden, was in diesen Augenblicken überhaupt zu sagen war.

Tarts, gleichzeitig Chef des Stabes, schritt neben mir auf den Wagen zu. Die hohe Gestalt des alten Mannes wirkte wie ein Symbol der Festigkeit und Stärke. Seitdem er eine biologische Verjüngungskur erhalten hatte, war sein Gang wieder frischer und elastischer geworden.

Als ich das Fahrzeug besteigen wollte, sagte er unvermittelt: „Unsere Chance liegt in einem sehr schnellen und mit aller Härte geführten Angriff, Atlan. Wenn wir warten, bis sie aus dem Überlappungstrichter hervorkommen, sind wir verloren. Normalen Zeitwellenfronten hätten wir infolge deren geringfügiger Geschwindigkeit leicht ausweichen können."

„Ich weiß", bestätigte ich leise. „Deshalb der Startbefehl. Ich befürchte nur, daß beide Effekte zusammentreffen. Auf alle Fälle müssen die unersetzlichen Schiffe tief im Raum stehen, wenn es bei der Opposition zum zweiten Planeten zur Überlappung kommen sollte. Mich interessieren vorerst die Meßergebnisse vom Beiboot. Warten wir ab."

Als wir losfuhren, wußten wir, daß wir der Entscheidung entgegengingen. Ich war entschlossen, auf Biegen oder Brechen durch den Stabilisierungstrichter vorzustoßen, um „drüben" mit vernichtender Wucht anzugreifen.

Vor uns wuchsen die prächtigen Gebäude der atlantischen Hauptstadt Atlopolis auf. Sie war Einkaufs- und Kulturzentrum für unsere weitverstreuten Kolonisten, die praktisch den gesamten Kontinent besiedelt hatten.

Unsere Begleitfahrzeuge schufen mit schrillenden Lärmpfeifen freie Bahn. Die in bunte, handgewebte Stoffe gekleideten Eingeborenen sanken ehrfurchtsvoll in die Knie. Es war mir peinlich, die von Natur aus intelligenten Leute dieser Welt in einer derart devoten Haltung zu sehen.

Tarts und die Männer des Kolonisationskommandos hielten jedoch eine gewisse Verherrlichung unserer Personen für erforderlich.

Zu meiner Überraschung meinte der alte Kommandant grollend: „Wir sollten versuchen, die intelligenten Männer dieses Volkes durch schnelle Hypnoseschulungen auszubilden. Es wird sich dabei erweisen, ob ihr Geistesvolumen für eine Erfassung unserer Technik bereits ausreichend ist."

Ich nickte ihm ironisch zu. Mein alter Eisenfresser schien allmählich friedfertig zu werden.

„Es ist bereits veranlaßt worden", entgegnete ich.

„Ach . . ."

Ich amüsierte mich über Tarts' verblüfftes Gesicht. Als wir die breite Serpentinenstraße zu meinem Administrationspalast hochfuhren, bemerkte ich, daß er die in den Pflanzungen arbeitenden Eingeborenen sehr aufmerksam musterte. Die hochgewachsenen, braunhäutigen Leute waren körperlich stark und flink. Ob ihre Gehirne ebenso vortrefflich entwickelt waren, würden die ersten Versuche mit den Hypnose-Schnellschulungsgeräten verraten.

Auf dem bereits fernen Raumflughafen begann es zu donnern. Die Triebwerke der gewaltigen TOSOMA erzeugten einen feurigen Kranz hocherhitzter Luftmassen. Wenn ich zehn Schiffe dieser Klasse besessen hätte, wäre mir wohler gewesen.

Vierzig Minuten später wurden mir über Bildsprechfunk die von Leutnant Kehene besorgten Meßdaten übermittelt. Die Bordpositronik des Flaggschiffs hatte schnell und zuverlässig gearbeitet.

Kosol, der neue Chefmathematiker, war am Gerät. „Ein natürlicher Vorgang, Erhabener, der sich vielleicht alle fünf Milliarden Jahre einmal wiederholt. Die beiden Zeitebenen streben nach einer gegenseitigen Stabilisierung, was eine energetische Entladung aus dem höher belasteten Dimensionsvolumen bedingt. Die Ausfalltrichter sind identisch mit labilen Energiefeldern von sehr großer Ausdehnung. Durch sie wird eine Angleichung der differierenden Feldströme erreicht. Sie dienen praktisch als Übergangsleiter. Es ist denkbar, daß die Unbekannten die Tatsachen mathematisch erfaßt und für ihre Zwecke ausgewertet haben. Das schnelle Vorstoßen der vier Raumschiffe beweist, daß man den richtigen Augenblick genau erkannt hatte. Desgleichen scheint man gewußt zu haben, wann es Zeit für die Rückkehr war."

„Und die weiteren Aussichten?" fragte ich grimmig.

„Für uns schlecht, Erhabener. In etwa vierzehn Tagen wird das

Stadium der totalen Auffüllung erreicht sein. Wir können damit rechnen, daß der bis jetzt noch labile Zustand für einige Wochen oder gar Monate eine konstante Zustandsform annimmt."

Mehr hatte Kosol nicht zu berichten. Ich bedankte mich und schaltete ab. Tarts stand grübelnd an den großen Aussichtsfenstern meines Arbeitszimmers. Wir waren allein.

„Wir haben zwei Möglichkeiten", sagte er bedächtig. „Wenn wir sofort fliehen, wird diese Welt von einem atomaren Inferno verschont bleiben, aber die hiesigen Lebewesen dürften spurlos verschwinden. Damit ist die natürliche Entwicklung unterbrochen. Wenn wir aber Widerstand leisten, kann es gutgehen. Es kann, wohlgemerkt. Unter Umständen wird sich Nummer drei in einen Glutofen verwandeln."

Er sah mich nachdenklich an, als ich ruhig entgegnete: „Das waren meine Überlegungen, Alter. Ich lasse es darauf ankommen. Selbst wenn die Hälfte dieser Welt zerstört wird, bleibt noch genug Lebensraum, um die hiesigen Intelligenzen vor dem Untergang zu retten. Wir werden aber versuchen, den Gegner abzudrängen."

Tarts sagte nichts mehr. Seine breite Hand knallte auf die linke Brustseite. Steif, den mit den Planetensymbolen geschmückten Kommandantenfunkhelm unter den Arm geklemmt, schritt er auf die Tür zu.

Zwanzig Minuten später meldete er von Bord der TOSOMA aus die Startbereitschaft des Geschwaderflaggschiffs.

Als ich meinen Regierungssitz verließ, dröhnte bereits die PAITO in den wolkenlosen Himmel über Atlantis. Unten, im großen Naturhafen des Inselkontinents, holten die eingeborenen Fischer und Händler schleunigst die bunten Segel ihrer Holzschiffe ein. Sie wußten aus trüben Erfahrungen, wie verheerend die Druckwellen aufsteigender Großraumschiffe wirken konnten.

In der Bodenschleuse der TOSOMA wurde ich mit dem ehrwürdigen Flottenzeremoniell empfangen. Tarts legte großen Wert auf Formen. Drei Minuten später wurden die Impulskonverter der fünfzehn Resttriebwerke vorsichtig ausgefahren. Wir starteten mit der Geräuschentwicklung ausbrechender Vulkane.

Vor uns öffnete sich der freie Raum. Der dritte Planet fiel zurück und wurde gleich darauf zu einem schimmernden Ball.

Durch den Umbau von drei Triebwerkseinheiten zu überdimensionierten Waffenstrahlern benötigten wir nunmehr fast dreizehn Minuten zur

Erreichung der einfachen Lichtgeschwindigkeit. Damit war die alte TOSOMA nicht mehr das, was man von ihr bei einer modernen Raumkriegsführung erwarten konnte. Wir nahmen direkten Kurs auf Larsa, den zweiten Planeten des Systems. Die junge Dschungelwelt sollte nicht nur von allem menschlichen Leben, sondern auch von einem Großteil des tierischen Lebens entblößt sein, war mir berichtet worden. Bei den zahlreichen Durchgängen der Relativfronten waren die Wesen in die andere Zeitebene gezerrt worden. Wir waren nicht daran interessiert, auf Larsaf III ähnliche Vorgänge zu erleben.

13.

Es war alles anders gekommen, als ich mir vorgestellt hatte. Jene energetischen Entladungsgebilde, die der Mathematiker Kosol „Ausfalltrichter" genannt hatte, waren unberechenbar. Wenn eine solche Erscheinung auftrat, wußten wir niemals genau, wie lange sie nun anhalten würde.

Unsere Bordpositronik gehörte zu den besten und modernsten Recheneinheiten des Großen Imperiums. Trotzdem war es nicht gelungen, bestimmte Intervalle festzustellen oder auch nur Annäherungswerte für die Beständigkeit der Ausfall-Energiefelder zu ermitteln.

Uns fehlten die Beobachtungsergebnisse über einen längeren Zeitraum hinweg, aus denen wir einigermaßen genaue Grunddaten hätten ablesen können.

Mit der gewohnten vierdimensionalen Mathematik kamen wir überhaupt nicht weiter. Eine proportionale Steigerung im Quadrat der näherkommenden Totalüberlappung ließ sich auf der Programmierungstastatur der Positronik leicht durchführen, nur stimmten die Resultate mit der Wirklichkeit niemals überein.

Dann hatten wir versucht, mit dem Hyperrechensektor des Gehirns zum Ziel zu kommen. Dabei hatten wir derart verrückte Ergebnisse erhalten, daß es sinnlos war, überhaupt nochmals darüber zu diskutieren.

Letztlich hatten wir erkannt, daß es sich bei den Ausfalltrichtern um eine Art von Blitzentladungen handelte, die jedoch ganz anders abliefen und völlig verschiedenartigen Gesetzen unterlagen.

Wir hatten es nicht mit fünfdimensionalen Feldeinheiten zu tun, sondern mit solchen auf normaluniverseller Basis. Die schwankenden Faktoren konnten nur identisch sein mit einer relativistischen, von uns nicht erfaßbaren Zeitverschiebung, die im Zuge einer Auffüllungsangleichung mehr und mehr einen labilen Charakter annahm.

Der unbekannte Gegner kannte sich natürlich mit den für uns rätselhaften Gesetzen seiner Existenzebene besser aus als wir.

Nachdem wir acht Tage im Raum gestanden und lediglich beobachtet hatten, waren seine Raumschiffe ein zweites Mal aus dem seltsamen Entspannungsfeld hervorgebrochen.

Ich hatte im letzten Augenblick auf Feindseligkeiten verzichtet. Wir waren weit genug entfernt gewesen, um uns dem Feuer der Unbekannten nicht aussetzen zu müssen.

Immerhin hatten wir aus diesem Vorgang eine bedeutsame Lehre gezogen.

Wenn fremde Schiffe so plötzlich auftauchten, kam es praktisch niemals zu Strukturerschütterungen, wie sie bei unserer Überlicht-Flugtechnik ganz zwangsläufig auftraten. Die mathematische Abteilung hatte errechnet, daß die Unbekannten im Sinne des Wortes die fünfte Dimension durchflogen. Das war ein ganz wesentlicher Unterschied zu der von uns ausgeübten Sprungmethode oder sogenannten Transition.

Zweitens waren die als Roboteinheiten erkannten Raumschiffe niemals schneller als fünfzig Prozent Unterlicht gewesen, obwohl unsere Energieortung auswies, daß ihre Triebwerke mit Höchstleistung gelaufen waren.

Drittens stand es nun fest, daß die Rätselhaften nur dann kamen, wenn ein Ausfalltrichter für den Zeitraum von wenigstens drei Stunden in sich stabil blieb.

Das war wahrscheinlich die wichtigste Entdeckung, die wir überhaupt gemacht hatten. Der Gegner wußte also ganz genau, wann er seine Robotschiffe einem solchen Energiegebilde anvertrauen durfte und wann nicht.

Wir hatten innerhalb von acht Tagen recht gute Erfahrungen gewonnen. Der Feind konnte anscheinend in unserem Raum nur die halbe Lichtgeschwindigkeit erreichen. Außerdem besaß er eine lineare Hyperflugtechnik, und die Lebensdauer der Trichter-Kraftfelder konnte er auch berechnen.

Das waren drei Grundwerte, auf denen wir aufbauen konnten. Wenn ich eine arkonidische Flotte zur Verfügung gehabt hätte, wäre der Spuk in einigen Tagen erledigt gewesen. Ich hätte es riskiert, einige robotgesteuerte Schlachtschiffe durch den erstbesten Entladungskanal zu schicken. Dann hätte es sich ja gezeigt, wie unsere Waffen auf der „anderen" Seite wirkten.

Seit dem Alarmstart waren elf Tage Atlantiszeit vergangen. Ich stand mit meinen beiden Einheiten nur zehn Millionen Kilometer vom zweiten Planeten entfernt. Die Vergrößerungsschaltungen unserer Fernaufnahmen erlaubten einen klaren Blick durch die dichte Wolkendecke der Dschungelwelt.

Da unten gab es fast kein organisches Leben mehr.

Das unter meiner Regentschaft fertiggestellte Robotgehirn auf Larsaf II schien aber in keiner Weise gestört worden zu sein. Seine Hyperfunkberichte liefen prompt auf Anruf ein. Die Meßergebnisse sagten uns aber nichts Neues. Die Festungsforts, die ich zum Schutze des großen Robotgehirns hatte erbauen lassen, waren noch kein einziges Mal in Tätigkeit getreten.

„Mangels Masse", hatte Tarts grimmig gesagt, als er davon erfahren hatte.

Bisher war der dritte Planet von den eigenartigen Erscheinungen verschont geblieben. Nun aber näherten sich die Welten zwei und drei von Tag zu Tag. Die Vollkonjunktion stand bevor. Damit mußten wir zumindest von Ausläufern der Zeitwand erfaßt werden.

Ich sah nachdenklich auf die riesigen Bildschirme der Panoramagalerie. Die PAITO war knapp hundert Kilometer entfernt. Wir konnten uns noch gut über Normalfunk verständigen. Unsere Fahrt belief sich auf nur zehntausend Kilometer pro Sekunde, jedoch waren die Manöverstationen des Maschinenleitstands mit Doppelposten besetzt.

Wir warteten auf das Erscheinen des nächsten Ausfalltrichters. Mein Plan stand fest. Wenn wir wieder gegnerische Einheiten orten sollten, würden wir mit einer schnellen Kurztransition an den Rand des Entladungsfeldes springen und mit einem Überraschungsvorstoß eindringen. Dabei durften wir uns keinesfalls länger als eine Stunde Standardzeit im Nebenraum aufhalten. Unsere Vermutung, daß nach dem Absterben des Trichters eine Rückkehr unmöglich sein würde, war begründet. Die Unbekannten schienen den gleichen Schwierigkeiten zu unterliegen, da auch sie direkt fluchtartig den Kurs wechselten, sobald die Zeitgrenze erreicht war.

Sehnsüchtig blickte ich auf jenes ferne, kaum erkennbare Lichtpünktchen, das in Wirklichkeit einen ganzen Sternhaufen verkörpert. Dort lag Arkon, unsere Heimat. Dort wurde erbittert um die Existenz des arkonidischen Volkes und um die des Großen Imperiums gerungen.

Wir hatten keine Nachrichten mehr erhalten. Mein Funkspruch war unbeantwortet geblieben. Einen Nachschub an Schiffen und Reparaturmaterial hatte ich innerlich längst abgeschrieben. Sobald die Sache mit den Unbekannten geklärt war, wollte ich mich mit dem Flottenkommando wieder zur Verfügung stellen. Voraussetzung dafür war, daß ich wenigstens ein großes Raumschiff behielt. Verluste konnte ich nicht mehr riskieren, oder die Rückkehr war uns für immer verwehrt.

Ich wollte soeben mit Tarts die einzelnen Möglichkeiten besprechen, als der Funkoffizier die Zentrale betrat. Er hielt einen Folienstreifen mit entschlüsselten Zahlengruppen in der Hand.

„Neue Schwierigkeiten, Erhabener", sagte er stockend. „Nachricht von Feltif. Die Kolonisten weigern sich, ihre Farmen zu verlassen. Sie begründen ihre Befehlsverweigerung mit der Tatsache, daß sie der zivilrechtlichen Gesetzgebung des Kolonisationsamts unterstehen, nicht aber einem Flottenadmiral. Weiterhin teilt Feltif mit, daß unsere Siedler Vorsorge getroffen haben, um im Falle eines Angriffs die zahlenmäßig schwach besetzten Geschützstände zu verstärken."

Ich schloß die Augen und holte tief Luft. Das hatte ich kommen sehen. Diese Arkoniden stammten vom Planeten Zakreb V.

„Sie weigern sich, die unterseeische Druckkuppel aufzusuchen?" fragte Tarts fassungslos.

„Jawohl. Sie haben eine tiefe Abscheu vor dem Wasser und den ungenügenden Platzverhältnissen."

Ich griff nach dem entzifferten Funkspruch. Der Wortlaut war klar. Ich hatte bei der Befehlserteilung übersehen, daß die Siedler von einer trockenen Welt stammten. Psychologisch betrachtet, war es falsch gewesen, ihnen die Unterseekuppel als Fluchtort zuzuweisen.

„Willst du das dulden?"

Ich musterte Tarts mit gebotener Kühle. Diese Entscheidung mußte er schon mir überlassen.

„Soll ich die Zakreber gewaltsam unter den Meeresspiegel treiben? Wenn ja – womit sollte ich es tun? Mit den Männern unserer Schiffsbesatzungen oder durch die dreihundert Soldaten in den Bodenstellungen?"

Der Kommandant preßte die Lippen zusammen. Zorn schimmerte in seinen Augen. Für Tarts war diese Weigerung Hochverrat. Er bedachte dabei unseren akuten Personalmangel nicht.

Die alte TOSOMA benötigte infolge einer noch mangelhaften Automatisierung dreitausend Besatzungsmitglieder. Die moderne PAITO kam bereits mit sechshundert Spezialisten aus. Der Rest der Soldaten befand sich in den atlantischen Stellungen. Es war sinnlos, die starrköpfigen Kolonisten bezwingen zu wollen.

Ich wandte mich an Captain Masal, den Funkoffizier. „Funkspruch an Feltif, Flottenkode A-13-BQ verwenden, Raffersendung. Die Siedler sind darauf hinzuweisen, daß im Fall eines Angriffs eine Evakuierung nicht mehr möglich ist. Im Zuge meiner lebenswichtigen Aufgaben, die letztlich darin bestehen, eine ganze Welt vor dem Untergang zu bewahren, kann eine Hilfeleistung nicht mehr gewährt werden. Ich stelle den Kolonisten frei, nach Belieben zu handeln, erkläre jedoch, für kommende Ereignisse keine Verantwortung zu übernehmen."

Minuten später wurde der Rafferimpuls abgestrahlt. Captain Feltif bestätigte. Kurz darauf kam die Mitteilung an, der Vertrauensrat der Farmer hätte meinen Entschluß mit größter Befriedigung akzeptiert.

Ich übergab den betreffenden Funkspruch dem Ersten Offizier des Schlachtschiffs. Mein Lächeln mochte den Männern rätselhaft erscheinen. „Abheften und zusätzlich in der Speicherpositronik verankern. Unter Umständen wird man uns später fragen, wieso zehntausend zakrebische Siedler umkommen konnten."

Die Eingeborenen von Larsaf III verhielten sich da wesentlich klüger. Es mochte jedoch in ihrer Primitivität liegen, meine Anweisungen als unumgängliche Fügung anzusehen. Das konnte viele von ihnen retten, vielleicht alle. Ich mochte sie gut leiden, diese kraftvollen Gestalten mit der samtenen Haut und dem ruhigen Gebaren. Ich konnte mich nicht erinnern, mit Eingeborenen jemals so gut ausgekommen zu sein wie mit den Atlantern. Einmal würden sie groß und bedeutend sein. Es war nicht meine Aufgabe, der natürlichen Entwicklung vorzugreifen, aber es lag wohl an mir, die Heimat dieser Wesen zu schützen.

Ich ließ mir die betreffenden Artikel aus dem Kolonisationsgesetz vom Ersten Offizier vorlegen. Danach war ich sogar verpflichtet, diesem Volk den Schutz des Imperiums zu gewähren.

Im Verlauf dieser Gedankengänge entschloß ich mich noch, die unbekannten Gegner ganz offiziell und getreu nach Vorschrift mit meinem Vorhaben vertraut zu machen.

Masal erschien in der riesigen Zentrale. Ich diktierte ihm die Kriegserklärung nach dem Wortlaut des Artikels XVI, Band zwei der Notstandsgesetzgebung für außerhalb der Imperiumsgrenzen operierende Flottenbefehlshaber.

Ich ließ den offenen Spruch in Abständen von zehn Minuten senden. Als der nächste Ausfalltrichter in einer Entfernung von nur fünf Millionen Kilometern erkennbar wurde, ließ ich die gleiche Mitteilung durch die Richtstrahler der TOSOMA ins Zentrum der klaffenden Entladungszone eindringen. Mehr konnte ich nicht tun. Außerdem war der Angriff auf Kehenes Beiboot durchaus als kriegerische Handlung zu bewerten.

Das Entladungsfeld verschwand bereits nach vierzehn Minuten. Es gehörte zu den instabilen oder kurzfristigen Einheiten, deren Lebensdauer wir mit dem besten Willen nicht berechnen konnten.

Ich sah auf die Uhr und überlegte, ob ich die volle Gefechtsbereitschaft nicht für eine Stunde aufheben sollte. Meine Leute waren überanstrengt und teilweise völlig ermattet.

Da geschah das, womit ich nicht gerechnet hatte. Ein zweiter Entladungstrichter wurde knapp fünf Minuten nach dem Verschwinden der ersten Erscheinung sichtbar.

Trotz der damit verbundenen Gefahr war ich fasziniert. Das Gebilde entstand mitten im scheinbar leeren Raum, und doch mußte das dünne Ende dort beginnen, wo die Überlappung durch das andere Universum stattfand.

Der Trichter war lang und schmal, wenigstens sah es so aus. Unsere sofort anlaufenden Messungen bewiesen, daß der Trichter an seiner größten Verjüngung immerhin noch runde sechs Millionen Kilometer maß.

Er wurde deutlicher erkennbar, je mehr er aus der anderen Ebene mit Energie aufgeladen wurde. Oben wölbte er sich auf. Dort maß die Öffnung mehr als dreißig Millionen Kilometer. Durch sein rötliches Leuchten hob sich der Trichter klar und deutlich gegen die Schwärze des interstellaren Raumes ab. Irgendwie schien er doch stofflich zu sein, da er die fernen Sterne verdeckte und deren Lichtschein aufsaugte oder reflektierte.

Die Öffnung wies in einem Winkel von 43,7463 Grad auf uns.

Schweigend blickten wir auf die schwärzliche, gelegentlich von hellroten Leuchterscheinungen überdeckte Öffnung. Sekunden später begannen die Alarmpfeifen zu schrillen. Ich fuhr zusammen.

Die mit den Materietastern synchron laufenden Bildschirme der zentralen Ortung zeigten sieben grünlich schimmernde Pünktchen. Eine aufleuchtende Diagrammkurve gab gleichzeitig Auskunft über die stoffliche Zusammensetzung der ausgemachten Objekte.

Zehn Sekunden später wußten wir, daß wir es mit Robotraumschiffen des Angreifers zu tun hatten, denn auch diesmal reagierten unsere Zellschwingungsorter nicht. Nochmals zehn Sekunden danach war unsere Beobachtungsfahrt von den auf Vollschub laufenden Triebwerken aufgehoben worden.

Ich hieb auf den Schalter für den Vollalarm. Als die Sirenen zu heulen begannen, wußten die dreitausend Männer an Bord der TOSOMA, daß der oft exerzierte Einsatz gekommen war.

Wenn die Unbekannten diesmal gleich sieben Einheiten in unseren Raum schickten, handelte es sich garantiert um einen stabilen Entladungstrichter.

Von da an arbeiteten die Automaten. Ich lauschte auf das Dröhnen der Triebwerke, beobachtete die aufzuckenden Kontrollampen der Waffenschaltungen und überprüfte die Energiewerte der unter Höchstbelastung laufenden Andruckabsorber.

Da wir drei Triebwerkseinheiten nicht mehr zum Antrieb verwenden konnten, ordnete ich für die restlichen fünfzehn Einheiten Notleistung an. Die Tanks für das Stützmassen-Medium waren auf Atlantis aufgefüllt worden. Wir verwendeten Wismut, was auf Larsaf III reichlich zu finden war. So erreichten wir trotzdem eine Fahrtbeschleunigung von 500 km/sec^2 im unterrelativistischen Geschwindigkeitsbereich.

Die Randzone des Trichters war knapp neunzehn Millionen Kilometer entfernt. Elf Minuten und drei Sekunden nach der ersten Ortung lag die Blitzberechnung der Sprungautomatik für eine Kurztransition vor.

Ich gab den Impuls, als wir von den fremden Schiffen endlich geortet wurden. Wir registrierten die aufprallenden Hyperwellen, die als Echo in die Empfänger zurückkehren mußten.

Offensichtlich arbeitete der Gegner nach einem anderen, sehr unzureichenden Verfahren, oder es lag an einem relativistisch-physikalischen Effekt, den die Verschiebung der Eigenzeit mit sich brachte. Wir hatten jedenfalls augenblicklich unsere Ortung gehabt. Die Roboter der Fremden erfuhren jetzt erst, daß es in unmittelbarer Nähe zwei Großkampfschiffe gab.

Als die Hyperpositronik den von mir eingeleiteten Sprungimpuls gab, hatten wir zweiundachtzig Prozent der einfachen Lichtgeschwindigkeit erreicht. Die PAITO hatte infolge ihrer höheren Beschleunigungswerte auf zwanzigtausend Kilometer aufgeschlossen.

Dann kam der kurze Entmaterialisierungsschmerz der Transition. Sie war nur sehr kurz. Die Begleiterscheinungen beachteten wir kaum. Ich hörte noch das eigenartig winselnde Geräusch der Strukturfeld-Generatoren. Dann umflorten sich meine Sinne.

An meinem Kommandosessel wurde heftig gerüttelt. Es dauerte nur wenige Augenblicke, bis ich wieder klar bei Sinnen war. Ein Schalterdruck brachte die automatische Vibrationsanlage zum Stillstand.

In der Zentrale der TOSOMA schienen hundert heftige Gewitter auf einmal ausgebrochen zu sein. Die Waffen der Grün-Breitseite feuerten in einem atemberaubend schnellen Rhythmus. Natürlich war es die justierte Feuerleitpositronik, die viel schneller als wir die Ziele aufgefaßt und den Salventakt eröffnet hatte.

Als ich wieder klar sehen konnte, bemerkte ich, daß wir mitten in den Haufen hineingesprungen waren. Die sieben Feindeinheiten waren überrascht worden.

Ehe ich noch meine Anweisungen in die Mikrophone rufen konnte, hatte die Ü-Batterie der Grünseite bereits das Wirkungsschießen eröffnet. Die meterstarken, sonnenheißen Energiestrahlen konnte ich infolge des fehlenden Mediums im luftleeren Raum nicht sehen. Wohl aber hörte ich das Läuten der überlichtschnellen Energieortung, die einen gewaltigen Ausbruch in nächster Nähe meldete. Sekunden später kam das Licht an.

Auf den Bildschirmen der Panoramagalerie leuchteten gleichzeitig zwei Atomsonnen auf. Aus den Pünktchen wurden handgroße Bälle, und aus den Bällen blähten sich mammuthafte, blauweiß strahlende Glutkugeln auf.

„Abschuß Ziel eins, Abschuß Ziel vier, Totalverlust", meldete die blecherne Automatenstimme des Feuerleitrobots.

Ich sah an den leuchtenden Anzeigen, daß die Waffenkuppeln umgeschwenkt wurden. Wir feuerten mit allem, was wir im Schiff hatten. Unter der molekülzerstörenden Wirkung der Desintegrator-Geschütze löste sich ein weiteres Feindschiff in fluoreszierenden Staub auf. Diese Erscheinung war nur auf den Tasterschirmen als Reliefabdruck zu sehen.

Tarts hatte auf Manuellkontrolle umgeschaltet. Es ging alles so schnell, daß es der Verstand kaum erfassen konnte.

Wir rasten durch die Formation des Gegners hindurch, und vor uns öffnete sich der Schlund des rötlich leuchtenden Trichters. Wir kamen gar nicht mehr dazu, noch weitere Schiffe zu bekämpfen. Unsere Kurse waren gegensätzlich, weshalb das ganze Gefecht nur wenige Augenblicke dauern konnte.

Ich bemerkte noch zwei weitere Explosionen, die anscheinend von den Geschützen der dichtauf folgenden PAITO erzeugt worden waren. Demnach hatte der Gegner bei einem einzigen, blitzartigen Feuerüberfall fünf Einheiten von insgesamt sieben verloren.

Mir wurde bewußt, daß die Unbekannten der arkonidischen Gefechtserfahrung grenzenlos unterlegen waren. Natürlich würden sie lernen.

Die Abschußortung sprach an. Wir vernahmen ein kurzes Knallen, das vom tiefen Donnern unserer nach wie vor auf Vollschub laufenden Triebwerke fast übertönt wurde. Die Meßgeräte zeigten an, daß unsere dreifach gestaffelten Schutzschirme von einem Thermostrahl getroffen worden waren. Das Ergebnis war ausgesprochen kläglich. Mit solchen Waffen konnte man gegen ein Großkampfschiff vom Rang der TOSOMA nicht ankommen.

„Ho-ho, ho-ho!" Tarts lachte dröhnend. „Sie haben miserable Schutzschirme und noch schlechtere Angriffswaffen. Ich . . ."

Ein fürchterliches Heulen übertönte seine begeisterten Worte. Wir waren in das hineingeschossen, was Kosol ein Entladungsfeld nannte. In unseren magnetischen, hypergravitorischen und gravomechanischen Abwehrfeldern rings um die Kugelzelle begann es zu flammen. Wir konnten es deutlich auf den Bildschirmen der Normaloptik sehen. Ein Zeichen dafür, daß es draußen feinstverteilte Materie gab.

Das Kreischen steigerte sich, je näher wir der größten Trichterverengung kamen. Die separaten Kraftwerke der TOSOMA liefen mit höchster Kapazität. Die Automatik schaltete alle nicht lebenswichtigen Nebenanlagen ab.

Auf den Bildschirmen sah ich nur noch wallendes Rot. Es war ein Wagnis ohnegleichen, mit nahezu lichtschneller Fahrt in dieses unheimliche Gebilde vorzustoßen. Von den beiden restlichen Feindschiffen war längst nichts mehr zu bemerken. Wahrscheinlich befanden sie sich jetzt im Bremsmanöver.

Die Meldungen aus den einzelnen Abteilungen überstürzten sich. Tarts saß dicht neben mir im Kommandantensessel. Seine Lippen bewegten sich, aber ich verstand kein Wort.

Das Kreischen hielt an. In den Schutzschirmen kam es zu ungeheuren Entladungen, die den Rumpf der TOSOMA bis in die letzte Schweißnaht erschütterten.

Die Automatik der Raumanzüge kippte die Druckhelme über unsere Köpfe und ließ die gepolsterten Geräuschdämpfer über die Ohren klappen. Zugleich schaltete sich die Funksprechverbindung ein.

Ich dachte bereits, mit diesem Vorstoß ins Nichts zuviel riskiert zu haben, als das Tosen plötzlich aufhörte. Das Lohen in den Schutzschirmen verschwand fast augenblicklich, und vor uns stand eine große, tiefrote Sonne im Raum.

Es war, als wären wir nach einer Transition nahe eines fremden Systems aus dem Hyperraum gekommen, aber der Eindruck täuschte. Ich vermißte sofort die tiefe Schwärze unseres eigenen Universums. Hier schien alles in diesen schwärzlichroten Schimmer gehüllt zu sein. Die Sternkonstellationen waren vollkommen fremd, und unsere lichtschnelle Fahrt schien in dieser Zeitebene etwas Ungeheuerliches zu sein. Wir flogen schneller auf die rote Sonne zu, als es eigentlich hätte sein dürfen.

Ich hörte Tarts' Befehle. Es war seine Aufgabe, das Schlachtschiff aus der Gefahrenzone zu bringen. Unsere Materietaster zeigten drei Planeten in nächster Nähe an. Die Auswertung geschah so schnell, wie ich es sogar bei unserer Positronik noch nie erlebt hatte.

Das Arbeitsgeräusch unserer Triebwerke steigerte sich ins Maßlose. Ich wußte, daß Tarts die letzten Reserven eingesetzt hatte. Wir flogen das Ausweichmanöver mit den Plasmanachbrennern, die nochmals achtzigtausend Tonnen Schub erzielten.

Hinter uns kam die PAITO herangeschossen. Ich sah, daß sie ebenfalls mit Höchstwerten aus dem gefährlichen Kurs gerissen wurde. Als wir das rote Gestirn passierten, erfolgten wieder die heftigen Entladungen in unseren weitgefächerten Außenschirmen. Dann waren wir vorbei.

Die Hyperfunkverbindung mit der PAITO gelang so schnell, daß ich plötzlich wußte, daß die Theorie über die verschiedenen Ebenen stimmte. Wir hatten durch unser gewagtes Manöver etwas mitgenommen, was man eigentlich nur als relativistische Meßeinheit bewerten konnte: nämlich unsere stabile Eigenzeit.

Nach unseren Erfahrungen waren wir damit ums Doppelte schneller als alles, was in diesem fremden Universum gültig war.

Weit voraus tauchte ein ebenfalls rötlich leuchtender Planet auf. Unsere Fahrt war so hoch, daß ich glaubte, plötzlich mit tausendfacher Lichtgeschwindigkeit zu fliegen.

Damit war der Zeitpunkt des Handelns gekommen. Die Auswertung lief. Die Welt mit der dichten Lufthülle war ein Sauerstoffplanet. Seltsamerweise handelte es sich um Nummer drei des unbekannten Systems. Es war wie eine Parallele zu unseren eigenen Verhältnissen.

Ich ließ nochmals die offizielle Kriegserklärung über Richtstrahler senden. Dann kamen wir schon so nahe am zweiten Planeten vorbei, daß wir erneut Ausweichmanöver fliegen mußten.

Die PAITO unter Kapitän Inkar schloß noch weiter auf. Ich konnte ihn klar und deutlich auf den Bildschirmen der Funkverbindung sehen. Tarts blickte mich auffordernd an. Sein faltiges Gesicht war hart und der Mund verkniffen.

Weitere Ortungsergebnisse gingen ein. Der dritte Planet verfügte demnach über kein organisches Leben, sondern war eine ausgebaute Robotfestung. Das machte meinen Entschluß leicht.

Ich ergriff das Mikrophon der Sammelschaltung. „Verbandschef an alle: Energieanmessung des vor uns liegenden Planeten Nummer drei beweist, daß es dort Raumschiffsstützpunkte, riesige Kraftwerke und andere, impulsstrahlende Einrichtungen geben muß. Ich nehme an, daß es sich bei dieser Welt um einen sorgfältig ausgebauten Robotstützpunkt des Gegners handelt. Wir greifen an nach Plan Nebelsektor, alle Waffen sind einzusetzen. Zweimaliger Zielflug, PAITO von Pol zu Pol, TOSOMA nördlich und südlich der Äquatorlinie. Anschließend mit Höchstbeschleunigung abdrehen, sammeln bei Eintauchsektor und separat den Trichtereingang durchfliegen. Im Normalraum keine Kampfhandlungen mehr, sondern direkt Larsaf III anfliegen und Verteidigung gegen durchbrechende Feindeinheiten vorbereiten. Mit einer Verfolgung ist zu rechnen. Bestätigung ..."

Die Kommandanten hatten verstanden. Es gab keine Fragen mehr. Der Plan Nebelsektor sah einen Blitzangriff auf die robotisch-militärischen Anlagen vor, ohne daß dabei eine umfassende Zerstörung der Planetenoberfläche eintrat.

Drei Minuten später schalteten wir um auf Bremsbeschleunigung. Wir kamen mit einer Fahrt an, die es sogar möglich gemacht hätte, ein bestimmtes Ziel maßgerecht zu treffen.

Für mich als Flottenchef gab es zur persönlichen Information zahlreiche Kontrollgeräte, die mich direkt und ohne Zutun der jeweiligen Abteilungsleiter über die getroffenen Maßnahmen orientierten.

Als wir uns auf den vorgeschriebenen Bahnen dem Planeten näherten, orteten wir mehr als hundert größere Körper, die ganz offensichtlich im Alarmstart in den Raum vorstoßen wollten.

Ich ergriff wieder das Sammelmikrophon. „Verbandschef an alle: Feindliche Robotschiffe starten zum Abfangflug. Trotzdem alle verfügbare Energie auf die Bug-Prallschirme zur Abstoßung der Luftmoleküle richten. Robotgesteuertes Dauerfeuer."

Wir machten nicht viel Worte. Meine Männer waren zu sehr aufeinander eingespielt, als daß langfristige Erklärungen notwendig gewesen wären.

Die PAITO verschwand hinter der Planetenrundung. Wir stießen mit dem riesigen Flaggschiff durch einen kleineren Verband kaum erkennbarer Raumschiffe hindurch, und schon begann das fürchterliche Heulen der gewaltsam verdrängten Luftmassen.

Wir hielten uns in den obersten Grenzbezirken der Atmosphäre. Aus dem Rechenzentrum kam die Nachricht durch, daß wir mit unserer nur noch geringfügigen Fahrt immer noch doppelt so schnell waren, als es die wahrscheinliche Relativ-Höchstgeschwindigkeit dieser Zeitebene überhaupt zuließ.

Die damit verbundenen Effekte waren mir im Augenblick vollkommen gleichgültig. Trotz der dicken Ohrenschützer wurde mein Gehör gepeinigt. Die Zelle der TOSOMA läutete wie eine riesige Glocke. Dann begannen die Automatwaffen intermittierend zu feuern. Die Vollpositronik ermittelte an Hand der Eigengeschwindigkeit und Entfernung zum Zielobjekt die Schußintervalle.

Tarts ließ die Energiestationen der unbrauchbaren, weil in Feuerlee liegenden Geschütztürme zusätzlich auf den frontalen Abstoßschirm richten. Vor unserem Bug flammte die Atmosphäre trotz der extrem niedrigen Dichte in heller Weißglut.

Wir umkreisten den Planeten in knapp fünfeinhalb Minuten. Die Korrekturmanöver wurden gefährlich. Lange konnten die überbeanspruchten Maschinen diese Belastung nicht mehr aushalten.

Als wir den Anfangspunkt des ersten Umlaufs wieder erreichten, wobei wir um zehn Grad nach Norden auswichen, bemerkte ich auf den Bodenbildschirmen nur noch verglühende Reste der ehemals gigantischen Robotfestungen.

Nach dem zweiten taktischen Zielüberflug ließ ich die TOSOMA abdrehen.

Das fürchterliche Grollen der Impuls- und Desintegratorwaffen verstummte endlich. Dafür kam wieder das laute, gleichmäßige Tosen der Triebwerke und Stromreaktoren durch. Die Zelle des Schlachtschiffs schwang noch immer nach. Wir konnten es nicht riskieren, die Geräuschdämpfer abzustreifen.

„Wo ist die PAITO?“ schrie ich erregt in die Rundfunkanlage.

Captain Masal meldete sich aus der Ortungszentrale. „Kommt eben hinter der nördlichen Polrundung hervor, Erhabener.“

Ich atmete auf und sah mich nach Tarts um. Der Kommandant meines Flaggschiffs lächelte mich an. Über Funk hörte ich seine tiefe Stimme: „Die werden nicht noch einmal harmlose Siedler entführen und Patrouillenschiffe lahmschießen. Bei Arkon: Mit wem haben wir es eigentlich zu tun? Sind das alles Roboter oder was sonst? Weshalb nutzen sie ein Naturereignis für ihre schmutzigen Zwecke? Auch wenn du mir nicht die Erlaubnis gibst, werde ich mit der TOSOMA im Gewaltflug nach Arkon gehen, um dort eine Einsatzflotte zu besorgen. Irgendwie werde ich es schaffen.“

„Wenn die Methans nicht wären, ja“, antwortete ich müde und von

Selbstvorwürfen gequält. Hatte ich richtig gehandelt? Wer waren die Unbekannten?

Vor uns tauchte wieder der Schlund des Ausfalltrichters auf. Wir stießen mit lichtschneller Fahrt hinein, doch kam es diesmal zu unserem größten Erstaunen nicht zu den vorher beobachteten Effekten. Nur war mir, als würden wir von unsichtbaren Kräften im Vorankommen gehemmt. Es war, als drängen wir in eine weiche, nur widerwillig nachgebende Masse ein. Schon kam die Meldung aus dem Maschinenleitstand: „Fahrt sinkt trotz Vollschub mit 123 km/sec, Wert bleibt konstant. Anfrage: Soll Stützmasse eingespritzt werden?"

Ich ordnete es sofort an, wohl wissend, wie sehr ich unsere Maschinen damit strapazierte. Hinter uns kam der Schlachtkreuzer PAITO herangeschossen. Inkar hatte sich aber noch nicht gemeldet.

Es schien Ewigkeiten zu dauern, bis wir wieder aus dem Trichter entlassen wurden. Als ich mich eben aufatmend an Tarts wenden wollte, gelangte aus dem Ortungsraum die Meldung an: „Entladungsfeld ist verschwunden. Keine Energieschwankungen mehr."

Die nüchterne Mitteilung ließ mich erblassen. Tarts' Augen waren weit aufgerissen. Kosols Gesicht glänzte weißlich auf dem Verbindungsschirm. Ich sah, daß er hastig auf die Uhr blickte.

„Laut Eigenzeit waren wir knapp fünfundsechzig Minuten drüben", sagte er verstört.

„Laut Eigenzeit." Der Begriff strapazierte mein Gehirn. Wieso konnte das Feld schon wieder erloschen sein? Wir wußten, daß es wenigstens für drei Stunden stabil blieb. Hatten wir eine der berüchtigten Dilatationen erlebt, eine bezugspunktgebundene Zeitverschiebung? Waren unsere fünfundsechzig Minuten für andere Lebewesen vielleicht fünfundsechzig Tage gewesen oder ebenso viele Wochen?

Ich kletterte langsam aus dem hochlehnigen Sessel und ergriff bebend das Mikrophon.

„Masal, rufe Atlantis an, schnell, rufe Feltif an. Ich muß wissen, was dort . . ."

Ich brauchte nicht weiterzusprechen. Der Notruf unter Flottenkode KRA-Q-Z lief ein. Es war ein Automatenspruch, offen und unverschlüsselt.

„Captain Feltif an Verbandschef. Wir sind verloren. Fünf Geschützstellungen sind vernichtet worden, dazu kommt eine Überlappungsfront von hoher Dichte. Die Hälfte der Kolonisten ist bereits aufgesaugt worden. Wir ziehen uns mit den Eingeborenen in die Urwälder und Gebirge zurück. Etwa hundert Feindschiffe greifen laufend an. Die Achsenstabilität des Planeten schwankt. Es sieht so aus, als brächte die Zeitfront sehr starke Gravitationsfelder mit, die Larsaf III in seiner Neigung zur Rotationsachse verändern. Captain Feltif spricht. Wo bleibt ihr? Ich rufe seit neun Tagen. Arkon antwortet nicht. Ende der Durchsage, wir wiederholen in drei Minuten, wir wiederholen in drei Minuten."

Jedermann hörte die Nachricht. Ich stand da, als hätte man mich mit flüssiger Luft übergossen. Tarts' Gesicht glich dem eines steinernen Standbilds.

„Angreifen, sofort, egal was kommt", hörte ich mich sagen.

14.

Wir hatten eine Kurztransition riskiert, doch als wir aus dem Hyperraum aufgetaucht waren, hatten wir uns mitten in einem Pulk von etwa hundertfünfzig feindlichen Großkampfschiffen befunden.

Keines davon erreichte die Größe der TOSOMA, und nur zwei waren erkannt worden, die dem Schlachtkreuzer PAITO unter Umständen die Stirn bieten konnten.

Trotzdem war unser Kampf vom ersten Augenblick an zum Scheitern verdammt gewesen. Wir waren nicht mehr zu uns gekommen. Nach den ersten Durchschlagstreffern hatten die Schutzschirme der PAITO nachgegeben. Es gehörte zu den konstruktiven Eigenarten der Schlachtkreuzertypen, daß sie zwar sehr schnell und auch stark bewaffnet waren, aber diese platzbeanspruchenden Einrichtungen gingen auf Kosten der Defensivschirme. Das vorgeschriebene Rüstgewicht bei einem Gravo Arkonwert konnte nicht überschritten werden, und wenn die Kugelzellen einmal mit allen möglichen Geräten und Maschinen vollgestopft waren, dann ging einfach nichts mehr hinein. Das hatte jetzt bittere Konsequenzen.

Die stolze PAITO unter Kapitän Inkar war im Feuerhagel von zirka sechzig feindlichen Schiffen zum Wrack geworden.

Das Unheil war nahe der Mondbahn geschehen. Ich stand über der derzeitigen Nachthalbkugel unserer Kolonialwelt. Der fast ultrablaue Energieball wölbte sich in all seiner Mächtigkeit über dem dunklen Planetenhorizont auf und ließ es unvermittelt Tag werden.

In unseren Schutzschirmen tobten ungeheuerliche Gewalten. Ich hoffte, daß Inkar sich aus der Gefahrenzone zurückziehen und irgendwo notlanden konnte.

Die Roboter des Gegners lernten schnell.

Die TOSOMA, die eben noch im Kreuzfeuer von etwa achtzig Einheiten gelegen hatte, wurde plötzlich freigegeben. Sie zogen sich fluchtartig zurück, um aus einer Entfernung von etwa drei Millionen Kilometern das Wirkungsfeuer erneut zu eröffnen.

Meine Ausweichmanöver waren tollkühn. Ich hatte die Automatik stillgelegt, um das schwere Schiff durch willkürliche Handschaltungen aus den Kreuzbahnen zu reißen.

Es war sinnlos. Schon fünf Minuten nach der ersten Feindberührung hatten drei Thermoschüsse unsere überlasteten Schutzschirme durchschlagen. Im Energieraum vier war ein Brand ausgebrochen. Sechs der fünfzehn noch verwendungsfähigen Triebwerke waren ausgefallen. Die Panzerung der TOSOMA hatte von da an fast schutzlos alles auffangen müssen, was man uns von drüben schickte.

Jetzt standen wir dicht vor dem Ende. Unsere Manöver waren schwerfällig und leicht berechenbar geworden. Unseren Fahrtüberschuß hatten wir verloren.

Der Gegner hatte seine Fahrt beibehalten. Wir besaßen keinen besonderen Vorteil mehr. Die Atomorkane aus den Geschützkuppeln der TOSOMA hatten laut P-Meldung vierunddreißig Fremdobjekte vernichtet. Es waren aber immer noch genug da, um uns den Garaus machen zu können.

Nun stürzte die schwer angeschossene und in vier großen Abteilungen lichterloh brennende TOSOMA der Oberfläche des Planeten entgegen. Kurz vor der Schnelltransition hatte ich den Befehl erteilt, die normalen Raumanzüge gegen arkonidische Einsatzkombinationen zu vertauschen. Mit ihnen war man flugfähig, und ein schwaches Abwehrfeld konnte auch errichtet werden.

Diese Individualschirme waren nun dringend erforderlich.

Die automatischen Feuerlöschanlagen des Flaggschiffs schrillten schon nicht mehr. Dafür waren die zahllosen Sicherheitsschleusen längst geschlossen worden. Die einzelnen Abteilungen – und es waren Hunderte – waren hermetisch abgeriegelt.

Die Brandbekämpfung geschah nunmehr durch den Entzug der künstlichen Schiffsatmosphäre. Ohne Sauerstoff kein molekularer Verbrennungsprozeß. Als ich diese Befehle erteilt hatte, waren die Pumpsysteme bereits ausgefallen. Die Positronik gab Alarm, aber das nützte nicht mehr viel.

In den Maschinen- und Energieräumen brannte es weiter. Wenn die hochempfindlichen Katalysetreibstoffe erfaßt wurden, würde der Feind eine heftige Explosion erleben. Vorläufig hielten aber die Spezialtanks, die Temperaturen bis zu fünfzigtausend Grad absorbieren konnten.

Sechzig Prozent der Visifonverbindungen waren ebenfalls ausgefallen. Ich konnte mich nur noch über Funk verständigen.

Als die langen, walzenförmigen Raumschiffe des Gegners ihren Umfassungsring öffneten, um einen Sicherheitsabstand von uns zu gewinnen, kamen wir vorübergehend in Feuerlee. Die Fremden besaßen Hecktriebwerke, deren Schubimpulse anscheinend die automatische Zielortung störten. Wenigstens erhielten wir plötzlich kein Feuer mehr.

Ich hatte die Gelegenheit benutzt, um die TOSOMA auf die so nahe Lufthülle des dritten Planeten zurasen zu lassen.

Draußen pfiff und heulte es. Unsere sonst so zuverlässigen Prallschirme waren nunmehr zu schwachen Gebilden geworden, die die Luftmoleküle kaum noch ionisieren konnten. Ohne eine elektrische Leitfähigkeit konnte es aber keine magnetische Abstoßung geben.

So kam es, daß mein Flaggschiff schon in den dünnen Luftschichten einer rotglühenden Sonne glich. Trotzdem stieß ich mit gerade noch verantwortbarer Höchstfahrt nach unten. Unser Arkonitpanzer hielt fünfzigtausend Grad aus, und die Klimaanlagen liefen noch.

Mir war klar, daß wir keine Chancen mehr hatten. Also tat ich das, was ein verantwortungsbewußter Befehlshaber in solchen Situationen unternehmen soll. Von Helden- und Untergangspathos hielt ich nichts. Nun kam es nur noch darauf an, die Überlebenden zu bergen.

„Kurs liegt an, Atlantis befindet sich in der Tagzone", hörte ich die Stimme des Ersten Offiziers.

Ich hatte vor, die zerschlagende TOSOMA nahe von Atlopolis zu landen, eine kurze Bodenverteidigung aufzubauen, um in deren Feuerhagel meine Leute in die unterseeische Druckkuppel bringen zu können.

Wir flogen in nur hundert Kilometer Höhe über das von Urwäldern bedeckte Ostland hinweg, auf dem schwarzhäutige Eingeborene lebten. Kurz darauf kamen die Fluten des Ozeans in Sicht und anschließend die hohen Küstenberge von Atlantis.

Ich hörte Tarts' Verwünschung. Über dem schnell näher kommenden Land standen lohende Atompilze. Der Gegner schien genau gewußt zu haben, wo auf dieser Welt die einzigen Verteidigungsanlagen zu suchen waren.

Augenblicke später sprach unsere Ortung an. Fünf Raumschiffe waren nahe der Küste gelandet. Anscheinend wurden Truppen ausgeschifft.

„Keine Zellschwingungsortung, es sind Roboter", gab Captain Masal aus der noch unbeschädigten Funkzentrale durch.

Meine Befehle erreichten die Waffenoffiziere. Die mächtige TOSOMA holte zum letzten Prankenhieb aus.

„Die bilden sich doch nicht ein, *mein* Schiff wäre schon lahm?" sagte Tarts in unheimlicher Ruhe über Helmfunk.

Das fürchterliche Dröhnen des Breitseitentakts unterband eine weitere Verständigung. Die fünf gelandeten Einheiten explodierten in einem Glutorkan.

Ich stöhnte auf, als die Hauptstadt mit dem Raumhafen auf die Bildschirme kam. Das weite Gelände war ein einziger Trichter. Von den Gebäuden Atlopolis' waren nur noch qualmende Ruinen zu sehen. Kilometerbreite Schußbahnen von Thermogeschützen durchzogen die Landschaft.

Dort, wo wir unsere Impulswaffen stationär eingebaut hatten, standen tiefschwarze Atompilze über der Landschaft. Captain Feltif antwortete nicht mehr. Unsere Anrufe brachten überhaupt kein Echo ein. Ich konnte nur hoffen, daß die Bewohner von Atlantis rechtzeitig evakuiert worden waren.

Tief im Raum entstand bereits eine neue Überlappungsfront. Wir bemerkten es am Flimmern der Atmosphäre. Nun griff der Gegner auch noch mit den Naturgewalten an.

Tarts bediente die kaum noch flugfähige TOSOMA in reiner Manuellschaltung. Die automatischen Anlagen waren ausgefallen, die Befehlsübermittlung zum Maschinenleitstand versagte. In der Zentrale stieg die Temperatur. Draußen mußten fürchterliche Brände toben.

Ich führte das aus, was ich mir vorgenommen hatte. Das Schlachtschiff mußte unter allen Umständen so lange in der Luft bleiben und als Rückendeckung dienen, bis die von Robotern besetzten Schleusen der Unterseekuppel geöffnet waren.

Aus Sicherheitsgründen war eine Individual-Impulskontrolle geschaffen worden. Es gab nur drei Arkoniden, vor denen sich die Tore öffnen würden. Besucher, die dem Robotgehirn der Kuppel nicht bekannt waren, würden nicht nur hilflos vor den Stahlpforten schwimmen, sondern auch noch von den starken Waffen der Festung beschossen werden.

Die Eintrittsberechtigten waren Captain Feltif, Chef der Bodentruppen und Beauftragter für die Evakuierungsmaßnahmen. Er war verschollen.

Der zweite Mann war der neue Chefmathematiker Kosol, der sich an Bord meines Flaggschiffs befand.

Ich war die dritte Person, deren Individualschwingungen von der Robotbesatzung anerkannt wurden.

Ich hatte nun schleunigst dafür zu sorgen, daß Kosol mit den bereitliegenden Schirmfeld-Unterwasserfahrzeugen die Tore öffnete und den Einlaß freigab. Während er damit beschäftigt war, hatte ich mit der TOSOMA alle eventuellen Störangriffe abzuwehren, um anschließend nach einer Blitzlandung meine Leute in Sicherheit zu bringen. Es war anzunehmen, daß der Feind die Unterseekuppel nicht kannte.

Ich ließ die Restfahrt aufheben. Mit Hilfe der noch wirksamen Antigravfelder blieb das Schlachtschiff über dem zerstörten Hafengelände in der Luft stehen. Der Helmfunk meines Einsatzanzugs war tadellos in Ordnung. Ich drückte den Sprechknopf nieder.

„Atlan an Chefmathematiker Kosol. Fall ‚Bergung‘ ist eingetreten. Verlaß deine Station, lande mit dem Fluganzug und öffne die Schleusen der Druckkuppel. Kosol, ich rufe Kosol, melden!“

Schon nach einer Sekunde kam die Antwort. Auf dem winzigen, oberhalb meiner Augen angebrachten Helmbildschirm erschien das Gesicht eines jungen Offiziers.

„Leutnant Einkal, Erhabener, Feuerlöschkommando achtzehn. Chefmathematiker Kosol ist gefallen, die Rechenabteilung brennt. Alle Schotte abgeriegelt. Die Nebenräume brennen ebenfalls aus. Es kommt laufend frische Luft durch die großen Schußöffnungen ins Schiff, Ende."

Ich hörte mich laut aufschreien. Dicht neben mir war Tarts mitsamt dem Kommandantensessel herumgefahren. Er hatte schneller verstanden als ich.

„Raus aus dem Schiff, Admiral!" schrie er mir zu. „Raus, schleunigst raus. Ich übernehme die Rückzugsdeckung. Öffne die Kuppel und gib mir anschließend über Helmfunk die Landungsanweisung. Nun gehe schon, worauf wartest du noch!"

„Ich – ich verlasse mein Flaggschiff nicht vor der Besatzung", sagte ich rauh.

Tarts lachte humorlos. „Ich werde dich hinauswerfen lassen. Du bist verpflichtet, deine Männer zu retten. Ich brauche dich nicht zur Schiffsführung, zumal es keine taktischen Entschlüsse mehr zu treffen gilt. Öffne die Kuppel, Atlan! Kosol ist gefallen und Feltif verschollen. In einer halben Stunde ist die Wellenfront da, und dann verschwindet alles Leben in der anderen Dimension. Mit den Walzenschiffen werde ich schon fertig. Ich habe einige Erfahrungen mit atmosphärischen Innenraumgefechten. Du sollst jetzt gehen!"

Die letzten Worte brüllte er. Zwei schwere Kampfroboter stapften auf mich zu. Sie wurden von Leutnant Cunór befehligt. Ich wurde aus meinem Sitz gerissen und gewaltsam zur Zentrale-Rohrschleuse geschleppt. Tarts brachte es fertig, bei meinem Zornausbruch schallend zu lachen.

„Wir warten auf dein Funksignal. Dreimal ‚Atlan', in Wort oder Impuls, und ich riskiere die Landung. Vorher werde ich noch etwas tun. Geh, Freund, und denke daran, daß ich dich und deine Familie verehre."

Vor mir öffnete sich die runde Klappe der Transportanlage. Es war ein meterstarkes, gradlinig verlaufendes Rohr, das vierhundert Meter entfernt in einer vollautomatischen Schleusenkammer endete. Mit Hilfe dieser Einrichtung konnte die Zentralebesatzung sehr schnell aus dem Mittelpunkt des Schiffes gebracht werden. Es war ein Notausstieg.

Ich schrie noch wütend, als sich die Klappe bereits schloß.

Der Preßluftstrom verwandelte meinen Körper in ein Geschoß. Diese Notausstiege waren nicht besonders bequem, dafür aber praktisch. Ich landete im komprimierten Luftbett der Auffangkammer, wo ich Mühe hatte, rechtzeitig mit den Füßen auf den Boden zu kommen.

Im nächsten Augenblick ging ich in Deckung, da ein anderer Körper herangeschossen kam. Es war Leutnant Cunór, dessen Robots mich kurzerhand in die Röhre gesteckt hatten.

„Ich lasse dich vor ein Bordgericht stellen!“ schrie ich außer mir und faßte ihn an den Schultern.

Ich kam natürlich nicht mehr dazu, meine Drohung zu verwirklichen. Die mächtigen Panzerklappen glitten auf, und wir wurden von einem zweiten Preßluftstoß hinausgewirbelt in die freie Luft.

Ich drückte auf den Knopf des Flugaggregats. Im Rückentornister des Anzugs summte längst der Mikromeiler mit der damit gekoppelten Miniaturstrombank.

Die Antigravautomatik stabilisierte meinen Flug, und dann hatte ich nur noch darauf zu achten, daß mein kleines Pulsatortriebwerk auch zu laufen begann. Hinter mir war Leutnant Cunór. Er gehörte zu den verwegensten Offizieren des Flaggschiffs. Natürlich war ihm von Tarts befohlen worden, mich auf meinem schweren Weg zu begleiten.

„Viel Glück!“ dröhnte es in meinem Schutzhelm. Tarts' Gesicht erschien auf dem winzigen Bildschirm. „Kann ich losfliegen? Wir bekommen neue Ortungen herein.“

„Wir sprechen uns noch“, sagte ich, schon etwas besänftigt. „Das war eine glatte Befehlsverweigerung mit Nötigung. Mach dich auf etwas gefaßt, Alter.“

Der Kommandant lachte nur. Anschließend hatten wir unsere liebe Mühe und Not, aus dem Sog des vorsichtig anruckenden Riesenschiffs zu kommen. In sicherer Entfernung nahm Tarts Fahrt auf. Die TOSOMA raste flammenspeiend in den von düsteren Atomwolken verhangenen Himmel.

Als sie verschwunden und das tiefe Grollen der in das entstandene Vakuum eindringenden Luftmassen verstummt war, sagte Cunór sehr bedächtig: „Hohe Gammaradioaktivität, Erhabener. Unsere Freunde arbeiten mit altmodischen Sprengkörpern.“

Als er ausgesprochen hatte, begann es irgendwo zu romoren. Ein leuchtendes Phantom raste weit über uns hinweg, doch dabei öffnete es seine Geschütztürme.

Ich wurde von einer harten Druckwelle aus der Flugbahn gerissen. Ein

Feuersturm brauste über das gequälte Land. Mein Amtssitz war vernichtet worden. Ich bemerkte nur noch rauchende Trümmer. Weit und breit war kein Lebewesen zu erblicken. Da wurde mir klar, daß der von Feltif gemeldete Durchgang einer Relativzone alles aufgesogen hatte, was nur einigermaßen nach Organismus ausgesehen hatte. Allein die Pflanzen waren geblieben.

Wir schwebten dicht über dem verbrannten Boden hin, umflogen die Trümmer von Atlopolis und richteten unseren Flug auf die freie See.

Da erst bemerkte ich, daß der Ozean von einem Orkan aufgewühlt wurde, das heißt, ich glaubte es nur einen Augenblick lang. Als die Druckwelle des angreifenden Schiffes vorüber war, wurde es relativ windstill. Trotzdem türmten sich die Fluten zu schäumenden Brechern auf. Die dem Hafen vorgelagerte Halbinsel war überhaupt nicht mehr zu sehen. Weiter östlich trat das Meer über die Ufer und verschlang große Landstriche.

Westlich unseres Standorts hatte sich der Boden gespalten. Die alten Vulkane, die wir längst erloschen glaubten, hatten ihre Schlünde geöffnet, um daraus Tod und Verderben zu speien.

Das Donnern und Grollen stammte nicht von einem Gefecht, sondern von den Naturgewalten.

„Das Land versinkt!" schrie Cunór entsetzt.

Da erst bemerkte ich in aller Deutlichkeit, daß der Boden schwankte. Es war das heftigste Beben, das ich jemals erlebt hatte. In der Ferne braute sich ein Wirbelsturm zusammen, dessen erste Böen über die versinkende Insel heulten.

Das innere Hafenbecken war bereits überspült. Von draußen rollten die Brecher heran, als gälte es, ganz Atlantis innerhalb weniger Minuten zu verschlingen.

Wir landeten dicht neben den in die hohen Uferfelsen eingeschmolzenen Bootsbunkern. Das Gelände sank ab. Als ich die Türen öffnete, umspülte das Wasser meine Füße. Sonst hatten wir die Schirmfeldfahrzeuge mehr als dreißig Meter weit nach unten bringen müssen.

Cunór machte das Spezialfahrzeug startklar. Es war eine Konstruktion der Flotte, bestimmt für unwegsame Wasser- und Sumpfplaneten.

Währenddessen versuchte ich, die TOSOMA anzurufen. Es gelang auf Anhieb. Die schwachen Impulse meines Helmsenders konnten von den Spezialgeräten des Flaggschiffs noch empfangen und verstärkt werden.

„An Bord alles wohl“, kam Tarts’ von Störgeräuschen unterbrochene Antwort aus dem Helmlautsprecher. „Ich fliege nur Ausweichkurven und schlage gelegentlich zu. Wie weit bist du?“

„Wir steigen eben ein. Vorsicht, die Insel scheint abzusinken. Wir registrieren heftige Beben.“

„Der ganze Planet spielt verrückt. Im Großen Westozean steigt neues Land aus den Fluten. Die Achsenstellung dieser Welt verändert sich. Es wird zu großräumigen Überschwemmungen kommen. Ende.“

Als ich die druckfeste Kuppel des flachen Gleiters schloß, wurden wir von den gischtenden Wellen aus dem Bunker gespült. Für einige Augenblicke tanzte der Gleiter auf dem von heftigen Beben aufgewühlten Element. Dabei deutete Cunór schweigend nach Osten.

Ich unterdrückte einen Ruf des Entsetzens, als ich die mächtige Relativfront sah. Sie mochte eine Geschwindigkeit von mehr als zehntausend Kilometern pro Stunde haben. Erkenntlich wurde sie durch das eigenartige Flimmern in der Luft und das erlöschende Sonnenlicht. Da erst fiel mir ein, daß wir durch eine rätselhafte Zeitverschiebung neun Tage verloren hatten. Es mußte mittlerweile zu der befürchteten Vollkonjunktion der Planeten zwei und drei gekommen sein.

Das Unheil kam lautlos auf uns zu. Das war eine typische Überlappungszone, die kein Leben verschonte.

Cunór zog den Stufenschalter des gravomechanischen Schirmfelds nach unten. Das Wasser wurde sofort vom Bootskörper zurückgedrängt. Es entstand eine freie, luftleere Zone, die wie ein Schutzpolster zwischen dem dünnen Material des Bootes und dem pressenden Wasser wirkte.

Die Fluttanks liefen voll. Wir sanken ab wie ein Stein. Erst fünfzig Meter unterhalb der Wasseroberfläche wurde das Wüten etwas gemäßigter. Dennoch kamen so starke Unterwasserdruckwellen durch, daß ich um die Stabilität unseres Schirmes bangte.

Die Infra-Scheinwerfer leuchteten auf. Wir suchten die von Feltifs Spezialisten errichtete Grundkuppel, die etwa hundert Meter unter der Oberfläche liegen mußte. Ich war nur einmal dort gewesen, wobei meine Körperschwingungen vom Impulsdetektor des steuernden Robotgehirns aufgenommen worden waren.

Ich wußte, daß in dieser Tiefe ein großes unterirdisches Plateau begann, dessen massiver Fels bis zum Grund des Ozeans reichte. Darin hatten wir die Fundamente verankert. Die Kuppel hielt jeden nur denkbaren Wasserdruck aus, da sie notfalls von Abstoßschirmen verstärkt werden konnte.

Das Plateau war aber nicht mehr zu finden. Cunórs Gesicht verfärbte sich so rasch, daß ich seine Gedanken deutlich erraten konnte. Die Grundbeben hatten auch unsere Zufluchtstätte mit in die Tiefe gerissen.

„Runter", befahl ich rauh, „noch tiefer gehen! Sie kann nicht zerstört werden. Die Verankerungen sind mit Arkonstahl im Thermal-Spritzgußverfahren gebaut worden. Ich möchte die Naturgewalt sehen, die damit fertig wird."

Cunór nickte ergeben. Dabei dachte ich verzweifelt an die Männer der TOSOMA, die nunmehr in einer schrecklichen Lage sein mußten. Ich gab meinen letzten inneren Widerstand auf und rief über Unterwasserfunk die Robotstation an. Die Steuermaschine meldete sich sofort.

Wir wurden von der Fernlenkkontrolle erfaßt und in sausender Fahrt nach untern gerissen. Als endlich die Konturen des bläulich schimmernden, am Grund einhundertzwanzig Meter durchmessenden Stützpunkts auftauchten, waren wir schon elfhundert Meter tief. Der Meeresboden sank und sank.

Die Identifizierungskontrolle durch das kleine Robotgehirn erfolgte durch den vorgeschriebenen Hirnfrequenztest. Ich legte die Taster über den Schädel und schaltete den Sender ein.

„Eintritt erlaubt, Erhabener", kam Sekunden später die blecherne Automatenstimme über Funk.

Wir wurden von einem Traktorstrahl erfaßt und mit atemberaubender Geschwindigkeit in die aufgleitende Hochdruckschleuse gezerrt. Ungeduldig lauschte ich auf das hohe Summen der Pumpen. Als die Kammer leer war und die Luft einströmte, wies ich Cunór hastig an: „Warte hier. Ich gebe den Programmierungsimpuls, damit sich die Tore auf jeden normalen Kodespruch öffnen. Wir müssen dann nochmals nach oben, um die TOSOMA anzurufen. Aus dieser Tiefe ist es nicht mehr möglich. Die Kuppel besitzt keinen Hypersender."

Ein arkonidenähnlicher, plastikverkleideter Roboter tauchte in der Schleusenpforte auf. Ich stürmte einfach an ihm vorbei und sprang die engen Wendeltreppen zum Programmierungsraum hoch.

Draußen polterte und rumorte es. Das laute Arbeitsgeräusch der mächtigen Energiestation bewies mir, daß das zentrale Gehirn den entstehenden Druck durch Schutzschirme ausglich. In den Fundamenten knirschte es beängstigend. Die Preßwirkung der von den Beben bewegten Gesteinsmassen mußte unvorstellbar groß sein.

Ein heftiger Stoß schleuderte mich zu Boden. Ich wartete ab, bis die Erschütterungswelle vorüber war, und taumelte dann keuchend in den Schaltraum. Das Hauptrelais des kleinen, aber hochwertigen Gehirns war in einer mannshohen Stahlglocke untergebracht. Ich wurde von dem stereotypen „Willkommen, Erhabener“ empfangen.

Wortlos setzte ich die Individualsperre außer Betrieb und zog den Hebel für normale Funk-Öffnungsimpulse nach unten. Das Anrufwort war identisch mit meinem Namen.

Ohne das Gehirn zu befragen, rannte ich zur Schleuse zurück. Cunór wartete ungeduldig.

„Schon zweitausend Meter Tiefe“, meldete er erstaunlich gelassen.

Ich achtete nicht mehr darauf. Augenblicke später befanden wir uns wieder im Wasser, das hier und da von ausbrechenden Grundvulkanen zu gefährlichen, stahlhart erscheinenden Wirbeln aufgewühlt wurde. Überall war das rote Lohen der unterseeischen Eruptionen zu sehen. Diese Welt ging unter. Wenigstens wurden nun die Kontinente verändert und neue Länder geboren.

Wir brauchten zehn Minuten, um die Sicherheitstiefe zu erreichen. Höher durften wir eigentlich nicht mehr gehen, da wir nicht wußten, ob die Relativfront schon durchgegangen war oder ob noch Ausläufer nachfolgten.

„Die Geschwindigkeit der Wand war hoch, Erhabener“, meinte Cunór. „Sie müßte eigentlich schon abgewandert sein.“

Ich setzte alles auf eine Karte und tauchte auf.

Die Zeitfront war wirklich schon weg, nur wurden wir von einer derartigen Sturmflut empfangen, daß unser Fahrzeug zum hilflosen Spielball der Wellen wurde.

Von Atlantis waren nur noch die höchsten Berggipfel sichtbar. Ich erblickte Wasser, wohin ich auch sah. Von der TOSOMA entdeckten wir keine Spur.

Auch die Feindschiffe griffen nicht mehr an. Wenn die Roboter nur eine Spur von Verstand hatten, mußten sie wissen, daß es hier nichts mehr zu zerstören gab. Das besorgten schon die Beben und die fürchterlichen Flutwellen.

Wir ließen uns zwei Stunden lang durchschütteln. Währenddessen rief ich mit dem starken Sender des Bootes ohne Unterbrechung. Hoch über den dunklen Orkanwolken war eine sehr helle und ausgedehnte Leuchterscheinung zu bemerken. Die Sonne war es nicht, denn sie stand niemals im Norden.

Ich wußte, wie die verwehende Atomglut eines explodierten Raumschiffs aussah. Trotzdem wollte ich nicht daran glauben. Dann kam die nächste Überlappungsfront auf uns zu.

Innerlich gebrochen gab ich den Befehl zum Wegtauchen. Meine Freunde lebten nicht mehr oder waren verschollen.

15.

In zehn Minuten würde ich medizinisch tot sein. Ich lag locker und entspannt auf dem weichen Konturlager und lauschte auf die einschmeichelnde Hypnomusik. Über meinem Schädel hing die Impulshaube des Pulsators. Mein normaler Lebensrhythmus wurde ganz allmählich verlangsamt.

Anschließend würden die Automatinjektionen mit dem Konservierungsserum kommen, eine Technik, die mein Volk schon lange beherrschte.

Gesunde Individuen konnten einen biomedizinischen Tiefschlaf über etwa fünfhundert Jahre hinweg einwandfrei überstehen. Die Lebensfunktionen wurden fast auf Nullwert herabgesetzt.

Meine Druckkuppel war mit den entsprechenden Anlagen ausgerüstet. Ehemals hatten sie sich auf einem Lazarettschiff meines Geschwaders befunden. Wir hatten sie ausgebaut.

Ich öffnete meinen Willensblock weit, um dem Schmeicheln der Musik voll nachgeben zu können. Es wurde Zeit, daß ich mich in die absolute Ruhe des Tiefschlafs zurückzog, wenn ich nicht wahnsinnig werden wollte.

Es hatte fast vier Monate gedauert, bis sich die Elemente so weit beruhigt hatten, daß wir an ein Auftauchen hatten denken können. Dann hatten wir mit unserer langen Suche begonnen.

Ich hatte weder einen Arkoniden noch einen atlantischen Eingeborenen entdeckt. Die von Feltif angelegten Schutzburgen und Pyramidensilos hatten noch existiert, aber die Bewohner waren verschwunden gewesen.

Cunórs und meine Verzweiflung hatte uns in sinnloser Hast von Ort zu Ort getrieben. Hier und da hatten wir schließlich Leben gefunden, aber diese Daseinsformen waren so erschreckend primitiv gewesen, daß wir auf einen Kontakt verzichtet hatten.

Die Barbaren im eisigen Norden waren verschont geblieben. Nur unsere wahrhaft intelligenten Atlanter und die Kolonisten in Ost und West waren nicht mehr da.

Entweder waren sie von den berghohen Springfluten getötet oder von den zahlreichen Relativfronten entführt worden.

Wir hatten sechs Monate lang gesucht, gefunkt, wieder gesucht und erneut gefunkt. Auf Arkon schien man uns völlig vergessen zu haben. Die unersetzlichen Funkstationen auf Atlantis und den beiden Südkontinenten waren durch Feindeinwirkung vernichtet worden. In der Kuppel gab es nur schwache Sendeanlagen, mit denen wir die Entfernung bis zu unserer Heimat niemals überbrücken konnten. Jetzt bedauerte ich es, einen der leistungsfähigen Großsender nicht in den Unterwasserstützpunkt eingebaut zu haben. Damals war es uns aber sinnlos erschienen, da Hyperwellenanlagen nun einmal unterhalb der Wasseroberfläche nichts zu suchen haben. Die Kuppel sollte eine Fluchtstätte sein, ein Aufenthaltsort für kurze Zeit. Wozu hätten wir also die großen, platzbeanspruchenden Geräte einbauen sollen?

So hatten wir mit dem Gleiter jeden Kontinent überflogen. Das Gesicht des dritten Planeten hatte sich verändert. Es waren neue Meere entstanden und große Inseln versunken. Zu ihnen gehörte auch Atlantis, von dem nur noch einige Bergspitzen in der Form kleiner Eilande zu sehen waren.

Unser Stützpunkt war in einer Tiefe von 2852 Metern endlich zur Ruhe gekommen.

Dann, kurz vor dem endgültigen Resignieren, war Leutnant Cunór von einem Höhlenbarbaren des Nordlands mit einem Faustkeil erschlagen worden. Ich hatte erschüttert vor dem Grab meines letzten Gefährten gestanden, bis ich unsagbar müde und erschöpft abgeflogen war.

Meine letzte Maßnahme war überhaupt nur deshalb möglich gewesen, weil es in meinem tiefsten Innern immer noch eine schwache Hoffnung gab. Irgendwann mußte man doch einmal nachsehen, was aus Admiral Atlan geworden war. Irgendwann mußte man auf die Funksprüche aufmerksam werden, die ich kurz vor der Explosion der PAITO abgestrahlt hatte. Arkon war doch noch nicht tot, und ich war immerhin ein Angehöriger des Herrscherhauses.

Aus diesen Erwägungen heraus hatte ich auf dem höchsten Gipfel der Inselberge ein kleines, hochempfindliches Gerät montiert, das auf die Strukturerschütterungen transitierender Raumschiffe ansprach.

Ein Relaissender mußte in einem solchen Fall das Robotgehirn meiner Kuppel benachrichtigen, was meine sofortige Erweckung aus dem Tiefschlaf bedeutete.

Ich hatte die Schlafgrenze vorsichtshalber auf fünfhundert Jahre festgesetzt. Ganz bestimmt aber würden meine Kameraden vorher kommen, und wenn es nur ein armseliger Kurierkreuzer war.

So hatte ich mich einigermaßen beruhigt auf das Lager begeben. Es wäre sinnlos und für die Gesundheit meines Geistes gefährlich gewesen, wenn ich Tag für Tag und Nacht für Nacht gewartet hätte. Im Tiefschlaf wurde die Zeit nichtig, und mein Detektor war zuverlässig.

Ich wurde schläfrig. Neben mir stand mein persönlicher Dienstroboter. Es war eine Spezialkonstruktion, mit der ich mich unterhalten konnte.

„Wie lange noch, Rico?“ fragte ich flüsternd.

„Gleich, Erhabener, gleich wirst du deine Ruhe finden“, sagte die Medo-Maschine mit dem P-Gehirn. Diesmal störte mich noch nicht einmal der metallische Klang der mechanischen Stimmbänder.

„Ruhe finden“, wiederholte ich stockend, „Ruhe. Vor wem? Vor meinem Gewissen?“

„Entspanne dich, Erhabener“, knarrte es aus der Mundöffnung des Robots.

Vor meinen Augen begannen Feuerräder zu kreisen. Plötzlich sah ich Tarts’ faltiges Gesicht. Er lächelte mir aufmunternd zu. Dann kamen Inkar, Cunór, Kosol, Cerbus und all die vielen Freunde, die ich verloren hatte.

Ich wollte schreien, aber ich konnte es nicht mehr.

Warum hatte ich diese Welt verteidigt? Warum nur?

„Rico, ob aus den Eingeborenen einmal ein hochzivilisiertes Volk wird?“

„Entspanne dich, Erhabener. Die Zeit läuft."

Die Zeit. Ich hatte sie unterschätzt. Ich war an den Tatsachen vorbeigegangen. Die, die nach mir kamen, sollten nicht noch einmal den gleichen Fehler begehen. Ich schwor es vor mir selbst, beim Großen Imperium und bei meiner ehrwürdigen Familie.

16.

Jemand sang. Er hatte eine schöne, wohltönende Stimme. Ich lauschte mit erwachender Aufmerksamkeit und vergaß dabei meine quälenden Kopfschmerzen.

Als ich die Augen öffnete, saß dicht neben mir ein junger Mann von dunkler Hautfarbe.

„Home, home on the ranch", sang er mit seinem wundervollen Bariton. Weiter vorn stand ein Mann mit den Rangabzeichen eines Administrators. Der Junge mit dem dunklen Gesicht sang immer noch. Dann wußte ich, wer er war. Leutnant Fron Wroman gehörte zum Offiziersstab der DRUSUS.

Plötzlich sagte jemand: „Ich habe mich daran erinnert, daß Musik oder Gesang wohltuend auf das Nervensystem von Leuten deiner Art wirkt."

Ich richtete mich langsam in dem zurückgeklappten Gliedersessel auf. Da erinnerte ich mich wieder, daß ich unter dem Zwang meines Extrahirns erzählt hatte.

Perry Rhodan lächelte mich an. Reginald Bull reichte mir ein erfrischendes Getränk. Dabei meinte er ungewohnt leise und nachdenklich: „Sie sind doch noch gekommen, Admiral, nur etwas spät. Die Barbaren aber, jene von Larsaf III, die haben sich entwickelt. Sie haben die Erde nicht umsonst verteidigt, Atlan. Auch werden jene, die nach Ihnen kamen, nicht noch einmal den gleichen Fehler machen."

Ich nickte stumm. Es war mühevoll, plötzlich wieder in anderen, gegenwärtigen Bahnen zu denken.

Man ließ mir Zeit, bis Rhodan fragte: „Dein Alarmgerät scheint damals versagt zu haben?"

Ich schüttelte den Kopf. „Nein, es war in bester Ordnung, nur tauchten keine Raumschiffe auf. Ich erwachte in Abständen von fünfhundert Jahren. Dann sah ich mich um, aber die Terraner waren noch lange nicht soweit. Um der Einsamkeit zu entgehen, bin ich immer wieder in meine Kuppel hinabgestiegen. Als ich zum einundzwanzigsten Male aufgeweckt wurde, gab es auf der Erde ein großes Reich, das man römisches Imperium nannte, aber noch gab es keine Möglichkeit, ein Raumschiff herzustellen. Ich mußte lange warten, Perry."

Die Maschinen der DRUSUS liefen an. Ich hob horchend den Kopf.

„Ein wundervolles Geräusch, fast so schön wie Wromans Stimme", sagte ich leise. „Es war ein guter Gedanke, ihn singen zu lassen. Ich liebe dieses uralte Lied, das man damals in Nordamerika sang. Es ist lange her."

Die DRUSUS startete. Der Kunstplanet Wanderer fiel zurück. Dabei nahm ich mir fest vor, die Menschen über all meine Fehler genauestens aufzuklären. Vielleicht konnten sie daraus lernen. Außerdem wußte ich jetzt, gegen wen ich vor zehntausend Jahren gekämpft hatte.

Druuf nannte man die Unheimlichen aus der anderen Zeitebene. Ich sah zu Rhodan hinüber. Er saß ruhig im Kommandosessel vor den zahllosen Kontrollen des Schiffsgiganten. Ich zog mich still zurück. Fron Wroman winkte mir lachend zu.

„Transition in zehn Minuten!" rief er laut. „Dann sind wir wieder zu Hause."

„Zu Hause", wie das klang. Ich lauschte dem Begriff nach. Die Panzerschleusen der Zentrale öffneten sich automatisch. Auf meiner Brust pochte der Zellaktivator. Er hatte gehalten, was ein Unbekannter versprochen hatte.

17.

Wir standen mit dem neuen Kreuzer CALIFORNIA knapp zehn Lichtminuten von dem Planeten Gray Beast entfernt. Etwa ein Jahr war seit den Ereignissen auf Wanderer vergangen.

Die Geschichte des Planeten Gray Beast war kurz, aber ereignisreich. In der Annalen der terranischen Raumfahrt war diese Welt zum erstenmal vor ungefähr drei Jahren aufgetaucht, als ein Transportschiff, das achttausend Auswanderer von Terra eigentlich nach Rigel III bringen sollte, infolge einer Meuterei der Siedler und vieler Beschädigungen am Triebwerk hier notgelandet war. Das Schiff, die ADVENTUROUS, war nach der Notlandung nur mehr ein Wrack. Die Besatzung war gezwungen, mit den Siedlern zusammen auf Gray Beast zu leben.

Zunächst hatten die Siedler Schwierigkeiten mit sich selbst gehabt. Sie teilten sich in zwei miteinander rivalisierende Gruppen: die Aufrechten Demokraten unter Horace O. Mullon und die Naturphilosophen unter Walter S. Hollander. Es wurde rasch offenbar, daß Hollander nach der alleinigen, autoritären Macht strebte. Es gelang ihm im ersten Anlauf, Mullon und seine Leute an die Wand zu spielen, aber im Zurückschlagen eroberte Mullon die Stadt Greenwich – die einzige, die sie bisher gebaut hatten – wieder und nahm Hollander und seine Gesellen gefangen. Hollander wurde nach dem Recht, das die Volksversammlung von Greenwich sich selbst gab, zum Tode verurteilt. Seine Genossen wurden zu Zwangsarbeit verurteilt.

Mullon und ein paar wissenschaftlich Interessierte hatten inzwischen entdeckt, daß Gray Beast von zwei bemerkenswerten Arten organischen Lebens bevölkert wurde: den Mungos, halbintelligenten Affen, die hoch oben in den Bergen lebten, und den Blauen Zwergen, völlig inhumanoiden Gebilden, die wie blaue Stoffstücke aussahen und, wenn sie in Massen auftraten, über beachtliche parapsychologische und paramechanische Fähigkeiten verfügten. Mullons geschickter Politik war es gelungen, beide als Freunde zu gewinnen.

Schließlich war etwas eingetreten, womit niemand gerechnet hatte: Terranische Wissenschaftler hatten herausgefunden, daß im Myrtha-Gebiet im Lauf der nächsten zehn Monate eine jener Überschneidungen zweier fremder Zeitebenen zu erwarten war, wie sie sich im Jahre 2040 zum erstenmal im Mirsal-System ereignet hatte.

Die Lage erforderte es, Gray Beast zu einem Stützpunkt der Solaren Flotte zu machen und dort Vorbereitungen zu treffen, die ein Eindringen in die fremde Zeitebene in großem Stil möglich machten.

In den nächsten Wochen entwickelte sich eine ungewöhnliche Aktivität. Ganze Transportflotten brachten das zum Ausbau des Stützpunkts notwendige Material. Eine juristische Kommission erschien und bot den Siedlern an, sich auf Venus, in der Nähe der Erde, eine neue Heimat zu schaffen. Die Siedler nahmen an.

Ein knappes Tausend der Siedler, die sich einst die Asozialen Freien Siedler genannt hatten, war auf Gray Beast zurückgeblieben. Der Plan war aufgekommen, sie, von denen jeder über besondere Fähigkeiten verfügte, in die Flotte aufzunehmen. Die Siedler waren damit einverstanden gewesen – der Rest war nur noch Formalität. Der neue Stützpunkt hatte sich selbst mit Mannschaften versorgt.

Selbstverständlich wurde auch mit den halbintelligenten Mungos und den Blauen Zwergen Kontakt aufgenommen und diesen der Vorschlag gemacht, sie ebenfalls auf andere Welten zu bringen. Rhodan sah sich zu diesem Schritt veranlaßt, da er nicht wußte, wie die weitere Entwicklung auf Gray Beast verlaufen würde. Es war dies eine moralische Verpflichtung gegenüber den intelligenten Einwohnern dieses Planeten, denn mit der Notwendigkeit, diese Welt zu einem Stützpunkt auszubauen, war auch ein nicht geringes Risiko für die Sicherheit der Ureinwohner Gray Beasts verbunden. Rhodan konnte zu diesem Zeitpunkt nicht ahnen, daß das Risiko noch viel höher war, als er jetzt vermutete.

Nachdem die Mungos und die Blauen Zwerge Rhodans Plan zugestimmt hatten, wenngleich sie auch die wahren Hintergründe nicht kannten, wurden sie schließlich mit einigen Spezialschiffen auf bereits vorbereitete Planeten in der näheren Umgebung des Myrtha-Systems gebracht.

Perry Rhodan war schließlich selbst auf Gray Beast erschienen, um sich vom Fortschritt der Arbeiten zu überzeugen. Gray Beast war über Nacht zu einem der wichtigsten Punkte der Galaxis geworden. Von hier aus sollte der entscheidende Schlag gegen die Druuf geführt werden, jenes fremde Volk, das auf der anderen Zeitebene lebte und die Überschneidung der beiden Ebenen jeweils zu räuberischen Zügen durch die Galaxis ausnutzte.

An all das mußte ich denken, als wir uns Gray Beast mit der CALIFORNIA näherten. Da es sich bei ihm um die siebte Welt der Sonne Myrtha handelte, hatten wir noch nicht einmal die Grenzen des gewaltigen Systems erreicht. Vor uns erstreckten sich noch die Bahnen der äußeren Planeten, eiskalte, unbewohnbare Gasriesen ohne jeden ersichtlichen Daseinssinn. Myrtha besaß insgesamt 49 Satelliten.

Wenige Tage vor uns war fast die gesamte Solare Flotte im Myrtha-System eingetroffen. Die ersten Anzeichen für das Auftauchen der prophezeiten Überlappungsfront waren damals registriert worden. Die Anwesenheit der Flotte war eine Vorsichtsmaßnahme. Rhodan wollte auf keinen Fall einen Krieg gegen die geheimnisvollen Druuf aus dem anderen Universum entfesseln. Wir mußten in diesem gefährlichen Spiel mit einer dritten Partei rechnen – dem Robotregenten von Arkon. Seine Robotschiffe registrierten jede Überlappungsfront.

Inzwischen hatte sich ein Entladungstrichter aus dem roten Universum stabilisiert. Die Ortungsgeräte der CALIFORNIA beobachteten eine Unzahl von Transitionen. Zweiundzwanzig Lichtjahre vom Myrtha-System entfernt, traf eine riesige Robotflotte des Regenten ein und wurde sofort in Kampfhandlungen mit den Robotschiffen der Druuf verwickelt.

Die vorläufige Aufgabe der CALIFORNIA bestand darin, alle Flottenbewegungen zu beobachten, damit wir entsprechend dem Verhalten der beiden anderen Parteien planen konnten. Natürlich hätte Perry Rhodan auf das Abkommen mit dem Robotregenten, wonach ihm bei Aktionen gegen die Druuf die arkonidischen Schiffe unterstellt werden sollten, pochen können, doch wie ich erwartet hatte, verzichtete der Terraner darauf. Mit gutem Grund, wie mir schien. Der Regent spielte nach wie vor ein doppeltes Spiel und versuchte immer wieder, die Positionsdaten der Erde in Erfahrung zu bringen. Natürlich wollten wir auch den Stützpunkt auf Gray Beast geheimhalten.

Während mir all diese Überlegungen durch den Kopf gingen, schaute ich mich in der Zentrale der CALIFORNIA um.

Die CALIFORNIA gehörte zu jenen neuartigen, blitzschnellen Aufklärungsschiffen, deren Panzerung und Bewaffnung auf Kosten der überdimensionierten Triebwerke und Kraftstationen arg vernachlässigt worden waren.

Natürlich besaß das Schiff wie alle terranischen Einheiten inzwischen einen Eigenfrequenz-Absorber. Er war auf Rhodans Bitte hin von den 20 000 auf Terra angesiedelten Swoon entwickelt worden.

Dem Regenten von Arkon nützte es also wenig, daß er seine Schiffe mittlerweile mit dem Kompensatorpeiler, auch Strukturkompensator genannt, ausgerüstet hatte. Er war weiterhin nicht in der Lage, terranische Schiffe bei ihren Transitionen zu verfolgen und auf diese Weise die Erde zu finden.

Immerhin war die CALIFORNIA mehr als ein reiner Kompromiß. Ihr Aufgabenbereich war zweckgebunden und daher begrenzt. Sie konnte unerhört schnell auftauchen, zuschlagen und wieder verschwinden. Ob sie ernsthafte Wunden hinterlassen konnte, sollte erst die Zukunft zeigen. Ich war jedenfalls mit dem hundert Meter großen Kugelschiff sehr zufrieden. Es vermittelte ein Gefühl großer Sicherheit, vorausgesetzt, auf der Brücke stand ein Kommandant, der nicht unbedingt beweisen wollte, wie heldenhaft und verwegen er war. In diesem Fall wären die dünnen Schutzschirme des Spezialkreuzers sehr schnell in sich zusammengebrochen.

Wir befanden uns in der geräumigen Zentrale, deren Ortungsgeräte ebenfalls auf die Bestimmung des Kreuzers hinwiesen. Niemals zuvor hatte ich bessere Ausführungen gesehen.

Die für Kreuzerverhältnisse viel zu großen Bildschirme der Panoramagalerie zeigten ein Geschehen, das mir den Atem raubte.

Mein Extrahirn pochte hart und schmerzhaft in seinem Drang, mich zur Erzählung zu verleiten. Das, was ich da sah, erinnerte mich lebhaft an die Ereignisse während des sogenannten Methankriegs vor zehntausend Jahren irdischer Zeitrechnung. Nur gewaltsam konnte ich den zwingenden Bann von mir abschütteln. Ich wollte diesmal nicht erzählen, sondern bewußt erleben.

Reginald Bull hatte sich mit beiden Armen auf die Rückenstütze des Kommandantensitzes gelehnt. Aus verkniffenen Augen starrte er zu den Bildschirmen hinauf, die nach dem Prinzip der überlichtschnellen Impulserfassung und Echoauswertung arbeiteten.

Die etwa zwanzig Lichtjahre entfernten Schiffe konnten wir nicht so sehen, als befänden sie sich direkt vor uns. Immerhin konnten wir aus der

Größe und Abmessung der grünen Lichtflecken herauslesen, was man dort an Raumschiffen aller Art aufgeboten hatte. Es gab niemanden an Bord, der nicht fähig gewesen wäre, aus den Reliefechos ein klares Bild zu rekonstruieren.

Die Ortungszentrale meldete sich. John Marshall war am Apparat.

„Schätzungsweise dreißigtausend Einheiten unterschiedlicher Größe", gab er bekannt. „Außerdem sind das keine Gefechte mehr, sondern regelrechte Schlachten, die mit ungeheurer Erbitterung geführt werden. Mir schlagen bald die Hyperorter durch. Solche Schockwellen habe ich noch nie erlebt."

Ich sah zu den Strukturtastern hinüber. Auf ihren Diagrammschirmen war ein ununterbrochenes Flackern zu sehen, was aber nicht allein von den zahllosen Transitionen fremder Raumschiffe herrührte.

Die flache, konstant sichtbar bleibende Wellenlinie zeigte etwas an, was annähernd einer Strukturerschütterung glich. Nur handelte es sich nicht um auftreffende Stoßwellen übergeordneter Energieüberschüsse, sondern um das gefahrdrohende Überlappen einer anderen, kaum begreifbaren Raumzeit-Ebene.

Die Auswertung lag bereits vor. Es stand fest, daß wir es diesmal nicht mehr mit einer Relativform zu tun hatten, sondern mit einer sogenannten Entladungszone, die seit 36 Stunden Standardzeit stabil geblieben war.

„Deine Meinung?" fragte Rhodan.

Die Gesichter der anwesenden Männer waren nur umrißhaft erkennbar. Wir hatten jede Lichtquelle abgeschaltet, um die Hyperaufnahme möglichst ungestört beobachten zu können.

„Meine Meinung?" wiederholte ich gepreßt. „Schön, hier ist sie. Ihr kennt meine Erlebnisse aus der Vergangenheit. Die letzten Berechnungen zeigen, daß die Eigenzeit der Druuf bei einem Verhältnis von eins zu zweiundsiebzigtausend nicht das zuläßt, was ich soeben mit dem Begriff ‚Vergangenheit' erwähnt habe. Seit meiner damaligen Abwehrschlacht im irdischen Sonnensystem sind für diese Burschen bestenfalls einige Monate vergangen. Das einmal zur Klärung der direkten Situation."

Rhodans Gesicht blieb unbewegt. „Und wie geht es weiter?"

„Die Zeiten der Relativfronten mit dem typischen Entführungscharakter sind vorüber. Ich habe damals in einer ähnlichen Situation trichterförmige Energiegebilde erlebt, die sich mitten im anscheinend leeren Raum bildeten. Es handelte sich um Entladungszonen, mit deren Hilfe der unterschiedliche Energiegehalt der beiden Universen ausgeglichen wurde. Die Trichter waren identisch mit vorzüglichen Leitern, durch die ein Gleichgewicht der Kräfte erzeugt wurde. Es handelte sich um einen natürlichen Vorgang, der keineswegs von denkenden Wesen gesteuert wurde. Hier aber sieht die Sache noch übler aus."

Ich schwieg für einen Augenblick, um das Phänomen der fast gradlinig gewordenen Schockwellenkurve näher zu begutachten.

„Unter Berücksichtigung einer differierenden Eigenzeit von eins zu zweiundsiebzigtausend und einer Massenverlagerung der materiell stabilen Ballungspunkte innerhalb der Druufebene wird es klar, daß die damaligen Gegebenheiten nur ein Vorläufer dessen waren, was wir jetzt sehen. Leider können wir es noch nicht optisch beobachten, da das normale Licht die Entfernung von zwanzig Lichtjahren noch nicht zurückgelegt hat. Wäre es bereits geschehen, könntet ihr rötlich leuchtende, ineinander verschmelzende Trichteröffnungen bemerken, die mehr und mehr die Form eines langen, relativ schmalen Risses in der Schwärze des Einstein-Universums annehmen. Das ist die neue, stabil bleibende Entladungszone, die nach unserer willkürlichen Zeitbestimmung vor etwa zehntausend Jahren ihren Anfang genommen hat. Daß dieser Wert für andere Wesen *nicht* gültig ist, dürfte mittlerweile klar sein. Ich schätze, Barbar, daß du von nun an auf deine komplizierten Apparaturen zur Erzeugung eines Spiegelfelds verzichten kannst. Jetzt wirst du ungehindert durch jene Zone fliegen können, vorausgesetzt man *läßt* dich hindurchfliegen."

Die letzte Spitze konnte ich mir nicht verkneifen, obwohl ich keinen Wert darauf legte, meine Freunde zu kränken. Rhodan war auch nicht eingeschnappt.

Dagegen meinte er trocken: „Vielen Dank für die Aufklärung, Admiral. Das hatten wir mittlerweile selbst herausgefunden. Wenn wir landen, werden wir die ersten robotgesteuerten Sonden vorfinden, die ich bereits vor einigen Tagen in diese Zone geschickt habe. Damit werden wir auch normaloptische Aufnahmen erhalten. Sinn und Zweck dieses Fluges war es lediglich festzustellen, was das Robotgehirn gegen die so plötzlich aufgetauchte Gefahr unternommen hat. Natürlich hat es eine Riesenflotte ausgeschickt. Andere Möglichkeiten scheint es nicht zu kennen."

Ich schluckte meinen Grimm hinunter und warf dem grinsenden Mutanten Wuriu Sengu einen bösen Blick zu.

„Und welche Möglichkeiten kennst du, kleiner Barbar?“ fragte ich spöttisch.

Rhodan gähnte und hielt die Hand vor den Mund. Seine Lider blinzelten. „Ich . . .?“

Er stand langsam auf und rief den Maschinenleitstand an. Augenblicke später nahm die CALIFORNIA Fahrt auf.

„Wir werden uns vorsichtig umsehen, mit jedem gut Freund sein und jedem die Hände schütteln, immer angenommen, daß jene überhaupt Hände haben. Du aber, mein Lieber, dürftest zu jener Schiffsbesatzung zählen, die mit mir durch diesen Riß im Einstein-Raum in die Druufebene eindringen wird.“

Er lächelte mich an und verschwand in der Rechenzentrale.

18.

Der neue Flottenstützpunkt auf Myrtha VII glich einem wimmelnden Ameisenhaufen. Täglich fielen schwere Raumschiffe aus dem Himmel.

Ich befand mich jetzt an Bord der DRUSUS, dem Solaren Flottenflaggschiff, wo ich mich mit Oberstleutnant Sikermann eingehend ausgesprochen hatte.

Der Anruf erreichte mich im kleinen Messeraum neben der Ortungszentrale. Rhodans Gesicht wurde auf dem Bildschirm sichtbar.

Er sagte: „Die Meßergebnisse der ferngesteuerten Sonden sind ausgewertet worden. Es steht fest, daß man diese Entladungszone durchfliegen kann, ohne ein Spiegelfeld aufbauen zu müssen. Sagt dir das etwas?“

„Du willst jetzt in die zweite Ebene vorstoßen?“ fragte ich.

„Genau das“, bestätigte er. „Die CALIFORNIA ist startklar und ausgerüstet. Wir haben uns dazu entschlossen, vorläufig unter keinen Umständen aktiv an den stattfindenden Kampfhandlungen zwischen Robotregent und den Druuf teilzunehmen. Wir bleiben die Beobachter im Hintergrund, bis wir wissen, womit wir es überhaupt zu tun haben.“

„Der vernünftigste Ausspruch seit Tagen.“

Er lachte. „Start erfolgt in einer halben Stunde. Wenn du möchtest, kannst du an Bord kommen."

„Heuchler", knirschte ich. „Du *willst*, daß ich an Bord komme."

„Habe ich das gesagt?"

Rhodan schaltete ab, und ich drehte mich zum Kommandanten der DRUSUS um. Baldur Sikermann hüstelte hinter der vorgehaltenen Hand.

„Euch Burschen hätte ich achttausend Jahre vor der Zeitwende durch ein Relativfeld entführen lassen sollen", sagte ich kalt. „Dann wäre mir nämlich allerlei Aufregung erspart geblieben. Sie gehen mir auf die Nerven. Sind Sie etwa auch mit von der Partie?"

Sikermanns breites Gesicht wurde hinter der Hand sichtbar. „Ich bitte um Entschuldigung, aber ich bin sogar als Kommandant der CALIFORNIA eingesetzt worden."

Ich holte tief Luft. Es wäre sinnlos gewesen, noch mehr Fragen zu stellen. Mir war klar, daß Rhodan die Entladungszone durchdringen wollte, um innerhalb der Druufebene nachzusehen, was da eigentlich gespielt wurde.

Schön, dagegen hatte ich an sich nichts einzuwenden, immer vorausgesetzt, er kam nicht auf die Idee, den starken Mann zu markieren.

Zehn Minuten später verließ ich das Flottenflaggschiff durch die Bodenschleuse. Über dem Planeten Gray Beast lag dunkle, stürmische Nacht. Hier und da lugten einige Sterne zwischen den Wolken hervor. Auf dem großen Raumhafen herrschte Ruhe. Vor einigen Stunden war ein Startverbot erlassen worden, da man fremde Raumschiffe in nächster Nähe des Systems geortet hatte.

Ich ging zu Fuß zur schwach erkennbaren CALIFORNIA hinüber. Die Maschinen des Kleinen Kreuzers liefen bereits, aber es drang kein Lichtstahl aus den Luken.

Inzwischen hatte man es auf Terra geschafft, die geheimnisvollen Materietransmitter der Ferronen an Hand der vorliegenden Pläne zu bauen. Bisher war die Fabrikation immer an den erforderlichen Mikro-Kraftstationen gescheitert, da diese Transmitter auf eine direkte Eigenversorgung angewiesen waren. Nur in den seltensten Fällen konnte man auf stationäre, also unbewegliche Energiestationen zurückgreifen, die aber auf Grund der technischen Erfordernisse keine langen Stromleiter besitzen durften. Weshalb das so war, konnte noch nicht enträtselt werden. Ein Transmitter funktionierte nur dann störungsfrei, wenn die Energieversorgung direkt im Sockel eines solchen Geräts erfolgte. Wahrscheinlich handelte es sich um fünfdimensionale Entmaterialisierungseffekte, zu deren Erzeugung das zwangsläufig entstehende Kraftfeld einer Stromquelle mit erforderlich war.

Viele große Schiffe der Solaren Flotte waren nun mit wenigstens einem Transportgerät ausgerüstet worden. So war es von nun an möglich, Personen oder Güter über große Entfernungen hinweg von einem Raumer in den anderen zu schaffen, ohne das man gezwungen war, langwierige Anlegemanöver zu fliegen.

Der große, grauäugige Barbar hätte nicht Perry Rhodan heißen dürfen, wenn er die neuartigen Ausrüstungsstücke nicht sofort in seine Gesamtplanung eingebaut hätte.

Ich wußte, daß im großen Laderaum der CALIFORNIA ebenfalls ein Transmitter lag, allerdings in seine Bestandteile zerlegt.

Ich begab mich an Bord und suchte, noch immer in Gedanken versunken, meine Kabine auf. Natürlich hatte Rhodan *gewußt*, daß ich kommen würde und eine Unterkunft für mich reservieren lassen.

„Alter Halunke", flüsterte ich vor mich hin.

Eine Viertelstunde später erschien er persönlich. In seiner Begleitung befanden sich Reginald Bull und der sympathische Mutant John Marshall, dessen angenehme Umgangsformen ich schätzte.

Fast unbewußt verstärkte ich meinen individuellen Monoschirm, um vor der Telepathiefähigkeit dieses Mannes sicher zu sein. Marshall begann prompt zu lächeln. Er hatte meine Abwehr erkannt.

„Niemand bemüht sich, deinen Gedankeninhalt zu lesen", spöttelte Rhodan. „Warum so mißtrauisch?"

Ich winkte wortlos ab. Ich war nun einmal daran gewöhnt, meine Hirnimpulse zu kontrollieren. Ich musterte Rhodan prüfend, und als er so vor mir stand, erkannte ich in voller Klarheit, daß uns trotz aller Freundschaft Welten trennten.

„Ich habe vor, die Front jetzt zu durchstoßen", begann er übergangslos. „Dabei liegt mir daran, möglichst nicht geortet zu werden. Die Auswertung der Sondenmessungen zeigt verblüffende Ergebnisse. Danach hat sich die Eigenzeit der Druufebene von ehemals eins zu zweiundsiebzigtausend auf nur eins zu zwei reduziert. Das bedeutet, daß wir in all unseren Unternehmungen nur noch doppelt so schnell sind."

Ich war zutiefst überrascht. Das änderte die Sachlage ganz entscheidend.

„Damit wird auch deine Theorie, daß für die Druuf seit den Geschehnissen vor zehntausend Jahren nur einige Monate vergangen sein könnten, ziemlich hinfällig, es sei denn, die Zeitanpassung ist erst kürzlich geschehen. Außer der Klärung dieser Dinge interessiert mich natürlich noch der Vorgang an sich. Es ist sinnlos, ganze Fragenkomplexe aufzuwerfen, ehe wir uns die Lage nicht selbst angesehen haben."

Wir redeten nicht mehr lange über die Angelegenheit, denn nachsehen wollte ich ebenfalls.

„Ich bin neugierig, wie die Druuf in Wirklichkeit aussehen. Es ist mit höchster Wahrscheinlichkeit anzunehmen, daß wir es diesmal mit den echten Beherrschern des fremden Universums zu tun bekommen. Noch Einwände?"

„Eine Frage: Was bedeutet der zerlegte Transmitter im Laderaum?"

In Rhodans Augen schien es aufzuglimmen. Ich wußte, daß er doch etwas im Schilde führte.

„Wenn sich die Gelegenheit bietet, werden wir ‚drüben' einen Stützpunkt errichten. Es wäre phantastisch, wenn wir mit Hilfe der Transmitter unbemerkt von einer Zone in die andere hinüberwechseln könnten."

Er nickte mir abwesend zu. Anscheinend beschäftigte sich seine rege Vorstellungskraft mit dem kühnen Gedanken.

Ich befaßte mich ebenfalls mit der Idee, die mir durchaus nicht so unmöglich erschien. Materietransmitter beruhten auf einer fünfdimensionalen Feldbasis. Das jeweilige Transportgut wurde im Sendegerät entmaterialisiert, in dieser Form gebündelt und als Impuls abgestrahlt.

Im genau einjustierten Empfänger erfolgte der rückläufige Vorgang. Demnach war es praktisch unmöglich, Transmittersendungen anzupeilen oder sie gar zu stören.

„Das ist die Sache, was?" meinte Bull leise, ehe er hinter Rhodan meine Kabine verließ. Ich war nicht mehr gefragt worden, ob ich unter diesen Umständen ebenfalls mitmachen wollte. Rhodan schien mich genau zu kennen.

Minuten später erreichte ich die Kreuzerzentrale. Sikermann hatte im Sessel des Ersten Piloten Platz genommen.

Als wir mit fast auf Nullwert laufenden Triebwerken abhoben, tobte draußen ein heftiger Sturm. Es war, als riefe uns Gray Beast ein grimmiges Lebewohl nach.

Die CALIFORNIA nahm erst Fahrt auf, als wir die dichte Atmosphäre von Myrtha VII längst hinter uns hatten, und beschleunigte mit 1000 Kilometer pro Sekundenquadrat. Vier der fünf großen Laderäume des Kreuzers enthielten lediglich Tanks für die Stützmassenvorräte. Wir verbrauchten pro Sekunde etwa fünfundvierzig Tonnen Wismut, das nach seiner Einsprühung in die Impulskonverter ein sehr dichtes und schubstarkes Plasma ergab.

Nach Erreichen der annähernden Lichtgeschwindigkeit gingen wir sofort in die Transition. Ich beobachtete die Ingenieure des Kontrollteams, die den neuen Eigenfrequenzdämpfer nochmals kontrollierten. Wenn dieses Gerät nicht einwandfrei funktionierte, würde die CALIFORNIA von den Schiffen der arkonidischen Blockadeflotte geortet werden.

Rhodan erhob die Hand und nickte kurz. Dann war es soweit. Die Transition begann mit einem ziehenden Schmerz.

Wir waren nicht mehr als ein Virus im Blutkreislauf eines Riesen. Wenn man in der Biologie solche Mikrolebewesen bekämpfen will, muß man sie erst einmal entdecken, ehe man geeignete Gegenmittel schaffen kann.

In unserem Fall war die CALIFORNIA das Virus, und der Riese war identisch mit dem größten Flottenaufgebot, das ich seit zehntausend Jahren gesehen hatte.

Wir waren mit fast lichtschneller Fahrt aus dem Hyperraum aufgetaucht, um anschließend sofort auf Zielkurs zu gehen. Ein freier, antriebsloser Fall war im hochrelativistischen Geschwindigkeitsbereich dicht unter der Lichtmauer nicht mehr möglich. Wenn wir unser Tempo von 98,8 Prozent der Lichtgeschwindigkeit halten wollten, mußten wir die Triebwerke ununterbrochen mit Vollschub laufen lassen.

Die Kugelzelle des Leichten Kreuzers schwang und dröhnte wie eine Glocke. Auch den terranischen Konstrukteuren war es nicht gelungen, die Resonanz zu beseitigen, um somit ein „lautloses“ Schiff zu bauen.

Die harten Korpuskelwellen der Impulstriebwerke waren durchaus für eine schnelle Anpeilung geeignet. Dazu kam noch der dichte Plasmastrom der ausgestoßenen Stützmassen.

Im Rotsektor des davonrasenden Kreuzers war die Hölle los. In etwa 10 Grad rot vertikal und 22 Grad rot horizontal schienen Sonnen zu explodieren und Welten unterzugehen. Es sah aber nur so aus, als fände dort eine Naturkatastrophe statt.

Das grelle Lohen zahlloser Impulskanonen konnten wir nicht direkt sehen. Wohl aber zeichnete jeder neue Abschuß einen spitzen, steilen Echozacken auf den Schirm der Energieortung.

Knapp eine Lichtstunde entfernt tobte die gewaltigste Schlacht, die ich jemals auf einem so engen Raum erlebt hatte.

Das Krachen und Dröhnen in den Strukturtastern deutete darauf hin, daß dort drüben ununterbrochen große Raumschiffe in die Transition gingen. Andere Meßergebnisse verrieten einwandfrei, daß die Druuf-Schiffe mit einer Überlichtflugtechnik arbeiteten, die keinem von uns bekannt war.

Das waren wieder jene rätselhaften sehr flachen Schockwellenechos, die niemals von einer ruckartigen Transition herrühren konnten. Solche Phänomene entstanden nur dann, wenn man den Überraum im Sinne des Wortes durchflog.

Unsere 5-D-Massenorter zeigten unvorstellbar viele Raumschiffe an. Offenbar war die Blockadeflotte des Robotregenten soeben dabei, einen erneuten Angriff der Druuf abzuschlagen. Ich konnte mir dabei lebhaft vorstellen, wie versessen die Unbekannten darauf waren, nach der Stabilisierung der Überlappungszone in unserem Universum Umschau zu halten.

Mit einem solchen Widerstand mochten sie jedoch nicht gerechnet haben. Wahrscheinlich waren sie sogar der Meinung gewesen, völlig unbeobachtet und nach eigenem Ermessen einfliegen zu können.

Dicht vor uns, noch knapp zehn Lichtminuten entfernt, wurde die tiefe Schwärze des Raumes von einer irrlichternden Leuchterscheinung unterbrochen. Es war, als hätte ein verrückter Maler mit einem titanischen Pinsel unsachgemäß hantiert, um das allgegenwärtige Dunkel mit düsterroten Strichen und Klecksen aufzuhellen.

Hier und da waren noch die bekannten Trichtergebilde zu sehen. Ich kannte sie aus trüben Erfahrungen. Größtenteils waren einzelne Öffnungen aber bereits so miteinander verschmolzen, daß ein unregelmäßig gezackter Riß entstanden war.

Von ihm ging das bedrückende Leuchten aus. Die Meßergebnisse der ferngesteuerten Sonden hatten ausgewiesen, daß die Entladungszone variabel war. Zumeist schwankten ihre Ausmaße zwischen 0,6 und 1,1 Lichtjahren. Die Breite differierte zwischen 20 und 100 Milliarden Kilometern. Danach zu urteilen, handelte es sich unter Berücksichtigung kosmischer Maße um einen nur winzigen Spalt, der einzig und allein einen freien, ungehinderten Durchflug zur Druufebene erlaubte.

Wir hatten längst unsere arkonidischen Einsatzkombinationen angelegt, da uns normale Raumanzüge in dieser Situation als unzureichend erschienen waren. Wir hatten die Druckhelme übergestülpt, und unsere Daumen ruhten auf den Kontaktschaltern der Schutzschirmprojektoren. Die Mikroreaktoren in den Rückentornistern liefen. Somit hatten wir alles getan, um einer plötzlichen Beschädigung der schwachen Kreuzerhülle begegnen zu können.

Der diensthabende Ortungsoffizier hatte längst darauf verzichtet, die einlaufenden Werte in der üblichen Weise bekanntzugeben. Es sprach überhaupt niemand an Bord der ultraschnellen CALIFORNIA. Im Lautsprecher meines Helmes waren nur die hastigen Atemzüge erregter Männer zu hören.

Rhodans Gesicht war ernst und verschlossen. Anscheinend hatte er jetzt erst in vollster Konsequenz erkannt, was das Robotgehirn aufzubieten hatte.

Hier und da vernahm ich eine lautstarke Verwünschung. Solche Worte wurden immer dann in die Helmmikrophone gesprochen, wenn es wieder einmal in nächster Nähe zu einer Katastrophe kam.

Rhodans Stimme unterbrach das bedrückend werdende Schweigen. „Achtung, an alle: Wir erreichen die Zone in knapp drei Minuten. Anschnallen und die Gurte erst dann lösen, wenn wir durch sind. Der Spalt ist nicht tief. Wir dürften ihn in wenigen Augenblicken durchstoßen haben. Mit Angriffen ist nicht zu rechnen. Wir fliegen jedem Strahlschuß davon. Das zu Ihrer Information. Sonst bitte ich lediglich darum, etwas auf Ihre Nerven zu achten. Wenn unsere Meßsonden durchgekommen sind, werden wir es auch schaffen. Ende der Durchsage."

Ich sah mich in der nur schwach beleuchteten Zentrale um. Die Männer saßen wie teilnahmslos hinter ihren Instrumenten, und doch brannte in jedem die Erregung. Sie wußten, wie sich das Durchdringen einer Entladungszone auswirken konnte.

Als unsere schwachen Schutzschirme plötzlich auf den Bildflächen der

Außenbordbeobachtung sichtbar wurden und bläuliche Entladungen unsere Augen blendeten, wußten wir, daß es mit Rhodans Bemerkung, ein fast lichtschnelles Schiff könnte überhaupt nicht getroffen werden, nicht weit her war.

Ein mörderisches Krachen wurde hörbar. Die ohnehin bis zur letzten Schweißnaht beanspruchte Zelle der CALIFORNIA begann zu läuten, daß ich das Gefühl hatte, im Glockenstuhl eines Domes zu sitzen.

„Zufallstreffer, nicht beabsichtigt, genau hineingeflogen", hörte ich Rhodans Stimme aufklingen. Jemand lachte lauthals. Nach dem kratzigen Organ zu urteilen, konnte es nur Bully gewesen sein.

„Ruhe an Bord!" schrie Perry. Er schien etwas außer Fassung zu sein.

Der Entladungsspalt, der aus größerer Entfernung so harmlos und unscheinbar ausgesehen hatte, war zum gähnenden Abgrund geworden. Längst konnten wir ihn nicht mehr in voller Breite überblicken.

Ehe Sikermanns Warnruf die Raumfahrer erreichte, schossen wir schon in das rötliche Flimmern hinein. Die vielen Ortungsimpulse erloschen so rasch, als hätte es dicht hinter uns niemals eine Arkonidenflotte gegeben.

Das letzte, bisher noch leerlaufende Kraftwerk der CALIFORNIA fiel in das Maschinengetobe ein. Von da an konnte man kaum noch die Funksprechdurchsage verstehen.

Sikermann schrie etwas, was niemand mehr identifizieren konnte. Draußen schienen unsere Schutzschirme auf eine unsichtbare Energiemauer zu prallen.

Etwa sechs Sekunden nach dem Eintauchen in die Ausgleichszone flackerten die Warnlampen von Kraftwerk drei auf. Es war jene Station, die wir eben erst eingeschaltet hatten.

Das dumpfe Rumoren steigerte sich zwar noch, aber die Abwehrschirme erhielten keinen Funken Strom mehr. Auf einem kleinen Bildschirm erschien die Leuchtschrift: *WARNAUTOMATIK – Werk III auf Andruckabsorber umgeschaltet.*

Sikermanns Hände gerieten in fieberhafte Tätigkeit. Es war klar, daß die CALIFORNIA einer ungewollten Bremsverzögerung unterlag, deren Werte anscheinend so hoch waren, daß der Strombedarf der Neutralisatoren von dem Nebenaggregat allein nicht mehr gedeckt werden konnte.

Aus dem Maschinenleitstand lief die Meldung ein, die Maximalkapazität der Reaktoren sei erreicht. Sikermann ordnete Notleistung an.

Nach zwanzig Sekunden wurde unsere Fahrtaufhebung schon bemerkbar. Wir waren innerhalb kürzester Frist auf 79 Prozent LG abgesunken.

Vor der Kugelhülle des Kreuzers tobten fürchterliche Entladungen. Wir waren in etwas hineingestoßen, was wir weder klar begreifen noch technisch beherrschen konnten. Es war, als hätte sich der Schlund der Unterwelt geöffnet, um das kleine Schiff zu verschlingen.

Der Mutant Ralf Marten wurde hart aus seinem Sitz geschleudert, als er bei seinen instinktiven Armbewegungen an das Katastrophenschloß der Gurte kam. Ich sah ihn quer durch die Zentrale schlittern, bis er von einem Rechengerät aufgehalten wurde.

Befehle und Nachrichten waren nicht mehr zu verstehen. Als ich meinen Schutzschirm einschaltete, wurde die finstere Zentrale in ein geisterhaft fluoreszierendes Licht gehüllt. Die Luft außerhalb unserer Kampfanzüge schien sich aufgeladen zu haben, andernfalls hätte mein Körperschirm nicht sichtbar werden dürfen.

Aus, dachte ich, zuviel riskiert.

Im selben Augenblick verstummte das unwirkliche Dröhnen so schnell, als hätten wir es uns nur eingebildet. Nur die auf Vollast laufenden Reaktoren der Schiffskraftwerke erzeugten noch die üblichen Arbeitsgeräusche.

Dicht vor mir blendete wieder die Leuchtschrift auf. *WARNAUTOMATIK – Werk III zurückgeschaltet auf Abwehrschirme.*

Jetzt erst kam ich dazu, mich in der Zentrale umzusehen. Etwa dreißig Prozent der Verbindungsbildschirme waren infolge der Erschütterungen ausgefallen.

Mein auf volle Lautstärke eingestelltes Funksprechgerät drohte mir das Gehör zu zerreißen. Rhodans Stimme klang auf.

Aufstöhnend drehte ich den Regler nach links. Anderen Männern war es ebenso ergangen, denn jeder hatte während des Durchflugs versucht, die Nachrichten noch aufzunehmen.

„. . . sind durch. Kümmern Sie sich um Marten. Er scheint sich beim Sturz verletzt zu haben."

Ich schlug mit der flachen Hand auf das Sammelschloß der Anschnallgurte und erhob mich stöhnend aus dem Sessel.

Da kam aus der Energiezentrale die Durchsage: „Verzögerung erfolgte mit tausendacht Kilometern pro Sekundenquadrat. Absorber waren überlastet."

„Wieso das?“ fragte Rhodan schwer atmend. „Die Sondenmessungen lauteten anders.“

Ich brauchte nicht zu überlegen, um für dieses Phänomen eine glaubwürdige Erklärung zu finden. „Differierende Gravitationseinflüsse. Die Ausgleichszone ist noch zu jung, um bereits ganz stabil zu sein. Wir hätten noch einige Wochen warten sollen.“

Das technische Team des Schiffes war bereits dabei, die entstandenen Schäden zu beseitigen. Aus dem unteren Schleusenraum wurde ein Riß in der Außenhülle gemeldet. Sonst schien die CALIFORNIA aber noch dicht zu sein.

„Seht euch *das* an“, sagte Sikermann atemlos.

Mein Kopf fuhr herum. Richtig, da waren ja auch noch die Bildschirme der Panoramagalerie.

Was ich darauf sah, hätte andere Männer zu wilden Verwünschungen veranlaßt. Ich dagegen fühlte nur mein Herz langsamer pulsieren. Mir war, als solle das Blut in meinen Adern stocken.

„Schiff klar zum Gefecht!“ befahl Rhodan tonlos über die Rundrufanlage des Kleinen Kreuzers.

Während die Sirenen zu heulen begannen und die Kontrollen auswiesen, daß wir nur noch halb lichtschnell waren, starrte ich benommen auf die großen Bildflächen.

„Eigentlich hätten wir uns denken können, daß die Druuf auf *ihrer* Seite ebenfalls eine Wachflotte postieren würden“, meldete sich Reginald Bull. „Ob die wohl Spaß verstehen?“

Nein, sie verstanden keinen Spaß. Wahrscheinlich waren sie nach den Ereignissen jenseits der Entladungszone ganz und gar humorlos geworden, immer vorausgesetzt, sie hätten jemals Humor besessen.

Die langen, stabförmigen Raumschiffe waren so nahe, daß wir sie als deutliche Reliefbilder auf den Schirmen der Hyperortung sehen konnten. Wären sie weiter entfernt gewesen, hätte die Aufnahme bestenfalls zu einem grünen Pünktchen gereicht.

Sikermann handelte wie im Traum. Seine Hände arbeiteten unwahrscheinlich schnell mit den Schaltern der Manuellkontrolle. Von da an wußte ich genau, warum ihm Rhodan das Kommando über das Expeditionsschiff CALIFORNIA übertragen hatte.

Die erste Salve aus der Breitseite eines wenigstens dreihundert Meter langen Schiffes steckten wir voll ein. In unseren Abwehrfeldern brach wieder ein energetischer Vulkan los, nur daß er diesmal von den Strahlkanonen des Feindes erzeugt wurde.

Im Bruchteil einer Millisekunde glich die äußerlich so schöne und innerlich so schwache CALIFORNIA einem blitzespeienden Stahlball, dessen schwache Defensivbewaffnung bereits beim ersten Feuerschlag ihren Geist aufgab. Allerdings hatten wir auch das Pech gehabt, einem anscheinend sehr starken Schiff genau vor die Geschütze zu fliegen.

Als ich das infernalische Donnern vernahm und grelle, von den Bildschirmen ausstrahlende Glut meine Augen zu blenden drohte, wurde ich auch schon von den Beinen gerissen.

Ich wurde von einer fürchterlichen Gewalt über den glatten Kunststoffboden der Zentrale gewirbelt, bis ich mich an den Verankerungen eines Ortersitzes festhalten konnte.

Schreien, Brüllen und unwirkliches Tosen – das war es, was mein Gehör an das Gehirn weiterleitete. Ich wußte, daß wir wenigstens vier Thermaltreffer auf einmal erhalten hatten, etwas zuviel für den Kleinen Kreuzer, dessen einzige Stärke nun einmal in seinen Maschinen lag.

Augenblicke später wirbelte das Schiff um seine Querachse. Der düsterrote Raum des fremden Universums wurde mitsamt seinen zahlreichen Sternen zu einem Feuerrad.

Ich hatte schon jede Hoffnung aufgegeben, als endlich die gestörten Kraftwerke der CALIFORNIA wieder ansprangen. Jetzt erst war es möglich, die Titanengewalten der Triebwerke voll einzusetzen, ohne befürchten zu müssen, von den entstehenden Beharrungskräften zermalmt zu werden.

Ein greller, bis in die letzte Nervenfaser spürbarer Schmerz durchzuckte meinen Körper. Die Andruckneutralisatoren waren etwas zu spät in Funktion getreten.

Das helle Irrlichtern in unseren zusammenbrechenden Schutzschirmen erlosch im selben Augenblick. Wenn die Druuf jetzt genauso schnell beschleunigten wie wir, gab es keine Rettung mehr.

Sie kamen aber bei weitem nicht mit. Wir rasten mit einem Wahnsinnswert aus dem Winkelfeuer heraus, noch ehe sich weitere Schiffe auf uns eingeschossen hatten.

Die Stabilisierungsautomaten fingen den kreiselnden Rumpf auf. Als der Vorgang beendet war und die Feinabstimmung surrend einsetzte, konnte ich auch wieder den fremden Raum sehen.

Jetzt schien er stillzustehen. Wenn es in unserem Universum tiefschwarz war, so herrschte hier dieser düsterrote Farbton vor. Die Sterne leuchteten ebenso hell und klar wie bei uns, nur wurde ihr natürliches Licht verzerrt.

„Kurztransition!“ befahl ich ächzend. „Nun los schon, wir müssen hier verschwinden. Wir rasen genau in die tiefgestaffelte Phalanx der Fremden hinein. Hast du endlich einmal einen Nasenstüber bekommen, du Höhlenmensch? Frechheit siegt nicht immer. Transitiere schon.“

Rhodan hatte meine Worte gehört, aber wahrscheinlich wären sie gar nicht nötig gewesen. Sikermann hieb bereits auf den entsicherten Knopf der sogenannten Notsprungautomatik.

Damit begann eine mathematisch unkontrollierbare Transition, die uns irgendwohin bringen mußte. Nur die zu überwindende Entfernung ließ sich ungefähr messen, nicht aber die Richtung.

Ich wurde vom Entstofflichungsschmerz in liegender Haltung überrascht. Obwohl es dabei nach den gültigen Gesetzen vollkommen gleichgültig sein sollte, in welcher Lage man die Prozedur über sich ergehen ließ, so schien das Druufuniversum auch in der Hinsicht einige Überraschungen zu bieten.

Ehe ich die Erkenntnis geistig verarbeiten konnte, wurde mir klar, daß wir einen zweiten Fehler begangen hatten. Ein kluger Mann sollte sich davor hüten, die Gesetzmäßigkeiten des Einsteinraums ohne wesentliche Einschränkung auf die eines fremden Strukturgebildes zu übertragen. Es war ein Wunder, daß wir überhaupt im Hyperraum verschwanden.

Ich vermißte das Murmeln und Raunen, das sonst bei jeder Transition kurz nach der Entstofflichung eintrat. Dafür blieb aber der Schmerz.

Wir schrien noch, als wir bereits zum Eintauchmanöver ansetzten. Was dann kam, war nicht mehr erträglich. Für mich war es eine Wohltat, in den Abgrund der Ohnmacht versinken zu dürfen.

Narren waren wir. Was nützte das schnellste und beste Schiff, wenn der darin sitzende Mensch nicht mehr mitmachte. Es war das alte Problem, das man aber erfahrungsgemäß sehr leicht zu übersehen pflegte, wenn die perfekter werdende Technik das natürliche Angstgefühl des Individuums einschläferte. Narren waren wir.

Ich erwachte als erster Mann an Bord der CALIFORNIA. Mein arkonidischer Organismus schien den Schock schnell überwunden zu haben.

Eigentlich fand ich das erstaunlich. Bei anderen Gelegenheiten hatte es sich herausgestellt, daß der Körper eines Terraners mehr Reserven aufzuweisen hatte.

Mühevoll richtete ich mich auf. Vor meinen Augen schien sich eine ganze Sterneninsel in irrsinnigem Tempo zu drehen. Unbewußt registrierte ich das heftige Pochen meines Aktivators. Das Gerät schien in voller Tätigkeit zu sein, um meinen Zellen die nötigen Reizimpulse zu geben.

Nach einigen Augenblicken wurde mir besser. Mein Gesichtssinn klärte sich.

Rhodan lag in verkrampfter Stellung auf dem Boden. Sikermann, der den Notsprungimpuls ausgelöst hatte, hing vornübergesunken in seinen Anschnallgurten.

Den anderen Männern der Zentralebesatzung erging es nicht viel besser. Ich schleppte mich zum nächsten Sitz hinüber und versuchte dabei zu überlegen, was nun zu tun sei. Um die Besinnungslosen brauchte ich mich nicht zu kümmern, da unsere Medo-Roboter bereits aus den engen Zuführungsschächten längs der Zentraledecke herauskrochen.

Ich fragte mich, ob die verabreichten Kreislaufmedikamente in dieser Situation vorteilhaft sein könnten. Wenn wir schon über die physikalischen Gesetzmäßigkeiten des Druufraums kaum etwas wußten, dann konnten unsere physiologischen und biologischen Erkenntnisse im Einflußbereich dieser Umgebung ebenfalls nutzlos oder gar gefahrbringend sein.

Jedenfalls stemmte ich mich mit bebenden Armen aus dem tiefen Sessel heraus, schritt zu Sikermann hinüber und schlug mit der flachen Hand auf das Sammelschloß seiner Gurte. Langsam kippte er nach vorn.

Ich zog ihn zwischen Kommandosessel und Hufeisenkontrollen hervor, ließ ihn liegen und setzte mich selbst vor die wichtigen Schaltungen der Manuellelemente.

Die CALIFORNIA glitt mit nur halber Lichtgeschwindigkeit im freien Fall durch den Raum. Alle Maschinen hatten sich nach der vollzogenen Nottransition automatisch abgeschaltet.

Auf den Bildschirmen der Rundumgalerie glänzte ein roter Riesenstern, der einen grünleuchtenden Begleiter hatte. Weiter als zwei Lichtjahre konnte dieser Doppelstern nicht von der Entladungszone entfernt sein, denn eine größere Distanz hatten wir bei der Kurztransition nicht überwunden.

Wenigstens hatte also die Entfernungseinstellung funktioniert, obwohl es zu so eigenartigen Effekten gekommen war.

Ich lauschte auf das helle Klingeln der Massenortung. Als ich den Schalter niederdrückte, leuchtete der große Spezialschirm auf. Er vermittelte ein klares Echomuster über die ausgemachten und mit hyperschnellen Tastimpulsen angemessenen Himmelskörper.

Acht Planeten erschienen sofort. Mitlaufende Walzenskalen zeigten die von der Automatik ermittelten Werte an.

Selten hatte ich so verrückte und exzentrische Umlaufbahnen gesehen. Die vielen Planeten dieses offenbar riesenhaften Systems schlängelten sich teilweise zwischen den beiden Sonnen hindurch, was zweifellos ganz katastrophale Witterungseinflüsse ergab.

Andere Himmelskörper umliefen gleichzeitig beide Sterne, was mir günstiger erschien. Nach zehn Minuten hatte der automatische Massentaster schon 58 Planeten festgestellt. Ein Phänomen ließ mich aufmerksam werden.

Die Gravosphärenmessungen deuteten darauf hin, daß viele Planeten zahlreiche Monde hatten. Auf dem Diagrammschirm der Einzelbeobachtung zeichneten sich immer wieder steile Spitzzacken ab, die beharrlich das klare Bild der anderen Echos unterbrachen.

Fraglos hatten die größeren Monde wiederum Satelliten, die obendrein noch auf gegensätzlichen Umlaufbahnen lagen.

Noch schlimmer war aber die Tatsache, daß wir schon tief in dem unbekannten System steckten. Anscheinend waren wir mitten hineingesprungen. Die rote Riesensonne füllte bereits den Grünsektor der vorderen Bildschirme aus.

Mein noch benommenes Gehirn begann unter dem Druck all meiner Willenskräfte endlich wieder klarer zu arbeiten. Ich erfaßte, daß wir den wahrscheinlichen Gefahrenherd einfach übersprungen hatten. Wenn ich die Massentastungen richtig beurteilte, lagen schon mehr als vierzig Planetenbahnen hinter uns.

Der grüne Begleiter des Hauptsterns schob sich langsam hinter der mächtigen Rundung seines großen Bruders hervor. Das von den

Bildschirmen einfallende Licht war eine spektralanalytische Kuriosität. Jetzt erst empfand ich in voller Schärfe, daß wir nicht mehr „zu Hause" waren.

Schließlich meldete sich die automatische Energieortung mit einem aufdringlichen Summton. Der auf dem Informationsschirm sichtbar werdende Planet war von der Maschine mit der Nummer 16 des Doppelsternsystems bezeichnet worden.

In der Umgebung des Kugelkörpers wurde ein pausenloses Blitzen erkennbar. Wenn der Automat nicht seinen mechanischen „Verstand" verloren hatte, mußte Nummer 16 mit der Hauptwelt dieser Planetenfamilie identisch sein. Jedenfalls deuteten all meine Erfahrungen darauf hin, daß ein Himmelskörper mit einer solchen Energieausstrahlung immer mit einer besiedelten und hochtechnifizierten Welt identisch war.

„Lebensraum der Druuf!" gab mein Extrahirn in aufregender Kürze durch. Eigentlich hatte ich keine Ursache, am Ergebnis meines Logiksektors zu zweifeln. Das Blitzen und Leuchten rings um die sichtbare Halbkugel konnte nur von pausenlos startenden oder landenden Raumschiffen erzeugt werden. Es waren korpuskularähnliche Impulse, die auf laufende Triebwerke hinwiesen.

Hinter mir hantierten die Medo-Roboter. Ihre Hochdruckspritzen zischten immer wieder, doch weder Rhodan noch die anderen Männer erwachten aus ihrer eigenartigen Starre.

Ich rief die einzelnen Abteilungen über Visiphon an. Es antworteten aber nur die automatischen Sprechgeräte, die mir knapp und klar mitteilten, die menschliche Besatzung sei ausgefallen.

Von da an arbeitete mein Verstand wieder in voller Schärfe. Für nichts in der Welt hätte ich es jetzt riskiert, mit einem nochmaligen Hypersprung aus dieser offenbar gefährlichen Umgebung zu fliehen. Noch bestand die Wahrscheinlichkeit, daß man die CALIFORNIA nicht angemessen hatte. Wenn es so gewesen wäre, hätte man sich eigentlich längst um uns kümmern müssen.

Dann war da noch eine andere Frage, die mir mehr und mehr zu schaffen machte.

Wieso war es möglich, daß wir ausgerechnet im Druufsystem herausgekommen waren? War es ein Zufall?

Ich dachte darüber nach, bis sich erwartungsgemäß mein Logiksektor meldete: *„Massengesetz im Druufuniversum. Bei unkontrolliertem,* *planlosem Sprung erfolgt Abweisung in Richtung stabiler Materie, die von Hypergravofeldern umlagert wird.“*

Das war eine wahrscheinliche Lösung, jedoch mochte sie nicht so einfach sein, wie es mein Extrahirn soeben erklärt hatte.

Augenblicke später sagte ich mir, daß die CALIFORNIA momentan nirgends so gut aufgehoben sein könne wie ausgerechnet in der Höhle des Löwen. Dabei war ich schon halb davon überzeugt, mit dem sechzehnten Planeten endlich die geheimnisvolle Heimatwelt der Druuf entdeckt zu haben. Die vielen Starts und Landungen waren nicht als normaler Raumflugverkehr anzusehen. Außerdem schien auf den Monden von Nr. 16 auch allerhand los zu sein.

Ich streckte zögernd die Hand aus, um die stilliegenden Triebwerde des Kreuzers wieder in Tätigkeit zu setzen. Schließlich unterließ ich es aber, da ich mich an die Meßergebnisse der ferngesteuerten Sonden erinnerte.

Demnach sollte sich der ehemalige Zeit- und Geschwindigkeitsfaktor auf eins zu zwei reduziert haben. Wenn wir unsere Eigenzeit mitgenommen hatten, mußten wir mit unserem nur halblichtschnellen Tempo noch ebenso schnell sein wie die Druufschiffe bei Höchstfahrt.

So unterließ ich es, den Unbekannten als Ortungsobjekt zu dienen. Unsere Impulswellen hätten auf dem sechzehnten Planeten wahrscheinlich wie eine Bombe eingeschlagen.

Es gab aber noch einen anderen Grund, die Maschinen schweigen zu lassen. Dicht vor uns, vielleicht noch dreißig Millionen Kilometer entfernt, schob sich ein etwa marsgroßer Planet in unsere Flugrichtung.

Ich wartete, bis die Automatik die von mir angeforderten Meßdaten lieferte.

Es handelte sich um einen sogenannten Einseitendreher, dessen Rotation mit einer vollzogenen Umlaufbahn identisch war. Damit wendete er den beiden Sonnen immer die gleiche Kugelhälfte zu, ein Vorgang, den man auch im Einsteinuniversum immer wieder fand.

Naturgemäß mußten die klimatischen Bedingungen auf diesem Himmelskörper extrem schlecht sein. Eine solche Welt wurde selten besiedelt.

Es war die Nummer 13 im Druufsystem. Im proportionalen Verhältnis zur gewaltigen Größe des roten Riesensterns mußte es auf der Tagseite noch erdrückend heiß sein.

Dieser und andere Gründe bewogen mich, die CALIFORNIA durch vorsichtige Schubstöße aus den Plasma-Hilfstriebwerken im Kurs zu korrigieren. Die Anflugautomatik übernahm von da an die Arbeit des Ersten Piloten. Ich hatte weiter nichts zu tun, als das grüne Fadenkreuz so zu justieren, daß sein Schnittpunkt den deutlich erkennbaren Planeten deckte.

Sorgenschwer lauschte ich auf das Rumoren in den Maschinenräumen des Ringwulsts. Plasmapartikel besaßen keine hochenergetische Natur. Unter Umständen wurden sie nicht angepeilt.

Ich holte Nummer 13 mit der Elektronenoptik näher heran. Als der Planet in voller Größe auf dem Bildschirm sichtbar wurde, überfiel mich ein Schaudern. Eine Atmosphäre schien er nicht zu besitzen. Die mittleren Temperaturen auf der Tagesseite schwankten bei 168 Grad Celsius. Die ewige Nachthalbkugel mochte in ihren Werten nahe von absolut Null liegen.

Immerhin gab es eine Zwielichtzone, die infolge der ungewöhnlichen Libration starken Größenveränderungen unterlag. Dort wollte ich landen, um in Ruhe und relativer Sicherheit abzuwarten, wie sich die besorgniserregenden Erstarrungssymptome bei der Besatzung auswirken würden. Es wäre sinnlos und kaum zu verantworten gewesen, weiterhin im internen Herrschaftsbereich fremder Intelligenzen spazierenzufliegen.

Meine Glieder schmerzten, als ich mich aus dem Pilotensessel erhob. Die kleinen Medo-Robots hatten ihre Tätigkeit eingestellt. Das sagte mir sehr deutlich, daß wir es hier mit unbekannten Erscheinungen zu tun hatten.

Schwerfällig beugte ich mich zu Rhodan nieder. Ich blickte in weit aufgerissene Augen. Sein Gesicht war schrecklich verzerrt. Meine medizinischen Kenntnisse reichten nicht aus, um eine genaue Diagnose zu stellen. Dennoch hielt ich es für möglich, daß die Starre mit einer echten Besinnungslosigkeit *nicht* identisch war. Ich hatte Männer gesehen, die in ähnlichen Situationen geistig regsam waren, obwohl sie kein Glied bewegen konnten.

Auch Rhodans Muskulatur war bretthart. Es sah so aus, als wäre er von einem physiologischen Waffenstrahl geschockt worden.

Ich beugte mich noch weiter über ihn und sagte laut: „Es ist möglich, daß du mich hören und verstehen kannst. Wir müssen abwarten, bis die Lähmung von selbst vergeht. Ich werde jetzt auf dem dreizehnten Planeten des Systems landen, in das wir genau hineingeflogen sind. Es handelt sich um einen unbewohnten Einseitendreher. Die Energieortung spricht nicht an. Ich bringe das Schiff in der Zwielichtzone auf den Boden und versuche, es so gut wie möglich zu tarnen. Kannst du mir ein Zeichen geben, ob du mich verstanden hast?“

Ich sah aufmerksam in seine offenen Augen, aber es erfolgte nichts, was ich als Bestätigung hätte auffassen können.

Innerlich verzweifelnd, aber nach außen hin beruhigend lächelnd, richtete ich mich wieder auf. Der Automatpilot läutete. Es wurde Zeit, die Bremsellipse einzuleiten.

Diesmal blieb mir keine andere Wahl, als die starken Haupttriebwerke der CALIFORNIA in Betrieb zu nehmen. Die Plasma-Aggregate reichten nicht dazu aus, die halblichtschnelle Fahrt in der erforderlichen Zeitspanne aufzuheben.

Ich wagte es, weil ich es wagen mußte. Dröhnend liefen die Impulskonverter an. Die Grünlicht-Kontrolle der Andruckneutralisatoren leuchtete auf.

Ich bremste mit Höchstwerten, wobei ich mir darüber klar war, daß ich in den Energieortungsgeräten eines aufmerksamen Beobachters ein Feuerwerk entfachen mußte.

Möglicherweise fielen wir aber bei dem auf Nummer 16 herrschenden Betrieb überhaupt nicht auf. Es gab viele Möglichkeiten, die ich aber mathematisch nicht erfassen konnte, weil mir die erforderlichen Grundwerte fehlten.

Wie ein feuerspeiendes Ungeheuer raste der Leichte Kreuzer auf den Hitzeplaneten zu, den ich Hades taufte.

Auf mich wirkte er wie die Unterwelt der griechischen Sage. Wenn mir etwas unangenehm war, dann waren es die Zwielichtzonen solcher Himmelskörper.

Librationsstreifen sind immer nur Halbheiten, die weder die brennende Glut einer nahen Sonne noch die echte Finsternis des Raumes vermitteln.

Nahe der Oberfläche kam die CALIFORNIA auf Landegeschwindigkeit. Ich flog nur eine Bremsellipse, wobei ich feststellte, daß Hades Restspuren einer Lufthülle aufwies. Anscheinend hatten sich die Gase auf der eisigen Nachtseite niedergeschlagen, um sich während der Zwielichtzonen-Veränderungen nahe der Erhitzungspunkte zu verflüchtigen.

So kam es zu heftigen Stürmen, die aber nur im Gebiet des Schattenstreifens tobten. Es war genau das, was ich mir in meinen schlimmsten Vorstellungen ausgemalt hatte.

Ich hatte alle Hände voll zu tun, um den Kreuzer im Bann des Antigravfelds auszupendeln. Schließlich landete ich ihn mit den Hilfsaggregaten auf einer weiten, ebenen Felsfläche, die zur Zeit mitten in der Zwielichtzone lag.

Am Horizont war noch die flammende Korona des roten Riesen zu sehen. Sein grüner Begleiter war meteorologisch bedeutungslos. Dessen Energie reichte nicht aus, um die Temperaturen noch mehr ansteigen zu lassen. Außerdem umlief Hades beide Sonnen gleichzeitig. So kam es, daß der grüne Stern ebenfalls nur die Vorderseite erhellte.

Wenn er jedoch im Zuge seiner Kreisbahn über den Horizont hinauswuchs, kam es zu jenem grünen Leuchten, das mir während der Landung auffiel.

Es war ein wirklicher Teufelsplanet, auf dem ich da niedergegangen war. Ich beruhigte mich erst, nachdem sich die Landeteller der Teleskopbeine in den Grund gebohrt hatten.

Draußen war alles still. Der von mir beobachtete Sturm war schon wieder abgeflaut. Fröstelnd erhob ich mich aus dem Sessel. Die Verbände der CALIFORNIA knackten und prasselten so, wie es die Verstrebungen eines jeden Raumschiffs nach vorangegangener Höchstbelastung taten. Die Abkühlung erfolgte wahrscheinlich sehr rasch.

„Perry, hörst du mich?“

Sein Gesicht blieb so starr wie eine steinerne Maske. Wenn er denken, sehen und hören konnte, mußte er fürchterliche Qualen empfinden.

Ich hatte noch einige Stunden warten müssen, bis die ersten Terraner erwachten. Rhodan kam als fünfter Mann auf die Beine. Am schlimmsten waren die Mutanten dran, deren leicht veränderte Gehirne anscheinend noch empfindlicher waren als die der anderen Menschen.

Nun war die gesamte Besatzung wieder aktiv. Es hatte keine Todesfälle gegeben, jedoch hatte der von der DRUSUS übernommene Mediziner Dr. Sköldson strengste Ruhe angeordnet.

Nachdem ich mit ihm gesprochen hatte, wußte ich auch, warum ich so schnell wieder munter geworden war. Ich besaß eine andere Hirnstruktur.

Wie mir erklärt wurde, hatten die Geschockten während der Lähmungszeit überhaupt nichts empfunden. Demnach waren meine Ängste unbegründet gewesen. Wie das aber bei zukünftigen Transitionen werden sollte, wagte niemand laut zu fragen.

Wir standen rund zwei Lichtjahre von der Entspannungszone entfernt. Vor der Landung hatte ich sie noch klar und deutlich als schillernde Linie beobachten können. Wenn wir jedoch auf eine Transition verzichteten, hatten wir etwas mehr als zwei Jahre zu fliegen, um den Riß erreichen zu zu können.

Für uns wären infolge der eintretenden Dilatation nur einige Tage vergangen, aber auf einer anderen Bezugsebene wäre die Zeit stabil geblieben. Wir durften gar nicht daran denken, was dann auf dem Flottenstützpunkt Gray Beast geschehen mußte.

Sicher würde man uns für tot halten.

So war es jetzt unsere vordringlichste Aufgabe, einen wirkungsvollen Schutz gegen die Gefahren eines Hypersprungs zu suchen. Bully, der sich zusammen mit dem Mathematiker Kenius stundenlang im Rechenraum aufgehalten hatte, behauptete anschließend, die Lage im Druufuniversum würde sich von Tag zu Tag mehr stabilisieren. Die Lähmung sei nur infolge des gestörten Gleichgewichts der Naturkräfte entstanden.

Da es nicht so aussah, als könnten wir ein Gegenmittel auf biochemischer Basis entdecken, waren wir übereingekommen, so lange wie möglich auf Hades zu warten. Jede verstreichende Stunde mußte zur endlichen Stabilisierung der unterschiedlichen Energieformen beitragen.

Notfalls mußte eine Transition unter den bekannten Bedingungen vorgenommen werden. Wenn alles schiefging, sollte ich den Sprung ausführen und nach meinem Erwachen dafür sorgen, daß die CALIFORNIA nicht zerstört wurde.

Wenn ich nun aber angenommen hatte, diese verrückten Kerle von Terra ließen sich von den durchaus nicht rosig aussehenden Tatsachen niederschmettern, so hatte ich mich ganz gehörig getäuscht.

Was hatten sie getan, kaum daß sie wieder auf den Beinen stehen konnten? Anstatt nur darauf zu achten, daß sie wieder in Ordnung kamen, hatten sie nichts anderes im Sinn gehabt, als den sogenannten „Transmitterstützpunkt" in Angriff zu nehmen.

Bordarzt Dr. Sköldson war fluchend durch das ganze Schiff gerannt, doch die Besatzung war ihm so geschickt aus dem Weg gegangen, daß er tatsächlich keinen einzigen von den Männern erwischt hatte. Sköldsons „Bewaffnung“, eine Automatspritze mit wenigstens fünfhundert Milliliter Dauerschlaf-Narkotikum, hatte sich als völlig wirkungslos erwiesen, da er nirgends ein Opfer gefunden hatte.

Ich selber hatte mich vor der Spritze nur durch einen zungenfertigen Hinweis auf meinen andersartigen Organismus retten können.

Nachdem Sköldson von einer plötzlich zuschnappenden Panzertür beinahe halbiert worden war, hatte er es endlich aufgegeben. Seitdem hing über der Tür der Bordklinik ein großes Schild mit der Aufschrift: *Eintritt nur kriechend gestattet.*

Das war die Rache des Arztes, nur hatte er das Pech, daß niemand gekrochen kam. Ich war davon überzeugt, daß sich die Burschen lieber eigenhändig den Blinddarm operieren würden, ehe sie Sköldson den Gefallen mit der Kriecherei taten.

Normalerweise hätte man über den für das Benehmen der irdischen Raumfahrer ganz typischen Vorfall Tränen lachen können, wenn wir uns nicht in einer so verzweifelten Lage befunden hätten.

Das war die Situation acht Tage Standardzeit nach der Landung auf dem Planeten Hades, den wir mittlerweile als wirkliche Hölle kennengelernt hatten.

Den großen Transmitter mit einer Transportreichweite von etwas über zwei Lichtjahren brauchten wir sozusagen nur noch in den großen Hohlraum hineinzustellen.

Praktisch veranlagt waren sie ja, diese Terraner. Sie hatten die CALIFORNIA kurzerhand an den Fuß jenes mächtigen Gebirgszugs bugsiert, den nicht zu berühren ich mich während der Landung bemüht hatte.

„Hoffnungsberge“, hatte Rhodan das Massiv genannt, das sich quer durch die etwa achtzig Kilometer breite Zwielichtzone erstreckte. Östlich unseres Standorts ragte es in das gnadenlose Sonnenlicht hinaus, und westlich von uns verschwanden die letzten Gipfel im Dunkel.

Immerhin hatte sich der gewachsene Fels nicht dagegen sträuben können, als ihm Rhodan höchstpersönlich mit einem mittelschweren Impulsgeschütz eine große, tunnelähnliche Öffnung in die Flanken gebrannt hatte.

Die entstehenden Gesteinsgase hatten wir ionisiert und mit Magnetfeldern eingefangen. Weit jenseits des Librationsstreifens waren die Dämpfe wieder fest geworden und im Zuge der herrschenden Schwerkraft abgeregnet.

Die hohe Einschußöffnung war im Panzerplast-Spritzverfahren ausgegossen und mit einer relativ kleinen Luftschleuse versehen worden. Vorher hatten wir natürlich den umfangreichen Transmitter in den zwanzig Meter hohen und fast fünfzig Meter tiefen Stollen gebracht.

Zur Zeit waren die Männer dabei, die künstliche Außenwand zu tarnen. Wieder wurde natürliches Gestein vergast, im ionisierten Zustand von einem Transportstrahl erfaßt und gegen die Panzerplastwölbung gepreßt. Es entstand bei guter Haftfähigkeit ein so unregelmäßiger und daher natürlich wirkender „Verputz", daß ich nur anerkennend nicken konnte. Sie wußten sich zu helfen, die kleinen Barbaren. Wenn sie nur nicht so bodenlos leichtsinnig gewesen wären. Nach meiner Planung hätten wir schon vor einem Tag abfliegen und den Sprung versuchen müssen. Bullys Berechnungen schienen nämlich Hand und Fuß zu haben, wie meine sorgfältige Kontrolle bewiesen hatte. Aber nein: Erst mußte dieser verflixte Transmitter installiert werden.

Die Libration des Planeten war stärker, als wir bisher angenommen hatten. Schon seit drei Tagen war beobachtet worden, daß sich der obere Rand der roten Riesensonne mehr und mehr über den Horizont hervorschob.

Die Folge davon war eine Ausdehnung der Tageszone in unsere Richtung; ein durchaus unwillkommener Effekt.

Es war heller geworden. Man konnte einwandfrei die Konturen der Berge unterscheiden und im Freien kleingedruckte Schriften lesen. Dazu kam eine Vorahnung von dem Gluthauch, der uns in aller Kürze überfluten mußte. Wir machten uns nicht die Mühe, durch eingehende Beobachtungen den genauen Ablauf der Schwankung zu berechnen. Dazu war uns Hades viel zu uninteressant.

Es genügte uns zu wissen, daß er 6385 Kilometer Durchmesser und eine Schwerkraft von 0,35 Gravos hatte. Das waren etwa Marsverhältnisse, wenn nicht seine langsame Achsendrehung gewesen wäre.

Ich stand im verwaschenen Schlagschatten der CALIFORNIA. Dicht über dem Boden hielten sich dünne Gasspuren, die von auftauenden atmosphärischen Niederschlägen herrührten. Wir hatten sogar Sauerstoff festgestellt, nur war sein Anteil viel zu gering, als daß man ihn hätte verwerten können.

Wir trugen schwere Raumanzüge mit eingebauter Energieschirm-Automatik. Somit waren wir durch Schwerkraftaufhebung beschränkt flugfähig und auch gut gegen die Einflüsse der lebensfeindlichen Umwelt geschützt.

Das Spezialinstrument an meinem Handgelenk zeigte an, daß die Temperatur stark veränderlich war. Es wurde laufend wärmer, je weiter sich der rotglühende Sonnenrand über den flachen Horizont schob.

Drüben, nur wenige Kilometer entfernt, herrschte eine tödliche Hitze. Dort siedelten alle Elemente mit einem niederen Schmelzpunkt, und das trostlose Gelände war so heiß, daß man es nur mit gepanzerten Spezialstiefeln betreten konnte. Ich hatte bisher nur einen Versuch unternommen, die Wüste unter dem tödlichen Auge der roten Sonne etwas näher zu erforschen. Ich hatte es aber schnell wieder aufgegeben, zumal das Vorhaben ohnehin keinen praktischen Wert besaß.

Ich zog mich fluchtartig zurück, als ein kleines Impulsgeschütz der CALIFORNIA erneut zu donnern begann. Anscheinend genügte Rhodan der bereits drei Meter starke „Felsverputz" noch nicht. Vor einigen Minuten hatte er mir über Sprechfunk zugerufen, es bestünde noch eine geringe Gefahr von Fremdstoffortung.

Ich wartete, bis der sonnenhelle Energiestrahl erlosch. Erst dann begab ich mich zur bereits getarnten Felswand hinüber, um durch die winzige Schleuse das Innere des Tunnels zu betreten.

Die Installation des Transmitters war beendet. Ein kleines Notstromaggregat spendete Licht und notfalls auch Wärme, nur war die Luftversorgung noch nicht gelöst. Am nächsten Tag sollte die Klima- und Sauerstoffanlage mitsamt Regenerierungsstation eingebaut werden.

So standen die beiden Stahltore der Luftschleuse noch offen, als ich endlich die Felswand erreichte. Die geringe Schwerkraft des Planeten hob das Gewicht des schweren Raumanzugs soweit auf, daß ich mich fast unbelastet fühlte.

Zu meiner größten Überraschung traf ich Rhodan und den Mutanten Fellmer Lloyd in dem großen Stollen an. Sie kontrollierten die Anschlüsse des Transmitters, dessen Eigenversorgung und Justierungselemente unser Sorgenkind waren. Es war geplant, mit dieser Station andere Transmitterteile zu empfangen, um so den Zusammenbau innerhalb des Stützpunkts vornehmen zu können. Wenn das alles wunschgemäß gelang, konnte es geschehen, daß die Terraner eines Tages eine versteckte Festung im Herzen des Druufsystems besaßen.

„Ihr seid wohl ganz und gar verrückt geworden!" rief ich ins Mikrophon meines Helmsenders. „Falls es euch entgangen sein sollte: Reginald Bull hat vor etwa zehn Minuten mit einem Strahlgeschütz auf diesen Berg geschossen, um neues Tarnmaterial zu gewinnen."

Rhodan drehte sich um, um mich ansehen zu können. Lloyd lachte. Er war ein dunkler, phlegmatisch wirkender Alltagstyp mit dunklen Augen und untersetzter, muskulöser Gestalt. Ich mochte ihn gut leiden, da er noch niemals versucht hatte, meinen gedanklichen Monoschirm zu durchbrechen, um meinen Bewußtseinsinhalt sondieren zu können.

„Stimmt", bestätigte Rhodan ungerührt. „Hier drinnen hat man aber nichts davon bemerkt. Wo stecken denn die Schlafmützen schon wieder?"

Ich holte tief Luft. Dieser Barbar war wohl der Meinung, andere Menschen kämen ebenfalls achtundvierzig Stunden ohne Schlaf aus.

„Die habe ich ausnahmslos in die Kojen geschickt, wenn du nachträglich gestattest. Was denkst du wohl, wie es um den Gesundheitszustand der Männer bestellt ist? Das sind keine Roboter."

Seine müden, rotumränderten Augen blinzelten hinter der Helmscheibe. Dann gewahrte ich ein schwaches Lächeln auf seinen Lippen.

„In Ordnung", entgegnete er leise. „Morgen kommt die Luftversorgung in die Höhle. Anschließend werden wir sehen, ob deine Angleichungstheorie stimmt. Ich möchte die Starre nicht noch einmal erleben, verstehst du?"

Ja, das verstand ich sogar sehr gut. Der scheußliche Anblick haftete jetzt noch in meinem Gedächtnis.

Von draußen kamen leise Geräusche. Die vorhandenen Luftreste leiteten den Schall wenigstens so gut, daß man starke Lärmquellen noch einigermaßen hören konnte. Über Sprechfunk kam die Warnung durch, die Station nicht zu verlassen. Die Spezialisten des Kreuzers brachten eine neue Tarnungslage auf den Fels.

Nach fünfzehn Minuten war die Sache erledigt. Vor der offenen Luftschleuse hatte sich ein Wall aus herabgetropftem Gestein gebildet, der fast den Eingang versperrte.

„Saubere Arbeit", bemerkte Lloyd.

Ich dagegen fand es richtig von der CALIFORNIA-Besatzung, daß man uns einen winzigen Ausschlupf gelassen hatte. Es war bodenloser Leichtsinn von Rhodan, während dieser Aktion im Stollen zu bleiben.

Rhodan legte eben sein Spezialwerkzeug zu Boden, als draußen das Inferno losbrach. Eine Druckwelle pfiff so hart durch das kleine Luk, daß wir alle drei erfaßt und nach hinten geschleudert wurden.

Ich hörte noch Lloyds schrillen Schrei, ehe mich die aus meinem Rücken aufsteigenden Schmerzkaskaden halb besinnungslos werden ließen. Ich erfaßte nur, daß der schon nicht mehr erwartete Angriff dennoch erfolgt war, aber ganz anders, als wir es uns vorgestellt hatten.

Ich hörte Rhodans brüllende Stimme im Helmfunk. Die Anweisung regte mich ebensowenig auf wie Perrys Lautstärke. Ich fühlte nur noch den Schmerz.

„Starten, sofort starten! Bully, Sikermann, Schiff abheben und sofort in die Transition gehen! Wir warten hier, bis die Transmitterstation auf der DRUSUS Grünzeichen gibt! Los, sofort starten! Das ist ein Befehl! Wir haben keine Zeit mehr zum Einsteigen! Ihr sollt starten . . ."

Immer wieder schrie er die gleichen Worte, bis plötzlich das tiefe Dröhnen der starken Triebwerke aufklang. Demnach war der Kreuzer gar nicht oder nur leicht beschädigt worden. Sikermann flog mit Vollschub an, was unseren Tunnel beinahe zum Einsturz brachte. Das davon erzeugte Beben ließ mich qualvoll aufstöhnen. Es war mir in dem Moment gleichgültig, ob die CALIFORNIA nun ohne uns startete oder nicht. Ich dachte nur noch an die möglicherweise ernsthafte Verletzung, die ich mir bei dem harten Aufprall zugezogen haben konnte.

Es gab hier keine Möglichkeit, den hermetisch schließenden Raumanzug zu öffnen, um einen eventuellen Bruch zu behandeln. Lloyds Stimme riß mich aus meinen panikerfüllten Überlegungen.

„Sie sind fort, mein Gott, sie sind fort!"

Rhodan richtete sich schwerfällig vom Boden auf. Draußen, dicht vor der Schleusenöffnung, lohte blendende Glut. Anscheinend hatte man mit einem Impulsgeschütz auf den Kreuzer geschossen.

Trotz meiner Schmerzen konnte ich es nicht unterlassen, zu bemerken: „Na, Barbar, was sagst du nun? Hübsche Überraschung, wie? Könntest du einmal nachsehen, ob ich mir etwa die Wirbelsäule gebrochen habe?"

19.

„Wenn ich dich so betrachte, erscheint es mir erstaunlich, daß die Mutter meines Sohnes eine Arkonidin ist“, sagte Rhodan.

Ich lag flach auf dem Bauch und drehte ihm meinen Rücken zu. Fellmer Lloyd kauerte dicht vor dem Eingang und sah auf die wellige Felsebene hinaus, auf der vor fünfzehn Minuten noch die CALIFORNIA gestanden hatte.

Wir hatten wenige Sekunden nach dem Alarmstart eine Nachricht über Normalsprechfunk erhalten. Da der Kreuzer mit Wahnsinnsbeschleunigung in den Raum gerast war, hatten wir die Durchsage kaum noch verstehen können. Ultrakurze Wellen wurden vom Partikelstrom der Triebwerke empfindlich gestört, und Hyperfunkgeräte besaßen wir nicht.

Sikermann und Bully hatten uns mitgeteilt, daß der Durchbruch gelungen war. Man würde nun die Transition wagen, durch den Spalt ins Einsteinuniversum eindringen und mit der DRUSUS auf Biegen oder Brechen zurückkehren.

Nachdem wir diesen letzten Gesprächsfetzen empfangen hatten, war die Funkverbindung endgültig unterbrochen worden. Sicherlich war die CALIFORNIA längst gesprungen, denn sie benötigte nur etwa fünf Minuten, um die einfache Lichtgeschwindigkeit zu erreichen.

Ob Sikermann auch die Flucht aus der Zeitebene der Druuf gelingen würde, war eine andere Frage. Wahrscheinlich hatten sich aber die Gravostürme innerhalb der Entladungszone abgemildert. Wenn wir viel Glück hatten, konnte die DRUSUS schon in wenigen Stunden im Druufraum eintreffen. Da sie drei Hochleistungstransmitter an Bord hatte, war es dann wohl möglich, mit Hilfe unseres Geräts aus dieser Hölle zu entkommen.

Rhodans Finger preßten sich wieder in meinen Rücken. Ich konnte ein leises Aufstöhnen kaum unterdrücken. Fellmer Lloyd wandte sich nach uns um. In dem von draußen hereinfallenden Licht sah ich sein schweißüberströmtes Gesicht.

Ich versuchte ein Lächeln, um jenen Mann unter uns moralisch zu stärken, der wahrscheinlich noch viel mehr auszustehen hatte als ich.

Rhodan hatte mir zugeflüstert, der Mutant litte seit einigen Stunden unter einer beginnenden Dysenterie.

Nach dem Abflug der CALIFORNIA hatte sich Lloyd in qualvollen Darmkrämpfen gewunden. Es war für mich erdrückend und beschämend zugleich, zu sehen, wie mannhaft er seine Qual unterdrückt hatte. Augenblicklich schien es ihm besserzugehen. Wenigstens versuchte er, mein Lächeln zu erwidern.

Zu diesem Zeitpunkt wußten wir aber noch nicht, daß die sanitäre Anlage in Fellmers Raumanzug ausgefallen war. Anscheinend hatte er sie bei dem heftigen Sturz so schwer beschädigt, daß sie ihre lebenswichtige Funktion nicht mehr erfüllen konnte. Und dazu kam jetzt auch noch eine Dysenterie, die Dr. Sköldson normalerweise mit einer einzigen Injektion beseitigt hätte. Uns war es völlig unmöglich, dem Mutanten zu helfen. Er war allein auf die wenigen Medikamente angewiesen, die sich in der automatischen Zuführungskapsel seines Helmes befanden. Es gab darunter kein Mittel gegen die Darmkrankheit. Er mußte fürchterliche Qualen ausstehen.

Von da an verzog ich nicht mehr das Gesicht, bis Rhodan mit seiner Untersuchung fertig war. Er tastete meinen Rücken durch das dicke Material der Kombination ab. Eine höchst unzulängliche Methode.

„Was ist? Kennst du dich in meiner Knochenstruktur aus?“

„Annähernd. Da du keinen normalen Brustkorb besitzt, muß die stabile Knochenplatte dort angebrochen sein, wo sich bei mir die untere rechte Rippe befindet. Was sitzt bei dir an dieser Stelle?“

Er tippte auf die Quelle des Schmerzes, und ich fuhr schimpfend auf. Wenigstens konnte ich mich schon wieder bewegen, ohne bald verrückt zu werden.

Wenn nur die Rückenplatte angebrochen war, so war alles halb so schlimm. Das starke, aber hochelastische Gewebe regenerierte dank meines Zellaktivators sehr rasch. Ich brauchte nur einige Stunden Ruhe.

„Ein wunderbarer Arzt bist du“, ächzte ich, als ich endlich auf den Füßen stand. „Sehen wir uns die Lage an.“

Ich schritt vorsichtig zur kleinen Luftschleuse hinüber, die draußen von einem hohen Steinwall verdeckt wurde. Wir konnten nur noch durch einen schmalen Riß ins Freie sehen.

Der ehemalige Nachteil dieser Verschüttung war nun zu einem Vorteil geworden.

Wenn die Druuf nur einen Funken Verstand hatten, würden sie sich fragen, was die Besatzung des unbekannten und so schnell entflohenen Kreuzers auf dieser Welt gesucht hatte. Wenn sie die CALIFORNIA obendrein nicht gefaßt oder vernichtet hatten, würde man zweifellos versuchen, nähere Anhaltspunkte zu finden. Die aber konnte es nur dort geben, wo das Schiff gestanden hatte, knapp sechshundert Meter von unserer fast völlig zugeschmolzenen Höhlenöffnung entfernt.

Wir machten uns keine Illusionen darüber, was bei einer genauen Nachforschung geschehen würde. Die große Spritzgußwand des Stollens war infolge der Tarnung auf keinen Fall mehr zu sehen. Eine Fremdstoffortung erschien mir auch ausgeschlossen, falls man nicht gerade auf die Idee kam, mit einem entsprechenden Gerät dicht vor den Tunnel zu kommen. Das aber wäre ein Zufall gewesen.

Gefahrdrohender waren die weiter entfernten Stellen, wo wir das Felsmaterial zum Zweck des Verputzes abgeschmolzen hatten. Dort waren breite, glasige Flächen entstanden, die einige Rückschlüsse erlaubten.

Menschen wären unter Umständen auf den richtigen Gedanken gekommen. Wie es dabei um die Druuf bestellt war, erschien uns ungewiß. Vielleicht konnten sie sich über den Sinn dieser Abschmelzung keine Vorstellung machen.

Das war unsere einzige Hoffnung, denn daß die Untersuchung kam, war so sicher wie die Existenz der Druuf selbst.

Wir legten uns in der Schleuse nieder und arbeiteten uns den steilen Abhang hinauf. Der Spalt war knapp vierzig Zentimeter breit. Man konnte sich zur Not hindurchzwängen, aber ob er von draußen als Öffnung erkannt werden konnte, war eine andere Frage. Er fügte sich so unauffällig in die zerklüftete Felswand ein, daß nur ein dicht Vorüberkommender aufmerksam werden konnte.

Als ich meinen Helm an den von Fellmer Lloyd preßte, hörte ich ihn leise stöhnen. Sein untersetzter Körper bebte. Er wurde von einem erneuten schmerzhaften Anfall heimgesucht.

„Bewahren Sie Ihre Ruhe!“ rief ich ihm laut zu. „In wenigen Stunden wird die DRUSUS in den Druufraum eindringen. Unser Transmitter ist angeschlossen. Er wird funktionieren.“

„Hoffentlich", entgegnete er stockend. Ich vernahm deutlich seine keuchenden Atemzüge. „Ich bitte um Entschuldigung, wenn ich diese unangenehmen Dinge überhaupt erwähne. Ich bin aber auch nur ein Mensch, und mein Körper . . ."

„Selbstverständlich, da gibt es überhaupt nichts zu entschuldigen", unterbrach ich ihn. „Sie müssen es durchstehen, Lloyd. Wir können überhaupt nichts tun. Die Höhle ist praktisch luftleer. Was zeigt die Kontrollmarke Ihrer sanitären Anlage an? Wir werden die Reinigung für Sie besorgen. Sie bleiben jetzt erst einmal ruhig liegen. Verstehen Sie?"

„Jawohl, das werde ich auch tun müssen. Nur wird es da nichts mehr zu reinigen geben."

Sekunden später gestand Lloyd stockend, das Gerät beim Druckwellensturz beschädigt zu haben.

Da hatten wir die katastrophale Nachricht gehört. Die Symptome seiner Erkrankung konnten eine sehr schnelle Vergiftung der Atemluft bewirken. Wegen des erforderlichen Außendrucks, der hier fast völlig fehlte, waren die Monturen innen mit dem gewohnten Gasgemisch gefüllt, das dem Körper einen Druck von etwa fünfhundert Millibar vermittelte.

„Halten Sie durch, Lloyd, die DRUSUS kommt bald", sagte Rhodan tröstend.

Ich fand in diesem Moment keine Worte, da sie die Schwere des Falles doch nicht getroffen hätten.

Der Mutant drehte den Kopf und lachte uns verzerrt an. Ich hatte einmal unter einer infektiösen Dysenterie gelitten, weshalb ich ahnte, was dieser Mann in seiner hermetisch schließenden Umhüllung auszustehen hatte.

Mir war das Unheil in einem Feldlager Wallensteins widerfahren. Es war eine Seuche gewesen, und wir hatten keine Mittel zur Verfügung gehabt.

„Wo, um Himmels willen, haben Sie sich infiziert?" fragte Rhodan. „Das muß doch eine Ursache haben."

„Vielleicht das Wasser auf Gray Beast", gab Lloyd schwach zurück.

Das war eine Vermutung, die stichhaltig sein konnte. Wenn er sich von dem Quellwasser hatte verlocken lassen, war eine Ansteckung wahrscheinlich. Ich nahm mir fest vor, den Flottenmedizinern den Rat zu erteilen, hochwirksame Breitband-Antibiotika als Ausrüstung für die

Raumanzüge vorzusehen. Lloyds Ruhr konnte nur infektiös sein, eine andere Möglichkeit gab es nicht. Die Schiffe der Solaren Flotte waren peinlich sauber und die sanitären Einrichtungen so erstklassig, wie ich es noch nicht einmal auf arkonidischen Einheiten erlebt hatte.

Mir lag es auf der Zunge, Lloyd zu fragen, warum er nicht bei den ersten Anzeichen zum Arzt gegangen sei. Dann unterließ ich es aber. Es war sinnlos, jetzt noch über unabänderliche Dinge zu sprechen.

Rhodan begann wortlos einige hervorstehende, messerscharfe Zacken auf dem Grat des Walles abzubrechen. Ich beobachtete ihn einige Augenblicke. Während der kurzen Unterhaltung mit Lloyd hatte ich meine eigenen Schmerzen völlig vergessen. Sie waren auch nicht mehr so schlimm, um mich in meinen Bewegungen ernsthaft behindern zu können.

„Ich werde mir von draußen ansehen, wie unsere Tarnung beschaffen ist", sagte er. „Paß du hier auf, Atlan."

Er nickte unauffällig zu Lloyd hinüber, der apathisch neben uns lag.

Augenblicke später zwängte sich Rhodan durch den schmalen Spalt. Das Material seines Raumanzugs war so fest, daß Risse nur bei einer erheblich stärkeren Gewaltanwendung entstehen konnten. So sah ich gelassen zu, wie er sich zwischen den Felsen hindurchwand.

Draußen hatte die grelle Sonnenglut unseren Stützpunkt erreicht. Die wenigen Schatten verschwanden, und einige Minuten später sah ich geblendet auf die weite Wüstenlandschaft hinaus. Wir mußten bei starken Librationen genau am Rand der Zwielichtzone liegen.

Rhodan verschwand weiter hinten im tiefen Schatten. Von hier aus betrachtet, wirkte die Landschaft wie ein stockdunkler Abgrund, der keinen klaren Einblick mehr erlaubte.

„Alles in Ordnung", teilte mir der Telepath mit. Er preßte seinen Helm noch dichter gegen den meinen.

Ich nickte Lloyd schweigend zu. Vielleicht war es gut, wenn er sich geistig betätigte. Das würde ihn von seinen Qualen ablenken.

Nach etwa drei Minuten sprach mein Empfänger an. Rhodan meldete sich über Sprechfunk.

„Bist du wahnsinnig geworden?" unterbrach ich ihn schon nach den ersten Worten. „Wir können angepeilt werden."

„Unsinn, ich sende mit 0,2 Watt. Außerdem ist weit und breit nichts zu sehen, was unser Gespräch aufnehmen könnte. Ich befinde mich einen

Kilometer entfernt im Schatten der Zwielichtzone. Wie sieht es von drüben aus?"

„Wir können weder dich noch irgend etwas anderes sehen. Die Sonne blendet fürchterlich. Für meine Begriffe herrscht da drüben finstere Nacht."

„Ausgezeichnet. Dafür ist eure Felswand für mich ein schemenhaftes, verwaschenes Gebilde, weil ich nicht einwandfrei in das helle Leuchten hineinschauen kann. Von der Stollenwand ist nichts zu bemerken, und den Einschlupf erkenne ich nur noch an ganz bestimmten Merkmalen. Ich halte jede Wette, daß sie uns nicht finden werden."

„Du brauchst nur noch eine halbe Stunde länger zu funken, dann haben sie uns gleich."

„Ich höre schon auf, alter Schwarzseher. Nein, nein, rege dich nicht auf. Wir hätten tatsächlich einen Tag früher starten sollen. Dann wäre uns das alles erspart geblieben. Lloyd, wie geht es Ihnen? Wollen Sie zu mir herauskommen? Das lenkt Sie vielleicht etwas ab."

„Lieber nicht", hörte ich Fellmer leise sagen. „Mir ist hundeelend. Könnten Sie mir vielleicht etwas von Ihrem Sauerstoff abgeben?"

Ich fühlte, daß ich erblaßte. Sauerstoff? Warum verlangte er das? Es war strengste Vorschrift, das Ultrahochdruck-Regeneratorgerät täglich neu füllen und kontrollieren zu lassen. Hatte er diese primitivste und wichtigste Regel etwa auch vernachlässigt? Nein, er hatte es nicht getan.

Rhodan schien ebenfalls verblüfft zu sein. „Sauerstoff? Lloyd, das geht nicht. Der Regenerator sitzt unter dem Material der Kombination. Wir kommen nicht 'ran. Was ist los? Haben Sie Atemschwierigkeiten?"

Ich drehte den Kopf, um den Kranken ansehen zu können. Als er meinen Blick spürte, wurde er verlegen. Da ahnte ich etwas.

„Nnnn – nein", stammelte Lloyd als Antwort. „Mein Gerät ist schon in Ordnung. Kann ich es riskieren, die derzeitige Druckfüllung der Montur durch das Reglerventil abzublasen? Ich müßte dann den Flaschen eine neue Ladung entnehmen."

„Ja, um Gottes willen, warum denn?"

„Frage nicht wie ein Kleinkind", fiel ich grob in das Funkgespräch ein. „Seine Atemluft ist einfach verbraucht, verstehst du? Das soll bei einer Dysenterie und gleichzeitigem Ausfall der sanitären Anlagen vorkommen. In Ordnung, Lloyd, blasen Sie die Füllung ab. Ihr Sauerstoffvorrat reicht normalerweise für acht Tage Terrazeit. Machen Sie sich darauf gefaßt, nur noch vier Tage damit auskommen zu können. Nun fangen Sie schon an. Raus mit der giftigen Luft."

Ich half ihm, das Reglerventil an der Rückseite des Helmes zu öffnen. Der Druck sank rapide ab. Bei der Gefahrenzone gab ich frischen Sauerstoff aus den Ultraflaschen in den Regenerationskreislauf. Die Behälter aus Arkon-Leichtstahl waren auf zehntausend atü geeicht.

Rhodan schimpfte erbittert. Es galt aber nicht Lloyd, sondern der allgemeinen Situation.

Plötzlich sah ich ihn mit unerhörter Geschwindigkeit aus dem Schatten kommen. Am finsteren Himmel war ein greller Lichtschein sichtbar geworden.

„Angst hat er nicht, aber rennen kann er", murmelte ich spöttisch vor mich hin.

Lloyd lachte unterdrückt.

Rhodan kam keuchend und mit wankenden Beinen an. Ich zerrte ihn grob durch den Spalt. Sein Gesicht war schweißüberströmt. Mit einem Fingerdruck schaltete ich seinen Sender aus.

Minuten später senkte sich ein tiefschwarzes, vom hellen Sonnenlicht angestrahltes Ungeheuer auf lohenden Impulssäulen auf den Boden herab. Das tiefe Dröhnen des Antriebs war klar zu hören, und die auftreffenden Schubstrahlen ließen das Gebirge erzittern. Besorgt schaute ich mich nach den verkleideten Wandungen unseres Stollens um. Es zeigten sich aber noch nicht einmal feine Belastungsrisse.

Als das Druufschiff in den Schatten der Hoffnungsberge eintauchte, war es nur noch umrißhaft zu erkennen. Sie waren in der Zwielichtzone gelandet, genauso, wie wir es erwartet hatten. Keine vernunftbegabte Kreatur würde ausgerechnet in der Sonnenglut niedergehen.

„Gut so", sagte Rhodan leise. „Nun werden sie sich umsehen."

Ich sah mich ebenfalls um, nur galt mein Blick dem Allzweckgerät an meinem linken Handgelenk. Die Sohnenstrahlung hatte uns voll erreicht. Innerhalb von wenigen Minuten war die Temperatur auf 68 Grad Celsius angestiegen. Draußen mußte es schon viel heißer sein.

Unsere Schutzanzüge waren darauf eingerichtet, fünfhundert Hitzegrade durch reine Reflexion und die Tätigkeit der Klimaanlage von uns abzuhalten. Wenn es jedoch härter kommen sollte, mußte der Schutzschirmgenerator eingeschaltet werden, dessen Individualfeld aber fraglos zu einer Energieortung führen würde. Ich hoffte, nicht gezwungen zu werden, das Gerät zu benutzen. Es genügte, wenn der Mikroreaktor zur Sättigung des Strombedarfs tätig war.

Fellmer Lloyd krümmte sich unter einem neuen Anfall. Damit fiel er praktisch als Telepath aus. Ich folgte Rhodans Blick, aber die grüne Lampe an der Außenseite des Materietransmitters leuchtete noch immer nicht auf.

Wir sahen uns bezeichnend an. Was war mit der CALIFORNIA geschehen? War sie durchgekommen? Wenn ja, warum war die DRUSUS noch nicht da?

Rhodan zog bedächtig seine Waffe aus dem Gürtelhalfter. Als die rote Lampe aufleuchtete, wußte ich, daß er nicht gewillt war, kampflos in die Gefangenschaft der Druuf zu gehen. Dabei war es noch gar nicht sicher, ob diese Wesen den Begriff Gefangenschaft überhaupt kannten.

Wir warteten ab. Von dem großen Schiff, das etwa dreihundert Meter hoch in den dunklen Himmel über der Zwielichtzone ragte, war nur noch die halbkugelige Spitze zu sehen. Der Druufraumer stand auf weitgespreizten Heckflossen, die vor der Landung ausgefahren worden waren.

„Ihr Hypertriebwerk würde mich interessieren", sagte Rhodan gelassen.

Der Barbar hatte Nerven. Mir war das Aggregat in diesen Augenblikken verteufelt gleichgültig. Hier ging es nur noch ums Überleben.

Auf der weiten Ebene rührte sich nichts. Je intensiver wir nach drüben blickten, um so mehr schälten sich die Umrisse des fremden Schiffes aus den Schatten der Zwielichtzone heraus. Unsere Augen gewöhnten sich allmählich an das seltsame Licht.

Fellmer Lloyd war halb besinnungslos.

„Wann kommen die Burschen endlich heraus?" fragte Rhodan angespannt.

Sie kamen eine Viertelstunde später, nachdem sie die Umgebung erst einmal mit ihren Ortungsgeräten abgesucht hatten.

Wir sahen mehrere Fahrzeuge von flacher, elliptischer Form, die sich auf magnetischen Abstoß-Prallfeldern über den Boden bewegten. Räder oder Raupenketten waren keine vorhanden.

Das überzeugte mich erneut davon, daß diese Wesen über eine großartige Technik verfügten. Natürlich wußten sie genau, was sie in ihrem eigenen Sonnensystem erwartete. Sie setzten Geräte ein, die für die jeweiligen Erfordernisse am besten geeignet waren.

Wir hielten den Atem an, als drei dieser Gleiter langsam an unserem Spalt vorüberfuhren. Ich bemerkte kreisende Antennen und rötlich leuchtende Aufnahmelinsen, die wahrscheinlich zu einem optisch wirksamen Bildsystem gehörten.

Drei Stunden später hob das fremde Raumschiff mit Donnergetöse ab. Als das letzte Geräusch verhallt war, stieß ich seufzend die Luft aus. Rhodan steckte die Waffe in das Halfter zurück.

„Die kommen nicht wieder. Ich wäre an ihrer Stelle wahrscheinlich auch nicht auf die Idee gekommen, daß sich hier gewissermaßen unter ihren Nasen der Stützpunkt von Fremden befindet."

Wir kümmerten uns um den Mutanten. Seine Luft wurde schon wieder schlecht. Wenn das so blieb, war sein Sauerstoff sehr schnell verbraucht. Sehnsüchtig blickten wir zu dem Transmitter hinüber. Die grüne Lampe leuchtete noch nicht auf, ein Zeichen dafür, daß niemand ein Empfängergerät eingeschaltet hatte.

Ich ging zum Landeplatz der Druufschiffe hinüber. Dabei hoffte ich, vielleicht einige vergessene Gegenstände zu finden.

Außer einer glasigen, nachglühenden Bodenfläche entdeckte ich aber nichts.

Dreimal vierundzwanzig Stunden lang hatten wir im Wachen und im Halbschlaf auf das grüne Transmittersignal gehofft. Es hätte nichts gegeben, was unsere Wünsche mehr erfüllt hätte, als das Aufleuchten der Kontrollampe.

Dazu kam noch Lloyds Erkrankung, die zwar nur indirekt sein Leben bedrohte, uns aber sehr belastete. Seine Druckluft mußte zu häufig erneuert werden. Wir hatten keine Möglichkeit gefunden, die giftig gewordenen Gase zu reinigen. Für solche Fälle war auch der Luftregenerator nicht vorgesehen. Fraglos eine Fehlkonstruktion dieses Anzugtyps.

Fellmer Lloyd hatte noch Luft für knapp zwölf Stunden. Wenn er bis dahin die Montur nicht ablegen konnte, war er rettungslos verloren.

Dann, vor zwei Sekunden, hatte die Lampe zu flackern begonnen. Jetzt leuchtete sie bereits so klar, als wäre es niemals anders gewesen.

Wir zögerten nicht lange. Wenn die DRUSUS endlich durchgebrochen war, dann kam es auf Sekunden an.

Rhodan und ich erhoben uns von dem dürftigen Ruhelager, das wir aus zurückgelassenem Packmaterial aufgeschichtet hatten. Lloyd ruhte apathisch neben uns. Sein Gesicht war blaß und eingefallen. Er schien jede Energie verloren zu haben.

„Lloyd, aufstehen!“ schrie ihm Rhodan zu. „Lloyd, die Kontrollampe brennt. Die DRUSUS hat auf Empfang geschaltet, kommen Sie!“

Lloyds Augen schienen plötzlich viel klarer zu sein. Ich erblickte hinter der Helmscheibe sein verhärmtes Gesicht.

Wir brauchten ihm nicht behilflich zu sein. Er ging nach hinten in den Stollen, wo der mächtige Hochleistungstransmitter fast bis zur Decke reichte.

Rhodan hatte die Energieversorgung bereits anlaufen lassen. Längst hatten wir alles vorbereitet. Es waren nur noch wenige Handgriffe erforderlich, um das Gerät in Betrieb zu nehmen.

Die Transportkoordinaten stimmten bis zur letzten Dezimalstelle. Die Einlauf-Justierungsverschiebungen hatten wir während der vergangenen drei Tage immer wieder kontrolliert und korrigiert.

Rhodan betrat zuerst die große Metallplattform zwischen den kreisförmig angeordneten Gatterstäben. Sie ragten weit über uns hinaus, um jenseits unserer Köpfe die kupferartig glänzende Polhaube zu stützen.

Von ihr aus würde sich das Entstofflichungsfeld auf uns niedersenken. Ich schob mit bebenden Händen Lloyds Füße in die Kontakthalterung der Bodenklammern. Ein Fingerdruck genügte, um den Eingang zu schließen.

Erstmals begann ich richtig zu begreifen, warum diese Transmitter speziell für eine separate Stromversorgung eingerichtet waren. In unserem Fall hätten wir keine andere Kraftquelle zur Verfügung gehabt.

Rhodan leitete die Vorstufenschaltungen ein. Es dauerte nur wenige Augenblicke, bis sich das leise Summen im meterstarken Sockel zu einem tiefen Donnergetöse steigerte.

Eine blaßrote Energiewand huschte an den Gatterstäben nach unten, wo sie sich mit dem leuchtenden Feld nahe der Plattenpole verband.

Noch konnten wir sprechen, fühlen und denken. Aber in den Augenblicken vor einem beginnenden Transmittersprung war das klare Denken von kaum kontrollierbaren Ängsten überlagert, die den verborgenen Tiefen des Unterbewußtseins entsprangen.

Das natürliche Empfinden des Individuums wehrte sich gegen die Entstofflichung.

Wir hatten Lloyd zwischen uns genommen. Das leuchtende Kraftfeld schien die Höhle aufglühen zu lassen.

Rhodan gab sich betont ruhig. Ich bemühte mich ebenfalls um meine Fassung. Einen Transmittersprung über etwa zwei Lichtjahre hinweg hatte ich noch nicht unternommen, wenigstens nicht mit einem Gerät, das auf der Erde gebaut worden war.

Ich dachte an die physikalische Instabilität des Druufuniversums. Wenn wir schon bei einer ganz normalen Transition solche Schwierigkeiten gehabt hatten – wie würde sie sich erst bei einem physikalisch-mechanischen Transport auswirken?

Auch Rhodan schien das zu bedenken. Wenn sein Gesicht so ausdruckslos war wie jetzt, dann grübelte er über schwerwiegende Dinge nach.

Das Signal kam nach drei Sekunden. Mir waren sie wie Ewigkeiten erschienen. Lloyd sah mich an. Die dunklen Augen in seinem scharfgezeichneten Gesicht glühten wie Kohlen. Er schien sich mit aller Gewalt zusammenzureißen.

Ich versuchte ein Lächeln, das mir aber mißlang. Da der Sprungauslöser auf der rechten Seite des Käfigs lag, preßte ich meinen Daumen darauf.

Meine letzte flüchtige Überlegung galt dem Energieaufwand des Transmitters. Mit gewöhnlichen Strukturtastern konnte er nicht angepeilt werden, da er keine hyperstrukturellen Schockwellen erzeugte. Wenn man aber das geeignete Gerät entwickelt hatte . . .

Der Entmaterialisierungsschmerz überfiel uns mit solcher Stärke, daß ich mich selbst schreien hörte.

Mein letzter Sinneseindruck vermittelte mir Rhodans verkrampfte Gestalt. Sie war im Moment der beginnenden Entstofflichung eckig geworden und in die Breite gegangen.

Dann fühlte ich nur noch den brennenden Schmerz. Anschließend war nichts mehr. Vielleicht war mein empfindliches Nervengewebe zuletzt aufgelöst worden. Eigentlich war es so, daß ein in seine Atome gespaltener Organismus überhaupt nichts fühlen sollte. Um so erstaunlicher waren diese Effekte. Ich glaubte, in eine irrlichternde Feuerspirale hineinzufallen. Das Brennen und Zerren in jeder Nervenfaser schien den Sprung mitgemacht zu haben. Als die Rematerialisierung im Empfangsgerät begann, kam zum R-Schock noch der Rest der Auflösung hinzu.

Ich konnte noch nichts sehen, obwohl ich schon wieder körperlich war. Das gewohnte Auslaufrauschen eines auf Empfang gestellten Transmitters war nicht zu hören. Entweder standen wir schon einige Zeit im halbbewußtlosen Zustand auf der Plattform, oder mit dem Gerät war etwas nicht in Ordnung.

Jedenfalls konnte ich meine Arme und Hände bewegen. Ich tastete umher, und dabei merkte ich, daß jemand nach mir griff.

Die Hand gehörte Fellmer Lloyd. Sie drückte fest zu, und da wußte ich, daß er ebenfalls einigermaßen in Ordnung war. Vor meinen Augen wallten rote Nebel. Hier schien überhaupt alles rot zu sein. Langsam begann ich diese Farbe zu hassen.

Dann glaubte ich, Rufe oder laute Schreie zu hören. Es dauerte noch lange, bis ich meinen Namen heraushören konnte. Gleich darauf konnte ich wieder sehen. Aus den Nebeln schälte sich Lloyds Gesicht heraus. Danach erkannte ich Rhodan, der auf dem Boden des Transmitters saß und unsicher seine Fußkontakte zu lösen versuchte.

Nein – da waren überhaupt keine Kontakte. Wir standen auch nicht auf einer kreisrunden Sockelplattform, wie sie jeder terranische Transmitter besaß.

Das, was wir mit den dicken Stahlplastiksohlen unserer Stiefel berührten, schien aus geschliffenen Steinplatten zu bestehen. In meinem Hirn breitete sich ein dumpfer, drückender Schmerz aus, der beim Erwachen meines Logiksektors heftig aufbrandete, um dann abrupt zu verschwinden.

„*Fehlsprung, fremde Umgebung. Nicht identisch mit Terra-Raumschiff!*“ gab mein Extrahirn durch.

Da erwachte ich endgültig aus meiner eigenartigen Starre. Die Geräusche, die mir bisher als Donnergetöse erschienen waren, wurden von meinem Tornister-Energieaggregat erzeugt. Das Helmgravometer zeigte einen Ausgleichswert von 0,95 Gravos an. Demnach befanden wir uns auf einer Welt oder einem Raumschiff, auf der oder in dem die Schwerkraft 1,95 Gravoeinheiten betrug.

Diese unleugbare Tatsache machte mich munter. Ich hatte den Impulsstrahler schneller in der Hand, als es Fellmer Lloyd begreifen konnte.

„Was ist?“ fragte er hastig. Seine Stimme drang dumpf aus dem Druckhelm hervor.

Rhodan war meinem Beispiel inzwischen gefolgt. Auch er schien die seltsame Schwäche überwunden zu haben.

Da erst sah ich mich richtig um.

Wir befanden uns in einem sehr großen, nur matt erleuchteten Raum mit gewölbter, fugenloser Decke. Uns gegenüber führte ein hoher Torbogen ins Freie. Dort war es noch finsterer als im Saal.

Die Einrichtung bestand lediglich aus einigen seltsamen, mammuthaften Maschinenaggregaten ringsum an den Wänden und aus dem Gerät, in dem wir uns augenblicklich befanden.

Es war eine Gitterkonstruktion ohne erkennbare Abschlußdecke. Wir standen auf nacktem Steinboden. Weit über unseren Köpfen, nahe der gewölbten Decke, hing eine rotglühende Metallkugel schwerelos in der Luft. Von ihr ging das widerliche Licht aus. Die Gitterkonstruktion umschloß eine etwa zehn Meter durchmessende, kreisförmige Fläche, doch waren die Stäbe so weit voneinander entfernt, daß wir uns bequem zwischen ihnen hindurchzwängen konnten.

Für Perry Rhodan war es typisch, in einer derart verfahrenen Situation eine von den augenblicklichen Eindrücken abweichende Bemerkung zu machen.

„Atembare Luft", sagte er so laut, daß ich ihn klar verstehen konnte. „Lloyd, kippen Sie Ihren Helm zurück. Das ist für Sie die Chance."

Ich schaute rasch auf meinen Analyse-Automaten. Bisher hatte er immer exakt reagiert. Tatsächlich, hier gab es Sauerstoff, Stickstoff und überraschend hohe Spuren von Edelgasen. Helium und Argon waren reichlich vorhanden. Der Druckmesser stand allerdings auf 830 Millibar. Lloyd konnte es riskieren, seine kostbar werdende Flaschenluft einzusparen.

Er stand apathisch neben mir. Da schlug ich mit der flachen Hand auf den Magnetverschluß seines Helmes. Lautlos klappte er nach hinten. Ein Schwall verbrauchter, giftiger Luft wurde aus dem Anzug gepreßt.

„Aus!" sagte da der Mutant, ohne überhaupt auf meine Maßnahme zu reagieren. „Wir sind bei den Druuf gelandet. Draußen kommt jemand näher. Ich spüre deutlich die fremden Gehirnimpulse. Ich kann nicht klar erkennen, was der Unbekannte denkt. Zu fremd, zu nichtmenschlich in jeder Faser."

Ich klappte nun ebenfalls meinen Helm auf. Die Luft war überraschend gut, nur mußte ich mich erst an den hohen Andruck gewöhnen. In meinen

Ohren sauste es. Ich stocherte mit den kleinen Fingern, öffnete weit den Mund und wischte mir dabei meine verkrusteten Augen sauber.

Rhodan drückte sich zuerst durch die Stäbe. Mit weiten Sätzen sprang er nach vorn, wo er sich am weit vorspringenden Sockel der Türfüllung zu Boden warf.

Ich rief ihm zu, er solle auf sein Gravometer achten. Da bemerkte er erst, daß wir uns im Einflußbereich von 1,95 Gravoeinheiten befanden.

Lloyd schleppte sich müde hinter mir her. Er schien bereit zu sein, endgültig aufzugeben. Nachdem ich den aus seinem Anzug aufsteigenden Geruch wahrgenommen hatte, wußte ich, was er bereits erduldet hatte.

Er blieb hinter Rhodan stehen und lehnte den Rücken gegen die Wand. Ich ging auf der anderen Seite des Eingangs in Deckung.

„Wo können wir gelandet sein?“ fragte Rhodan flüsternd.

Ich hob leicht die Schultern.

„Mir geht es weniger darum, *wo* wir herausgekommen sind, sondern *weshalb* das so ist“, entgegnete ich ebenso leise. „Die Transmitterjustierung war in Ordnung, da gibt es keinen Zweifel. Das Grünlicht war da, also mußte eine Station auf Empfang geschaltet haben, und zwar genau auf unserer Hyperfrequenz.“

„Diese hier.“ Er warf einen düsteren Blick zu dem unförmigen Gerät hinüber.

„Aber wieso? Es gibt Milliarden Möglichkeiten“, sagte ich erregt. „Da stimmt doch etwas nicht.“

„Irgendwie identisch mit unserer Transition mitten in das Druufsystem hinein. Hier müssen Überlagerungskräfte vorherrschen, von denen wir noch nicht einmal andeutungsweise etwas wissen. Vielleicht ist diese Maschine wegen ganz anderer Zwecke eingeschaltet worden. Wir gaben den Sprungkontakt, und schon wurden wir eingefangen. Die Frequenzen haben dabei garantiert *nicht* übereingestimmt. Trotzdem sind wir gefaßt und an der falschen Stelle eingefangen worden. Fest steht nur, daß die DRUSUS überhaupt noch nicht da war. Ein verteufelter Zufall.“

„Es kommt näher“, hauchte Lloyd, der starr durch die Wand zu blicken schien. „Das Gedankengut kann ich nicht so auswerten, wie wenn da ein Mensch käme. Eher handelt es sich um eine Gruppenerfassung von Impulsen, die in diesem Falle Erwartung ausdrücken. *Was* erwartet er?“

Rhodans Augen verkniffen sich, ein sicheres Zeichen dafür, daß er mit einer Idee liebäugelte.

„Das, was dieser Drucktransmitter herbeischaffen sollte. Dafür ist er eingeschaltet worden. Durch unbekannte Feldüberlagerungen bekamen wir das Grünzeichen. Diese Burschen besitzen also auch fünfdimensionale Abstrahlungsbasen. Interessant."

„Ich traue dem Ding nicht viel zu. Sieht eher wie ein Versuchsgerät aus."

Rhodan hob die Schultern. Wir wußten es beide nicht genau, und zu einer eingehenden Untersuchung hatten wir weder Zeit noch die erforderlichen Prüfgeräte.

„Vorsicht!" flüsterte Lloyd. Plötzlich hielt er ebenfalls seinen Strahler in der Hand, nur war er mit einem Schockblaster ausgerüstet.

„Probieren Sie es nötigenfalls mit dem Schocker", meinte Rhodan hastig.

Draußen, auf dem fast dunklen Flur, wurde das Geräusch von schweren, tapsenden Schritten hörbar. Es klang, als setze jemand mit unnötiger Kraft seine Füße auf.

„Schwerkraft von 1,95 Gravos, natürlicher Effekt!" teilte mir mein Extrahirn mit.

Rhodan war ebenfalls auf den richtigen Gedanken gekommen. Ob er aber auch ahnte, daß wir es wahrscheinlich mit großgewachsenen, muskulösen Geschöpfen zu tun haben würden? Meine Erfahrungen sagten jedenfalls aus, daß auf bewohnten Planeten mit hohen Gravitationswerten immer sehr stabil gebaute Intelligenzen heranwuchsen.

Augenblicke später sahen wir den Druuf. Wir lugten vorsichtig um die Türecke und bemerkten im Hintergrund des Ganges einen finsteren, wesenlosen Schatten von so quadratischer Form, daß meine Augen vor Erregung feucht wurden.

Langsam, für meine Begriffe zu langsam, stapfte das wenigstens drei Meter hohe Wesen auf uns zu. Ich wunderte mich darüber, bis mir der Zeitunterschied zwischen Druufebene und Einsteinraum einfiel.

Schnell flüsterte ich meinen Gefährten zu: „Er ist um die Hälfte langsamer als wir, denkt daran. Für seine Begriffe bewegt er sich wahrscheinlich mit beachtlicher Geschwindigkeit. Lloyd sagte ja, er käme in erwartungsvoller Stimmung. Da beschleunigt man gewöhnlich seinen Schritt. In der Hinsicht sind wir den Fremden also überlegen."

Als der Druuf endlich vom nach draußen fallenden Lichtschein erfaßt wurde, konnten wir ihn richtig sehen.

Ich musterte ihn trotz seiner ungewöhnlichen Körperform in aller Ruhe. Lloyd dagegen stöhnte entsetzt auf, und Rhodan zuckte zusammen.

In dieser Situation kam mir meine arkonidische Schulung als Exo-Psychologe zugute.

„Guter Gott", ächzte der Mutant.

Der Druuf war drei Meter hoch und fast ebenso breit gebaut. Auf zwei unförmig wirkenden Säulenbeinen kam er näher. Die beiden starken Arme endeten in auffallend zarten und feingliedrigen Greifwerkzeugen, die äußerlich ungefähr einer humanoiden Form entsprachen.

Damit war die Menschenähnlichkeit aber auch restlos erschöpft.

Erschreckend war der kugelrunde, etwa 50 Zentimeter große Kopf mit den vier großen Augen, in denen sich jetzt das Licht brach. Zwei saßen vorn an gewohnter Stelle, die beiden anderen waren dort angeordnet, wo sich beim Menschen die Schläfen befinden.

Nase und Ohren waren nicht vorhanden. Es fehlte jeder Haarwuchs. Schließlich brachte mich der Dreiecksmund auf die richtige Idee. Diese Wesen stammten zweifellos von Insekten ab. Daher resultierte auch Lloyds Unvermögen, mittels seiner telepathischen Kräfte den Gedankeninhalt einwandfrei zu erfassen.

Es war gut, daß uns der Druuf vorher Gelegenheit geboten hatte, seinen monströsen, klotzig wirkenden Körper zu betrachten. Ohne diesen scheußlichen Kopf wäre er trotz seiner Unförmigkeit noch nicht einmal so beängstigend erschienen.

Ich kannte jedoch die Menschen, und ich wußte auch meine eigenen Gefühle klar zu definieren. Wenn auch der Verstand immer wieder sagte, auf die äußere Form käme es bei der Beurteilung eines Lebewesens überhaupt nicht an, sondern nur auf dessen Geist, so wehrte sich der Instinkt dennoch gegen einen solchen Anblick.

Ich beobachtete Rhodan unauffällig. Er schien mit seinem Gefühl zu kämpfen. Natürlich wußte er auch, daß er den Druuf nicht nach seinem Aussehen beurteilen durfte.

Rhodan fing sich sehr rasch, nur Lloyd stand die Furcht im Gesicht geschrieben. Das mochte in seinen besonderen Fähigkeiten begründet liegen. Er erfaßte ja mehr als ich vom eigentlichen Wesen des Druuf.

Wir zogen uns wieder in die Sichtdeckung zurück. Der Druuf bewegte sich in der Düsternis so sicher wie wir im hellen Sonnenschein.

„Gut treffen, Lloyd", raunte ich schnell. „Er wird nicht wie wir sprechen können. Wahrscheinlich verständigt er sich auf anderer Basis. Keine Zeit für einen Hilferuf lassen."

Lloyd nickte verkrampft. Widerwillen zeichnete sein Gesicht. Das Dröhnen verstummte für einen Augenblick, um dann wieder einzusetzen. Der Druuf tappte langsam in die breite Türöffnung hinein, von der ich nun wußte, warum sie so breit und hoch war.

Ich preßte mich hinter die glatte Mauer. Rhodan war ebenfalls verschwunden. Als die Säulenbeine in mein Gesichtsfeld gerieten, sah ich, daß dieses Wesen über braunschwarze, lederartige Haut verfügte, die wie ein elastischer Panzer wirkte. Die enganliegende Kleidung des Druuf war fast durchsichtig. Ich fand es verwunderlich, daß sie überhaupt eine künstliche Körperumhüllung für erforderlich hielten.

Lloyd zögerte mit einem Strahlschuß. Ich erkannte, daß der Mutant versuchte, die Geistesimpulse des Monsters aus nächster Nähe zu erfassen.

Im selben Augenblick blieb der Druuf ruckartig stehen. Ich sah, daß sich seine seitlich am Kopf sitzenden Augen nach vorn drehten. Starr, völlig reglos auf einer Stelle stehend, schaute er zu dem Gatter aus metallisch glänzenden Stangen hinüber. Ich ahnte, daß er das vermißte, was zu sehen er erwartet hatte. Für Lloyd wurde es Zeit.

Da ertönte das helle Krachen des Schockschusses. Der mächtige Körper stürzte wie ein gefällter Baum zu Boden.

Schwer und hart schlug der Druuf auf. Ich fing seinen Kugelschädel ab, um ihn vor Verletzungen zu bewahren.

Rhodan huschte aus seiner Deckung hervor. Die großen Augen des Fremden waren weit geöffnet.

Lloyd kam langsam und taumelig näher. Sein Gesicht war verzerrt. Anscheinend stand er dicht vor einem neuen Dysenterieanfall.

„Ich habe noch gewartet", erklärte er stockend. „Er dachte an etwas, was ich nicht verstehe. Es scheint aber ein Frachtstück gewesen zu sein. Er beschäftigte sich mit einer Kiste oder einem großen Karton. Ich . . ."

Lloyd schwieg plötzlich. Stöhnend ging er in die Knie. Ich schleppte ihn rasch zur Seite und legte ihn neben der Türfüllung auf den Boden. Die Qualen des Mannes waren fürchterlich. Flüchtig dachte ich an eine mögliche Infizierung, die jetzt, nach dem Öffnen des Raumanzugs, durchaus möglich war.

Ich ging zu Rhodan hinüber. Da sagte der Mutant ächzend: „Vorsicht, der Bursche muß doch noch eine Art Warnimpuls abgestrahlt haben. Eine rein telepathische Nachricht war es aber nicht."

Rhodan deutete stumm auf die winzigen Auswüchse oberhalb der vorderen Schädelrundung. Sie hingen zur Zeit schlaff nach unten.

„Fühler oder Antennen, wie man es nimmt", erklärte er. „Kann es sein, daß sich die Druuf mit ultrahohen Frequenzen verständigen?"

„Ultrasprecher?" entgegnete ich nervös. „Möglich ist es schon. Ich kenne Intelligenzen, die in dieser Weise die Sprachwerkzeuge ersetzen. Das heißt: Für sie *sind* es Sprachwerkzeuge, ebenso natürlich wie die Stimmbänder für uns. Demnach werden wir die ‚Stimme' eines Druuf nur mit entsprechenden Hilfsgeräten verstehen können. Und was passiert jetzt?"

Er zuckte leicht zusammen, als ich das Thema so abrupt wechselte. Schwach deutete er zu dem Gatter hinüber. „Kannst du das Ding in Betrieb nehmen? Der Wohnsitz auf Hades wäre mir wesentlich lieber."

Ich wußte, daß ich mit dem fremden Aggregat ohne eingehende Versuche überhaupt nichts beginnen konnte. Ich ahnte noch nicht einmal, wo es hier eine Kraftversorgung gab. „Sinnlos."

Rhodan stand langsam auf. Starr schaute er auf den bretthart gewordenen Körper des dunkelhäutigen Giganten hinunter.

„Sie können uns zwischen ihren Armen mühelos zerdrücken", stellte er sachlich fest. „Nun gut, bringen wir ihn in Sicherheit. Da er so prompt umfiel, scheint er ein recht sensibles Nervensystem zu besitzen. Schätzungsweise wird die Lähmung nicht vor zwei Stunden weichen. Bis dahin dürfte sich unsere Situation entschieden haben, was mit anderen Worten bedeutet, daß wir ihn nicht festzubinden brauchen. Außerdem habe ich noch nicht einmal einen armseligen Strick in der Tasche."

Ich lachte humorlos. „Sehen wir uns also um, bis sie uns haben. Lloyd, Sie bleiben am besten hier am Eingang liegen. Verteidigen Sie sich mit Ihrem Schockblaster so gut und so lange es eben geht. Wie fühlen Sie sich?"

„Miserabel. Ich spüre wieder fremde Gehirnwellen, diesmal aber eine ganze Menge. Die lassen sich ja reichlich Zeit mit ihrem Auftauchen."

Er winkte uns zu, dann gingen wir. Es erübrigte sich, geduckt in den langen Gang zu schleichen, um etwa zu versuchen, den Blicken der Fremden zu entgehen.

So schritten wir in aufrechter Haltung voran. Rhodan wußte, daß wir endgültig ausgespielt hatten. Es war sicher, daß wir hier nicht mehr herauskamen, wenn nicht gerade ein Wunder geschah.

Rhodan meinte sachlich: „Ich glaube, daß wir uns tief unter der Oberfläche eines Planeten befinden. Unter Umständen sind wir auf der Nummer sechzehn des Druufsystems gelandet, also auf dem Hauptplaneten, von dem du so viele Energieortungen bekommen hast. Da vorn sind Maschinen."

Ich hatte das dumpfe Poltern schon gehört. Nach etwa hundert Metern öffnete sich vor uns ein riesiger Saal, der mehrere Ausgänge besaß. Türen schien man hier nicht zu kennen. Ich erblickte überall diese offenen Torbogen.

Die Bedeutung der verschiedenen Aggregate war klar. Auch die Druuf konnten ihre Atomreaktoren nicht wesentlich anders bauen als wir.

Es waren Mammutmaschinen, die man in diesem Raum aufgestellt hatte. Man verwendete drahtlose, feldisolierte Energieleiter, deren ultrablaues Leuchten endlich gutes Licht schuf. Das düstere Rot war verschwunden.

Plötzlich hörten wir stampfende Schritte.

„Wenn wir vernünftig wären, würden wir uns nun waffenlos und mit erhobenen Händen unter die nächste Tür stellen, um auf die Fremden zu warten."

Ich sah augenzwinkernd in Rhodans verkniffenes Gesicht.

„Sind wir vernünftig?"

Er warf mir einen düsteren Blick zu und schüttelte den Kopf. „Da drüben ist eine gute Deckung. Ich nehme den Reaktorsockel auf der rechten Seite."

Rhodan ging, ohne noch ein weiteres Wort zu verlieren.

Ich suchte mir einen guten Platz aus und versuchte, alles zu übersehen. Dicht hinter mir lag der Gang, aus dem wir gekommen waren. Während wir ihn durchschritten hatten, war uns keine andere Wandöffnung aufgefallen.

Demnach konnten wir uns hier einige Zeit aufhalten, um später in den Saal mit dem Energiegatter zurückzukehren.

Ich dachte an Lloyd, an meine Freunde auf der Erde und an meine wildbewegte Vergangenheit. Ich hatte viele ausweglos erscheinende Situationen erlebt, aber diese war es wirklich.

Wenn wir hier jemand gefunden hätten, der uns über die völlig andersartige Technik der Druuf einen Fingerzeig hätte geben können, hätten wir es wahrscheinlich darauf ankommen lassen und einen Durchbruch nach oben versucht. So blieben wir einfach in der Mausefalle sitzen, um auf das Kommando zu warten.

Ja, ich wäre sogar losgespurtet, wenn ich davon überzeugt gewesen wäre, ein Raumschiff dieser Wesen bedienen und fliegen zu können. Das wäre immerhin eine kleine Chance gewesen.

So aber unterließ ich es, auch nur mit dem Gedanken zu spielen. Letzten Endes hätte ich hilflos vor den Kontrollen gestanden und die Arme doch in die Luft strecken müssen.

Das aber wollten wir nicht.

Ich sah zu Rhodan hinüber. Er hatte ebenfalls eine gute Deckung gefunden. Natürlich war unser Widerstand völlig sinnlos. Einmal würden sie uns gefangennehmen. Eigentlich sollte man nichts unternehmen, wenn man genau weiß, daß es ohne jede Erfolgsaussicht ist.

Wir hatten insgesamt vier Eingänge zu überwachen. Der fünfte lag hinter uns. Das rechts vor mir liegende Tor hatte sich vor wenigen Augenblicken unter den sonnenheißen Strahlschüssen meines Blasters in eine glühende Gesteinsmasse verwandelt, unter dem die metallischen Körper von zwei ungewöhnlich geformten Robotern zerschmolzen waren.

Die Druuf hatten sich nicht selbst in die Feuerlinie begeben, aber sie hatten auch noch keinen ernsthaften Versuch unternommen, uns aus den Deckungen zu vertreiben. Die vorgeschickten Robots schienen noch nicht einmal Spezialausführungen für den Kampfeinsatz gewesen zu sein. Mir war es eher so vorgekommen, als hätte man erst einmal versuchsweise irgendwelche Reparaturmaschinen genommen, um zu sehen, wie wir auf deren Eindringen reagierten.

Nunmehr wußten die Druuf also, woran sie waren.

Das Isolationsgriffstück meines Thermostrahlers war warm geworden. Mein Ziel, der am weitesten rechts liegende Torbogen, war etwa hundert Meter entfernt. Trotzdem wurden wir bereits von der freigewordenen Hitze erfaßt. Übelriechende Qualmwolken breiteten sich im Saal aus. Die darin aufgebauten Maschinen waren kurz nach meiner Feuereröffnung abgeschaltet worden. So kam es, daß wir das Brodeln und Zischen der nachglühenden Lava überdeutlich hörten. Der scharfe Gestank kam von den zerschmorenden Robotern.

Rhodan begann zu husten. Ich schaute aus tränenden Augen zu ihm hinüber und rief ihm anklagend zu: „Schöne Helden sind wir. Die Luft, auf die wir so großen Wert legten, verpesten wir selbst."

Er winkte ab und bekämpfte seinen Hustenreiz. Dann schrie er zurück: „Ist dir klar, daß sie die Kraftstation nicht beschädigen wollen? Wenn das eine wichtige Energieeinheit ist, sind wir hier ganz gut aufgehoben."

Ich lachte spöttisch über seinen Optimismus. Aber so waren sie nun einmal, diese kleinen Barbaren.

Kurz vor dem ersten Schuß hatte ich es riskiert, Fellmer Lloyd über Heimfunk anzurufen. Er hatte sofort geantwortet und mitgeteilt, es wäre ihm gelungen, seinen Raumanzug zu reinigen. Die sanitäre Anlage sei jedoch so schwer beschädigt, daß eine Reparatur ohne Spezialwerkzeuge nicht möglich sei. Sonst ginge es ihm einigermaßen.

Ich war davon überzeugt, daß er sich sehr elend fühlte, was er uns in dieser Lage nicht mitteilen wollte. Der geschockte Druuf war noch immer starr und steif, was mich davon überzeugte, daß diese Giganten tatsächlich ein empfindliches Nervensystem besaßen.

Ich sah zur Decke, wo die Absaugschächte einer Klimaanlage sein mußten. Ich entdeckte einige Öffnungen, aber der unerträglich werdende Qualm wurde dort nicht aufgefangen.

Es war finster geworden. Eigentlich wurde die Halle nur noch von den rotglühenden Kugelgebilden erleuchtet, die ebenfalls dicht unter der Deckenwandung hingen. Ich nahm an, daß diese Konstruktionen Antennen waren.

In meine Überlegungen platzte Rhodans Warnruf hinein. Ich senkte so heftig den Kopf, daß ich mir das Kinn an dem vorstehenden Randstück des Maschinensockels anschlug.

Wütend ging ich in die Knie und riß die Waffe erneut nach oben. Diesmal erschienen die Robots gleich in allen drei noch nicht verschmolzenen Eingängen.

Ich hörte das tiefe Donnern von Rhodans Blaster. Der grelle Glutstrahl blendete mich so, daß ich mein Ziel kaum noch sehen konnte. Ich drückte erst ab, als sich das Fadenkreuz des Reflexvisiers über einen kugelförmigen Roboter legte, der mit beachtlicher Geschwindigkeit in den breiten Gang zwischen den Großreaktoren hineinglitt.

Er war noch knapp fünfzig Meter entfernt, als ihn ein fingerstarker Energiestrahl voll traf. Mein Gehör wurde noch vom Donnern des Schusses gepeinigt, da explodierte das Kugelgebilde.

Ein greller Blitz zuckte bis zur Decke empor. Ehe mich die Druckwelle fassen konnte, lag ich schon flach auf dem Boden und umklammerte den Gerätesockel. Es dröhnte und krachte, als wollte diese unbekannte Welt in die Luft fliegen.

Rhodan schoß wieder. Ich bemerkte die hellen Energiestrahlen, mit denen er planmäßig die beiden Tore auf seiner Seite abstreute. Nachdem ich wieder in Deckung gegangen war, quollen aus dem Eingang auf meiner Seite mehrere Kugelmaschinen hervor.

Ich schoß zweimal. Der Blaster ruckte hart gegen meine Handfläche, und drüben entstand ein Chaos. Ehe jedoch eine zweite Maschine detonierte, zogen sie sich so rasch zurück, daß ich kein Ziel mehr finden konnte.

Mit einem langen Dauerschuß streute ich die Einfassung des Tores ab, was zur Folge hatte, daß sie ebenfalls blasenwerfend in sich zusammensank.

Da wurde es Zeit, den Helm zu schließen. Die Hitze wurde unerträglich, und die Rauchschwaden wurden so dick, daß wir kaum noch atmen konnten. Klickend rastete meine Kopfumhüllung in die Magnethalterungen ein. Die Sauerstoffanlage begann automatisch zu arbeiten.

„Da hätten wir es", hörte ich Rhodans Stimme aus dem Lautsprecher dringen.

„Bist du sicher, daß sich hier keine Robots versteckt haben?" fragte ich.

„Ziemlich. Wie man es bei dem Wirrwarr eben feststellen kann. Ich denke, wir werden uns langsam zum Gatterraum zurückziehen."

„Verrückte Idee. Wir halten die Kraftstation so lange, wie es eben nur möglich ist. Wenn den Druuf die Maschinen so wichtig sind, daß sie sie nicht zerstören wollen, dann . . ."

Es war Lloyds Stimme, die plötzlich unser Gespräch unterbrach.

„Hier wird die Luft bereits schlecht", gab er auffallend ruhig durch. „Die Tore kann man nicht verschließen, ich habe es probiert."

Ich erfaßte das, was er nicht erwähnen wollte. Wenn er gezwungen wurde, ebenfalls seinen Helm zu schließen, mußte er wieder auf Sauerstoffversorgung aus den Flaschen umschalten. Er hatte noch für etwa sechs Stunden Luft, wie wir nach unserer Wiederverstofflichung festgestellt hatten.

Rhodan konnte ich nur noch schattenhaft sehen. Weiter vorn brannte der explodierte Robot aus.

„Gut, gehen wir also“, entgegnete ich, mutlos werdend. „Es wird aber erforderlich sein, das hinter uns liegende Schott zu zerschmelzen, damit der Qualm auch draußen bleibt. Erledige du das, Barbar. Ich ziehe mich zu Lloyd zurück.“

„Ich finde es erstaunlich, daß sich die Druuf nicht über Funk melden und uns zur Übergabe auffordern“, entgegnete er ablenkend. „Ich sende mit fünf Watt. Das muß man doch auffangen können.“

„Worauf du dich verlassen kannst. Sie werden aber mit der englischen Sprache kaum etwas anfangen können. Vielleicht kennen sie das Arkonidische.“

„Ach!“

„Halte dich nicht schon wieder für den Nabel der Galaxis. Warum sollten sie nicht Arkonidisch verstehen? Von meinen Artgenossen sind viele Milliarden in die Druufebene entführt worden. Ich erinnere an die Überlappungsfronten. Daraus können die Druuf etwas abgeleitet haben, wie zum Beispiel einen Übersetzungsapparat.“

Plötzlich sprach er Arkonidisch, was auch nicht viel nützte.

„Die Luft wird schlechter“, mahnte Lloyd.

Rhodan schritt langsam zur hinter uns liegenden Türfüllung. Ich folgte ihm, nachdem ich noch einen Blick auf die düster leuchtenden Maschinen geworfen hatte. Einen Augenblick lang spielte ich mit dem Gedanken, sie funktionsunfähig zu machen, dann sah ich aber ein, wie sinnlos die Zerstörung gewesen wäre.

Als wir noch einen Meter von dem hohen Tor entfernt waren, begann der Mutant zu rufen: „Jemand durchbricht die Decke des Verbindungsstollens! Atlan, Rhodan, so hören Sie doch! Sie kommen schon herein! Sie sind in Ihrem Rücken! Ich kann deutlich die Hirnimpulse wahrnehmen! Ich erkenne ihr Vorhaben!“

Wir rannten bereits durch den insgesamt etwa hundertfünfzig Meter langen und fast gradlinig verlaufenden Tunnel.

Wir schalteten unsere starken Helmscheinwerfer ein, deren Lichtflut das vor uns liegende Wegstück strahlend hell beleuchtete.

Etwa in der Mitte des Stollens entstand ein großes Loch in der Decke.

Doch bevor man uns von dort aus unter Feuer nehmen konnte, waren wir daran vorbei.

Wir schrien nach Lloyd, damit er uns nicht mit den Gegnern verwechselte, und taumelten in den Raum mit dem Energiegatter hinein.

Ich kippte meine Kopfbedeckung ebenfalls auf die Schultern zurück. Neben mir warf sich Rhodan hinter die Deckung der stabilen Toreinfassung. Sein Atem kam schwer und stoßweise.

„Das war hart, wie?“ erkundigte sich Fellmer.

Ich drehte mich um und sah forschend in sein Gesicht. Es war blaß, aber augenblicklich schien er etwas Ruhe zu haben. „Wie geht es Ihnen?“

Er machte eine wegwerfende Handbewegung. „Es ist nicht angenehm. Nach dem letzten Anfall muß ich besinnungslos gewesen sein. Wie lange noch?“

Er meinte unsere Lage, aber darüber konnte ich ihn auch nicht aufklären.

„Sie werden langsam die Geduld verlieren“, stellte Rhodan nüchtern fest. „Ich an ihrer Stelle ließe mir das in meinem eigenen Bau nicht lange gefallen. Atlan, wir werden uns im letzten Moment ergeben, ist das klar?“

Das hatte wie ein Befehl geklungen. Ich war aber weder gewillt noch verpflichtet, Anweisungen anzunehmen. Ich musterte ihn abschätzend. „Das werde ich mir noch überlegen, Freund. Ich bin nicht daran interessiert, von Insektennachkömmlingen viviseziert zu werden.“

„Trotzdem, auch auf *diese* Gefahr hin“, beharrte er auf seinem Standpunkt. „Damit haben wir immer noch eine Chance zum Entkommen.“

Ich schüttelte den Kopf und wandte mich wieder dem Eingang zu. Draußen war jedoch alles ruhig.

Ich wollte eben eine Konzentrattablette aus dem Helmspeicher in den Mund führen, als die Druuf einen neuen Versuch starteten. Aus dem Deckenloch fiel heller Lichtschein. Dumpfes Rumoren klang auf. Wir lauschten mit angehaltenem Atem.

„Das klingt wie ein rollender Panzer“, flüsterte Lloyd.

„Oder wie schwere Kampfroboter mit eingebauten Abwehrschirmen“, fügte ich hinzu. „Wenn sie solche Maschinen einsetzen, sind wir mit unseren Handwaffen hilflos. Überlegt euch gut, ob ihr euch ergeben wollt oder nicht. Ich entscheide mich erst im letzten Augenblick.“

Fellmers Gesicht begann sich wieder zu verfärben. Würgend und mit aufsteigender Übelkeit kämpfend, wandte er sich ab. Wenig später lag er verkrümmt an der Mauer.

Draußen fiel Deckenschutt auf die Gangsohle hinab. Es handelte sich um gewachsenen Fels, der mit dicken Brocken des Verkleidungsmaterials durchsetzt war. Man erweiterte die Öffnung, obwohl mir das sinnlos erschien. Warum schickten sie ihre Truppen, oder was es sonst sein mochte, nicht einfach durch die Reaktorhalle?

Ich gab es auf, mir darüber Gedanken zu machen. Uns konnte es gleichgültig sein, aus welcher Richtung sie kamen.

Ich lag mit schußbereiter Waffe, die ich wieder auf volle Strahlleistung geschaltet hatte. Der Daumen meiner linken Hand ruhte auf dem Schließknopf der Helmautomatik.

Lloyd stieß mich plötzlich mit dem ausgestreckten Fuß an. Sein Gesicht war eigenartig gespannt. Ich sah zu ihm hinüber.

„Hören Sie nichts? Da ruft jemand Rhodans Namen."

„Was?" stieß ich fassungslos hervor.

„Das ist eine telepathische Nachricht", sagte Lloyd.

Er lachte unsicher und drehte sich zu Rhodan um.

„Jemand ruft Sie mit ‚Perry Rhodan' an. Ihm, dem Rufer, täte es leid, uns versehentlich mit dem Transmitter eingefangen zu haben. Er sagt, daß wir uns auf der Hauptwelt der Druuf befinden. Es wäre aber dennoch gut gewesen, da er nun seinen inneren Widerstand überwinden könne. Nein, er weiß nicht, wer er ist. Ich habe eben zurückgefragt."

Selten hatte ich ein so verblüfftes Gesicht gesehen. Rhodan schien außer sich zu sein. Ich hielt die Sache für einen schlechten Witz.

„Wer, um alles in der Welt, kann hier meinen Namen kennen? Was sind das überhaupt für mystische Andeutungen? Er muß doch wissen, wer er selbst ist."

„Eben", bekräftigte ich ganz und gar humorlos. „Ein Trick der Druuf, sonst nichts."

„Eine neue Mitteilung!" rief Lloyd dazwischen. „Er sagt, wir sollten wieder in den Käfig steigen. Er würde uns ‚zurückschalten'. Doch, er gebraucht den Ausdruck ‚zurückschalten'. Er kann aber immer noch nicht sagen, woher er Ihren Namen kennt und weshalb er uns überhaupt helfen will."

Diesmal wurde ich ärgerlich.

„Paß doch auf", fuhr ich Rhodan an. „Da kommt etwas aus dem Loch."

Ich erkannte die plumpen Beine eines riesigen Roboters. Er war den Druuf nachgebildet. Das bewies mir, daß es sich um eine Kampfmaschine handelte. Fast jede robotbauende Intelligenz verwendete Merkmale der eigenen Anatomie als Grundlage für die Herstellung solcher Waffenträger.

Ich zögerte nicht lange. Dumpf aufbrüllend schlug der Blaster in meiner Hand zurück. Der dicke Energiestrahl erfaßte die baumelnden Gehwerkzeuge und prallte versprühend ab.

Mein zweiter Schuß brachte die Decke zum Abschmelzen, doch da segelte die Maschine schon langsam nach unten.

Glühheiße Druckwellen fauchten durch unser Tor. Wir brauchten nicht mehr zu schalten, da die Schirmfeldprojektoren unserer Anzüge sofort reagierten. Ich riskierte einen dritten Feuerüberfall, der den Robot aber nur schwach nach hinten taumeln ließ.

Ohne uns vorher verständigt zu haben, sprangen wir in die große Halle zurück. Als die Maschine eben eintreten wollte, brach der Eingang unter dem Gluthauch unseres Atomfeuers zusammen.

„Neue Nachrichten“, sagte Lloyd über Helmfunk. „Wir sollen endlich einsteigen. Er will uns sofort zurückschalten. Neue Roboter seien im Anmarsch. Um Gottes willen, so probieren Sie es doch wenigstens.“

Ich wußte nicht, ob er nun mich oder Rhodan gemeint hatte. Ich blickte zu dem Energiekäfig hinüber. Ich traute ihm überhaupt nichts zu.

Da begannen die dicken Gitterstäbe plötzlich zu flimmern. Entweder kam es durch die enorme Hitze, oder jemand hatte tatsächlich das transmitterähnliche Gerät eingeschaltet.

„Ich werde verrückt“, sagte Rhodan fassungslos. „Ist da etwas dran?“

„Ziemlich abenteuerlich“, spöttelte ich trotz der verzweifelten Lage. „Wer weiß, was uns in dem Ding passiert.“

Lloyd schritt auf schwankenden Beinen an uns vorbei. Langsam näherte er sich den Stäben und trat unangefochten hindurch.

Wir sahen einen Augenblick atemlos hinüber. Nein, es geschah ihm nichts.

Vor der zerschmolzenen Türfüllung begann es zu donnern. Man war dabei, den weißglühenden Schuttberg mit irgendwelchen Geräten wegzuräumen.

In Rhodans Augen flimmerte es. Da erhob ich mich langsam und ging ebenfalls auf das Gatter zu. Er folgte mir dicht auf dem Fuß.

Lloyd lauschte in sich hinein.

„Er wünscht viel Glück“, sagte der Mutant. „Nochmals: Es wäre ein Versehen gewesen. Er möchte sagen, daß . . .“

Die folgenden Worte hörte ich nicht mehr. Eine unsichtbare Gewalt griff nach meinem Körper.

20.

Unser Stollen auf Hades war so finster und luftleer wie vorher.

Wir fanden uns in dem Transmitter wieder, nur wußten wir nicht, wie lange wir besinnungslos gewesen waren.

Lloyd war noch immer ohnmächtig. Rhodan stöhnte in mühevoll unterdrückten Schmerzen. Wir sprachen lange nichts, da wir für das Phänomen keine Erklärung fanden.

Meine Logik sträubte sich, die unglaublichen Geschehnisse zu verarbeiten. Dennoch mußte es auf der unbekannten Welt jemand geben, der Rhodan kannte. Wer aber? Handelte es sich um eine Person, die einmal durch ein Relativfeld der Druufzone entführt worden war?

Mir schwindelte, wenn ich nur versuchte, diesen Gedankengang weiterzuspinnen.

Rhodan meldete sich plötzlich über Funk.

„Lloyd hat nur noch knapp fünf Minuten Luft“, hörte ich ihn gepreßt sprechen. „Das bedeutet, daß wir über fünf Stunden bewußtlos waren.“

Die Mitteilung erschütterte mich. Deshalb also war der Mutant noch nicht zu sich gekommen.

Wir versuchten, ihn durch Rufe und heftiges Rütteln aufzuwecken. Dabei übersahen wir die grüne Transmitterlampe, die nach wie vor leuchtete. Nur schien sie nicht mehr in einem konstant bleibenden Licht, sondern zuckte in unregelmäßigen Abständen auf.

Ich brauchte einige Sekunden, bis ich auf einmal den Sinn der Mitteilung erfaßte. Jemand morste mit dem Gegengerät, indem er es rhythmisch ein- und ausschaltete.

Rhodan begann zu buchstabieren.

„D – R – U . . ., Mensch, DRUSUS heißt das, DRUSUS!“ schrie er mit solcher Lautstärke, daß mir die Ohren dröhnten. „DRUSUS, sie sind da!“

Weiterhin schreiend sprang er nach vorn und hieb den Schalter des Transmitters in Anlaufstellung. Zusammen bemühten wir uns, Lloyds Füße in Kontaktklammern zu schieben.

Als wir es geschafft hatten, zerrten wir ihn an den Armen hoch und stützten ihn mit unseren Körpern ab. Dann drückte ich schnell auf den Auslöser.

Diesmal war mir der Entmaterialisierungsschmerz willkommen, ganz egal, was danach folgen sollte. Ehe wir vergingen, gewann ich einen letzten Eindruck von Rhodans Gesicht. Er lächelte.

Als wir erwachten, lagen wir in blütenweiß bezogenen Betten, die zur Bordklinik des Flottenschiffs DRUSUS gehörten.

Nur Lloyd war nirgends zu sehen. Ich richtete mich auf den Ellenbogen auf und schaute mich verwundert um.

Ein dicklicher Mann mit strohblonden Haaren und einem viel zu weiten Kittel sah mir in die Augen.

„Hallo, Doc, auch wieder im Lande?“ sagte ich.

Er blies die Backen auf und entgegnete an Stelle einer Begrüßung: „Woher, bei allen Heiligen, hat Lloyd die infektiöse Dysenterie? Er war fast erstickt, als wir ihn aus dem Transmitter zogen.“

Da wußte ich ganz genau, daß wir in Sicherheit waren. Für Dr. Sköldson war es typisch, daß er sich erst über den wirklichen Kranken unter uns erkundigte.

„Keine Ahnung, Doc, wirklich nicht. Lloyd meinte, es könnte vielleicht von dem Quellwasser auf Gray Beast kommen.“

„Was? Hier, unser Wasser?“

Diese Bemerkung ließ mich wieder hochfahren. „Wieso ‚hier‘? Sind wir etwa auf Gray Beast?“

„Was dachten Sie? Sie schliefen vierzehn Stunden. Die DRUSUS ist längst gelandet, nachdem wir Ihretwegen eine kleine Ewigkeit lang im Druufraum herumgekurvt sind.“

Eine johlende Männermeute stürmte den Krankenraum. Vorneweg Reginald Bull und dicht dahinter Sikermann, der blonde Riese.

Wir wurden mit Fragen überschüttet, die Rhodan noch im Halbschlaf beantwortete. Ich wollte dagegen wissen, weshalb die DRUSUS so lange auf sich hatte warten lassen.

Bullys Gesicht wurde ernst. Rhodan wurde nun endgültig munter. „Der Sprung mit der CALIFORNIA gelang gut, der Durchbruch ebenfalls. Wir sind nicht mehr bewußtlos geworden, wonach die Angleichungstheorie richtig ist. Nur kamen wir anschließend nicht mehr durch die Blockadefront der Robotflotte. Bis vor kurzer Zeit haben mehr als fünfzigtausend Schiffe vor dem Entladungsriß gestanden. Wir hätten eine Schlacht riskieren müssen, wenn die DRUSUS hätte durchbrechen sollen. Da unterließen wir es, da wir uns euren Luftvorrat ausrechnen konnten. Wenn wir natürlich etwas von Lloyds Krankheit und über die damit verbundenen Folgen gewußt hätten, wären wir gekommen. So aber erschien uns das Risiko im Verhältnis zum Erfolg zu groß."

Damit hatte das Rätsel eine ganz einfache Lösung gefunden. Wir hatten schon mit unlösbaren Schwierigkeiten beim erforderlichen Hypersprung gerechnet.

„Wie geht es Lloyd?" fragte Rhodan matt. Ich fühlte mich ebenfalls wie erschlagen.

„Tadellos", fiel Sköldson ein. „Die Dysenterie ist bereits gestoppt worden. Sie haben eine Schutzimpfung erhalten. In wenigen Tagen hat er sich wieder erholt. Es war gerade noch Zeit."

„Und die Arkonidenflotte?"

„Steht nach wie vor nahe der Entladungszone. Zur Zeit erfolgen keine Druufangriffe", antwortete Bully ungeduldig. „Was war aber bei euch los? Ich habe fast sechs Stunden lang mit dem Empfänger den Schiffsnamen gemorst. Schließlich war das so ausgemacht."

„Ausgemacht?" wunderte ich mich. „Wieso? Wir hatten keine Ahnung."

„Ich hatte es nach dem Start der CALIFORNIA über Funk durchgegeben."

„Witzbold", murrte Rhodan ärgerlich. „Wir haben gerade noch gehört, daß ihr durch die Angreiferfront gekommen seid. Dann war es vorbei mit dem Verstehen."

Bullys Gesicht zog sich deutlich in die Länge. Im Hintergrund brach der Mausbiber Gucky in schrille Rufe aus. Er schien sich über die Niederlage seines „besonderen" Freundes köstlich zu amüsieren.

Wir achteten nicht darauf. Zu deutlich hatten wir noch Fellmers Worte im Ohr, mit denen er uns die telepathischen Nachrichten eines Unbekannten mitgeteilt hatte.

„Vermissen wir einen Mann der CALIFORNIA?" erkundigte sich Rhodan.

Die umstehenden Männer sahen sich verblüfft an. Nein, die Besatzung war bis auf uns vollständig gewesen.

„Gib es auf, Perry", warf ich leise ein. „Das werden wir wahrscheinlich nie erfahren."

„Ja, was war denn los?" fragte Bull.

„Später", murmelte Rhodan schläfrig, „später. Aber das werde ich noch herausfinden, mein Wort darauf."

Dr. Sköldson wies die neugierigen Männer mit harten Worten hinaus, wobei er sich auf seine unbestreitbare Autorität als Chefarzt der DRUSUS berief.

Ich aber dachte noch einige Augenblicke darüber nach, worin nun der Sinn unseres Unternehmens bestanden hatte. Wenigstens wußten wir nun, mit wem wir es zu tun hatten.

Ende von Atlans Zwischenbericht

21.

Sieben Planeten umkreisten den Stern Nr. 221-Tatlira, 1012 Lichtjahre von der Erde entfernt. Vor sechzig Jahren hatten irdische Raumschiffe dieses System zum letztenmal angeflogen und die Eingeborenen der zweiten Welt – Goszuls Planet – aus der Gewalt der Galaktischen Händler befreit.

Die Unterlagen über Tatlira lagen auf dem Navigationstisch des Superschlachtschiffs KUBLAI KHAN, dicht vor den Kontrollen des kleinen Positronengehirns, das die Daten der Hypersprünge zu errechnen hatte.

Davor saß ein Mann.

Er trug die zartgrüne Uniform des Solaren Imperiums mit den Rangabzeichen eines Obersten. Die eingestickten Goldzeichen auf seiner Brust wiesen ihn als Kommandanten des Schiffes aus, das mit seinen anderthalb Kilometern Durchmesser zu den gewaltigen Einheiten der Imperium-Klasse gehörte. Die KUBLAI KHAN war das neueste Großraumschiff Terras und gehörte zu den am besten ausgerüsteten Schiffen der Solaren Flotte.

Das Positronengehirn summte leise. Der letzte Sprung zu dem fast vergessenen System stand kurz bevor. In zehn Minuten war es soweit, dann würde sich herausstellen, ob eine alte Geschichte ihren wahren Kern besaß.

Eigentlich war es ja keine bloße Geschichte, sondern eine unbestechliche Ton-Bild-Aufnahme aus dem Jahre 1983.

Kommandant Oberst Marcus Everson dachte eben wieder einmal daran, wie Perry Rhodan ihn vor ein paar Tagen zu sich gerufen hatte. Der Administrator des Solaren Imperiums hatte tiefe Sorgenfalten auf der Stirn gehabt, und in seiner Stimme war Hoffnungslosigkeit mitgeschwungen: „In einer schwierigen und fast aussichtslosen Situation soll man sich seiner Freunde erinnern, Oberst. Der Kampf gegen die Druuf aus der fremden Zeitebene erfordert alle unsere Kräfte und Anspannungen, aber im Augenblick sieht es wirklich so aus, als wären wir auf einen Gegner gestoßen, dem wir nicht gewachsen sind. Ich kenne ein Sonnensystem, in dem jemand darauf wartet, uns einen Gefallen tun zu können. Allerdings ist das nun schon sechs Jahrzehnte her . . ."

Oberst Everson hatte schwach gelächelt. „Eine sehr lange Zeit. Ich weiß nicht, ob jemand die Geduld aufbringt, sechzig Jahre . . ."

„Dieser Freund schon – wenn Harnahan nicht log", hatte Rhodan darauf mit dem gleichen freundlichen Lächeln erwidert. „Ich werde Ihnen einen Bildbericht zeigen, der damals aufgenommen wurde, als wir mit der STARDUST II von Tatlira zur Erde zurückflogen. Natürlich geschieht das nicht ohne Absicht, Oberst. Sie erhalten nämlich von mir den Auftrag, den Freund abzuholen."

„Wer ist es?"

Immer noch hatte Rhodan gelächelt. „Warten Sie ab." Mit wenigen Handgriffen hatte Rhodan den kleinen Raum, der ihm als Arbeitszimmer während seines Aufenthalts auf Myrtha 7 diente, verdunkelt. Eine Wand des Zimmers war zur Bildfläche geworden. „Die Aufnahme wurde in der Kommandozentrale der STARDUST II gemacht. Anwesend sind Sergeant Harnahan, Reginald Bull und ich. Bull allerdings kommt erst später. Fertig?“

Marcus Everson hatte gespannt genickt.

Die Wand hatte zu leben begonnen und die Vergangenheit in die Gegenwart geholt.

Perry Rhodan sah auf einen Mann mit harten und doch sympathischen Zügen, der vor ihm stand. „Berichten Sie, Sergeant. Was fanden Sie auf dem vierten Planeten?“

„Auf einem Mond des vierten Planeten“, verbesserte der Sergeant ruhig. „Eine Kugel mit einem halben Meter Durchmesser. Sie lag am Rand eines Gebirges und rief mich – ja, sie rief mich zu sich. Telepathisch, wie ich schon sagte. Ich erfuhr, daß die Kugel ein Lebewesen war, das sich von Energie ernährt. Außerdem kann es über unbegrenzte Strecken hinweg ‚sehen‘ und das, was es sieht, auf seine Oberfläche projizieren. Die Kugel wäre also als idealer Fernsehempfänger zu benutzen.“

„Wenn sie Lust dazu verspürt“, meinte Rhodan voller Zweifel.

„Sie ist freundlich gesinnt“, beteuerte Harnahan überzeugt. „Ich habe es gespürt, als sie mit mir sprach – telepathisch natürlich. Aber sehen Sie auf den Bildschirm. Dort ist der vierte Planet . . .“

Der Bildschirm wurde auf der 3-D-Bildwand sichtbar. Ein Lichtpunkt zog langsam vorüber und versank in der Tiefe des Alls.

„Ihre Kugel?“ fragte Rhodan. „Wie groß war doch ihre telepathische Reichweite?“

„Zweihundert Lichtjahre – behauptete sie wenigstens.“

In diesem Augenblick blieb das Bild an der Wand stehen. In arkonidischen Schriftzeichen erschien folgende Erklärung: Telepathische Botschaft des Kugelwesens wird schriftlich mitgeteilt. Der Text lautet: *Du glaubst es nun, Perry Rhodan? Harnahan hat nicht gelogen. Hat er dir gesagt, daß ich auf dich warte? Nein – kehre erst zur Erde zurück, das ist wichtiger. Aber vergiß mich nicht, Perry Rhodan, auch wenn du unsterblich bist. Ich warte auf dich – wenn es sein muß, warte ich eine kleine Ewigkeit.*

„Wer bist du?“ fragte Rhodan laut.

Wieder kam die Schrift: *Ihr Menschen seid neugierig – und Neugier ist die Triebfeder eures zivilisatorischen Fortschritts. Ich glaube also, daß die*

Neugier es sein wird, die dich eines Tages zu mir führen wird. Bis dahin – lebe wohl!

Oberst Everson seufzte auf.

Der Bildbericht aus der Vergangenheit hatte länger als eine ganze Stunde gedauert, und er entsann sich nicht mehr aller Einzelheiten. Was noch fehlte, hatte Rhodan durch Bruchstücke vervollständigt.

Nur eine Stelle des Berichts hatte er zweimal ablaufen lassen.

Sergeant Harnahan hatte gerade erklärt, daß das Kugelwesen auf keinen Fall eine Gefahr darstelle. Rhodan hatte daraufhin nachdenklich gesagt: „Ich fühle so wie Sie. Wenn das Kugelwesen keine Gefahr bedeutet, dann wird es uns vielleicht eines Tages helfen können."

Sergeant Harnahan, der menschliche Freund des geheimnisvollen Wesens, hatte daraufhin erklärt: „Es versprach mir Hilfe, wann immer wir sie benötigen – ob heute oder erst in hundert Jahren. Erinnern Sie sich daran, wenn eine Zeit der Not kommen sollte."

Rhodan hatte das Licht nach Beendigung des Films wieder aufstrahlen lassen. Sinnend hatte er weiterberichtet: „Sergeant Harnahan ist tot. Er kann uns nicht mehr zu dem unbekannten Mond des vierten Planeten von Tatlira bringen. Sie werden gehen, Everson, und die Kugel finden. Sie werden so lange an Harnahan denken, bis sich das Wesen meldet. Dann erfüllen Sie Ihren Auftrag. Weitere Einzelheiten stehen Ihnen zur Verfügung."

„Ich werde ihn finden", hatte der Oberst dann versprochen. „Und wenn ich das ganze System auf den Kopf stellen muß, ich werde den geheimnisvollen Freund Harnahans finden."

Als Marcus Everson die Daten aus dem Auswerfer des Navigationsgehirns erhielt, warf er nur einen kurzen Blick darauf und schob sie einem Offizier zu, der sich bisher schweigsam verhalten hatte und anscheinend auf seine Anordnungen wartete.

„Transition in zehn Minuten, Leutnant Gropp. Übernehmen Sie die Navigation der KUBLAI KHAN. Sie wissen Bescheid."

„In Ordnung."

Everson nickte ihm noch einmal zu und vertiefte sich in die schriftlichen Instruktionen, die Rhodan ihm zusätzlich mitgegeben hatte.

Der Mond, auf dem sich vor sechzig Jahren die Kugel aufgehalten hatte, besaß einen Durchmesser von ungefähr achtzig Kilometern. Harnahan hatte das damals nicht so genau errechnen können und einfach einen Schätzwert angegeben. Nun hatte der vierte Planet von Tatlira an die fünfzig Monde, die auf verschiedenartigsten Bahnen die unbewohnte Welt umliefen. Wie sollte er, Everson, ausgerechnet den richtigen Mond finden?

Es war außerdem wahrscheinlich, daß die Kugel nicht mehr auf diesem Mond weilte, denn sie hatte Harnahan noch verraten, daß sie eine unbewohnte Welt näher an der Sonne aufsuchen wolle, um wieder Energie zu speichern.

Das erschwerte Eversons Aufgabe. Aber die Kugel war ein aktiver Telepath. Sie konnte sogar einem Nichttelepathen ihre Gedanken mitteilen. Rhodan war davon überzeugt, daß sie sich meldete, sobald sie Eversons Absichten erfuhr.

Die letzten Vorbereitungen liefen, und dann kamen die letzten Sekunden. Die Transition verlief programmgemäß. Als der ziehende Schmerz der Rematerialisation langsam wieder schwand, sah Oberst Marcus Everson gespannt auf den Bildschirm.

Die Sonne Tatlira schwebte in wenigen Lichtminuten Entfernung. Es war im ersten Augenblick schwer, die Planeten zu entdecken, aber mit Unterstützung der astronomischen Abteilung der KUBLAI KHAN gelang es dann doch sehr schnell. Der vierte Planet stand hinter der Sonne.

„Wir bleiben auf annähernd Lichtgeschwindigkeit, Gropp", entschied Everon schließlich. „Steuern Sie hart an Planet zwei vorbei, und nehmen Sie dann Kurs auf Nummer vier. Dann werden wir weitersehen."

Als das riesige Schlachtschiff nahe an Goszuls Planet vorbeiflog, fing die Funkzentrale einige Sprüche auf, aus denen klar hervorging, daß der kleine Stützpunkt der Terraner noch existierte. Die andere Zeitebene hatte dieses System noch nicht erreicht.

Dann versank der bewohnte Planet erneut in der Tiefe des Alls. Die Sonne kam näher und verschwand dann seitlich aus dem Schirm. Vorn wurde ein heller Stern sichtbar, der sich schnell vergrößerte und schließlich zu einem matt schimmernden Globus wurde: Tatlira 4, der unbewohnte Planet.

„Geschwindigkeit verringern!" befahl Everson. Leutnant Gropp ließ die Verzögerung wirksam werden. Die KUBLAI KHAN bremste ab.

Es war so, wie Harnahan es damals geschildert hatte.

Der Planet wurde von einer Unmenge kleiner und kleinster Monde umgeben, die ihn auf unregelmäßigen Bahnen umliefen. Obwohl ein Zusammenstoß keine Gefahr bedeutete, ließ Everson die Geschwindigkeit weiter reduzieren. Er befürchtete, zufällig einen Brocken zu zerstrahlen, auf dem sich die Kugel aufhielt.

Ein Beweis dafür, wie sehr er das geheimnisvolle Wesen unterschätzte.

Mit einer Geschwindigkeit von tausend Kilometern pro Sekunde kreuzte die KUBLAI KHAN durch den kleinen Asteroidengürtel, bis ein verhältnismäßig großer Mond seitlich in das Blickfeld trat. Seine zerrissene und unregelmäßig geformte Oberfläche zeigte lange Gebirgszüge und tiefe Täler, in die niemals das Licht der fernen Sonne oder des nur schwach im Widerschein schimmernden Planeten drang. Der Durchmesser betrug nach Eversons Schätzung etwa achtzig Kilometer.

Das mußte der Mond sein, von dem Harnahan gesprochen hatte.

Everson befahl eine Kreisbahn um den Mond.

Dann begann er sich zu konzentrieren. *Wir suchen dich, Wesen aus Energie. Wir sind Freunde von Harnahan und Perry Rhodan – erinnerst du dich? Vor sechzig Jahren unserer Zeit fand dich Harnahan hier auf dem Mond. Wenn du noch hier bist, so melde dich!*

Immer und immer wieder dachte es Everson, erhielt aber keine Antwort. Leutnant Gropp, der den Auftrag kannte, hockte schweigend vor seinen Kontrollen. Unablässig starrte er auf den Bildschirm und betrachtete die zerklüftete Oberfläche des Mondes, die schnell vorbeizog.

Everson dachte weiter: *Wenn du in diesem System weilst und meine Botschaft aufnimmst, dann melde dich. Wir sind in großer Gefahr und benötigen deine Hilfe. Denkst du noch an deinen ersten menschlichen Freund, an Harnahan? Er ist nun schon lange tot, aber ich habe dir eine Botschaft von ihm zu überbringen . . .*

Es war wie ein Schock, als Everson plötzlich den leichten und dann stärker werdenden Druck im Gehirn verspürte. Eine unsichtbare Hand schien nach ihm zu greifen. Dann sprach die lautlose Stimme zu ihm: *Ich habe deine Botschaft vernommen, Everson. Du suchst mich am falschen Ort. Ich warte auf dem ersten Planeten auf euch. Die nahe Sonne gab mir Energie. Aber es ist zu heiß für euch. Landet auf dem Mond, den ihr umkreist. Ich bin dann dort.*

Everson war im ersten Augenblick viel zu verstört, um eine Antwort formulieren zu können. Im Grunde seines Herzens hatte er nicht damit gerechnet, daß sich Rhodans Hoffnungen erfüllen würden – und nun war das Unfaßbare geschehen.

„Landen Sie auf dem Mond – dort in der Ebene!“ befahl er Gropp.

Das riesige Kugelschiff sank der Oberfläche des Mondes entgegen und landete schließlich sanft auf dem relativ flachen Grund der Ebene, die sich bis zum nahen Horizont erstreckte. Auf der anderen Seite versperrten schroffe Berge und ein steiler Höhenzug die Sicht.

Everson erhob sich.

„Ich werde nach draußen gehen“, sagte er und sah für Sekunden unschlüssig zum Wandschrank, in dem die Handwaffen aufbewahrt wurden. Dann schüttelte er den Kopf und verließ ohne weitere Bemerkung die Zentrale. Ein Lift brachte ihn zu einer der vielen Luftschleusen, wo er in aller Eile einen Raumanzug anlegte. Er besaß Rückstoßaggregate und konnte im All als eine Art Kleinraumschiff benutzt werden.

Das Gravitationsfeld des kleinen Mondes war gering. Everson trat an den Rand der geöffneten Schleuse und schaute hinab auf die Ebene, die gut dreißig Meter unter dem Ausstieg lag. Es war nicht besonders hell, wenn auch gerade „Tag“ herrschte.

Everson lächelte still, als er sich abstieß und sanft wie eine Feder nach unten sank. Er wußte aus dem Bericht Harnahans, daß dieser es genauso gemacht hatte. Wenn er wollte, konnte er hier sogar bis zu einhundertfünfzig Meter hoch springen – die Aggregate im Raumanzug waren also so gut wie überflüssig.

Er stand unter der Riesenkugel, die sich wie ein gigantisches Gebirge aus Arkonitstahl über ihm auftürmte. Mit wenigen Sätzen gelangte er unter den freien Himmel, von dem herab die Sterne auf die tote Welt schienen.

Und doch geschah plötzlich das Unmögliche.

Eine Sternschnuppe glühte am Horizont auf und näherte sich mit rasender Geschwindigkeit. Sie wurde dann merklich langsamer und schoß in weitem Bogen auf Everson zu.

Der Oberst erschrak. Erstens kann es im luftleeren Raum keinen glühenden Meteor geben, dachte er automatisch, und zweitens beschreiben Meteore schon gar keine Kurven. Außerdem ist er zu schnell . . .

Natürlich konnte er den Gedanken nicht zu Ende denken.

Der glühende Meteor raste heran, verlangsamte unglaublich schnell und landete keine zehn Meter von Everson entfernt auf dem Gestein der Ebene.

Es war die Kugel.

Sie schimmerte schwarz-bläulich im Licht der fernen Sterne.

Fugen waren in der Oberfläche nicht zu erkennen, aber das reflektierte Licht schien zu pulsieren.

Everson hatte nicht viel Zeit, darüber nachzudenken.

Was geschah mit Harnahan? entstand die Frage in seinem Gehirn.

Dem Obersten kam das Unwirkliche der Situation zum Bewußtsein. Er stand auf einem toten und wüsten Mond. Vor ihm lag eine Kugel und „sprach“ zu ihm. Er begriff plötzlich, welche Nerven Harnahan gehabt haben mußte.

„Zwanzig Jahre nach eurem Zusammentreffen geriet er mit seinem Schiff in einen kosmischen Sturm nahe an der Milchstraße. Die Einzelheiten seines Todes wurden niemals bekannt, denn keiner der Besatzung entging dem Tod. Man nimmt allgemein an, daß die Energie ausfiel und das Schiff steuer- und antriebslos in die Leere zwischen den Milchstraßen hinausglitt. Man hat niemals mehr von ihnen gehört . . .“

Everson hatte laut gesprochen, obwohl dazu keine Veranlassung vorlag. So konnte ihn Gropp in der Zentrale hören und war über das Geschehen laufend unterrichtet.

Harnahan ist also tot. Vielleicht werde ich sein Schiff eines Tages finden. Hätte ich aufgepaßt, wäre es nicht geschehen. Es entstand eine kurze Pause, in der Everson zu überlegen begann, wie weit der erste Planet dieses Systems von ihm entfernt war. Als er das Ergebnis ungefähr wußte, kamen wieder die Impulse der Kugel: *So wurde ich also von den Menschen nicht vergessen? Perry Rhodan entsann sich meiner! Er benötigt Hilfe?*

„Ja“, nickte Everson geistesabwesend. Ihn beschäftigte ein schwerwiegendes Problem. „Wie bist du hierhergekommen? Der erste Planet ist drei Lichtstunden entfernt. Kannst du durch den Hyperraum springen, wie unsere Schiffe es tun?“

Ihm war, als sei ein Lachen in seinem Gehirn.

Ich springe nicht durch den Hyperraum, ich fliege durch ihn, Everson. Das ist ein gewaltiger Unterschied. Doch nun berichte mir, warum du gekommen bist. Warum benötigt Terra Hilfe?

Everson ließ sich Zeit mit der Antwort. Er starrte auf die glatte Oberfläche der Kugel, konnte aber nichts von dem erkennen, was Harnahan berichtet hatte. Die Oberfläche war dunkel und schien jedes Licht zu verschlucken. Nein, jetzt reflektierte sie wieder. Das Pulsieren schien unregelmäßig zu sein, so, als atme die Kugel.

Vielleicht atmete sie Licht.

Wieder war das Lachen in Eversons Gehirn.

Du bist noch neugieriger als Harnahan, Everson. Ich möchte mal einem Menschen begegnen, der nicht neugierig ist – aber wahrscheinlich werde ich dann maßlos enttäuscht sein. Ein Mensch, der keine Neugier verspürt, der Wahrheit nachzuspüren und den Grund aller Dinge zu erkennen – gibt es den überhaupt?

Everson erwachte aus seinem Trancezustand. Er ignorierte die Frage der Kugel. „Ich habe dir eine Botschaft Perry Rhodans zu überbringen. Sie bezieht sich auf das Versprechen, das du Harnahan gabst. Rhodan bittet dich, zu ihm zu kommen. Er braucht deine Hilfe. Die Druuf greifen an."

Wer sind die Druuf?

„Wir wissen noch nicht, wer sie eigentlich sind, wenn wir ihnen auch schon begegneten. Sie leben in einer anderen Zeitebene, die gerade im Begriff steht, die unsere zu schneiden. An manchen Stellen entstehen Entladungszonen, durch die man ungehindert und ohne technische Hilfsmittel von einer Ebene zur anderen gelangen kann. Die Druuf nutzten das aus und warfen riesige Schlachtflotten robotgesteuerter Schiffe in unser Universum."

Nach einer Pause dachte die Kugel zurück: *Ich habe lange geruht und weiß nicht, was geschah. Aber mir scheint, jene, die du die Druuf nennst, sind mir bekannt. Gut, ich werde mit dir kommen, um Rhodan zu helfen. Wo ist er?*

Everson atmete auf. „Nicht hier im Schiff, sondern auf dem siebten Planeten eines weit entfernten Sonnensystems, das wir Myrtha nennen. Wie – wie kannst du zu uns ins Schiff gelangen?"

Ich könnte den ganzen Weg sogar allein zurücklegen, aber dazu benötige ich viel Energie, die ich nur langsam wieder nachspeichern kann. Ich werde also mit euch im Schiff fliegen. Ich bewege mich nicht selbst, wenn es sich vermeiden läßt und werde mich kontrahieren, damit ich weniger Platz einnehme. Kehre ins Schiff zurück, Everson. Ich werde dir folgen.

Dann geschah etwas, das selbst für Everson, der auf allerhand gefaßt war, wie ein Wunder wirkte. Vor seinen Augen begann die Kugel zu schrumpfen. Sie wurde kleiner und schwärzer. Endlich erreichte sie den Durchmesser eines Tennisballs und schwebte langsam in die Höhe, bis sie dicht vor Eversons Gesicht haltmachte.

Ein ganz natürlicher Vorgang, meldete sie sich telepathisch wie immer. *Worauf warten wir noch?*

Everson gab keine Antwort. Er trat einen Schritt zurück und sah nach oben. Wenn er schräg sprang, erreichte er vielleicht mit einem Satz die Einstiegluke. Wenn nicht, sprang er eben noch einmal. Er nickte der Kugel zu und stieß sich ab.

Er hatte ungefähr richtig berechnet, aber doch nur ungefähr. Noch bevor er die Luke erreichen konnte, begann er wieder abzusinken. Er sah sich um.

Die schwarze Kugel schwebte langsam nach oben und war nun auf gleicher Höhe mit ihm. Sie stieg weiter – und er folgte ihr.

Es war, als zöge ihn eine unsichtbare Hand der Luke entgegen und setzte ihn auf der Schwelle ab. Dann erhielt er plötzlich sein natürliches Gewicht zurück, als das künstliche Schwerefeld des Schiffes zu wirken begann.

Die Kugel schwebte in der Mitte der Schleusenkammer und flimmerte in dunklen und doch farbigen Reflexen.

Everson drückte auf einen Knopf, und die Außenluke schwang zu. Luft strömte in die Kammer, bis der Druck ausgeglichen war. Dann erst ließ sich die Innenluke öffnen.

Wortlos kletterte der Oberst aus seinem schweren Druckanzug und hängte ihn in den Schrank. Dann meinte er: „Zur Zentrale führen viele Gänge und Lifts. Glaubst du, mir ohne Gefahr folgen zu können?"

Nimm mich in deine Hand, Everson.

Der Offizier zögerte. Er hatte Vertrauen zu dem merkwürdigen und unerklärlichen Wesen, und er wußte, daß es nichts tun würde, was ihm schaden könnte, aber es war eben doch ein wenig ungewöhnlich, eine solche Existenzform in der bloßen Hand zu halten.

Langsam streckte er den Arm aus und öffnete die Hand.

Wie von selbst rollte die kleine Kugel durch die Luft und landete sanft in der Innenfläche von Eversons Hand. Sie fühlte sich kühl und leicht an.

Das ist alles, dachte sie belustigt.

Everson schloß die Finger um die Kugel und ging auf den Korridor hinaus. Wie im Traum schritt er durch die Gänge des Schiffes und gelangte schließlich in die Zentrale, wo Leutnant Gropp erleichtert aufatmete, als er den Vorgesetzten eintreten sah.

Everson streckte dem Leutnant die Hand entgegen. Auf der Innenfläche ruhte immer noch die Kugel, harmlos und scheinbar leblos. „Das ist Harnahans Kugel."

Gropp starrte fassungslos darauf. „Das – das soll . . ."

Perry Rhodan wartet! war plötzlich der drängende Gedanke in den Gehirnen der beiden Männer. *Wir sollten nicht länger zögern. Es wurde schon zuviel Zeit vergeudet. Ich weiß nicht, ob ich entscheidend helfen kann, aber ich will es wenigstens versuchen.*

22.

Es war ein bekanntes Gesicht, das plötzlich auf dem Bildschirm in der Kommandozentrale des Stützpunkts auf Gray Beast zu sehen war.

„Meldung von der KUBLAI KHAN, Kommandant Oberst Everson. Auftrag im System Tatlira durchgeführt. Aktion erfolgreich. Wir landen in einer halben Stunde, die wir für den Normalanflug benötigen."

„Danke", erwiderte Rhodan erleichtert. „Wir erwarten Sie in unserer Kommandozentrale auf Myrtha 7."

Der Schirm erlosch. Die Männer sahen sich schweigend an.

Rhodan sagte: „Das wäre das. Nun kommt es nur noch darauf an, ob das Erbe des Sergeanten Harnahan etwas taugt oder nicht."

„Ich würde mir nicht zuviel versprechen", seufzte Bully. „Es handelt sich schließlich nur um ein Phantom. Eine Kugel, die vom Licht der Sterne lebt – pah!"

Rhodan blieb ernst. „Ich würde nicht so reden, Bully."

Bully sagte spöttisch: „Wer weiß, was sich dieser Harnahan damals ausgedacht hat."

„Du hörtest doch, daß Everson die Erfüllung seines Auftrags meldete. Und der Auftrag lautete, die Kugel aufzufinden und herzubringen."

Bully knurrte etwas, gab aber keine Antwort mehr.

Einer der Offiziere hob die Hand. „Dort, eine Botschaft."

Rhodan drückte auf den Knopf. Ein Mann mit den Rangabzeichen eines Wissenschaftlers erschien auf dem Bildschirm.

„Ich habe die von Ihnen gestellten Fragen dem Positronengehirn zur Auswertung vorgelegt. Kann ich die Antworten jetzt durchgeben?"

Rhodan verstand, warum der Mann zögerte. Er wußte nicht, ob jeder der in der Kommandozentrale Anwesenden eingeweiht werden sollte.

„Sprechen Sie ruhig", sagte Rhodan. „Wir haben keine Geheimnisse."

Der Wissenschaftler nickte. Er las seine Meldung von einem Stück Schreibfolie ab. Um die Übersichtlichkeit zu gewährleisten, wiederholte er auch die ursprünglich gestellten Fragen.

„Erste Frage: Was wäre geschehen, wenn die Flotte des Regenten von Arkon nicht den Spalt zum Universum der Druuf entdeckt hätte? Antwort zur ersten Frage: Der Regent hätte weiterhin versucht, die galaktische Position von Terra zu finden, um das Solare Imperium anzugreifen und seiner Oberhoheit zu unterstellen. Zweite Frage: Besteht die Aussicht, daß Arkon die Druuf schlägt? Antwort zur zweiten Frage: Die Aussichten sind gering. Keine Begründung. Dritte Frage: Besteht die Aussicht, daß die Druuf die Flotte des Regenten von Arkon schlagen? Antwort zur dritten Frage: Die Aussichten sind gering. Abermals fehlt die Begründung. Vierte und letzte Frage: Der Regent sendet unaufhörlich Hilferufe an Perry Rhodan aus. Warum wünscht er Hilfe gegen die Druuf, wenn er selbst stark genug erscheint, den Gegner zu besiegen? Antwort zur vierten und letzten Frage: Die Kontaktaufnahme mit Terra hat nur den Sinn, die Position dieses Planeten zu erfahren. Eine Hilfe gegen die Druuf ist nur Mittel zum Zweck. Wahrscheinlichkeitsfaktor etwa 98,7964 Prozent."

In der Kommandozentrale herrschte atemlose Stille.

Endlich aber sagte Rhodan:

„Danke, Henderson. Ich habe weitere Fragen zur Berechnung, aber das hat Zeit bis später."

Bully bewegte sich unruhig.

„Also will uns das Robotgehirn immer noch finden", stellte er fest. „Man sollte meinen, es hätte inzwischen eingesehen . . ."

„Du verlangst von einem positronischen Gehirn so etwas wie Einsicht?" Rhodan wunderte sich. „Du irrst, Bully. Der Regent, Herrscher über das Imperium der Arkoniden, handelt nur logisch. Die Logik sagt ihm, daß wir eine Gefahr darstellen. Also muß er diese Gefahr beseitigen. So wurde er einst vor Jahrtausenden programmiert. Danach richtet er sich – so lange wenigstens, bis eine Umprogrammierung erfolgt."

„Hat er uns nicht seiner Freundschaft versichert?"

„Freundschaft!" Rhodan dehnte das Wort verächtlich. „Kannst du dir vorstellen, daß eine Maschine Freundschaft empfindet? Der Regent kennt nur Sinn und Zweck, aber keine Gefühle."

„Nun, im Augenblick hat der Regent ja andere Sorgen. Die Druuf machen ihm genauso viel zu schaffen wie uns."

„Die Druuf", sagte einer der anwesenden Offiziere folgerichtig, „sind somit der gemeinsame Feind des Regenten und der Erde."

Plötzlich hielt Rhodan den Kopf ein wenig schief und lächelte. „Nun überlegen Sie mal, General. Sie behaupten, der Regent und wir besäßen in den Druuf einen gemeinsamen Feind. Das hieße, wir müßten uns mit Arkon verbünden."

„Nur zum Schein natürlich", beeilte sich der General zu versichern.

Rhodan lächelte noch immer. „Was halten Sie denn davon, wenn wir uns – nur zum Schein natürlich – mit den Druuf gegen Arkon verbünden?"

Es war vollkommen ruhig, als Bully laut zu lachen begann. Der General schien schockiert, aber er gab keine Antwort.

„Mit den Druuf gegen Arkon!" Bully lachte noch immer. „Das ist genial, Perry. Wirklich, genial." Er machte eine Pause und fügte plötzlich hinzu: „Wieso eigentlich? Was soll das Ganze?"

„Das ist höchst einfach. Wir erhalten Kontakt mit den Druuf und haben Gelegenheit, ihre Heimatwelt in aller Ruhe kennenzulernen. Unser kurzer Besuch dort hat uns nicht viel weitergebracht. Jetzt werden wir Siamed sechzehn ganz offiziell aufsuchen."

Siamed war ein Doppelsternsystem jenseits der Zeitmauer. Auf dem dreizehnten Planeten befand sich bereits ein geheimer Stützpunkt Rhodans. Der sechzehnte Planet war doppelt so groß wie die Erde, hatte auch fast eine doppelt so hohe Gravitation und schien Ursprungswelt der Druuf zu sein.

„Und wie stellst du dir das vor?" fragte Bully, dem der Gedanke, die Druuf aufzusuchen, nicht angenehm zu sein schien. „Glaubst du, diese Wesen warten auf uns?"

„Nein, das nicht. Aber es wird sich schon eine Gelegenheit finden, den Druuf unsere freundschaftliche Haltung zu beweisen – das sollte sie nachdenklich und neugierig machen."

„Hm", knurrte Bully und versank in tiefes Nachdenken.

Rhodan sah auf die Offiziere. „Sie begeben sich wieder in Ihre Schiffe, meine Herren. Der Alarmzustand bleibt auch weiterhin wirksam. Sie hören noch von mir."

Als er mit Bully allein war und sich die Tür geschlossen hatte, sagte er: „In den nächsten Stunden wird sich einiges entscheiden. Im Gegensatz zu dir verspreche ich mir Vorteile von der Kugel, die Harnahan damals fand. Ich weiß nicht, was sie ist, aber sicherlich ist sie uns nicht feindlich gesinnt – das versicherte sie mir selbst. Oberst Everson kann jeden Augenblick landen. Hole ihn ab. Ich warte hier. Und benachrichtige John Marshall sowie die anderen Mutanten von der CALIFORNIA. Ich möchte, daß sie dabei sind, wenn wir unseren Gast begrüßen."

Bully stand auf und schritt zur Tür.

„Gast", sagte er wütend. „Wenn ich schon so etwas höre. Die Enttäuschung wird später um so größer sein."

Rhodan sah ihm stumm nach. Um seine Lippen spielte ein feines Lächeln.

Als Oberst Marcus Everson den hell beleuchteten Raum betrat, sah er in die gespannten Gesichter der ihn erwartenden Männer.

Links unter den Bildschirmen saßen Perry Rhodan und Bully, daneben John Marshall, Fellmer Lloyd, Wuriu Sengu und Ralf Marten. Atlan stand ein wenig abseits und hatte ein amüsiertes Lächeln auf den Lippen. Ganz vorn hockte der Mausbiber Gucky auf seinen Hinterfüßen, stützte sich auf dem breiten Biberschwanz ab und hatte die Ohren steil in die Höhe gestellt.

Everson setzte sich umständlich, als hätte er rohe Eier in der Tasche. Er streckte die Beine von sich, gab das Grinsen Bullys zurück und schilderte knapp und in wenigen Worten seine Erlebnisse im System Tatlira.

Dann griff er in die Tasche. Als er die Hand wieder hervorholte und den anderen entgegenstreckte, lag auf ihr ein kleiner schwarzer Ball von kaum sechs Zentimetern Durchmesser. Seine Oberfläche war glatt und fugenlos – und sie schien leicht zu pulsieren.

„Das“, sagte Everson ruhig, „ist unser fünf Millionen Jahre alter Freund Harno – er wünscht, daß wir ihn so nennen. Zum Andenken an seinen ersten menschlichen Freund Harnahan.“

Die Männer starrten fassungslos auf die Kugel.

Rhodan stand langsam auf und schritt auf Everson zu. Sein Blick ruhte nachdenklich auf der schwarzen Kugel. Vor Everson blieb er stehen.

„Nicht das Aussehen bestimmt den Wert eines Freundes, sondern seine Absichten und Taten“, sagte er mit besonderer Betonung. „Harnahan berichtete mir damals, die Kugel habe einen Durchmesser von einem halben Meter gehabt. Auch hat sie zu ihm und zu mir gesprochen. Kann sie das heute auch noch?“

Nicht nur Rhodan, sondern alle in der Zentrale Anwesenden verstanden die lautlose Antwort, die plötzlich in ihren Gehirnen war: *Du hast recht, Perry Rhodan. Nicht das Aussehen ist es, das den Wert ausmacht. Aber wenn du das weißt, hättest du dir auch keine Gedanken deshalb machen müssen, warum ich heute kleiner bin. Ist eine kleine Kugel nicht leichter zu transportieren als eine große?*

„Verzeih mir“, erwiderte Rhodan und verneigte sich kaum merklich gegen die Kugel. „Ich freue mich, dir zu begegnen, Harno. Du kennst die Gründe . . .“

Ich kenne sie, kam die lautlose Antwort, bevor Rhodan zu Ende sprechen konnte. *Du benötigst Hilfe gegen die Druuf – wie ihr sie nennt.* Die Gedankenbotschaft hörte plötzlich auf. Langsam stieg die Kugel aus Eversons Hand empor und blieb genau vor Bullys Gesicht hängen, der sie mit großen, runden Augen anstarrte. *Was ist ein Bauchredner?* war die Frage in aller Gehirne.

Sie sahen alle Bully an, dessen Haare wie rote Borsten in die Höhe standen. Der stämmige Stellvertreter Rhodans wurde schrecklich verlegen, als er die Blicke der anderen auf sich ruhen sah.

Rhodan kam ihm zu Hilfe. „Du mußt ihm verzeihen, Harno, er meint es nicht so. Er glaubt, jemand von uns spiele telepathisch den Bauchredner – mit anderen Worten: Er glaubt nicht so ganz an dich. Das wird sich ändern.“

Die Kugel wich zurück und schwebte bis dicht unter die Decke. Sie schien ihre Farbe plötzlich zu verändern und wurde merklich größer, bis sie einen halben Meter maß. Sie schillerte jetzt weißlich.

Dann entstand auf der Oberfläche ein farbiges Bild.

Zuerst war es nicht gut zu erkennen, aber dann war es, als verstelle man an einem Fernsehgerät die Schärfe. Das Bild wurde deutlicher.

Bully stieß einen Schrei aus und deutete mit der Hand gegen die Kugel. „Nein! Das ist doch nicht möglich!"

Sie sahen es alle. Das Bild zeigte ein Dackelschwein von der Venus, das auf einem Sofa lag und schlief. Um den Hals trug es ein rotes Halsband mit einer goldfarbenen Beschriftung. Der Name war deutlich zu lesen.

„Das ist Wutzi!" rief Bully total erschüttert. „Himmel! Wie kommt Wutzi in halber Lebensgröße auf die Kugel dort oben? Ja, natürlich ist das Wutzi. Ich kenne doch mein Zimmer in Terrania . . ."

Niemand sagte etwas. Nur allmählich kam ihnen die Bedeutung dessen zum Bewußtsein, was sie sahen. Dort oben auf der schwebenden Kugel war etwas zu sehen, was sich in dieser Sekunde genau 6562 Lichtjahre entfernt befand. Harno, das rätselhafte Kugelwesen, hatte Bullys Herausforderung angenommen und sein Können demonstriert.

„Nun?" piepste jemand mit einem Unterton von Schadenfreude. „Was sagst du jetzt, Dicker?"

Das war Gucky gewesen, der Mausbiber. Er zeigte grinsend seinen Nagezahn und verriet damit, daß er bei bester Laune war.

Rhodan sah zur Decke. „Es ist gut, Harno. Ich denke, nun glaubt dir auch mein Freund Bull. Ich habe mit dir zu reden."

Das Bild auf der Kugel verschwand. Aber sie blieb groß, als sie langsam niedersank und dicht vor Rhodan anhielt. Immer noch war sie so weiß und matt wie einer der Bildschirme an der Wand.

Ich danke dir, Rhodan, daß du mich nicht vergessen hast. Wenn ich auch vieles vermag, was dir ein Rätsel ist und mich in deinen Augen allmächtig erscheinen läßt, so sind doch auch mir von der Natur Grenzen gesetzt. Gemeinsam können wir sie vielleicht überwinden. Wenigstens jene, die nicht verboten sind.

„Verboten?" fragte Rhodan und glaubte plötzlich, einen eisigen Hauch durch den Raum wehen zu spüren. „Verboten – von wem?"

Er war nicht weiter überrascht, als er keine Antwort erhielt.

Atlan sagte plötzlich in die Stille hinein: „Harno, sind wir uns schon einmal begegnet?"

Ich kenne dich, Admiral der alten Arkoniden, lautete die telepathische Antwort.

Atlan verzichtete darauf, weitere Fragen zu stellen.

Gucky grinste wieder. Er schien sich köstlich zu amüsieren.

Rhodans Stimme war ernst, als er sagte: „Ich glaube, Harno, daß wir uns nun vorgestellt haben. Du weißt, warum ich dich holen ließ. Ich benötige deine Hilfe und deinen Rat im Kampf gegen die Druuf. Du kennst die Druuf?“

Ich kenne sie, Rhodan. Sie sehen nicht aus wie ihr, wenn die Verwandtschaft vor einer Million Jahren auch größer war. Damals war ihre Zeitebene von der unseren getrennt, und es war schwierig, ihnen zu begegnen. Seit einigen tausend Jahren bilden die Überlappungen eine große Gefahr, die jedoch nicht mehr lange andauert. Allerdings wird bis dahin eine zeitliche Übereinstimmung eingetreten sein, die jedoch das gegenseitige Eindringen nicht erleichtert. Es ist so, als begegneten sich zwei gewaltige Sternenschwärme, überschritten sich am Rand und glitten dann weiter, jeder in seiner Richtung. Einige der Sterne werden zusammenstoßen, aber dann kehrt der Friede zurück, und jeder Schwarm bleibt unbehelligt vom anderen. Verstehst du mein Gedankenbild, Rhodan?

„Unsere Wissenschaftler sahen es ähnlich“, Rhodan nickte langsam. „Allerdings wußten wir nicht, daß die Gefahr sich verringert.“

Sie tut es – relativ gesehen. Kennst du die genauen Absichten der Druuf?

Rhodan zögerte. „Sie dringen in unser Universum ein und versuchen, die Überlappungszonen für ihre Zwecke auszunützen. Sie haben – ob absichtlich oder nicht – ganze Welten entvölkert. Sie gefährden unsere Existenz.“

Ich habe Harnahan versprochen, euch zu helfen, solltet ihr jemals Hilfe brauchen, Terraner. Ich werde mein Versprechen halten. Euer zweiter Gegner ist das Robotgehirn auf Arkon. Der Kampf dagegen ist wesentlich wichtiger als der gegen die Druuf. Erst wenn das Gehirn außer Gefecht gesetzt ist, können zwei große Völker vereint werden.

„Du greifst der Entwicklung vor“, sagte Rhodan. „Zuerst die Druuf – dann sehen wir weiter. Du hast uns eben eine Probe deines Könnens gezeigt, Harno. Dürfen wir damit rechnen, daß du uns als Fernsehauge dienst? Mehr verlange ich nicht.“

Die Kugel veränderte wieder ihre Farbe und wurde schwarz. *Ich bin Harno, der Televisor.*

Dann blieb das unbegreifliche Wesen stumm.

Rhodan wußte aber, daß er sich auf Harno würde verlassen können.

„Ich deutete vor einer halben Stunde Bully gegenüber einen Plan an, den ich bald zur Ausführung bringen möchte", begann er und sah die Mutanten an. „Eure Feinde sind auch meine Feinde – also sind wir Freunde. Das ist eine alte Wahrheit, die noch heute Gültigkeit besitzt. Der Regent auf Arkon ist unser alter Feind. Die Druuf kämpfen gegen ihn. Also verbünden wir uns mit den Druuf."

Oberst Everson klappte den Mund auf, als wolle er etwas fragen, blieb aber stumm. Atlan lächelte wissend. Die Mutanten starrten Rhodan verblüfft an.

„Unsere Aufgabe ist nicht einfach", begann Rhodan seine Freunde über seinen Plan zu unterrichten. „Sowohl wir als auch viele andere galaktische Völker werden von zwei Seiten bedroht. Auf der einen Seite vom Robotregenten, der mit unmenschlicher Logik das arkonidische Imperium regiert und zu einem bedrohenden Faktor geworden ist, auf der anderen Seite von den Druuf, die ganze Planeten entvölkern. Selbst jetzt, da wir von Harno erfahren haben, daß die Gefahr, die uns von den Überlappungsfronten droht, in einigen Monaten vorbei sein wird, müssen wir den Tatsachen ins Auge sehen. Niemand weiß, was bis dahin alles geschehen kann. Niemand kennt die Motivation der Druuf. Druuf und Robotregent bekämpfen sich, darin sehe ich eine Chance, die Verhältnisse innerhalb der Galaxis zugunsten der bedrohten Völker zu verändern. Wir werden versuchen, ein Scheinbündnis mit den Druuf gegen den Robotregenten einzugehen. Einerseits erhalten wir dadurch die Chance, etwas über die Absichten der Druuf herauszufinden, andererseits können wir mit einer derartigen Aktion den Regenten unter Druck setzen. Unsere Absicht ist nicht, die Gegner aufeinanderzuhetzen, um als lachender Dritter davon zu profitieren. Wir wollen lediglich erreichen, daß sich die beiden Parteien so aufeinander fixieren, daß sie keine weitere Gefahr für die Galaxis mehr bedeuten. Wir wissen, daß die bisherigen Gefechte auf beiden Seiten mit Robotschiffen ausgetragen wurden. Dies erleichtert unseren Entschluß, da intelligentes Leben verschont wird. Ich weiß, daß wir ein riskantes Spiel spielen, in dem wir leicht zwischen die Fronten geraten könnten. Es bleibt uns aber keine andere Wahl, wenn wir erreichen wollen, daß viele Völker dieser Galaxis wieder frei atmen können. Die Druufgefahr wird sich früher oder später von selbst erledigen, die Gefahr, die vom Regenten ausgeht, aber nicht. So gesehen, ist der Regent der gefährlichste Feind der Galaxis. Indem wir versuchen, die Opfer so gering wie nur möglich zu halten, können wir einen großen

Beitrag zur Befreiung vieler Völker leisten. Während wir mit den Druuf verhandeln, verstärken wir unseren Stützpunkt in ihrem System. Der dreizehnte Planet ihrer Sonne – von uns Hades genannt – liegt günstig. Ein Gebirge wurde ausgehöhlt und enthält unter anderem eine Sende- und Empfangsstation für einen Materietransmitter. Darüber läuft der Nachschub. Oberst Everson, Sie sorgen dafür, daß die DRUSUS, die KUBLAI KHAN und der Leichte Spezialkreuzer CALIFORNIA startklar gemacht werden. John Marshall und die Mutanten begleiten mich. Ebenso Atlan, Bully und . . ."

„. . . und Gucky", unterbrach ihn piepsend der Mausbiber.

„. . . und Harno", fuhr Rhodan ungerührt fort, um sich erst dann dem Mausbiber zuzuwenden. „Gehörst du vielleicht nicht zu den Mutanten?"

Gucky grinste vergnügt.

„Fast hätte ich es vergessen, daß man mich immer wieder irrtümlich zu den Menschen zählt", meinte er entschuldigend und zwinkerte Bully zu. „Da sind wir dann aber eine schöne Gesellschaft zusammen. Wird sehr lustig werden."

„Ich würde nicht ganz so optimistisch sein", riet Rhodan ernst. „Was vor uns liegt, ist alles andere als ein Spaziergang. Wir begeben uns – wie man so schön sagt – in die Höhle des Löwen."

„Na, wenn schon", piepste Gucky und hoppelte vergnügt aus der Zentrale.

Oberstleutnant Sikermann hatte das Kommando des Leichten Spezialkreuzers CALIFORNIA dem inzwischen zum Captain beförderten Marcel Rous übergeben und erneut die DRUSUS übernommen. Rhodan, Atlan, Harno und die Mutanten befanden sich auf der DRUSUS.

Als die beiden Superschlachtschiffe schwerelos vom Boden abhoben und in die Höhe strebten, erschien die CALIFORNIA daneben wie ein winziger Ball.

Auf der Oberfläche von Myrtha 7 glitt die Tarnung wieder über den subplanetarisch angelegten Stützpunkt. Zurück blieb nichts als eine ebene Fläche mit spärlicher Vegetation. Selbst der mißtrauischste Beobachter würde nicht auf die Vermutung kommen, daß dort unten einer der wichtigsten Stützpunkte der Terraner verborgen sein könnte.

Der Planet versank zusehends in der Tiefe des Alls, als die drei Schiffe Geschwindigkeit aufnahmen.

Der Hypersprung verlief glatt und ohne Komplikationen. Als die Sterne wieder sichtbar wurden, begannen die Ortungsgeräte sofort automatisch zu arbeiten.

Die Positionsmeldungen kamen durch. „Starker Flottenverband fünfundzwanzig Grad rechts vor uns. Fliegt entgegengesetzt schräg. Keine Kollisionsgefahr. Entladungstrichter in 0,2 Lichtstunden Entfernung. Weitere Einzelschiffe voraus. Kurs unterschiedlich. Sollten auf Bildschirm jetzt sichtbar werden."

Sikermann machte ein bedenkliches Gesicht. Rhodan nickte ihm wortlos zu.

Der Kommandant begriff sofort. Er schaltete den Telekom ein und sagte: „An Mannschaft! Kampfstationen in Bereitschaft halten! An KUBLAI KHAN und CALIFORNIA! Kampfbereitschaft!"

Die Bestätigungen kamen.

Auf dem großen Panoramabildschirm waren nun einige kleine Punkte zu sehen, die langsam über die gewölbte Fläche dahinzogen. Das mußten Schiffe des Regenten von Arkon sein, die den Eingang zur anderen Zeitebene blockierten.

Für ein Gefecht zwischen den beiden Parteien lagen keinerlei Anzeichen vor. Alles schien ruhig und friedlich.

Rhodan sagte zu Atlan: „Alles wäre ganz anders, würde Arkon nicht von einem Robotgehirn, sondern von den Arkoniden selbst regiert. Gemeinsam mit Arkon hätten wir die Gefahr der Überlappungsfronten schnell beseitigt. Das Groteske an der Situation ist, daß wir Terraner gezwungen sind, gegen beide zu kämpfen, ohne daß beide es ahnen dürfen."

Atlan nickte. „Vom Standpunkt des Imperiums betrachtet bedeuten die Druuf die größere Gefahr. Wäre ich Imperator von Arkon, ich würde mich mit Terra verbünden."

„Der Robotregent kam zu einem identischen Schluß, nur hat er das Bündnis nie eingehalten. Er würde nicht zögern, die wieder frei werdenden Kampfflotten zur Erde zu schicken, sobald er weiß, wo die Erde ist."

Atlan schüttelte den Kopf. „Solange eine Maschine das Imperium regiert, dürfen die Arkoniden nicht erfahren, in welchem Sektor der

Milchstraße Terra zu finden ist. So verläßlich eine Maschine auch ist, sie ändert ihre Meinung nicht. Sie kennt keine Freundschaft, nur den Zweck. Ich glaube, daß wir richtig handeln."

Rhodan drehte sich um und sah Atlan an. „Du siehst alles vom Standpunkt eines Terraners."

Atlan nickte. „Was sollte ich anderes tun, Barbar? Ich bin so gut wie ein Terraner, genau wie Crest. Erst dann, wenn die Ordnung auf Arkon wiederhergestellt ist und ein echter Arkonide herrscht, ändert sich das. Bis dahin jedoch . . ."

Der Rest blieb unausgesprochen, aber jeder wußte, was Atlan hatte sagen wollen.

Sikermann sagte: „Drei Schiffe voraus. Sie fliegen mit halber Lichtgeschwindigkeit und nähern sich uns. Sollen wir den Kurs ändern?"

„Können Sie die Schiffe identifizieren?"

Die Antwort kam aus der Funkzentrale: „Zwei Schiffe Arkons greifen ein kleineres Schiff der Druuf an."

Rhodans Entschluß kam blitzartig. „Näher heran, Sikermann!"

Der Bildschirm verriet weitere Einzelheiten. Die beiden Schiffe des Regenten waren nur mit Robotern bemannt, das stand einwandfrei fest. Sie waren diesem Typ schon oft genug begegnet. Es waren zweihundert Meter lange, spindelförmige Arkonit-Torpedos.

Das Schiff der Druuf war kleiner und hatte die Form eines Stabes mit abgerundetem Bug und Heck. Seine Geschütze feuerten unablässig auf die überlegenen Gegner, deren Energie-Schutzschirme die einfallenden Strahlen abgleiten ließen.

Die Mutanten stellten fest, daß es nicht nur mit Robotern besetzt war, sondern auch eine lebende Besatzung besaß. Für Rhodan war dies ein zusätzlicher Grund, zugunsten der Druuf einzugreifen.

„Es hat nur wenig Chancen", murmelte Atlan von seinem Platz her.

Rhodans Augen waren zusammengekniffen, und der Mund bildete eine schmale Linie. Er bemerkte, daß der Druuf den Kurs änderte und in Richtung des nahen Entladungstrichters davonjagte. Die Roboter folgten ihm. Eine wilde Verfolgung schien sich anzubahnen.

„Bleiben Sie nahe genug dran, Sikermann", befahl Rhodan.

Sie flogen in geringem Abstand hinter den drei Schiffen. Es war anzunehmen, daß die Kommandanten der Spindelkreuzer die drei Kugelschiffe Rhodans für Einheiten Arkons hielten, denn sie kümmerten sich nicht um sie. Das war leicht zu verstehen, denn schließlich waren die Terra-Einheiten nach Plänen Arkons konstruiert worden.

Ein Energiefinger schoß aus dem Bug eines Robotkreuzers und durchbrach den Schirm des Druufschiffs. Aber die Wesen aus der anderen Zeitebene gaben sich nicht so schnell geschlagen. Sie schossen zurück und rasten weiterhin mit hoher Geschwindigkeit auf den rettenden Spalt im Einstein-Universum zu, um in ihre eigene Welt zurückzukehren.

„Sikermann", sagte Rhodan, „Befehl an KUBLAI KHAN! Sofort das Feuer auf Robotschiff links eröffnen! Wir selbst greifen das rechte an. Aber – etwas vorsichtig. Nicht sofort vernichten, sondern schrittweise. Noch brauchen die Druuf nicht zu wissen, wie gut unsere Waffen sind."

Es dauerte keine zehn Sekunden, bis die beiden Schlachtraumer den Kampf eröffneten. Es waren nur die leichteren Geschütze, die ihre vernichtenden Strahlen gegen die beiden Robotschiffe sandten, aber sie genügten, um beide Energieschirme zusammenbrechen zu lassen. Gleichzeitig wurden große Lecks in die Hüllen gerissen.

Die ruhige und sachliche Stimme aus der Ortungszentrale meldete: „Weitere Robot-Einheiten im Anflug. Wir werden von einem Verband angegriffen."

Rhodan entschied sich blitzschnell: „Befehl an Everson und Sikermann: Vernichtung der beiden Robotschiffe! Sofort!"

Das beschädigte Schiff der Druuf hatte seine Geschwindigkeit nicht erhöht. Mit gleichbleibendem Kurs jagte es auf den Spalt zu, der keine Lichtstunde mehr entfernt war. Da es nur halbe Lichtgeschwindigkeit flog, befand es sich noch lange nicht in Sicherheit. Aber der Kommandant der Druuf mochte erkennen, daß er einen unerwarteten Verbündeten gefunden hatte. Er stellte das Feuer ein.

Im selben Augenblick geschah es.

Das konzentrierte Vernichtungsfeuer der DRUSUS und KUBLAI KHAN traf die beiden Spindelschiffe Arkons. Die sofort einsetzenden Atomreaktionen verwandelten die Materie in strahlende Sonnen, die mit gleichbleibender Geschwindigkeit dahinzogen und sich dann zu einer einzigen vereinigten. Allmählich nur dehnte sich die glühende Gaswolke weiter aus, wurde dünner und kleiner.

Dann war sie verschwunden.

Um Rhodans Lippen spielte ein kaltes Lächeln, als er sagte: „Ich bin gespannt, ob die Druuf so etwas wie Dankbarkeit kennen. Jedenfalls ist es schon bemerkenswert, daß der Bursche da vorn uns nicht beschießt. Näher heran, Sikermann!"

Sie schoben sich langsam – wie es schien – an den Geretteten heran, wachsam und feuerbereit. Die Entfernung betrug nur einige Kilometer. Das Heck des Druufschiffs war zum größten Teil zerstört, aber immer noch arbeiteten einige Düsen – oder was immer es auch war. Das Schiff würde ohne fremde Hilfe zu seinem Einsatzhafen zurückkehren können.

Wieder die Meldung aus der Ortungszentrale: „Schiffe des Regenten im Anflug. Entfernung . . ."

Rhodan nickte. „Wir werden wahrscheinlich Gelegenheit erhalten, den angeschlagenen Druuf noch einmal zu retten."

Sie mußten nicht lange warten. Es waren sieben kleinere Einheiten, die auftauchten und ohne jede Warnung angriffen. Aus der Art, wie sie dabei vorgingen, ließ sich leicht erkennen, daß eines der Schiffe nicht nur von Robotern gesteuert wurde. Zumindest der Kommandant mußte ein Arkonide oder – was wahrscheinlicher war – ein Springer sein.

„Sie müssen wissen, daß wir keine Arkoniden sind", murmelte Bully im Hintergrund. „Vielleicht haben sie Funksprüche der vernichteten Robotschiffe aufgefangen."

Rhodan gab keine Antwort. Er leitete den Gegenangriff ein.

Der Druuf veränderte ein wenig den Kurs, und es sah ganz so aus, als wollte er seinen unbekannten Rettern beistehen, aber dann ging er auf den ursprünglichen Kurs zurück und raste weiter, der Sicherheit entgegen.

Der Kampf war nur kurz.

Sechs der Angreifer verglühten in ihren zusammenbrechenden Schutzschirmen. Nur der siebte erhielt einen Streifschuß und drehte ab. Rhodan hatte das Schiff geschont, in dem sich ein Lebewesen befand. Das hatte außerdem den Vorteil, daß der Regent von dem neuen Verbündeten der Druuf erfuhr.

Eine Stunde später durchbrachen sie zusammen mit dem Druuf eine lockere Sperrkette der Arkoniden und tauchten ungehindert in das fremde Universum ein. Hinter ihnen erloschen die Sterne.

Neue tauchten dafür auf.

Die Sterne der Druuf.

23.

In der Mitte des Frontbildschirms glühte ein merkwürdiger Doppelstern. Er flimmerte rötlich und wurde manchmal von einem grünen Schimmer begleitet. Das, so wußte Rhodan, war das Heimatsystem der Druuf.

Bevor Rhodan versuchte, mit den Druuf Kontakt aufzunehmen, setzte er seinen ursprünglichen Plan in die Tat um. Der geheime Stützpunkt auf Siamed 13 – dem Planeten Hades – mußte verstärkt werden.

Hades hatte etwa den halben Durchmesser der Erde, eine geringe Schwerkraft von nur 0,35 Gravos und drehte seinem Muttergestirn immer dieselbe Seite zu. Dank einer ungewöhnlich hohen Libration betrug die Breite des Zwielichtgürtels achtzig Kilometer. Während auf der Tagseite die Temperatur bis 168 Grad anstieg, herrschte auf der ständig dunklen Seite unerträgliche Kälte. Der Ausgleich der getauten Atmosphäre verursachte in der Dämmerzone oft heftige Stürme. Ein Grund mehr, den Stützpunkt subplanetarisch anzulegen.

Die Höhle in den Hoffnungsbergen war eine terranische Bastion mitten im Bereich der Druuf.

Leutnant Stepan Potkin meldete sich in der Zentrale der DRUSUS. „Sie haben mich rufen lassen?"

„Es ist soweit, Leutnant", Rhodan nickte bestätigend. „Haben Sie Ihre Gruppe vorbereitet?"

„Alles startklar."

„Nun", Rhodan lächelte nachsichtig, „ich glaube nicht, daß man von einem Start im üblichen Sinn reden kann. Sie werden mit Hilfe des Materietransmitters nach Hades übersiedeln. Die Station in den Hoffnungsbergen ist benachrichtigt und ging bereits auf Empfang. Von der KUBLAI KHAN und der CALIFORNIA aus sind bereits die Materialtransporte unterwegs. Sie gehen mit Ihren Männern zuletzt. Ich wünsche Ihnen viel Glück, Leutnant."

Zum erstenmal lächelte auch Potkin. „Glauben Sie, daß wir es notwendig haben?"

„Höchstwahrscheinlich, Leutnant Potkin. Ohne Glück wären wir nicht das, was wir heute sind.“

Leutnant Potkin verließ die Zentrale.

Atlan sah hinter ihm her. „Es ist nicht jedermanns Sache, so einfach in einen Transmitter zu steigen, um sich in seine Atome zerlegen zu lassen. Es soll schon vorgekommen sein, daß am anderen Ende nicht alles programmgemäß verlief. Wenn ich mir vorstelle, daß ich als Atlan in so ein Ding steige und dann als Bully wieder herauskomme . . .“

„Du bist unersetzlich, Atlan“, sagte Rhodan mit eigenartiger Betonung, „aber wenn ich mir vorstelle, daß ich zwei Bullys an meiner Seite stehen hätte – der Gedanke ist richtig verlockend.“

Atlan sah verblüfft aus.

Im Hintergrund lachte Bully befriedigt. „Siehst du!“

„Aber keine Sorge“, sprach Rhodan weiter. „Derartige Dinge mögen zu Beginn vorgekommen sein, heute sind sie so gut wie ausgeschlossen. Als wir die Unterlagen für den Transmitterbau im Wegasystem fanden, waren sie fast vollkommen.“

„Zum Glück“, betonte Atlan. „Wenn ich mir vorstelle, künftig als Bully leben zu müssen . . .“

„Sender funkbereit“, kam die nüchterne Meldung über Interkom.

Rhodan zuckte mit den Schultern und wandte sich dem Gesicht auf dem Bildschirm zu. „Senden Sie laufend folgenden Funkspruch unverschlüsselt und in arkonidischer Sprache: *An die Druuf! Erbitten Gelegenheit zu Verhandlungen! Ihr Gegner ist auch der unsere! Warum sollen wir ihn nicht vereint schlagen können? Wenn Sie mich verstehen können, antworten Sie auf gleicher Wellenlänge.*“

Als der Schirm erlosch, spürte Rhodan Zweifel. Er war von Anfang an davon überzeugt gewesen, daß sein Plan gelang. Das schloß nicht aus, daß die Druuf mißtrauischer waren, als er annahm. Wenn sie nun Verdacht schöpften und ihn in eine gut angelegte Falle lockten? Selbst der Vorfall mit dem geretteten Druufschiff konnte ohne die beabsichtigte Wirkung bleiben.

Was dann?

Er beschloß, sich diese Frage erst dann vorzulegen, wenn es notwendig werden sollte. Aber immerhin konnte man versuchen, schon jetzt etwas herauszufinden.

Während die Materietransmitter auf vollen Touren arbeiteten und die inzwischen erweiterte Höhle auf Hades mit Waffen, Lebensmitteln und Menschen anfüllten, wurde das immer noch manövrierfähige Schiff der Druuf unter Funküberwachung genommen. Keine Nachricht würde dem Schiff vorauseilen können, ohne von der Funkzentrale der DRUSUS abgefangen zu werden.

Und eine weitere Tatsache arbeitete für Rhodan. Die Natur selbst.

Die Druuf lebten halb so schnell wie die Terraner. Halb so schnell flogen auch ihre Schiffe. Und halb so schnell waren die normalen Funkwellen.

Die Funkwellen der DRUSUS aber eilten mit normaler Lichtgeschwindigkeit Siamed entgegen.

Rhodans Nachricht erreichte also die Heimatwelt der Druuf eher.

Nun, vielleicht war das gar kein Vorteil. Es kam darauf an, was der Kommandant des überfallenen und von Rhodan geretteten Schiffes seinen Dienststellen berichtete.

Sie sollten es bald erfahren.

Der Interkom summte. Rhodan schaltete ein. Es war der Funkoffizier. „Das Schiff der Druuf hat uns angerufen! Auf arkonidisch!"

Rhodan war nicht überrascht.

„Sie lernen schnell", erkannte er an. „Was wollen sie?"

„Sie haben sich bedankt", fuhr der Funkoffizier fort. Seine Stimme verriet Überraschung und Unglauben. „Sie haben sich regelrecht bedankt und versichern, ihren Dienststellen entsprechend Bericht zu erstatten. Dann folgte eine längere Sendung in einem unbekannten Kode. Es ist anzunehmen, daß es sich um den angekündigten Bericht handelte."

„Danke", sagte Rhodan und schaltete ab. Er sah Atlan und Bully an. „Nun, was sagt ihr dazu?"

Atlan zuckte mit den Schultern. „Es kann ein Trick sein, um uns in Sicherheit zu wiegen. Sie nehmen natürlich an, daß wir ihnen folgen. Vielleicht sind sie sogar klug genug, unser Spiel zu durchschauen . . ."

„Kaum", Rhodan schüttelte den Kopf. „So mißtrauisch kann kein intelligentes Geschöpf sein. Wir haben ihnen einen Dienst erwiesen."

„Na und?" Atlan war immer noch skeptisch. „Immerhin könnten Sie doch vorsichtig genug sein, uns zu überprüfen, ehe sie uns die selbstlose Freundschaft glauben."

„Wer spricht von selbstlos?" Rhodan wunderte sich. „In meinem Funkspruch an die Druuf betonte ich, daß ihre Feinde auch die unsrigen seien. Daraus geht doch eindeutig hervor, daß wir aus Notwendigkeit und nicht aus bloßer Zuneigung handeln. Das wird auch die Druuf überzeugen."

„Hm, das ist ganz gut möglich", ließ sich Atlan, der ewig Mißtrauische, vernehmen.

Bully, der bisher geschwiegen hatte, meinte: „Sie werden darauf hereinfallen."

Rhodan nickte ihm zu, gab aber keine Antwort mehr. Nachdenklich sah er auf den Bildschirm. Das Schiff der Druuf zog dicht neben der DRUSUS dahin. Die Beschädigungen schienen nicht ernster Natur zu sein, wenn auch das halbe Heck fehlte.

Im Hintergrund schwebte die mächtige KUBLAI KHAN, davor die CALIFORNIA. Rein äußerlich geschah nichts, was man mit bloßem Auge zu sehen vermochte, aber in Wirklichkeit arbeiteten die Transmitter unaufhörlich und schickten die lebenswichtigen Güter und Waffen nach Hades.

„Wie wollen wir Siamed sechzehn, die Heimatwelt der Druuf, eigentlich taufen?" fragte Bully plötzlich. „Schließlich haben wir ja auch Siamed dreizehn einen Namen gegeben. Wie wäre es mit ‚Doppel-Terra'? Es ist ja dort alles doppelt so groß wie zu Hause. Der Durchmesser, das Schwerefeld. Sogar die Bewohner, die Druuf . . ."

„Das ist aber auch das einzige, was der Planet mit unserer Erde gemeinsam hat. Der kurze Besuch durch Überlagerung eines fremden Transmitterfelds reicht mir. Wenn ich nur wüßte, wer uns damals geholfen hat."

Rhodan versank in Nachdenken. Blitzschnell zogen die Ereignisse noch einmal an ihm vorüber. Ein Unbekannter hatte telepathischen Kontakt mit ihnen aufgenommen und ihnen zur Flucht verholfen. Wer es gewesen war, konnte niemand ahnen. Ein Gefangener der Druuf? Aber wer? Es mußte ein Telepath sein – und Rhodan vermißte keinen Telepathen.

„Dann eben nicht", sagte Bully patzig, als sein Vorschlag nicht für gut befunden wurde.

Rhodan erwachte wie aus einem Traum. „Warum nicht einfacher? Nennen wir ihn doch Druufon."

„Druufon?" wiederholte Bully, dann leuchtete sein Gesicht auf. „Ja, das ist ein besserer Vorschlag. Taufen wir ihn Druufon."

„Einverstanden." Auch Atlan nickte.

Das Doppelgestirn war näher gerückt. Deutlich konnte man jetzt schon mit bloßem Auge die beiden Sonnen unterscheiden. Das rote Muttergestirn wurde von einem kleineren, grünen Begleiter umkreist. In unregelmäßigen Bahnen versuchten 62 Planeten, die komplizierten Schwerkraftverhältnisse auszugleichen. Viele dieser Planeten besaßen Monde, die wiederum von kleineren Satelliten umkreist wurden.

„Noch ein paar Stunden", murmelte Atlan, der neben Rhodan getreten war und auf den Bildschirm sah, „und wir wissen, ob der Plan gelungen ist."

„Vielleicht wissen wir es auch schon eher", gab Bully seiner Hoffnung Ausdruck. Er lag halb in seinem bequemen Sessel und streckte die Glieder. „Am liebsten würde ich ein wenig schlafen."

Unter der Decke veränderte die Kugel Harno langsam ihr Volumen. Harno wurde größer und sank tiefer. *Ich kann euch Druufon zeigen, wenn ihr wollt.*

Rhodan fuhr mit einem Ruck herum. Sein Gesicht zeigte Überraschung.

„Fast hätte ich dich vergessen, Harno", gab er zu und beantwortete damit die telepathische Botschaft seines neuen Verbündeten. „Du kannst uns die Welt der Druuf zeigen? Ja, ich wüßte gern, wie sie aussieht."

Dann seht mich an – ich zeige euch Druufon.

In den Höhlen der Hoffnungsberge auf Hades schien der Materietransmitter überquellen zu wollen.

Immer neue Transporte trafen aus den drei Schiffen Rhodans ein und wurden von der Besatzung des Stützpunkts verladen und weggebracht. Ein großes Hallo gab es, als Leutnant Potkin mit hundert Mann und fünfhundert Swoon ankam.

Verwunderung erregten die hundert Mann kaum, wohl aber die Swoon. Diese kleinen Wesen, die wie Gurken aussahen und keinen halben Meter hoch waren, galten als fähige Mikrotechniker.

Das Swoon-Kommando Potkins hatte den Auftrag erhalten, in aller Eile ein Gerät zu entwickeln und zu bauen, mit dem sich die unvermeidlichen Schwingungen neutralisieren ließen, die beim Betrieb eines Materietransmitters entstanden. Auf keinen Fall durfte der Stützpunkt auf Hades von den Druuf entdeckt werden.

Zur selben Zeit etwa, als auf Hades die letzten Güter eintrafen und der Transmitter ausgeschaltet wurde, erlosch auch der lebende Bildschirm des Kugelwesens Harno.

Rhodan lehnte sich zurück und wartete, bis Harno wieder zur Größe eines Apfels zusammengeschrumpft war. Atlan, Sikermann und Bully kehrten an ihre Plätze zurück.

„Phantastisch", sagte Rhodan, und es war nicht klar ersichtlich, ob er Harnos Fähigkeiten oder das, was er soeben gesehen hatte, meinte. „Es ist wirklich phantastisch."

Bully nickte nüchtern. „Druufon erinnert stärker an die Erde, als ich ursprünglich annahm. Sogar die Vegetation weist Parallelen auf. Die Städte der Druuf sind wuchtige Gebilde aus Beton und Metall. Genauso wuchtig wie die Druuf sind auch ihre Wohnungen. Ich muß sagen, sie haben eine mächtige Zivilisation aufgebaut."

„Uns könnte es gleich sein, wenn sie uns in Ruhe ließen", bemerkte Atlan bitter. „Wenn ich mir vorstelle, daß wir es mit den gleichen Druuf zu tun haben, die einst nicht ganz unschuldig am Untergang von Atlantis waren – eben deshalb, weil für sie nur ein paar Monate vergingen, während in unserem Universum zehntausend Jahre über die Erde hinwegzogen – ihr habt recht: Es ist in der Tat phantastisch."

„Was sind schon zehntausend Jahre . . .", begann Rhodan, wurde aber durch das Summen des Interkoms unterbrochen.

Es war der Funkoffizier.

„Verbindung mit den Druuf", sagte er hastig. „Wir haben eine an uns gerichtete Meldung aufgefangen. Sie kommt aber nicht von dem Wrack, sondern von dem Planeten der Druuf."

Rhodan sprang auf. „Besteht die Verbindung noch?"

Auf dem Bildschirm zeigte sich nun das System von Siamed. Die rotgrüne Doppelsonne schimmerte farbenprächtig in einer Ecke des Schirmes. Beleuchtet vom Widerschein seiner einundzwanzig Monde, erinnerte Druufon an eine überdimensional vergrößerte Erde. Nur die Kontinente und Meere besaßen fremdartige Umrisse.

Druufon war noch fünf Lichtsekunden entfernt.

„Verbindung besteht", gab der Offizier zurück.

„Ich versuche es selbst!" rief Rhodan. „Mal sehen, ob ich mit ihnen sprechen kann."

Leutnant David Stern hatte Dienst an der Funkanlage. Er zeigte auf den Bildschirm, auf dem nichts als farbige Muster zu sehen waren, die sich langsam und in Form merkwürdiger Spiralen dort bewegten.

„Ich kann leider kein Bild empfangen, vielleicht unterscheiden sich die Frequenzen doch zu sehr."

„Es wird mehr die Zeitdifferenz sein", erwiderte Rhodan. „Alle intelligenten Völker kommen eines Tages durch logisches Denken zu den gleichen Schlüssen und benutzen identische Methoden zur Erreichung ähnlich gestalteter Ziele. Was mich nur wundert, ist, daß wir ihre Sprache normal empfangen können."

David Stern lächelte flüchtig, als er erklärte: „Wir haben einen Regulator eingeschaltet. Er rafft die Sendung, die von Siamed sechzehn ankommt, um fünfzig Prozent. Umgekehrt verlangsamt er unsere Sendungen nach dort um die Hälfte."

Rhodan lächelte anerkennend zurück.

„Manchmal vergißt man die einfachsten Dinge", entschuldigte er sich. „Na, dann los. Ich bin gespannt, was sie uns zu sagen haben."

Stern regulierte einige Einstellungen, dann klang es plötzlich laut und deutlich aus den Lautsprechern: „. . . wiederholen. An die Fremden aus dem anderen Universum. Haben Ihren Spruch empfangen, ebenso einen Bericht unseres Kommandanten, den Sie vor der Vernichtung bewahrten. Wir haben Interesse daran, mit Ihnen zu verhandeln. Geben Sie uns Ihre Bedingungen bekannt. Ende."

Rhodan nickte Stern zu. „Schalten Sie um. Ich will es versuchen." Dann sprach er in das Mikrofon: „An die Druuf – so nennen wir Sie. Wir empfingen Ihre Nachricht. Wir wünschen Landeerlaubnis auf Ihrem Planeten und die Zusicherung, daß wir jederzeit wieder starten können. Begleitschutz erwünscht bei Landung. Ende."

Die Antwort kam zwanzig Sekunden später: „Genehmigt. Wir senden Ihnen eine Flotte entgegen. Ende."

Weitere Sendungen blieben aus. David Stern sah Rhodan fragend an.

Der nickte ihm zu. „Bleiben Sie auf Empfang, Leutnant. Aber ich glaube nicht, daß wir mehr erfahren können. Ihre eigenen Sendungen werden die Druuf in einer uns unbekannten Sprache abwickeln. Noch weiß ich nicht, wie unsere Übersetzergeräte funktionieren."

Es dauerte keine halbe Stunde. Die drei Schiffe hatten inzwischen längst ihre Geschwindigkeit stark reduziert und flogen nur noch mit wenigen Kilometern pro Sekunde.

Da endlich tauchte die angekündigte Flotte auf. Es waren an die hundert stabförmige Einheiten, die heraneilten und die drei terranischen Schiffe einschlossen. In gleichbleibender Geschwindigkeit sank die Armada dem Planeten Druufon entgegen und setzte zur Landung an.

Es erwies sich nun als gut, daß Harno ihnen Druufon gezeigt hatte. Aber die besonderen Eigenschaften des Kugelwesens vermittelten ihnen nun auch noch einen Einblick in das Innere der sie begleitenden Schiffe. Es stellte sich heraus, daß diese nicht mit den üblichen Robotern bemannt waren, sondern nur mit Druuf. Ein weiterer untrüglicher Beweis dafür, daß man sich dem Nervenzentrum und der Zentrale der Druuf näherte.

Rhodan starrte hinab auf die Oberfläche des großen Planeten. Einige Begleitschiffe setzten bereits zur Landung an. Dann traf sein Blick Bully. „Hole die Telepathen, Bully. John Marshall und Gucky. Ich habe eine Idee."

Das Wort blieb ihm im Mund stecken.

Mitten in der Zentrale flimmerte die Luft, und Gucky materialisierte. Er grinste entschuldigend und zeigte den Nagezahn. „Verzeiht, aber ganz zufällig fing ich den Gedanken auf . . ."

„Zufällig", sagte Bully mit eigenartiger Betonung und warf Rhodan einen bezeichnenden Blick zu. „Daß ich nicht lache! Also gut, ich werde Marshall holen. Der wenigstens . . ."

Er öffnete die Tür und rannte gegen John Marshall, der mit verbindlichem Lächeln zur Seite wich und in die Zentrale kam. Bully machte kehrt.

„Gucky hat mich benachrichtigt", sagte Marshall.

Bully stöhnte.

„Die halten zusammen wie Pech und Schwefel", beschwerte er sich. „Als normaler Mensch hat man da keine Chancen." Zu Rhodan gewandt, sagte er: „Befehl ausgeführt, ohne einen Finger zu rühren."

Rhodan wollte etwas sagen, aber dann schwieg er plötzlich.

In sein Gehirn drangen fremde Impulse ein, die so stark und intensiv waren, daß sie alles andere überlagerten. An den Gesichtern der in der Zentrale anwesenden Männer erkannte er, daß auch die anderen die telepathische Botschaft vernahmen und verstanden.

Hörst du mich, Perry Rhodan? Ich bin es, dein Freund, der dich in der vergangenen Woche rettete. Denke an mich, damit ich weiß, ob du mich empfängst.

Aber Rhodan antwortete laut, damit ihn die anderen auch verstehen konnten: „Ich höre dich, Freund. Wer bist du, und wo bist du?"

Du wirst mir auf Druufon – so nennt ihr wohl diese Welt – vielleicht begegnen. Wer ich bin? Ich weiß es nicht, Perry Rhodan. Aber es kommt mir so vor, als würden wir uns schon lange kennen. Ich warne dich, kehre um, ehe es zu spät ist! Lande nicht auf Druufon!

„Du rätst mir, nicht auf Druufon zu landen – und gleichzeitig drückst du die Hoffnung aus, daß wir uns dort begegnen. Was soll der Widerspruch?"

Ich wußte, daß du meinen Rat nicht befolgen würdest – darum.

„Wie finde ich dich?"

Du hast fähige Telepathen, Perry Rhodan. Sie sollen mich anpeilen, denn jede andere Ortsbestimmung würde dich verwirren.

Rhodan sah hinauf zur Decke, wo Harno schwebte. Ohne daß das Kugelwesen einen gedanklichen Befehl auffing, wußte es, was Rhodan von ihm wollte.

Harno sank langsam tiefer und wurde dabei wieder größer, bis seine Kugelfläche zum Bildschirm wurde.

Verwaschene Eindrücke huschten darüber hinweg und stabilisierten sich. Ein klares Bild entstand. Man erkannte eine technische Zentrale mit einer Unmenge unbekannter Einrichtungen.

Vor einer riesigen Schalttafel stand ein Druuf. Von ihm gingen die freundschaftlichen Gedanken zu Rhodan aus.

Natürlich bin ich ein Druuf – was sollte ich sonst sein? Ich bin ein Druuf, solange ich zurückdenken kann. Ihr könnt mich sehen?

Rhodan erkannte, daß jede Geheimhaltung sinnlos war und den Helfer nur verärgern konnte.

„Einer von uns ist in der Lage, dein Bild hierher zu übermitteln, damit wir dich sehen können. Warum ist uns ein Druuf freundlich gesinnt?"

Ich weiß es nicht.

Das war mehr als rätselhaft, das war bereits absurd.

„Du weißt es nicht?" fragte Rhodan befremdet. „Du mußt doch ein Motiv besitzen, wenn du uns helfen willst."

Ich tue es, weil ich muß, aber ich weiß nicht, warum ich muß.

Gucky sagte plötzlich: „Er ist Chefphysiker der Druuf auf Druufon. Er hat eine ungeheure Verantwortung und verfügt über ein Wissen, das unglaublich scheint. Er ist das größte lebende Genie der Druuf. Aber er weiß nicht, woher er uns kennt. Er ist der klügste Druuf, aber er weiß nicht, wer er selbst ist."

Rhodan sah den Mausbiber scharf an. „Und woher weißt *du* das?"

„Mein Freund Harno hat es mir mitgeteilt mit der Bitte, es euch weiterzusagen. So spart er Energie."

„Ihr steht in Verbindung, ohne daß wir Impulse wahrnehmen?" erkundigte sich Rhodan. „Wie?"

„Normalerweise nehmen Nichttelepathen überhaupt keine telepathischen Sendungen wahr. Der Fremde muß gleichzeitig suggestiv strahlen, damit ihr etwas hört."

Rhodan schwieg einige Sekunden, dann forderte er: „Versucht, mehr über den unbekannten Druuf zu erfahren. Wo steckt er?"

„In der subplanetarischen Zentrale der Druuf. Die ungefähre Richtung läßt sich erkennen – und jetzt ist der Kontakt unterbrochen."

Gucky sagte es erschrocken und ein wenig hilflos.

Die anderen hatten es auch schon bemerkt. Die Impulse verstummten jäh und kehrten nicht mehr wieder.

Harnos Bild war verschwunden. Die Oberfläche seiner Rundung zeigte nichts als tiefes Schwarz. Gleichzeitig wurde er wieder kleiner und stieg hoch zur Decke, wo er reglos verharrte. Aber er mußte weiterhin mit Gucky in Verbindung stehen, denn der Mausbiber sagte langsam, als spreche er das mit, was das Kugelwesen ihm sagte: „Der unbekannte Helfer ist zweifellos ein Druuf. Es ist unbegreiflich, daß diese Tatsache abgeleugnet werden möchte. Er sucht in seiner Erinnerung nach irgend etwas, kann es aber nicht finden. Der Vorgang ist nicht zu erklären. Wir müssen den nächsten Kontakt abwarten und können bis dahin nichts in dieser Richtung unternehmen."

Gucky schwieg.

Rhodan starrte gedankenverloren auf den großen Bildschirm. Das Raumfeld von Druufon war jetzt klar zu erkennen. Es wurde von Bauwerken gigantischen Ausmaßes umgeben. Am Rand des Feldes standen Hunderte der schlanken, stabförmigen Kriegsschiffe der Druuf.

In der Mitte wurde eine beträchtliche Fläche geräumt.

Rhodan sagte zu Sikermann: „Ordnen Sie die Landung für die KUBLAI KHAN und die CALIFORNIA an. Wir setzen so auf, daß wir den Kreuzer in die Mitte nehmen und ihn im Notfall mit unseren Waffen decken können." Er wartete ab, bis Sikermann die notwendigen

Anweisungen gegeben hatte, dann fügte er hinzu: „Ich glaube aber nicht, daß es dazu kommen wird. Die Druuf haben noch niemals einen Verbündeten dringender gebraucht als heute."

„Hoffen wir es." Atlan blieb weiterhin skeptisch.

Sie sahen hinab auf die Hauptstadt der Druuf, die ausgebreitet wie auf einer Karte vor ihnen lag. Eine Stadt, in der alles Leben nur halb so schnell verlief wie auf jedem Planeten ihres eigenen Universums.

Das weite Raumfeld lag wie ausgestorben. Die Druuf schienen abwarten zu wollen, was die Fremden unternahmen. Sie verhielten sich ruhig und nahmen auch keine Funkverbindung mehr auf.

Währenddessen arbeitete das physikalische Labor auf der DRUSUS ununterbrochen und lieferte die Daten an die Zentrale. Rhodan nahm die Meldungen entgegen und faßte zusammen. „Die Atmosphäre ist atembar und entspricht in etwa der irdischen. Wir könnten also das Schiff ohne Schutzanzug oder Atemgeräte verlassen. Allerdings brauchen wir Antigravgeräte wegen der Schwerkraft, die fast doppelt so hoch ist wie auf Terra. Der Tag dauert 48,6 Stunden und ist damit doppelt so lang wie auf der Erde. Ich denke, wegen der Eigenzeit der Druuf sollten wir uns keine Gedanken machen. Der Unterschied ist nicht mehr beträchtlich, und es wird den Druuf kaum auffallen, wenn wir uns doppelt so schnell wie sie bewegen. Wir sind kleiner und schmächtiger als sie. Außerdem kennen sie den Unterschied selbst."

„Und was soll werden?" fragte Bully ungeduldig. „Sollen wir hier warten, bis wir schwarz werden?"

„Sie werden schon kommen", beruhigte ihn Rhodan. „Schließlich sind ja *sie* es, die einen Verbündeten brauchen – wenigstens nehmen sie das an."

Sikermann, der inzwischen den Raumhafen beobachtete, sagte: „Da kommt ein Druuf – er ist allein."

Rhodan sah auf den Bildschirm. Zum erstenmal hatten sie nun Gelegenheit, einen Druuf wirklich in aller Ruhe zu betrachten.

Das Wesen war mindestens drei Meter hoch und besaß einen quadratisch-klobigen Körper. Haare waren nicht zu sehen, aber die Farbe der lederartigen Haut war gut zu erkennen. Sie schwankte zwischen Braun und Schwarz, was vielleicht auch dem seltsamen Dämmerlicht des

Nachmittags zuzuschreiben war. Der massige Körper ruhte auf zwei unförmigen Säulenbeinen. Der Kugelkopf besaß einen Durchmesser von fünfzig Zentimetern. Das Erstaunlichste waren die vier Augen, von denen zwei vorn unter der Stirn saßen. Die anderen beiden hatten dort ihren Platz, wo beim Menschen die Schläfen sind. Diese Anordnung erweiterte den Blickwinkel der Druuf ungemein, wenn sie auch nicht direkt nach hinten sehen konnten.

Ohren oder eine Nase waren nicht zu sehen, wohl aber ein Mund. In seiner Form ähnelte er einem gleichschenkligen Dreieck. Am Ende der beiden dicken Arme hingen feingliedrige Finger, die in keinem Verhältnis zur Körpermasse standen.

Der Druuf kam mit langsamen und bedächtigen Schritten auf die drei Schiffe zu. Er trug keinerlei Waffen oder irgendwelche Geräte bei sich.

„Ein Unterhändler“, vermutete Rhodan. „Wir wollen ihm zeigen, daß wir ihn gesehen haben. Bully, geh zur Ausstiegsluke B-4 und fahre die Leiter aus.“

„Das ist eine Frachtluke.“

„Hast du gedacht, der Riesenkerl könnte über eine normale Personenleiter hochklettern?“

„Ob der freiwillig zu uns ins Schiff kommt?“

„Er wird, wenn du ihn einlädst.“

Bully verschwand. Rhodan gab die notwendigen Anordnungen und sorgte dafür, daß sich auf den anderen beiden Schiffen nichts rührte, was den Argwohn der Druuf hätte wecken können.

Keine zehn Minuten später betrat das Wesen an der Seite Bullys die Kommandozentrale der DRUSUS.

Die Türen, Gänge und Räume auf dem Schlachtschiff waren nicht besonders klein zu nennen, aber der Druuf mußte sich oft bücken, um nicht mit dem Kopf gegen die Decke zu stoßen. Rhodan bot ihm eine Couch an. Behutsam und vorsichtig ließ der Unterhändler sich darauf nieder, wobei er darauf achtete, daß er nichts beschädigte.

Bully war ein wenig blaß, als er sagte: „Er hat sofort verstanden, aber kein Wort gesagt. Möchte wissen, wozu er den Dreiecksmund hat.“

„Auf jeden Fall zur Nahrungsaufnahme“, erwiderte Rhodan. „Sie verständigen sich in erster Linie durch ultrahohe Frequenzen, die sie mit körpereigenen Sendern erzeugen. Gleichzeitig sitzt in ihrem Körper ein gleichgeschalteter Empfänger. Sie sind organische Funkstationen, haben aber keine sehr große Reichweite. Sie können keine Gedanken empfangen, wenigstens haben wir keine Beweise dafür."

„Kann er nicht verstehen, was wir sprechen?" fragte Bully besorgt.

„Nein, nicht ohne unsere Translatoren, die allerdings mit einem Zusatzgerät versehen werden müssen. Gleichzeitig werden wir sehen, ob es funktioniert."

Atlan schaltete das schon bei ähnlichen Gelegenheiten benutzte Gerät ein. Er nickte Rhodan zu.

Die Spannung stieg auf den Höhepunkt, als Rhodan sagte: „Du bist auf unserem Schiff willkommen, Druuf. Wir freuen uns, dich begrüßen zu können. Du hörst und verstehst uns?"

Der dreieckige Mund bewegte sich nicht, als laut und deutlich die Antwort des Druuf aus den Lautsprechern des Translators drang. Die Stimme war eine mechanische, da sie künstlich erzeugt wurde.

„Wir akzeptieren den Namen ‚Druuf'. Wie nennt ihr euch?"

„Du kannst uns Terraner nennen, Druuf."

Nach einer kurzen Pause kam der Gast sofort zur Sache. „Zwei verschiedene Universen berühren sich – ein seltener Vorgang. Es kann nicht ausbleiben, daß fremde Völker sich begegnen und bekämpfen. Wir sind zwei sehr kriegerisch eingestellten Völkern begegnet. Die einen dringen augenblicklich in unser Universum ein und müssen besiegt werden, wenn wir überleben wollen. Sie haben Schiffe, die mit Robotern bemannt sind."

„Und die anderen?" fragte Rhodan gespannt, als der Druuf schwieg.

„Die anderen begegneten uns vor kurzer Zeit. Sie drangen mit technischen Hilfsmitteln in unser Universum ein. Sie entführten Gefangene."

„Gefangene?" Rhodan tat erstaunt. „Wie konntet ihr Gefangene haben, wenn sie die ersten waren, die zu euch kamen?"

Es entstand eine Pause, in der der Druuf zu überlegen schien. Dann sagte er: „Unsere Wissenschaftler haben errechnet, daß sich bei Übernahme organischer Lebewesen aus der anderen Zeitebene eine Anpassung erreichen läßt. Ich bin kein Wissenschaftler und kann es euch nicht erklären."

„Wer bist du?" fragte Rhodan direkt.

„Ich bin . . .", aus dem Lautsprecher kam ein undefinierbares Geräusch, ähnlich einem Kratzen, „ . . . und damit Politiker."

Rhodan beugte sich vor und stellte an dem Translator. Die Erfahrungen hatten bewiesen, daß es unübersetzbare Begriffe gab. Das Solare Imperium hatte für diese Begriffe Typennamen entwickelt, die sich automatisch einordneten.

„Wiederhole den Satz, bitte."

Der Druuf war nicht dumm. Er hatte verstanden, was Rhodan bezweckte, oder es doch zumindest erraten. „Ich bin Tommy und damit Politiker."

Rhodan lehnte sich zurück und betrachtete den Druuf eingehender.

Der Typenname „Tommy" bedeutete soviel wie „Hoher Würdenträger und Lenker". Der Druuf gehörte somit der regierenden Schicht an.

Rhodan nickte. „Wir werden dich ‚Tommy-eins' nennen. Ich bin Rhodan."

Der Druuf nahm davon kaum Notiz. Er sagte: „Ihr wollt uns helfen? Der Kommandant unseres Schiffes berichtete, daß ihr acht Schiffe des Feindes vernichtet habt. Warum tatet ihr das?"

„Um euch zu helfen und unsere Feinde zu schädigen. Wir leben seit Jahrzehnten mit ihnen im Kriegszustand."

„Ihr benötigt Verbündete?"

„Genau wie ihr."

Wieder schwieg der Druuf und schien nachzudenken.

Rhodan benutzte die Pause, um Harno eine gedankliche Botschaft zu übermitteln: *Ist es dir möglich, die Gedanken des Druuf zu lesen?*

Die Antwort erfolgte prompt und deutlich: *Es ist mir möglich. Seine Gedanken sind identisch mit dem, was er spricht. War es das, was du wissen wolltest?*

Rhodan nickte in Richtung der Decke, wo Harno klein und unauffällig schwebte.

Endlich sagte der Druuf Tommy-1: „Der Rat der Sechsundsechzig hat beschlossen, offen mit dir zu sprechen. Wir haben die Absicht, das andere Universum dem unsrigen anzugleichen. Der Vorgang oder das Resultat birgt weder für die eine noch für die andere Seite physikalische Nachteile. Ohne Bezugssystem spielt es keine Rolle, wie schnell oder langsam die Zeit vergeht."

„Sehr richtig." Rhodan nickte zustimmend und verzog keine Miene. „Um so mehr frage ich mich, warum ihr eine Angleichung wünscht."

Der Druuf dachte wieder nach. Die Pausen waren unnatürlich lang.

Nicht etwa, daß der Druuf eine relativ längere Zeit zum Überlegen benötigte, für ihn verging nur die Zeit langsamer, das war alles.

„Wir wollten das Reich jener erobern, die uns angriffen", erklärte er schließlich. „Es sind eure Feinde, wie du sagtest. Du willst uns beistehen, sie zu besiegen. Wir tun dir also einen Gefallen."

„Ja", sagte Rhodan langsam. „Und was geschieht dann?"

„Wie meinst du das?"

„Ganz einfach: Wenn wir gemeinsam den Feind geschlagen haben, werdet ihr den Krieg fortsetzen? Gegen uns? Habe ich mich deutlich genug ausgedrückt?"

„Nein, das werden wir nicht!" betonte Tommy-1.

Diesmal lügt er, kam Harnos Warnung.

Rhodan hatte es gewußt. Die Druuf wollten das Reich der Arkoniden erobern und dann weitere intelligente Völker der Galaxis unterwerfen. Und es würde ihnen gelingen, wenn man nicht rechtzeitig dafür sorgte, daß ihr Vormarsch gestoppt wurde.

Natürlich war Rhodan nicht nach Druufon gekommen, um den Druuf ein regelrechtes Bündnis anzubieten oder gar auf ihrer Seite zu kämpfen. Der Zweck seines Schachzugs war in erster Linie, unangefochten auf Druufon landen zu können, um den unbekannten Helfer ausfindig zu machen. Wenn man das Reich der Druuf von innen heraus schwächen konnte, würden viele Opfer erspart bleiben.

„Vielleicht sind wir bereit", entgegnete Rhodan, „mit euch gemeinsam die anderen zu bekämpfen, aber bevor wir einen Vertrag schließen, möchten wir euch kennenlernen. Das werdet ihr verstehen."

„Wir verstehen das. Aber umgekehrt haben wir das gleiche Bedürfnis. Ihr werdet uns die Verhältnisse in eurem Universum schildern, damit wir orientiert sind. Einverstanden?"

„Wir werden schildern, ihr werdet uns dafür gestatten, uns frei zu bewegen. Das ist unser Vorschlag."

Der Druuf erhob sich vorsichtig und blieb gebückt stehen. „Ich werde mit den anderen Tommys darüber beraten. Bis dahin muß ich darauf bestehen, daß ihr eure Schiffe nicht verlaßt. Ich komme zurück, wenn der Beschluß gefaßt wurde."

Rhodan gab Bully einen Wink und schwieg, bis die beiden die Zentrale verlassen hatten. Dann fragte er: „Was dachte er, Harno? Du kannst es mir über Gucky mitteilen."

Gucky lauschte eine Sekunde in sich hinein und erklärte: „Sie denken nicht daran, uns die verlangte Bewegungsfreiheit zu geben, wissen aber noch nicht, wie sie uns dazu bringen sollen, auf ihrer Seite gegen Arkon zu kämpfen. Darum die Bedenkzeit."

„Dachte ich es mir doch", erwiderte Rhodan. Sein Gesicht wurde ernst. „Dann ist es wohl besser, wir nutzen die uns verbleibende Zeit. Hier auf dem Raumhafen sind wir sicher. Sie werden uns nur bewachen. Aber sie wissen nicht, daß wir Gucky haben."

Und Harno!

Rhodan lächelte, als er zur Decke emporblickte. „Natürlich – Harno!"

Als drei Stunden später immer noch keine Anzeichen vorlagen, daß Tommy-1 mit einem Entschluß des Sechsundsechziger-Rates zurückkehrte, gab Rhodan den Einsatzbefehl.

Der Mausbiber streckte die rechte Hand aus. Langsam glitt Harno von der Decke herab und landete in der kleinen Pfote.

Rhodan nickte ihm zu. „Viel Glück, Gucky! Vergiß nicht, uns ab und zu Bericht zu erstatten. Marshall und Lloyd werden von zwei verschiedenen Stellen des Schiffes aus versuchen, eine Ortsbestimmung vorzunehmen. Versucht, unseren Freund zu finden."

Gucky schaltete sein Antigravgerät ein, um die hohe Schwerkraft von Druufon zu neutralisieren, dann entmaterialisierte er zusammen mit Harno.

Er ahnte, daß die Stadt an der Oberfläche nur das zeigte, was ein Fremder sehen durfte. Die wichtigen Anlagen der Druuf befanden sich unter der Oberfläche. So auch der unbekannte Helfer, den es zu finden galt.

Trotzdem wagte Gucky es nicht, blind in das Innere des Planeten zu teleportieren. Er materialisierte mitten in der Stadt am Rand eines rechteckigen Platzes, der von hohen, wuchtigen Gebäuden eingerahmt war.

Es herrschte nur wenig Betrieb. Langsam und schwerfällig bewegten sich einige Druuf über die fast leeren Straßen. Sie schienen den kleinen Mausbiber nicht zu bemerken, der sich schnell in eine schattige Nische gedrückt hatte. Fahrzeuge waren keine zu sehen. Steil und nach außen gewölbt strebten die Hausmauern in die Höhe. Hoch droben war eine zweite Fahrbahn. Wahrscheinlich, dachte Gucky, fahren dort ihre Autos. Hier unten ist alles dem Fußgängerverkehr vorbehalten.

Seine Unterhaltung mit Harno beruhte zwar auf telepathischer Grundlage, aber es war im Prinzip doch genauso, als sprächen sie miteinander.

„Nette Stadt, Harno. Bin gespannt, wo die nächste Bar ist.“

Harno teilte Gucky ein Lachen mit. „Wir haben andere Sorgen, kleiner Freund. Dort kommt ein Druuf.“

Gucky sah in die angegebene Richtung und erschrak. Keine zwanzig Meter von ihnen entfernt schritt würdevoll und gemessen ein riesiger Druuf – und er kam genau auf sie zu.

„Wir werden verschwinden, wenn Gefahr droht, Harno. Aber ich möchte wissen, wie sie auf mich reagieren. Das erleichtert uns unsere Aufgabe.“

„Mir ist es egal“, gab Harno zurück. „Ich kann mich jederzeit in Sicherheit bringen.“

„Ich auch“, meinte Gucky und bereitete sich auf eine Flucht vor. Er war davon überzeugt, einem laufenden Druuf ohne Anstrengung entfliehen zu können.

Der Druuf kam näher und blieb stehen, als er Gucky sah. Seine vier Augen waren auf das merkwürdige Lebewesen gerichtet, das da so harmlos an der Hauswand hockte und ihn betrachtete. So ein Tier – war es ein Tier? – hatte er noch nie gesehen.

Die Druuf hatten viele Völker unter ihre Herrschaft gezwungen. Es gab in ihrem Reich eine Vielzahl der unterschiedlichsten Lebewesen, die niemand alle kennen konnte. Aber es war doch außergewöhnlich, daß ein Sklave frei in der Hauptstadt herumlief.

Vorsicht! signalisierte Harno. *Er will dich fangen!*

Gucky reagierte entsprechend. Am liebsten hätte er seine telekinetischen Gaben eingesetzt und den Druuf fliegen lassen, aber das würde zuviel Aufsehen erregen. Da war es schon besser, einfach zu verschwinden. Der Druuf würde an eine Sinnestäuschung glauben und den Mund halten. Gucky konzentrierte sich auf die andere Straßenseite und verschwand.

Der Druuf starrte sekundenlang auf die Stelle, an der er eben das Wesen gesehen hatte. Es mußte eine Sinnestäuschung gewesen sein, eine andere Erklärung gab es nicht.

Der Druuf schüttelte den massigen Schädel und setzte sich wieder in Bewegung. Gucky konnte es von der anderen Straßenseite her gut beobachten.

„Sie sind naive Kerle“, murmelte er leise. „Wären sie klüger . . .“

„Man soll den Gegner nicht unterschätzen“, warnte Harno. „Hast du aufgefangen, was er gerade dachte?“

„Nein. Wieso?“

„Er dachte an die drei fremden Schiffe, die auf dem Raumfeld liegen. Für einen Augenblick dachte der Druuf, du könntest von einem der drei Schiffe stammen. Du siehst, wir müssen vorsichtig sein.“

Es war bereits dämmerig geworden, aber keine Beleuchtung wurde eingeschaltet. Es sah ganz so aus, als begäben sich die Druuf sehr früh zur Ruhe.

„Was ist mit unserem Helfer?“ fragte Gucky. „Kannst du ihn sehen?“

Harno entgegnete: „Hier ist es zu unsicher, Gucky. Können wir nicht an einen Ort gehen, wo wir ungestört sind?“

Gucky sah nach unten. „Was hältst du von den subplanetarischen Anlagen?“

Harno gab keine Antwort. Er wurde plötzlich größer und schwebte dicht neben Gucky über den glatten Steinboden. Das Schwarz seiner Oberfläche wurde milchig und zur Bildscheibe. „Es sind keine Impulse des Unbekannten vorhanden.“

Das wußte Gucky auch. Er betrachtete schweigend die Kugel. Er stand immer noch an der Hauswand. Die ganze Weite des freien Platzes lag vor ihm, aber nun waren auch die letzten Druuf verschwunden. Die Sonnen mußten sich draußen auf der Ebene bereits dem Horizont nähern. Es wurde dunkel.

Harno zeigte blitzsaubere Laboratorien und riesige technische Anlagen, die alle hell beleuchtet waren. Hohe Gänge und breite Straßen, von gewölbten Decken nach oben abgeschlossen, zogen sich kilometerweit dahin. Während die Druuf an der Oberfläche schlafen gingen, begann unter der Planetenoberfläche das Leben.

Oder gab es nachts auf der Oberfläche überhaupt keine Druuf?

Plötzlich erlosch Harnos Kugelbildschirm. Gucky erstarrte.

Der Impuls war nur kurz, dafür aber um so deutlicher: *Verlaßt Druufon, oder ihr seid verloren! Die Druuf wollen euch verraten! Ich werde mich wieder melden – wenn ich kann . . .*

Ehe Gucky den Versuch unternehmen konnte, Verbindung aufzunehmen, meldete Harno: „Ich habe ihn angepeilt und weiß, wo wir ihn finden. Ich gebe dir die Richtung an."

Gucky teleportierte nur Sekunden später. Harno war wieder zur ursprünglichen Größe zusammengeschrumpft und blieb auch so klein, als sie materialisierten.

Das Licht der untergehenden Doppelsonne zauberte eigenartige Farbreflexe auf das spiegelglatte Landefeld und die angrenzenden Gebäude. Hohe Türme warfen bizarre Schatten. Weit ausladende Fahrbahnen schwangen sich quer durch die Stadt und verbanden die Außenteile miteinander.

Das alles ließ sich bequem von der DRUSUS aus beobachten.

Marshall lauschte in sich hinein und versuchte, Verbindung mit Gucky aufzunehmen. Er schüttelte den Kopf. „Eben noch waren sie auf der Oberfläche und begegneten einem Druuf. Dann sprang Gucky, um nur wenige Meter entfernt wieder zu materialisieren. Dann erfolgte der dritte Sprung. Seitdem fehlt jede Spur."

Rhodan schüttelte den Kopf. „Das ist unmöglich. Die Impulse müßten hier ankommen und von Ihnen aufgefangen werden."

„Ich spüre aber nichts", entschuldigte sich Marshall. „Ich kann es nicht erklären, aber Gucky schweigt."

„Angenommen, Gucky wäre tot, so müßte doch zumindest Harno senden."

Bully saß im Hintergrund. Bei Rhodans Worten sah er kurz auf und suchte Rhodans Blick. Die plötzliche Sorge, seinem kleinen Freund könnte etwas zugestoßen sein, schien ihn um Jahre älter werden zu lassen. Die wirkliche Zuneigung der beiden Streithähne zueinander wurde nur in solchen Situationen offenbar.

„Harno kann denken, ohne daß Impulse seinen Körper verlassen", erinnerte Marshall. „Aber wenn die Lage besorgniserregend wäre, würde er senden. Es kann sich also nur um eine Art Sperre handeln, durch die telepathische Impulse nicht mehr zu dringen vermögen."

„Eine Blockade?" fragte Rhodan gedehnt. „Das ist natürlich auch möglich. Fragt sich nur, ob diese Blockade künstlich erzeugt wurde oder ob sie natürlichen Ursprungs ist."

Sikermann kam in die Zentrale. Er hatte einige Stunden geruht und kehrte nun an seinen Posten zurück. Er ließ sich in seinem Sitz nieder und fragte: „Kommen Sie eigentlich ewig ohne Schlaf aus?“

Rhodan ging auf die Frage nicht ein. „Gucky meldet sich nicht mehr.“

Sikermann machte ein besorgtes Gesicht. Er hatte geglaubt, der Mausbiber wäre schon wieder zurück. „Vielleicht haben sie ihn erwischt.“

„Einen Teleporter, Sikermann? Das ist fast ausgeschlossen.“

Bully stand auf. Seine Stimme zitterte ein wenig, als er sagte: „Wir sollten die Druuf nicht unterschätzen, Perry. Es kann doch sein, daß sie über Hilfsmittel verfügen, von denen wir keine Vorstellung haben. Sie drangen schon vor zehntausend Jahren in unsere Galaxis ein.“

„Vor zwei Monaten – ihrer Zeitrechnung nach. Da können sie nicht viel hinzugelernt haben.“

„Sie wußten schon vorher allerhand.“ Bully schwieg einen Augenblick, dann sagte er entschlossen: „Ich möchte in die Stadt gehen und nachsehen, was geschehen ist.“

Rhodan schüttelte den Kopf. „Das wirst du schön lassen, mein Freund.“

„Aber wenn Gucky . . .“

„Die Druuf dürfen auf keinen Fall wissen, daß wir Mutanten haben. Gucky wird sich selbst aus der Klemme befreien, in die er vielleicht geraten ist. Wir können nur abwarten.“ Zu Mashall gewandt, fuhr er fort: „Achten Sie auf jeden telepathischen Impuls. Einmal müssen die beiden sich ja melden. Oder wenigstens unser unbekannter Freund, der geheimnisvolle Druuf.“

Schweigend und in gedrückter Stimmung warteten sie weiter.

Es sah ganz so aus, als hätten Gucky und Harno ihr Ziel verfehlt.

Der Mausbiber materialisierte in einem hohen, gewölbten Saal, dessen Abgrenzungen durch eine verwirrende Anzahl von Maschinen und andere technischen Einrichtungen verdeckt wurden. Überall standen schwere Metallblöcke und summende Generatoren, versperrten Werkbänke und Schalttafeln die Aussicht und führten zwischendurch Gänge zu unbekannten Zielen.

In der Luft war ein eigenartiges Vibrieren.

Dann erblickte Gucky den Druuf.

Der Koloß stand vor einer riesigen Instrumententafel und betrachtete sinnend die tanzenden Zeiger auf den Skalen. Dicht daneben flimmerten Bildschirme. Lämpchen glühten in verschiedenen Farben auf und erloschen genauso schnell wieder.

Das ist er! dachte Gucky und ließ Harno los. Die Kugel erhob sich langsam und schwebte zur Decke empor. Unauffällig verharrte sie hier neben einer blitzenden Leitung, die von der Schalttafel aus in den Hintergrund des Saales führte.

Ich empfange seine Impulse, dachte Harno zurück. *Nichts deutet darauf hin, daß er unser Freund ist.*

Das stimmte, mußte Gucky zugeben.

Der Druuf an der Tafel beschäftigte sich mit einem wissenschaftlichen Problem, von dem Gucky nicht das geringste verstand. Der Druuf war ein Forscher, der das Wesen der Zeit zu erfassen versuchte.

Gucky hatte den unbekannten Helfer in der Gestalt eines Druuf nur ein einziges Mal gesehen, aber wer konnte schon das eine dieser Wesen vom anderen unterscheiden?

Immerhin kam Gucky das Labor bekannt vor. Aber konnte es nicht Hunderte der gleichen Art geben? Er gab sich einen Ruck und trippelte von hinten an den Druuf heran.

Wie sollte er sich verständlich machen? Zwar konnte er die Gedanken des anderen empfangen und verstehen, aber die Druuf waren keine Telepathen. Die Unterhaltung würde somit sehr einseitig ausfallen – wenn es überhaupt zu einer solchen kam.

Gucky räusperte sich und sagte: „Hallo, Dickfelliger! Kennen wir uns nicht?"

Der Druuf reagierte nicht. Er hantierte weiter mit seinen Instrumenten herum und sah gespannt auf die Skalen. Dann aber, als er den Kopf ein wenig wandte, mußte er den Besucher erblickt haben. Mit einer Geschwindigkeit, die man ihm niemals zugetraut hätte, fuhr er herum und starrte den Mausbiber mit weit geöffneten Augen an.

Bei allen Sechsundsechzig! kam deutlich und klar sein Gedankenimpuls bei Gucky an. *Wer ist denn das?*

Gucky antwortete konzentriert und angespannt: *Wir sind jene, die du warntest! Verstehst du mich?*

Aber die Antwort des Druuf bewies nur zu eindeutig, daß er

keineswegs mit dem unbekannten Helfer identisch sein konnte, der immerhin ein guter Telepath war.

... noch nie so etwas gesehen. Hat das mit meinen Experimenten zu tun – oder ist es Zufall?

Gucky wußte: Der Druuf hier war *kein* Telepath.

Er watschelte einige Meter zurück und bereitete sich darauf vor, mit einem Teleportersprung wieder zu verschwinden. *Komm herab, Harno! Wir haben uns geirrt!*

Das ist unmöglich! Ich habe von der Oberfläche aus den empfangenen Impuls unseres Helfers angepeilt. Dieser hier muß es sein!

Gucky war ratlos. Er nutzte die kurze Pause, um einen Spruch an Marshall auf der DRUSUS abzustrahlen. Als er keine Antwort erhielt, wurde er stutzig. Marshall mußte ihn empfangen. Warum verhielt er sich passiv?

Komm, Harno!

Warte noch!

Der Druuf dachte ununterbrochen, aber es blieb ohne Zusammenhang. Auf keinen Fall hatte es etwas mit dem zu tun, was der unbekannte Helfer gedacht hatte.

Dann aber glitt über das Gesicht des Wesens ein Zucken, als empfände es Schmerz. Die feingliedrigen Finger bewegten sich krampfhaft, schlossen und öffneten sich wieder. Langsam drehte er sich um. Schwer hoben sich die mächtigen Arme. Dann legten die Finger einen Hebel um.

Das alles geschah im Zeitlupentempo und erweckte den Eindruck, als handele der Druuf in einem traumhaften Zustand und würde innerlich zu diesem Tun gezwungen. Er wehrte sich dagegen, unterlag aber schließlich doch dem Befehl seines Unterbewußtseins.

Das Summen in dem Saal verstummte jäh.

Gleichzeitig empfing Gucky die erleichterte Botschaft Marshalls: *Da bist du ja, Gucky! Was war geschehen? Wir konnten dich nicht anpeilen oder hören!*

Nicht stören jetzt! gab Gucky zurück. *Alles in Ordnung!*

Marshalls Impulse verstummten sofort. Er hatte verstanden.

Aber auch Gucky hatte begriffen.

Als der Druuf die Maschinen abschaltete, wurde der telepathische Kontakt mit der DRUSUS wiederhergestellt. Da er vorher aber doch zwischen ihm und Harno bestanden hatte, ließ sich daraus schließen, daß ein Energiefeld die Halle von der Außenwelt abgeschlossen hatte. Kein telepathischer Impuls hatte nach draußen dringen können.

Aber ein Weiteres geschah.

Ein deutlicher Gedankenimpuls drang in Guckys Gehirn, und er kam nicht von Harno, der immer noch bewegungslos unter der Decke hing.

Ihr habt mich gefunden? Das war gewagt! Ich weiß nicht, wie es euch gelungen ist, aber ihr seid in größter Gefahr! Ich kann euch jetzt nicht helfen. Dieser Druuf hier wird mich gleich wieder verdrängen . . .

Gucky starrte auf den Druuf, der mitten in seiner Bewegung erstarrt zu sein schien. Reglos stand er da, die eine Hand immer noch erhoben und dicht über dem Hebel, den er nach unten gelegt hatte.

Du bist nicht der Druuf? Wer bist du denn?

Wenn sich das Wesen auch nicht bewegte, so kamen die Gedanken doch einwandfrei von ihm. *Ich bin es nicht und bin es doch. Ich bin in seinem Körper, und er weiß es nicht. Aber noch ist sein Geist stärker, wenn ich gegen seinen Willen handle.*

Wer bist du? wiederholte Gucky seine alte Frage, auf die er keine Antwort erhalten hatte. *Warum willst du uns helfen?*

Es dauerte diesmal einige Sekunden, bis der Druuf erwiderte: *Ich weiß nicht, wer ich bin. Ich weiß nur, daß ich im Körper dieses Druuf lebe. Ohne ihn wäre ich ein körperloser Geist, ein Schemen, ein Gespenst. So ist es seit undenkbaren Zeiten.*

Und – vorher?

Ich weiß nicht, ob es ein Vorher gibt, lautete die Antwort. *Ich habe immer in fremden Körpern gelebt. Es waren stets andere Intelligenzen – wenn ich Glück hatte. Manchmal war mein Geist auch in den Gehirnen weniger intelligenter Lebewesen, die ich leicht beherrschen lernte. Aber es war nicht interessant.*

Aber du mußt doch wissen, warum du uns gegen die Druuf unterstützt!

Nein, ich weiß es nicht! Aber ich kenne Perry Rhodan!

Das war der erste direkte Hinweis.

Woher und wie lange kennst du ihn?

Wieder das Zögern. Langsam nur kam die Antwort: *Ich weiß es nicht.*

Gucky spürte, daß die Impulse wieder schwächer wurden und von anderen, stärkeren, überlagert wurden, die nur von dem Druuf selber stammen konnten. *Kannst du keinen anderen Körper übernehmen?*

Die Antwort ging nicht auf die Frage ein. *Ihr müßt verschwinden – ich kann den Druuf nicht länger zwingen. Ich melde mich wieder. Bringt euch in Sicherheit. Dies hier ist der Chefphysiker der Druuf.*

In derselben Sekunde begann der Druuf sich wieder zu bewegen. Für ihn mußte keine Zeit vergangen sein, denn seine Gedanken setzten da wieder ein, wo sie so abrupt von dem Unbekannten unterbrochen worden waren.

... *muß es schon Zufall sein. Selbst wenn ich die Zeitfelder künstlich herstelle und überlagere, können keine Wesen aus der Vergangenheit oder Zukunft hier materialisieren. Ich werde es einfangen.*

Gucky wich einige Meter zurück, Harno kam schnell von der Decke herab und landete sicher zwischen den kleinen Fingern des Mausbibers.

Ehe der Druuf heran war, entmaterialisierte Gucky mit Harno. Zurück blieb ein Druuf, der fassungslos auf eine Stelle starrte, an der nichts mehr zu sehen war.

24.

„Viele ihrer Namen und Bezeichnungen sind unaussprechlich", berichtete John Marshall weiter, der während der ganzen Nacht versucht hatte, einzelne Druuf in der Stadt telepathisch zu belauschen. Er hatte keine Ahnung, wer oder wo die Belauschten waren, er nahm nur ihre Impulse auf und setzte sie wie ein Mosaik zusammen. Das Ergebnis bestand aus wertvollen Informationen, die ein Gesamtbild schufen. „Wir haben Typennamen dafür. ‚Tommy' haben wir bereits. Ein ‚Oscar' ist ein Offizier oder Wissenschaftler. Mit ‚Mike' bezeichnet der Translator den einfachen Druuf. Mit dieser Einteilung in drei Gruppen hat sich der soziale Aufbau ihrer Zivilisation erschöpft."

Rhodan hörte aufmerksam zu. Draußen auf dem Raumfeld und über der Stadt war es wieder Tag geworden. Gucky und Harno waren zurückgekehrt und hatten über ihr Erlebnis berichtet.

„Die Druuf sind die Herrscher ihrer Zeitebene", fuhr Marshall fort. „Kein Wunder, wenn ihre Tommys den Entschluß faßten, unsere Galaxis zu unterwerfen."

Rhodan blickte ihn finster an. „Das wissen Sie genau, Marshall?"

„Ich belauschte einen höheren Offizier, der über die bevorstehende Offensive gegen Arkon nachdachte. Er gehört zum Rat der Sechsundsechzig und ist somit orientiert. Man plant, sich mit uns zu verbünden, wenn wir nachweisen können, daß wir eine starke Flotte besitzen. Können wir das nicht, will man uns überrumpeln, um sich in den Besitz unserer drei Schiffe zu setzen. Bei den Gedanken an diese Aktion dachte der Offizier an seine Waffen. Sie haben weder die Gravitationsbombe noch die Arkonbombe. Ihre Energiegeschütze sind nicht so stark wie die unseren."

Marshall schwieg und sah Rhodan an.

„Fahren Sie fort, John."

„Vielleicht bin ich zu sicher, denn es gibt Aspekte, die zur Vorsicht mahnen. Die Druuf haben Waffen, die wir nicht kennen. Der Offizier dachte kurz daran, aber ich vermochte keine Einzelheiten zu erkennen. Jedenfalls sind sie in der Lage, einen ganzen Planeten in eine Existenzebene zu versetzen, in der die Zeit stillsteht. So sehr sich die Bewohner dieser Welt auch wehren würden, es wäre zwecklos. Ehe sie ein Geschütz abfeuern könnten, wären Jahrtausende vergangen."

Rhodan sah Marshall aufmerksam an. Steile Falten standen auf seiner Stirn. Dann sagte er langsam: „Das wäre ungeheuerlich, Marshall. Ich kann nicht glauben, daß sie über derartige Mittel verfügen."

„Es war nicht ganz klar ersichtlich, ob es sich um Versuche oder abgeschlossene Experimente handelt. Ein irrsinniger Gedanke jedenfalls."

„Unser unbekannter Freund und Helfer steckt in der Haut eines Zeit-Wissenschaftlers", erinnerte Gucky, der auf seiner Couch lag.

Rhodan warf ihm einen schnellen Blick zu, ehe er zur Decke emporsah. „Besteht ein Zusammenhang, Harno?"

Unser Freund und Oscar-eins sind ein und dieselbe Person!

„Ein verrückter Gedanke", kommentierte Bully, der nach Guckys Rückkehr gut und fest geschlafen hatte und einen frischen Eindruck machte. „Einmal hilft er uns, dann wieder entwickelt er eine Waffe, mit der er uns jederzeit erledigen kann. Das ist ja Schizophrenie in höchstem Grad."

„Ich weiß nicht, ob es das ist", sagte Rhodan und schüttelte den Kopf. „Harno, was macht unser Freund jetzt?"

Aber die Antwort, die Gucky gab, war enttäuschend: „Er muß wieder sein künstliches Zeitfeld eingeschaltet haben und experimentieren, denn kein Gedanke dringt bis hierher. Es ist auch für Harno unmöglich, sein Bild herbeizuholen."

Rhodan wollte gerade etwas sagen, da meldete Sikermann: „Der Unterhändler der Druuf kommt wieder!"

Auf dem Bildschirm war es deutlich zu erkennen. Vom Rand des Feldes her kam ruhig und langsam der Druuf auf die Schiffe zugeschritten.

Wieder war es Bully, der den Unterhändler abholte und in die Zentrale brachte. Der Translator war eingeschaltet. Die Unterhaltung konnte sofort beginnen.

„Wir freuen uns, daß du zurückkehrst, Tommy-eins", eröffnete Rhodan das Gespräch, dessen Inhalt jetzt schon so gut wie bekannt war. „Was hat der Rat der Sechsundsechzig beschlossen?"

Der Druuf hatte auf der breiten Couch Platz genommen. Mit seinen vier Augen betrachtete er aufmerksam die Männer. Sein Blick glitt forschend über die zahlreichen Kontrollen der Zentrale und blieb für längere Zeit auf dem Panoramabildschirm hängen, auf dem die Umgebung des Raumhafens zu erkennen war. Dann antwortete er: „Wir haben beschlossen, Ihr Angebot anzunehmen. Gemeinsam werden wir den Gegner schlagen können. Wenn der Krieg beendet ist, werden wir einen neuen Vertrag abschließen, der sich nach der neuen Lage richtet. Bis dahin tauschen wir unsere Erfahrungen und militärischen Geheimnisse aus. Wenn Sie einverstanden sind, darf Ihr Kommandeur mit mir zum Rat der Sechsundsechzig gehen, um das Bündnis zu besiegeln."

„Er kann keinen Beauftragten entsenden?" fragte Rhodan.

„Nein, nur der Kommandant selbst – also Sie!"

Das konnte ein Trick, eine Falle sein. Wenn sie sich des wichtigsten Mannes bemächtigten, konnten die Druuf ihre Bedingungen stellen.

Harno gab die lautlose Warnung: *Sie werden dich gefangennehmen, Rhodan. Dann ernennen sie einen neuen Kommandanten, der nach ihrem Willen handeln soll. Erpressung.*

Rhodan stand auf.

„Also gut", sagte er zu dem Druuf. „Verlieren wir keine Zeit mehr, sondern treten wir vor den Rat. Ich bin bereit, die gestellten Bedingungen zu erfüllen."

Der Druuf erhob sich vorsichtig. „Gehen wir.“

Du willst mit ihm? fragte Harno lautlos.

Rhodan schaltete das Übersetzergerät aus und nahm den handlichen Kasten aus silbern schimmerndem Metall unter den Arm. Dann ergriff er ein Antigravgerät. „Natürlich will ich mit, Harno. Gucky, du wirst mich nicht eine Sekunde unbeobachtet lassen. Wenn ich dir ein Signal gebe, hole mich! Hast du mich verstanden?“

„Ich werde den Druuf auf ihre fetten Bäuche springen, daß ihnen die letzte Mahlzeit ...“

„Marshall soll mit dir Wache halten“, unterbrach ihn Rhodan und folgte dem Druuf, der bereits vorangegangen war. „Bully! Du übernimmst während meiner Abwesenheit das Kommando über die drei Schiffe.“

Sie sahen ihm nach, wie er mit dem Druuf um eine Biegung des Korridors verschwand.

Rhodan begleitete den Druuf nicht, weil er sich von der Verhandlung mit dem Rat etwas versprach, sondern nur, um vielleicht wieder Kontakt mit seinem unheimlichen Freund zu erhalten. Außerdem war er neugierig, wie die herrschenden Druuf sich zu einigen Vorschlägen stellen würden.

Am Rand des Raumfelds wartete ein Fahrzeug. Es hatte die Form eines Torpedos. Der Druuf drückte auf einen verborgenen Knopf. Die Tür öffnete sich. Eine breite Sitzbank wurde sichtbar, auf der mindestens drei Druuf nebeneinander Platz gefunden hätten.

Rhodan kam sich winzig vor, als er auf die Bank rutschte, die dem Druck seines Körpers nur wenig nachgab. Die Polsterung war andere Gewichte gewohnt. Der Druuf kletterte herein, und das Fahrzeug setzte sich in Bewegung. Es wurde ferngesteuert und stand sicherlich unter der Kontrolle einer Zentrale irgendwo im Zentrum der Stadt.

Die Straßen waren wie ausgestorben. Nur hin und wieder erblickte Rhodan einen Druuf, der schwerfällig an den aufstrebenden Häuserwänden entlangging, einem unbekannten Ziel entgegen. Mit relativ hoher Geschwindigkeit raste der Wagen durch die leeren Straßen und glitt schließlich auf einer Schrägbahn nach oben.

Rhodan schaute hinab auf den riesigen Komplex des Raumhafengeländes. Hunderte von Schiffen standen startbereit am Rand des Feldes.

Kleine Raupenschlepper brachten Waffen, Munition oder Ausrüstung. Irgendwo im Zwielicht der Doppelsonne marschierte eine Kolonne der Druuf. Ihre langsamen und schwerfälligen Bewegungen wirkten unwirklich, wie mit Zeitlupe aufgenommen.

Die Stadt sank in die Tiefe. Dann erreichte das Fahrzeug die obere Fahrbahn. Hier herrschte mehr Verkehr.

Sie rasten einem kuppelartigen Bau entgegen, der im Zentrum der Stadt lag. Die Straße zweigte ab und führte genau auf diesen Bau zu. Ohne daß ein Druuf zu sehen war, öffnete sich ein weiteres Tor, in das der Wagen hineinglitt.

Hinter ihnen rollte das Tor in seine ursprüngliche Lage zurück.

Das Tageslicht erlosch. Grell flammte die Kuppeldecke des Baues auf und ließ Rhodan erkennen, wo er war.

Hallo, Gucky! Marshall! Wie ist der Kontakt?

Wenn er, wie zuvor Gucky, in ein Abschirmfeld geraten war, wurde die Lage kritisch. Wie sollte Gucky ihn dann finden? Aber die Antwort kam sofort und sehr deutlich.

Kontakt gut! Erwarten das Signal!

Bisher nicht notwendig! gab Rhodan zurück und widmete sich erneut seiner unmittelbaren Umgebung.

Sie überraschte ihn nicht sonderlich.

Der Wagen hielt an, als er in der Mitte der runden Arena angelangt war. Sie hatte einen Durchmesser von gut hundert Metern und war an ihrem Rand durch eine drei Meter hohe Mauer begrenzt. Im ersten Augenblick drängte sich Rhodan der Vergleich mit einem altrömischen Zirkus auf, in dem die Gladiatoren um ihr Leben kämpften, um das Volk und die Kaiser zu belustigen. Er erkannte auch die überdimensionalen Sitzreihen, die sich rings um die Arena spannten und bis hoch hinauf zur Decke reichten, die sich fünfzig Meter über dem Boden spannte.

Der Druuf forderte ihn durch eine Handbewegung auf, den Wagen zu verlassen. Rhodan schaltete den Translator ein und fragte: „Was hat das zu bedeuten? Ich habe geglaubt, dem Rat vorgeführt zu werden, damit wir den Vertrag ausarbeiten können."

„Sie warten hier, bis der Rat erscheint. Sie befinden sich in der großen Halle des Rates."

Andere Völker, andere Sitten, dachte Rhodan und kletterte aus seinem Sitz, nachdem der Druuf Platz gemacht hatte. Als der Wagen davonfuhr, stand er einsam und verlassen mitten in der Arena und kam sich wie ein verlorener Streiter vor.

Soll ich kommen? fragte Gucky, der alles durch Rhodans Gedanken miterlebte. *Wir veranstalten einen Zirkus und lassen die Burschen Saltos schlagen.*

Hier ist niemand, der Saltos schlagen könnte, gab Rhodan zurück. *Du bleibst dort und wartest, bis ich dich rufe!*

Das grelle Licht störte Rhodan. Er blinzelte zur Decke empor und stellte fest, daß sich dort oben eine Tür geöffnet hatte. Einer nach dem anderen betraten schwerfällige Druuf den Saal und verteilten sich rund um die Arena. Es schien so, daß auch das Volk zu den Versammlungen Zutritt hatte, heute aber nur der interne Rat der Sechsundsechzig tagte. Die Druuf nahmen auf der obersten Reihe Platz. Sie waren mindestens siebzig Meter vom Boden entfernt und saßen gegen das grelle Licht in schützende Dämmerung getaucht.

Ihre Blicke ruhten abschätzend auf dem winzigen Terraner, der es gewagt hatte, ihnen einen Vorschlag zu unterbreiten. Der Eindruck der Hilflosigkeit Rhodans wurde durch die Tatsache verstärkt, daß er allein und klein mitten in der Arena stand und nach oben schauen mußte.

Bei der Verständigungsmethode der Druuf spielte diese Entfernung hier keine Rolle. Außerdem besaßen die „Tommys" ihre eigenen Übersetzeranlagen, die hinzugeschaltet wurden. So war die Unterhaltung nicht schwierig.

„Du bist der Terraner, der die drei fremden Schiffe kommandiert?" kam die erste Frage aus dem Lautsprecher des Translators. „Du möchtest uns um Hilfe gegen deinen Feind bitten?"

Innerlich mußte Rhodan über die unverschämte Formulierung lachen, und er hätte dem Druuf am liebsten einige wenig schmeichelhafte Bemerkungen an den Kopf geworfen. Aber jetzt galt es, sich zu beherrschen.

„Gemeinsam ließe er sich vielleicht besiegen", gab er zurück.

„Über welche Waffen verfügst du?"

Das mußte ein anderer Druuf gefragt haben, wenn auch in der mechanischen Stimme des Übersetzers kein akustischer Unterschied zu bemerken war.

„Ich kann euch die gleiche Frage stellen."

Für einige Sekunden herrschte Schweigen. Vergeblich versuchte

Rhodan, in dieser Pause den unbekannten Helfer zu rufen. Er meldete sich nicht.

„Du bist in unserer Gewalt, Terraner."

Primitiver ging es nicht mehr. Wenn Rhodan ehrlich war, dann mußte er sich eingestehen, daß er mit subtileren Methoden gerechnet hatte. Warum ließen die Druuf so schnell die Maske fallen?

Hatten sie keine Zeit?

Rhodan begann plötzlich zu ahnen, daß es für die undiplomatische Verhandlungsführung der Druuf keine andere Erklärung geben konnte. Sie waren in Zeitnot. Jede Sekunde zählte.

Irgend etwas war geschehen.

Aber was?

„Ihr irrt, Druuf. Ich bin nicht in eurer Gewalt. Ihr fragtet mich nach unseren Waffen – nun, ich werde euch gleich eine davon vorführen. Wißt ihr, wie man Materie unsichtbar machen kann?"

„Er will ablenken", warf einer der Druuf ein. „Wir nehmen ihn gefangen und zwingen so seine Begleiter, uns ihre Schiffe zu übergeben. Dann lernen wir ihre Waffen kennen. Vielleicht ist das Tor zur anderen Zeitebene dabei."

Plötzlich wußte Rhodan, was sie haben wollten: den Spiegelfeldgenerator, mit dem sich das Zeitfenster erzeugen ließ. Sie ahnten, daß die Terraner dahintersteckten. Aber wußten sie es auch?

Perry Rhodan! Es ist zu spät!

Der Gedankenimpuls drang klar und deutlich in Rhodans Bewußtsein und übertönte die gesprochenen Worte des Translators. Was die Druuf zu sagen hatten, wurde in dieser Sekunde bedeutungslos. Der Kontakt mit dem unbekannten Helfer war wiederhergestellt.

Ich muß mit dir reden! dachte Rhodan intensiv zurück.

Wenn du kannst, bringe dich und deine Schiffe in Sicherheit! Die Roboterschiffe Arkons greifen an! Sie haben in unvorstellbarer Anzahl die große Lücke durchbrochen und stoßen auf Druufon vor. In einer Stunde wird die Raumschlacht entbrennen. Schon starten die Schiffe der Druuf.

Der Impuls flatterte und wurde schwächer.

Kann ich dich nicht mitnehmen, Oscar-eins?

Erneute Impulse, schwankend und unsicher: *Nenne mich Onot, Perry. So heißt mein Gastkörper. Suche nach mir, wenn du zurückkehrst.*

Dann war es endgültig vorbei. Der ursprüngliche Geist des Druuf mußte wieder die Oberhand gewonnen haben. Rhodan wußte, daß es jetzt zwecklos war, auf weitere Botschaften zu warten.

Die letzten Worte der Druuf verhallten an seinem Ohr. Er wußte nicht einmal, was sie gesagt hatten, aber er sah die Wirkung ihrer Worte.

Rings um ihn öffneten sich bisher verborgene Türen in der Randmauer der Arena. Mindestens zwanzig muskulöse Druuf kamen auf ihn zugeschritten. In den Händen trugen sie gefährlich aussehende Instrumente, die an Waffen und stählerne Handschellen erinnerten. So also verfuhren die Druuf mit ihren Verbündeten.

Rhodan lächelte finster und nahm seinen Translator auf.

Gucky!

Das nächste Wesen war nur noch zehn Schritte entfernt, als der Mausbiber materialisierte. Der blitzende Nagezahn verriet die Lust seines Besitzers, den Druuf eine nachhaltige Lehre zu erteilen, aber Rhodan verdarb ihm den Spaß. Es war keine Sekunde mehr zu verlieren.

Weg hier, Gucky! Sofort!

Die sechsundsechzig Herrscher des unheimlichen Volkes und die zwanzig Angreifer unten in der Arena hatten das unerklärliche Auftauchen des kleinen Wesens bemerkt, aber ehe sie überhaupt begriffen, was geschehen war, verschwand ihr Gefangener vor ihren Augen.

25.

Die angreifende Schlachtflotte Arkons mußte die Druuf überrascht und in Panik versetzt haben. Ohne sich weiter um die drei Schiffe Rhodans zu kümmern, starteten die stabförmigen Kreuzer und schossen hinauf in den farbigen Himmel Druufons.

Rhodan gab Alarm und befahl Startbereitschaft.

Dann überlegte er es sich und schickte die CALIFORNIA unter Captain Marcel Rous in die voraussichtliche Kampfzone. Der Leichte Kreuzer verfügte über hohe Beschleunigung, wenn es darum ging, unter Lichtgeschwindigkeit zu operieren. Er sollte als Relaisstation dienen und ständig in Bildverbindung mit der DRUSUS bleiben.

Als die CALIFORNIA zehn Sekunden später im Himmel verschwunden war und in der Zentrale der DRUSUS ein neuer Bildschirm aufleuchtete, lehnte sich Rhodan befriedigt zurück.

„Wir hätten auch Harno bitten können, uns ein wenig zu helfen, aber das würde ihn ablenken." Sikermann und Bully nickten erleichtert. Ihre Neugier war gestillt. „Aber Harno soll noch einmal versuchen, mit Onot Verbindung aufzunehmen – so nennt sich der Chefphysiker der Druuf. Merkwürdig, er hat einen aussprechbaren Namen."

Eine anscheinend unwichtige Tatsache, die jedoch unter Umständen von großer Bedeutung sein konnte.

Gucky saß auf der Couch und hielt die Augen geschlossen. Er belauschte die Druuf des Rates telepathisch.

„Sie planen, Arkons Flotte zurückzuwerfen und zu vernichten, denn eine solche Gelegenheit bietet sich ihnen nicht noch einmal. Das Robotgehirn muß verrückt geworden sein, die halbe Flotte aufs Spiel zu setzen."

Rhodan lächelte finster. „Ich wundere mich, daß sie uns unbewacht lassen. Sie müssen doch damit rechnen, daß wir der CALIFORNIA folgen."

„Ich habe es nicht richtig verstanden, aber ich glaube, sie wollen uns festhalten. Onot ist schon an der Arbeit. Ein Zeitfeld oder so etwas . . ."

Rhodans Lächeln verschwand abrupt. Er sah Sikermann an. „Starten Sie, Oberstleutnant! Auch die KUBLAI KHAN! Sofort!"

Gucky öffnete träge die Augen. „Dachte ich mir doch gleich, daß dich das interessieren würde. Dieser schizophrene Geisterfreund ist sehr vielseitig. Einmal hilft er uns, und dann wieder will er uns festnageln. Man könnte fast meinen, er sei eine Frau . . ."

Niemand kümmerte sich um Guckys weise Bemerkungen, am allerwenigsten Rhodan. Atlan starrte mit verkniffenem Gesicht auf den Panoramabildschirm, als Sikermann seine Anordnungen gab. Er schien zu erwarten, daß sich dort draußen jeden Augenblick alles mit millionenfacher Geschwindigkeit zu bewegen begann, was bedeutete, daß Onots Zeitfeld bereits funktionierte. Eine Sekunde der Druuf konnte dann Jahre für sie bedeuten. Bis sie einmal Luft holten, war das Universum Jahrtausende älter geworden. Die Druuf konnten inzwischen mit ihnen machen, was sie wollten. In aller Ruhe und ohne befürchten zu müssen, dabei gestört zu werden.

Aber Rhodan hatte schnell begriffen.

Zusammen mit der KUBLAI KHAN erhob sich die DRUSUS und gewann schnell an Höhe. Drüben am Rand des Feldes starteten immer noch die Abwehrflotten der Druuf und jagten hinauf in den Himmel.

Rhodan warf einen letzten Blick auf die gigantische Stadt hinab, von der er wußte, daß er sie nicht zum letztenmal sehen würde. Dann wandte er seine Aufmerksamkeit dem Bildschirm zu, auf dem die Sendung der CALIFORNIA zu sehen war.

Der Leichte Kreuzer hielt sich abseits des Sektors, in dem die Schlacht wahrscheinlich entbrennen würde. Vom Entladungstrichter her näherte sich eine Wolke silbern schimmernder Punkte, die nacheinander aus der Transition kamen. Rhodan gab den Versuch bald auf, sie zu zählen.

Das Robotgehirn griff mit vielen tausend Schiffen an.

Von Druufon her eilten ihnen die Robotschiffe der Druuf entgegen.

Es entwickelte sich eine heftige Abwehrschlacht. Es konnte kein Zweifel daran bestehen, daß die Druuf die Robotschiffe Arkons zurücktrieben.

Atlan sagte eindringlich mit ernster Stimme: „Ich muß meine Warnung wiederholen, Perry. Wenn die Druuf Arkon eine empfindliche Niederlage zufügen, gerät die Erde in größte Gefahr. Wir dürfen nicht untätig zusehen, wie die Druuf in unsere Galaxis eindringen.“

Rhodan lächelte. „Du denkst wohl daran, daß dir die Druuf schon vor zehntausend Jahren harte Nüsse zu knacken gaben. Nein, keine Angst, ich halte dich nicht für dumm oder rachsüchtig. Aber sicherlich spielt die bittere Erinnerung mit, wenn du an die Druuf denkst. Wir werden uns früh genug auf die veränderte Situation einstellen. Vergiß nicht, daß es für uns wichtig ist, sowohl die Gefahr einer Druuf-Invasion als auch die Vorhaben des Robotregenten abzuwenden. Es geht mir aber nicht nur um die Erde, sondern um alle Bewohner dieser Galaxis. Die Druufgefahr wird sich in einigen Monaten ohnedies von selbst erledigen, was aber nicht bedeutet, daß wir diese Zeit untätig abwarten werden. Im Gegenteil, eine Invasion der Druuf muß verhindert werden. Der Regent stellt aber zweifellos eine größere Gefahr für die Galaxis dar. Dies zwingt uns, ihn soweit wie möglich zu schwächen, damit er sich nie mehr in voller Stärke präsentieren kann. Natürlich werden wir nicht zulassen, daß die Druuf gegen Arkon die Oberhand gewinnen, denn die Folgen wären nicht abzusehen. Deshalb werden wir früher oder später dem Regenten ein neues Bündnis vorschlagen und ihm unsere Hilfe gegen die Druuf anbieten. Aber unser Hauptziel bleibt nach wie vor die Zerschlagung der Macht des Regenten."

Atlan gab keine Antwort. Wenn sein Herz auch den Terranern gehörte, so schlug es auch immer noch für Arkon.

„Welchen Kurs nehmen wir?" fragte Sikermann, als sie viele Lichtminuten von Druufon entfernt waren. „Myrtha?"

„Wo denken Sie hin?" Rhodan schüttelte den Kopf. „Wir haben noch einiges zu erledigen, ehe wir uns zurückziehen. Nehmen Sie Kurs auf Hades."

„Siamed dreizehn?" vergewisserte sich Sikermann. „Wird es nicht auffallen, wenn wir dort landen?"

„Wer sagt, daß wir landen werden? Ich habe lediglich vor, mir den neuen Stützpunkt anzusehen. Sie werden allerdings mit Oberst Everson nach Gray Beast zurückkehren und abwarten, wie die Lage sich entwickelt."

Atlan sah auf. „Gehen wir mit dem Transmitter nach Hades?"

Rhodan nickte. Gespannt betrachtete er den Bildschirm, auf dem Captain Rous' Sendung zu sehen war. Die beiden Kampfflotten lieferten sich eine erbitterte Schlacht. Der Ausgang war nicht zweifelhaft, denn aus der Tiefe des Doppelsonnensystems tauchten immer wieder neue Verbände auf, die in das Geschehen eingriffen. Bald waren die Schiffe des Robotregenten eingekreist und wurden mit einem Hagel von Energieblitzen überschüttet.

„Grauenhaft!" kommentierte nun der schweigsam gewordene Bully.

„Es ist grauenhaft, aber es gibt auch kein Mittel, diese Auseinandersetzung zu vermeiden. Sie mußte einmal kommen – und ich halte es für besser, daß es mit Robotern geschieht. Außerdem werden beide Seiten geschwächt, was als unschätzbarer Vorteil für uns gewertet werden darf."

Die DRUSUS jagte weiter, gefolgt von der KUBLAI KHAN. Sie wichen angreifenden Verbänden der Druuf aus, bis es kein Ausweichen mehr gab. Von allen Seiten näherten sich die schlanken Schlachtschiffe der Druuf.

Rhodan befahl, das Abwehrfeuer zu eröffnen.

Da meldete sich David Stern vom Funkgerät. „Eine Meldung der Druuf."

„Geben Sie durch!"

Leutnant Stern las vor: „An den Kommandanten der Terraner! Ihr habt das Abkommen nicht eingehalten! Wenn ihr nicht sofort zu unserem Planeten zurückkehrt, werden wir euch vernichten! Tommy-eins."

Rhodan lächelte kalt, als er sagte: „Stern, stellen Sie Kontakt mit den Druuf her. Ich habe ihnen etwas mitzuteilen."

Es dauerte nicht lange, bis Stern die Verbindung als klar melden konnte.

Rhodan sprach in das Mikrofon: „An Tommy-eins! Hier spricht Rhodan, Kommandant der Terraner. Wenn jemand das Abkommen brach, dann Sie! Sie gewähren uns freien Abzug, oder wir werden uns mit dem gemeinsamen Gegner verbünden. Und wir wissen eine ganze Menge über euch – auch kennen wir das Projekt, an dem Onot arbeitet. Zeitfelder sind für uns kein Geheimnis mehr."

Sie warteten, aber es folgte keine Antwort.

Allerdings schwenkten die Einheiten der Druuf plötzlich ab und gaben den Weg frei. In alle Richtungen rasten die Schiffe davon und waren Sekunden später verschwunden.

„Donnerwetter!" sagte Bully anerkennend. „Denen hast du aber einen schönen Schrecken eingejagt."

„Ich bin nicht ganz sicher", sann Rhodan vor sich hin, „womit."

Die Empfangsstation auf Hades meldete sich.

Rhodan nickte Atlan, Bully, Marshall, Lloyd und Marten zu. „Es ist soweit. Sengu wird auf der DRUSUS bleiben. Gucky kann mit Harno getrennt nachkommen – er benötigt ja keinen Materietransmitter. Sikermann, Sie gehen sofort auf Kurs, wenn der Transmitter ausschaltet und wir wohlbehalten auf Hades angelangt sind."

„Verstanden", gab Sikermann zurück. Er stellte keine Fragen, obwohl er ahnte, daß Rhodan nicht nur die Besichtigung des Stützpunkts Hades plante.

Die sechs Männer betraten kurz darauf den Energiekäfig des Transmitters.

Bully schüttelte sich, als die Tür sich schloß und die grüne Lampe aufleuchtete. „Wenn ich daran denke, was jetzt mit uns geschieht, kann mir übel werden."

Rhodan lächelte kühl. „Warum machst du dir Sorgen?"

Der Transmitter sprach an und versetzte seinen Inhalt um eine halbe Milliarde Kilometer.

Die DRUSUS und KUBLAI KHAN befanden sich bereits auf dem Rückflug nach Gray Beast.

Rhodan legte die Hand gegen das Gitter. Die Tür schwang auf. Leutnant Stepan Potkin lachte erfreut, als er Rhodan entgegentrat.

„Willkommen auf Hades! Zwar bin ich noch nicht lange hier, aber ich muß gestehen, es ist wirklich eine Höllenwelt. Hoffentlich wollen Sie hier nicht Ihren Urlaub verbringen."

Rhodan lächelte nicht, als er sagte: „Jetzt ist keine Zeit, Urlaub zu machen. Im System der Druuf ist zur Zeit eine gewaltige Raumschlacht im Gang. Arkon hat beschlossen, die Druuf auf ihrer Heimatwelt anzugreifen."

Potkin machte ein betroffenes Gesicht.

„Haben Sie Verbindung mit der CALIFORNIA?" fragte Rhodan.

„Sie meldete sich eben und gab bekannt, daß sie landen möchte. Ich habe Befehl gegeben, die Luftschleuse klarzumachen."

„Sehr gut, Leutnant." Er sah sich suchend um. „Ist Gucky schon eingetroffen?"

Potkin begann breit zu grinsen, als er nickte. „Er ist. Merkwürdigerweise muß er sich beim Sprung verrechnet haben, denn er landete nicht in der Kommandozentrale des Stützpunkts, sondern im Vorratslager. Mitten zwischen den eingefrorenen Frischgemüsen."

„Der Freßsack!" rügte Bully und sah sich erschrocken um. Die Bezeichnung „Freßsack" liebte Gucky nicht besonders.

Aber Gucky war heute friedlich gestimmt. Er materialisierte hinter Bully und stieß ihm den Zeigefinger in den Rücken. „Du hältst besser den Mund, Neidhammel. Aber ich bin ja nicht so. Hier hast du eine."

Er drückte dem sprachlosen Bully eine bereits angeknabberte Mohrrübe in die Hand.

Harno kam herbeigeschwebt und wurde schnell größer. Seine Oberfläche verwandelte sich wieder in das milchige Weiß eines Bildschirms.

Ein neuer Verband des Robotregenten ist eingetroffen und greift an.

Rhodan blickte nur kurz auf das von Harno übermittelte Geschehen, dann zuckte er mit den Schultern. „Der Regent wird noch früh genug feststellen, daß er den Gegner unterschätzte. Nun gut, soll er diese Schiffe auch noch verlieren. Ich glaube, dann ist er reif für Verhandlungen."

Bully, der an seiner Rübe knabberte, sagte kauend: „Es wird auch allmählich Zeit dazu. Die Druuf werden mir unheimlich."

Rhodan wandte sich ihm zu. „Du, Gucky und Harno werden mich begleiten. Wir werden mit der CALIFORNIA einen zweiten Vorstoß nach Druufon wagen. Ich will versuchen, Onot herauszuholen."

Bully gab keinen Kommentar.

Gucky hingegen piepste: „Prima!"

Die CALIFORNIA landete eine knappe Stunde später.

Rhodan hatte inzwischen die erweiterte Höhle besichtigt, die Energiestrahlen in die Felsen der Hoffnungsberge gefressen hatten. Hier, unter der Oberfläche des Höllenplaneten, spürte man nichts von seinem lebensfeindlichen Charakter. Die Aggregate erzeugten Luft und Wärme. Auf der Oberfläche angebrachte Ortungsgeräte vermittelten der Zentrale des Stützpunkts ein genaues Bild dessen, was oben geschah.

Aber vorerst geschah noch nichts.

Rhodan verringerte die Mannschaft des Leichten Kreuzers auf das erlaubte Minimum, um sowenig Menschen wie möglich zu gefährden. Er wußte, daß sein zweiter Vorstoß nach Druufon ein Flug in die Hölle sein würde.

Bully ging mit besorgter Miene hin und her und gab somit offen zu, sich nicht besonders wohl in seiner Haut zu fühlen. Gucky hingegen pfiff mit schriller Stimme schrecklich falsch einige Melodien, die er irgendwo in Terrania aufgeschnappt haben mochte. Er tat das so lange, bis Bully die Geduld verlor und ihn wütend anbrüllte. Zu Rhodans Verblüffung verzichtete der Mausbiber sogar auf die erwartete Rachereaktion.

Dann war es endlich soweit.

Captain Marcel Sous meldete die CALIFORNIA startklar.

Zehn Minuten später schoß die Raumkugel aus einer verborgenen Bodenspalte der Hoffnungsberge und jagte mit irrsinniger Beschleunigung hinauf in den dämmerigen Himmel von Hades.

Sie verzichteten auf jede Transition, sondern erreichten nach knapp fünf Minuten die einfache Lichtgeschwindigkeit. Harno fungierte als Bildschirm und warnte sie außerdem rechtzeitig vor den Schiffen der beiden feindlichen Parteien. Die hohe Beschleunigung der CALIFORNIA sorgte dafür, daß sie den Angreifern immer wieder entkamen.

Druufon kam schnell näher. Damit erhöhte sich aber auch die Gefahr einer Entdeckung.

„Kannst du Onot nicht aufspüren?“ fragte Rhodan.

Gucky verneinte. Er saß auf seiner Couch, zusammengesunken und mit geschlossenen Augen. Vergeblich hatte er bisher versucht, Verbindung mit dem unbekannten Freund aufzunehmen. Es gelang Gucky nicht einmal, den echten Onot, Chefphysiker der Druuf, zu entdecken. Es war anzunehmen, daß wieder einmal ein Experiment stattfand, das auch telepathische Impulse abschirmte.

Immerhin wußte Gucky, daß es Teleportersprünge nicht behinderte.

Rhodan gab nicht auf. „Wenn wir nahe genug sind, kannst du vielleicht springen.“

Nun öffnete Gucky die Augen. Er begegnete Rhodans fragendem Blick. Seitlich saß Bully und betrachtete ihn ein wenig scheu. Man merkte ihm an, daß er jetzt nicht gern in Guckys Haut gesteckt hätte.

„Ich will es versuchen“, erwiderte der Mausbiber ungewöhnlich leise. Seine Abenteuerlust schien plötzlich verflogen zu sein. „Der Sprung ist das wenigste, denn ich kann mich immer wieder in Sicherheit bringen. Was aber ist, wenn ihr inzwischen fliehen müßt?“

Rhodan stand auf, ging zu Gucky und strich ihm über das zerzauste Fell. In seiner Stimme schwang Wärme, als er versicherte: „Wir werden auf keinen Fall die Sicherheitsentfernung überschreiten, ehe du zurück bist. Du kannst dich auf uns verlassen.“

Gucky rutschte von der Couch. „Also gut. Wann soll ich losziehen?“

Rhodan lächelte und trat zurück. „In fünf Minuten etwa – falls du nicht vorher Kontakt mit Onot bekommst.“

Die Hoffnung erfüllte sich nicht. Onot blieb stumm.

Es war, als hätte es ihn niemals gegeben.

Vier Minuten verstrichen. Auch Harno konnte ihnen nicht helfen. Es war wie verhext, als wäre Onot einfach verschwunden. Mehr als einmal bekam Harno das Labor des Chefphysikers ins Bild, aber von dem Druuf selbst war nichts zu sehen.

„Am besten ist, du springst ins Labor“, sagte Rhodan.

Gucky nickte, sah auf die Uhr und konzentrierte sich zum Sprung. Dann war er verschwunden.

Er tauchte sofort wieder auf – wenigstens auf der milchigen Rundung von Harnos Oberfläche. Der telepathische Kontakt zwischen dem Kugelwesen und dem Mausbiber blieb bestehen, so daß eine Anpeilung keine Schwierigkeit bedeutete. Solange dieser Kontakt nicht unterbrochen wurde, bestand keine akute Gefahr, Gucky aus den Augen zu verlieren.

Gucky wußte, daß er unter Beobachtung stand. Er wußte es durch Harno, der mit ihm Verbindung hielt.

Zielsicher landete er in dem Labor, das er schon kannte. Die gesamte technische Anlage der Versuchsstation war verlassen. Von Onot gab es nicht die geringste Spur. Ihn unter den Tausenden von aufgeregten Gedankenimpulsen herauszufinden, wäre ein fast unglaublicher Zufall gewesen, da ja der ursprüngliche Onot nicht an ihn, Gucky, dachte.

Gucky starrte mit angespannten Sinnen auf den schimmernden Metallkasten auf einem Tisch, dicht neben der Hauptschalttafel. Er war mit gläsernen Knöpfen und bunten Hebeln bedeckt, dazwischen saßen jetzt dunkle Lämpchen und Skalen. Mehrere Leitungen führten zu den Generatoren und anderen Aggregaten.

Harno erklärte: *Die Erfindung, an der Onot arbeitet, wenn er nicht mehr mit unserem Freund identisch ist. Kannst du ihn nicht aufspüren?*

Gucky verneinte und machte einige Schritte, bis er vor dem Tisch stand.

War das die gewaltigste Waffe der Druuf?

Soll ich die Anlage zerstören, Harno?

Es entstand eine Pause. Harno beriet sich mit Rhodan. Schließlich teilte er Gucky mit: *Es wäre nicht gut, die Erfindung zu vernichten, denn sie ist nicht nur Waffe, sondern auch ein Mittel, um das Phänomen der Zeit zu enträtseln. Vielleicht benötigen wir Onots Erfindung eines Tages für unsere Zwecke.*

Gucky gab zurück, daß er sich danach richten werde. Er verstand nicht viel von technischen Dingen. Wenn er sich aufrichtete, befand sich der Kontrollkasten auf gleicher Höhe mit seinem Gesicht. Aufmerksam betrachtete er die vielen Hebel und Schalter.

Ob er einen Versuch wagen sollte?

Harno hatte ihn belauscht. *Ich würde vorsichtig sein, kleiner Freund.*

Laß mir doch den Spaß, Harno.

Gucky legte mit seiner Pfote den vordersten Hebel vor und sah, daß einige Kontrollen aufglühten. Im Raum war plötzlich ein leises Summen und Vibrieren. Jedenfalls stand der Kasten nun unter Strom.

Erst jetzt machte sich Gucky die Mühe, die Leitungen und Kabel zu verfolgen, die von dem Kasten ausgingen. Einige von ihnen endeten unter der Decke in einem runden Gebilde, das wie ein großer Scheinwerfer aussah. Die Hohlspiegelfläche schien aus silbern schimmernden Einzelteilen zusammengesetzt zu sein.

Entschlossen bewegte der Mausbiber weitere Hebel.

Da warnte ihn ein starker Gedankenimpuls, der von Sekunde zu Sekunde kräftiger wurde. Jemand näherte sich dem Laboratorium. Er mußte aus der Richtung kommen, die Gucky gegenüberlag. Zwischen ihm und der Tür aber lag das von dem „Scheinwerfer" erfaßte Gebiet, genau kreisförmig und groß genug, jeden Eintretenden zu „bestrahlen". War es Onot, der in sein Labor zurückkehrte?

Wer immer es auch war, Gucky war fest entschlossen, sich mit eigenen Augen von der Wirksamkeit des Zeitfelds zu überzeugen, das er in Betrieb genommen hatte.

Die Tür ihm gegenüber öffnete sich. Herein kam ein Druuf, der Onot sein konnte.

Der Druuf bemerkte den Mausbiber nicht sofort. Er schloß die Tür hinter sich und blieb einen Augenblick dicht vor der Peripherie des Zeitkreises stehen. Gucky versuchte, in seinen Gedanken zu lesen. Seine Vermutung bestätigte sich.

Es *war* Onot. Aber er dachte nicht an Rhodan oder wie er ihm helfen könnte, sondern er dachte vielmehr daran, wie er seinem Volk helfen könnte, den Gegner entscheidend zu schlagen. Seine Erfindung war soweit erprobt und fertig. Man mußte nur noch die notwendigen Verstärker und Transportmöglichkeiten schaffen, um sie überall einsetzen zu können. Außerdem gab es nur diesen einen Felderzeuger hier im Labor. Wurde er beschädigt, würde es Jahre dauern, bis Ersatz geschaffen war.

Kannst du mich hören, Onot? dachte Gucky angestrengt. Es mußte doch möglich sein, Verbindung mit dem Gehirn des Freundes aufzunehmen, der in Onots Körper steckte. Oder wurde es von den Gehirnimpulsen des Druuf so stark überlagert, daß der Kontakt ausbleiben mußte?

Es schien so, denn eine Antwort erfolgte nicht.

Gucky hielt den Atem an, als Onot sich erneut in Bewegung setzte, genau auf ihn zu. Nur wenige Meter noch, und der Druuf mußte ihn entdecken.

Vorsichtshalber bereitete er sich auf einen plötzlichen Teleportersprung vor.

Onot erblickte ihn in genau dem Augenblick, in dem er den unscharf abgegrenzten Bereich des Zeitfeldes betrat. Die Wirkung setzte nicht sofort, sondern erst nach einer Sekunde ein, so daß sein Körper Gelegenheit erhielt, den Kreis und damit die Ausstrahlung völlig zu erreichen.

Noch während seine Augen sich erstaunt öffneten, erstarrte Onot. Er erinnerte in diesem Moment an jene Wesen, die Leutnant Rous damals auf dem Kristallplaneten vorgefunden hatte. Aber dort war die Verlangsamung allen Lebens nur 72 000fach gewesen. Immerhin hatte man bei genauem Hinsehen feststellen können, daß die scheinbar bewegungslosen Statuen sich unendlich langsam bewegten.

Hier und jetzt war das ganz anders.

Gucky rührte sich nicht von der Stelle und ließ Onot nicht aus den Augen. Er hatte keine Lust, selbst unter den Einfluß des Zeitfelds zu geraten. Zwar würde er dann mit dem Druuf einige Höflichkeitsformeln austauschen können, aber sicherlich würde es ein Jahrtausend dauern, bis man sich die Hände geschüttelt hatte.

Nichts rührte sich. Die Lider des Druuf – Klappen aus Leder, wie es schien – standen unbeweglich über den erstarrten Augen. Er schien auch nicht mehr zu atmen. Die mitten in der Bewegung erstarrten Arme und Beine erinnerten an die Fragmente eines Denkmals.

Es funktioniert! gab Gucky triumphierend durch, als sei er der Schöpfer des technischen Wunders gewesen. *Aber wenn ich dem Druuf nun etwas tun wollte, so könnte ich es nicht, ohne selbst in einen Dornröschenschlaf zu versinken. Was soll das also?*

Wir stellten schon fest, daß die Schaffung eines Zeitfelds sich noch im Stadium des Experimentierens befindet, machte ihn Harno aufmerksam. *Schalte das Feld wieder aus und versuche, Onot nach hier zu bringen.*

Gucky nickte, denn er wußte, daß Rhodan ihn jetzt durch Harno sehen konnte. *Also gut – obwohl ich überzeugt bin, daß . . .*

Genau in dieser Sekunde geschah es.

In Rhodans Gehirn verstummten Guckys Impulse so abrupt, daß er erschrak. Es konnte keinesfalls sein, daß das Zeitfeld daran schuld war, denn Harnos Bild bewies, daß der Mausbiber sich nicht von der Stelle bewegt hatte.

Auch der Druuf stand immer noch reglos und wie erstarrt.

Jetzt allerdings rührte sich Gucky. Es war eine automatisch anmutende Bewegung, als er sich vorbeugte und die Hebel auf dem Kontrollgerät wieder in die alte Stellung zurückschob. Dann drehte er sich um und sah dem Druuf entgegen.

Onot vollendete die begonnene Bewegung und schritt auf Gucky zu.

Verschwinde! rief Rhodan erschrocken. *Wie konntest du so leichtsinnig sein und ihn freigeben? Bringe ihn hierher, wenn es noch geht!*

Aber wieder gab Gucky keine Antwort. Der Mausbiber, so sahen sie deutlich, erwartete den Druuf.

Da waren plötzlich fremde Gehirnimpulse in Rhodans Gehirn.

Als Onot vom Zeitfeld erfaßt wurde, wurde ich frei und konnte ihn übernehmen. Aber es wird nicht lange dauern, bis sein Geist erneut mächtiger wird. Ich konnte im Zeitfeld sogar seinen Körper verlassen und den Guckys übernehmen. In seiner Gestalt schaltete ich das Zeitfeld ab, denn nun weiß ich, was ich wissen wollte. Vielleicht finde ich so meinen ursprünglichen Körper wieder – wenn er noch existiert.

Gucky bewegte sich wieder und wich zurück. Seine Gedanken setzten sofort ein. Seine erste Reaktion, die Frage: *Wer hat das Zeitfeld ausgeschaltet?* bewies nur zu eindeutig, daß Onots geistiger Parasit die Wahrheit gesprochen hatte.

Onot selbst anwortete: *Ich! Nun bringt euch in Sicherheit, denn die Robotschiffe greifen unsere Welt an. Ihr müßt mir noch Zeit lassen, denn ich habe etwas entdeckt. Meine Seele ist ohne Körper, und sie wandert seit undenklichen Zeiten durch die Ewigkeit, von Welt zu Welt und von Volk zu Volk, um das zu finden, was sie vor Jahren oder Jahrtausenden verlor. Ich sah den Beginn aller Zeiten und erblickte die Schrecken des drohenden Endes. Alle Sonnen waren ausgeglüht und erloschen. Und mit ihnen erlosch das Leben. Dir habe ich zu danken, Gucky. Du hast mir den Weg gezeigt, wenn ich mich auch immer noch nicht erinnern kann, wer ich bin und warum ich dich kenne, Perry Rhodan.*

Ich beginne es zu ahnen, gab Rhodan zurück. *Aber es wäre zu phantastisch . . .*

Onots Impulse verstummten jäh.

Der Druuf kam weiter auf Gucky zu. Seine dicken Arme streckten sich aus, dem Mausbiber entgegen.

Gucky besann sich nicht lange. Er teleportierte zurück in die CALIFORNIA.

Durch einen glühenden Sperrgürtel raste das Schiff mit annähernder Lichtgeschwindigkeit davon, mitten durch die verblüfften Druuf hindurch und an den angreifenden Robotschiffen des Regenten vorbei.

Bald war Druufon nur noch ein Stern.

Rhodan sah auf den Bildschirm.

„Wir haben Druufon nicht das letzte Mal gesehen, fürchte ich. Unsere Aufgabe beginnt erst." Er seufzte und gab Captain Rous seine Anweisungen: „Zurück nach Hades. Wir werden dort einige Zeit bleiben, um dann nach Myrtha sieben zu starten. Ich möchte den Verlauf der Schlacht von hier aus beobachten."

„Und was ist mit Onot?" fragte Bully.

Rhodan zuckte mit den Schultern. „Du hast gehört, daß er eine Entdeckung machte. Vielleicht weiß er nun dank Gucky, wie er den Geist seines Gastkörpers beherrschen kann. Warum er nicht mit uns kam, ist mir allerdings ein Rätsel. Immerhin kann es Rücksicht sein, denn er müßte den Körper eines Terraners übernehmen."

Bully kniff die Augen eng zusammen, als er sagte: „Man behauptet, ich besäße ein gutes Gedächtnis, Perry. Wenn das stimmt, dann irre ich mich sicher nicht, wenn ich mir eine Bemerkung in Erinnerung rufe, die du vorhin machtest."

„So?" sagte Rhodan und lächelte erwartungsvoll.

„Ja." Bully nickte triumphierend. „Du machtest eine Andeutung, als hättest du eine Ahnung, wer dieser Onot sein könnte."

Blitzschnell schirmte Rhodan seine Gedanken ab, ehe Harno oder Gucky Gelegenheit erhielten, sein Geheimnis zu ergründen. Er lächelte immer noch, als er antwortete: „Ach – das? Vergiß es, Bully. Es ist eine verrückte Vermutung, die nichts mit der Gegenwart zu tun hat. Die Vergangenheit aber wollen wir ruhen lassen, bis sie zur Gegenwart wird."

Bully schüttelte den Kopf. „Du sprichst in Rätseln, großer Meister. Wer soll daraus schlau werden?"

„Du vielleicht", meinte Rhodan lachend. „Aber dir fehlt eben die Phantasie, mein Lieber, eigene Schlüsse zu ziehen."

Er sah auf den Bildschirm.

Captain Rous wich geschickt einem kleinen Verband der Druuf aus und führte dann eine Kurztransition aus, die sie in die Nähe von Hades brachte. Der dreizehnte Planet des Systems war der Aufmerksamkeit der Druuf bisher entgangen. Niemand ahnte, daß hier Menschen einen Stützpunkt aufbauten.

Die CALIFORNIA nahm Funkverbindung mit Hades auf und erhielt die Mitteilung, daß alles zur Landung vorbereitet war.

Rhodan protestierte nicht, als Gucky mit Harno zu dem nahen Planeten teleportierte.

Captain Rous schreckte ihn aus seinen Gedanken hoch. „Eine Meldung von Gray Beast."

„Geben Sie her."

Rous reichte Rhodan die Plastikfolie, auf der die Meldung eingestanzt worden war.

Rhodan las laut vor: „Leutnant Stern, DRUSUS, an Perry Rhodan! Das Robotgehirn auf Arkon sendet unaufhörlich Hilferufe. Wir geben befehlsgemäß keine Antwort. Es scheint, daß Arkon sich in ernsten Schwierigkeiten befindet. Erwarten entsprechende Anweisungen. Ende."

Rhodan legte die Folie auf den Kommandotisch. Er begegnete Bullys gespannten Blicken.

„Hm", machte er bedeutungsvoll.

Bully rutschte auf der Couch hin und her. „Was heißt schon ‚hm', wenn ich fragen darf? Wollen wir nicht endlich antworten? Ich meine, es wäre höchste Zeit."

Rhodan schüttelte den Kopf. „Noch vierzehn Tage lassen wir den Regenten im eigenen Saft schmoren. Solange gedenke ich auch, auf Hades zu bleiben. Bis dahin hat sich hier einiges entschieden. Die Schlacht zwischen Arkon und Druufon kann Tage, sogar Wochen dauern. Wir, mein lieber Bully, haben Zeit, denn sie arbeitet für uns."

Bully starrte gegen die Decke, als er seine Frage dehnte: „Zeit . . . Was, Perry, ist denn eigentlich Zeit?"

Perry lächelte. „Wir werden eines Tages Onot fragen. Ich hoffe, er wird es uns verraten können."

26.

Die vierzehn Tage, die Rhodan hatte abwarten wollen, waren verstrichen.

Perry Rhodan sah mit undefinierbarer Miene auf den Bildschirm, der ihm die Oberfläche der Höhlenwelt enthüllte. Er stand in der Kontrollzentrale des Stützpunkts. Irgendwo summten die Generatoren und gaben der Klimaanlage die notwendige Energie. Die Luft in dem kreisförmigen Raum war frisch und doch nicht zu kühl. Der glatte Metallboden vibrierte kaum spürbar. Tief unten im Fels befanden sich die Werkstätten der Swoon. Die Mikrotechniker arbeiteten unaufhörlich an den elektronischen Tarnanlagen. Sie legten ein unsichtbares Netz fünfdimensionaler Sperrgürtel um den Planeten. Keine Erschütterung des Raum-Zeit-Gefüges drang hindurch und konnte von den Druuf geortet werden. Auch der Materietransmitter sandte gewisse verräterische Echos aus, die nun von dem Sperrnetz aufgefangen und absorbiert wurden.

„Ich kenne deine Besorgnis, Atlan", sagte Rhodan. „Du befürchtest, die Druuf könnten zu stark werden, wenn wir weiterhin zulassen, daß die angreifenden Schiffe Arkons vernichtet werden. Nein, sprich jetzt nicht! Laß mich zu Ende reden, Atlan. Der Robotregent auf Arkon, unser nicht von seinem Kurs abzubringender Gegner, erleidet eine Schlappe nach der anderen. Unaufhörlich sendet er sein Notsignal aus und bittet uns um Hilfe. Bisher haben wir seinen Ruf ignoriert und ihn allein gegen die Druuf kämpfen lassen. Aus taktischen Gründen, Admiral. Noch ein oder zwei Monate, und Arkon ist derart geschwächt, daß die Druuf das Imperium und damit unsere Galaxis einfach überfluten."

Der Unsterbliche stand ein wenig abseits gegen die Wand gelehnt. Seine Arme waren vor der Brust verschränkt, und er blickte Rhodan in die grauen, kalten Augen, in denen jetzt plötzlich ein Lächeln glomm. Er, der zehntausend Jahre alte Arkonide aus dem längst vergangenen Herrschergeschlecht, bekam Angst vor der Ruhe Rhodans.

„Du übertreibst dein taktisches Spiel, Barbar", sagte er langsam und eindringlich. „Ich bewundere die Menschen und ihre Fähigkeit, mit jeder

Situation fertig zu werden, aber ich fürchte, du unterschätzt die Druuf. Sie werden eines Tages ein Mittel finden, um den Regenten zu stürzen . . ."

„Damit würden sie uns eine Arbeit abnehmen", warf Rhodan ein und lächelte nun ganz offen. „Aber deine Sorge ist unberechtigt. Soweit würde ich es niemals kommen lassen. Die Druuf werden ihren Raum niemals verlassen, um in unsere Galaxis vorzustoßen. Sie könnten das nur durch den Entladungstrichter, der sich zwischen ihrer und unserer Zeitebene befindet und der mit halber Lichtgeschwindigkeit durch die Milchstraße zieht – wer weiß, wie lange noch? Vor diesem Spalt im Universum aber lauert die Kriegsflotte Arkons und nimmt uns die Arbeit ab. Daraus folgert einwandfrei, daß uns sowohl die Druuf als auch die Robotflotte Arkons bei unseren Plänen helfen."

Rhodan sah zur Tür, durch die gerade ein Mann eintrat. Er trug die zartgrüne Uniform eines Leutnants der Raumflotte des Solaren Imperiums.

„Die CALIFORNIA ist startbereit!" meldete er.

Rhodan nickte ihm zu. „Es ist gut, Leutnant Potkin. Ich werde mit Atlan und einigen Mutanten einen Erkundungsflug unternehmen und bis nach Druufon vorstoßen. Erwarten Sie uns in wenigen Stunden zurück." Er warf Atlan einen schnellen Blick zu. „Fertig, Admiral?"

Atlan nickte.

Die CALIFORNIA glitt aus dem Hangar und raste hinauf in den schwarzen Himmel von Hades. Unvorstellbare Stürme tobten über der zerrissenen Landschaft und sorgten für die Ausgleichung des Druckunterschieds der beiden Planetenhälften.

Marcel Rous saß unbeweglich vor den Kontrollen des Schiffes und steuerte es sicher in den Raum hinaus, genau auf den errechneten Transitionskurs zu. Mit einem kurzen Sprung wollte man in unmittelbare Nähe Druufons gelangen.

Der Flug diente nicht der reinen Erkundung. In der Hauptsache wollte Rhodan noch einmal versuchen, Kontakt mit dem unbekannten Helfer zu erhalten, der mitten zwischen den Druuf lebte und doch nicht zu ihnen gehörte.

„Transition in zehn Sekunden!" rief Marcel Rous.

Niemand antwortete. Rhodan sah auf den Bildschirm, auf dem nach dem Hypersprung der Planet der Druuf auftauchen würde. Eine Welt, doppelt so groß wie die Erde, aber mit atembarer Atmosphäre. Die Schwerkraft betrug fast das Zweifache der Erde. Einundzwanzig Monde umkreisten Druufon.

Sprung.

Druufon erschien auf den Bildschirmen. Der Planet war keine Lichtminute mehr entfernt. Die CALIFORNIA verringerte rapide die Geschwindigkeit und schlug eine Kreisbahn ein.

Die Druuf wehrten den immer noch laufenden Angriff des Robotregenten von Arkon ab, der zwar schwächer geworden war, aber doch nicht abbrach. Es waren nur noch wenige Robotschiffe, die in die Zeitebene der Druuf vordrangen, nachdem sie die Blockade durchbrochen hatten. Meist wurden sie von den Druuf vernichtet.

Unbemerkt zog die CALIFORNIA ihre Bahn. Und wenn man sie bemerkte, so kümmerte man sich nicht um sie. Die Druuf wußten, daß Rhodans Schiff sie nicht angreifen würde.

Gucky räkelte sich auf der Couch der Zentrale. Er hockte mit dem Rücken zur Wand auf seinen Hinterbeinen, den breiten Biberschwanz zur Seite gelegt. Er hielt die Augen halb geschlossen und lauschte in sich hinein. Niemand störte ihn, denn jeder wußte, daß er versuchte, telepathischen Kontakt mit dem unbekannten Helfer aufzunehmen.

Unter der Decke schwebte Harno, das Kugelwesen von Tatlira.

Rhodan schüttelte den Schmerz ab, den jede Transition mit sich brachte. Sein nachdenklicher Blick streifte Atlan, der zusammen mit dem Telepathen John Marshall auf der anderen Seite der Zentrale saß und ebenfalls auf den Bildschirm starrte.

„Harno, kannst du Onot sehen?“

Die Antwort kam in Form lautloser Impulse, die auch von Nichttelepathen aufgenommen werden konnten: *Ich sehe Onot, aber er denkt wie Onot.*

„Zeige ihn uns“, verlangte Rhodan.

Harno, jetzt noch eine schwarze Kugel von der Größe eines Apfels, sank langsam tiefer und wurde ständig größer. Bald hatte er einen Durchmesser von einem halben Meter. Doch nicht nur die Form, sondern auch die Farbe wechselte. Harno glänzte nun milchig weiß, wie ein richtiger Bildschirm.

Farbige Reflexe huschten plötzlich darüber und begannen, sich zu ordnen und ein gut wahrnehmbares Bild zu formen. Es zeigte das, was in dieser Sekunde geschah, eine Lichtminute entfernt.

Mehrere Druuf bewegten sich schwerfällig und langsam zwischen riesigen technischen Anlagen hin und her. Die Generatoren und Aggregate bildeten regelrechte Gassen in der großen Halle, die – wie Rhodan wußte – tief im Innern des Druuf-Planeten lag.

Die Druuf auf dem Schirm Harnos schienen mit einer wichtigen Aufgabe beschäftigt zu sein. Sie folgten den Anweisungen eines besonders kräftig wirkenden Exemplars, das etwas erhöht auf einem Podium unter einer Schalttafel stand und seine lautlosen Anweisungen gab.

„Was geht dort vor?“ fragte Rhodan.

Gucky antwortete: „Ich werde nicht schlau daraus, aber ich kenne das Gerät, mit dem sie hantieren. Es ist der Generator, mit dem sie das Zeitfeld erzeugen. Ihre größte Waffe – wenn sie erst einmal einsatzbereit ist.“

Gucky vertiefte sich erneut und versuchte, die Gedanken der weit entfernten Druuf zu empfangen. Ohne daß er es bemerkte, half Harno ihm dabei und verstärkte die einfallenden Impulse. „Sie stehen vor wichtigen Experimenten. Die Druuf sind alle Wissenschaftler und kümmern sich nicht um das, was an der Oberfläche und in ihrem System vor sich geht. Sie haben andere Sorgen. Politik ist ihnen gleichgültig, wenn sie auch wissen, daß ihre Arbeit dem Krieg dient. Aber es gibt keinen anderen Weg für sie, ihre wissenschaftliche Neugier zu befriedigen.“

„Die Version kommt mir bekannt vor“, murmelte Atlan im Hintergrund. „War das nicht eine beliebte Ausrede für eure Atomwissenschaftler vor etlichen Jahrzehnten, Barbar?“

„Leider hast du recht“, gab Rhodan zu.

„Der dicke Druuf ist Onot“, gab Gucky bekannt. „Ich konnte seine Gedanken deutlich erfassen. Aber er denkt nur an seine Erfindung. Im Augenblick ist er also nicht identisch mit unserem Freund.“

„Ich habe es befürchtet“, sagte Rhodan nickend. „Immerhin muß ich zugeben, daß ich heimlich gehofft hatte, die Bestrahlung mit dem Zeitfeld würde sich bemerkbar gemacht haben. Scheint leider nicht der Fall zu sein.“

Der bisher schweigsame Rous wollte gerade etwas sagen, als er durch das Aufleuchten einer roten Lampe daran gehindert wurde. Automatisch streckte er die Hand aus.

„Eine geheime Meldung für Perry Rhodan, Sir. Hyperfunk und verschlüsselt“, meldete der Funker.

Rous starrte für einen Augenblick hilflos auf die Lautsprecheranlage und die rote Lampe, dann drehte er den Kopf so weit, daß er Rhodan erkennen konnte. Sein Gesicht war eine einzige Frage.

Rhodan war halb aus dem Sessel aufgefahren. „Nehmen Sie die Meldung auf Tonband. Versuchen Sie nicht, sie zu entschlüsseln.“

„Verstanden“, kam die Antwort in einem Tonfall, der eindeutig verriet, daß der Mann absolut nichts verstanden hatte.

Gucky sah Rhodan an. „Was wollen die denn?“ Auch Gucky wußte, daß die Hyperfunknachricht, die von einer durch die Entladungszone geschickten Sonde weitergeleitet wurde, nur von Gray Beast oder von Terra stammen konnte.

Rhodan war auch gespannt, aber er ließ sich nichts anmerken.

„Achtet weiter auf Onot“, sagte er zu Gucky, Harno und Marshall. Zu Atlan gewandt, fügte er hinzu: „Ich prüfe nach, was es gibt.“

Atlan sackte wieder in sich zusammen. Mit engen Augen sah er Rhodan an.

Erwartete Rhodan eine Meldung?

Vor knapp vierzehn Tagen hatte Rhodan eine Bemerkung gemacht, die im Zusammenhang mit dem geheimnisvollen Helfer stand, der in einem Druuf lebte. Diese ruhelose Seele – oder was immer es war – beunruhigte Atlan. Außerdem interessierte sie ihn brennend.

Was hatte Rhodan damals noch gesagt? ‚*Ich glaube zu wissen, wer unser Freund ist* . . .‘

Atlan hatte lange über diese Bemerkung nachgedacht. Wen konnte Rhodan gemeint haben? Im Mutantenkorps gab es jedenfalls niemanden, der Jahrtausende lang schon körperlos durch die Ewigkeit streifte, ganz davon abgesehen, daß niemand vermißt wurde.

Atlans Unruhe stieg, und er vermochte sich nicht mehr auf das zu konzentrieren, was im Augenblick wichtiger schien. Harno wurde wieder kleiner und schwarz. Langsam stieg er zur Decke empor und blieb dicht darunter in Ruhestellung hängen.

Gucky lauschte weiter, aber so ganz nebenbei verfolgte er, wie Rhodan mit dem Funker sprach. Plötzlich erloschen Rhodans Gedankenimpulse.

Er hatte sich abgeschirmt, weil er damit rechnete, von Gucky belauscht zu werden.

Der Mausbiber brummte enttäuscht und wandte sich wieder seiner Aufgabe zu. Er würde wohl noch früh genug erfahren, was es mit der geheimnisvollen Botschaft auf sich hatte, die Rhodan jetzt entgegennahm.

Es dauerte fünf Minuten, dann wandte Rhodan sich den Freunden zu. Sein Gesicht war sehr nachdenklich. In den grauen Augen schimmerte es seltsam. Er begegnete dem Blick Atlans und wich ihm aus.

Gucky fragte: „Was war das für eine Meldung, die du erhalten hast? Kam sie von Gray Beast?"

Rhodan gab keine Antwort.

„Dann von der Erde?"

Rhodan nickte.

„Ist etwas nicht in Ordnung?" fragte Gucky weiter. Vergeblich versuchte er, Rhodans Gedankenschirm zu durchbrechen.

„Gib dir keine Mühe, Gucky." Rhodan schüttelte schließlich den Kopf. „Wenn ich nicht will, wirst du es nie erfahren. Die Meldung war in einem Kode, der nur mir bekannt ist. Und natürlich unserem Freund Mercant auf Terra."

„Mercant?" Gucky schnaufte. Allan D. Mercant war Abwehrchef des Solaren Sicherheitsdiensts. Wenn er eine Meldung durchgab, hatte das einiges zu bedeuten. Aber wenn Rhodan nicht darüber sprechen wollte, geschah auch das nicht ohne Grund.

Rhodan sah auf den Bildschirm, auf dem immer noch Druufon zu sehen war. „Keine Nachricht von dem Unbekannten, Gucky?"

Nur widerwillig ließ sich Gucky vernehmen: „Nein, keine Nachricht von unserem Geisterfreund. Es scheint, als ob er nichts mehr mit uns zu tun haben will. Sonst hätte er sich doch melden können."

„Niemand kann an zwei Orten zugleich sein", murmelte Rhodan und klopfte Rous auf die Schulter. „Nehmen Sie Kurs auf Hades, Kommandant. Wir werden von dort aus nach Gray Beast springen und dann einen kleinen Abstecher vornehmen. Atlan, Gucky und Harno werden mich begleiten."

Atlan sah John Marshall an, ehe er vortrat und erst dicht vor Rhodan stehenblieb. „Meinst du nicht auch, daß deine Geheimnistuerei ein wenig zu weit geht? Haben wir nicht ein Recht darauf, alles zu erfahren?"

Rhodan sah ihn an. Über seine hageren Züge huschte plötzlich ein Lächeln, das aber sofort wieder verschwand. „Natürlich habt ihr ein Recht darauf, aber ich wollte euch nicht mit Vermutungen belästigen. Die Meldung von Mercant hat lediglich meine Vermutungen bestätigt, darum müssen wir zur Erde. Dort ist nämlich etwas geschehen, mit dem niemand mehr rechnete."

Sie sahen ihn an, abwartend und gespannt.

„Ich werde euch einen umfassenden Bericht geben, während wir zur Erde zurückfliegen. Rous, nach Hades. Ich habe dort noch einige Vorbereitungen zu treffen. Bully bleibt als mein Stellvertreter zurück."

„Da wird er sich aber ärgern", vermutete Gucky schadenfroh.

„Oder auch nicht", gab Rhodan trocken zurück, während die CALIFORNIA wendete und aus der Kreisbahn ausscherte, um Kurs auf Hades zu nehmen. „Sogar ganz bestimmt nicht, Gucky. Bully hat schon immer Angst vor Gespenstern gehabt. Und wir fliegen zur Erde, um ein Gespenst zu besuchen."

Gucky starrte Rhodan an, dann schloß er die Augen, als wolle er schlafen. Er wußte, daß er jetzt nicht mehr erfahren konnte.

Atlan schwieg. Er wußte ebenfalls, wie sinnlos es war, weiter in Rhodan zu dringen. Aber er ahnte, daß der unsichtbare Helfer auf Druuf etwas mit dem „Gespenst" zu tun hatte.

Kurze Zeit darauf rasten sie mit der CALIFORNIA durch den Spalt, der sie von ihrem Universum trennte. Sie durchbrachen zuerst die in Bereitschaft stehenden Einheiten der Druuf und kümmerten sich nicht um Funksignale, die sie zur Umkehr aufforderten. Dann stießen sie auf die Kampfflotte des Regenten. Wieder reagierte Rhodan nicht auf die Anrufe, sondern ignorierte die Robotschiffe völlig. Dann ging die CALIFORNIA in Transition. Die Sterne und die Schiffe des Robotregenten verschwanden.

Nur die Sterne kamen wieder zurück, aber da war die CALIFORNIA schon zweiundzwanzig Lichtjahre vom Ort des Geschehens entfernt. Der siebte Planet des Systems Myrtha, auch Gray Beast genannt, nahm sie auf. Aber nur für wenige Stunden, dann startete Rhodan erneut.

Diesmal befand er sich mit Atlan, Gucky und Harno an Bord der DRUSUS. Die CALIFORNIA war nach Hades zurückgekehrt.

Noch während sie auf Lichtgeschwindigkeit gingen, begann Rhodan zu erzählen und rief die längst vergessene Vergangenheit in die Gegenwart zurück.

Atemlos saßen Gucky und Atlan, um dem Bericht zu lauschen. Es war ein Bericht, der so unglaublich schien, daß den beiden Zuhörern der Herzschlag stockte.

An der Decke schwebte Harno, das seltsame Kugelwesen aus Zeit und Raum. Harno hörte mit, was Rhodan zu erzählen hatte.

27.

Es war in den Anfangstagen der „Dritten Macht", aus der später das Solare Imperium entstand. Vor etwa siebzig Jahren, im Februar des Jahres 1972.

Perry Rhodan stellte das Mutantenkorps auf. Überall auf der Welt hatten Atomexplosionen die Erbmasse der Neugeborenen verändert und Menschen mit paranormalen Fähigkeiten entstehen lassen. Da gab es Telepathen, Telekinesen, Teleporter, Späher, Seher und Hypnos.

Und es gab einen Mann mit Namen Ernst Ellert.

Ellert war ein Mutant mit ungewöhnlichen Fähigkeiten. Während sein Körper ruhte, konnte sein Geist diesen ruhenden Körper verlassen und in das unbekannte Gebiet der Zeit vorstoßen. Er gelangte so in die Zukunft und kehrte dann mit dem Wissen um künftige Geschehnisse zurück. Er war das, was man vielleicht allgemein als einen Hellseher bezeichnete, aber in Wirklichkeit war er viel mehr. Er war, wie Rhodan es ausdrückte, ein Teletemporarier.

Eines Tages geschah das Unglück. Bei einem Experiment erhielt Ernst Ellert einen elektrischen Schlag und war sofort tot.

Er war tot und doch nicht tot.

Sein Geist – oder seine Seele – hatte den Körper verlassen und irrte ruhelos durch Zukunft und Vergangenheit, aber der seelenlose Leib zeigte keinerlei Anzeichen des Verfalls. Zwar schlug das Herz nicht mehr, aber das Blut wurde nicht kalt. Der Körper blieb warm.

Niemand konnte ahnen, was wirklich geschehen war. Auch Rhodan wußte es nicht. Ellerts Geist kehrte nicht mehr in die Gegenwart zurück. Er fand seinen Körper nicht mehr. Es war nur zu vermuten, daß er sich in der Ewigkeit verirrt hatte.

Was aber, wenn er eines Tages doch zurückkehrte und seinen Körper nicht mehr vorfand?

Rhodan suchte für diesen Fall einen Ausweg.

Die Arbeitsroboter unweit von Terrania hatten ihr Werk beendet, das ihnen aufgetragen worden war. Der Schacht führte fünfzig Meter tief in den Fels der Gobiwüste. Stahlharte Schmelzglasur machte die Wände für alle Zeiten verwitterungssicher. Niemals würde Grundwasser in den Schacht dringen.

Auf dem Boden ließ Rhodan eine rechteckige Kammer ausbauen, die Sauerstoffvorräte, Informationsmaterial, Anweisungen und Energiespeicher enthielt. Eine automatische Alarmanlage – im Verlauf der folgenden Jahre verbessert – sollte signalisieren, falls Ernst Ellert jemals in seinen wartenden Körper zurückkehrte.

In der Mitte der Grabkammer, die vier Meter im Quadrat maß, stand eine Liege. An ihr angeschlossen, erweckte die Alarmanlage den Eindruck komplizierter Mechanik. Sie würde sofort in Aktion treten, wenn in dieser Kammer jemand einen Atemzug tat. Auf der Liege ruhte der Körper eines Menschen.

Sie hatten Ellert unter die elektronischen Instrumente gelegt. Metallklemmen umschlossen sein linkes Handgelenk und die Fußknöchel. Eine Haube umhüllte seinen Kopf. Dicht vor seinem Mund schwebte eine Art Spiegel, der mit Selenzellen gekuppelt war. Der geringste Hauch aus dem Mund würde genügen, um die gesamte Alarmanlage auszulösen.

Perry Rhodan hatte 1972 für Ernst Ellert ein Mausoleum errichtet, wie es noch niemals ein Sterblicher erhalten hatte. Aber, so hatte Rhodan damals geahnt, Ellert war kein Sterblicher im eigentlichen Sinne des Wortes. Tief in seinem Innern hatte Rhodan die Überzeugung gehegt, daß er früher oder später dem Teletemporarier noch einmal begegnen würde.

Der Schacht wurde mit flüssigem Beton gefüllt, der sofort erstarrte. Es gab nichts auf dieser Welt, das jemals die Ruhe des „Toten“ stören würde. Und doch gab es einen Zutritt zu der Grabkammer, den aber nur Rhodan kannte. Wenn Ellert jemals erwachte, so konnte er sich innerhalb einer halben Stunde aus seinem Gefängnis befreien.

Was aber würde er dann vorfinden?

Eine Erde, die nahe um eine rote Sonne kreiste und in sie zu stürzen drohte? Einen Planeten, den eine Invasion aus dem Raum jeden Lebens beraubt hatte?

Sinnend hatte Rhodan zugesehen, wie die Roboter den pyramidenförmigen Kegel an der Stelle errichteten, unter der sich das Grab befand.

Dann hatte er sich umgedreht und war in die Ansiedlung zurückgekehrt, aus der einmal die gewaltigste Stadt der Erde entstehen sollte.

Siebzig Jahre lang war nichts geschehen. Inzwischen entstand das Solare Imperium. Aber immer noch gab es ein Lämpchen auf einer hohen Schalttafel in der Überwachungszentrale von Terrania, das bisher dunkel geblieben war.

Unter dem Lämpchen stand ein Name: *Ernst Ellert – 1972*

An diesem Tag, am 14. September 2043, hatte ein Sergeant namens Stootz Dienst in der Alarmkammer, wie die Zentrale für Überwachung allgemein genannt wurde.

Stootz kannte Ellert natürlich nicht, aber er kannte seine Pflichten. Sie waren nicht sonderlich aufregend oder schwer. Er hatte nichts anderes zu tun, als darauf zu achten, ob eine der Lampen vor ihm aufleuchtete.

Damit soll nicht gesagt werden, daß Sergeant Stootz ein technischer Laie war. Im Gegenteil. Stootz war einer der fähigsten Funk- und Elektronikfachleute des Wachpersonals. Er wußte nicht nur, *daß* eine der Alarmlampen aufleuchten konnte, er wußte auch, *warum* sie aufleuchtete. Denn hinter der so einfach aussehenden Schalttafel lag ein kompliziertes System positronischer und elektronischer Anlagen verborgen. Die Leitungen führten in alle erdenklichen Richtungen und endeten zumeist vor den Hyperfunkempfängern. Denn auch dann, wenn es im Sonnensystem XX, Tausende von Lichtjahren entfernt, Alarm geben sollte, würde hier, vor seinen Augen, die entsprechende Lampe aufleuchten.

Und dann wußte er, was es zu tun gab.

Sergeant Stootz schaltete mit einem Griff die zusätzliche Summeranlage ein. So war er sicher, einen eventuellen Alarm nicht zu übersehen, falls seine Aufmerksamkeit nachlassen sollte. Beruhigt nahm er ein Buch und begann zu lesen.

Um ihn herum war die Stille der beginnenden Nacht. Nur nebenan in der Funkzentrale ertönte hin und wieder das Rattern der Hypergrammschreiber und Bildübermittler. Das Nervenzentrum des Solaren Imperiums schlief niemals.

Keine zwei Kilometer von der Funkzentrale entfernt bewohnte Allan D. Mercant sein gemütliches Heim.

Mercant sah immer noch so jung – oder alt – aus wie vor sieben Jahrzehnten. Er hatte zusammen mit Rhodans fähigsten Mitarbeitern die lebensverlängernde Zelldusche auf dem Kunstplaneten Wanderer erhalten. Sein schütterer Haarkranz war blond geblieben, und immer noch lebte in seinen Augen die ständige Wachsamkeit, die ihn für den Posten des Solaren Abwehrschefs geradezu prädestiniert hatte.

Auf dem Bildschirm seines Stereo-Televisors tanzte eine Ballettgruppe der russischen Oper. Mercant saß in einem bequemen Sessel davor, weit genug, um seine Augen zu schonen. Er liebte es nicht, so früh ins Bett zu gehen. Erst gegen zwölf Uhr erreichte sein Körper die notwendige Müdigkeit. Dann schaltete er meist abrupt das Gerät ab, ob ein Programm lief oder nicht, und begab sich zur Ruhe.

Es war jetzt halb zwölf.

In Mercants Haus liefen alle Fäden zusammen – allerdings nur, wenn er vor Verlassen seines Büros im Verwaltungsgebäude einen entsprechenden Befehl gab.

Mercant gähnte. Fast hätte er das schrille Läuten überhört, das durchs Haus gellte.

Der Alarm.

Mit einem Satz war er aus seinem Sessel. Die Müdigkeit war wie weggeblasen.

Wenn man ihn mitten in der Nacht rief, mußte etwas Bedeutsames passiert sein.

Noch während er hinüber in sein Arbeitszimmer lief, wo die Nachrichtenanlagen aufgebaut waren, überdachte er alle Möglichkeiten, die in Betracht kamen. Irgendwo auf der Erde konnte es Schwierigkeiten gegeben haben, obwohl das heute so gut wie ausgeschlossen schien. Oder weit draußem im Raum, in einem Sonnensystem, war die Hölle los. Vielleicht hatte auch Rhodan Alarm gegeben, schließlich befand er sich nicht gerade auf einem Spaziergang.

Es gab tausend Möglichkeiten.

Nur an die eine, die nun eingetreten war, dachte er nicht.

Er stürzte sich auf das kleine Gerät dicht am Rand der Schreibtischplatte und drückte einen Knopf ein.

Die Mattscheibe leuchtete sofort auf und zeigte das etwas ratlose Gesicht von Sergeant Stootz. „Hier Funkzentrale, Alarmzentrum, Sir."

„Was ist los?" brüllte Mercant und unterbrach damit die vorschriftsmäßige Einleitmeldung des Diensthabenden. „Warum wecken Sie mich auf?"

Es war allgemein bekannt, daß Mercant nicht vor zwölf Uhr schlafen ging, und Sergeant Stootz hütete sich, die Bemerkung ernstzunehmen. „Es hat Alarm gegeben. Eine rote Lampe brennt seit zehn Sekunden."

„Welche Lampe, zum Donnerwetter?"

Sergeant Stootz beugte sich ein wenig vor – man konnte es deutlich sehen –, um die rot leuchtende Lampe näher in Augenschein zu nehmen. „Unter der Alarmanlage steht nur der Name *Ernst Ellert.*"

Es war Mercant, als lege sich ihm eine eiskalte Hand auf die Schulter. Er hatte Ellert und dessen Geschichte gekannt. Er wußte, was es mit dem verschollenen Geist des Teletemporariers auf sich gehabt hatte.

Er ahnte, was es bedeutete, wenn die Alarmanlage des Mausoleums in Funktion trat.

Seine Befehle kamen prompt und exakt, wie man es von ihm gewohnt war: „Professor Haggard und das Personal der medizinischen Abteilung sind sofort zu wecken. Haggard soll zu mir kommen. Wir werden zum Grabmal hinausfahren. Zweitens stellen Sie sofort eine Hyperfunkverbindung mit Rhodan her – System Myrtha. Sobald die Verbindung klar ist, hierherlegen. Ich habe eine Meldung abzustrahlen. Und drittens . . ." Er zögerte. Dann setzte er hinzu: „Das wäre alles."

Während der Schirm des Visiphons erlosch und Mercant unbeweglich und wie erstarrt in dem Raum stand, drang vom Wohnzimmer her noch der letzte Satz der zweiten Symphonie von Tschaikowskij herüber.

28.

Als Perry Rhodan seinen Bericht beendete, blieb es für lange Minuten völlig ruhig in der Kommandozentrale der DRUSUS. Sikermann an den Kontrollen enthielt sich jeder Äußerung. Gespannt blickte er auf Skalen und andere Meßinstrumente. Die DRUSUS näherte sich mit annähernd Lichtgeschwindigkeit dem Transitionspunkt.

Atlan stand gegen die Wand gelehnt und sah Rhodan an. In seinen Augen glomm ein seltsames Feuer.

Gucky verhielt sich abwartend. Er hockte mit geschlossenen Augen auf der Couch und schien zu schlafen. Aber Rhodan wußte, daß Gucky alles andere als schlief. Der Mausbiber war gespannte Aufmerksamkeit.

An der Decke schwebte Harno, unauffällig wie immer.

Rhodan sah von einem zum anderen. „Ja, so war das mit Ernst Ellert. Und nun leuchtete die rote Lampe auf, die sein Erwachen ankündigt. Mercant hat mir sofort den Funkspruch gesandt. Ich weiß nicht, ob wir zu spät in Terrania eintreffen, aber wir mußten es versuchen, rechtzeitig dort zu sein. Es kann kein Zweifel daran bestehen, daß der Geist Ellerts nach siebzig Jahren in seinen Körper zurückgekehrt ist. Ich brauche wohl niemand mehr zu sagen, welche Vermutung ich hege."

Atlan sah auf.

„Du glaubst, daß Ellert mit Onot identisch ist", sagte er einfach.

Rhodan nickte. „Eigentlich kann kein Zweifel mehr daran bestehen. Alle Andeutungen unseres unbekannten Helfers deuten darauf hin. Er kannte mich, konnte sich aber nicht mehr erinnern, woher er mich kannte. Er sprach davon, ein Wanderer durch die Ewigkeit zu sein. Er behauptete, Anfang und Ende der Welten erlebt oder zumindest gesehen zu haben. Ellert reiste durch die Zeit – also wieder eine Übereinstimmung. Nein, ich zweifle nun nicht mehr daran, daß wir Ellert endlich gefunden haben."

„Oder er uns", warf Gucky ein. Seine helle Stimme hatte eine eigenartige Betonung. „Er wird uns gesucht haben."

„Möglich“, gab Rhodan zu und sah zu, wie Sikermann die Transition einleitete. Der Schmerz der Schockwellen zog durch die Glieder. Als sie wieder auf den Bildschirm blickten, sahen sie das heimatliche Sonnensystem.

Die Landung war reine Routine.

Sie sprachen kaum miteinander, als die Erde größer wurde und den Bildschirm schließlich ganz ausfüllte. Mit einem sanften Ruck setzte das riesige Schiff auf.

Sie waren am Ziel.

Rhodan verließ zusammen mit Atlan und Gucky die DRUSUS. Harno steckte in einer Tasche Rhodans.

Mercant trat ihnen bereits entgegen. Sein Gesicht zeigte Müdigkeit. Im Osten war gerade die Sonne aufgegangen, und er hatte in dieser vergangenen Nacht nicht eine einzige Minute geschlafen.

„Willkommen auf der Erde“, sagte er und streckte den Männern die Hände entgegen. Dann beugte er sich ein wenig herab und begrüßte auch Gucky. „Sie kommen nicht zu spät. Bisher ist nichts geschehen.“

Das hatte Rhodan wissen wollen. Er atmete erleichtert auf und stieg in das bereitstehende Fahrzeug, das sie aus der Stadt bringen sollte. Das Mausoleum war damals weit draußen in der Wüste erbaut worden.

Während sie schräg in die Luft hinaufstiegen, berichtete Mercant knapp und präzise. „Haggard weilt mit seinem Stab am Mausoleum, aber bisher ist nichts geschehen. Die Alarmlampe leuchtet noch immer. Keine Veränderungen an der Pyramide. Der Schutzbeton scheint ebenfalls unversehrt.“

Rhodan nickte. Wenn seine Vermutungen stimmten, war es für Ellert noch zu früh, wieder Besitz von seinem eigenen Körper zu ergreifen.

Die Stadt blieb zurück. Tief unter dem Gleiter rollte die eintönige Fläche der Wüste nach hinten, bis weit vorn die spitze Nadel auftauchte, die weit in den dämmrigen Himmel hinaufstach.

Das Grabmal.

Sie sanken schnell tiefer und landeten keine zwanzig Meter von der metallisch schimmernden Pyramide entfernt. Eine Gruppe von Männern schritt ihnen entgegen. Sie hatten in einigen Wagen gewartet.

Professor Haggard gehörte zu jenen, die die Zelldusche auf Wanderer erhalten hatten. Seine hagere Gestalt näherte sich ein wenig gebeugt, was jedoch nicht auf sein tatsächliches Alter zurückzuführen war.

Er gab Rhodan die Hand.

„Wir haben umsonst gewacht“, sagte er, nachdem er auch Atlan und Gucky begrüßt hatte, der weitergewatschelt und dicht vor der Pyramide stehengeblieben war.

Rhodan spürte die leichte Skepsis in der Stimme des anderen, was er ihm nicht verübeln konnte. Jeder vernünftige Mensch mußte skeptisch sein, wenn er Ellerts Geschichte hörte.

„Ich habe es nicht anders erwartet“, gab er zurück und betrachtete sinnend die Pyramide, genau wie Gucky und Atlan es taten. „Aber Sie können mir glauben, daß Ellert bald auftauchen wird. Vielleicht schon in wenigen Tagen.“

Haggard zuckte mit den Schultern. „Sie wissen, daß ich Wissenschaftler bin, Perry. Ich bin von Natur aus mißtrauisch. Ich kann nicht glauben, daß ein menschlicher Körper, der siebzig Jahre unter der Erde ruhte, wieder lebendig wird.“

„Sie wissen genauso gut wie ich, daß Ellert nicht wirklich gestorben ist. Sie haben ihn damals selbst mit Manoli untersucht. Fanden Sie vielleicht eine Erklärung für das Phänomen?“

„Nein“, gab der Arzt zögernd zu. „Natürlich nicht. Aber sieben Jahrzehnte sind eine zu lange Zeit.“

„Nicht für jemand, der Ewigkeiten schaute“, schloß Rhodan die fruchtlose Diskussion ab. Sein Blick ruhte nachdenklich auf der Pyramide, deren Spitze nun durch die ersten Sonnenstrahlen vergoldet wurde.

Er wußte, wie man in die Grabkammer eindringen konnte, ohne den Betonschutz zu beschädigen. Irgend etwas in ihm sträubte sich dagegen, in das Gewölbe vorzudringen, aber dann siegte sein logisch denkender Verstand.

„Sie alle warten hier“, sagte er. „Nur Atlan wird mich begleiten.“ Er sah einen Moment Guckys fragendes Gesicht und schüttelte fast unmerklich den Kopf. Seine rechte Hand in der Tasche umklammerte Harno. Sollte er das Kugelwesen mitnehmen? Er entschloß sich dafür.

Er trat mit Atlan vor und blieb vor den glatten und nach oben strebenden Wänden der Pyramide stehen. Tastend legte sich seine linke Hand auf das kühle Metall. Mehrmals strich sie langsam darüber hinweg, von einer Seite zur anderen. Einmal hielt er inne, als müsse er nachdenken. Dann – ein letzter Druck – und fünf Meter neben dem Fundament der Pyramide verschob sich der Wüstengrund.

Mercant fluchte leise vor sich hin, als er das sah. Er hatte keine Ahnung von Rhodans Geheimgang und wäre auch nie auf den Gedanken gekommen, daß es einen solchen geben könnte.

Rhodan nickte ihm zu, als habe er seine Überlegungen erraten. Dann nahm er Atlan beim Arm und ging mit ihm zu der Stelle, wo sich der felsige Boden verschoben hatte. Eine steil nach unten führende Treppe war freigelegt worden. Automatisch waren die Lichter aufgeflammt.

Rhodan fühlte keine Bedenken darüber, daß er sein Geheimnis preisgegeben hatte. Er wußte, daß die Pyramide bald ihren Zweck erfüllt haben würde. Er schritt voran, Atlan folgte ihm, ohne zu zögern.

Die beiden Männer stiegen hinab zu einem Toten, der nicht tot war.

Als Ernst Ellert im Februar 1972 den Hebel berührte und ein Funke mit der Intensität von mehreren tausend Volt auf ihn übersprang, verlor er keine Sekunde das Bewußtsein. Zwar durchzuckte ein furchtbarer Schmerz seinen Körper, aber er spürte ihn nur für den Bruchteil einer Sekunde. Dann verließ er diesen Körper, hinausgeschleudert in das Nichts der Zeitlosigkeit und des unendlichen Raumes. Alles um ihn herum versank in bodenlose Leere, die weder Anfang noch Ende besaß.

Farbige Wirbel trieben auf ihn zu und entfernten sich dann wieder. Er hörte plötzlich seltsame Musik, obwohl er keine Ohren mehr besaß. Alle diese Eindrücke kamen und gingen in rhythmischer Folge, als sei er in das Innere eines pulsierenden Universums geraten.

Er schwebte im absoluten Nichts, und einmal war ihm sogar, als zöge in großer Entfernung eine Sonne an ihm vorüber, von wirbelnden Planeten umgeben. Milchstraßen drehten sich langsam um sich selbst und verschwanden hinter ihm im Raum.

Die Ewigkeit selbst schien zu schrumpfen. Er fiel durch den Zeitstrom, mit immer größer werdender Geschwindigkeit. Er hatte jede Kontrolle über das Medium verloren, das er bisher beherrscht zu haben glaubte. Er fiel und stürzte haltlos in die Unendlichkeit. Die Gegenwart blieb weit hinter ihm zurück.

Plötzlich geschah die erste Verkörperung. Sie kam so schnell und unerwartet, daß er zu Boden stürzte, als er sein eigenes Gewicht verspürte – oder besser das Gewicht des Wesens, in dessen Körper er eingedrungen war.

Sein in die fernste Zukunft geschleuderter Geist hatte eine neue Heimstätte gefunden, aber es war nicht der Körper eines Menschen, der ihn aufgenommen hatte. Das Wesen besaß vier Beine und eine nur geringe Intelligenz. Der Intellekt Ellerts fand leicht neben ihm Platz.

Er hatte sich sogar mit dem Wesen unterhalten können. Es hieß Gorx. Es verriet ihm, daß auch der Planet Gorx hieß, ebenfalls die Sonne und das Universum. Alles hieß Gorx, weil es auf dieser Welt nur diesen einen Gorx gab.

Ellert hatte versucht, sich zu konzentrieren – und das Unglaubliche geschah: Er konnte Gorx' Körper wieder verlassen. Unter sich sah er den schwerfälligen, pelzigen Körper des Tieres dahinkriechen, auf nahe, felsige Höhlen zu.

Nein, hier würde er keine Antwort auf seine Fragen finden.

Erneut konzentrierte er sich und raste hinaus in den Raum, der gleichzeitig Zeit war. Er wirbelte durch den Strom der Unendlichkeit, diesmal aber zurück, wie die ziehenden Milchstraßen ihm bewiesen. Als er anhielt, schwebte er im Nichts.

Wie sollte er sich so zurechtfinden? Es gab keinerlei Anhaltspunkte. Er war ein Tropfen im Ozean der Zeit. In diesem Augenblick begann Ellert zu begreifen, daß es keine Rückkehr mehr für ihn gab. Er war zum Gefangenen der Ewigkeit geworden.

Nicht die Frage, *wo* er sich befand, war von entscheidender Bedeutung, sondern vielmehr die entsetzliche Frage, *wann* er sich befand.

Und darauf gab es keine Antwort.

So begann Ernst Ellert, der Gefangene der Ewigkeit, seine Jahrmillionen dauernde Suche nach der Gegenwart.

Hinter ihnen schloß sich die Klappe wieder mit einem dumpfen Laut.

Die Treppe war ziemlich klein und eng. Sie führte in scheinbar endlose Tiefe. Rhodan schritt voran. Er schien sein Ziel genau zu kennen.

Vor einer fugenlosen Wand blieb er stehen und wartete, bis Atlan ihn erreichte.

„Dahinter liegt die Grabkammer, Admiral."

„Besser gesichert als die größte Schatzkammer der Welt", sagte Atlan.

Rhodan nickte ernst. „Der Körper Ellerts ist ein Schatz, auch ohne die Seele. Doch wenn die Seele zurückgekehrt ist . . ."

Er beendete den Satz nicht. Schweigend legte er seine Hand gegen das hinter Metall verborgene Schloß. Seine Körperwärme und die Eigenschwingungen seines Gehirns aktivierten den Kontakt. Die Tür schwang auf.

Dahinter lag ein enger Gang, der vor einer weiteren Tür endete, die sich jedoch leicht öffnen ließ. Wer bis hierher gedrungen war, der war ohnehin nicht mehr aufzuhalten.

Rhodan betrat unmittelbar vor Atlan die Grabkammer.

Ernst Ellert lag immer noch so, als sei er eben erst eingeschlafen.

Das Gesicht schien zu leben. Es war ein wenig blaß, aber keineswegs blutleer. Die dunklen Haare lagen eng an, als habe man sie eben erst gekämmt. Die Augen waren geschlossen, die Lippen zusammengepreßt.

Ernst Ellert atmete nicht. Der Spiegel vor seinem Mund war nicht beschlagen.

Rhodan stand lange vor dem Mutanten und rührte sich nicht. Atlan neben ihm wagte kaum Luft zu holen, so sehr beeindruckte ihn das Geschehen. Ein Toter hatte sie gerufen, und sie waren dem Ruf gefolgt – über mehr als sechstausend Lichtjahre hinweg.

Und dann kamen die ersten tastenden Gedankenimpulse und pochten gegen das Bewußtsein der beiden Männer. Zuerst waren sie noch schwach und unsicher, aber dann wurden sie stärker und deutlicher.

Perry Rhodan – du bist gekommen? Ich habe lange auf dich gewartet.

Es war wie ein Schock für Rhodan, denn diesmal wußte er, wer zu ihm sprach – lautlos und telepathisch.

Seine Stimme war heiser und rauh, als er antwortete: „Du bist es, Ernst Ellert. Ich wußte, daß du eines Tages zurückkehren würdest, aber ich glaubte nicht, daß es so lange dauern würde. Du warst im Körper Onots, des Chefphysikers der Druuf?"

Ich bin es noch, Rhodan. Nur die Hälfte meines Geistes konnte ich befreien. Einmal aber werde ich ganz frei sein. Bis dahin aber . . .

„Ja?" fragte Rhodan gespannt, als die Impulse stockten.

„Ich kann die Druuf nicht allein lassen, wenigstens so lange nicht, wie es einen Durchgang zu unserer Zeitebene gibt. Wenn die beiden Universen aneinander vorbeigeglitten sind, ist meine Aufgabe beendet."

Rhodan erschrak. Die Worte waren laut gesprochen worden. Hinter ihm.

Er fuhr herum – und erblickte Atlan, der bleich an der Wand stand.

Trotzdem öffnete sich jetzt sein Mund, und er sagte: „Ja, Rhodan, ich spreche durch Atlan, deinen Freund. Ich bin frei, das betonte ich schon, wenn auch noch nicht völlig. Immerhin konnte ich Atlans Körper übernehmen. Er hört mich trotzdem."

Rhodan begriff, wenn auch nur teilweise.

„Berichte, was geschehen ist", sagte er.

Und Ellert berichtete, Atlans Stimme benutzend: „Als ich im Zeitstrom schwamm und mein Ziel verloren hatte, wanderte ich ruhelos von Galaxis zu Galaxis, von Zeitalter zu Zeitalter. Ich konnte mich frei bewegen, aber ich fand das nicht mehr, was wir Gegenwart nennen. Ich hatte mich verirrt – so glaubte ich. Bis ich eines Tages die Druuf fand. Sie waren das einzige Volk des gesamten Universums – so dachte ich."

Er machte eine kurze Pause. Dann fuhr er fort: „Ich hatte mich geirrt. Es gab nicht nur *eine* Zeit, sondern mehrere Zeitebenen, die nebeneinander bestehen. In einer Zeit, in der unsrigen, hätte ich mich zurechtgefunden und damit auch den Weg zurück zur Gegenwart. Aber der Schock damals schleuderte mich aus unserer Existenzebene hinaus, quer durch das Nichts hinein in die Ebene der Druuf. Von dort gab es kein Zurück mehr. Ich war endgültig verschollen."

Rhodan begann allmählich zu begreifen, was geschehen war.

„Und du wirst bald ganz zu uns zurückkehren können, wieder in deinen Körper?"

„Ja, Perry, bestimmt. Aber selbst wenn ich heute könnte, würde ich es nicht tun. Die Druuf sind eine viel größere Gefahr, als du es ahnst. Ich habe einen gewissen Einfluß auf sie, denn als Onot gehöre ich zu ihrer Oberschicht. Wäre ich nicht gewesen, so hätten sie schon vor knapp drei Monaten die Erde erobert."

„Vor drei Monaten?" Rhodan versuchte sich zu erinnern.

„Ja, sie durchstießen ihr Universum an einer plötzlich entstandenen Lücke und griffen die Galaxis an. Viele Planeten gingen damals in Feuer und Flammen unter, und viele verloren einige Kontinente . . ."

Atlans Stimme stockte plötzlich. Er sah Rhodan erstaunt an. Dann sprach Ellert weiter, diesmal aber wieder telepathisch und in den Gehirnen der beiden Männer. *Nun weiß ich auch, woher ich Atlan kenne, durch dessen Mund ich sprach. Vor zwei Monaten noch war er Kommandant einer arkonidischen Schlachtflotte, die ein Sonnensystem kolonisierte.*

Rhodan warf Atlan einen schnellen Blick zu, ehe er antwortete: „Das Sonnensystem, Ellert, war *unser* Sonnensystem. Und du bist Atlan nicht vor drei Monaten, sondern vor zehntausend Jahren begegnet. So weit also bist du in die Vergangenheit zurückgegangen, um die Gegenwart zu finden?"

Es entstand eine lange Pause.

Mein Erinnerungsvermögen ist noch lückenhaft, mein Zeitempfinden aber ist völlig geschwunden. Ich glaube nicht, daß ich auch heute noch in die Vergangenheit oder Zukunft gehen kann. Schon allein darum muß ich zu euch zurückkommen, damit ich die Erde nicht verliere. Aber die Druuf dürfen nicht sich selbst überlassen werden. Erst dann, wenn sich der Entladungstrichter wieder schließt, ist die Gefahr vorüber.

„Noch eine Frage", sagte Rhodan. „Die Druuf verfügen über einen Antrieb, der schockartige Transitionen vermeidet. Kannst du mir etwas darüber mitteilen?"

Abermals sprach Ellert durch Atlan: „Ich werde es können, wenn ich wieder ganz frei bin. Nur soviel: Die Schiffe der Druuf durchstoßen die Grenze zum Hyperraum, der auch in der anderen Zeitebene existiert, ohne jeden Schock. Sobald die Lichtgeschwindigkeit überschritten wird, schaltet sich ein automatischer Kompensator ein, der die Zeit neutralisiert und auch eine Massenveränderung verhindert. Das Schiff beschleunigt innerhalb kürzester Frist auf millionenfache Lichtgeschwindigkeit. Das ist ein unvorstellbarer Vorteil. Die umständlichen Berechnungen, die vor einem Hyperflug angestellt werden müssen, fallen weg. Außerdem wird der Schmerz vermieden, den jede Rematerialisierung verursacht. Man fliegt mit Sicht. Es ist eine einmaliges Erlebnis."

Rhodan blieb sachlich und kühl, obwohl in seinem Innern die Erregung tobte. „Glaubst du, uns die Pläne eines solchen Antriebs beschaffen zu können?"

„Ich werde es versuchen, Perry. Ich werde nicht ohne die Pläne zu meinem Körper zurückkehren. Vielen Dank dafür, daß du ihn so gut aufbewahrst hast. Ich habe ihn ohne Schwierigkeiten gefunden."

„Was machte dich teilweise frei?"

„Du ahnst es doch, oder? Es war das Zeitfeld, in das ich dank Guckys Neugier geriet." Er schwieg eine Sekunde, dann fügte er nachdenklich hinzu: „Es ist merkwürdig, aber ich kann mich an Dinge und Namen erinnern, die ich niemals gekannt habe."

Rhodan sah hinab auf das reglose Gesicht Ellers. Es war so tot und starr wie immer. Aber einmal würde es wieder leben . . .

„Welchen Rat gibst du mir?" fragte er.

Ellert antwortete telepathisch: *Kämpfe weiter gegen die Druuf und sorge dafür, daß die große Rechenzentrale unter der Hauptstadt auf Druufon zerstört wird. Aber auf dich darf kein Verdacht fallen. Verbünde dich mit Arkon und laß die Roboter das Vernichtungswerk ausführen.*

„Und was ist, wenn der Regent nicht will?"

Es war Rhodan, als wären die telepathischen Impulse Ellerts schon schwächer, als er antwortete: *Tu, was ich sagte. Es ist nicht mehr viel Zeit – auf Wiedersehen, Perry, Atlan. Ich muß nach Druufon. Onot wurde ohnmächtig. Ich muß* . . .

Die Impulse blieben jäh aus.

Ellert hatte sich zurückgezogen oder sich zurückziehen müssen. Aber eines Tages . . .

Rhodan warf einen letzten Blick auf das leblose Gesicht unter den elektronischen Alarmgeräten, dann drehte er sich abrupt um und nickte Atlan zu. „Gehen wir. Wir wissen, was wir wissen wollten."

Atlan folgte ihm stumm.

Sie durchschritten die beiden Türen, kletterten die schmalen Stufen des Ganges empor und atmeten auf, als sie die Oberfläche erreichten. Die inzwischen hochgestiegene Sonne erschien ihnen wie ein Symbol. Ihre wärmenden Strahlen bedeuteten Leben und Zuversicht.

Hinter ihnen schob sich die felsige Tarnplatte wieder über den Einstieg.

Gucky stand neben der Pyramide und sah ihnen entgegen.

„Ich habe eure Unterhaltung telepathisch verfolgt", erklärte er.

Rhodan nickte ihm zu.

Mercant kam Rhodan entgegen.

„Nun?" fragte er gespannt. Er war ein viel zu schwacher Telepath, als daß er das Gespräch in der Grabkammer in allen Einzelheiten hätte belauschen können.

Rhodan sah auf die Spitze der Pyramide, als er antwortete: „Ellert wird zurückkehren, wenn die Zeit gekommen ist. Noch liegt eine Aufgabe vor ihm – und vor uns. Er sprach zu uns, aber sein Körper muß noch weiterruhen. Mercant, Sie werden dafür sorgen, daß eine ständige Wache hier beim Grabmal steht. Wenn das nächste Mal die rote Alarmlampe aufleuchtet, ist es soweit." Er sah sich um und bemerkte Haggard. Er nickte auch ihm zu. „Es wird nicht mehr lange dauern, Doc, dann werden Sie Ellert auf seinen Gesundheitszustand untersuchen können. Auf seinen körperlichen, wohlgemerkt. Sein geistiger Zustand . . ."

Rhodan schwieg plötzlich.

Dann wandte er sich um und schritt ohne ein weiteres Wort auf das wartende Gleitfahrzeug zu.

Der Rückflug nach Myrtha-7 erfolgte noch am selben Tag, da Rhodan von einer inneren Unruhe getrieben wurde, die er sich nicht erklären konnte. Vielleicht lag es daran, daß ihm erst durch Ellerts Worte völlig klargeworden war, welche Bedrohung die Druuf wirklich darstellten.

Noch bevor sie die notwendige Geschwindigkeit für die Transition erreichten, übermittelte ihnen Harno ein Bild aus dem System Siamed.

Die Kugel war auf die Größe eines doppelten Fußballs angeschwollen. Auf der gewölbten Oberfläche wurden zuerst die Blockadeschiffe des Regenten sichtbar, die vor dem Entladungstrichter darauf lauerten, vordringende Einheiten der Druuf abzufangen.

Rhodan holte tief Luft, als er die schimmernde Wolke sah. Er warf Atlan einen Blick zu. „Wieviel sind es – was schätzt du?"

Der unsterbliche Arkonide zuckte mit den Schultern. „Mindestens dreißigtausend große und kleine Einheiten. Es sind auch Schiffe der Springer dabei. Eine gewaltige Macht."

„Die Druuf würden auch damit fertig, wenn sie nicht daran gehindert werden", gab Rhodan zurück. „Ich denke, wir werden nun endlich die Notrufe des Regenten beantworten."

Harno wechselte das Bild. Druufon kam in Sicht, umgeben von kreisenden Stabkreuzern, die den bereits angegriffenen Planeten der Druuf gegen weitere Angriffe schützen sollten. Es würde schwer sein, diesen Ring zu durchbrechen. Vielleicht würde es sogar unmöglich sein.

Harno wechselte abermals das Bild und zeigte den Stützpunkt auf Hades. Dort waren inzwischen zwölf Transmitterstationen eingerichtet worden, die eine Reichweite bis zu zwei Lichtjahren besaßen. Das bedeutete, daß man Menschen und Material von außerhalb in das Universum der Druuf einschleusen konnte, ohne die gefährliche Lücke des Entladungstrichters durchstoßen zu müssen.

Materietransmitter?

In Rhodans Gehirn begann sich ein Plan zu formen, der so kühn und phantastisch war, daß er ihn nicht zu Ende dachte.

Immerhin ...

„Die Materietransmitter sind doch auch den Druuf bekannt?“ fragte Atlan in die Gesprächspause hinein.

Rhodan sah schnell auf. Sollte Atlan auf eine ähnliche Idee gekommen sein? Er begegnete Atlans fragendem Blick. Der Mausbiber auf seiner Couch räusperte sich. Harno sah seine Aufgabe beendet, wurde wieder kleiner und schwebte zur Decke empor.

„Sie haben zumindest *einen.*“ Rhodan nickte. „Warum?“

Atlan lächelte. „Ich wette, du weißt, warum ich frage, Barbar. Du hast, genau wie ich, die Sperrflotte der Druuf gesehen und dir überlegt, wie man jetzt noch in das Rechenzentrum eindringen kann, ohne die halbe Flotte bei dem Versuch zu verlieren. Es gibt nur zwei Wege: Wir versuchen es mit einem erneuten Bündnis, um landen zu können, oder wir greifen offen an. Und dann gäbe es noch eine dritte Möglichkeit.“

„Genau an die dachte ich auch“, gab Rhodan zu und lächelte nun ebenfalls. „Der Transmitter. Das meinst du doch auch, nicht wahr?“

„Genau, Rhodan. Aber wie?“

Rhodan sagte nur: „Ellert-Onot.“

Atlan nickte wortlos. Dann schwiegen beide Männer und sahen zu, wie Oberstleutnant Baldur Sikermann die Transition einleitete, die sie nach Gray Beast bringen sollte.

Noch am Abend desselben Tages startete die DRUSUS erneut und überwand in einer Kurztransition die Strecke von zweiundzwanzig Lichtjahren, die zwischen Gray Beast und dem Entladungstrichter lagen. Es war reiner Zufall, daß die Entfernung nur geringfügig schwankte, obwohl sich das Feld der Zeitüberlappung mit fast halber Lichtgeschwindigkeit am Rand der Milchstraße entlang bewegte. Doch auch das System Myrtha bewegte sich, und zwar mit fast gleicher Geschwindigkeit, in gleicher Richtung.

Als die DRUSUS materialisierte, geschah es inmitten einer Formation Leichter Kreuzer des arkonidischen Imperiums. An der relativ zögernden Reaktion erkannte Rhodan, daß er es mit bemannten Einheiten zu tun hatte und nicht etwa mit Robotern.

Noch ehe die Arkoniden einen Entschluß fassen konnten, nahm Rhodan Funkverbindung mit ihnen auf. Er erfuhr, daß es sich um Springer handelte.

Die Überraschung, wieder einmal dem verteufelten Terraner zu begegnen, war für die Springer nicht unerheblich, aber noch überraschter mußten sie sein, als Rhodan ankündigte, mit dem Regenten sprechen zu wollen.

Rhodan wußte, und das war der Hauptzweck der umständlichen Aktion, daß die Springer die nun folgende Unterredung mit anhören konnten.

Rhodan, Atlan und Gucky standen vor der Hyperfunkanlage der DRUSUS. Der entsprechende Empfänger war bereits eingeschaltet.

Der ovale Schirm zeigte das bekannte Symbol des Robotgehirns auf Arkon, die mächtige Metallhalbkugel, die auf einem Sockel ruhte. Gleichzeitig lief der mechanisch aufgenommene Spruch ab, den man seit Wochen empfing: „Der Regent von Arkon ruft Perry Rhodan, den Terraner. Unser gemeinsamer Feind greift übermächtig an. Wenn wir uns nicht verbünden, sind wir verloren. Ich bitte Perry Rhodan um Unterstützung. Melde dich, Rhodan!“

Immer wieder wiederholte die mechanische und unpersönliche Stimme den gleichen Spruch. Rhodan hatte bisher nicht darauf geantwortet.

„Ich wäre es schon längst leid“, meinte Bully, der inzwischen über Transmitter von Hades an Bord der DRUSUS eingetroffen war.

„Du hast auch nicht den Charakter eines Robotgehirns“, klärte ihn Gucky auf und ließ sich bequem in einer Ecke nieder, um die Vorgänge genau beobachten zu können.

Rhodan achtete nicht darauf. Er schaltete mit einem Griff den Sender ein und sagte: „Hier ist Rhodan. Welchen Vorschlag hast du mir zu unterbreiten, Regent?“

Dann warteten sie.

Der Regent benötigte eine gewisse Zeit, um nachzudenken und alle Kombinationen der Möglichkeiten durchzugehen. Rhodans Frage mußte sehr überraschend gekommen sein.

Immerhin ertönte bereits zwei Sekunden später die mechanische Stimme in der Funkzentrale der DRUSUS. „Perry Rhodan, ich bin bereit, unser Bündnis zu erneuern.“

„Was schlägst du vor?“ fragte Rhodan.

„Meine Flotte steht bereit. Verstärke sie durch alle deine Schiffe, dann greifen wir gemeinsam die Druuf an."

„Ich bin nicht so sicher", lehnte Rhodan rundweg ab, denn er begann zu ahnen, daß der Regent wieder einmal versuchte, zwei Fliegen mit einer Klappe zu schlagen. „Ich habe einen besseren Plan."

„Wenn er besser ist als meiner, ist er angenommen." Das war kalte Logik.

Rhodan nickte zufrieden und sagte: „Du wirst ein Schlachtschiff vom Typ der TITAN durch den Entladungstrichter in das Universum der Druuf entsenden. An Bord werden sich ausschließlich Kampfroboter befinden. Sorge dafür, daß mindestens ein oder zwei Dutzend der Roboter auf Druufon landen."

Rhodan entwickelte dem Robotgehirn genau den Plan, den er vorher mit Atlan durchgesprochen hatte. In wenigen Sätzen war alles gesagt. Der Gedanke war so naheliegend und logisch, daß es keine Sekunde dauerte, bis der Regent antwortete: „Der Plan ist gut, ich stimme zu. Du bekommst, was du verlangst."

„Ich warte."

„Bin gespannt, was geschehen wird", sagte Atlan und ließ sich seufzend im nächsten Sessel nieder. „Warum sollte es nicht klappen?"

Rhodan gab keine Antwort. Er betrachtete aufmerksam den Bildschirm, auf dem die Schiffe der Springer zu sehen waren. Einige Robotkreuzer befanden sich auch darunter.

In der DRUSUS wurden inzwischen einige Veränderungen vorgenommen. Einer der riesigen Laderäume wurde leergeräumt. Er war groß genug, um mehrere Kreuzer aufzunehmen – oder anderes Material.

Eine Stunde verging, dann materialisierte keine Lichtsekunde entfernt ein Frachter. Er kam aus dem Hyperraum und bremste seinen Flug mit rücksichtsloser Schärfe, weil sonst eine Katastrophe fast unvermeidlich gewesen wäre.

Dicht bei der DRUSUS stoppte das Schiff ab.

Über die Funkzentrale nahm Rhodan Verbindung mit dem Kommandanten auf. „Ich bringe die verlangten Kampfroboter."

„Danke. Direkt von Arkon?"

„Ja. Der Regent befahl es."

„Gut. Wir öffnen eine Ladeluke. Sie können die Roboter dann umsteigen lassen. Wie ist es mit der anderen Bedingung?"

„Ein Schlachtschiff Arkons steht bereit.“

Rhodan nickte und unterbrach den Kontakt. Alles Weitere war nur Routine.

Die beiden Schiffe wurden durch Magnettrossen verankert und miteinander verbunden. Über eine Graviplanke schritten fünfhundert schwere Kampfroboter aus der Luke des Frachters in den Laderaum der DRUSUS.

Es waren fast drei Meter hohe Kolosse. In Brusthöhe waren die Wülste der drehbaren Waffenkränze. An den Enden ihrer vier Arme saßen Energiestrahler. Rhodan hatte darauf bestanden, daß alle Roboter (auch jene, die von einem Schlachtschiff des Regenten auf Druufon abgesetzt werden sollten) zusätzlich mit Schockwaffen ausgerüstet wurden. Die Kampfroboter erhielten eine Programmierung, die es ihnen unmöglich machte, ihre tödlichen Strahlwaffen gegen die Druuf einzusetzen. Rhodan kam es lediglich darauf an, die Rechenzentrale auf Druufon zu zerstören. Bei dem zu erwartenden Widerstand der Druuf würden die Roboter nur ihre Schockwaffen einsetzen. Die Strahlwaffen waren für den Einsatz gegen die Roboter der Druuf vorgesehen.

Nach einer Stunde schlossen sich die Luken. Die beiden Schiffe lösten sich wieder voneinander und strebten langsam in verschiedenen Richtungen davon.

Erneut nahm Rhodan Verbindung mit Arkon auf. „Alles bereit, Regent. Setze den Angriff für morgen fest. Die Zeit: zwölf Uhr mittags Erdzeit.“

„Alles klar.“ Es entstand eine winzige Pause, dann fügte der Regent hinzu: „Viel Glück, Rhodan von Terra.“

„Danke.“ Rhodan lächelte kalt. Es lag kein Grund vor zu der Annahme, daß der Regent den Wunsch aus einem Gefühl heraus geäußert hatte.

Die DRUSUS nahm Geschwindigkeit auf und entfernte sich einige Lichtstunden von dem abwartenden Verband der Springer und Roboter. Über eine Nachrichtensonde nahm Rhodan Verbindung mit Hades auf.

Leutnant Stepan Potkin, stellvertretender Kommandeur des geheimen Stützpunkts im Herzen des Druuf-Reiches, war bereits unterrichtet. Er meldete, daß Empfänger III der Transmitterstation bereit sei.

Rhodan und Atlan begaben sich in den Lagerraum der DRUSUS.

Es war kein Zufall, daß nebenan der Transmitter untergebracht war.

„Gehen wir auf die Reise", sagte Atlan und öffnete die Tür zum Transmitterraum. Gleichzeitig wandte er sich an die Roboter: „Die ersten zwanzig folgen mir in den Transmitter. Nach genau zehn Sekunden kommt die nächste Gruppe dran. In zweihundertfünfzig Sekunden ist die Überführungsaktion beendet. Dann erhaltet ihr neue Programmierungen."

Rhodan blieb neben der Tür stehen, während Atlan voranschritt und zusammen mit den ersten zwanzig Robotern den Energiekäfig des Transmitters betrat.

Zwei Sekunden später waren er und die Kampfmaschinen verschwunden. Sie würden im selben Augenblick zwei Lichtjahre entfernt auf Hades materialisieren.

Mit dem letzten Schub verließ auch Rhodan die DRUSUS.

Sikermann blieb auf Warteposition. Zusammen mit Bully und Gucky war er zum Nichtstun verurteilt.

Besonders für Gucky war das eine schwere Geduldsprobe.

Auf Hades verlief alles programmgemäß.

Während die Techniker darangingen, die Kampfroboter auf ihre ihnen bevorstehende Aufgabe vorzubereiten, begaben sich Rhodan und Atlan zu Captain Rous, der zusammen mit Potkin den Stützpunkt befehligte. Der Leichte Kreuzer CALIFORNIA lag im Hangar von Hades.

Marcel Rous gehörte zu jenen Männern, denen es als ersten gelungen war, in die Zeitebene der Druuf vorzustoßen. Mit Hilfe eines Linsenfeldgenerators war es ihm gelungen, die Wand aus Zeit zu überwinden, und fast wären sie damals in einem unentrinnbaren Zeitgefängnis gelandet.

Er lächelte befreit, als er Rhodan und Atlan eintreten sah, und ging ihnen mit ausgestreckter Hand entgegen.

„Es ist alles in Ordnung", beruhigte ihn Rhodan und nahm die Hand. Nachdem auch Atlan Rous begrüßt hatte, schilderte Rhodan kurz, was auf der Erde geschehen war, und er schloß: „Was wir nun brauchen, ist eine telepathische Verbindung mit Ellert. Ich weiß nicht, wie wir das anstellen sollten, wenn uns Harno nicht dabei helfen würde." Er griff in die Tasche und holte die kleine Kugel hervor. „Kannst du Onot finden?"

Harno wurde größer und damit zum Bildschirm. *Ich werde es versuchen,* war die Antwort in den Gehirnen der drei Männer.

Farbige Nebel huschten über die milchige Kugeloberfläche und formten sich zu einem Planeten, der schnell größer wurde.

Druufon.

Aber Harno drang weiter vor, hinein in das Innere des Planeten. Alle wichtigen Anlagen der Druuf lagen tief im Schutz der gewachsenen Felsen Druufons. Hier unten schlug das Herz der übermächtigen Technik, die sich sogar den Sieg über die Zeit zum Ziel gesetzt hatte.

Onot war klar zu erkennen.

Der Chefphysiker der Druuf ruhte. Er lag auf einem breiten Bett und hielt die Augen geschlossen. Eigentlich, dachte Rhodan, mußte es jetzt besonders leicht sein, Verbindung mit Ellert aufzunehmen – wenn Ellerts Geist nicht gerade auch schlief.

Konnte er das überhaupt?

Rhodan fand keine Zeit, sich eine Antwort auf diese Frage zu geben, denn genau in dieser Sekunde spürte er das behutsame Bohren in seinem Bewußtsein, mit dem Ellert sich ankündigte.

Auch Captain Rous und Atlan verstanden, was Ellert sendete.

Dein Plan, Rhodan, ist sehr klug. Du kannst mich sehen?

„Wir sehen Onot, den Wissenschaftler. Harno hat ihn gefunden."

Deine Gedanken sind nur Bruchstücke. Schildere zusammenhängend, was ich zu tun habe, damit kein Irrtum den Plan zunichte macht. Ich höre.

Rhodan sagte: „Die Flotte des Regenten von Arkon wird Druufon angreifen und dabei ein Schlachtschiff mit Kampfrobotern abzusetzen versuchen. Der ganze Vorgang gilt als Tarnung, denn es ist kaum damit zu rechnen, daß es den Robotern gelingt, bis zur Rechenzentrale vorzudringen. Das werden unsere Robots tun, die wir auf unsere zwölf Transmitteranlagen verteilen. Kurz nach dem Angriff auf Druufon werden wir die Transmitter einschalten. Du hast lediglich dafür zu sorgen, daß die Empfangsstation im Rechenzentrum von Druufon ebenfalls eingeschaltet und auf die unsere abgestimmt wird. Kannst du das?"

Es wird gehen, denn schließlich bin ich Onot, kam die Antwort klar und selbstbewußt. *Ich werde rechtzeitig mit dir in Verbindung treten, Rhodan. Sonst alles klar?*

Rhodan atmete auf. „Sonst alles klar, Ellert. Bis morgen."

Die Antwort blieb aus. Vielleicht war es für Ellert eine Kraftanstrengung, mit ihnen Kontakt zu halten, und er vermied es, unnötig Energie zu verschwenden.

Atlan räusperte sich. „Und welche Rolle spielen wir in der geplanten Aktion? Das ist mir bisher nicht klar geworden."

„Captain Rous wird uns begleiten, Atlan. Wir werden genau zum richtigen Zeitpunkt den Druuf einen unverbindlichen Besuch abstatten. Ich möchte, daß man uns weiterhin für Verbündete hält – so lange wenigstens, bis wir das Geheimnis des überlichtschnellen Raumantriebs kennen."

„Wann starten wir?" fragte Rous gespannt.

„Morgen", vertröstete ihn Rhodan. Dann schüttelte er plötzlich den Kopf. „Ich fürchte, ich muß Sie enttäuschen. Ich werde doch lieber mit der DRUSUS nach Druufon fliegen. Die Druuf kennen das Schlachtschiff und haben mehr Respekt davor als vor der unscheinbaren CALIFORNIA. Seien Sie mir nicht böse."

„Taktische Erwägungen sind wichtiger." Rous lächelte und verbarg seine Enttäuschung.

Rhodan gab ihm die letzten Anweisungen, damit keine Zeitüberschneidungen zu befürchten waren, und kehrte mit Atlan und Harno zu Leutnant Potkin zurück, der die Programmierung der Roboter leitete.

„Sie werden, sobald sie im Rechenzentrum der Druuf ankommen, ihr Zerstörungswerk beginnen."

Rhodan betrachtete die in Reih und Glied stehenden Maschinen. Sie sahen aus wie stählerne Riesen der Vorzeit.

Harno kam herab und ließ sich von Rhodan in die Tasche stecken.

„Wir werden noch heute zur DRUSUS zurückkehren", sagte Rhodan. „Sobald die Flotte Arkons morgen angreift, beginnt unser großes Spiel mit den Druuf. Hoffentlich spielen sie mit."

„Davon wird alles abhängen", bemerkte Atlan.

Rhodan schüttelte den Kopf. „So oder so werden unsere fünfhundert Roboter in die Rechenzentrale gelangen. Daran ist nichts zu ändern. Aber die Druuf sollen nicht wissen, daß sie von uns kommen. Denn ich gälte dann nicht mehr als Freund der Druuf – und das würde ich sehr bedauern."

Atlan gab keine Antwort. Schweigend ging er neben ihm her zu dem Transmitter, der sie wieder zur DRUSUS befördern sollte. Er blieb skeptisch, wie es in seiner Natur lag.

Sie hatten noch Zeit bis zum Beginn des Angriffs.

Nach einem erfrischenden Schlaf trafen Atlan und Gucky fast gleichzeitig in Rhodans Kabine ein. Bully war bereits anwesend und hockte auf der Couch. Gucky watschelte zu ihm, schwang sich neben ihn und lehnte sich bequem gegen seinen Freund. Es machte ihm nichts aus, daß Bully ihn mißtrauisch von der Seite her anschielte.

Rhodan hatte gefrühstückt und fühlte sich gut aufgelegt. Der Plan lag fest, er war nicht mehr zu ändern – und sie hatten noch vier ganze Stunden Zeit. Es gab nichts mehr zu tun.

Unter der Decke schwebte Harno, das rätselhafte Wesen aus Energie und Zeit, zusammengeballt zu einer harmlosen Kugel.

Atlan setzte sich Rhodan gegenüber. „Nun dauert es nicht mehr lange, Barbar."

„Vier Stunden können unter Umständen eine lange Zeit sein. Ich bin froh, etwas Ruhe zu finden", gab Rhodan zu. „Die vergangenen Stunden und Tage waren anstrengend genug. Ich weiß nicht, ob die Zukunft weniger hektisch sein wird."

„Kaum", stimmte Atlan ihm bei. Er sah zu Bully hinüber, der gerade damit begann, Guckys Nackenfell zu kraulen.

Bully sah kaum auf. „Ob Ellert sich noch einmal meldet?"

„Gewiß wird er das tun, aber erst wenige Minuten vor dem Angriff – oder erst während der Aktion. Das kommt darauf an, welche Gelegenheit er dazu hat", erwiderte Atlan.

Rhodan schwieg und sah zu Harno empor.

Warum fragst du nicht, Rhodan?

Der Gedankenimpuls war in allen Gehirnen und wurde von jedem verstanden.

Rhodan wirkte für eine Sekunde etwas verlegen, als er sich ertappt sah, aber dann lächelte er heiter und schüttelte den Kopf. „Du solltest nicht so viel spionieren, Harno. Du weißt, was ich dich fragen wollte – nicht erst heute. Antworte, wenn du willst."

Du willst wissen, ob ich mehr kann, als nur Bilder herbeizuholen. Natürlich kann ich mehr, Rhodan, aber manchmal darf ich nicht. Es gibt Dinge, die mir verboten sind.

Rhodan spürte, daß ihr Gespräch sich in mystische Bahnen zu bewegen begann. Dazu war jetzt keine Zeit.

„Lassen wir das", sagte er bestimmt. „Harno wird sprechen, wenn er es für richtig hält."

Gucky räusperte sich und meinte mit eigenartiger Betonung: „Ihr seht, es kommt niemals auf die Größe der körperlichen Gestalt an, sondern nur auf das, was in einem steckt. Bully ist körperlich groß, ich bin äußerlich klein. Die logische Folgerung wäre ..."

In ihren Gehirnen kicherte Harno belustigt.

Chefphysiker Onot fühlte sich seit einiger Zeit nicht wohl. Vor drei oder vier Monaten etwa hatte es begonnen. Zuerst waren es nur Kopfschmerzen gewesen, auf die er kaum geachtet hatte, dann verlor er ab und zu das Bewußtsein.

Onot hatte sich gehütet, den Ehrwürdigen vom Rat der Sechsundsechzig von seinen Beobachtungen Mitteilung zu machen, ganz davon abgesehen, daß sich in seinem Innern etwas dagegen sträubte, jemand zum Mitwisser seiner Krankheit werden zu lassen.

War es überhaupt eine Krankheit?

Jedenfalls gab es Begleiterscheinungen, die Onot zu denken gaben.

Oft, wenn er allein in seinem Labor weilte und mit seinen geheimnisvollen Zeitexperimenten beschäftigt war, konnte er sich des Gefühls nicht erwehren, plötzlich nicht mehr allein zu sein. Er ahnte, daß er von jemand belauscht wurde. Von jemand, der unsichtbar in seiner Nähe weilte und der einen unvorstellbaren Einfluß auf sein Denken ausübte.

Er glaubte, daß es etwas mit seinen Experimenten zu tun hatte. Immerhin beschäftigte er sich mit dem Problem der Zeit, und er hätte sich nicht gewundert, eines Tages Wesen oder Gegenständen aus Vergangenheit oder Zukunft zu begegnen.

Onot war nüchterner Wissenschaftler. Er konnte es sich nicht erlauben, Hirngespinsten Glauben zu schenken. Er war nicht krank. Er *durfte* nicht krank sein.

Onot weilte in seinem Labor. Draußen, so wußte er, trat die Lage in ein kritisches Stadium. Der von ihm schon lange vorausgesagte Riß im Universum war Tatsache geworden und damit der Zutritt zur anderen Zeitebene für längere Zeit gesichert. Die Angleichung war fortgeschritten, aber niemand konnte wissen, wie lange dieser Zustand anhielt.

Gleichzeitig tauchte eine Gefahr auf. Genauso, wie die Druuf nach außen gehen konnten, konnten die Bewohner des fremden Universums auch in das Reich der Druuf eindringen. Und genau das war geschehen.

Onot lächelte spöttisch. Es hätte keinen besseren Zeitpunkt dafür geben können. Seine Erfindung war fertig und ausprobiert. Unter Umständen konnte er sie in eine Waffe verwandeln, mit der sich ganze Milchstraßen erobern ließen. Außerdem war die Robotflotte der Druuf stark genug, jeden Gegner abzuwehren.

In diesem Augenblick, so wußte er, sammelten sich die schweren Schlachtschiffe, um die Blockadeflotte vor dem Riß anzugreifen. Hier auf Druufon stand alles bereit, durchbrechende Einheiten gebührend zu empfangen.

Er lächelte noch immer, als er zum letztenmal den Generator einschaltete, um das Zeitfeld zu aktivieren. Rein äußerlich geschah nichts, als die Energie durch die komplizierte Apparatur floß und vom Deckenschirm abgestrahlt wurde. Nur ein Teil des Saales geriet unter den Einfluß des Zeitfelds.

Er war kreisrund und hatte einen Durchmesser von knapp zehn Metern.

Onot griff in die Tasche seines weiten Umhangs. Als die Hand wieder zum Vorschein kam, war sie geschlossen. Vorsichtig öffnete er sie und überzeugte sich davon, daß die kleine Mikar noch lebte, ein mausähnliches, harmloses Tier. Die Mikar dienten allgemein zu Versuchszwecken.

„Es wird dir nichts geschehen“, tröstete er das zitternde Lebewesen. „In gewissem Sinn wirst du sogar unsterblich, denn die Zeit wird millionenfach langsamer für dich vergehen. Natürlich nur dann, wenn ich das Zeitfeld solange eingeschaltet lasse.“ Er lachte, aber ein menschliches Ohr hätte es ebensowenig gehört wie seine Worte. „Und nun – viel Spaß . . .“

Er holte aus und warf das zitternde Tier mitten in den Saal, genau in das unsichtbare Zeitfeld hinein.

Die Mikar flog ein Stück – und blieb dann wie festgenagelt mitten im Flug stehen. Als habe ein Zauberspruch sie festgebannt, rührte sie sich nicht mehr von der Stelle. Sie schien tot zu sein, denn sie bewegte kein Glied mehr. Unbeweglich und wie in einem Eisblock festgefroren schwebte sie keine fünf Meter von Onot entfernt im Raum.

Der Chefphysiker betrachtete sie mit Genugtuung, aber ohne jedes Erstaunen. Er hatte es nicht anders erwartet.

Die Mikar lebte nun in einer anderen, künstlich erschaffenen Zeitebene. Ehe das Tier einmal atmete oder zu Boden sank, würden Jahre vergehen. So wie ihm würde es jedem Lebewesen ergehen, das in Onots Zeitfeld geriet. Ein entsprechend großer Generator konnte eine ganze Welt in seinen Bann zwingen.

Nur eine einzige Frage hatte Onot noch nicht beantwortet: Wie konnte man an den wehrlosen Gegner gelangen, ohne selbst von dem Zeitfeld erfaßt zu werden? Das war ein Problem, das noch der Lösung harrte.

Er schritt seitwärts zu einer Schalttafel. Mit einigen Griffen aktivierte er den inzwischen konstruierten Schockleiter. Natürlich war es sinnlos, selbst in das Zeitfeld hineinzugehen, denn im selben Augenblick würde man den dortigen Gesetzen ausgeliefert sein.

Die Mikar schwebte immer noch bewegungslos an der gleichen Stelle, als der Bildschirm den Kontakt des Schockstrahlers anzeigte. Onot ließ die Energie fast zehn Sekunden lang wirken, dann schaltete er wieder ab. Mit fast nicht mehr zu bezähmender Erregung kehrte er an seinen alten Platz zurück und legte die Hand auf den Hebel, mit dem sich das Zeitfeld ausschalten ließ.

Die Mikar fiel die zwei Meter auf den Boden hinab, als habe eine unsichtbare Hand sie plötzlich losgelassen. Onot schnellte vor und ergriff das kleine Lebewesen, hob es auf und hielt es dann dicht vor seine Augen. Er sah, wie der Schlag des kleinen Herzens die Haut bewegte. Das Tier lebte, aber es war bewußtlos.

Er atmete auf. Es war gelungen.

Die besonders neutralisierten Schockstrahlen wurden durch das Zeitfeld nicht beeinflußt, sondern durchquerten es mit normaler Geschwindigkeit. Das bedeutete, daß man mit ihnen jeden gewünschten Gegenstand erreichen und beeinflussen konnte, ohne selbst die gefährliche Zone betreten zu müssen.

Das Problem war damit gelöst.

Onot triumphierte.

Nun galt es nur, den Rat dahingehend zu beeinflussen, daß ihm sofort die entsprechenden Mittel zur Verfügung gestellt wurden, den Feldgenerator auszubauen und derart zu vergrößern, daß sich praktischer Nutzen daraus ziehen ließ.

Das würde ihm nicht schwerfallen.

Er war bei dieser Überlegung angelangt, als er wieder den drückenden Schmerz im Gehirn verspürte. Vielleicht war es nur Übermüdung. Er machte sich jetzt keine Gedanken, sondern ging in sein Privatgemach direkt neben der Laboranlage. Er fühlte sich plötzlich schwach und erschöpft.

Vielleicht hatte er sich zuviel zugemutet. Er atmete auf, als er sein breites Bett sah. Ohne die Tür zu schließen, sank er darauf nieder und schloß seine vier Augen.

Er schlief sofort ein.

Der Rat der Sechsundsechzig tagte in der Arena. Diesmal waren die Vertreter des Volkes zugelassen, denn man verhandelte über die Notwendigkeit eines bevorstehenden Angriffs. Der Gegner aus dem anderen Universum mußte vertrieben werden. Der Eingang zur fremden Zeitebene durfte nicht länger blockiert werden.

Es geschah alles schnell und reibungslos.

Die Vorschläge der Weisen wurden von der Versammlung einhellig gebilligt und gutgeheißen. Die anwesenden Flottenkommandanten erhielten den Befehl, ihre Robotschiffe bereitzuhalten und die Hangaranlagen zu verlassen, sobald das Kommando gegeben wurde.

Druufon verwandelte sich in eine waffenstarrende Festung – keine halbe Stunde später. Überall auf dem Planeten schoben sich bisher verborgene Geschütze aus dem Boden und richteten sich gegen den leuchtenden Himmel, wo die rotgrüne Doppelsonne seltsame Reflexe hervorzauberte. Überall wurden Riesenaggregate eingeschaltet, die unvorstellbare Energien in die Speicher fließen ließen, wo sie jeden Augenblick entfesselt werden konnten.

Druufon bereitete sich auf den Schlag gegen Arkon vor.

Es war reiner Zufall, daß in derselben Minute die Roboterflotte des Regenten den Angriffsbefehl erhielt.

Es konnte der totale Fehlschlag für Rhodan sein, genausogut aber auch der sichere Sieg.

Niemand wußte es.

Nicht einmal Ellert.

29.

Um genau zwölf Uhr Erdzeit setzte sich das riesige Kugelschiff in Bewegung und beschleunigte auf annähernd Lichtgeschwindigkeit. An Bord des Giganten befand sich keine menschliche Seele, sondern nur Kampfroboter. Sie gehörten dem gleichen Typ an wie jene, die in den Transmittern von Hades auf ihren Einsatz warteten. Das ferngesteuerte Schiff war vom Augenblick des Starts an der Vernichtung geweiht.

Gleichzeitig stieß die gesamte Flotte des Regenten auf den Spalt im Universum vor, um den geplanten Scheinangriff gegen Druufon einzuleiten. In der allgemeinen Verwirrung, die man sich von diesem Angriff erhoffte, sollte der Robotertransport den Heimatplaneten der Druuf erreichen und seine Last absetzen.

Rhodan wartete mit der DRUSUS hinter der Front, um genau im richtigen Augenblick einzugreifen. Die Funkgeräte waren eingeschaltet und arbeiteten auf der Frequenz der Druuf. So konnte jederzeit die Verbindung aufgenommen werden, wenn es soweit war.

Vorerst jedoch galt es, eine andere Verbindung herzustellen.

Vergeblich hatte Rhodan versucht, telepathischen Kontakt mit Ellert zu erhalten. Auch Gucky bemühte sich ohne jeden Erfolg. Harno war es zwar gelungen, Onot bildlich zu erfassen, aber der Physiker der Druuf war mit einem Experiment beschäftigt und strengte dabei seinen Geist so intensiv an, daß Ellert anscheinend keine Gelegenheit fand, sich zu befreien.

Das war äußerst fatal, denn Ellert sollte in einer Stunde die Transmitterempfangsanlage im Rechenzentrum der Druuf einschalten und sich rechtzeitig in Sicherheit bringen.

Rhodan sah gespannt auf Harno. Onot war deutlich zu sehen, wie er ein winziges Lebewesen in das Zeitfeld warf, mit Hilfe eines anderen Geräts tötete oder betäubte, dann das Feld ausschaltete und das Tier barg.

Die Flotte Arkons raste durch den Spalt in das Universum der Druuf.

Tausende von Robotschiffen trafen aufeinander. Tausende von Energiegeschützen spien Feuer und Verderben, durchbrachen Schutzschirme und zerfetzten Dezimeter dicke Metallhüllen. Große und kleine Schiffe barsten auseinander, vertropften im All oder verglühten zu radioaktiven Wolken.

Rhodan kümmerte sich nicht darum. Er wußte, daß alles verloren war, wenn Ellert nicht aktiv wurde.

Onot, so erkannte er auf Harnos Oberfläche, hatte sein Experiment abgeschlossen. Ob ohne oder mit Erfolg, ließ sich nicht erraten, denn die Gedankenimpulse des Wissenschaftlers drangen nur undeutlich durch.

Dann ging Onot in sein privates Gemach und legte sich nieder. Er schien sofort eingeschlafen zu sein.

Jetzt eigentlich, dachte Rhodan, müßte Ellert frei sein.

Seine Vermutung bestätigte sich sofort.

Perry Rhodan? Hörst du mich?

„Gott sei Dank“, sagte Rhodan erleichtert. „Es wurde wirklich höchste Zeit, Ellert. Was ist geschehen?“

Onot war stärker als ich – jetzt nicht mehr. Ich habe seinen Geist niedergerungen und Besitz von seinem Körper ergriffen. Kann Harno mich sehen?

„Ja.“

Gut, dann kann ich handeln. Ich gehe jetzt zur Transmitterstation und schalte auf Empfang. Wieviel Zeit bleibt mir, mich in Sicherheit zu bringen? Onots Körper darf nicht zerstört werden, damit sein Geist nicht verlorengeht. Er allein kann uns das Geheimnis des Überlichtantriebs verraten.

„Warum entnimmst du die notwendigen Informationen nicht seinem Gehirn?“ blieb Rhodan nur zu fragen übrig, denn er begriff nicht, warum Ellert die technischen Daten unbekannt waren.

Es wäre zu anstrengend für mich. Wieviel Zeit also habe ich?

„Wenn du die Anlage in dem Augenblick einschaltest, in dem der erste Kampfroboter auf Druufon landet, bleiben dir genau fünf Minuten. Dann nämlich aktiviert Leutnant Potkin die Sender auf Hades endgültig.“

Das genügt. Ich warte also, bis die ersten Roboter aus dem Schiff die Oberfläche von Druufon erreichen, dann schalte ich auf Empfang. Ich selbst begebe mich rechtzeitig an die Oberfläche, wo ich sicher zu sein hoffe.

„Kannst du das Rechenzentrum nicht auf Wegen unter der Planetenoberfläche verlassen?“

Auch das ist möglich. Du hältst es für sicherer?

„Unbedingt. Harno wird dich weiterhin beobachten. Fürchtest du nicht, daß Onot wieder stärker werden könnte als du?"

Nein, jetzt nicht mehr. Ich melde mich wieder.

Dann schwieg Ellert.

Rhodan sah auf den Bildschirm der DRUSUS, die mitten durch die kämpfenden Verbände hindurchstieß und alle verfügbaren Energien in die Schutzschirm leitete. So kam es, daß der Kugelraumer bald die ersten Schiffe Arkons wieder einholte.

„Hoffentlich holen wir die fünftausend Roboter nicht auch ein, bevor sie gelandet sind", meinte Bully.

„Keine Sorge", beruhigte ihn Rhodan. „Die Ladung muß jetzt bereits Druufon anfliegen. Wenn alles gutgeht . . ."

Es ging nicht alles gut.

Zwar hatten fast alle verfügbaren Schiffe Druufon verlassen und griffen die eingedrungenen Gegner heftig an, aber das war schließlich die einzige Reserve, die den Druuf zur Verfügung stand. Die Bodenabwehr trat in Funktion, als das riesige Kugelschiff Arkons auftauchte und in eine Landebahn um den Planeten tauchte.

Im ersten Augenblick mochte man gedacht haben, es handele sich um Rhodans Schiff, darum zögerte man mit dem Beschuß. Dann aber erhielt der regierende Rat von einem Aufklärer die Nachricht, daß Rhodans Schiff hinter der angreifenden Flotte Arkons aufgetaucht und durch die Front hindurchgeflogen sei. Er näherte sich nun ihrer Heimatwelt.

Der Rat befahl sofort, den fremden Kugelraumer anzugreifen, der allem Anschein nach den Versuch unternehmen wollte, auf Druufon zu landen. Welchen Zweck er damit verfolgte, blieb vorerst unklar.

Die ersten Salven der Energiegeschütze prallten gegen die Schutzschirme der Kugel und flossen nach allen Seiten ab. Dann konzentrierte sich das Feuer auf eine Stelle und ließ den Schirm zusammenbrechen. Die Energiestrahlen eilten weiter und fanden ihr Ziel – die ungeschützte Hülle des angreifenden Schiffes.

Und in dem Augenblick geschah es.

Aus dem Schiff begann es Roboter zu regnen.

Aus allen verfügbaren Luken sprangen die programmierten Kampfmaschinen in die ungewisse Tiefe, versehen mit Antigravaggregaten und individuellen Schutzschirmprojektoren. Zwar halfen diese Schirme nicht viel, wenn sie von mehreren Energiestrahlen konzentrisch erfaßt wurden, aber kleineren und schwächeren Angriffen widerstanden sie mühelos.

Treibsätze verringerten die Umlaufgeschwindigkeit der Roboter, die sofort von Druufons hoher Gravitation erfaßt und angezogen wurden. Aber die Treibsätze arbeiteten noch und sorgten dafür, daß die Roboter nicht in unbewohntem Gebiet, sondern in der Hauptstadt oder zumindest in der Nähe landeten. *Wenn* sie landeten.

Die gewaltige Verteidigungsmaschine Druufons funktionierte einwandfrei.

Ein Roboter nach dem anderen wurde abgeschossen und stürzte haltlos in die Tiefe, um irgendwo auf dem Planeten in einer atomaren Explosion zu verglühen. Andere fielen ins Meer und versanken. Wieder andere spielten verrückt. Ihre Treibsätze gehorchten nicht mehr den einprogrammierten Befehlen und beschleunigten ständig, bis die betreffenden Roboter mit irrsinniger Geschwindigkeit in den Raum hinausrasten. Sie wurden von Jagdtorpedos eingeholt und vernichtet.

Das Kugelschiff kreiste weiter um Druufon, war aber offensichtlich nicht mehr in der Lage, zu manövrieren. Mühelos konnten schnell startende Raumjäger es verfolgen und in ein Wrack verwandeln.

Inzwischen gelang es doch einigen Robotern, auf Druufon zu landen. Kaum hatten sie festen Boden unter den Füßen, da traten automatisch ihre Schockwaffen in Aktion. Sie begannen nach allen Seiten zu feuern, bis sie von Energiegeschützen zum Verglühen gebracht wurden.

Wie es schien, war die List der Angreifer, Druufons Abwehr von innen her zu erschüttern, gründlich fehlgeschlagen.

Der Rat der Sechsundsechzig atmete auf.

So lange, bis die Hiobsbotschaft eintraf.

Aber zehn Sekunden vor dieser Hiobsbotschaft geschah etwas anderes.

Alle Funkstationen von Druufon vernahmen den überstarken Signalspruch Rhodans. Man kannte das Signal und schaltete die Übersetzungsgeräte ein. Dann wurde die Meldung verständlich, die Rhodan abstrahlte: „An die Druuf! Die Roboter planen Angriff auf eure Heimatwelt! Achtung! Schiff mit fünftausend Kampfrobotern unterwegs! Sie wollen die Rechenzentrale zerstören! Ich komme zur Unterstützung herbei! Laßt mich landen! Rhodan, Terra.“

Das war der genaue Wortlaut der Meldung, die überall auf Druufon aufgefangen und sofort an die Zentralen weitergeleitet wurde. Der Rat der Sechsundsechzig wurde für wenige Sekunden zum Rat der Ratlosen, aber viel Zeit zum Überlegen blieb ihnen nicht.

Denn kaum hatten sie Rhodans Warnung empfangen und sich überlegt, warum sie wohl ein wenig zu spät kam, da brach im Innern ihres Planeten ein Vulkan aus. Der Boden unter der Stadt begann zu beben.

Onot erwachte.

Er rieb sich über alle vier Augen und richtete sich auf. Warum war er überhaupt eingeschlafen? Richtig, er hatte das Experiment durchgeführt und festgestellt, daß es durchaus möglich war . . .

Da waren doch wieder diese Kopfschmerzen. Vielleicht verursachten die seine Müdigkeit. Dabei gab es jetzt Wichtigeres zu tun. Der Rat mußte von seinem Erfolg erfahren.

Mußte er?

Plötzlich schien das nicht mehr so wichtig. Es gab etwas anderes, das viel wichtiger schien. Drüben, bei der Transmitterstation . . .

Träge erhob er sich und stand auf. Er schwankte ein wenig, so unsicher fühlte er sich auf den schweren Säulenbeinen.

Der Elektrogleiter brachte ihn durch blitzende und hell beleuchtete Korridore ans Ziel. Der Materietransmitter, ein Versuchsmodell, lag im Zentrum der wissenschaftlichen Abteilung, die wiederum Mittelpunkt des eigentlichen Rechenzentrums war.

Onot kletterte behäbig aus dem Gleiter und begab sich auf den Weg. Er ging nicht gern zu Fuß, aber hier blieb ihm nichts anderes übrig. Die Station befand sich abseits des Hauptkorridors und konnte nur durch kleinere Gänge erreicht werden.

Der Kopfschmerz bedrückte ihn. Fast war ihm, als könne er nicht mehr so klar denken, wie er es gewohnt war.

Was wollte er eigentlich hier?

Er wußte es nicht und vergaß auch, sich weitere Gedanken deshalb zu machen. Warum auch?

Ein anderer Druuf kam ihm entgegen. Lautlos sagte er zu Onot: „Hast du schon gehört, Onot? Die Fremden haben erneut angegriffen. Es wäre an der Zeit, daß sie deine neue Waffe zu spüren bekommen."

„Neue Waffe? Ja, du hast recht. Doch ich muß weiter, ich habe keine Zeit."

Der Druuf musterte Onot erstaunt. „Keine Zeit? Was tust du überhaupt hier in meiner Abteilung?"

„Ich muß . . ."

Onot stockte. Ja, was mußte er eigentlich? Wenn es ihm doch nur einfiele.

„Was mußt du?"

„Der Transmitter? Ist er empfangsbereit?"

„Das ist er stets, er muß nur eingeschaltet werden. Was willst du dort? Jetzt ist keine Zeit für Experimente. Ich weiß auch nicht, ob die Sendestation in Betrieb ist. Der Angriff der Roboter . . ."

Onot schrak zusammen.

Roboter?

Was wußte er von Robotern? War er denn völlig verrückt geworden? Was wollte er überhaupt hier?

Er spürte plötzlich den starken Druck im Gehirn, und dann war ihm, als schöbe jemand sein Bewußtsein zur Seite. Aber nicht genug damit. Zum erstenmal hörte er die Stimme.

Sie sagte lautlos zu ihm: „Es geht nicht mehr anders, Onot. Du mußt nun erfahren, wer ich bin und daß ich schon seit vielen Monaten in dir wohne und den Platz mit deiner Seele teile. Ich bin stärker als du, und du wirst mir von nun an gehorchen müssen, wenn du nicht willst, daß ich dich verlasse – und dein Leben mit mir nehme."

Onot erschrak fast zu Tode. Er glaubte nicht an übernatürliche Dinge, aber diese lautlose und eindringliche Stimme war keine Sinnestäuschung. Sie war so wirklich wie er selbst. „Was – wo bist du?"

„In dir, Onot. Ich bin ein Intellekt wie du, aber ich verlor meinen Körper. Bei meiner Wanderung durch die Zeit fand ich dich. Ich half dir, das Zeitfeld zu bauen – ist das kein Grund zur Dankbarkeit?"

„Ich begreife noch immer nicht."

„Nenne mich Ellert, Onot. Eines Tages wirst du begreifen. Wenn du es nicht tust, mußt du sterben, wenn ich dich wieder verlasse. Doch jetzt haben wir keine Sekunde mehr zu verlieren. Schalte in genau einer Minute den Transmitter ein!"

„Die Empfangsstation?“ Onot sträubte sich gegen den Gedanken, einem Fremden, zumal noch einem Geist, gehorchen zu müssen. „Ich werde es nicht tun, wenn du mir nicht sagst, warum ich es tun soll.“

„Wenn du nicht gehorchst, werde ich dich zwingen. Ich habe Gewalt über deinen Körper, deine Nerven, deine Muskeln. Ich kann deinem Herzen befehlen, stillzustehen, Onot. Du hast noch dreißig Sekunden Zeit.“

Die Zeitangabe erfolgte natürlich nach Druuf-Maßstäben.

Onot spürte, wie seine rechte Hand sich hob. Sie näherte sich dem Hebel, der die Energie in das Gatter fließen lassen würde. Er gab seinem Gehirn den Befehl, die Hand sinken zu lassen. Sie näherte sich weiter dem Hebel.

„Es ist zwecklos, Onot“, kam der etwas spöttische Impuls Ellerts. „Außerdem ist es besser für dich, mir zu gehorchen, denn in fünf Minuten ist hier unten die Hölle los. Du mußt dich rechtzeitig in Sicherheit bringen, wenn du leben willst. Ich, Onot, kann mich retten, denn ich kann auch ohne deinen Körper weiterbestehen.“

Die Hand berührte den Hebel, zögerte und zog ihn dann herab. Sofort wurde das Vibrieren spürbar, das eindeutig die Funktionsbereitschaft des Empfängers bewies.

„Und nun weg von hier, Onot. Bewege deine müden Beine. Im Hauptgang steht ein Gleiter. Mit ihm können wir innerhalb von fünf Minuten schon weit weg sein.“

Onot lief, ohne es zu wollen. Zwar hätte er zu gern gewußt, was Roboter mit dem Transmitter zu tun haben könnten, aber noch mehr beschäftigte ihn das Problem des unsichtbaren Feindes, der von ihm Besitz ergriffen hatte. Würde er ihm entrinnen können?

Er warf sich mit seinem ganzen Gewicht in das Gleitfahrzeug. Die tropfenförmigen Kabinen liefen auf elektronischen Schienen und verbanden die subplanetarischen Stationen und Zentren miteinander. Sie erreichten eine Geschwindigkeit von mehr als tausend Kilometern in der Stunde.

Ellert isolierte Onots Gehirn und nahm Kontakt mit Rhodan auf.

Transmitter läuft.

Mindestens fünfzig der gelandeten Roboter sind noch funktionsfähig, gab Rhodan sofort zurück. *Sobald der Feuerzauber im Rechenzentrum losgeht, wird man annehmen, es sei ihnen gelungen, nach unten durchzu-*

dringen. Ich habe eben meine Warnung an die Druuf abgestrahlt und werde landen. Halte Kontakt, Ellert!

Onot war achtzig Kilometer vom Rechenzentrum entfernt, als der Boden unter der Stadt zu beben begann. Er spürte nicht mehr viel davon, denn als die Schockwelle seinen Standpunkt erreichte, befand er sich bereits an der Oberfläche.

Rhodan wußte genau, welches Risiko er einging, als er auf dem Raumhafen von Druufon zur Landung ansetzte.

Überall verstreut lagen die zerstörten Reste der arkonidischen Kampfroboter. Der Beton – oder das, was die Druuf an seiner Stelle verwendeten – war mit Trichtern übersät. Schiffe waren keine zu sehen. Die gesamte Flotte befand sich im Kampf mit den Angreifern und versuchte, sie zurückzuschlagen und zu vernichten.

Die DRUSUS setzte auf.

Irgendwo in der Stadt war eine Detonation, die Druckwelle fegte über das Raumfeld hinweg. Im Schein der Mittagssonne war ein fahles Aufblitzen zu sehen. Eine dunkle Rauchwolke erhob sich träge und wanderte mit dem Wind in Richtung des freien Landes davon.

„Und da sollen wir hinaus?" fragte Bully unsicher. „Wenn die jemals erfahren, daß wir dahinterstecken . . ."

„Wenn sie es wissen, werden wir weit genug weg sein", gab Rhodan gelassen zurück. Er fühlte sich nicht ganz so sicher, wie er vorgab. Die Druuf konnten Verdacht geschöpft haben. Seine Warnung war zu spät eingetroffen. „Wie sollten sie schon jetzt auf den Gedanken kommen, daß wir falsch spielen?"

Harno kam von der Decke herab und wurde zum Bildschirm. *Werft einen Blick in die Zentrale der Druuf.*

Sie befolgten den Rat und konnten die Vorgänge beobachten, die sich tief unter der Oberfläche abspielten.

Die Roboter drangen aus dem großen Transmitter und begannen sofort mit ihrem Vernichtungswerk. Andere mußten schon weiter entfernt sein, denn unaufhörliche Druckwellen rasten durch die Gänge und verursachten große Risse in den Wänden der Korridore. Detonationen ließen Generatoren und ganze Maschinenhallen zusammenbrechen. Zum Glück für die Druuf arbeitete die Rechenzentrale zum größten Teil automatisch, so daß nur wenig Personal benötigt wurde, das inzwischen längst geflohen war.

„Danke, Harno. Wir haben genug gesehen. Der Plan ist also geglückt. Die Druuf sind ihres wissenschaftlichen Zentrums beraubt, und da sie die Wissenschaft fast ausschließlich kriegerischen Zwecken widmeten, geschieht es ihnen nur recht. Wir trafen sie hier am empfindlichsten. Ihre Abwehr wird zusammenbrechen. Ich frage mich nur, wann das geschieht."

Atlan, der bisher schweigend im Hintergrund gestanden hatte, trat einen Schritt vor und sah Rhodan ernst an. „Ich hoffe, das wird nicht erst dann geschehen, wenn die Flotte Arkons vernichtet ist. Wir werden diese Flotte eines Tages noch bitter benötigen."

Rhodan sah an ihm vorbei. „Ich hoffe es genauso wie du, Atlan. Aber es gab keine andere Möglichkeit, die Druuf niederzuringen und den Regenten zu schwächen, es sei denn, wir hätten beides selbst tun wollen. Und wie dann das Ergebnis ausgesehen hätte, weißt du genauso gut wie ich."

Atlan nickte.

Harno war wieder zur Decke emporgestiegen und wartete ab.

„Ich werde mit Bully und Gucky gehen", sagte Rhodan. „Dann ist es im Notfall möglich, daß wir uns in Sicherheit teleportieren. Wir werden die DRUSUS durch eine der Schleusen verlassen und keine Waffen mitnehmen. Sikermann, stellen Sie Funkverbindung mit den Druuf her. Wenn Sie diesen Tommy-Eins erreicht haben, will ich mit ihm reden."

Sikermann machte sich an die Arbeit, unterstützt von Leutnant Stern. Es dauerte keine zwei Minuten, da konnte er melden: „Kontakt! Sprechen Sie!"

Rhodan sagte in das Mikrofon des Translators, der mit den Funkgeräten gekoppelt worden war: „Hier ist Rhodan. Wir sind gelandet und möchten mit euch verhandeln, auch wenn ihr euch uns gegenüber nicht fair betragen habt. Aber der Angreifer ist übermütig geworden. Wir benötigen eure Hilfe genauso, wie ihr die unsere benötigt."

„Es wurden Roboter gelandet, von denen es einigen gelang, in unsere Zentrale vorzudringen. Könnt ihr sie bekämpfen? Wir haben mit der Flugabwehr und der Schlacht im Raum genug zu tun."

Ausgerechnet das! dachte Rhodan einen Augenblick unschlüssig. Dann sagte er zögernd: „Habt ihr keine Bodentruppen, die sich mit den

Eindringlingen befassen können? Wir haben nur drei Schiffe und müßten erst Nachschub anfordern. Das dauert zu lange."

Es entstand eine Pause. Gucky lauschte in sich hinein und versuchte, Tommy-Eins anzupeilen.

„Sie beraten sich", gab er bekannt.

„Kommt zu uns", erklang schließlich die Aufforderung über Translator. „Vielleicht können wir uns einigen."

„Ich werde zwei Begleiter mitbringen", stimmte Rhodan zu und ließ Sikermann die Funkanlage abschalten. Dann wandte er sich an Bully: „Es ist soweit, mein Freund. Gehen wir."

Sie nahmen lediglich das Allzweckarmband mit, in dem sich auch ein leistungsstarker Sender und Empfänger verbarg. Damit konnte jederzeit Verbindung mit der DRUSUS hergestellt werden. Fiel das Gerät aus, blieb immer noch Gucky.

Rhodan sah hinauf zur Decke. „Du kommst besser auch mit, Harno."

Bereitwillig schwebte die schwarze Kugel herab und ließ sich von Rhodan aufnehmen, der sie in die Tasche seiner Uniformhose schob.

Kaum daß sie die DRUSUS verlassen hatten und das kurze Stück bis zum Stadtrand zu Fuß zurücklegten, erfolgte der Angriff eines arkonidischen Kleinjägers. Das nur zwanzig Meter lange torpedoförmige Raumschiff mußte die Sperre durchbrochen haben und stürzte sich nun auf das Ziel, das der Roboter natürlich für einen Feind halten mußte. Zum Glück erwischte ihn der Abwehrstrahl eines Energiegeschützes. Für Sekunden trieb die glühende Wolke über der Stadt dahin, dann wehte sie der Wind auseinander.

„Glück gehabt", sagte Bully und schritt schneller aus. „Möchte wissen, warum sie uns keinen Wagen schicken."

Kaum hatte er diesen Wunsch geäußert, als sich vom Rand des Feldes her ein Fahrzeug näherte. Es hatte verlängerte Tropfenform und schien automatisch gesteuert. Als es anhielt, öffnete sich die Tür und gab den Innenraum frei.

Rhodan kletterte hinein, gefolgt von Bully. Gucky rutschte als letzter auf den breiten Sitz.

„Haben die Druuf tatsächlich so breite Hinterteile?" wunderte sich der Mausbiber, der in dem riesigen Polster fast verschwand. „Für Bully sind die Bänke ja gerade passend, aber für meinen zarten Körperbau . . ."

„Nun halte die Luft an!" empörte Bully sich.

Er wurde von Rhodan unterbrochen. „Ich würde mehr auf den Weg achten, damit wir zurückfinden. Dort drüben ist die Ratsarena. Gucky wird ihnen nicht unbekannt vorkommen."

Als sie anhielten, standen sie mitten in der weiten Arena. Rings herum waren die Sitzbänke bis auf den letzten Platz besetzt. Es war erstaunlich, wie viele Druuf noch in der Stadt weilten, während um den Planeten eine Schlacht tobte.

Rhodan stieg als letzter aus und gab damit Bully und dem Mausbiber den Vortritt. Einen Translator hatte er nicht mitgebracht. Er wußte, daß auch die Druuf Geräte dieser Art besaßen.

Seine Hoffnung bestätigte sich. Die angebrachte Lautsprecheranlage ermöglichte es, daß jeder anwesende Druuf der Unterhaltung folgen konnte.

„Wir danken dir für deine Warnung, Perry Rhodan von Terra", klang es ringsum aus den Säulen, die das Kuppeldach trugen. „Sie kam leider zu spät, aber sie bewies uns, auf wessen Seite du stehst."

Rhodan suchte den Sprecher, konnte ihn aber natürlich nicht finden. Wieder hatten die regierenden Druuf die Plätze in der obersten Reihe eingenommen, die fünfzig Meter über der Arena einen riesigen Kreis beschrieb. Jeder von ihnen konnte Tommy-Eins sein.

„Habt ihr Vorschläge?" fragte Rhodan ziemlich kühl. Ihm war nicht daran gelegen, den Druuf zu helfen, er wollte lediglich das Geheimnis des Überlichtantriebs. „Was können wir tun?"

„Holt eure Flotte und laßt sie gegen die Roboterflotte kämpfen", entgegnete Tommy-Eins. „Vernichtet die eingedrungenen Maschinen, die unsere wissenschaftliche Abteilung unter der Stadt zu zerstören drohen."

„Ich habe Tommy-Eins gefunden", sagte Gucky. „Soll ich ihn von seiner Tribüne herunterholen?"

„Nicht schlecht", gab Rhodan zurück. „Vielleicht beeindruckt sie das."

Gucky ließ sich das nicht zweimal sagen. Er hatte den Sprecher der Druuf angepeilt. Er konzentrierte sich auf den Koloß, der da oben dicht unter der Decke hockte, und packte ihn mit seinen telekinetischen Kraftströmen. Als sei er plötzlich gewichtslos geworden, schwebte der riesige Druuf, an die drei Meter groß, langsam in die Höhe, über die Brüstung hinweg, bis er mitten in der Arena hing.

Ein einziger Schrei des Erstaunens drang aus den Lautsprechern. In

Wirklichkeit schrien die Druuf natürlich nicht, denn ihr Verständigungsmittel war eine organische Sende- und Empfangsanlage im Innern ihres Körpers, mit der sie Ultraschallwellen erzeugten. Aber die eingeschaltete Übersetzeranlage gab die Sendeimpulse weiter und machte sie für menschliche Ohren hörbar.

Tommy-Eins verhielt sich überraschend ruhig. Er fuchtelte zwar mit Armen und Beinen, aber das waren wohl mehr Reflexbewegungen. Sicherlich konnte er keine Erklärung für den Vorfall finden, aber dafür war jetzt auch keine Zeit. Wenn er abstürzte, war er ohne jeden Zweifel tot.

Aber Gucky ließ ihn nicht abstürzen. Er sorgte dafür, daß der Druuf in einem eleganten Bogen an Höhe verlor und endlich sanft und sicher direkt vor Rhodan in der Arena landete.

„So kann man sich besser unterhalten", sagte Rhodan laut und hoffte, daß die Übersetzeranlage den Wechsel nicht weiter übelnahm. Seine Hoffnungen bestätigten sich.

„Wie hast du das gemacht?" war die erste Frage, die Tommy-Eins stellte. „Es war, als hielte mich eine unsichtbare Hand gepackt."

„Das war meine", klärte Gucky ihn auf und zeigte stolz auf seine Brust.

Der Druuf starrte den Mausbiber an. Sein Blick glitt von den großen Mauseohren über den Körper hinab bis zu dem breiten Biberschwanz. Besondere Beachtung widmete er dem schimmernden Nagezahn, der Guckys blendende Laune verriet.

Rhodan wandte sich an den Druuf. „Was erhalte ich, wenn ich euch helfe?"

„Eine Belohnung?" Tommy-Eins schien ehrlich erstaunt. „Ich denke, unsere Feinde sind auch die deinigen. Warum sollten wir euch belohnen, wenn ihr gegen eure Feinde kämpft?"

„Dann seht eben zu, wie ihr allein mit ihnen fertig werdet."

„Habt ihr denn keinen Nutzen davon, wenn *wir* sie besiegen? Wir können dafür genausogut eine Belohnung von euch fordern."

An sich hatte der Druuf recht, mußte Rhodan sich eingestehen. Aber darauf kam es im Augenblick nicht an.

„Ich muß dir etwas sagen, das dich zum Nachdenken anregen wird", sagte er mit eigenartiger Betonung. „Die Roboter haben mir ein Bündnis angeboten. Wenn ich darauf einginge, wäret ihr verloren. Oder glaubt ihr, gleichzeitig gegen sie und uns kämpfen zu können?"

Tommy-Eins schien bestürzt zu sein. Er warf einen hilfesuchenden Blick hinauf zu seinen Artgenossen und erwartete wohl von ihnen einen Rat. Das Durcheinander der Stimmen verstummte jäh. Man hatte die Übersetzeranlage ausgeschaltet.

„Sie wollen sich beraten", gab Gucky bekannt, der keinen Augenblick seine Überwachungstätigkeit einstellte. „Da hast du ihnen einen schönen Schrecken eingejagt."

„War auch beabsichtigt", murmelte Rhodan.

Bully rührte sich nicht. Er betrachtete die langen Reihen der Druuf, die auf ihn herabblickten, und fühlte sich allem Anschein nach sehr unbehaglich. Vorsichtshalber hielt er sich dicht neben Gucky.

Rhodan hob die linke Hand ein wenig und drückte den Knopf des winzigen Funkgeräts ein. „Hallo, Sikermann?"

„Sir?"

„Alles in Ordnung? Wie sieht es aus?"

„Keine besonderen Vorkommnisse, soweit es die DRUSUS angeht. In der Stadt heftige Explosionen. Sieht so aus, als wären schwere Kämpfe dort ausgebrochen. Trichter beweisen, daß ganze subplanetarische Sektionen zusammengebrochen sind."

„Danke", gab Rhodan zurück und ließ das Gerät eingeschaltet. Er wandte sich an Gucky: „Wie weit sind sie?"

„Soweit ich feststellen kann, werden sie sich nicht einig. Sie beraten, was sie uns als Belohnung anbieten sollen."

„Damit kommen sie unseren Wünschen schon näher." Rhodan lächelte.

Sie warteten noch etwa zehn Minuten, in denen der Rest der noch intakten Rechenzentrale sicherlich auch ein Opfer der Roboter wurde. Dann wurde die Übersetzungsanlage wieder eingeschaltet.

Tommy-Eins, der sich nur wenige Schritte entfernt hatte, kehrte zurück. „Wenn ihr euch nicht mit den Robotern verbündet, sondern an unserer Seite gegen sie kämpft – was verlangt ihr dafür?"

Rhodan machte ein gleichmütiges Gesicht, als er sagte: „Ihr habt eine Art des Raumschiffantriebs, der uns unbekannt ist. Wir bewegen uns mit Sprüngen durch den Hyperraum voran, ihr aber fliegt ohne jede Entmaterialisation mit Überlichtgeschwindigkeit. Wenn ihr uns die Konstruktionspläne eines solchen Antriebs zur Verfügung stellt, werden wir den Vorschlag der Roboter ablehnen."

Tommy-Eins beriet sich abermals mit seinen Artgenossen. Seine vier Augen waren vollkommen ausdruckslos, als er schließlich sagte: „Du wirst die Konstruktionspläne erhalten, wenn die Roboter geschlagen sind."

So etwas Ähnliches hatte Rhodan erwartet. Die Druuf hätten Dummköpfe sein müssen, wenn sie ohne weiteres auf Rhodans Wunsch eingegangen wären. Er mußte also Geduld haben. Vielleicht gelang es auch Ellert in der Zwischenzeit, die Pläne zu beschaffen.

Er nickte langsam, obwohl er davon überzeugt war, daß der Druuf die Bedeutung der Geste nicht erraten konnte. „Das ist ein fairer Vorschlag, Tommy-Eins – aber ich warne dich! Wenn ihr plant, uns zu hintergehen . . ."

„Wir halten unser Versprechen, so wie ihr das eure haltet", lautete die zweideutige Antwort. Rhodan war nicht ganz wohl, als er sie vernahm. „Wenn der Sieg errungen ist, erhaltet ihr die Pläne für den Überlichtantrieb. Und nun handelt."

„Gut. Meine Schiffe erhalten freien Einflug durch die Schneise?"

„Sie können ungehindert passieren. Es wird ein Kode vereinbart, der von allen unseren Einheiten respektiert wird."

„Und was ist mit dem Rechenzentrum? Wenn es vernichtet wird?"

„Wir haben nicht nur dieses eine, wenn es auch das wichtigste ist."

Rhodan verbarg seine Überraschung. Wie es schien, hatte er die Druuf unterschätzt. Wenn sie noch mehr derartige Forschungsanlagen besaßen, waren ihre Kampfreserven noch längst nicht erschöpft. Vielleicht hatten sie auch nicht nur *einen* Onot.

Eine Vermutung, die sich in der nächsten Sekunde bereits bestätigte.

„Sollen wir versuchen, die Roboter zu vertreiben?"

„Nicht notwendig", gab Tommy-Eins zurück. „Sie sind ohnehin verloren. Ein Spezialtrupp wird den von . . .", es folgte ein unaussprechbarer Name, „. . . entwickelten Gravobrenner einsetzen. Das dürfte das Ende des Gegners sein – soweit er sich in unserem Universum aufhält."

„Gravobrenner?" fragte Rhodan verständnislos. Er konnte sich darunter absolut nichts vorstellen. „Was ist das?"

„Die Übersetzungsmaschine spricht nicht exakt wissenschaftlich, sondern benutzt bildhafte Symbole, wenn die Ausdrücke fehlen. Der Gravobrenner ist eine Waffe, gegen die es keine Schutzmöglichkeiten gibt – wenn man die Waffe nicht kennt. Ich bin kein Wissenschaftler und kann dir daher nicht verraten, wie sie funktioniert – und warum sie funktioniert. Ich weiß nur, daß sie die Schwerkraftverhältnisse stört. Sie verbrennt die Gravitation."

„Das ist ja völliger Unsinn', meldete sich Bully entrüstet. „Selbst wenn die Schwerkraft aufgehoben würde, so bedeutet das kein Unglück. Jedes Schiff kann eigene Schwerkraftfelder erzeugen und so den Verlust kompensieren."

Tommy-Eins wandte sich ihm zu und sagte: „Vielleicht habe ich mich nicht richtig ausgedrückt. Der Gravobrenner hebt die Wirkung der künstlichen Schwerkraftfelder auf und verstärkt zugleich die Gravitationswirkung der Planeten. Selbst der mächtigste Antrieb kann dann nicht verhindern, daß ein Schiff angezogen wird und abstürzt. Die Anziehungskraft unserer Doppelsonne würde sich vertausendfachen. Nur eine spezielle Schutzlegierung kann rettend wirken – und unsere Schiffe haben sie."

Wenn die Druuf diese Waffe besaßen, waren sie unschlagbar. Es blieb ein Rätsel, warum sie sie bisher noch nicht eingesetzt hatten. Ob Tommy-Eins darauf antwortete, wenn man ihn danach fragte?

„Der Gravobrenner befindet sich wohl noch im Versuchsstadium?" fragte Rhodan vorsichtig. „Wirkt er nur in der eigenen Zeitebene?"

„Ja, leider. Darum wurde er nicht eingesetzt, denn die Roboter hielten sich ja, abgesehen von einigen Vorstößen, bisher nur in ihrem eigenen Universum auf. Darauf hat der Gravobrenner keinen Einfluß. Die unterschiedlichen Zeitebenen überwindet er nicht, ein Beweis dafür, daß auch Gravitation und Zeit eine Relation besitzen."

Rhodan begann es noch mehr zu bedauern, diese Wesen zum Gegner haben zu müssen. Sie schienen über Erkenntnisse zu verfügen, die den Rahmen des Herkömmlichen sprengten.

Ein Zusammenhang zwischen Schwerkraft und Zeit?

Er fand schnell in die nüchterne Gegenwart zurück. „Wenn ihr so gewaltige Waffen habt, warum benötigt ihr unsere Hilfe?"

Auch darauf wußte der Druuf eine logische Antwort: „Innerhalb unseres eigenen Universums werden wir mit jedem Gegner fertig, wenn er nicht so überraschend zuschlägt, wie das leider geschehen ist. Aber die Quelle allen Übels liegt nicht bei uns, sondern in eurem Universum. Ich muß zugeben, daß viele unserer Kampfmittel jenseits der Zeitmauer versagen."

„Auch das Zeitfeld?“

„Was weißt du davon?“

Rhodan erkannte, daß er einen Fehler gemacht hatte. Um ihn wieder gutzumachen, mußte er eins seiner Geheimnisse lüften.

„Mein Begleiter . . .“, er zeigte auf Gucky, „. . . ist Telepath. Er kann Gedanken lesen und fand so einige Hinweise.“

„Telepath?“ Der Druuf wunderte sich. „Wir haben niemand, der die Gedanken anderer zu lesen vermag. Was kann dein kleiner Freund denn noch alles?“

„Du hast es erlebt. Er brachte dich von der obersten Sitzreihe hierher.“

Gucky watschelte einige Schritte auf Tommy-Eins zu und sagte schrill und wütend: „Du hast doch gehört, daß ich Telepath bin. Warum erwägst du denn jetzt den Plan, mich gefangenzunehmen, weil ich dir nützlich erscheine? Willst du vielleicht hier in der Halle einen Kunstflug veranstalten und dann zum Schluß abstürzen? Mein lieber Freund! Nimm dich in acht vor Gucky!“

Tommy-Eins war zurückgewichen. Er sah sich ertappt. „Ich dachte nur – es war wegen . . .“

Rhodan nutzte die Chance, von dem heiklen Thema abzulenken. „Es geht euch also darum, daß wir den Gegner draußen in unserem eigenen Universum angreifen, während ihr versucht, hier selbst mit ihm fertig zu werden? Habe ich richtig verstanden?“

„Ja, so lautet unser Vorschlag. Greift die Roboter auf ihrer Heimatwelt an und zerschlagt ihren Nachschub. Mehr verlangen wir nicht von euch.“

Wenn sie eine so gefährliche Waffe wie den Gravobrenner besaßen, war dieses Ansinnen verständlich, besonders dann, wenn sie im Einstein-Universum nur mit herkömmlichen Mitteln vorgehen konnten.

„Gut“, stimmte Rhodan zu. „Wir werden unsere Flotte dementsprechend verständigen. Gebt unserem Schiff das verabredete Kodesignal, damit wir jederzeit ungehindert zurückkehren können.“

Tommy-Eins winkte mit einem seiner mächtigen Arme. Hinter Rhodan, Bully und Gucky öffnete sich das Tor. Ein Wagen kam hereingefahren. „Er wird euch zum Raumhafen bringen.“

Schweigend kletterten die drei wieder in das Fahrzeug, das sich sofort in Bewegung setzte und hinaus auf die breite Straße glitt, um seine Geschwindigkeit schnell zu erhöhen.

Weit unten lag das stark beschädigte Raumfeld. Die DRUSUS lag unversehrt in der Nähe des Stadtrands.

Rhodan sagte mit Befriedigung in der Stimme: „Jetzt kennen wir ihre Stärke und ihre Schwäche. Mich stört nur, daß sie stark genug sind, hier mit Arkon fertig zu werden. Wenn sie diese teuflische Waffe einsetzen, kann das die Entscheidung herbeiführen."

In das Schweigen hinein war Guckys helle Stimme wie ein Blitzschlag. Denn er sagte: „Soweit ich in den Gedanken von Tommy-Eins lesen konnte, haben die Druuf überhaupt keinen Gravobrenner. So eine Erfindung existiert überhaupt nicht."

30.

Als der tropfenförmige Kabinenwagen anhielt und Onot ausstieg, erloschen gerade alle Lichter im Korridor. Es wurde vollkommen finster.

Der Druuf tastete sich an der Wand entlang und versuchte, die Abzweigung zu finden. Er kannte diese Region des Höhlennetzes nicht sehr gut, weil sie anderen Wissenschaftlern unterstand. Immerhin war er, Onot, der Chefphysiker seines Volkes. Er hatte überall Zutritt.

„Was ist geschehen?" fragte er flüsternd und hoffte, sein unsichtbarer Begleiter würde ihm antworten. Er wußte schon nicht mehr, was er ohne ihn hier wollte.

„Die Rechenzentrale unter der Hauptstadt wurde vernichtet. Kannst du den Weg zur Oberfläche finden?"

„Er muß ganz in der Nähe sein, aber wenn die Energie ausgefallen ist, wird es eine beschwerliche Wanderung."

„Die Notaggregate werden bald einsetzen", tröstete Ellert spöttisch. „Manchmal ist es gut, wenn man keinen Körper besitzt."

Onot schwieg. Er tastete sich weiter und atmete befreit auf, als das Licht plötzlich aufflackerte und dann stetig brannte. Nun konnte er schneller ausschreiten und fand sich bald zurecht. Bevor er den Lift erreichte, hörte er Schritte, die schnell näher kamen.

Es waren zwei Druuf, die erstaunt stehenblieben, als sie ihn erblickten.

„Onot?“ sagte einer von ihnen. „Was tust du hier? Was ist drüben in der Stadt geschehen?“

„Ein Angriff der Fremden“, erklärte Onot und wollte schon mit seinem Bericht beginnen, als er jäh stockte. Konnte er den beiden Wissenschaftlern denn erzählen, daß er selbst es gewesen war, der den Feind in die Rechenzentrale gelassen hatte? Was würden sie dazu sagen? Wie würden sie reagieren? Würden sie ihm glauben, daß er unter Zwang gehandelt hatte?

„Auf die Stadt, Onot?“

Onot gab sich einen Ruck. Er mußte sehr vorsichtig sein, wenn man ihn nicht für einen Verräter halten sollte. „Nein, auf das Rechenzentrum. Die Fremden landeten Roboter, von denen die meisten zwar abgeschossen wurden, aber einigen gelang es doch, bis in die Zentrale vorzudringen. Ich hatte Glück, daß ich noch rechtzeitig einen Wagen fand, um fliehen zu können. Was hätte ich gegen die Eindringlinge unternehmen sollen?“

„Arbeitest du nicht an neuen Waffen?“ fragte der eine Druuf mißtrauisch. „Es ist doch bekannt . . .“

„Dazu war keine Zeit mehr“, unterbrach ihn Onot hastig. „Ich kann froh sein, noch zu leben. Das gesamte Rechenzentrum wurde zerstört.“

„Alle Anlagen?“

„Soweit ich es ermessen kann, ja. Ein schwerer Schlag für uns. Ich weiß nicht, was der Rat dagegen tun will.“

„Wenn es so ist, wie du sagst, sind wir verloren.“

Aber Onot verneinte. „Wir haben noch mehr Zentralen, und in allen arbeiten fähige Wissenschaftler. Wir werden den Gegner besiegen. Doch haltet mich nicht auf, ich habe zu tun.“

„Hier? Bei uns?“ Die Druuf wunderten sich.

„Ja“, entgegnete Onot und eilte weiter. Er wußte jetzt, wo er sich befand und wollte so schnell wie möglich an die Oberfläche gelangen. Der Lift war in Ordnung. Das Antigravfeld entführte ihn nach oben, und er atmete auf, als er die helle Doppelsonne Siamed erblickte.

Der Boden bebte plötzlich, und Onot wäre zu Boden gestürzt, wenn er sich nicht an den Wänden des Liftgebäudes festgehalten hätte. Mehrere Druuf kamen quer über den freien Platz gelaufen, sahen Onot und eilten auf ihn zu.

„Was ist geschehen?“ fragten sie und verrieten damit ihre Unkenntnis der Lage. „Eine Explosion oder ein Beben?“

„Beides", erklärte Onot und ließ sich auf kein Gespräch ein. Der Unsichtbare hatte ihm den Befehl gegeben, jede Auskunft zu verweigern. „Kein Grund zur Unruhe."

Und nun bringe dich schnell in Sicherheit, kam der lautlose Befehl an sein Gehirn. *Dein geheimes Laboratorium. Sage niemand, wohin du gegangen bist. Wir werden dort gemeinsam ein wenig experimentieren.*

„Du Teufel – was weißt du eigentlich nicht?"

Der Chefphysiker setzte sich müde in Bewegung. Er sehnte sich nach Ruhe und Schlaf.

Auf dem Parkplatz standen mehrere Fahrzeuge. Er nahm eines, setzte sich hinein und betätigte den Energieschalter.

Dann lehnte er sich bequem in die Polster zurück. „Woher weißt du von meinem geheimen Labor, Geist?"

Ich kenne deine Gedanken und Erinnerungen, Onot. Ich weiß alles von dir. Du kannst keine Geheimnisse wahren, so sehr du auch versuchst, deine Gedanken im Zaum zu halten. Wir beide sind eins, Onot. Kannst du etwas vor dir selbst verheimlichen?

„Was willst du eigentlich von mir?" fragte er schließlich.

„Du sollst nicht fragen, Onot. Sei froh, daß du nicht mehr in der Hölle bist – denn das Rechenzentrum wurde zur Hölle. Dort findest du nichts mehr vor, falls du jemals zurückkehren wolltest. Aber das kannst du nicht. Jemand hat gesehen, wie du den Transmitter eingeschaltet hast."

Onot erschrak fast zu Tode. Wenn das wahr war . . .

„Es ist wahr", betonte Ellert. „Es war jener Druuf, dem du begegnet bist. Er war mißtrauisch und wollte wissen, was du in seiner Abteilung zu suchen hattest. Zum Glück stellte er den Transmitter nicht ab, weil er ja nicht ahnen konnte, was geschehen würde. Aber er entkam an die Oberfläche. In diesem Augenblick steht er vor dem Rat und berichtet, was er sah. Man hält dich, Onot, für den größten Verräter deines Volkes."

Onot war es, als bräche die Welt um ihn herum zusammen. „Warum hast du mir das angetan? Genügte es nicht, mich das Schreckliche tun zu lassen? Mußte es nun auch jeder wissen?"

„Es muß sein, Onot. Es ist besser so."

Ellert sagte nicht, warum es besser war. Er wußte, daß Onot jetzt nicht mehr zurück konnte, so daß er ihn für wenige Minuten sich selbst überlassen durfte. Es war höchste Zeit, Verbindung mit Rhodan aufzunehmen.

Rhodan sprach kein Wort mehr, während sie sich der DRUSUS näherten. Er überlegte krampfhaft, warum die Druuf seine Hilfe auf Druufon ausschlugen und eine Überlegenheit vortäuschten, die sie nicht besaßen. Wenn der Gravobrenner Bluff war, dann vielleicht auch manches andere.

Etwa auch das Zeitfeld? Oder der überlichtschnelle Raumantrieb?

Aber nein, dann hätte Ellert das gewußt.

Die DRUSUS türmte sich über ihnen auf. Die Luke war bereits geöffnet, als sie aus dem Wagen stiegen, der mit einer eleganten Kurve wieder in die Stadt zurückeilte. Wortlos und jeder mit seinen eigenen Gedanken beschäftigt, ließen sie sich von einem Traktorstrahl erfassen und in das Schiff emportragen.

Erst in der Zentrale brach Bully das Schweigen: „Nun verstehe ich überhaupt nichts mehr."

Sikermann sah auf. „Was ist geschehen? Ich habe alles mit angehört und meine . . ."

„Gehört schon." Rhodan nickte ihm zu. „Aber Sie konnten nicht hören, was sie dachten. Gucky konnte es."

Sie klärten Sikermann und Atlan auf. Der Arkonide zog die Stirn in Falten.

„Äußerst interessant", murmelte er dann. „Sie sind sehr mutig, diese Druuf. Sie riskieren alles mit einem einzigen Bluff. Sie wissen genau, daß sie verloren sind, wenn wir hinter ihre schwache Stelle kommen. Sie wissen aber auch, daß sie alles gewinnen können. Ich verstehe nur nicht, wieso dieser Tommy-Eins das wagen konnte, wo er doch wußte, daß Gucky Telepath ist?"

„Das erfuhr er erst hinterher." Rhodan lächelte. „Und er hatte es dann auch sehr eilig, uns zu verabschieden. Wahrscheinlich fürchtete er, wir könnten ihn durchschauen. Zum Glück ist das geschehen."

„Gucky führt man nicht hinters Licht", sagte Gucky.

Bully warf ihm einen schnellen Blick zu, enthielt sich aber doch vorsichtshalber jeder Äußerung.

„Und nun?" fragte Atlan gespannt.

Ehe jemand antworten konnte, löschten Ellerts Gedankenimpulse alles aus. Sie überlagerten ihre Gehirnwellen wie ein überstarker Sender.

Ich bin mit Onots Körper der Hölle entronnen und befinde mich nun auf dem Weg zu seinem geheimen Versuchslabor. Vielleicht gelingt es mir dort, die Konstruktionsunterlagen für den Sternenantrieb auf ein Mikrobild-

band zu bekommen. Ich habe bisher keine Ruhe gehabt, mich mit Onot darüber zu unterhalten. Wie steht es bei euch?

„Alles in Ordnung“, sagte Rhodan laut. „Willst du nicht endlich Druufon verlassen und mit uns zur Erde zurückkehren?“

In ihren Gehirnen war ein bedauerndes Lachen. *Es ist noch zu früh, Perry. Noch muß ich hierbleiben, bis ich sicher bin, jederzeit frei handeln zu können. Onots Körper kommt mir sehr zustatten. Außerdem kann ich niemals den Sternenantrieb beschaffen, wenn ich Onot zu früh verlasse.*

Atlan nickte Rhodan zu.

Ja, das stimmte. Ellert konnte immer noch zur Erde zurückkehren, wenn er den Zeitpunkt für gekommen hielt. Im Augenblick war es wichtiger, die Konstruktionspläne für den Sternenantrieb zu erhalten.

„Es ist gut, Ellert. Wir werden jetzt starten und Druufon verlassen. Die Druuf haben uns vorgelogen, sie könnten sich hier im eigenen Universum selbst verteidigen, wir sollten uns nicht darum kümmern. Sie behaupten, ihre Wissenschaftler hätten großartige Waffen entwickelt, mit denen sie das gesamte Universum beherrschen könnten. Allerdings, so gaben sie zu, nicht so leicht das unsere. Was weißt du davon?“

Noch nichts, aber ich werde es bald wissen, gab Ellert zurück. *Ich muß mich nun wieder zurückziehen, da wir uns dem Gebirge nähern. Sobald ich am Ziel bin und die Konstruktionspläne habe, melde ich mich wieder.*

Der Druck wich von ihren Gehirnen.

„Ob er sich auch melden kann, wenn wir nicht in der Zeitebene der Druuf weilen?“ fragte Bully besorgt.

„Ich glaube schon.“ Rhodan nickte. „Er wird allerdings Onot dann allein lassen müssen, um den Entladungstrichter zu durchstoßen. Wenn ich es richtig verstehe, kann sich Ellert ohne Körper frei durch Raum und Zeit bewegen, ganz nach eigenem Ermessen. Er konnte aber vorher niemals von einer Zeitebene in die andere gelangen, daher fand er nicht mehr zur Erde und zur Gegenwart zurück.“

„Hoffentlich verirrt er sich nicht noch einmal“, sorgte sich Bully. „Sobald der Spalt zwischen den Universen sich schließt, ist der Weg versperrt.“

„Er wird rechtzeitig überwechseln“, sagte Rhodan und nickte Sikermann zu. „Machen Sie die DRUSUS startbereit, Oberstleutnant. Wir werden den Druuf mal ein ordentliches Feuerwerk vormachen, damit sie wenigstens einen Grund haben, sich über ihren Verbündeten zu freuen.“

Onot stieg schwerfällig aus dem Wagen und schritt auf die nahe Felswand zu. Auf den Druck seiner Hand hin schob sich die glatte Felsentür beiseite, die den Eingang tarnte. Dahinter führten Treppenstufen in eine finstere Tiefe.

„Du hast dir da ein hübsches Versteck angelegt", lobte Ellert ein wenig spöttisch. „Hier werden sie dich nicht finden, insbesondere nicht die Polizei des Rates."

Onot war zusammengezuckt. „Ich kann im Notfall immer noch sagen, daß du mich gezwungen hast, den Transmitter einzuschalten."

„Da bin ich aber sehr gespannt", entgegnete Ellert, „ob sie dir den unsichtbaren Geist glauben werden."

„Du hast mich in der Hand", gab Onot müde zu. „Was willst du noch?"

„Einige Kleinigkeiten, mein Freund. Den überlichtschnellen Antrieb für Raumschiffe, den Generator für das Zeitfeld . . ."

„Wofür? Habe ich nicht bereits genug Verrat geübt?"

„Du verkennst die Sachlage, Onot", erwiderte Ellert. „Du vergißt, daß ich dir geholfen habe, das Zeitfeld zu entwickeln. Ich weiß, wie es erzeugt wird, aber ich benötige genaue Anweisungen auf einem Ton-Bild-Band, am besten Mikroformat. Ebenfalls möchte ich die Konstruktionspläne für den Sternenantrieb auf Mikroband haben. Erst wenn beides vor mir liegt, wirst du von mir befreit werden. Dann kannst du tun und lassen, was du willst."

„Was bleibt mir noch zu tun oder zu lassen?" gab Onot müde und hoffnungslos zurück. „Du hast mich vernichtet."

Ellert zögerte mit der Antwort, dann teilte er dem Druuf mit: „Vielleicht nicht, Onot. Wenn du keine Schwierigkeiten machst und alles tust, was ich von dir verlange, ist es eine Kleinigkeit für mich, dem Rat der Sechsundsechzig deine Unschuld zu beweisen."

„Wie?"

„Ich werde ihnen sagen, daß ich es war, der dich gezwungen hat. Ich kann mich ihnen genauso mitteilen wie dir – das wird sie überzeugen. Du kannst dann wieder in die Stadt zurückkehren – *wenn* es dann noch eine Stadt gibt."

Onot atmete erleichtert auf. „Gut, ich werde alles tun, was du von mir verlangst."

„Hast du Mikrobänder hier?" fragte Ellert.

Onot entgegnete: „Nein, wozu?"

„Die Arbeit wäre uns erleichtert worden. Wie willst du mir die Konstruktionsunterlagen für den Sternenantrieb verschaffen, wenn keine Mikrobänder vorhanden sind?"

Darauf wußte Onot keine Antwort.

„Aber du kennst den Antrieb?" vergewisserte sich Ellert.

„Natürlich kenne ich ihn, wenn er auch nicht von mir entwickelt wurde. Ich kann dir genau erklären . . ."

„Darum geht es nicht. Ich benötige genaue Unterlagen, Zeichnungen und Formeln. Nicht einmal ein Geist kann soviel behalten, wie zu einem Sternenantrieb notwendig ist. Wir müssen uns Mikrobänder besorgen. Hast du einen Vorschlag?"

Onot hatte keinen, obwohl er plötzlich sehr daran interessiert war, seinem unheimlichen Begleiter zu helfen. Auch war es mit den Bändern allein nicht getan. Zur entsprechenden Aufnahme gehörten noch die Apparate und Kameraaufzeichner, Vervielfältiger und Projektoren. So einfach, wie Ellert es sich vorgestellt hatte, war es also nicht.

„Nun gut, wir werden schon einen Weg finden, Onot. Jetzt setze dich erst mal hin, ruhe dich aus – und erzähle mir so ganz nebenbei, auf welchem Prinzip der lineare Überlichtflug beruht. Vielleicht kann ich damit etwas anfangen . . ."

Widerstandslos begann Onot damit, die Geheimnisse seines Volkes auszuplaudern.

ENDE

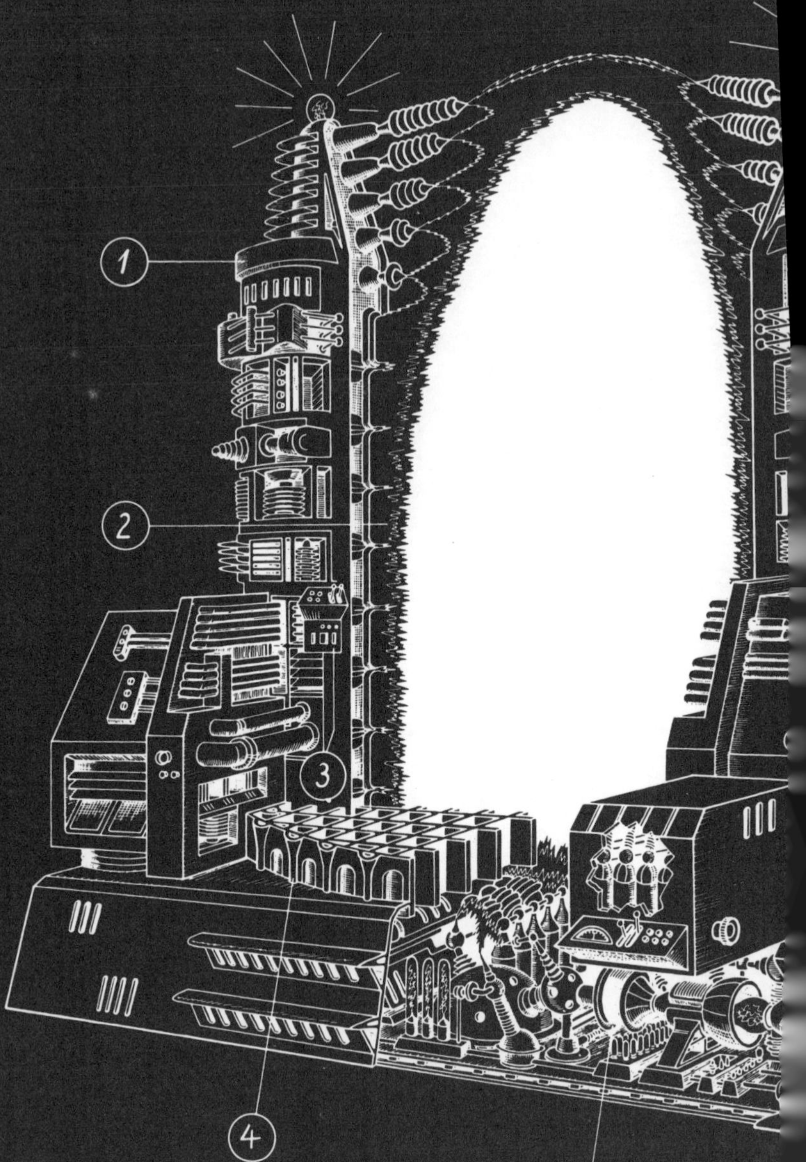

Zeichnung: Rudolf Zengerle

Allgemeines:

Transmitter zum Abstrahlen zweier Personen simultan, terranische Konstruktion, Gesamthöhe 4 m, Breite 4 m, Tiefe 2 m, Sockelhöhe 80 cm, Höhe des Transmitterlichtbogens ca. 3 m, Breite 1,80 m.
Durch4 Projektoren wird Hyperenergie aus dem Zwischen - raum gewonnen und durch 2 Strukturumwandler in fünfdimensionale Feldlinien umgewandelt. Diese Feldlinien, verstärkt und gebündelt, erzeugen ein schwarzes Transportfeld, das beim Senden von einem grünen Energiebogen umgeben ist (beim Empfang ist der Energiebogen weiß). Bei gleichgepolter Gegenstation durchschreitet das Objekt das Transportfeld und wird in Nullzeit atomar zerlegt, in reiner fünfdimensionaler Energie in den Hyperraum geschleudert, wieder von der Gegenstation aus dem Hyperraum gerissen und gleichzeitig wieder atomar zusammengesetzt.